珍本南社舊著叢刊·第一輯

笠澤詞徵

上

陳去病 輯録

張夷 主编

上海大学出版社

圖書在版編目（CIP）數據

笠澤詞徵/ 陳去病輯錄. 上海：上海大學出版社,2017.3
（珍本南社舊著叢刊/張夷主編，第一輯）
ISBN 978-7-5671-2519-3

Ⅰ. ①笠… Ⅱ. ①陳… Ⅲ. ①詞（文學）—作品集—中國—古代 Ⅳ. ①I226. 8

中國版本圖書館CIP數據核字（2016）第240218號

責任編輯　鄒西禮
封面設計　柯國富
技術編輯　金　鑫
封面篆刻　徐惠馨

笠澤詞徵（上下册）
輯　錄　陳去病
出版發行　上海大學出版社
社　址　上海市上大路九十九號
郵政編碼　二〇〇四四四
網　址　http://www.press.shu.edu.cn
發行熱線　〇二一－六六一三五一一二
出版人　戴駿豪
印　刷　江蘇蘇中印刷有限公司
經　銷　各地新華書店
開　本　七一〇×一〇〇〇　十六開
印　張　五八點五
字　數　一一七〇千字
版　次　二〇一七年六月第一版
印　次　二〇一七年六月第一次印刷
定　價　四二〇圓
書　號　ISBN 978-7-5671-2519-3/I · 415

《珍本南社舊著叢刊》（第一輯）編委會

出版說明

南社是一個曾經影響過中國近現代歷史進程的革命團體。這個誕生於清代末年的社團，自成立伊始，以賡續晚明時期提倡氣節的幾社、復社之風流相號召，帶有鮮明的民主革命性。他們中的許多成員，早年參加中國同盟會，追隨革命先行者孫中山先生左右，或領導、或參與，響應了辛亥革命、二次革命、護國運動、護法運動以及新文化運動等歷次反帝反封建的鬥爭，是近代歷史的直接參與者和書寫者。因此，研究中國近現代史，南社社員及其活動是無法繞開的問題。

同時，南社又是一個曾經在中國近現代文學史上綻放異彩、影響深遠的文化團體。在成立之初的南社條例中，即規定入社者須「品行文學兩優」，「社友須不時寄稿本社，以待匯刊」；一九一四年三月第十次雅集時，於條例修改稿中更是明確規定「本社以研究文學、提倡氣節爲宗旨」。在這樣的宗旨感召下，當時雅好文學的各界精英幾乎均被網羅到南社當中，社員達到一千餘人。除了皇皇二十四集《南社叢刻》以及各人另有多寡不等的單行著作外，當時由國人在海內外編輯出版的各種報刊雜誌，也大多由南社社友主持筆政，屬於南社的「地盤」，以致柳亞子曾不無自豪地開玩笑說：「請看今日之域中，竟是南社的天下。」因此，研究中國近現代文學，同樣繞不開南社人及其文學創作。

這樣一個曾經產生過重要歷史影響、代表中國當時先進文化的革命文學團體，在一個不短的時期，卻一直處於被冷落、被湮没的境地——有關南社的史料乏人問津，關於南社的研究也廖若晨星。導致這種境況的原因比較複雜，當然自有其歷史的合理性；但總體上南社人提倡氣節的高尚情操、闡揚國魂的愛國情懷、光大中華傳統文化的民族認同，無論如何都不會過時，時至今日，仍然值得昭揭弘揚。基於這樣的認識，在中國南社與柳亞子研究會諸位專家的指導下，我們攜手中國南社研究聯合總秘書處，決定從基礎的史料發掘與文獻整理做起，除組織出版《南社史料輯存》之外，再推出這套《珍本南社舊著叢刊》，以期爲南社研究提供第一手的資料。此所謂「舊著」，當然是指南社社友的早期著作；此所謂「珍本」，則包含以下幾層意思：

一是自這些南社舊著問世，迄今遠則超過百年，最近亦達七十餘年，且絶大多數未曾再版重印過，目前存世極少，查閲頗爲不易，堪稱「珍稀」。

二是其中有的舊著或爲作者鈐印持贈，或爲南社名人藏本，洵爲難得。

三是本次重刊所用底本，均爲南社後裔數代遞傳之家藏本，今蒙其提供影印，尤具紀念意義。

綜合以上三端，此次重刊之南社舊著，底本堪稱珍貴。其中《鐵冷叢談》用一九一四年國民印刷公司初版本；《迷樓集》用一九二一年上海中華書局倣宋版；《直奉兩軍閥史——曹錕張作霖軼事》用一九二二年俄洋印刷公司初版本；《吹萬樓文集》用一九四一年金山高氏刊本、黄賓虹藏本；《浩歌堂詩鈔》、《松陵文集》、《笠澤詞徵》均用「百尺樓叢書」初印本。其中《松陵文集》、《笠澤詞徵》雖非原創而爲輯録前代作品，但卻屬纂輯者陳去病耗費多年功力精心蒐輯考訂之經意之作（《松陵文集》並經柳亞子等人校勘），文獻價值既彌足珍貴，學術價值亦自不低，故一併收入。以上七種圖書，底本或爲刻本，或爲石印、鉛印本，其原有舊式目錄未標頁碼，檢索頗有不便；本次重刊，均爲編製詳細目錄，以便查檢利用。

一九二二年創立的上海大學，其首任校長于右任、副校長邵力子以及教務長葉楚傖、學務長陳望道等先生，均爲南社社友，且均具有重要歷史影響。作爲新時期的上海大學所屬的出版社，承擔有關南社文獻整理、出版的任務，我們深感責任重大，自然有義務將這項工作做好，爲促進南社研究做出應有的貢獻。

本次影印之七種圖書，作爲《珍本南社舊著叢刊》之第一輯先行推出；今後我們將在叢刊顧問以及南社與柳亞子研究會諸專家的指導下，在中國南社研究聯合總秘書處的大力支持與密切配合下，繼續發掘、整理有價值的南社舊著，分輯絡續出版，以期對弘揚祖國優秀文化、促進相關學術研究有所助益。

上海大學出版社

二〇一六年十一月

本書輯録者

陳去病（一八七四—一九三三），原名慶林，字病倩，號佩忍，別號巢南、垂虹亭長、法忍、無名、醒獅等，江蘇吳江（今蘇州市吳江區）人。一八九八年在家鄉同里與金松岑組織雪恥學會，回應維新運動。一九〇二年加入中國教育會，發起組織同里支部。一九〇三年東渡日本，加入拒俄義勇隊（旋改爲軍國民教育會），又主持《江蘇》雜誌筆政；同年回國，在上海愛國女學任教。一九〇四年任上海《警鐘日報》主筆，當年十月與汪笑儂等創刊《二十世紀大舞臺》雜誌，提倡戲劇改良。一九〇六年加入中國同盟會。一九〇七年在上海主持國學保存會會務，編輯《國粹學報》，並與吳梅、劉季平等發起神交社。一九〇八年初與徐自華等在杭州組織秋社，同年又赴汕頭主持《中華新報》筆政。一九〇九年與柳亞子、高旭发起成立南社。一九一一年十一月與張默君等創辦《江蘇大漢報》。一九一二年一月至紹興擔任《越鐸日報》編輯，參與組織越社。一九一三年參加二次革命，任江蘇討袁軍總司令部秘書。一九一七年赴廣州護法，先後擔任護法軍政府海陸軍大元帥府諮議、非常國會秘書長、護法國會參議院秘書長等職。一九二一年再赴廣東，出任北伐大本營前敵宣傳主任。一九二四年出任國民黨江蘇臨時省黨部委員。一九二七年後歷任江蘇省黨部監察委員、文物保管委員會蘇州分會主任、江蘇革命博物館館長、國民黨中央黨史編纂委員會委員、國民政府考試院委員、內政部參事等職。與孫中山先生關係密切，中山先生曾以「十年袍澤，患難同嘗」概括兩人情誼。著有《百尺樓叢書》等。

目録

上册

敘・胡韞玉……五
序・金祖澤……七
序・蔡　寅……九
序・柳棄疾……一一
序・徐自華……一三
序・陳去病……一五
凡　例……一九
笠澤詞徵目次……二一

卷一

宋

謝絳

夜行船……三一

訴衷情・宮怨……三一
菩薩蠻・冬宴……三二

李山民

洞仙歌・題吴江橋亭……三二

范成大

醉落魄……三四
朝中措……三四
眼兒媚・萍鄉道中乍晴臥輿中困甚小憩柳塘……三四
憶秦娥……三四
霜天曉角・梅……三五
惜分飛・南浦舟中與江西漕帥酌別夜後忽大雪……三五
菩薩蠻・湘東驛……三五
滿江紅・清江風帆甚快作此與客劇飲歌之……三五
謁金門・宜春道中野塘春水可喜有懷舊隱……三六
秦樓笛・寒食日湖南提舉胡元高家席上聞琴……三六
玉樓春・梅花……三六
醉落魄・海棠……三七

玉樓春•牡丹……三七
菩薩蠻•木芙蓉……三七
酹江月•嚴子陵釣臺……三八
醉落魄……三八
霜天曉角……三八
滿江紅•雨後攜家游西湖荷花盛開……三九
蝶戀花……三九
南柯子……四〇
念奴嬌……四〇
又 和徐尉游石湖……四一
三登樂 四首……四一
浪淘沙……四二
菩薩蠻……四三

卷二

宋

趙磻老

滿江紅……四五
前調 用前韻……四六
又……四六
念奴嬌•中秋垂虹和韻……四六
水調歌頭•和平湖……四七
永遇樂•壽葉樞密……四七
醉蓬萊 同前……四八
鷓鴣天 同前……四九
生查子•答洪丞相謝送小冠……四九
又 洪舍人用前韻索冠答謝並以冠往……四九
又 再和丞相……五〇
又 再和舍人……五〇
南柯子•和洪丞相約賞荷花……五〇
又 和謝洪丞相送竹妝奩……五〇
浣溪沙……五一
又 和洪舍人……五一

元

陸行直

清平樂•題碧梧蒼石圖和張玉田韻……五二

陸祖允

菩薩蠻•題水邨圖……五四

卷三

明

沈韶

念奴嬌……五五

徐有貞
千秋歲引・暮春書感……五六
臨江仙・對景寫懷……五七
滿庭芳・春日游天平山……五七
史　鑑
長相思……五八
玉樓春・克振弟賞牡丹……五八
點絳脣・聞歌……五八
前調・贈妓……五九
浣溪紗・夏夕賞蓮……五九
菩薩蠻……五九
憶秦娥・登保叔寺湖光寶閣……六〇
少年游・題小景……六〇
浪淘沙・觀天魔舞……六〇
望江南・閻尚溫招飲湖中……六〇
臨江仙・贈余浩……六一
意難忘・贈尼僧寇智璽謁汝惟弘……六一
水調歌頭・聞歌有感……六一
滿庭芳・題狀元紅桂花……六二
水龍吟・錢塘……六二
金菊對芙蓉・雁蕩……六三
百字令・劉邦彥招飲竹東館賞桂花……六三
木蘭花慢・漁隱爲沈廷器賦……六四
賀新郎・天台……六四
玉女搖仙珮・中原……六四
解連環・送別……六五
蘭陵王・與張子靜李貞伯朱岐鳳汝其
通賞芍藥……六六
瑞龍吟・水月觀賞牡丹……六六
吳　洪
朝中措・題五同會圖……六八
前調　壽王濟之……六八
早梅芳……六八
定風波・寄史明古……六九
臨江仙・虎丘同濟之作……六九
減字木蘭花……七〇
沁園春……七〇
風入松……七〇
卷四
明
趙　寬
減字木蘭花・姚江阻雨……七三
蝶戀花・題花鳥圖……七三

滿庭芳·早起納涼……七四
水調歌頭·夜宿玉虛宫……七四
沁園春·秋山訪隱……七五

周　用

訴衷情·寄友……七五
漁家傲·得家信……七六
滿路花·春暮……七六
滿庭芳·壽言之弟……七六
喜遷鶯·發牛首山……七七
百字令·中秋詠月次鍾石韻……七七
一剪梅·丙午八月望日……七八
百字令·送簡少司馬次鍾石韻……七八
江城子……七八
小重山……七九
清平樂……七九

吴　山

清平樂·滕王閣……八〇
一剪梅·出巡駐贛州……八〇

吴邦楨

虞美人……八〇

沈一泉

三臺令·答陳白陽……八一

袁　黄

鷓鴣天·題郜叟屋壁……八一

沈自徵

鳳凰臺上憶吹簫·閲古今名媛詩集……八二

周永年

山花子·夏夜……八三

卷五

明

葉紹袁

浣溪沙·仙仙十三四時即羈跡秦淮將有錦江玉壘之行遠望故鄉淒其掩泣真所云侯門一入深如海也余甚傷焉今年十七又作巫山神女向楚王臺下去矣酒間聞之悵然感懷……八五
前調　侍女隨春年十三四即有玉質肌凝積雪韻仿幽華笑盼之餘風情飛逗瓊章極喜之爲作浣溪沙詞昭齊蕙綢宛君均和之余亦作二闋……八六

水龍吟・寫懷……八六
水龍吟・癸酉雨中追悼亡女……八七
前調……八七
前調　內人有此調兩闋秋懷感舊之作也丙子除夕和韻作之……八八
前調　丁丑元旦……八八
吳　易
滿江紅・和王昭儀……九一
滿庭芳・七月八日夜作……九一
渡江雲・中秋無月……九一
摸魚兒・浙江潮……九二
賀新郎・九日……九二
滿江紅・除夕丹陽道中……九三
水調歌頭・北固亭……九三
念奴嬌・渡江雪霽……九四
水龍吟・廣陵夜泊……九四
木蘭花慢・淮陰懷古……九四
金縷曲・戲馬臺……九五
沁園春・病憶家園……九五
賀新郎・寄懷史弱翁孫君昌趙少文吳扶九包鷟幾……九六
春從天上來……九六
念奴嬌……九七
浪淘沙・臨刑絕命……九七
沈自炳
南歌子……九八
清平調……九八
浣溪沙・秋閨……九九
中興樂……九九
更漏子……九九
玉樓春・秋怨……九九
虞美人・春景……一〇〇

卷六

明

毛　瑩
念奴嬌・舟行……一〇一
滿江紅・夏日……一〇一
浣溪沙・豔情……一〇二
俞南史
望湘人・燕……一〇二
顧　樵
千秋歲・壽王丹麓……一〇三

湯豹處
玉樓春……一〇三
鄒樞
春風嫋娜·巧蝴蝶……一〇四
內家嬌·如意……一〇四
永遇樂·陳圓……一〇五
綺羅香·卞賽……一〇五
解語花·沙才……一〇六
惜餘春慢·梁昭……一〇六
拜星月慢·李蓮……一〇七
齊天樂·朱素……一〇七
木蘭花慢·羅節……一〇八
吳鏘
畫堂春……一〇九
鵲橋仙·冒巢民先生招同望江樓登高後復於望日作展重陽會次韻奉酬……一〇九
沈永啟
虞美人·蓮涇阻雨……一一〇
水龍吟·辛卯中秋僦居湖上憶舊……一一一
沈永禋
南歌子……一一一
沈世潢
減字木蘭花·秋夜夢爛溪別業……一一二

卷七

清

沈永令
離亭燕·龍門……一一三
浣溪沙·閨思……一一三
酷相思……一一四
臨江仙……一一四
玉漏遲·除夕……一一四
董衡
風中柳……一一五
吳兆騫
念奴嬌·家信至有感……一一七
采香子·寄文柔妹……一一七
葉燮
遐方怨·閨情……一一八
浣溪沙·秋林晚眺……一一九
葉舒穎

百字令·題朱太史竹垞圖……一二〇
洞庭春色·題徐虹亭楓江漁父圖……一二〇
葉舒崇
浣溪沙·孤山別墅有感……一二二
望遠行·春暮蕪城偶作……一二三
玲瓏四犯·用延露詞舊韻……一二四
俞瑒
東風第一枝·偕友游峽山次宋人韻……一二五
邱乘
點絳脣……一二五

卷八

清

鈕琇
踏莎行·燕……一二七
御街行·鴛湖元夜……一二八
一萼紅·燈花……一二八
夢橫塘·蝶塚……一二八
水龍吟·白蓮……一二九
摸魚子·蓴……一二九
齊天樂·蟬……一三〇
慶清朝·贈陳內翰其年……一三〇
瓊花慢·贈朱內翰竹垞……一三一
驀山溪……一三一
瑤花·河冰……一三一
漁家傲·題大梁旅舍……一三二
柳梢青·宛丘登蘇氏園樓眺望……一三二
疎影·秋柳……一三二
百字令·過周邸遺址……一三三
滿江紅·旅庭紅蓼……一三三
瀟瀟雨……一三四
疎影·初夏閨倦……一三四
五綵結同心·鴛鴦……一三五
好事近·秋夜舟行……一三五
南歌子·重過大梁旅舍……一三五
鵲橋仙·七夕……一三六
惜秋華·晚眺……一三六
翠樓吟·春雪……一三七
永遇樂·祝家易庵夫子八十……一三七
青玉案·徐內翰虹亭以所輯詞苑叢談見惠賦此志謝……一三七
賀新涼·中秋送鄭子源還醉里……一三八
菩薩蠻·題香笑亭……一三八

踏莎行·百花菴送春……一三九
月華清·蟋蟀……一三九
燕山亭·野人有餉李者用句曲外
　史詠楊梅調……一三九
東風第一枝·觀韓孟一庭前海棠……一四〇
畫錦堂·慕公子寓齋……一四〇
綺羅香·螢……一四一
秋霽·柿……一四一
沈　雄
浣溪沙·梨花……一四二
前調……一四二
如夢令……一四二
一痕沙·對鏡……一四二
前調　撫枕……一四三
浣溪沙·午日……一四三
前調　五更……一四三
減字木蘭花·憶夢……一四四
虞美人……一四四
南樓令·懷張耕烟進士南游……一四四
滿江紅·斜陽……一四五
金明池·秣陵懷古……一四五
周　銘
風流子·寄憶……一四六
虞美人……一四六
吳　榷
沁園春·馬……一四七
沈丹棶
浣溪沙·東家瘦吟……一四八

卷九

清

徐　釚
蝶戀花·客中感春……一五〇
鳳棲梧·春草……一五〇
畫屏秋色·重九登姑蘇城上作……一五一
念奴嬌·題陳其年烏絲詞……一五一
滿江紅·廣陵旅感……一五二
浪淘沙·歲暮風雪客邗江……一五二
菩薩蠻·渡江……一五二
風入松·旗亭小飲同檗子亦友方
　虎雪客古直法乳……一五三
賀新涼·旅況自遣用雪客秋水軒
　倡和詞韻……一五四
夜行船·黃河岸野泊月下借宿商

船舵樓……一五四
少年遊・過紅橋感舊用柳屯田韻……一五四
減字木蘭花・客途……一五五
憶餘杭・歸途野泊寄憶……一五五
卜算子・春恨……一五五
一剪梅・春夜……一五六
惜分釵・別恨……一五六
滿江紅・吳越故宮吊武肅王用岳
忠武韻……一五六
憶秦娥・秋夜獨坐……一五七
點絳脣・雨窗不寐和治湄大令……一五七
羅敷媚・無題用香嚴齋詞韻……一五八
踏莎行・愁……一五八
百字令・索汪蛟門舍人新詞……一五八
訴衷情・寒夜……一五九
摸魚兒・寒夜觀劇演韓蘄王夫人
故事……一五九
霜葉飛・冬閨用周清真韻……一六〇
春衫淚・客懷……一六〇
醉春風・豔情……一六一
江城子・閨怨……一六一
滿江紅・羽檄交馳慨然有從軍之
志感而賦此……一六一
一痕沙・對鏡和勒山韻……一六二
離亭燕・偶憶……一六二
沁園春・寄曹顧庵……一六二
漁家傲……一六三
浣溪沙・初夏……一六四
清平樂・春雨……一六四
柳梢青・題畫……一六四
蝶戀花・楊梅……一六五
燭影搖紅・除夕……一六五
沈時棟
拂霓裳……一六六
謁金門・詠愁……一六六
徐　湄
百字令・中秋玉峰寓館和葉景鴻
來均……一六七
又……一六七
又……一六八
又……一六八
吳景果
剔銀燈・與杜雲川同宿蓮灣作……一六九
葉舒璐

南歌子·雛姬……一六九
鳳凰臺上憶吹簫·戲贈……一七〇
唐維申
沁園春……一七〇
周廷諤
滿庭芳·閏七夕用吳職方七月八日夜韻……一七一
沈栩
蝶戀花……一七一

卷十

清

沈曰霖
祝英臺台近·抵石門……一七三
師師令·遊龍頭山……一七三
鬢雲鬆·遊天鵝山……一七四
風入松·遊棋盤巖……一七四
洞仙歌·遊仙人峰……一七五
齊天樂·古松……一七五
張棟
水龍吟……一七六
曹吳霞
鷓鴣天·自松陵啓行至山右時尚未冬……一七六
春從天上來·觀雨霖鈴……一七七
綺羅香·又……一七七
袁棟
蘇幕遮·會飲聞歌……一七八
拂霓裳·新荷……一七八
轆轤金井·柳……一七八
楊復吉
沁園春·贈吳枚庵翌鳳……一七九
清平樂·題珊珊夫人寫韻樓詩集……一八〇
吳中奇
百字令·顧蒃厓探梅鄧尉賦詞索和次韻奉酬……一八〇
汪鳴珂
浣溪沙·小園坐月……一八一
朱剡光
南歌子·狀元游街圖……一八一
史善長
蝶戀花……一八二

茶瓶兒•得家書……一八三
洞仙歌•西安送春……一八三
蝶戀花•珠街鎮舟夜有感寄述庵先生滇南……一八三
金縷曲•調黃讓耘……一八四
鵲橋仙•紙馬頭……一八四
期天子•泥孩兒……一八五
定風波•假面……一八五
桂枝香……一八五

金芝原

惜分飛……一八六

顧我樂

雙調望江南……一八六
滿江紅•謁楊忠愍祠……一八八
師師令•題姚棲霞女史翦愁吟遺稿……一八八
賣花聲•白下聽歌……一八九
沁園春•盆梅……一八九
鷓鴣天•送春……一八九
似娘兒……一九〇
瑣窗寒•寒食旅懷……一九〇
過秦樓•春日同潘榕皐畏堂兩先生遊王氏廢園……一九〇
揚州慢•丙辰季冬自都回南冰阻毘陵城外偕婁東李蘅塘王蓬壺游檥舟亭流覽竟日戊午三月北上經此重游不果悵然有作……一九一
水龍吟•渡江……一九二
少年游•邗江夜泊……一九二
念奴嬌•宿羊流店感舊……一九二
唐多令•淚……一九三
水龍吟•落葉用碧山韻……一九三
真珠簾•癸亥季冬自山右南歸仍寓尹湖感賦……一九三
薄倖•畫眉橋感事……一九四
滿江紅•題周山樓鶯湖泛月圖遺照……一九四
青玉案•山塘酒家送春……一九五
點絳脣•千人石……一九五
綺羅香•蠟梅……一九五
解珮令•自題詞藁用竹垞韻……一九六

項　萼

賀新涼•和顧正叔……一九六

周本
壺中天・張幻花移居朱家角……一九七
徐達源
菩薩蠻……一九八
清平樂・題許竹溪夢鷗閣圖……一九八
水龍吟・題王研農水災紀事圖……一九八
周霽
長相思……一九九
周鶴立
燕山亭・題梁谿賈素齋金門秋館圖……二〇〇
探春令・題張鹿樵中翰梅花小影……二〇〇
小諸皐・教弩臺懷古……二〇〇
踏莎行・楊花和金桐軒韻……二〇一
屠拱垣
滿庭芳・題陳芸圃學弟花間尋夢圖……二〇二

卷十一

清

袁棠

菩薩蠻……二〇三
清平樂……二〇四
鳳凰臺上憶吹簫・書青溪惆悵卷後……二〇四
渡江雲・自燕磯放船至京口夜泊不寐憶戊申仲秋偕鐵門頻伽同舟聯句江月依然故人在遠余懷渺渺情見乎詞矣……二〇四
偷聲木蘭花・彭城行館丁夜聞笛……二〇五
河傳……二〇五
清平樂……二〇五
巫山一段雲……二〇六
賀聖朝・春水和青庵……二〇六
沁園春・柳……二〇六
貂裘換酒・爲頻伽題寒壚買醉圖……二〇七
春光好……二〇七
唐多令・題家蘭村南園春夢圖……二〇八
連理枝・蘭村札題後……二〇八
卜算子・留宋于庭翔鳳……二〇八
清平樂……二〇八
浪淘沙……二〇九
如夢令……二〇九

鳳凰臺上憶吹簫……二〇九
沁園春·題織織夫人小楷與竹士聯句次和鐵門詩帖……二一〇
南樓令·白門使院桐花下作……二一〇
酷相思·春雪和陳竹士金織織聯句之作……二一一
南鄉子·得頻伽徐州書……二一一
摸魚兒·頻伽屬題盟漚圖即送其移家魏塘……二一一
木蘭花慢·爲吴子佩瓊仙夫人題天平攬勝圖並調山民……二一二
南樓令·紀別……二一二
滿江紅……二一三
凄涼犯·爲紫珊題瘞花圖……二一三
疏影·梅花帳額……二一三
踏莎行·秋晚偕蓉裳伯夔蘭村泛舟莫愁湖同賦一闋……二一四
瑞鶴仙·歲暮得内子書感賦……二一四
霜天曉角·夢内子箬卿……二一五
金縷曲·京口訪駱佩香夫人綺蘭乞畫……二一五
夜行船·春人綰髻圖同頻伽作……二一五

任兆麟

鳳凰臺上憶吹簫·題散花女弟浣紗詞卷自度腔……二一六
前調……二一七
前調……二一八
上西樓·牡丹……二一九
百字令·偶書代柬寄碧岑……二一九

朱春生

貂裘換酒·題寒爐買醉圖……二二〇

程邦憲

眼兒媚·賀陳松崖燕喜……二二一

邱岡

水龍吟·楊花用東坡韻……二二一
點絳唇·春閨……二二二
行香子·湖隄記遇……二二二
愁春未醒·辛丑十二月雷雨大作時立春前十日……二二二
夢揚州·陳宣謨自維揚歸譚平山堂之勝……二二三
滿江紅·題姚磬兒傳爲長洲詹湘亭作……二二三

趙筠

清平樂·題南湖柳隱圖……二二四

朱世傳

百字令……二二五

袁宬

浣溪沙……二二五

清平樂……二二六

唐多令·寒食紀游……二二六

眼兒媚……二二六

高陽臺·荷誕日飲鄭氏園亭……二二六

喝火令·泛舟龐山湖同子玉作……二二七

邁陂塘……二二七

金縷曲·呈顧青菴先生……二二八

鳳凰臺上憶吹簫·題陳芸圃花間尋夢圖……二二八

金縷曲·錢塘蔣芝生爲余兄弟作小影名檢書圖裝池竟感懷亡兒因譜是解……二二九

菩薩蠻……二二九

袁宸

菩薩蠻·題陳芸圃花間尋夢圖……二二九

卷十二

清

郭麐

疎簾淡月·寒月……二三一

釵頭鳳·簷鐵……二三二

好事近……二三二

憶少年·寄徐江庵……二三二

卜算子……二三三

清平樂……二三三

蝶戀花·垂絲海棠……二三三

鳳凰臺上憶吹簫·題姚棲霞女史翦愁吟同朱鐵門作……二三三

蝶戀花·花宮小院得斷縑於壁月鬟風鬟髣髴未損上書愛月夜眠遲某月日清環寫字跡妍媚可念爰作詞以紀之……二三四

金縷曲·鴛鴦湖秋感……二三四

賣花聲……二三五

高陽臺·過流虹橋感葉元禮事……二三五

祝英臺近·和龍劍庵韻……二三六

蝶戀花·鹿城半壟園有女郎以簪

畫壁作一絕云月底纖纖扶婢來梨花如雪點蒼苔紅靨辛苦愁絲盡誰把同功璽擘開後書一眦字意欲題名而未及者作詞其後亦無使其無傳焉……二三六
喝火令·題許校書清露瑤臺圖……二三七
滿江紅·呈座客用湘湄風雨對牀圖韻……二三七
月華清·詠丁香花……二三七
十二時·同湘湄夜坐……二三八
齊天樂·荻莊秋荷……二三八
賣花聲……二三八
摸魚兒·盪湖船……二三九
水龍吟·吳歌……二三九
臺城路·同嚴丈歷亭游舒氏園作……二四〇
翠樓吟·山行幽絕臨水數家門外木芙蓉正花爛漫無次殊愜幽情紀以此詞……二四〇
柳色黃·西湖秋柳用穀人先生秋柳詞韻……二四一
摸魚兒·茨菇……二四一
水龍吟·蘋花……二四二
疏影·花影吹笙圖……二四二
國香慢·媚蘭小影爲夢華題……二四二
南樓令·題春人綰髻圖……二四三
望湘人·用穀人先生韻……二四三
江城梅花引……二四四
酷相思·苦雨……二四四
水龍吟·湖心亭夜泛追憶舊游俯仰身世渺渺兮余懷也……二四五
邁陂塘·自題山陰歸櫂圖……二四五
洞仙歌·寄素君……二四五
水龍吟·語兒道中萬綠如水澹日微陰時漏踈雨扁舟搖兀其間爲賦此調……二四六
紅情·題二娛鷗夢圓圖用玉田韵……二四六
齊天樂·北山旅館圖用穀人先生韻爲華秋槎司馬作……二四七
高陽臺·隨園席上贈別疏香……二四七
買陂塘·信宿隨園頗極文燕之樂將歸之夕蘭村以秋夢樓圖索題黯然賦此……二四八
祝英臺近·題梅卿女史倚竹圖……二四八
貂裘換酒·十月一日偕鐵門倪米

樓同遊冷泉亭至白衲盦下山經蕭九孃酒壚泥飲而歸屬湘湄作寒壚買醉卷子紀以此詞湘湄曾與余雪夜同宿酒樓持火入山題詩石壁上此圖亦不可詞也……二四九
金縷曲・題米樓夢隱詞即用其集中紅豆詞韻……二四九
夢芙蓉・蘭村寓大佛寺僧樓同人畢業湘湄爲作湖上雲萍圖紀以此詞……二五〇
踈影・湘湄有所恨畫青梅子一枝以寄意霜辛露酸別有寄託非牧之詩意也以余有元白之好知拂面花故事屬倚聲以紀……二五〇
金縷曲・山民出示國初諸公寄吳漢槎塞外尺牘輒題其後……二五一
邁陂塘・二月十四日坐江山船行諸暨道中山水清妍雜花生樹傷春傷別情見乎詞……二五二
水龍吟・題陶凫鄉客舫填詞圖……二五二
臺城路・題徐緌雲今宵酒醒圖……二五三
聲聲慢・西湖寒夜懷淥卿山左……二五三
臺城路・題米樓高山流水圖……二五三
踈影・黃葉邨圖……二五四
綠意・嫏嬛仙館蕉花畫卷……二五四
賣花聲・飲泉自畫芳草以寄望廬之思爲賦此調……二五五
疏影・上元夜退庵招飲梅花下越日壽生自分湖來復會於此用白石韻記之……二五五
水調歌頭・望湖樓……二五六
清平樂……二五六
踈影・夢……二五七
高陽臺・題樂元淑煙夢詞……二五七
卜算子……二五七
臺城路・爲江子屏題蟬柳畫扇……二五八
浪淘沙……二五八
金縷曲・席上贈阿許……二五八
桂枝香・中秋有感……二五九
疏影・燭淚……二五九
小樓連苑・簾波用蘭邨韻……二六〇
買陂塘・十二月五日三衢道中……二六〇
夜合花・鐙花寄湘霞……二六一

疏影·惺泉浮香樓圖余舊爲作序並詩今相見吳門正梅花時欲歸未得復爲倚聲作此不知有慨於中也……二六一
瑣寒窗·寓齋窗閒見金絲花架一股知爲閨中物先是此閒彩雲曾駐凝想芳澤雜以遐思邀楊浣薌同作……二六二
月華清·靈芬館前晚桂一株已蕊未華夕露晨飆傾佇良久念將遠遊恐不能待詞以催之……二六二
買陂塘·富陽道中見烏桕新霜青紅相閒山水暎發帆檣洄沿斷岸野屋皆入圖繪竟日賞玩不足詞以寫之……二六三
憶舊游·嚴瀨道中偕壽生同坐船頭倚聲歌此幾欲令四山皆響也……二六三
憶秦娥·秋海棠……二六四
臺城路·和蔚堂題楊白花詩意卷子韻……二六四
齊天樂·真州見杏花盛開……二六五
瑤華慢·小金山梅花欲殘香雪猶浮動山水間……二六五
夢橫塘·糧艘浣衣女郎婉頳可念感而賦之……二六五
高陽臺·病酒……二六六
菩薩蠻·題雙紅豆圖……二六六
邁陂塘·題改七香少年聽雨圖……二六七
滿庭芳·題呂卿香蘅館圖……二六七
水龍吟·題曼生石門聽瀑圖……二六七
聲聲慢·和慈仲坐雨之作……二六八
買陂塘·稼庭以藕香來歸繪圖紀事余題種藕成蓮四字於首頁並系以詞……二六八
賣花聲·題李子木煙泉蘿壁看子……二六九
如此江山·西齋七十二賢峰草堂圖用琴隖韻……二六九

卷十三

清

趙函

長亭怨慢·秋柳……二七一
洞仙歌……二七二

曲遊春・閏花朝同孫平叔秦秋南賦……二七二
聲聲慢・夜櫂胥江有懷苕卿……二七二
江城梅花引・怡珊姊屬題小樓聽雨畫卷……二七三
解連環・芙蓉湖上水嬉書所見……二七三
玉漏遲・綠肥書屋有贈……二七四
高陽臺・題汪湘屏西湖尋夢圖曩歲湘屏曾挈其婦汎舟西湖得句云此生願向西湖死化作鴛鴦一處飛無何遂抱騎省之戚湘屏之繪是圖蓋傷逝之情溢於楮墨矣……二七四
齊天樂・瑤想閣贈寶霞……二七五
殢人嬌……二七五
婆羅門引……二七六
高陽臺・玉華樓對雨與蒹塘各賦一解……二七六
壺中天慢・淳安縣環山爲城余所居小方壺爲最高處夜聞新安江聲不能成寐攬衣翦燈賦此……二七六
南浦・青溪送曹春臺遊燕……二七七
念奴嬌・夜泊邗江有懷甲子舊遊寄華惇園……二七七
唐多令・白下贈蘇小卿……二七八
甘州・盧龍立秋日賦……二七八
醉蓬萊・春明倦游南歸有日友人爲言管社山莊之勝殷殷勸我卜鄰坡公所謂此心飄然已在太行之麓矣……二七八
國香慢・題清微道人空山聽雨圖……二七九
曲遊春・將爲稽山鏡水之游鍾士奇餞別清尋閣閣畔海棠一株相對離筵益增悽眷……二七九
臺城路・西泠旅夜夢亡姬鮑季徽同游泠泉亭上譚笑若平生既覺則山月同然不復成寐悲從中來篝燈紀此……二八〇
湘春夜月・月夜循孤山至蘇隄坐段橋上湖山曠寂清霜點空俯仰悲懷忽下唐衢之淚……二八〇
法曲獻仙音・周香初雙雪修桐畫幀……二八一
解連環・錢香陬畫雲間女郎崔芸

遺影於團扇扇即崔物也屬題其背……二八一
綺羅香・題馬棣原倚雲亭填詞圖和楊芸士韻……二八二
長亭怨慢・試燈日薄遊邗上與芙薌言別彈指春將半矣……二八二
齊天樂・江珊漁以新刊成容若全詞見寄並見懷齊天樂一解即和來韻答之……二八三
甘州・錢塘王薌穀張松溪同舟往來江淮間倡酬甚樂繪蓬窗燭景圖屬題時松溪自爰浦還杭余與士美亦先後有西泠之行……二八三
洞仙歌……二八四
卜算子慢・雨汎石湖用張子野韻……二八四

馮珍

滿江紅・春曉……二八五
摸魚子・寄戴受茲……二八五
甘州・題花間尋夢圖……二八六

陳燮

清平樂・芸圃姪屬題花間尋夢圖……二八六
菩薩蠻……二八七

陳子諒

蝶戀花・爲芸圃姪題花間尋夢圖……二八七

陳佐猷

拂霓裳・爲芸圃三弟題花間尋夢圖……二八七

陳尌

剔銀燈・爲芸圃三弟題花間尋夢圖……二八八

陳三陛

蝶戀花・題芸圃三兄花間尋夢圖……二八八

陳蕊元

瑤花・自題花間尋夢圖並敘……二八九

陳山壽

菩薩蠻・題芸圃三兄花間尋夢圖……二九〇
菩薩蠻……二九〇
清平樂・畫白荷花贈誦芬女僧……二九〇
瑣寒窗・簾波……二九一
掃花遊・苔縫……二九一
水龍吟・重午坐雨寄懷頻伽先生西湖……二九一

陳山甫
憶蘿月・題芸圃三兄花間尋夢圖……二九二
陳益壽
憶蘿月・題花間尋夢圖……二九二
倪簡在
意難忘・題花間尋夢圖……二九三
吳承錫
鳳凰臺上憶吹簫・題花間尋夢圖……二九三

卷十四

清

鄭璜
百字令・題陳丈秋史寒碧軒圖和竹垞翁韻……二九五
金縷曲・題郭頻伽丈蠹蜨冊子……二九六
買陂塘・題嚴子容花底填詞圖……二九六
齊天樂・荻莊觀桃花用蘅夢詞荻莊秋荷韻……二九七
水龍吟・西風作寒池上芙蓉一枝已半落矣詞以憐之……二九七
鳳凰臺上憶吹簫・題姚棲霞女士翦愁吟……二九八
綠意・西湖春日步至南屏尋鴛鴦塚不得……二九九
高陽臺・露筋祠……二九九
前調　題李清照故宅漱玉井……二九九
金縷曲・桃花塢過六如居士故居有懷其人爰賦此解……三〇〇
祝英臺近……三〇〇
疏影・燈暈……三〇一
摸魚兒・自題鱸鄉秋色圖……三〇一
高陽臺・九日同趙竹菴俞少甫朱條生登黑窑廠遠眺落木天涯頗饒鄉思……三〇二
滿江紅・題嚴澹生西域從軍圖……三〇二
齊天樂・題嚴比玉宜園詞隱圖即送其入都……三〇三
月華清・題廖裴舟菖湖草堂圖……三〇三
摸魚兒・題王竹嶼黃河歸櫂圖……三〇三
念奴嬌・冀子得方鏡於山陰古墓中墓甎有天康年字蓋南朝物

也首賦此解余亦繼聲……三〇四
滿江紅・題吳漢槎故人塞外赤牘…三〇四
西子妝・春盡日泛舟湖上………三〇五
掃花游・新正六日宴飲吳山道院
時積雪初霽峭寒猶甚醉後譜
此以助豪情…………………三〇五
燕山亭・乙未春莫舟過松江憶與
亡兒海山就醫來此已四十餘
年矣老病頹唐情懷悴不自
覺詞之淒楚也………………三〇六
浪淘沙・題董松筠表姨母涵清閣
詩稿……………………………三〇六
葉 鑛
金縷曲・題金瑤岡一百二十本梅
花書屋圖……………………三〇七
沈 煥
金縷曲・寒繡……………………三〇九
翁 雒
南浦・秋水次張玉田春水韻……三〇九
袁廷珍
月中行・夏夜……………………三一〇
四和香・菱………………………三一〇
滿江紅・題帶菴叔秋窗讀畫圖…三一〇
袁廷瑞
臨江仙・題范靜巖舅氏扁舟載書
圖………………………………三一一
陳來泰
卜算子・西湖泛月………………三一二
玉團兒・頻婆果…………………三一二
八聲甘州・餞秋…………………三一二
朱瑞增
齊天樂・辛巳孟春集留雲仙館蘭
叔妹丈出示罨畫溪春泛圖屬
題率填此解…………………三一三
丁兆寬
賣花聲・三月十三日書所見……三一四
臺城路有序……………………三一四
臺城路・題課子草………………三一五
祝英臺近・題鄧尉集……………三一五
臨江仙・題鷗泛集………………三一六

百字令・題鳴歸集……三一六
滿江紅・題白下吟……三一六
王觀潮
沁園春・題心莊姪倚雲姪婦金海樓合稿……三一七
南樓令・題袁協銓秋燈伴讀圖……三一七
惜分飛・題深院梨花燕獨歸圖……三一八
金作霖
賀新郎・張滄嶼沅吉席……三一八
韓森寶
金縷曲・秋感……三一九
闌干萬里心・簡周祖白……三一九
百字令・題屈笏堂大別豪吟圖……三一九
王錫璵
買陂塘・題徐北海蓴菜畫冊……三二〇
陸日勳
勸金船・題徐北海蓴菜畫冊……三二一
邱曾詒
探春慢・花朝過勝溪艸堂留宿明日賦此和蒔庵……三二一
高陽臺・用紫玖弟韻……三二三
徐錫第
剔銀燈・題夢鷗閣圖……三二三
郭枏
臺城路・題南湖柳隱圖……三二三
王與沂
疏影・湯雨生都督屬題寫梅樓圖……三二四

卷十五

清

楊秉桂
綠意・寫墨蘭寄柳初……三二五
酹江月・前詞成後風來颯颯忽聞巖桂香閨人爲余言秋賦金陵正第三場矣余聆此語意緒茫然復成是解……三二五
杏花天・題宋益菴紅杏填詞圖……三二六
金縷曲・題夢琴梅花屋圖……三二六
念奴嬌・坐獨輪車歷鹿一番至是喚船渡江意殊恬適打槳過金山下波光照映雲日妍美用東坡韻扣舷而歌……三二七

高陽臺·夢琴寓齋木香花盛開折枝分餉儕輩柳初有詞余同其調……三二七
齊天樂·柳初夢琴約爲湖舫餞春風雨不果夢琴時方悼亡以尺素見貽意殊不勝余同柳初賦此解之……三二八
解珮令·吾鄉於立夏日權衡體之輕重謂之稱人所以驗消長也閨閣中尤盛行賦此爲樂府補題……三二八
賀新郎·客有陳鵠本雲郎小影髫簪寒玉臂約雙金白紵涼新風致宕往余屬竹賓對臨一幀意有所觸用迦陵韻題之鑪煙欲燼殘月到窗睡思冥濛歌疑入破矣……三二九
疏影·夢琴同南一仲博山月三五之夜游玉峰半繭園徘徊玉梅花下耽茲夜靜悅其吟魂幾欲枕藉於此爲圖徵題倚此應之……三三〇
唐多令·題碧瑣窗前學草書圖……三三〇
邁陂塘·盆荷翠蓋擎雨搖風翩翩自得而花蕊尚未出水姍姍來遲倚此爲水邊羯鼓……三三一
齊天樂·題張子祥玉臺商畫圖……三三一
摸魚子·寒月到窗耿然不寐攬衣起坐漫成二闋不自知其意緒也……三三二
陽臺夢·題倦繡美人畫幀……三三三
疏影·眉叔工填詞得姜張綿渺之意相見於鹿城半繭園其時巖花媚幽俗塵洗空茗話勾留味極清旋以布帆催發怱促散去合離無端意殊惻惻倚此寄懷斯文契合不自知其情之一往深焉……三三三

周夢台

秋霽·集停雲樓茗飲即事……三三四
沁園春·寒睡……三三四
琵琶仙·崑山歌妓朱秀姑工唱南詞諸小令聞者閧焉乙亥之春余偕溉翁玉林往聽數四彩雲

一瞥流水三生已不知更在何所矣今年春余復來此俛仰之暇偶同靜薌辛甫訪之至則白屋青帬曠然布素絕非曩昔登場腔調因述往事有愴於懷不能無詞丁丑三月……三三五
減字木蘭花・病夜聽雨……三三五
祝英臺近……三三六
減字木蘭花・題辛甫畫蘭團扇……三三六
齊天樂・綠牕調琵圖爲葉韶庭題韶庭爲贅婿於譚氏……三三六
綠意・辛甫畫蘭草便面見貽並題詞其上屬余繼聲爲同其調……三三七
邁陂塘・題沈琛厓舜湖泛櫂圖……三三七
高陽臺・如皋葛翠琴校書小影楊辛甫屬題校書小名長兒……三三八
楊柳青・題白描琵琶仕女……三三八
菩薩蠻・鳳仙……三三八
清平樂・金魚題畫……三三九
點絳脣・秋海棠螳螂……三三九
虞美人・團扇畫抹麗珠蘭……三三九

陳希恕

金縷曲・題李辰山先生墓圖……三四〇
邁陂塘・荇藻湖觀荷……三四〇
蕙蘭芳引・集停雲樓茗飲即事……三四一
瑣窗寒・寒妝……三四一
買陂塘・題南湖柳隱圖……三四一
金縷曲・題計二田溪陽展墓圖……三四二
齊天樂・程序伯庭鷺屬題秋雨填詞圖……三四二
陂塘柳・漑翁屬題泊宅圖……三四三
前調　夏首訪頻迦於靈芬館被酒留宿停鐙話舊悵悵於懷遂不成寐爲譜是調並示丹叔……三四三
前調　樂飢圖爲楊韡石澥作……三四四
金縷曲・陸雨薌茂才焯以其令兄朗甫中丞攝篆山左時遺札及詩合裝成卷乞工畫展卷憶兄圖索詞爲填此解……三四四
疏影・梅花帳額……三四五
邁陂塘・春晚遇子湘於玉山行館酒次出咒紅豆菴詞相質聲情妍婉當與臯鄉陶太史相頡頏明珠在掌愛不忍釋遂借歸躭

讀累月致損眠食嗣後寄書見
索即賦此解墨其後鄭重還之……三四六
史致充
離別難・寒淚……三四六
金鍾秀
羽仙歌・集停雲樓茗飲即事……三四七
月邊嬌・寒夢……三四七
張沅
露華・集停雲樓茗飲即事……三四八
疎影・寒影……三四八
張澹
菩薩蠻……三四九
孫靈琳
定風波・題岳忠武王玉印……三四九

卷十六

清

唐壽萼
玉漏遲・春陰沈滯盆中水仙二月
始花風簾雨幌婉悴可念剪燈
賦此夜寒彌益淒戾矣……三五一
探春慢・上元節後春寒甚力澹日
微陰時有雪意賦此遣懷……三五二
臺城路・寒夜過稺雲寓館林月晶
瑩幽輝一室顧念身世江湖邈
然賦此……三五二
摸魚兒・春莫有寄傚石帚體……三五三
齊天樂・己丑維夏辛甫叔斗夢琴
子湘諸君以湖舫餞春風雨不
果之作寄示一倡三歎渺然余
懷同調一闋……三五三
玲瓏四犯・雨夜無寐憶丙戌之歲
同虞堂山塘餞春聽雨畫船蹋
月山寺撫今感昔黯然傷懷傚
白石翁體賦此……三五四
情久長・七夕同人集飲清真觀新
月當盃涼花媚坐余懷渺渺與
雲水無極九靈穀庵邀余賦此
均以爲感商氣也……三五四
翠樓吟・綠荷花……三五五
江城子・曉風殘月圖史石泉屬題……三五五
臺城路・陸瑤圃元珪篷窗聽雨圖……三五五
買陂塘・汪少倫元惊穆湖逭暑圖……三五六

壺中天・中元節前一夕飲穀庵水閣……三五六
水龍吟・乙未重午鶯湖觀競渡彩旗雲卷畫鼓雨歇余懷渺渺輒與烟水無盡臺卡九靈各以所箸見示水聲鐙影恍然搖盪襟袂間賦此和之……三五七
綠腰令・薰風代序梅雨不來白日清宵所思渺然賦此……三五七
祝英臺近・辛甫爲余寫墨蘭便面上綴跋語云戲仿吳蘭雪姬人綠春者並索拙詞報之爰賦此解……三五八
行香子・題吳彥宣廷燮小梅華館詞……三五八
南樓令・客歲秦次游廷櫆以夫人眉影樓所藏小青像屬題比余彙刻近詞適次游有定海軍營之聘稿不索得重拈是解並寄次游……三五九

張寶鏞

醉春風・酒簾……三五九
買陂塘・菱……三六〇
前調　芡……三六〇
前調丁丑　初春挈鏌弟讀書水楊池館春水方生蘆芽荻筍彌望無際倚此攄懷……三六一
前調　歸自吳門長風闌雨落紅滿院撫時感事愀然有作……三六一
前調　春暮登弁山訪僊人洞見桃華萬樹妍媚泥人……三六二
前調　題家春水澹西湖雨泛圖……三六二
念奴嬌・平江舟次重展虎阜紀遇冊有舊夢成塵新愁如水之感不能自已輒填此解……三六三
賀新涼・八月十三夜招同翁穆仲雒徐清華錫奎金銘錫三雲楣錫第仲蘭九湘家弟穆甫放舟木蘭洲觴月……三六三
綠意・爲子湘題桐君小影冊後……三六四
金縷曲・秋日偕家弟鏌訪陳采香同門於禾中不值際晚艤舟湖上蟾影揭天漁歌媚夕風露沐首涼思浩然殊有觸於秋抱矣……三六四

疏簾澹月・寒月……三六五
百宜嬌・有似扁螺而長者土人謂之女兒螳江北水産也煮以佐酒甚佳暇日製此索薌吏繼聲……三六五
一叢花・白芍藥……三六六
綺羅香・自題歌樓聽雨圖……三六六
高陽臺・陳夢琴以木香花詞見示塡此遺之……三六七
念奴嬌・十一月十二日集欵冬花屋分賦寒閨詞得寒醉……三六七

張寶鍾

秋霽・集停雲樓茗飲即事……三六八
瑤花・寒唾……三六九
買陂塘・曉發鱸江和仲子湘……三六九
高陽臺・流虹橋和子湘……三六九
大江東去・舟過八尺和子湘……三七〇
賀新涼・平望夜泊和子湘……三七〇
邁陂塘・花朝同蔣子延楊辛甫訪王椒畦丈於易畫軒……三七一
綠意・詩筒……三七一
夢橫塘・薄暮抵合溪不得登涉偃臥篷底聞轟雷吼雪聲詢之榜人曰此雨後飛瀑也覺爾時魂夢在清淨世界同筠友兄製此……三七二
埽花遊・冒雨遊巖山……三七二
買陂塘・積雨初晴同曹尺玉水部朱甘白翰林久庵筠友兄泛舟罨畫溪清妍之氣沁入肌膚胸次五斗塵一時都盡……三七三
前調　八月十三夜同人放舟木蘭洲觴月……三七三

楊廷棟

長亭怨慢・絮影……三七四
南歌子……三七五
玲瓏玉・藕絲……三七五

施仁政

瑤臺聚八仙・壽許母陳太夫人許銓竹溪之母……三七五

卷十七

清

仲湘

滿江紅・題岳忠武王玉印用述懷韻……三七七

露華・集停雲樓茗飲即事……三七七
點絳脣・汪又村屬題柳如是妝鏡
柳未歸錢時居吾鄉歸家院見
觚賸……三七八
戀香衾・寒起……三七八
邁陂塘・題南湖柳隱圖……三七九
壺中天・春陰……三七九
綠意・夏首春餘萬綠如水雨後意
行默有棖觸……三八〇
月華清・八月十三夜同人放舟木
蘭洲觴月歌此侑酒……三八〇
楊州慢・題徐雪廬丈紅橋感舊詩
冊……三八〇
拜星月慢・郡城延秋一集沈西雝
丈招集清蔭禪房分詠秋花得
牽牛花……三八一
解語花・延秋二集陳雲伯丈招集
鷗隱園觀荷限賦是調……三八一
高陽臺・抱珠水榭有贈……三八二
剔銀鐙・題俞少蘭蘭中江惜別圖
即用元韻……三八二
買陂塘・同張香吏贊曉發艫江一
舟逆風衆綠如水篷牕閒話並
紀所見用郭十三麐諸暨道中
韻……三八三
高陽臺・過流虹橋感葉元禮事用
竹垞太史韻……三八三
大江東去・舟至八尺水雲成陣風
雨間作搖兀野岸蕭寥無人偶
歌此調恍惚魚龍出聽也……三八四
賀新涼・雨後抵平望停船米市河
月色在水涼風泥人隔岸樓牕
洞開簫聲清絕……三八四
月華清・八月十三夜同人放舟至
木蘭洲觴月歌此侑酒……三八五
念奴嬌・中秋夜過紅葚庵見女冠
桂孫禮月……三八五
沈曰壽
茶瓶兒・集停雲樓茗飲即事……三八六
沈曰富
眉嫵・寒語……三八六
買陂塘・白蓮花……三八七

滿江紅·吳愚甫丈冬烘先生圖……三八七
金縷曲·重午日飲松風亭疊韻……三八八
前調　雨久獨坐陳梁叔以黃研北丈新詞見示訂暑中集飲次均奉答……三八八
前調　叢桂堂酒後偕二陳聞笛悼俞桐伯疊均……三八九
水調歌頭·前詞成梁叔和以此調倚而答之……三八九
摸魚兒·餞春用稼軒春晚均……三九〇
浪淘沙·癸丑除夕和魯子容飲仲壬甫丈宅紀事均……三九〇
水調歌頭·甲寅閏中元前一夕白洋泛月……三九〇
摸魚兒·蘆雨庵小集同王四篁貳尹調……三九一
沈曰康
品令·集停雲樓茗飲即事……三九一
柳清源
攤破浣溪紗·題寒松閣詞……三九二
楊柳青·送春仿竹垞體……三九二
鳳凰臺上憶吹簫·觀劇……三九二
殷壽彭
金縷曲·李石巢招飲……三九三
菩薩蠻·集竹垞詞……三九四
賣花聲·集竹垞詞……三九四
蝶戀花·集竹垞詞……三九四
金貂換酒·爲蔡嶺香題冒巢民墨蹟冊……三九五
黃增祿
桂枝香·題徐竹君遺像……三九五
百字令·憶西湖舊游……三九六
金縷曲……三九六
疏影·題疎香閣主遺像……三九七
暗香……三九七
浪淘沙·題天寒倚竹畫冊……三九八
仲孫樊
水龍吟·題夢鷗閣圖……三九八
計光炘
憶少年……三九九
蝶戀花·懷錐庵吳中……三九九
西子妝·丙午四月十四夜醉後偕桐伯子宣泛舟雁湖登冠鰲亭

人影寂寥酒懷悵觸相與徘徊久之不自知感之何從也……四〇〇
百字令·立秋前二日風雨間作新涼洒然雲陰覆檐黯如欲暝……四〇〇
沁園春·題宋甥愷甫拜石齋遺照……四〇一
高陽臺·題唐蕉庵帆影催詩圖圖爲亡友闕織亭繪……四〇一
憶前游·題丁石香遺照冊冊中圖四曰横江擊檝策蹇遊山隔溪懷舊曲巷尋春繪者翁君小海今亦殁矣……四〇二

宋恭敬

菩薩蠻……四〇三
減字木蘭花……四〇三
高陽臺·秋日小步慶壽庵卜孟碩先生讀書處……四〇三
摸魚兒·題李五丈蘆雪菰烟老釣師圖……四〇四

卷十八

清

陳壽熊

邁陂塘·題徐虹亭檢討楓江漁父小印爲仲壬甫作……四〇五
乳燕飛·和春木先生用辛稼軒韻……四〇六
前調　疊韻寄張詩舲方伯肅……四〇六
前調　疊韻題葉桐君廣文柳源……四〇七
前調　和黄研北刺史仁疊前韻招飲之作……四〇七
水調歌頭·題陳怡雲際青俞桐伯畫冊同沃之梁叔叢桂堂酒後聞笛作……四〇八
八寶妝·倭奩　奩得之故家綈裏鬆質通體堆垛螺貝之屬縹碧璀粲殆數十種其蓋了不見關鍵啓之鏡也前人多有爲倚聲者壬甫以此解屬和即同其韵……四〇八
金縷曲·題辛柳論詞圖……四〇九
孤鸞·綠曉莊卜孟碩故居……四〇九
垂楊·河東君故居……四一〇
鳳凰臺上憶吹簫·題品詞圖　楊辛甫仲壬甫兩丈嘗屬改君七薌爲是圖已燬於火此爲張某摹本……四一〇

長亭怨慢·校宋斗山維庚遺稿即用其題黄壚感舊圖韻……四一一
邁陂塘·題楊利叔燕山匹馬圖……四一一
董兆熊
水龍吟·題夢鷗閣圖……四一二
金春渠
滿江紅·題王第花茂才元榜授經圖……四一三
金文淵
壽星明·題蓮溪張太君桂子蘭孫圖……四一三
生查子……四一四
袁廷琥
點絳脣·秋海棠……四一四
如夢令·題鄭性蓮深林獨坐圖……四一四
玉蝴蝶……四一五
虞美人·題仙女採芝圖……四一五
點絳脣·病況……四一五
菩薩蠻·秋夜風雨……四一六
袁汝英
惜分釵·悼亡……四一六
南柯子……四一六
如夢令……四一六
望江梅……四一七
豆葉黄……四一七
滿江紅·遺影……四一七
唐多令·題鄭性蓮深林獨坐圖……四一八
金　華
永遇樂·壽陸母沈太恭人陸日愛之母……四一八
葉乃溱
金縷曲·題眉子硯……四一九
周乾元
少年游·秦淮……四二〇
吴文通
摸魚兒·張嘯峰司訓以舊繪藕花香裏填詞圖索題感倚是解……四二〇
吴　樟
滿江紅·用岳忠武韻弔湯貞愍公殉難江寧……四二一
吴霞佐

大江東去·哭湯雨生都督……四二二
吳雲紀
最高樓·題夢鷗閣圖……四二三
黃楚湘
滿江紅·題岳忠武王玉印見寶印集……四二三
王　禮
荷葉杯·題畫……四二三
任耋瓚
南鄉子·題鄭性蓮深林獨坐圖……四二三
黃寶書
浪淘沙·題夢鷗閣圖……四二四
陸　焜
醉太平·題夢鷗閣圖……四二四

下册

卷十九

清
柳兆薰
邁陂塘·立夏村外散步晚歸小酌
小云填念奴嬌紀事余亦繼聲……四二五
滿江紅·讀湯貞愍公雨生先生琴
隱圖詞殘稿……四二六
貂裘換酒·和松琴從兄老樹韻……四二六
摸魚兒·和子屏從姪銀魚……四二七
一痕沙·和小云白荷花……四二七
賀新涼·旱魃爲災兼旬肆虐雨師
降澤三日成霖比戶臚驩豐年
有兆調寄賀新涼以酬之時丙
辰七月七夕前一日大雨後書……四二七
陂塘柳·題許竹溪夢漚閣圖……四二八
探春慢·花朝外舅子謙先生枉過
艸堂作壽花之會調此助興……四二九
摸魚子·玉峰重晤章清甫先生……四二九
洞仙歌·題子屏姪酒醒何處圖……四三〇
暗香疎影·題婁縣張筱峰學博鴻
卓花影吹笙圖用元張夢庵自
度腔韻……四三〇
齊天樂·季春下浣至舜湖訪仲丈
子湘用丈題小圖韻奉贈……四三一
陂塘柳·題淩蔭周其楨萍遊詞……四三一
陶　然

邁陂塘・莊兼伯過訪里門即事賦
贈並懷淩磬生滬上……四三二
邁陂塘・題背立美人圖和磬生調…四三二
憶桃源慢・題沈夢粟蘆厂憶月圖…四三三
百字謠・季春望日子屏芸舫同舟
過訪六兄沚邨招飲儀一堂分
韻得父字……四三三
一枝春・詠白桃花……四三四
前調　余賦白桃花詞同人和者
甚衆意有未盡輒倚前調復成
四章……四三四
摸魚兒・題卓菊芳明府雲帆滄海
圖即送其之官楚中……四三六
金縷曲・出都留别諸知己……四三六
如此江山・壬子秋應試金陵道出
梁溪同人邀登惠山飲於寶珠
菴今十二年矣重續舊遊滄桑
滿目俯仰前塵恍如夢寐歌也
有思感慨係之矣……四三七
春雲怨・爲徐誠庵大令題玉峰尋
夢圖誠庵名立本浙江德清人
與蔭夫師同補博士弟子員前
署南匯縣著有荔園詞……四三七

沈景修

一萼紅・題家祥卡瑞清蘿龕憶月圖…四三八
祝英臺近・秋蝶……四三九
湘月・盆荷翠蓋泫露搖風而花蕊
猶未出水余方有桐江之行想
盛放之時尚有羈旅寫以白石
老仙念奴嬌鬲指聲爲鬧紅羯
鼓之催……四三九
一萼紅・題姚子祁中翰景夔寒鐙
憶夢圖……四四〇
沁園春・嗽……四四〇
卜算子・燕……四四一
疏影・題王毓仙長拋玉軫圖……四四一
踏莎行・題宗載之大令得福陌上
尋鈿圖……四四二
浪淘沙・邁孫屬題背立美人紈扇…四四二
一枝春・上巳前一日風雨……四四二
滿庭芳・楊花……四四三
買陂塘・訪木瀆錢氏端園偕許公
若觀復施擁伯紹書……四四三
高陽臺・題劉光珊照炳留雲借月

奩填詞圖……四四四
長亭怨慢・題李子遠道悠蘆奩舊雨圖……四四四
南浦・春水用山中白雲詞韻……四四四
月下笛・涼宵感懷歌以當哭用山中白雲詞韻……四四五
徵招・月夜夢榆圖……四四五
齊天樂・訪胡匊鄰钁北莊……四四六
莊人寶
陌上花・題沚邨圖……四四六
摸魚子・題沚邨第二圖……四四七
淩　泗
行香子・孤山……四四八
金縷曲・柳溪春泛圖爲曹馴甫司馬良駿作溪在嘉善思賢鄉君先世海昌公隨宋南渡居此……四四八
三姝媚・湘妃竹扇骨吳姍姍夫人物也邱媛遠香姚姬俠茝分畫便面擁百屬歐齋題詞余亦繼聲……四四九
浪淘沙・鶯湖扣舷圖爲吳竹洲題……四四九
買陂塘・范君嘘成吳君竹洲泛舟長浜觀荷登平波臺以詩紀事顧君樂之爲繪平波消夏圖余以寓公因事旋里未與斯遊爲填此闋並爲修復古蹟左券……四五〇
壽星明・柳潤之廣文七十……四五〇
柳以蕃
喝火令……四五一
菩薩蠻・茉莉……四五二
前調　楊梅……四五二
前調　石榴……四五二
前調　水紅菱……四五二
前調　蓮子……四五三
金縷曲・春莫……四五三
前調　題陶芑生十願窩詞藁……四五三
沁園春・指……四五四
前調　腰……四五四
前調　蠟淚……四五五
摸魚子・銀魚……四五五
前調　詠裳邀同錐庵夢粟子方葵卿集蘆雨厂酒酣賦此即贈厂主楊利叔……四五六
柳梢青……四五六

水龍吟·古劍……四五七
淩其楨
柳梢青·黄梅節裏風雨連緜剪燭譜此……四五七
疏影·秋草……四五七
祝英臺近·秋螢……四五八
一萼紅·秋蝶……四五八
摸魚子·題秋夜看劍圖……四五九
念奴嬌·櫓聲……四五九
南浦·砧聲……四六〇
大江東去·秦淮憶月圖爲柳蒔安丈題……四六〇
高陽臺·水仙……四六一
疏影·飛絮影……四六一
清平樂……四六二
楊壽煜
擣練子……四六二
如夢令……四六二
金縷曲·伯唐約游西湖……四六二
摸魚兒·題休寧吴少畹寶樹柳蔭觀釣圖小景……四六三

卷二十

清

袁汝龍
滿江紅·題濯足萬里流圖……四六五
醉春風……四六六
如夢令……四六六
行香子……四六六
雪梅香·詠雪……四六七
百字令·題曉風楊柳圖……四六七
浣溪沙·羅星州泛舟……四六七
百字令·病況……四六八
滿江紅·題鷄鳴度關……四六八
漁家傲·題漁家樂……四六九
袁汝夔
清平樂·辛酉長至日復齋小飲……四六九
眼兒媚·墨晶眼鏡……四六九
百字令·六月廿二日恭祝家慈五十壽誕……四六九
荷葉杯·荷誕……四七〇
多麗·老少年……四七〇
滿江紅·戊子春日同社題復齋雅

集圖……四七一
任艾生
金人捧露盤・題俞魯青僧衣小照……四七二
千秋歲引・題竹杖壽殷小譜翰林夫人五秩……四七二
滿江紅・祝朱善丹六十初度……四七二
調笑令・醉月……四七三
浪淘沙・題淩蔭周瑣憁秋夢圖……四七三
百字令・周翌廷太守青谿放釣圖……四七三
浪淘沙・題友人松下授經圖……四七四
李我泉
摸魚子・題滬上沈既堂西泠放棹圖……四七四
摸魚子・題陶仲平茂才怡雲圖……四七五
千秋歲・題龐小雅梅花士女帳顔……四七五
憶少年・客憁秋感……四七六
施紹書
高陽臺有序……四七六
范鍾傑
搗練子……四七七
柳梢青……四七七
調笑令……四七七
踏莎行……四七八
木蘭花慢・邨居……四七八
念奴嬌・白秋海棠……四七八
淩寶樞
滿江紅・寅伯巳仲以手評紅樓夢詩詞見示漫填此解用辛幼安韻……四七九
釵頭鳳・前題……四八〇
丁桂琪
瑞鷓鴣・春陰……四八〇
山花子・春歸……四八〇
憶王孫・秋閨……四八一
定風波・冬閨……四八一
山花子・春雨……四八一
臺城路・七夕寄懷周禹臣慕僑昆季……四八二
沈成章
小梁州・壬午春日小別諸丈元簡……四八二
漁家傲・庚寅春日題殷植庭平波垂釣圖……四八二

俞煥章
桃源憶故人·桃葉渡……四八三
驀山溪·思親題梅邨句……四八三
蝶戀花·用歐陽文忠公韻……四八四
釋達塵
少年游·鴛湖泛棹圖……四八四

卷二十一 閨媛

宋

胡與可
百字令……四八六
滿江紅·燈花……四八六
沈宜修
憶王孫……四八七
如夢令·夜月……四八七
前調……四八七
點絳脣·春閨……四八七
前調 代人寫恨……四八八
浣溪紗·莫春感別……四八八
前調……四八八
前調 侍女隨春破瓜時善作嬌憨之態諸女詠之余亦戲作……四八八
菩薩蠻……四八九
前調 送仲韶北上迴文……四八九
前調 莫秋夜雨時在金陵……四八九
前調 對雪憶亡女……四九〇
憶秦娥·寒夜不寐憶亡女……四九〇
清平樂……四九〇
三字令……四九〇
烏夜啼·秋思……四九一
柳梢青·初夏……四九一
瑤池燕·和君晦弟韻……四九一
望江南·冬景八闋録一……四九二
虞美人·瓶中蠟梅……四九二
前調 立春……四九二
踏莎行·君庸屢約歸期無定忽爾夢歸覺後不勝悲感賦此寄情……四九三
前調……四九三
前調 和凝云春思翻教阿母疑余以破瓜年亦何須疑直當信耳作問疑詞戲示瓊章……四九三
前調 寒食悼女……四九四
滿庭芳……四九四
前調·端午……四九五

前調……四九五
前調 感懷……四九五
玉蝴蝶·思張倩倩表妹……四九六
念奴嬌·重午悼女兼感懷……四九六
絳都春·上元夜……四九七
水龍吟·丁卯余隨宦冶城諸兄弟應秋試俱得相晤後仲韶北赴燕京余幽居忽忽悅焉三載賦此志慨……四九七
前調 六月二十四日和仲韶……四九八
前調 悼女……四九八
前調 庚午秋日余作水龍吟兩闋兒輩俱屬和書之扇頭今又經三載偶檢篋中扇上之詞宛然二女已物是人非矣可勝腸斷不禁淚沾衫袖因續舊韻賦此……四九九
霜葉飛·題君善祝髮圖……五〇〇

沈靜專

長相思……五〇〇
菩薩蠻·春曉迴文……五〇一
前調 寒夜……五〇一
畫堂春·春感……五〇一
蝶戀花·蛺蝶花……五〇一
前調……五〇二
鳳凰臺上憶吹簫·冬閨……五〇二

張倩倩

浣溪紗·春情……五〇三
憶秦娥·春怨……五〇三
蝶戀花·丙寅寒夜與宛君話君庸作……五〇三

李玉照

漁歌子……五〇四
憶王孫……五〇四
如夢令·夜坐……五〇四
醉公子·憶夢中美人……五〇四

周蘭秀

減字木蘭花·夏日……五〇五
踏莎行·秋懷……五〇五
如夢令·雨夜……五〇五
浣溪紗·初夏……五〇六
滿路花·秋日閒居和朱希真韻……五〇六

周慧貞

風入松·述懷……五〇七

顧蘭佩

清平樂·春柳　次庶其叔父原韻……五〇七

顧道喜

如夢令……五〇七
蝶戀花·閨情……五〇八
滿江紅·移居嚴莊有感……五〇八

董如蘭

浣溪沙·溪花……五一〇
大江東去·燕臺歸思……五一〇
前調　午日和韻……五一一
搗練子·四時詞春冬選二……五一一
憶王孫……五一二
如夢令……五一二
長相思……五一二
浣溪沙·庭梅……五一二
鷓鴣天·雪宵……五一三

卷二十二

明

葉紈紈

浣溪紗·春恨……五一五
前調　同兩妹戲贈母婢隨春……五一六
前調　新竹……五一七
三字令·詠香撲……五一七
玉樓春·立秋……五一七
踏莎行·暮春……五一七
前調　秋海棠……五一八
蝶戀花·秋懷……五一八
繫裙腰·倣鎦叔儗……五一八
滿江紅……五一九
鎖窗寒·憶妹……五一九
玉蝴蝶·感春……五二〇
前調　詠柳……五二一
前調　秋思……五二一
水龍吟·早秋感舊次母韻……五二一

葉小紈

浣溪沙·爲侍女隨春作……五二二
前調　新月……五二二
前調　春日憶家……五二二
菩薩蠻·暮春迴文……五二三
踏莎行·過芳雪軒憶昭齊先姊……五二三
前調　暮春感舊……五二三
水龍吟·秋思和母韻……五二四

葉小鸞

如夢令・辛未除夕……五二五
生查子・送春……五二五
點絳脣・戲爲一閨人代作春怨……五二五
又　暮景……五二六
又　夏日雨景……五二六
浣溪沙・春思……五二六
又　春閨……五二六
又　春暮……五二七
又　春閨……五二七
又　初夏……五二七
又　同兩姊戲贈母婢隨春……五二八
菩薩蠻・春日……五二八
又　初秋……五二八
減字木蘭花・秋思……五二八
又　秋思……五二九
卜算子・秋思……五二九
謁金門・秋晚憶兩姊……五二九
上陽春・詠柳……五二九
又　柳絮……五三〇
阮郎歸・秋思……五三〇
南歌子・秋夜……五三〇
浪淘沙・春閨……五三〇
又……五三一
杏花天・春暮……五三一
河傳・秋景……五三一
又　七夕……五三二
臨江仙・端午……五三二
虞美人・殘燈……五三二
小重山・曉起……五三三
踏莎行・早春即事……五三三
又　閨情……五三三
又　秋景……五三四
唐多令・秋夜……五三四
蝶戀花・春愁……五三四
又　秋海棠……五三五
千秋歲・即用秦少游韻……五三五
玉蝴蝶・春愁……五三五
疎簾淡月・秋夜……五三六
水龍吟・秋思次母憶舊之作時父在都門……五三六

顔繡琴

謁金門……五三七
長相思・憶葉昭齊表妹……五三七

沈憲英
點絳脣・憶瓊章姊……五三八
水龍吟・胥江競渡……五三八
前調　哭少君姑母……五三九
點絳脣・早春……五三九
虞美人・留別蘭餘妹……五三九
滿庭芳・中秋坐月和素嘉甥女……五四〇
吳　芳
丁香結・爲未婚顧烈女作……五四〇
阮郎歸・寄遠……五四一
龐蕙纕
點絳脣・次沈素嘉韻……五四二
塞垣春・代明妃悲……五四二
鷓鴣天・病中聞家慈同元姨爲予誦經誌感……五四二
滿江紅・書嘉禾李孝貞女事……五四三
沁園春・仲春爲二姒三十初度……五四三
如夢令・春閨……五四四
浣溪沙・夏日……五四四
少年游・重午娶婦偶成……五四四
柳　是
滿庭芳・留別無瑕詞史……五四五
夢江南・懷人……五四六
踏莎行・寄書……五四六
金明池・寒柳……五四七
周　瓊
謁金門……五四九
昭君怨・詠鏡……五四九
浣溪沙・纖手……五四九
葉　文
憑闌人……五五〇
減字木蘭花・遠眺……五五〇
沈靜筠
鷓鴣天……五五一
卷二十三
清
吳貞閨
臨江仙・春閨……五五三
吳靜閨
謁金門・春思……五五四
虞美人・蘭……五五四

顧氏
錦纏道・墨繡……五五四
沈少君
謝池春・曉起梨花將謝感賦……五五五
吳文柔
謁金門・寄漢槎兄塞外……五五五
長相思……五五六
沈樹榮
如夢令・秋日……五五六
點絳脣・寄吳夫人小畹……五五六
臨江僊・病起……五五七
滿庭芳・中秋夜同諸姈坐月……五五七
水龍吟・初夏避兵惠思三姈母棲鳳館有感追和外祖母憶舊原韻……五五八
沈菃紉
臨江仙……五五八
喻撚
踏莎行・偕嫂游湖浦……五五九
搗練子・春日偶占……五五九
浣溪紗・示蓮女……五五九
吳森札
望江南・別情……五六〇
菩薩鬘・晚沐和韻……五六〇
綺羅香・賦得願在衣而爲領……五六〇
菩薩蠻・願在髮而爲澤……五六一
鳳凰臺上憶吹簫・閨情代作……五六一
沈關關
臨江仙……五六二
沈友琴
浪淘沙・月下桃花……五六二
臨江仙・爲烈女顧季蘩賦……五六三
沈御月
虞美人影・送春和韻……五六三
唐榛
浣溪沙……五六四
清平樂……五六四
浪淘沙……五六四
吳瓊仙
黃金縷・題葛秀英澹香樓詩鈔……五六五
梧桐影・遲外子不至……五六五
南鄉子・題廖織雲女士畫……五六五

菩薩蠻・酬外子正月十二日吴江風阻寄懷之作……五六五
唐多令・題竹陰美人畫扇……五六六
清平樂・題馮甥月夜聽簫圖……五六六
汪玉軫
菩薩蠻・題郭頻伽鷖盟鷗圖……五六六
醉花陰……五六七
長相思……五六七
偷聲木蘭花……五六七
風光好……五六八
誤佳期……五六八
酷相思……五六八
菩薩蠻……五六八
海棠春……五六九
清平樂……五六九
搗練子……五七〇
范　玉
闌干萬里心・題浮眉樓圖依夫子韻……五七〇
陸　惠
如夢令・寄外子客館……五七〇
菩薩蠻・和外子韵……五七一
浣溪沙・十月十九夜寒甚寄外子客中……五七一
憶舊游・題五湖漁莊圖……五七一
小重山・題岳忠武王玉印用集中韻……五七一
姚　汭
南鄉子・送春……五七二
丁　湘
女青蓮・題蘭馨女史折桂圖……五七二
王　淑
采桑子・閨中四時曲……五七三
金縷曲・秋暮抵里舟泊垂虹有感……五七四
蘇幕遮・春陰……五七四
生查子・送春同楊蕋雲姊作……五七四
百字令・闌干……五七五
柳腰輕・柳影……五七五
珍珠簾・簾波……五七六
燭影搖紅・鐙暈……五七六
掃花游・苔縫……五七六
蝶戀花・觀繩伎……五七七

洞仙歌·題孫夫人梅花小影……五七七
沁園春·愁　用吳穀人祭酒韻……五七八
又　夢……五七八
鳳凰臺上憶吹簫·遲李紉蘭姊信
　不至……五七九
生查子·題畹香樓圖……五七九
許　珠
醉花陰·雪晴和子纖……五七九
前調　感舊懷韻珊夫人……五八〇
柳含煙·和子纖作……五八〇
臨江仙·愁……五八〇
袁希謝
鵲橋仙·七夕……五八一
阮郎歸·八夕戲贈織女……五八一
臨江仙·照影……五八一
雨中花·落花……五八二
點絳脣·感懷……五八二
丁曉霞
菩薩蠻……五八三
水調歌頭……五八三
江城梅花引·冬夜寄故園諸姊妹……五八三
壺中天慢·秋夜悼蘊輝姊用漱玉
　詞韻……五八四
華婉若
菩薩蠻……五八四
珍珠令……五八四
訴衷情·端午……五八五
河傳·雪霽……五八五
漁家傲……五八五
柳梢青……五八六
雨中花·梅花紙帳……五八六
錢靜娟
昭君怨·別弟……五八六

卷二十四 寓賢

唐
張志和
漁歌子……五八七
宋
張　先
定風波令·次子瞻韻送元素內翰……五八八
又　再次韻送子瞻……五八八

又　雲溪席上同會者六人楊元
素侍讀劉孝叔吏部子瞻公擇
二學士陳令舉賢良……五八九
天仙子·時爲嘉禾小倅以病眠不
赴府會……五八九
青門引……五九〇
歸朝歌……五九〇
木蘭花·乙卯吳興寒食……五九一
一叢花……五九二
蘇　軾
定風波·送元素……五九二
晁補之
水龍吟·別吳興至松江作……五九三
葉夢得
永遇樂·寄懷張敏赤程致道……五九三
念奴嬌·中秋宴客有懷壬午歲吳
江長橋……五九四
應天長·自潁上縣欲還吳作……五九四
千秋歲·小雨達旦東齋獨宿不能
寐有懷松江舊游……五九五
吳雲公
念奴嬌·和李山民題吳江長橋……五九六
顧淡雲
水調歌頭·和李山民題吳江橋亭……五九七
袁去華
柳梢青·長橋……五九七
姚述堯
青玉案·和賀方回韻……五九八
葛　郯
水調歌頭·送唯齋之官回舟松江
賦……五九八
前調　舟回平望久之過烏戍值
雨稍憩向晚復晴再用前韻……五九九
丘　崈
水調歌頭·戊戌迓客回程至松江
作……六〇〇
姜　夔
點絳唇·丁未冬過吳江作……六〇〇
玉梅令高平調　石湖家自製此聲
未有語實之命予作石湖宅南
隔河有圃曰范邨梅開雪落竹

院深靜而石湖畏寒不出故戲
及之……六〇一
石湖仙越調　壽石湖居士……六〇一
暗香仲呂宮　辛亥之冬予載雪詣
石湖止既月授簡索句且徵新
聲作此兩曲石湖把玩不已使
工妓肄習之音節諧婉乃命之
曰暗香疏影……六〇二
疏影仲呂宮……六〇二
訴衷情·端午宿合路……六〇三
浣溪沙·丙辰歲不盡五日吳松作……六〇三
慶宮春·紹熙辛亥除夕余別石湖
歸吳興雪後夜過垂虹嘗賦詩
云笠澤茫茫雁影微玉峰重疊
護雲衣長橋寂寞春寒夜只有
詩人一舸歸後五年冬復與俞
商卿張平甫銛朴翁自封禺同
載詣梁溪道經吳松山寒天迴
雲浪四合中夕相呼步垂虹星
斗下垂錯雜漁火朔風凜凜巵
酒不能支朴翁以衾自纏猶相
與行吟因賦此闋蓋過旬塗藁
乃定朴翁咎余無益然意所耽
不能自已也平甫商卿朴翁皆
工於詩所出奇詭予亦強迫逐
之此行既歸各得五十餘解……六〇三

盧祖皋

賀新涼·彭傳師於吳江三高堂之
前作釣雪亭蓋據漁人之窟宅
以供詩境也趙子野約予賦之……六〇五

馮去非

八聲甘州·過松江……六〇六

張　輯

一絲風寓訴衷情·泊松江作……六〇六

劉仙倫

賀新郎·題吳江……六〇七

李彭老

摸魚兒·蓴……六〇七

卷二十五

宋

吳文英

滿江紅夷則宮俗名仙呂宮·澱山湖……六〇九

隔浦蓮近黃鐘商・泊長橋過重午……六〇九
霜花腴無射商・重陽前一日汎石湖……六一〇
江南好・友人還中吳密圍坐客杯深情浹不覺沾醉越翼日吾儕載酒問奇字時齋示江南好詞紀前夕之事輒次韻……六一〇
永遇樂・探梅次時齋韻……六一一
惜黃花慢・次吳江小泊夜飲僧窗惜別邦又趙簿攜小妓侑尊連歌數闋皆清真詞酒盡已四鼓賦此詞餞尹梅津……六一二
十二郎・垂虹橋……六一二
木蘭花慢・重泊垂虹……六一三
聲聲慢・餞魏繡使泊吳江爲友人賦……六一三
喜遷鶯・甲辰冬至寓越兒輩尚留瓜涇蕭寺……六一四
玉漏遲・瓜涇度中秋夕賦……六一四
聲聲慢・和沈時齋八日登高韻……六一四
喜遷鶯・賦王矐庵與閒堂……六一五

李演

摸魚兒・太湖……六一六

黃公紹

鶯嗁序・吳江長橋……六一六

蔣捷

一翦梅・舟過吳江……六一七
賀新郎・吳江……六一八

陳允平

唐多令・吳江道上寄鄭可大……六一八

汪元量

滿江紅・吳江秋夜……六一九
唐多令・吳江中秋……六一九

周密

拜星月慢・癸亥春沿檄荊溪朱墨日賓送忽忽不知芳事落鵑聲草色閒郡僚閒載酒相慰薦長歌清醑正爾供愁客夢栩栩已飛度回橋煙水外矣醉餘短弄歸日將大書之垂虹……六二〇
玉漏遲・題吳夢牕霜花腴詞集……六二一

張炎

壺中天・陸性齋築葫蘆庵結茅於

上植桃於外扁曰小蓬壺……六二一
清平樂・爲陸輔之家妓卿卿賦……六二二
臺城路・爲湖天賦……六二二
祝英臺近・題陸壺天水墨蘭石……六二三
聲聲慢・重過垂虹……六二三
瑤臺聚八仙・爲野舟賦……六二四

張天雨

八聲甘州・舟次垂虹寄元州許道民……六二四

湯彌昌

虞美人・題水村圖卷趙文敏爲錢德鈞圖……六二五
祝英臺近・前題……六二五

束從周

小重山・題依綠軒……六二六

張可久

人月圓・客吳江……六二六

趙由儁

清平調・題陸季道碧梧蒼石圖……六二六

王國器

踏莎行・賦謝氏巫峽雲濤石屏……六二七

明

倪瓚

人月圓……六二七
小桃紅……六二八
江神子・九日……六二八

吳寬

醉蓬萊・答趙栗夫……六二八

文璧

風入松・石湖夜泛……六二九

文彭

漁父詞・余有別業在笠澤之上常課耕於此偶閱黃太史漁父詞喜而繼作……六二九

夏完淳

柳梢青・江泊懷漱廣……六三〇

卷二十六

清

朱彝尊

高陽臺並序……六三一

更漏子・吳江秋泛……六三一
洞仙歌・吳江曉發……六三二
有有令・計甫草索贈吳僮時來……六三二
滿江紅・贈吳佩遠……六三三
沁園春・送葉元禮之真州……六三三
水調歌頭・送鈕玉樵宰項城……六三三
邁陂塘・題顧茂倫雪灘濯足圖圖爲松陵女子沈關關所繡……六三四
又　題徐電發楓江漁父圖……六三四

陳維崧

過秦樓・過疎音閣址乃才媛葉瓊章讀書處……六三五
虞美人・泊舟垂虹橋不及過晤舍妹同緯雲弟悵然賦此……六三五
小重山・泊舟松陵城外未及一晤舍妹賦此寫懷……六三六
念奴嬌・雪灘釣叟爲松陵顧茂倫賦……六三六
前調　送徐松之還松陵兼訊弘人九臨聞瑋電發諸子松之亦名崧……六三七
燕歸慢・松陵道上追感計甫艸趙山子兩孝廉用湘瑟詞韻……六三七
賀新郎・月夜泊舟平望……六三七
摸魚兒・題徐電發楓江漁父圖……六三八

毛奇齡

惜分飛・答吳江徐菊莊見憶原均……六三九
小重山・題吳江女士沈關關爲顧茂倫精繡抱甕丈人濯足圖……六三九

湯思孝

翦湘雲・吳江夜泊……六三九

沈季友

石湖仙・泛石湖……六四〇

厲　鶚

好事近・吳江月夜……六四〇
小桃紅・吳江道中……六四一
摸魚兒・已亥初春過太湖次李秋堂韻……六四一

陸　培

憶少年・吳江道中……六四一

龍　鐸

減字木蘭花・贈小伶鳳珠……六四二

吳錫麒
高陽臺・送徐山民重居南溪老屋……六四二
彭兆蓀
金貂換酒・澗上高風冊爲山民題……六四三
洪亮吉
羅敷媚・題子佩夫人寫韻樓遺詩……六四三
唐仲冕
瑣窗寒・慰嚴小秋悼亡……六四四
王　昶
更漏子・章練塘鄒氏東樓雪夜同邵薇仙邵玉蕖作……六四五
渡江雲・過汾湖訪午夢堂疎香閣故址尚存……六四五
萬年歡・追題葉元禮山塘尋春冊……六四五
驀山溪・題史誦芬秋樹讀書樓圖……六四六
龍光斗
清平樂……六四六
李　福
八歸・辛未八月從武林歸過梨花里訪蔡笠溪同年於媚學齋適趙子鶴同年亦至留飲旬日瀕行填此留別……六四七
清平樂・張叔夏候蛩淒斷一闋贈姑蘇陸行直家妓卿卿作也後二十一年叔夏卿卿俱下世行直寫碧梧蒼石圖書張詞於卷端同時和作者不下數十家事載汪珂玉珊瑚網嘉慶元年秋八月於顧南雅齋頭得見是圖展玩久之欣然追步……六四七
楊芳燦
蝶戀花・吳江道中……六四八
顧　翰
慶清朝・題葉小鸞疏香閣眉子研拓本……六四九
百字令・爲郭頻伽題春山薶玉圖……六四九
憶舊游・過蘆區……六四九
壺中天・過鶯脰湖……六五〇
鵲踏枝・吳江舟次……六五〇
買陂塘・題唐湘帆茂才松陵譜曲圖照……六五一

項鴻祚
木蘭花慢·夜過吳江……六五一
臺城路·大雪過太湖……六五二
孫鼎烜
二郎神·次韻和夢窗垂虹橋……六五二
夏寶晉
高陽臺·江上愁心夜不成寐高槐
叢竹一片秋聲……六五三
湘春夜月……六五三
徵招……六五四
張景祁
八歸·泊舟平望追憶舊游感賦用
白石韻……六五四
諸福坤
青玉案·牡丹……六五五
南浦·花英……六五五
前調　花蒂……六五六
前調　花心……六五六
御街行·送春……六五七
瑣窗寒·春懷……六五七
憶江南·題劉子和畫芳疇燕語……六五八
浪淘沙·題劉子和畫野薔雀啄……六五八
多麗·題改七薌仕女長卷……六五八

卷二十七 補人

明
沈自繼
西江月·贈楊長倩……六六一
臨江仙·哭僚壻張原張……六六二
清
沈自南
鷓鴣天·茗戰……六六三
黃　始
添字昭君怨……六六三
費　鴻
減字木蘭花·雁字……六六四
滿江紅·詠百舌……六六四
沈廷揚
念奴嬌·對影……六六五
費元衡
水調歌頭·贈禾郡王廣文……六六五
沈　霆

浣溪沙·疊原韻酬焦音……六六六
潘謙
釵頭鳳·閨怨康熙三十九年庚辰起予方二十歲……六六六
採蓮子·本意做花間集皇甫松體併和原韻四十年辛巳……六六六
菩薩蠻·春日郫居每句限用一美人名……六六七
前調　四季閨情……六六七
沈彤
月中行·夜雨不寐……六六八
潘眉
菩薩蠻·陳少眉載春圖……六六八
鳳凰臺上憶吹簫·陳子玉鄧尉尋春圖……六六九
嚴湘帆
唐多令·客中歲暮……六六九
前調　春遊……六七〇
西江月·夢遊浣香樓……六七〇
臨江仙·宮怨……六七〇
王棠
百字令·題顧菊薌蒹葭秋水圖……六七一
葉蘭生
慶宮春·題顧菊薌蒹葭秋水圖……六七一
費卿榮
千秋歲……六七二
計棠
滿庭芳·水仙……六七二
任廷昶
滿江紅·題計慰楓書劍飄零圖……六七三
于清
明月棹孤舟·題葉漁莊承桂五湖漁莊圖……六七三
張益齡
蝶戀花·題陶譜琴幽篁獨坐圖……六七四
葉錦棻
賀新郎·賀范少臺新婚……六七四
更漏子·贈別……六七五
惜分釵·慰范璧卿悼亡……六七五
玉樹後庭花·賀范望溪表兄令郎周晬……六七五
東風第一枝·贈范菊人表兄……六七五

沈春榮
風入松・七月十四薦新哭大父……六七六
浪淘沙・題西子浣紗圖……六七六
百字令・題靜坐延年圖……六七七
點絳唇・題梅花美人圖……六七七
浣溪沙・題桐影美人圖……六七七
沈　纕
蝶戀花・春莫……六七八
清平樂・題素琴畫蘭贈清溪夫人並啟……六七八
酷相思・春歸同清溪作……六七九
玉樓春・送春和素窗姊作……六七九
珍珠簾・白燕……六八〇
高陽臺・代家大人贈廣陵九校書作……六八〇
貂裘換酒・重贈……六八〇
宋
趙汝淳以下寓賢
青玉案・釣雪……六八一
無名氏
滿江紅・釣雪亭……六八二
國朝
鄒　銓
湘月・酒樓寫贈柳大棄疾……六八三
臨江仙・巢南不良於行欲偕予游湖上候輿夫不至作……六八三
漁家傲・傷春……六八三
望海潮・陪巢南鈍劍登六和塔和鈍公韻……六八四
點絳唇・步鈍劍韻……六八四
卷二十八補詞
宋
范成大
念奴嬌……六八五
滿江紅……六八五
千秋歲・重到桃花塢……六八六
浣溪沙・燭下海棠……六八六
又　新安驛席上留別……六八六
又……六八七
朝中措・丙午立春大雪是歲十二月九日五時立春……六八七
又……六八七

又……六八七
又……六八八
南柯子·七夕……六八八
水調歌頭……六八八
又　燕山九日作……六八九
鵲橋仙·七夕……六八九
宜男草……六九〇
夢玉人引……六九〇
菩薩蠻……六九一
又……六九一
臨江仙……六九一
減字木蘭花……六九一
又……六九二
又……六九二
又……六九二
又……六九二
鷓鴣天……六九三
又……六九三
又……六九三
又　雪梅……六九四
好事近……六九四
又……六九四
卜算子……六九五
又……六九五
虞美人·寄人覓梅……六九五
又……六九五
又……六九六
又　紅木犀……六九六
醉落元·魂夕……六九六

明

史鑑

醉桃源·寄劉邦彥……六九七
青玉案·武夷……六九七
風入松·會稽……六九八
金人捧露盤·金陵……六九八
滿江紅·贈歌者……六九八
水調歌頭·沈經衛賞杜鵑花……六九九
孤鸞·賞牡丹……六九九
玉蝴蝶·贈歌妓解愁兒……七〇〇
渡江雲·閏月燈夕觀戲……七〇〇
百字令·贈妓有序妓名玉蘭……七〇〇
又　詠妓名妓枝桂……七〇一
哨遍·端午日飲都玄敬於豫章堂……七〇一

吳　易
一剪梅・秋湖……七〇二
漁家傲・漁父……七〇三
滿江紅・姑蘇懷古……七〇三
前調　彭城懷古……七〇三
沈自炳
蘭陵王・秋日書懷……七〇四
沈永啟
憶秦娥・酒闌對月……七〇四
玉樓春・仲秋晦夜效溫飛卿體……七〇五
前調　漫言……七〇五
臨江仙・獨坐偶成……七〇五
天仙子・孤燈獨坐……七〇六
滿江紅・文將叔歸隱南莊……七〇六
雨中花慢・哭醒公弟……七〇六
木蘭花慢・將歸平坵留別孫商聲道兄……七〇七
前調　秋杪將返平坵留別吳友陳再王兩表弟……七〇七
前調　慰陳天游甥倩悼亡……七〇八
水龍吟・遺懷……七〇八
前調　辛卯中秋僦居湖上憶舊……七〇九
尉遲盃・書悶……七〇九
惜餘春慢・重閱葉蕙綢表姊遺稾……七〇九
沁園春・子才姪從余肄業三載庚寅春將負笈於舅氏葉雲期余己丑冬暮解館書此爲別……七一〇
沁園春・庚寅秋日館中得內子札書此答之……七一一
前調　輓許節婦金夫人……七一一
賀新郎・聶叔夏道兄劇談舊恨爲作送春詞以記之……七一二
前調　壬戌夏五張煥文道兄郵寄四愁全集冬莫余遄歸故里不獲一晤譜此代別……七一二
前調　歸憩故園用南莊叔投贈原韻……七一三
前調　秋日聞退密師抱恙都中譜此志懷……七一三
邁陂塘・來止兄鑿池既畢草廬落成屬詠……七一四
浪淘沙慢・中秋月夜……七一四
沈永禋

憶江南·南村詞……七一五
眼兒媚·秋夜不寐……七一五
鷓鴣天·閨怨……七一五
虞美人·春盡……七一六
南鄉子·詠紫籐花……七一六
踏莎行·春恨……七一六
滿江紅·秋感……七一七
木蘭花慢·冬日諧賞園感舊……七一七
望湘人·茉莉……七一七
金縷曲·感憶……七一八

卷二十九

清

葉舒胤

壽星明·壽沈一指表叔……七一九
前調　壽吳慊庵先生……七一九

葉舒崇

卜算子·荷珠……七二〇
前調　榆錢……七二〇
沁園春·美人齒……七二〇

丘　乘

賀新郎·寄倪文來……七二一

沈　雄

沁園春·感遇……七二二
賀新郎·紅橋感舊……七二二
虞美人·櫻桃……七二三

周　銘

鶯啼序·自題林下詞選……七二三
賀新郎·友人促余入都悵然賦此……七二四
浪淘沙·松下疊石初成……七二五
行香子·擬豔……七二五
虞美人·贈歌者……七二五
菩薩蠻·記豔……七二六
柳梢青·願在眉而爲黛……七二六
漁歌子·本意……七二六
沁園春·家㕑雙駒……七二六
前調　詠雁追和高季迪韻……七二七

沈時棟

憶江南……七二八
浣溪沙·東家威音……七二八
菩薩蠻·山遊歸詠……七二八
減字木蘭花·風前楊柳……七二八
前調　題美人便面傍有梅花水月……七二九

前調　題東樓壁……………………七二九
山花子・曉妝……………………七二九
柳梢青・願在眉而爲黛…………七二九
西江月・別怨……………………七三〇
鷓鴣天・記憶……………………七三〇
春去也・本意疊冬呈原韻………七三〇
踏莎行・鬥草得笑字……………七三〇
蘇幕遮・綺牕私語聲……………七三一
前調　席上猜枚聲………………七三一
隔簾聽・深閨聞百舌……………七三一
最高樓・縹緲清戀………………七三二
洞仙歌・和東坡摩訶池夏夜原韻…七三二
江城梅花引・書齋坐月…………七三三
意難忘・賦得千樹桃花萬年藥不
　知何事憶人間…………………七三三
東風齊着力・願在竹而爲扇疊
　華胥詞原韻……………………七三三
滿江紅・慰友悼亡………………七三四
滿庭芳・遣興……………………七三四
前調　斜陽疊聆缶詞原韻………七三五
水調歌頭・金庭探梅……………七三五
前調　潄水署中聞促織…………七三六
鳳凰臺上憶吹簫・月中閒步影……七三六
前調　鏡裏簪花影………………七三六
八聲甘州・柬柯亭弟……………七三七
前調　秋登靈巖追和吳夢窗原
　韻………………………………七三七
前調　追和柳屯田原韻…………七三八
慶清朝慢・詠繡西施浣紗圖疊蓉
　渡詞原韻………………………七三八
高陽臺・詠繡高唐神女圖疊延露
　詞原韻…………………………七三九
念奴嬌・秋懷……………………七三九
解語花・對瓶中花………………七三九
東風第一枝・月夜探梅用史梅溪
　春雪韻…………………………七四〇
換巢鸞鳳・寄憶用梅溪詞韻……七四〇
月華清・白鷳同虹亭韻…………七四一
前調　賦得寒氣逼人眠不得鐘
　聲催月下迴廊疊蓉渡詞原韻
　本宮人題壁句…………………七四一
木蘭花慢・秋夜納涼……………七四二
前調　送春………………………七四二
風流子・春豔疊韻………………七四二

疎影·芭蕉疊江湖載酒集原韻……七四三
沁園春·慰友……七四三
賀新郎·訊陳亦翁時年八十……七四四
邁陂塘·題張太史雪霽南轅圖疊
新定毛鶴舫先生原韻……七四四
多麗·賦得書幌誰憐夜獨吟……七四五

吳景果

菩薩蠻·山中晚眺……七四六

葉舒璐

山花子·曉妝……七四六
西江月……七四六
洞庭春色·偶檢亡姪憬疏小詞愴
焉有感……七四六
滿庭芳·贈沈焦音表兄……七四七
踏莎行·蜂衙……七四七
沁園春·友人劇談舊恨代此誌惋……七四八
金縷曲·金陵懷古……七四八
百字令·懷徐方思……七四九

卷三十

清

徐達源

菩薩蠻·題陳秋史亭角尋詩圖……七五一

郭　麐

清平樂·代贈……七五二
玉樓春·贈女郎阿巧……七五二
如夢令……七五二
念奴嬌……七五二
前調　寄酬嚴丈歷亭時將赴金
陵……七五三
滿江紅·湘　惠研……七五四

陳子諒　瀌

南浦·題恬園叔秋江垂釣圖……七五四
滿江紅·題邱海士集……七五五

陳蕊元

一剪梅·題李八愚聽鶯軒詩草……七五五
點絳唇·美人風箏……七五五
憶蘿月·題唐銀槎西窗話舊圖……七五六
蝶戀花……七五六
醉太平……七五六
少年遊……七五六
清平樂……七五七
菩薩蠻·題周夢塘小影……七五七

菩薩蠻·題周夢塘小影……七五七
朱瑞增
浪淘沙·題伯海峨松圖冊……七五七
菩薩蠻·題綠雲吟館詞……七五八
金縷曲·題伯海小像……七五八
前調　寄葑溪徐子晉……七五九
疏影·題陶鳬鄉先生粱紅豆樹館詞即用集中第一闋韻……七五九
金縷曲·題屈弢園爲章竹滬漁唱詞即用集中韻……七六〇
乳燕飛·題海昌蔣生沐明經篝燈教讀圖……七六〇
洞仙歌·題二十四橋圖……七六一
桂枝香·花朝後一日家伯暨同人探梅鄧尉玄墓諸山予枯坐齋頭未曾出遊拈此攄懷……七六一
柳梢春·春雨……七六一
臺城路·落梅……七六二
黃寶書
滿江紅·題蒹葭秋水圖……七六二
莊人寶
洞仙歌·題青浦王伯瀛炳華泛海圖……七六三
黃元芝
滿江紅·茂苑錢苕卿茂才以舒鐵雲瓶水齋詞屬題凡琴尾詞湘雪譜讀夢樂句畫禪秋影共四卷……七六三
明閨秀
葉小紈
蝶戀花……七六四
清
沈友琴
減字木蘭花·風前楊柳……七六五
沈御月
南歌子·畫扇贈女伴……七六五
陸　惠
憶舊游·題五湖漁莊圖……七六五
樂府指迷（宋·沈義父著）…七六七
四庫全书提要……七七六
舊跋……七七八
後序……七七九

詞旨（元·陸行直述）……七八一
詞旨敘……七八一
詞旨上……七八五
詞說七則……七八五
屬對凡三十八則……七八九
樂笑翁奇對凡二十三則……七八九
詞旨下……八〇七
警句凡九十二則……八〇七
樂笑翁警句凡十三則……八二八
詞眼凡二十六則……八三一
詞旨暢舊序……八三八
詞品（清·郭麐著）……八四一
幽秀……八四一
高超……八四一
雄放……八四二
委曲……八四二
清脆……八四二
神韻……八四二
感慨……八四三
奇麗……八四三
含蓄……八四三
逋峭……八四三
秾豔……八四四
名隽……八四四
問花樓詞話（清·陸鎣著）……八四五
自序……八四五
原始……八四五
命題……八四六
寄調……八四六
換頭……八四七
小令……八四八
長調……八四八
南北曲……八四九
古今韻……八四九
蘇辛周柳……八五〇
唐宋元明……八五〇
疊字……八五一
錄要……八五二
詼嘲宜戒……八五二
傳聞須慎……八五三
菉斐軒……八五四
草堂本……八五四
跋……八五七

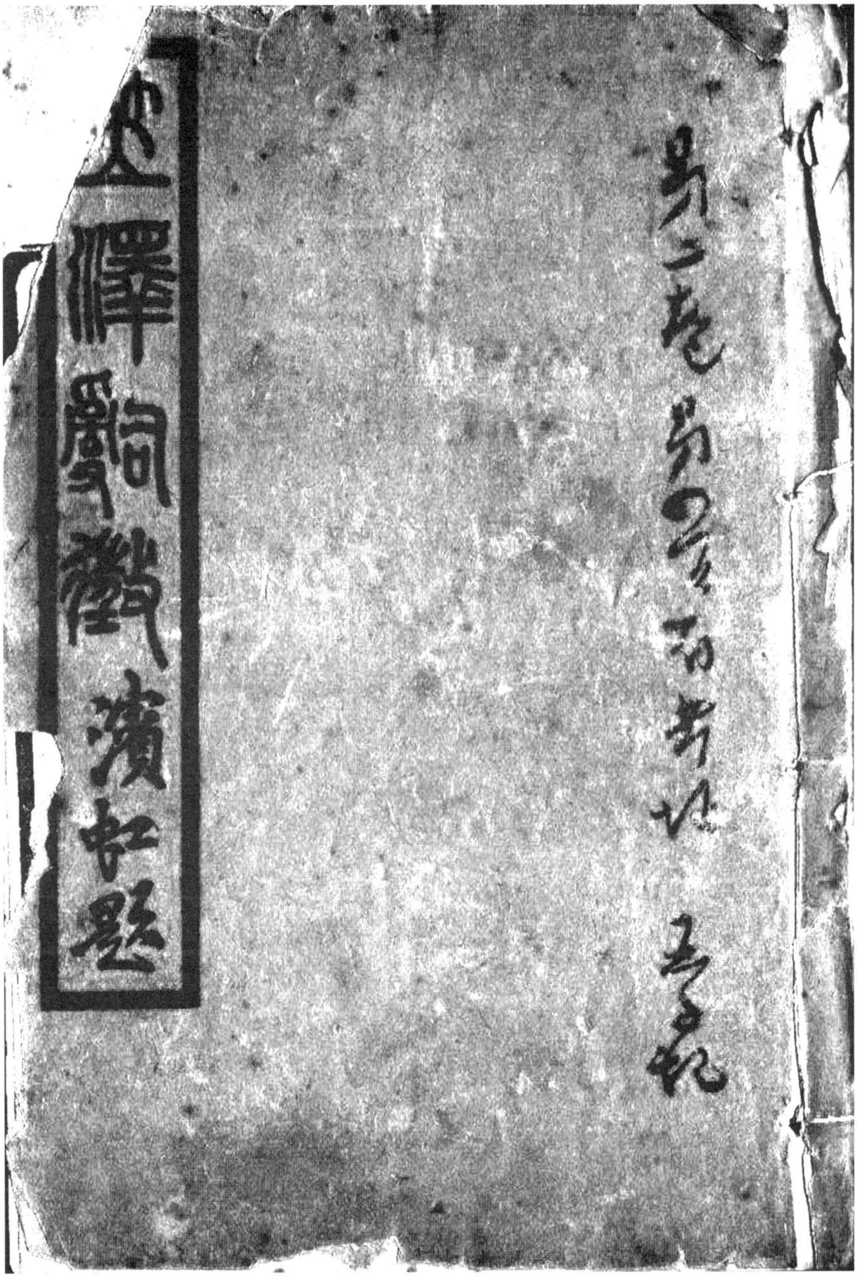

《笠澤詞徵》一九一五年重印本封面

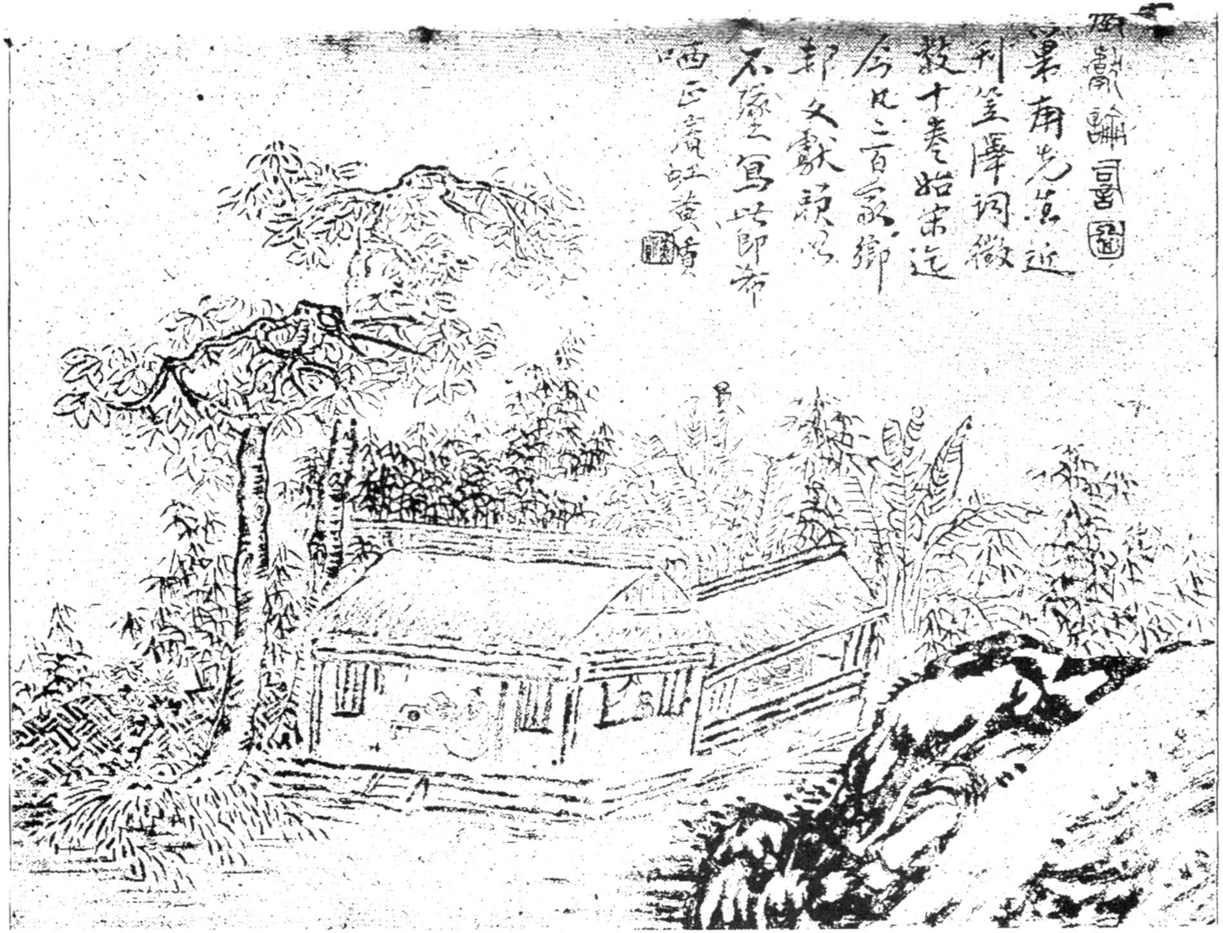

黃賓虹爲《笠澤詞徵》一九一五年版所作繪畫

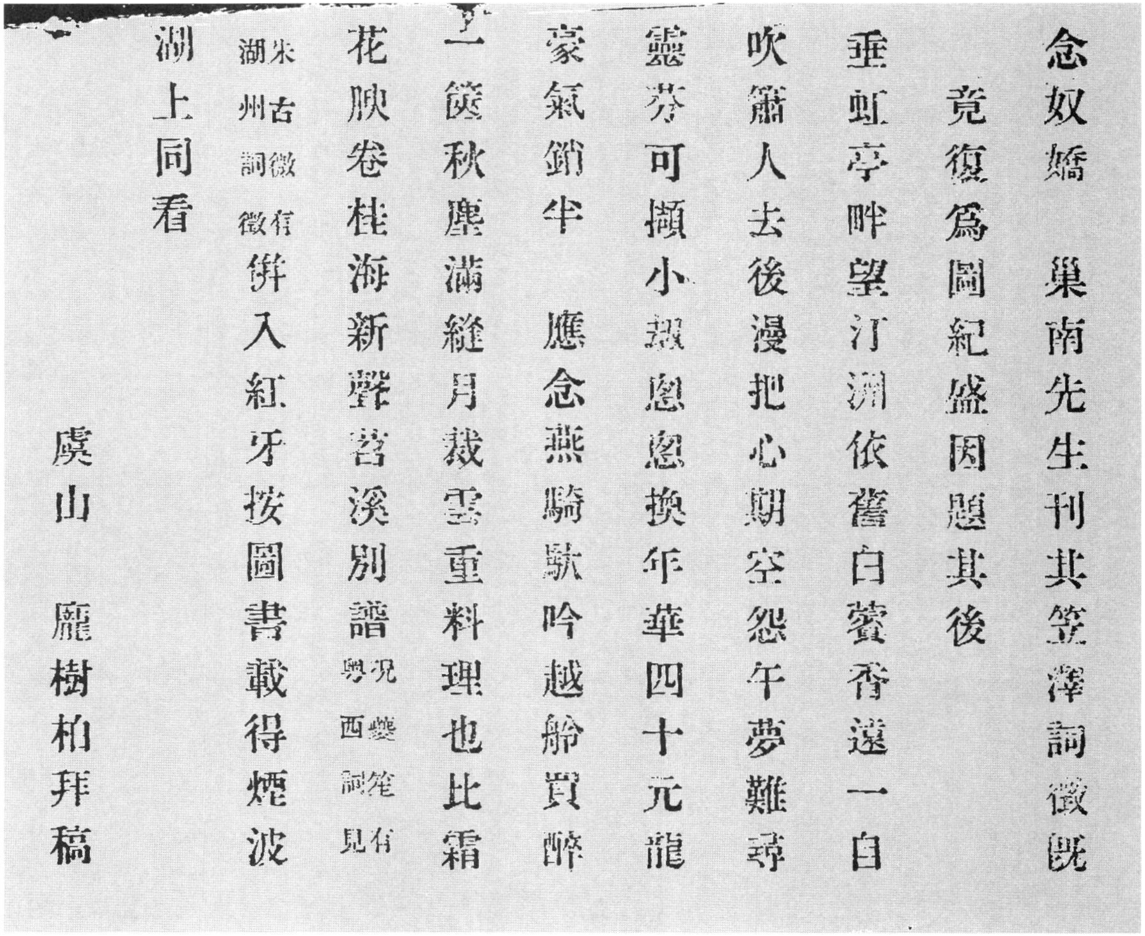
念奴嬌　巢南先生刊其笠澤詞徵既
竟復爲圖紀盛因題其後
垂虹亭畔望汀洲依舊白蘋香遠一白
吹簫人去後漫把心期空怨午夢難尋
靈芬可擷小啜忽忽換年華四十元龍
豪氣銷半　應念燕騎馱吟越船買醉
一篋秋塵滿縫月裁雲重料理也比霜
花腴卷桂海新聲苕溪別譜況夔笙有粵西詞見
朱古微有湖州詞徵併入紅牙按圖書載得煙波
湖上同看
虞山　龐樹柏拜稿

《笠澤詞徵》一九一五年版龐樹柏題詞

笠澤詞徵

濱虹題

笠澤詞徵

蕭蛻署

黃絹幼婦外孫韲臼

敘

吳江陳巢南輯其邑中自宋至清之詞凡二百餘家題曰笠澤詞徵刊於歇浦友人安吳胡韞玉敘之曰慨自輓近士子好箸書不好刊書日買廢銅以事鼓鑄短簡小册充塞書肆閱之令人憎惡而古人瀏亮精妙之文反致湮沒不顯文字之厄未有甚於今時也陳子文詞爾雅卓乎可傳顧不自刊集獨搜羅故老遺賢之詞爲之輯而傳之陳子迥異乎人哉陳子謂余是編之成凡十有四載此十四載中嘗東浮滄海南走閩粵西涉湖湘北踰幽燕放棹西子之湖驅車山陰之道未能一日安居也獨于詞徵之輯未嘗稍輟然則嶺海渺茫朔風凜冽吾知陳子必展玩是篇慷慨悲歌泣數行下者若夫山水清奇雲烟澄澹清氣沁人空翠欲滴曼聲長歌張志和斜風細雨之句當又必然心曠而神怡也陳子之於詞徵固悲樂與共者乎又謂

嘗於役新安過安吳泛舟桃花潭時値隆冬雪大如掌山寂無聲人清欲絕乃獨挾詞藁高歌下酒酒酣耳熱推篷一望玉嶂在前水澈見底以爲宛陵山水之奇不數剡溪訪戴意必有詞人畸士生於其間若梅聖俞施愚山之文采風流尚能徵乎余聞之赧無以應顧益以知陳子之輯詞徵其用心爲高人一等也嗟夫古之文人寄迹草野吟詠自娛每當一韻之奇一字之巧不知幾費心血以祈必傳乃時移世異書卷飄零而後起之英又好自騁才牽爾著作鋟梨壽棗以求名高古人文字漠不加意若余者乃亦不能輯鄉賢之遺文傳之而陳子能之此其用力詎非獨勤也歟社盟弟安吳胡韞玉謹叙

序

吾友陳子佩忍既刊行松陵文集之二年又次第刊行其所輯笠澤詞徵遠道貽書郵本見示祖澤受而讀之見其始宋迄清甄錄者逾二百家揚扢風雅闡彰舊聞摶精壹意網羅無遺可謂盛矣吾邑自中唐以來聲韻之學導源皮陸方軌齊軫代有作者而長短句實爲詩餘之祖北宋而後才雋輩出凡上公騷客碩彥名媛跡其遙情勝概殊呻豪吟抗手蘇辛肩隨秦柳曾何多讓然七百年來勤山先輩始有輯錄流傳未廣孤本難求篇第概略未由窺涘嗣是厥後音塵闃如陳子以後起孤根振斯墜緒覷幽索隱遠紹旁搜舉凡冷攤僻肆官書私譔悉其心目之營謀偶有所得恆於客邸旅廨雪鈔露纂首尾十年一一整理出之塵翳而悠然遐寄芬芳悱惻之懷尤在趙朱末禩篩士遺黎之作零篇墜簡或遇之非望互慰大歡如獲瓌寶

自古在昔先民有作張皇耳目發攄韶頀非君莫任風雨如晦雞鳴不已後之視今亦猶今之視昔玄黃反復道喪斯文緊我陳子靈想在襟含宮嚼徵耽研一室篋有成書斯亦天心來復之見端而詞苑沈沈中空谷足音也一別十年鬢毛各蒼回憶退思堂前君在里中設帳處文酒高譚顯如昨夢荏苒分飛愉悴異境卷施之草拔心不死傷懷家國祝宗是祈又何暇措心文字塈室荒江朔風如吼讀君是編感日月之不淹景前修而仰止吾知垂虹釣雪之鄉必有姚冶驚才狎主齊盟繼靈芬洮瓊而起以慰君守先待後之盛心者遐想所在或成事實願君崇令德皓首以爲期此則下走綴辭簡末之微意也民國二十年陽月金祖澤謹序

序

吾邑川原清麗地氣疏明人毓具區之靈家挹楓江之秀漢晉而下代有聞人梁苑蜚聲嚴夫子之文采吳江歸思張曹掾之風流玉篇擷蒼雅之精斯文宛在漁具擅東南之美倡和偏工夫固疋疋儲儲登諸藝苑麟麟炳炳蔚爲文宗矣迺樂府翻新茲事亦盛玄眞開山流風用邑嗣音不虛作者代起此求彼應前喁後于白石宗風玉田雅趣一鄉之善薈而萃焉夫題襟捉席嗟已事之成塵聞樂拊心應求聲于既往惟是年代牢落聞睹差池冥搜乾螢讀殘絳蠟柳耆卿曉風殘月蘇學士玉宇瓊樓鱗爪一現顯晦輒殊起九京之賢而會於一室數百家之珍以蔚爲巨觀不戛乎其難哉陳子巢南乃有笠澤詞徵之輯上自唐宋下迄今茲計二百餘家都二十六卷莫不奮藻含章揚華振采具馨逸之致窮幼眇之音各自名家徽徽稱盛蓋

亦足追溫尹湖州之輯凌香東粵西之徵矣夫靈響遙集詎僅徵文獻于陬隅而雅聲遠姚抑以覘升沈之世運乃者關山澒洞宇宙蜩螗素琴已焚黃鐘並棄斯文之墜不絕如縷先哲云亡來日大難陳子獨咀含鄉味模範前型選材於辛柳之林瓣香於歐黃之室荒江孑影猶見大雅之遺滄海横流未忘正樂之志則是編之輯豈惟古瑟獨彈寒竽失響其所以存劫餘之先矱爲來哲之引嚶者厥功爲匪尠也若謂身拘魁父之邱目窘涔蹄之水在鄉言鄉得寸則寸是殆未知陳子出處大概而豈足以語有心人之樂操土風數典述祖也耶是爲敘同盟弟蔡寅謹敘

序

陳子巢南以所撰笠澤詞徵剞劂將半屬余一辭巢南博聞强識鄉邦文獻若數家珍居恒咤歎潘氏文集朱氏文徵顧氏文起周氏文粹之淪胥俱盡淩氏文錄之拘拘輓近遺漏弘多時引爲病至若周氏詞選之弗彰二百年來尤廣陵絕響雖好事如郭靈芬不聞有所采掇坐令宋明以來名卿長德騷人逸士閨秀寓賢之清詞綺語漂搖放失胥在若明若昧間不獲有所附麗以永其傳寧非枌榆之不幸而詞苑之大哀乎用是發奮思補纂文集以追力田之舊別撰詞徵竟勒山未竟之業晦明風雨十載於茲文集卷帙繁重先刊初編以質當世而詞徵二十六卷迺次第殺青焉其用力可謂勤矣棄疾不敏疎於倚聲纏律之學少有所作託體蘇辛弗諧時尚復慮偭規越矩重爲當世詬病君苗焚硯班掾投筆追敢妄有論列以辱先民

唯是詞徵之輯造端經始實廁前馬鈔胥羣籍摭拾遺聞亦微有一日之勞故于其成不能不手爲加額慶舊物之重光也中華民國二年十二月邑子柳棄疾謹叙

序

昔黃山孫默無言居揚州嘗歲暮渡江欲徵鄒程邨彭羨門王阮亭三家所箸麗農延露衍波詞合刊之陽羨陳迦陵贈以詩曰秦七黃九自佳耳此事何預卿飢寒蓋竊笑其好事也吾師巢南子當珠申末造揭櫫民族倡導國人爲文章踔厲奮發盪人心魂節概昭著一時天下謀光復者固罔不知有巢南其人矣顧獨不屑取功名殷殷然以倚聲自娛所撰病倩詞步武姜張肩隨辛柳洵能合空靈雄健爲一罏者然又自閟恐惟人知而時喜求他人之詞刊之戊申歲暮曾爲余刻懺慧詞明年冬又爲其鄉袁節婦刻寄塵詞頃歲又暮矣吾師方從塞外歸迺甫卸裝即盡刊其所纂笠澤詞徵如干卷噫何其孜孜弗勸而甚於無言之好事也然余觀是編始宋迄今代有採討舉凡達官名彥寓賢閨閣弘章鉅製斷簡殘篇罔不兼綜博采次

第分明煌煌庳誠一邑之巨觀而千秋之盛業也詩有之曰維桑與梓必恭敬止詞雖小道而屬之掌故則關繫至鉅夫亦何遽可以好事目之耶刋且竣來督爲叙自慙弇陋于清空騷雅之旨茫無所會惟當師編纂時華固嘗執筆其後爲之攷訂而斠寫者亦六閱寒暑矣感歲月之不居喜陳編之有獲因爲叙之如此亦使讀其書者知方今之世菰蘆人物尙有忍飢寒而爲無言之所爲者其襟抱又豈尋常所可測哉民國二一年歲暮欒兒徐自華謹敘

序

慨自風雅道喪詩餘迺興含情綵邈體物瀏亮襲騷選之餘音以比興爲職志美人香草闡厥風情秋月春花供其陶寫登山臨水隔千里兮懷人弔古傷今望星河而飲涕凡茲賦咏悉本靈襟以言音聲奚殊正始是以文史從容之彥江湖嘯傲之身關山之所跋涉戎馬之所奔馳與夫思婦羈人孤臣戍卒際風塵之澒洞值雨雪之紛綸莫不哀嘯孤呻馳魂盪魄托微言于短律發清響於寥穹也寧云玩物喪志儒者所鄙雕蟲小技壯夫不爲哉吾邑松陵古號笠澤具區萬頃洞庭雙峙雲樹翳其微茫風濤震而相盪晴波瀲灩有白鷗沙鳥之翔繡壤交加足秔稻魚蝦之利所謂地擅茲勝天竺厥生非無故也故夫畸人碩士彬彬蔚起文章經濟停庫其倫試披潘氏獻集之所頌歎（松陵獻集明節士潘檉章田力著）固知文學淵藪具在於是而區區倚聲

亦遂奄有羣妙獨擅當時焉何言之蓋趙宋南渡塡詞始盛衣冠之儔都諳音律風聲所樹朝野翕然而吳江一縣爲王畿所屬且當南北衝涂舟車輻輳垂虹明月釣雪晴沙斜日鱸鄉半篙淞水固才人之所凝想而舉世以爲風流者也水調歌成驚潛龍之出聽梅花曲譜載紅袖兮歸來韻事流傳作者紛起壺天詞旨承玉田張氏之傳（陸行直字輔之著詞旨二卷）伯時指迷闡夢窗覺翁之奧（沈義父字伯時別號時齋著有樂府指迷一卷）海棠月滿度徹瓊簫（行直有致仕還分湖間訊海棠詩又題其所居曰舊時月色）秋草墳荒憐伊鬼唱（行直姬人卿卿墓在北羽圩）雖舉目有河山之異而遺民無被袵之羞故胡元入主騷壇遽絕嗣響至朱明踐祚墜緒乃獲重尋然而一線中微仔肩匪細設當斯文絕續之交不有博雅弘通之彥爲之提倡風騷別裁僞體則後之學者從事其間將何所稟承而明厥趨嚮是斯道不幾淪墜而迷謬日以繁滋哉迺詞隱先生出吹律定聲訂正宮譜

而承學之士遂得門徑天寥道人繼之伉儷以外競尚新聲帷房之內爭傳樂府庸是沈氏一門人人有集汾湖諸葉葉葉交光天台無葉泐師敘反生香集語也誦吳門懷古諸篇擊唾壺而欲缺長興伯吳易著北征小咏有滿江紅懷古諸題諷胥江競渡之闋欷流水兮無情沈自炳女闌支有水龍吟一闋以弔屈原實則悲其父之沒於王事耳詩曰人之云亡邦國殄瘁語云不有佳作其何以興則當此之時安得不廢書而歎掩卷欲泣耶或者顧謂茲事猥瑣無與家國向阿堵傳神非大處落墨豈通論哉是故讀滿江紅調悲鵬舉之栖遲唱大江東去慨坡翁之鬱勃而循是以求吾喆蓋非長興吳公中書沈公殆莫屬焉秋笳虹亭曾何足比而事愈可傷已自是厥後巳畦玉樵繼踵增武學山元禮更倡迭和香嚴瘦山並簪飛鴻海紅之篇辛甫壬甫且有潛吉宜雅之集而浮眉樓主崛起孤根之中湘湄袁氏承襲爾雅之後尤能發揮指趣推闡幽微淹花間草堂之長邀黃絹

幼婦之譽遂乃執持牛耳雄長騷壇無尹邢避面之嫌有瑜亮一時之目而靈芬洮瓊竟爲詞學宗焉豈不盛哉嗟嗟江湖日下悲韶護兮難求邏迆紛陳聽箏琶之迭奏過嚳宮而訂樂彈徹胡琴采孺子之新歌不成楚調陽春白雪傾耳誰聞下里巴音逢場輒遇詩有之曰如蜩如螗如沸如羹此之謂也禮不云乎昔吾有先正其言明且清何可得哉僕用奮慨以爲和聲鳴盛繼絶元音而抱缺守殘願爲己任際荒江之垂翅聊竹素兮游心剔明熖於將微撥餘灰而使爇竊不自揆就所攬撫輯北宋謝絳以下迄於近代凡若而人詞若干首爲書二十卷別撰閨秀寓賢諸作各得三卷附之都成集二十六卷名曰笠澤詞徵用副所纂松陵文集行焉嗚呼我邦人諸友大夫君子誠欲攷往哲之遺風續枌榆之盛業其詳覽之庶無書已己酉仲秋下浣五日陳去病敍於古金昌亭下吳趨里

凡例

吾鄉爲文學淵藪人材輩出詩文詞曲彬彬稱盛故余既編松陵文集貽後來者之模楷復於其暇纂述斯帙用存一方之雅音始宋迄今凡七百四十餘年得人二百數十爲卷二十有六創稿於清季庚子春仲告成於民國二年之冬計十有四載而予無聞之歲亦忽焉至矣感流光之易邁喜梨棗之能新爰記好懷聊以自慶云爾

承平之際儒生好古往往輯存前賢遺箸以免放失故邑中詩文輯本向亦不少獨倚聲自勒山周先生曾事纂集外竟無所聞且已亡佚不傳良堪惋念相傳先生嘗游日本登泰岱予亦曾經滄海俯覽亭云本編之作即謂高賢是比要何敢讓

詞肇於唐盛于宋中衰於元明而復盛乎清吾邑建自五季時方假攖騷雅弗聞至宋謝氏自富春來遷父子兄弟咸以文學仕宦有聲

於時繇是詞采翩翩耀江澨矣故茲集即以弁首而玄眞子綠蓑青笠一調又爲騷壇絕唱徒以其非土著因列之寓賢俾領袖羣彥

有宋遺民沈義甫夙與夢牕吳文英游頗喜塡詞箸樂府指迷爲倚聲家圭臬獨其詞未見陸輔之行直從樂笑翁游撰詞旨數十百則極號精博顧詞亦殊尠至明詞隱先生沈璟箸述尤富而詞竟不傳撫書凝想知古今雅樂之淪墜于水火兵燹者蓋極夥矣

輯書有三難搜羅斠讎與選別是也而選別爲尤難余爲是編自愧學識譾陋未能窺見詞家三昧故於前人名作徵特不敢輕事去取即搜求攷較亦恆虞弗逮幸賴四方名彥與枌榆故舊爭相贊助俾成完箸義心清尙俱堪矜式甯第攻錯之功而已哉

中華民國二年癸丑冬暮巢南陳去病重識於海上之百尺樓

笠澤詞徵目次

卷一
謝絳　李山民　范成大
卷二
趙礵老　陸行直　陸祖允
卷三
沈韶　徐有貞　史鑑　吳洪
卷四
趙寬　周用　吳山　吳邦楨　沈一泉
袁黃　沈自徵　周永年
卷五
葉紹袁　吳易　沈自炳

卷六

毛瑩　俞南史　顧樵　湯豹處　鄒樞

吳鏘　沈永啓　沈永禋　沈世潢

卷七

沈永令　董衡　吳兆騫　葉燮　葉舒胤

葉舒崇　俞瑒　邱乘

卷八

鈕琇　沈雄　周銘　吳榷　沈丹棣

卷九

徐釚　沈時棟　徐湄　吳景果　葉舒璐

唐維中　周廷諤　沈栩

卷十

沈曰霖　張棟　曹吳霞　袁棟　楊復吉
吳中奇　汪鳴珂　朱剡光　史善長　金之原
顧我樂　項蕚　周本　徐達源　周霽
周鶴立　屠拱垣

卷十一
袁棠　任兆麟　朱春生　程邦憲　邱岡
趙筠　朱世傳　袁箴　袁宸

卷十二
郭麐

卷十三
趙函　馮珍　陳燮　陳子諒　陳佐猷
陳對　陳三陛　陳蕊元　陳山壽　陳山甫

陳盆壽　倪簡在　吳承錫

卷十四

鄭　璜　葉　鑌　沈　煥　翁　雒　袁廷珍

袁廷瑞　陳來泰　朱瑞增　丁兆寬　王觀潮

金作霖　韓森寶　王錫璵　陸日勳　邱曾詒

徐錫第　郭　枏　王與沂

卷十五

楊秉桂　周夢台　陳希恕　史致充　金鍾秀

張　沅　張　澹　孫靈琳

卷十六

唐壽萼　張寶鏞　張寶鍾　楊廷棟　施仁政

卷十七

仲　湘　沈曰壽　沈曰富　沈曰康　柳清源
殷壽彭　黃增祿　仲孫樊　計光炘　宋恭敬
卷十八
陳壽熊　董兆熊　金春渠　金文淵　袁廷琥
袁汝英　金　華　葉乃溱　周乾元　吳文通
吳　樟　吳霞佐　吳雲紀　黃楚湘　王　禮
任薦瓚　黃寶書　陸　焜
卷十九
柳兆薰　陶　然　沈景修　莊人寶　淩　泗
柳以蕃　淩其楨　楊壽煜
卷二十
袁汝龍　袁汝夔　任艾生　李我泉　施紹書

沈友琴　沈御月　唐　棣　吳瓊仙　汪玉軫
范　玉　陸　惠　姚　汭　丁　湘　王　淑
許　珠　袁希謝　于曉霞　華婉若　錢靜娟

卷二十四 寓賢

張志和　張　先　蘇　軾　晁補之　葉夢得
吳雲公　顧淡雲　袁去華　姚述堯　葛　郯
丘　崈　姜　夔　盧祖皋　馮去非　張　輯
劉仙倫　李彭老

卷二十五

吳文英　李　演　黃公紹　蔣　捷　陳允平
汪元量　周　密　張　炎　張天雨　湯彌昌
東從周　張可久　趙由儁　王國器　倪　瓚

吳　寬　文　璧　文　彭　夏完淳

卷二十六

朱彝尊　陳維崧　毛奇齡　湯思孝　沈季友
厲　鶚　陸　培　龍　鐸　吳錫麒　彭兆蓀
洪亮吉　唐仲冕　王　昶　龍光斗　李　福
楊芳燦　顧　翰　項鴻祚　孫鼎烜　夏寶晉
張景祁　諸福坤

卷二十七 補人

沈自繼　沈自南　黃　始　費　鴻　沈廷揚
費元衡　沈　霆　潘　謙　沈　彤　潘　眉
嚴湘帆　王　棠　葉蘭生　費卿榮　計　棠
任廷昶　于　清　張益齡　葉錦蕖　沈春榮

沈纕閨媛　趙汝淳以下寓賢　無名氏　鄒銓

卷二十八補詞

范成大　史鑑　吳易　沈自炳　沈永啓

沈永禋

卷二十九

葉舒胤　葉舒崇　丘乘　沈雄　周銘

沈時棟　吳景果　葉舒璐

卷三十

徐達源　郭麐　陳子諒　陳蕊元　朱瑞增

黃寶書　莊人寶　黃元芝　葉小紈以下閨媛　沈友琴

沈御月　陸惠

笠澤詞徵　百尺樓叢書

卷一　邑後學　陳去病輯錄

宋

謝絳字希深祥符乙卯進士甲科富春籍歷官兵部員外郎擢知制誥判吏部流內銓太常禮院出知鄧州卒贈禮部尚書有集五十卷去病案公父濤始由富陽還居邑中卽今同里北所稱謝里邨是

夜行船

昨夜佳期初共鬢雲低翠翹金鳳尊前和笑不成歌意偸傳眼波微送　草草不容成楚夢漸寒深翠簾霜重相看送到斷腸時月西斜畫樓鐘動

訴衷情　宮怨

銀釭夜永影長孤香草續殘爐倚屏默默無語粉淚不成珠　雙槳

枕百嬌壺憶當初君恩莫似秋葉無情欲向人蹤

菩薩蠻　冬宴

娟娟侵鬢妝痕淺雙眸相娟彎如翦一瞬百般宜無端笑與啼　酒闌思翠被特故瞢騰地生怕促歸輪微波先注人

李山民以字行原籍洺州曲周爲忠愍公若水之姝避亂來吳就館邑中因家焉據爐餘錄

洞仙歌　題吳江橋亭

飛梁壓水虹影澄清一作清光曉橘里漁邨半烟草歎一本脫此字今來古往物是一作換人非天地裏唯有江山不老　雨巾風帽四海誰知我一劍横空幾番一作回過案玉龍嘶未斷月冷波寒歸去也林屋洞天無鏁認雲屏煙障是吾廬任滿地蒼苔年年不掃去病案此闋舊說多指爲閩人林外所作要是訛傳獨爐餘錄言之較詳似非無據故從之而幷錄前人筆記二則于下備參攷焉

周密齊東野語云林外字豈鹿泉南入詞翰瀟爽談謔不羈飲酒無算在上庠暇日獨游西湖幽寂處得小旗亭飲焉外美風姿角巾羽氅飄飄然神仙中人豫市虎皮錢篋數枚藏腰間每出其一命酒家保傾倒使視其數償酒值即藏去酒數且盡復出之一篋傾倒如初逮暮所飲幾斗餘不醉而篋中錢若循環無窮者肆人皆驚異之將去索筆題壁間曰藥爐丹竈舊生涯白雲深處是吾家江城戀酒不歸去老却碧桃無限花明日都下盛傳某家酒肆有神仙至云又嘗爲垂虹亭詞所謂飛梁遏水者倒題橋下人傳爲呂翁作惟高廟識之曰是必閩人也不然何得以鎖字協顧字已而知其果外也此詞已有紀載茲不復書

葉紹翁四朝聞見錄有道裝書洞仙歌于垂虹橋者飲醉而去人疑爲呂仙傳入宮中孝宗笑曰雲屋洞天無鎖鎖與老叶韻則鎖音掃閩音也偵之果閩人林外

范成大字致能紹興甲戌進士孝宗朝累權吏部尚書參知政事尋帥金陵以病請閑進資政殿學士領洞霄宮加大學士卒贈少師謚文穆有石湖詞一卷

潘檉章松陵獻集范成大傳注宋史云吳郡人按宋初置平江改蘇州後復爲平江无吳郡之名史但因成大所自署者稱之不能定其爲何縣人也而郡志以其所居石湖在吳縣境直以爲吳縣人吳江志亦列之寓賢今考石湖界吳縣吳江兩邑之間其生平篇詠在松陵者尤多則成大又當爲吳江人矣

醉落魄

棲烏飛絕絳河綠霧星明滅燒香曳簟眠淸樾花影吹笙滿地淡黃月　好風碎竹聲如雪昭華三弄臨風咽鬢絲撩亂綸巾折涼滿北窗休共輭紅說

朝中措

長年心事寄林扃塵鬢已星星芳意不如水遠歸心欲與雲平　留連一醉花殘日永雨後山明從此量船載酒莫教閒卻春情

眼兒媚　萍鄉道中乍晴臥輿中困甚小憩柳塘

酣酣日腳紫烟浮妍暖試輕裘困人天氣醉人花底午夢扶頭　春慵恰似春塘水一片縠紋愁溶溶洩洩東風無力欲皺還休

憶秦娥

樓陰缺闌干影臥東廂月東廂月一天風露杏花如雪　隔煙催漏

金蚪咽羅幃暗淡燈花結燈花結片時春夢江南天闊

霜天曉角　梅

晚晴風歇一夜春威折脈脈花疎天淡雲來去數枝雪　勝絕愁亦絕此情誰共說惟有兩行低雁知人倚畫樓月

惜分飛　南浦舟中與江西漕帥酌別夜後忽大雪

畫戟錦車皆雅故簫鼓留連客住南浦春波莫難忘羅韈生塵處明日船旗應不駐且唱斷腸新句捲盡珠簾雨雪花一夜隨人去

菩薩蠻　湘東驛

客行忽到湘東驛明朝正是瀟湘客晴碧萬重雲幾時逢故人　江南如塞北別後書難得先自雁來稀那堪春半時

滿江紅　清江風帆甚快作此與客劇飲歌之

千古東流聲捲地雲濤如屋橫浩渺檣竿十丈不勝帆腹夜雨翻江

春浦漲船頭鼓急風初熟似當年呼禹亂黃川飛棱速　擊楫誓空驚俗休捎髀都生肉任炎天冰海一杯相屬荻笋蔞芽新入饌鵾絃鳳吹能翻曲笑人間何處似尊前添銀燭

謁金門　宜春道中野塘春水可喜有懷舊隱

塘水碧仍帶麴塵顏色泥泥縠紋無氣力東風如愛惜　恰似越來溪側也有一雙鸂鶒只欠柳絲千百尺繫船春弄笛

秦樓笛　寒食日湖南提舉胡元高家席上聞琴

湘江碧故人同作湘中客湘中客東風回雁杏花寒食　溫溫月到藍橋側醒心絃裏春無極春無極明朝殘夢馬嘶南陌

玉樓春　梅花

佳人無對甘幽獨竹雨松風相澡浴山深翠袖自生寒夜久玉肌元不粟　却尋千樹煙江曲道骨仙風終絕俗絳裙縞袂各朝元只有

散香名蕁綠

醉落魄 海棠

馬蹄塵撲春風得意笙歌逐款門不問誰家竹只揀紅妝高處燒銀燭 碧鷄坊裏花如屋燕王宮下花成谷不須悔唱關山曲只爲海棠也合來西蜀

玉樓春 牡丹

雲橫水繞芳塵陌一萬重花春拍拍藍橋仙路不崎嶇醉舞狂歌容倦客 眞香解語人傾國知是紫雲誰敢覓滿蹊桃李不能言分付仙家君莫惜

菩薩蠻 木芙蓉

冰明玉潤天然色淒涼拚作西風客不肯嫁東風殷勤霜露中 綠窗梳洗晚笑把一作罰飲琉璃盞斜日上妝臺酒紅和困來

酹江月　嚴子陵釣臺

浮生有幾歎歡娛常少憂愁相屬富貴功名皆由命何必區區僕僕燕蝠塵中鷄蟲影裏見了還追逐山間林下幾人眞个幽獨　誰似當日嚴君故人龍袞獨抱羊裘宿試把漁竿都掉了百種千般拘束兩岸煙林半溪山影此處無榮辱荒臺遺像至今嗟咏不足

醉落魄

雪晴風作松梢片片輕鷗落玉樓天半褰珠箔一笛梅花吹裂凍寒幕　去年小獵灘山脚弓刀濕徧猶橫槊今年翻怕貂裘薄寒似去年人比去年覺

霜天曉角

少年豪縱袍錦團花鳳曾是京城游子馳寶馬飛金鞚　舊游渾似夢鬢點吳霜重多少燕情鶯意都瀉入玻璃甕

滿江紅　雨後攜家游西湖荷花盛開

柳外輕雷，催幾陣、雨絲飛急。雷雨過、半川荷氣，粉融香浥。弄蕊擎條春一笑，從教水濺羅衣濕。打梁州簫鼓浪花中，跳魚立。　山倒影，雲千疊。横浩蕩，舟如葉。有采菱清些，桃根雙檝。忘却天涯漂泊地，尊前不放閒愁入。任碧筩十丈卷金波，長鯨吸。

罨畫溪山行欲遍，風蒲還舉，天漸遠、水雲初靜，柁樓人語。月色波光看不定，玉虹横臥金鱗舞。算五湖今夜只扁舟，追千古。　懷往事，漁樵侶。曾共醉，松江渚。算（一作只）今年依舊，一杯滄浦。宇宙此身元是客，不須悵望家何許。但中秋時節好溪山，皆吾土。

蝶戀花

春漲一篙添水面。芳草鵝兒，綠滿微風岸。畫舫夷猶灣百轉。横塘塔近依前遠。　江國多寒農事晚。村北村南，穀雨纔耕遍。秀麥連岡桑

葉賤看看嘗麫收新繭

南柯子

悵望梅花驛凝情杜若洲香雲低處有高樓可惜高樓不近木蘭舟　緘素雙魚遠題紅片葉秋欲憑江水寄離愁江已東流那肯更西流

念奴嬌

吳波浮動看中流翻月半江金碧醉舞空明三萬頃不管姮娥愁寂指點瓊樓憑虛有路鯨背橫東極水雲飄蕩闌干千丈無力　家世回首滄洲煙波漁釣（一作艇）有鴟夷仙迹一笑閒身游物外來訪扁舟消息天上今宵人閒此地我是風前客濤生殘夜魚龍驚德橫笛水鄉霜落望西山一寸修眉橫碧南浦潮生帆影去日落天青江白萬里浮雲被風吹散又被風吹積尊前歌罷滿空凝淡寒色　人世

會少離多都來名利似蠅頭蟬翼贏得長亭車馬踞千古羈愁如織我輩情鍾匆匆相見一笑眞難得明年誰健夢魂飄蕩南北

又　和徐尉游石湖

湖山如畫繫孤篷柳岸莫驚魚鳥料峭春寒花未徧先共疏梅索笑一夢三年松風依舊蘿月何曾老隣家相問這回眞箇歸到　綠鬢新點吳霜樽前強健不怕衰翁號賴有風流車馬客來覓香雲花島似我麤豪不通姓字只要銀瓶倒奔名逐利亂帆誰在天表

三登樂　四首

一碧鱗鱗橫萬里天垂吳楚四無人櫓聲自語向浮雲西下處水村煙樹何處繫船暮濤漲浦　正江南搖落後好山無數儘乘流興來便去對青燈獨自歎一生羈旅欹枕夢寒又還夜雨

路轉橫塘風捲地水肥帆飽眼雙明曠懷浩渺問蒓羹無恙否天教

重到木落霧收故山更好　還溪門休蕩槳恐驚魚鳥算年來識翁者少喜山林蹤跡在何曾如掃歸任鬢霜醉紅未老今夕何期披岫幌寒關重啓引冰壺素空似洗捲簾中欹枕上月星浮水天鏡夜明半窗萬里　眄庭柯都老大樹猶如此六年前轉頭未幾喚鄰翁來話舊同篘新蟻秉燭夜闌又疑夢裏方帽衝寒重檢校舊時農圃荒三徑不知何許但姑蘇臺下有蒼然平楚人笑此翁又來訪古　況五湖元自有扁舟祖武記滄洲白鷗伴侶歎年來孤負了一蓑烟雨寂寞暮潮喚回棹去

浪淘沙

黯淡養花天小雨能慳煙輕雲薄有無閒官柳絲絲都綠徧猶有春寒　空翠濕征鞍馬首千山多情若是肯俱還別有玉杯承露冷留共君看原注玉杯官舍中牡丹絕品也

菩薩蠻

雪林一夜收寒了東風恰向燈前到今夕是何年新春新月圓　綺叢香霧隔猶記疏狂客留取縷金旛夜蛾相並看

澄懷錄范石湖云淳熙己亥重九與客自閶門泛舟徑橫塘宿霧一白垂垂欲雨至綵雲橋氛翳豁然晴日滿空風景開美無不與人意會四郊刈熟露積如綫垣田家婦子著新衣路有節物挂帆迴越來溪淥收淵澄如行玻瓈地上菱花雖瘦尚可采擷樣櫂石湖叩柴荆坐千岩觀下菊叢中大金錢一種已爛熳穠香正午熏入酒盃不待轟飲已有醉意其旁丹桂二畝皆盛開多欒枝芳氣尤不可耐攜壺度石梁登姑蘇後臺躋攀勇往謝去巾輿筇杖石棱草滑皆若飛步山頂正平有坳堂蘚石可列坐相傳爲吳故宮閒臺別館所在其前湖光接松陵獨見孤塔之尖少北墨點一螺爲崑山其後西山競秀縈靑叢碧與洞庭林屋相賓大約目力踰百里具登高臨遠之勝始余使虜是日過燕山館嘗賦水調首句云萬里漢家使後每自和桂林云萬里漢都護成都云萬里橋邊客明年徘徊藥市頗歎倦游不復再賦但有詩云年來厭把三邊酒此去休哦萬里詩今年幸甚獲歸故園借鄰曲二三子酬酢佳節於鄉山之上乃復用舊韻首句云萬里吳船泊歸訪菊籬秋去病案此詞與前桂林成都二首都未之見惟燕山館原唱尚在集中故錄此節以備攷焉

笠澤詞徵卷一

完

卷二　　邑後學　陳去病輯錄

宋

趙磻老字渭師其先東平人仕孝宗朝爲書狀官隨范成大使金歸擢正言乾道八年以右通直郎知楚州入爲大理寺丞淳熙三年由兩浙轉運副使知臨安府除祕閣修撰權工部侍郎有拙庵雜著三十卷外集四卷（去病案公以扈蹕南來遂家于邑東南黎里之野又案公詞夙所未覩頃惟臨桂王鵬運刻入四印齋叢書全卷僅十餘闋愚以其孤本難得不容有所去取爰悉據錄于此讀者幸共寶之）

滿江紅

見說春時新波漲二川溶溢今底事沙痕猶褪石渠慳碧人意不須長作解興來便向杯中覓縱茂林修竹記山陰千年一　葭吹動春工畢橋上景壺中日况梅肥笋嫩雨微魚出只恐延英催入覲不教

綠野長均逸任多情胡蝶滿園飛狂蹤跡

前調　用前韻

西郭園林湖光淨暮寒淸溢明月上近環山翠遠搖天碧粉澤蘭膏達俗尙岩花磴蔓從誰覓問近來鐺脚許何人吾其一　歡樂事休教畢經後夜思前日想無心不競水流雲出物外烟霞供嘯咏箇中魚鳥同休逸又何須浮海訪三山尋仙跡

又

瀟灑星郎吹綠鬢勝遊霞舉秋又半月磨雲翳籟傳風語太一青藜光對射中流蕩漾蓮舟舞戲人間今夜水精宮前無古　吾家是蓬山侶歌舞袖蘋花渚儗問津斜漢乘槎南浦謁帝通明令得便素娥拍手心先許笑畫闌三十六宮秋花如土

念奴嬌　中秋垂虹和韻

冰蟾駕月盪寒光不見層波浸碧幾歲中秋爭得似雲捲秋聲寂寂多謝星郎來陪賢令快賞鼇峯極廣寒宮近素娥不斷餘力　夜久露落瓊漿神京歸路有雲翹前跡當日仙人曾馭氣只學神交龜息今夜清尊一齊分付穩是乘槎客天津重到霓裳何似聞笛

水調歌頭　和平湖

梅仙了無語拄笏看西山山涵秋曉水光磨蕩有無間自是靈襟空洞更望風雲吞吐浩渺白鷗閒高翮遠游賦獨立桂香闌　謾常談如觀水要觀瀾物情長在人生何用苦求難隨我一觴一詠任彼非玄非白唯放酒盃寬富貴儻來事天道管知還

永遇樂　壽葉樞密

香雪堆梅繡絲蹙柳仙館春到午夜華燈烘春豔粉月借今宵好宴衣搖曳簪纓閒繞共祝大椿難老望台躔明星一點冰壺表裏相照

誕彌令節欣欣物態共壽重生周召八鼎勳庸九夷姓字策杖孤
鴻杳鵶嚦鵲噪蘭馨松茂把酒共春一笑管如今鹽梅再夢夜鈴命
詔

醉蓬萊　同前

聽都人歌詠便啓金甌再登元老山色溪聲與春風齊到補袞工夫
望梅心緒見丹青重好鵲喜晴空燈迎誕夕槐堂歡笑　正是元宵
滿天和氣璧月流光雪消寒峭今夜今年表千秋同照萬象森羅一
匾清瑩影山河多少玉燭調新彩眉常喜賓瀛春曉
記青蛇感異後日扶顚太平人瑞壯歲彈冠有經邦高志晚上文墀
載嚴霜簡便雲龍交際紫極旋樞金蟬映袞乾坤開霽　底事當時
飲江胡馬一望雲旗倒戈投贄此片丹心幾風聲鶴唳烟息塵收水
明山麗只五湖相記今夜華燈火城信息千年榮貴

鷓鴣天　同前

堂上年時見燭花青氈還入舊時家芝函瑞草回春早綠野東風轉歲華　催召傳穠鋪沙疊尊今日袞如瓜誕辰更接傳柑宴蓮炬通宵喚草麻

白日青天一旦明舊時勳業此時情延英再許裴公對商鼎須調傅說羹　千萬載輔宗祊擎天八柱愈崢嶸將軍犁郤龍庭後歲傍鼇山奏太平

生查子　答洪丞相謝送小冠

章甫不如人翠縮垂楊縷纖手送來時羅帕緘香霧　貂蟬嬾上頭渭水知何處風月共垂竿脫帽須親付

又　洪舍人用前韻索冠答謝並以冠往

朝路進賢歸厭聽歌金縷不戀玉堂花豹（王刊作約，疑誤）隱南山霧　漉酒

末巾時暑檻披風處子夏不兼人併與詩筒付

又　再和丞相

金門一兇時離緒紛如縷想像切雲高曉日夢昏(別作昏羅)霧　峨冠補袞人不是無心處欲效貢公彈衣鉢知誰付

又　再和舍人

斜日下平川樓角銷霞縷攏盡濁塵纓晝棟縈非霧　平生許子窮今到知音處約伴玉簪游好夢從天付

南柯子　和洪丞相約賞荷花

世上淵明酒人間陸羽茶東山無妓有蓮花隱隱仙家鷄犬路非賒　積靄猶張幕輕雷似捲車要令長袖舞胡鞾須是簷頭新霽鵲查查

又　和謝洪丞相送竹妝匳

體質娟娟靜花紋細細裝翠鈿初得試新忙睡起鬢雲撩亂趣泉湯多病心常捧新詞字帶香管教塗澤到雲窗辦下謝君言語巧如簧

浣溪沙

嬾畫娥眉倦整冠笋苞來點鏡中覺承恩容易報恩難　鬢髮未饒青篛笠素鱗行簇水晶盤流觸元自不相干

又　和洪舍人

劉氏風流設此冠今誰將去件珠覺君家兄弟二俱難　馳去請觀流汗馬鈞時休等爛銀盤明朝吟詠有方干

元

陸行直字季道一字德恭又字輔之自號壺中天（一作壺天）又號湖天居士元大德中官翰林典籍（去病案陸氏家譜輔之祖名元龍字怡庵嘉禾人有五子曰大聲大）

同大猷大用大章大猷字雅叔號翠巖仕宋爲江浙儒學提舉咸淳間始築別墅于大分湖濱曰桃園中有翠岩亭嘉樹堂翡翠巢延月軒間蘆處釣魚所半畝居佚老堂樂潛丈室諸勝遂自號武陵主人生子四曰行中行坦行佚行簡行直直卽輔之也生于德祐元年乙亥大德中由人材任湖北十學士選典籍皇慶間致仕歸酷嗜法書名畫鍾繇薦季直表眞蹟趙彝齋落水蘭亭尤所寶者所作碧梧蒼石圖一幅世多珍之筆意大似雲林人稱陸隱君焉　又案輔之嘗從張玉田游深得塡詞之妙因作詞旨其自序有云命韶作詞旨似韶蒼其異名也而明刻本詞旨又題陸友仁撰殊屬誤謬或據楊維楨東維子集云元松陵陸子敬居汾湖北壘石爲山樹梅成林取姜白石詞語名其軒曰舊時月色以爲卽輔之恐未必然意者子敬係其兄行簡字耶姑識之以俟攷　又案顧嗣立元詩選癸集云季衡道一作季衡非衡乃其子陸廣字別作季弘者是衡弘同聲而衡廣義尤相屬也

清平樂　題碧梧蒼石圖和張玉田韻

楚天雲斷人隔瀟湘岸往事悠悠江水漫怕聽樓前新雁　深閨舊夢還成夢中獨記憐卿依約相思碎語夜涼桐葉聲聲

汪砢玉珊瑚網綴軒劍稽云碧梧蒼石一幅姑蘇汾湖湖天居士陸行直輔之所作行直有家妓名卿卿者以才色見稱友人張叔

夏爲作古詞贈之所謂多情因爲卿卿是也後二十一載行直以翰林院典籍致政歸作此蒼石碧梧復與其宗人冶仙話舊因記憶叔夏之贈則張公卿卿皆已杳隔塵世矣故并書張詞于卷端當時諸公仍踵而和之其詞旨抑揚悽婉似寓乎悼惜無涯之意然自至治到今又百餘年矣而此圖無恙墨色如新豈非有類岐陽石鼓昭陵蠲紙人人得珍之耶 又黃鶴山樵洞天清曉圖壼中題云千巖萬山白雲心自閑結屋萬山深處也分得雲半間人生良鮮歎世事紛紛行路難早去同尋瑤草莫把作畫圖看去病案此作不知何調以偏檢詞律覺弗可得因附于此以俟知者柳樹芳分湖小識云依綠軒在湖東元延祐三年陸行直所搆架屋池上爲游觀之所錢重鼎識記 又元翰林典籍陸行直家妓卿卿墓在二十九都北珝圩南陸庵左俗呼爲小娘墳去病案陸家譜行直亦葬北珝而南陸今名廣陽庵云

陸祖允字□□翰林典籍行直子

去病案陸家譜行直九子長祖允次祖淵三祖宣四祖誠五祖忠六祖恭七祖和八祖肅九祖廣然則允蓋其長子也 又案同時題水邨圖者有祖宣祖凱二人宣即行直子凱則非其子姓必其羣從也觀錢重鼎依綠軒記季道爲甫里賢子孫予久客其門東書相隨於分湖予居其第宅東偏池上搆屋亢爽扃曰依綠俾二三子於焉澄懷滌慮誦詩讀書又云二三子睇流動而得其固有之智詠淪漪而得其自然之文因盈科而後進悟成章而達未必不爲藏修游息之一助然則錢蓋陸氏子弟之塾師而允亦其一也

菩薩蠻　題水邨圖

鐵網珊瑚趙孟頫云大德六年十一月望日爲錢德鈞作又云後一月德鈞持此圖見示則已裝成軸矣一時信手塗抹乃過辱珍重如此極令人慚愧

當年圖畫知何處如今身向滄洲住吾亦愛吾廬芸牕幾卷書　青山天際小目送飛鴻杳試問釣魚船蘆花淺水邊

錢重鼎水邨隱居記予游淮水來吳會客於季道陸翰林之宇下近十年知其別墅在淞江之南分湖之東欲往來未能每思之寬閑寂寞之濱得與鱸鄉蟹舍鄰接鹿城市委巷傴仄之懷有所託以紓焉季道悉予志爲卜築於其別墅之傍至則聚書其中以自怡悅屋前流水清激鑒毛髮居人類汲以飲時有鷗鳥舞而下若相忘於江湖可取以玩也異時子昂趙集賢爲作水村圖林樾陰乎茅屋略彴橫乎荒灣秋風鴻鴈夕陽網罟短棹延緣葦間不聞擧音迹其意匠圖寫於大德壬寅迄延祐甲寅十有四年景物處所宛然不異於今所居事固有不相期而相符若是者季道泛舟往來吾廬手叢書一編筆牀茶竈之風流故在明月之夜共載以游撫清絕之區得詠歌之趣或能追皮陸清事可乎噫余老矣方將卷書學釣容與於煙波之上而爲之歌曰舟搖搖兮風嫋嫋兮波鱗鱗兮鷗翩翩兮扣舷漁歌兮孰知其他兮歌已遂書爲水邨隱居記延祐乙卯季夏望日通川錢重鼎記

笠澤詞徵卷二　完

笠澤詞徵　　百尺樓叢書

卷三　　邑後學　陳去病輯錄

明

沈　韶字鳳儀

徐釚本事詩洪武初松陵沈韶游九江登琵琶亭月夜聞歌聲明日復往亭中有麗人冉冉而至呼韶共坐曰妾僞漢陳主婕妤鄭婉娥也年二十而死殯于亭側隨命侍兒鈿蟬金雁取酒歌念奴嬌詞曰昨夕郎所聞也口占一詩贈韶曰鳳艦龍舟事已空銀屏金屋夢魂中黃蘆晚日空殘壘碧草寒煙鎖故宮隧道魚鐙油欲燼妝臺鸞鏡匣常封憑君莫話興亡事淚灑胭脂損舊容韶答之云結綺臨春萬戶空幾番揮淚夕陽中唐環不見新留襪漢燕猶留舊守宮別苑秋深黃葉墜寢園春盡碧苔封自慚不是牛僧孺也向雲堦拜玉容因相與話元末羣雄興廢及僞漢宮中事甚悉臨別以金條脫爲贈同游梁生傳其事去病案此詞與詩實皆韶所作特懼于時忌托之才鬼耳故辨而存之又案梁沈在當時俱爲邑中望族以坐藍玉黨夷滅殆盡然則韶殆爲萬三支屬歟亦可疑也

念奴嬌

離離禾黍歎江山似舊英雄塵土石馬銅駝荊棘裏閱遍幾番寒暑

劍戟灰飛旌旗鳥散底處尋樓艣喑嗚叱咤只今猶說西楚　憔悴玉帳虞兮燈前掩面雙淚飛紅雨鳳輦羊車行不返九曲愁腸慢苦梅瓣凝妝楊花翻曲（一作飛雪）回首成終古翠螺青黛絳仙慵畫眉嫵

徐有貞原名珵字元玉宣德八年進士（長洲籍）官華蓋殿大學士封武功伯謫戍雲南還自號天全翁有武功徐先生集（葉紹袁湖隱外史云武功伯徐公有貞父本盧墟人以醫行僑居郡中公遂贅於郡為長洲諸生登進士湖因其枌鄉也　去病案公與史西邨為忘年交閒居日恆過其家多所題詠）

千秋歲引　暮春書感

風攪柳絲雨揉花纈蚤過了清明時節新來燕子語何多老去鶯花飛未歇秋千院蹴踘場人蹤絕　踏青拾翠都休說是誰馬走章臺雪是誰簫弄秦樓月從前已自無情緒可奈而今更離別一回頭人千里腸百結

臨江仙　對景寫懷

歲歲看花看不厭與花似有姻緣一尊相對且留連花有重開日人無再少年　關情最是花開月陰晴圓缺堪憐時光有限意無邊安得人長在花長好月長圓

滿庭芳　春日游天平山

水長新波山橫青氣朝來宿雨初晴動人清興紫翠眼中明天也教吾快活耍游處便與完成最好是一峯送過又是一峯迎　有舟中絃管車前鼓吹隨飲隨行路傍人覷了還笑還驚道是神仙來也不道是箇老儒生知誰解浮沈綠野裴度晚年情

史鑑字明古號西邨有西邨集二十一卷蘇州府志史仲彬吳江人明建文時官翰林侍讀學士文兼淵閣侍書帝遜位彬載歸匿於家既而入雲南帝後常至其所輒隱之不以告人一日會孫明古生鶴忽至賜名曰鑑　吳江縣志沒後帝復至適晟子生男命其名曰鑑閱致身錄泣曰彬不愧斯語矣　錢士升表忠記從亡臣傳甲

寅四月師復至其家留五日適仲彬子晟子婦生男師命其名曰鑑　去病案西郵集四庫書目稱八卷附錄一卷王士禎香祖筆記謂有二十八卷今皆藏金陵圖書館恩未之見此本乃其六世孫冊所輯而八世孫鱗所訂正者也繕寫精緻似係待刊之本恩於己亥秋從其裔孫得之殊堪寶也

長相思

花滿枝蝶滿枝客舍懨懨臥病時愁聞春鳥啼　爲相思苦相思相別常多相見稀纏綿無了期

玉樓春　克振弟賞牡丹

名花綽約東風裏占斷韶華都在此芳心一片可人憐春色三分愁雨洗　玉人盡日懨懨地猛被笙歌驚破睡起臨妝鏡似嬌羞近日傷春輸與你

點絳脣　聞歌

春夜厭厭珠明玉瑩雙雙見惺忪言語耳畔相思怨　對酒嬌歌睍

睆流鶯轉香風扇花枝撩亂月照鞦韆院

前調　贈妓

體態妖嬈柳絲無力腰肢小向人無語似恨花開早　薄倖不來思憶何時了音書杳閒愁如草滿地知多少

浣溪沙　夏夕賞蓮

水面風來晚更宜酒香荷氣水沈微誰家長笛倚樓吹　五月梅花今夜落千門梧葉未秋飛不知零露濕人衣

曲水流通濯錦紅新門移轉納香風畫舟時傍彩雲中　半夜月明歌楚調雙蓮波冷泣吳宮鴛鴦驚散各西東

菩薩蠻

柳腰清減花容瘦眼波凝綠眉山皺春去已多時不堪聽子規　相逢時話舊淚濕羅衫袖對酒莫高歌聞歌愁更多

憶秦娥　登保叔寺湖光寶閣

湖邊寺樓臺舊是春游地春游地千花張錦兩山橫翠　西風闌檻秋無際青山不改朱顏異朱顏異斷橋殘柳伴人憔悴

少年游　題小景

青山重疊遶回溪空翠濕人衣好似嬌娥曉臨妝鏡石黛掃雙眉　丹楓映水如漂錦秋色誤春姿風振華林滿空靈籟走上小亭時

浪淘沙　觀天魔舞

瓔珞五花冠雲鬢鬛鬖霞衣縹帶綴琅玕鈴舌輕彈天樂響人在雲端　弓樣轉彎彎左右回盤鏡光如月照孤鸞天女散花穿隊子環珮珊珊

望江南　閣尙溫招飲湖中

船櫳處恰是藕花洲別處歌聲剛得借去時春色那不一作堪留花落

水空流　天漸晚臨去更回頭山翠遠如眉黛曉湖光凝似眼波秋
越女不勝愁

臨江仙　贈余浩

秋水芙蓉江上飲憐渠無限風流紅牙低按小梁州滑雲拖急雨依
約見江樓　最是采蓮人似玉相逢並著蓮舟唱歌歸去水悠悠清
砧孤館夜明月太湖秋

意難忘　贈尼僧寇智蘊謁汝惟弘自注寇老妓也

冷落門前便出家離俗禮佛參禪鬢雲隨手落燈燄與誰傳捐翠袖
謝花鈿風韻尚依然想少年嬌歌妙舞似夢如顛　知音曾愛曾憐
悵雲飛雨散月暗花孱青衫應有淚錦帳已無緣相見後兩無言不
忍話當年試問聲西湖琴操誰後誰先

水調歌頭　聞歌有感

往昔月明夜把酒聽渠歌妝成窈窕模樣翠袖影金荷最是美人年少賓客滿堂歡笑花豔照衣羅紅錦地衣綢齊看舞天魔　從別後歡樂事盡消磨相逢纔是憔悴重爲唱那何任有引商刻羽一似貫珠纍纍都變淚痕多珍重出門去江上渺烟波

滿庭芳　題狀元紅桂花

粟染丹砂枝繚碧玉天工應與多情冠黃魁白高占狀元名好像宮袍賜出動人處照眼霞明多應是瓊林宴罷霑酒未曾醒　吳剛何處見廣寒宮裏舊與花盟一枝攀入手更有誰爭但覺天香滿袖風露重步步雲生從今去杏花紅處領著衆人行

水龍吟　錢塘

錢塘自古繁華憶去年一春游遍山明水麗花嬌柳娜流鶯百囀滿路笙歌幾船簫鼓往來游宴正晚來堪賞酒闌人散有明月相留戀

別後事更多變悵重游可憐無便人面已非桃花依舊劉郎不見光景星飛風流雲散悶懷誰遣歎人生不向少年行樂老來空羨

金菊對芙蓉　雁蕩

雁蕩名山嵱郁勝境天教妝點東甌有東西天柱大小龍湫下臨滄海如無地疑大水晝夜常浮筆峯長卓石旂猶展萬古千秋　何日拂袖南游任窮探極覽未肯回頭直除非跨鶴東訪瀛洲海波清淺揚塵起等閒見石屋添籌此時方始歸來儘拚做了貂裘

百字令　劉邦彦招飲竹東館賞桂花

竹東莊上記當年春盡歸舟曾歇莫雨和風催客去猛地作時還輟小館茶香行廚酒盡執手難爲別歸家南望寸腸幾度千結　誰道買棹重游主人情重罇俎依前設桂樹團香纖月露漸近中秋時節試問嫦娥今年才子誰把高枝折夜深無語霏霏滿地金屑

木蘭花慢　漁隱爲沈廷器賦

年來多水旱苦耕稼久無收且覓取綸竿尋將釣線走上漁舟滿前山青水綠似生綃畫采漾中流風起停橈古渡月明鼓枻滄洲　桐江千古水悠悠何處覓羊裘但釣得魚來沽將酒去痛飲爲謀醉來幕天席地把蓑衣蓋了臥船頭要識其中樂趣除非請問沙鷗

賀新郎　天台

問道天台路洞門深瑤草長青桃花無數仙子雲鬟低欲墮倚石迷花凝竚憶劉阮當年曾遇霧帳雲房深幾許夢魂中不管流年度緣分淺又歸去　於今路斷無尋處惟舊時華頂依然霞城如故古寺石橋風雨響瀉下半天瀑布有頭白老僧常住世上名山能有幾強登臨莫待青春暮婚嫁畢聽分付

玉女搖仙珮　中原

神州赤縣盡在中原知是幾遭分剖洛邑王城秦關天府形勝儼然依舊算隋隄楊柳枉風流怎及孔林長久歎往日英雄何在野艸閑花不堪回首大開我皇明四海一家民安物阜　況乃岱宗孕秀嵩嶽降神河水盤迴左右太華終南恆山王屋總是神仙淵藪故人同去否且莫管家計誰無誰有趁早早膏車秣馬東馳西上登山臨水相攜手休致落在他人後

解連環　送別

銷魂時候正落花成陣可人分手縱臨別重訂佳期恐軟語無憑盛歡難又雨外春山會人意與眉交皺望行舟漸隱恨殺當年手栽楊柳　別離事人生常有底何須爲着成个消瘦但若是兩情長便海角天涯等是相守潮水西流肯寄我鯉魚雙否倘明年來游燈市爲儂沽酒去病案此調下半段起句多作六字但若是句則七字惟美成一首六字史詞疑即本此但仍有出入不知何也又兩字

原作下年原作歲今從王詞綜

蘭陵王　與張子靜李貞伯朱岐鳳汝其通賞芍藥

曲池北紅葉盈盈半牖傷春事情惹思牽困倚東風倦無力無言自脈脈恨殺春歸似客斜陽裏勾蝶引蜂應與東君送行色　維揚舊蹤跡有圍帶欺黃盤盂妬白傾城尋賞馳油壁嗟物與時忤世隨人換而今名勝久寂寂受多少悽惻　堪惜易狼籍且露飲花前醉臥花側夜深花露沾衣濕便日下登對省中輪直當階翻處料此會須記憶

瑞龍吟　水月觀賞牡丹

春消息開遍紅紫芳菲粉香狼籍慳留傾國名花那般富貴眞成弟一　自矜惜如箇美人初覺染香勻色淸晨卯酒微酣怨紅啼素重重暈積　天寶君王妃子妬妍爭寵沈香亭北歡賞未終漁陽鼙鼓

聲急清平古調惟有天仙筆誰知道張油命酒按花評格也許吾儕得晚來小雨催花坼轉覺嬌無力風露下偏生橫斜欹仄倩人扶起載傾餘瀝

吳江縣志史仲彬傳遂載帝泛江抵家奉居清遠軒帝改題水月觀親篆刻木因聞積慶寺鐘聲賦詩曰細雨披楊起綠烟水紋如織影迷籠午鐘何處偏來耳不似西宮奏管絃

史氏吳中派文獻譜溽陽張羽題水月觀漠漠復依依蘿房晝掩扉凝衾學飛絮拂桁亂成衣未肯從龍出應從化蝶飛彩文低幔影溼霧和罏罷觸石濃彙淡爲霖去復歸却憐塵土夢空繞畫屏題又邑人葉舒胤瞻惠宗讓皇帝所書史氏水月觀小雅堂扁額清遠西軒對夕曛袈裟曾坐出亡君到今刼燼灰飛後御篆還看鐵線文三百年前小雅堂幾經春露共秋霜休嗟人物通鑒去夜夜同涵水月光又莊觀詩回首周原歎黍離故家猶貯舊綸綍河山無恙廿高蹈水月欣題寄遠思已是翠華光赫弈難忘綠字墨淋漓後人擁護事斷損未減先臣扈蹕時三百年來感闕文從亡軼事敢輕論誰疑汲冢書難信應見靈光蹟獨存三顧衡茅知主眷兩題綽楔總君恩睡龍灣上斜陽外時有祥光覆里門又金源琦詩聽說從亡智罕倫拜瞻宸翰益傷神主臣去國千秋恨水月留題弈禩珍寂寂故宮悲蔓草聲聲杜宇泣殘春回思靖難今何在不及淋漓御墨新

吳　洪字禹疇號立齋成化十一年乙未進士歷官南京刑部尚書卒贈少保去病案公弘治中官太僕卿時嘗與禮部尚書長洲吳原博禮部侍郎常熟李世賢都御史長洲吳玉汝吏部侍郎吳縣王濟之詩酒唱和立五同會五同者同時同鄉同朝同志同道也亦曰同會者五人耳少保因囑越人丁綵繪圖五家各藏其一於是原博序之濟之題詩其後所謂鄉邦自昔誰同會人事從來若不齊是也今諸家所藏或亡或燬惟徐虹亭太史嘗藏一卷蓋少保當年物也今亦不知何往矣聞吳門吳郁生會于京師琉璃廠得一卷疑即虹亭舊藏云

朝中措　題五同會圖

蒼顏綠鬢並吳儂五老一尊同要識歲寒心事疏梅瘦竹長松　鵷行鷺序肩隨好談笑漫從容但願人生長久年年得似圖中

前調　壽王濟之

五湖煙水百花洲風月漾扁舟共羨山中宰相清時嘯傲林丘　名園綠水春無價怡老足觥籌眉壽年年今日冰壺玉鑑橫秋

早梅芳

柳將眠桃欲笑又是清明到玉河冰泮無數金魚弄池藻聯車油碧軟並馬絲鞭裊喜鳳城麗景游覽趁春曉　望瀛洲紛翠葆花滿瓊華島玉蝀西去金碧觚棱聳雲表散衙常過午下直須歸早更相期提壺同藉草

定風波　寄史明古

抖擻初衣未化緇此心只有故人知却悔溪堂分袂易慳我軟紅塵裏去多時　八測塘前沽酒店三高祠下釣魚磯便與先生尋舊社北郭西郵有約莫遲疑去病案公又有客中和明古詩云一尊誰與盡朋簪又見空階覆綠陰草色不消游子恨月光偏照故人心霜前白雁音書在雨外青山別路深安得攜琴溪上去社中重覓舊知音蓋公少爲明古所識拔館之於家故詞翰往還多記宿昔之雅

臨江仙　虎丘同濟之作

愛此雲巖林壑美椶鞵藤杖追遊生公臺下鶴泉浮與君成二老譚

笑亦風流　臺閣功名歸去好便應醉枕糟丘不須含笑看吳鈎苔花還繡壁波冷蟄龍湫

減字木蘭花

雪花飄了待得梅花來索笑雪白梅香看盡千林興倍長　扶筇散步拾得灞橋清絕句歲歲年年梅雪催人到酒邊

沁園春

莎逕吟蛩葭汀叫鴈秋氣悲哉正江天凄黯斜陽一抹亭皋搖落亂葉千堆露溼吟鞭風欹醉帽試與登臨覽勝來憑高望見江流九曲似我腸迴　幾年南北塵埃漫贏得吳霜兩鬢催憶晚香籬畔依然陶菊暗香林下好在逋梅跌宕琴尊評量風月已辦浮蛆瀲灧杯吾歸也喚沙頭小艇直下長淮

風入松

秋江處處是丹楓映芙蓉年年夢繞鱸鄉路今朝纔見秋容釣雪灘頭撥櫂垂虹亭角拖笻　生綃一幅韜吳淞煙景空濛綠簑青笠橫江去數聲長笛臨風好語眠沙鷗鷺可容添箇漁翁

笠澤詞徵卷三

完

卷四　邑後學　陳去病輯錄

明

趙　寬字栗夫號半江成化十七年辛丑進士第一歷官刑部郎中出爲廣東按察使有半江集去病案先生爲吳公匏庵首拔士且係同鄉榜發公車咸疑其有私而公實未知也乃大會賓客命寬即席作玉延亭賦文不加點頃刻而就觀者始駴異帖服玉延者山藥也吳公嘗曰不遇吳寬爭得趙寬蓋二公名適相同也

減字木蘭花　姚江阻雨

黑集作寒風吹水水拍船頭行復止集作微波皺作魚鱗起今並參沈天羽草堂詞白雨橫秋秋色蕭條沈作森動客愁　疎鐘何處知在前村黃葉樹茅屋誰家荒徑無人菊自花

蝶戀花　題花鳥圖

香雨新施膏沐了睡思瞢瞪不管雕闌曉宿酒漸消紅暈小夢魂何處巫山杳　無數閒關枝上鳥報與花神昨夜春多少驚起無言情悄悄腰肢又被東風惱

滿庭芳　早起納涼

梅雨初收荷風微扇早涼庭院無塵林霏開處紅日上城闉任我科頭箕踞悠然坐細草如茵誰相伴此時瀟灑玉麈白綸巾　高齋新卜築遶門流水魚鳥親人愛江湖浪迹軒冕閒身但苦青雲丹詔相催促未許沈淪休孤負吳淞好景少住待鱸蓴

水調歌頭　夜宿玉虛宮

夜賦懷仙詠曉入洞天游人間有許奇絕眞是到丹丘行盡青山落日又上碧天明月依約見瑤樓玉柱九千仞空翠壓雙眸　軒轅氏六龍馭此淹留靈光萬古長在塵世自悠悠望入紫雲深處環列霓

旌羽蓋泱漭異香浮乞我飛霞珮流彩照瀛洲

沁園春　秋山訪隱

藜杖敲雲荷衣浥露斜抱絲桐問釣臺何處鹿門無恙心隨流水目送飛鴻宇徹微胥林含餘靄墅外秋光自不同行還憩過三叉路口萬里橋東　幽人茅屋山中白首淹留桂樹叢望丹崖青壁萬尋千疊石頭有路一逕纔通軒冕虛花身心實用何事驅馳任轉蓬如相見願執鞭爲後沒齒從公

周　用字行之號白川弘治壬戌進士累官吏部尙書謚恭肅有全集十六卷去病案公藝事兼長十齡能畫長師石田得其指授尤工寫牛不減史道碩厲歸眞而經濟文章冠絕一代眞古之全才也

訴衷情　寄友

人間何處有丹邱曾到太湖頭日高主人猶臥花影滿重樓　尋畫

史接詩流老滄洲一村烟樹數家茅屋幾箇漁舟

漁家傲　得家信

冷薄衣羅官署曉絲絲雨脚青梅小黑髮鏡中知漸少漁家傲五湖白浪幽鷗鳥　借問天公何太巧暗將歲月催人老底事放衙今日早人傳道家鄉三月書來了

滿路花　春暮

風前滿地花雨後連天草今年三月裏春歸早低雲薄霧猶自憐清曉金樽須更倒無奈離愁爲他轉傷懷抱　繡簾斜捲晝靜聞啼鳥韶華剛九十勾銷了綠波無賴點點青荷小寄語春知道桃李多情莫教惜春人老

滿庭芳　壽言之弟

日麗瑤京風和錦里平安兩字頻傳別來明月三十六迴圓恰是禁

烟時候清溪上華蕚堂前香霧醒緋桃翠柳妝點豔陽天　年年逢此日輕羅初試佳句新編有兒孫黃卷家世青氈待紀清朝盛事耆英會滿座名賢且相約百三十歲再數甲辰年

喜遷鶯　登牛首山

登登天闕問禪宮猶是六朝遺物卅載同游一時回首依舊烟厓雲壁見說獻花巖裏尚有懶融殘雪都分付與今來古往酒豪詩傑清徹舒望眼萬里秋空草樹天香發大歷編年中山墨本無奈字碑磨滅且倩扶桑白日晞我滿頭黃髮更相約躡龍山絕頂劇談風月

百字令　中秋詠月次鍾石韻

中秋三五悄依稀猶是去年風物雲捲青霄開夕殿一色瑤階銀壁萬斛天香千尋仙桂下界霏丹雪岧嶢鷲嶺聊讓唐人稱傑　堪愛更漏聲沉明河影瀉特地清輝發天許嫦娥呈素面半點綠烟都滅

肅肅冰綃玲玲玉珮冉冉垂雲髻問儂何事家家今夜圓月都人以中秋拜月爲圓月

一剪梅　丙午八月望日

畫船鐃吹下揚州十里回頭千里回頭燕山迢遞百花洲一度中秋
幾度中秋　遙天今夜片雲收風也無愁雨也無愁憑高不減少年
遊酒滿南樓月滿南樓

百字令　送簡少司馬次鍾石韻

中原舊日作霖雨長養太平民物聊向鄢陵驅鐵騎推破幾重堅壁
九棘寒凝五兵光淬歷歷皆冰雪天王明聖暫時顛倒豪傑　無奈
揚子江邊石頭城下聽棹歌齊發百尺樓船領北風望中煙樹明滅
徙倚三台丁寧兩鬢且莫生華髮中秋此夜故人千里明月

江城子

江城子夜聽吳歌夜如何月華多水縠粼粼纈眼滉金波人世百年如一夢懷往事幾經過　不論歲月久銷磨鬢毛皤醉顏酡更漏沈沈白露濕星河怪底游仙招未得費長哦

小重山

江上雙峯擁翠鬟新詞合賦小重山芳泉斜逗玉龍灣清鏡裏和影弄潺湲　蹤跡落人間眼中知己少且偸閒憂時陡覺帶圍寬分付我高臥且加餐

清平樂

檀槽絃索一曲清平樂日色曈曈花影薄試暖春光先覺　重重繡幙羅幃風輕燕子交飛蚤晚書來問訊東山開過薔薇

吳　山字靜之號訒庵尚書洪子正德三年戊辰進士歷官河南四川巡撫刑部尚書隆慶初贈少保諡忠襄人稱世尚書

清平樂　滕王閣

秋光如許雁字排空去十二闌干凝眺處簾捲西山莫雨　白沙翠竹柴門落霞孤鶩江村況是亭皋葉下蕭蕭最愴吟魂

停歌罷舞俯仰成今古感慨不須題短句誰似三王詞賦　秋屏翠掃朝暾仙人鐵柱長存休問滕王遺事蝶羅銷盡香痕

一剪梅　出巡駐贛州

玉帳牙旗控上游粵嶠烟收閩嶠烟收毬門鐃吹轉山陬昨日汀州今日虔州　鬱孤臺上試凝眸章水分流貢水分流滄江如練雁橫秋欲辨歸舟難辨歸舟

吳邦楨字子寧號仰峯忠襄公山子嘉靖癸丑進士官太僕寺卿

虞美人

西溪十里漁郎路猶記看梅處暗香疏影最關情更憐雪外一枝橫

雨初晴　而今別去梅花久梅好應如舊風霜媿我漸蒼顏長教老鶴怨空山幾時還

沈一泉名佚以字行沈雄柳塘詞話王父一泉公過姚山訪白陽山人白陽贈以詩云重重煙樹鎖招提野客來尋路不迷纔過石橋塵又隔落花無數鳥爭啼作壁窠書併咏松浣溪紗以爲壽王父作三臺令以答之云今閱喪亂後而得手蹟于大覺寺僧家幸也

三臺令　答陳白陽

酒在孤斟不碎客來共憩無譁薄業垂楊江岸一聲橫竹漁家

袁黃字坤儀號了凡萬曆十四年進士嘉善籍官兵部郎中有兩行齋集葉紹袁湖隱外史云公祖籍盧墟人後繇嘉善遷分湖復還趙田學究義文理參孔孟圖書精蘊讖緯奇祕靡不窮原物始探本象先旁及飛壬遁甲金丹鼎烝五花八陣絡旗石磬京房李部之占巫彭岐伯之術陰符玄女之籙鷄摩鹿一朶之文各臻至境咸析要歸洵一代之宗工百家之匯海也

鷓鴣天　題郁叟屋壁

數聲烟林散翠鬟莫嫌此地少青山酒逢社日添酬應花到開時費往還　松老大竹平安柴門雖設不曾關旁人方訝茅齋窄鶴柵蜂房割半間

沈自徵字君庸太學生崇禎初辟賢良方正不就　朱彝尊靜志居詩話云沈氏多才自詞隱生璟訂正九宮譜爲審音者所宗君庸亦善塡詞所撰鞭歌妓灞亭秋諸雜劇慨當以慷世有續錄鬼簿者當目爲第一流　徐釚詞苑叢談自徵負才任俠所著灞亭秋鞭歌伎簪花髻詞三齣名漁陽三弄與徐文長並傳　去病案沈氏研精騷雅早在宋季自時齋先生箸樂府指迷遂開塡詞捷徑爲學者所宗及詞隱先生出而後音韻益協洵乎其爲詞苑之功臣也顧其詞屢求未得余甚憾焉因附記于此以質博雅

鳳皇臺上憶吹簫　閱古今名媛詩集

霧鎖春風烟埋秋月一生心事全休恰雨窗弔古檢點鴛儔多少名姝珠淚虛染就錦箋銀鉤傷情處金環不見玉葉空留　擡頭斜陽荒塚原來是綺閣妝樓悵塵緣雖破夢境難收說甚裁雲好手也幾

度鶯徹鷄籌沈吟久知音罕嗣若個能酬

周永年字安期恭肅公用曾孫諸生有懷響齋詞一卷 柳塘詞話安期以博洽著名冢宰白川之孫固世其家學者虞山錢氏撰列朝詩選從中補輯與有力焉著詞規未竟而歿懷響齋詞如宿雨揩磨新月色晚風搖舉好花枝新豔如是

山花子 夏夜

低鬟攏花夢半醒重携枕簟向閒庭何處玉簫風送遠倚闌聽 趁著螢光看絡緯卷開蛛網放蜻蜓不是夜長愁不寐候雙星

笠澤詞徵卷四

完

卷五　　邑後學　陳去病輯錄

明

葉紹袁字仲韶號鴻振自號天寥道人又號粟庵天啓乙丑進士官工部虞衡司主事明亡遁爲僧號華桐流衲木拂著有櫚塵天寥二集梅墩詞話水部詞偶見其浣溪沙云銀粉書雲乾蝶夢纖鍼拋雨溼鵑愁冶笑博開雙臉白春愁不上小眉青先輩遂有此新豔過人之句其詞三十三首名遷聊集去病案公所箸本富惜盡亡佚莫由窺其全豹茲特從半不軒留事秦齋怨詞苑叢談王詞綜輯得數首眞瑰寶也

浣溪沙　仙仙十三四時即羈跡秦淮將有錦江玉壘之行遠望故鄉淒其掩泣眞所云侯門一入深如海也余甚傷焉今年十七又作巫山神女向楚王臺下去矣酒間聞之悵然感懷

一片歸雲（詞苑叢談作心）望也休西陵千里水東流杜鵑芳草楚天秋　老去未消風月恨閒來重結雨雲愁欲緘雙淚寄亭州

金粉傷情別石頭六朝烟柳繫離愁破瓜人泣仲宣樓　桃葉渡邊春易去梅花笛裏夢難留子規斜月一悠悠

前調　侍女隨春年十三四卽有玉質肌凝積雪韻彷幽華笑盼之餘風情飛逗瓊章極喜之爲作浣溪沙詞昭齊蕙綢宛君均和之余亦作二闋

初總銀篦攏鬢輕添香朝拂美人屏　生來腼腆自風情　淺蹙翠分明月雁小檀黃入曉春鶯故憐斜撥學新箏

紅袖垂鬟旖旎輕闌干閒倚杏花屏半將嗔語寄深情　金釧粉痕香畫鳳玉釵脂膩滑流鶯坐來簾下卽彈箏

水龍吟　寫懷

寂寥蘋渚蘅臯道書讀罷香銷篆松聲入坐藥欄紅亞美人蕉釧極目平蕪天高水遠蓮歌游遍且藤壺汲賚青衣小袖點取鳳團香片

自把秋棠手洗粉牆西翠梳新鈿開簾風動畫屏琴石輕陰滿扇挹酒盈尊摘花侵暝夜涼迎面更堪娛又有椒篇絮句麗詞常見

水龍吟　癸酉雨中追悼亡女

素屏人正悽涼那堪日更黃梅雨蘚文侵壁曲欄低鎖煙橫平浦溟溟濛濛瀟瀟淅淅淚絲如許自飛瓊去後啼鵑袖上還過散空千縷

脈脈悲傷縈緒又驚看艾懸重午繡幃香冷碧天雲杳斷腸誰語浴罷芳華繫成綵線遽分今古漫凝思祇見桐花落盡隔簾无數

前調

書閑芸卷蕭然閉門寂寞聽風雨榴脂鈿老濕鶯啼遍暗愁難數夜月梅梢粉牆竹影霎時寒暑嘆掌中珠隕千憐萬惜博得淚痕一縷

那日彩雲化去飄殘謝雪空如堵而今却又荼蘼開罷落英紛許半載離魂三更幽夢欲尋還阻總傷情只有香箋錦字漫留仙譜君晦有此二闋瓊章手錄之書猶在篋也簡及感賦即用君晦韻

前調 內人有此調兩闋秋懷感舊之作也丙子除夕和韻作之

斜陽落去西風歲除光景渾如舊疎花半吐迎春未蘂黯然衰柳屏樹生塵衫襟漬淚今宵還又想當時故跡餘香猶在銷凝幾番回首休問泥金圖燕柴門燎火松燔繡紗牕冷淡小庭寥寂鎖殘眉皺荒艸沿堦暝烟繚樹斷魂時候但空存綠卷清樽桐引哀絃難奏

前調 丁丑元日

爆聲喧動寒村曉霞入戶曈曈逗蒿床驚起芸奩人遠九嶷湘岫晴雁南飛輕帆東漾湖游即景壯懷消透悵妝簾蛸網菱花閉影贏得庾郎

清瘦　況是蓼莪句掩遺杯剩縷應知否柔腸攪盡夢迴天杳昨宵更漏鈿折釵分何年重與屠蘇泛酒愴追尋筆冷椒華那禁潸潸沾袖

徐釚本事詩葉紹袁午夢堂除夕紀夢詩云除日江汀萬戶煙寒風蕭瑟凍雲天一聲爆竹催春色盡對流光逐送年年去年來長嘆息去年腸斷今沾臆疎香閣下舊枝斜曲欄珠箔渾相識相識相悲書閣人纔無復步生塵蕭蕭午晝蕉心雨寂寂殘宵桂影春春晝春宵何太促幾回淚點苔痕綠忽從昨夜夢魂還開幃驚見花顏玉細語低呼眺睞朧柔肌倦怯袖雙扶重來翠箔芙蓉幃頭索紅香菡萏鑪鑪燒沉水輕煙舉火齊瓊漿小婢羹雲鬟粉翳玉姿紅櫻唇歷歷分明語初向妝臺憶蕙綢斷霞遙泣腷行秋可憐未識昭齊去猶問梨花夜月愁夜月梨花人已矣瑤池咫尺三千里對言明歲碧桃開玄都人又歸來衛姊妹心傷兩地飛青春弱女競誰依鵑魂欲冷荒山月蝶夢空留金縷衣幸有恩深妗母在含情含思嬌憐愛光碧庭前並看花蕊珠宮內雙描黛蕊珠金闕又分離妗託心詞寄母知還待北堂妝罷後共挑西燭夜深時夜夜朝朝休再別清樽聚話重娛悅黃梁一枕夢魂驚紗窗猶剩燈明滅明滅殘燈夜未央羅衾空怨五更霜起來哭向靈几處淚染黃雲送夕陽

吳　易字日生號惕庵太僕卿邦楨孫崇禎癸未進士授兵部職

方司主事南都陷起義擢兵部左侍郎右僉都御史總督江南諸軍事晉尚書封忠義伯又封長興伯兵敗殉節于杭州草橋門有北征小咏詞一卷楊鳳苞曰東湖集八卷余假之紬讀之終卷乙丙起兵之軼事無一足徵豈編輯者以嫌諱甚嚴置而不錄耶又曰余攷顧黃公白茅堂集編詩話紀事云分巡嘉湖副使誘易禽之獲監國魯王敕九道一曰敕諭都察院右僉都御史吳易二曰敕諭都察院右副都御史吳先生加兵部右侍郎賜上方劍三曰特諭督兵部尚書長興伯四曰賜易父太學生吳承緒總督浙直太保兵部尚書長興伯五曰賜易母一品夫人六曰晉封寶應伯七曰贈吳易妻一品夫人八曰晉封夔東伯九曰武康伯獲銀印五顆長興伯印清河伯印寶應伯印夔東伯印武康伯印又將軍印八顆奮揚將軍之印平朔將軍之印復宇將軍之印度遼將軍之印儀漢將軍之印興原將軍之印滅虜將軍之印破虜將軍之印關防五顆長興藩標察覈糧餉戶部關防長興藩標理餉戶部關防長興藩標贊募監紀關防長興藩標協理監紀關防長興藩標督領戶部關防時黃公在監司幕中所親見者故紀之詳寶而不虛去病案公著作極富惜經亂散失世多未見東湖集八卷頃亦不存惟道光時其族孫鳴鑣曾刻一帙頗多遺漏愚乃竊加搜討久之始輯得詩文詞四卷刻之而同邑柳棄疾亦得客問十三篇于書賈誠幸事也

滿江紅　和王昭儀

回首昭陽千里外，愁雲凝色那堪憶蛾眉初入承恩瑤闕畫鳳殷勤團扇底當熊宛轉金輿側歎帝城烟景入悲笳容華歇　驪山恨終難滅青冢怨何須說對新齋清磬暗沾襟血苦竹春迷瑤瑟雨衰蘭秋老銅仙月願化爲綵石補還他乾坤缺

滿庭芳　七月八日夜作

靈鵲初回飛梁乍拆商飆還湧層波人間天上會少總離多多少天台花謝（一作樹）楚宮冷雲雨模糊斷腸甚篁枯絃絕清淚滿蒼梧　新愁從此夜一歡成夢後約蹉跎恨天公懵懂情種偏磨更恨機中素手空憔悴雲錦魚梭待借取女媧木石銜血去填河

渡江雲　中秋無月

喚吳剛何在憑將玉斧爲我掃豐隆道天公老去愁見今秋不比往

時同興亡滿眼齊州恨九點烟空那堪照秦關漢苑楚殿與吳宮朦朧銀河影沒珠斗光收深鎖霓裳夢最斷魂繞枝驚鵲失侶哀鴻何年赴瓊樓舊約橫鐵笛騎鳳驂龍挽東海爲伊洗出曈曨

摸魚兒　浙江潮

問天吳鞭江驅澥爲誰簸弄如許一絲練影搖天末瞬息魚龍嘯舞流傳誤道白馬素車果否英雄怒訇訇雷鼓看銀闕鯨翻雪山鼇碎瑤島飛仙墮　傷心事斷送趙郎殘祚鴟夷巨手何處霸圖牛斗曾雄踞氣壓廻瀾萬弩今又古只恐怕蓬萊淸淺迷歸路歸時記取有精衛心癡麻姑眼老桑澥幾朝暮

賀新郎　九日

身世今如此甚重陽正逢陽九劫灰飛墜愁雨驕雲天欲暝孤館海涯愁寄縱滿目千崖秋霽紅萼黃英堪鬬豔儘登臨只迸新亭淚千

斛酒怎堪醉　龍山嘲詠成何事儘豪雄彭城歌舞金釵鐵騎揮霍
燕秦如電掃萬里鷹揚虎視問江左霸才何處簡盡紛紛南北史算
神州離合渾難據江水咽向東注

滿江紅　除夕丹陽道中

地坼天摧孤臣恨渡江孤楫堪此夜吞聲相對椒花柏葉十七年間
宵與旰三千里外陵和闕想明朝新歷舊江山迴腸裂　赤眉翦南
陽業黃巾盪中山傑看金陵王氣漢家隆準倚劍崑崙封豕骨洗兵
星海長鯨血取大讎函首告先皇雲臺烈

水調歌頭　北固亭

千載孤亭在萬里大江流風飄雨打何處去瑜亮孫劉共道寄奴蓋
世可惜燕秦拱手粉碎擲神州誾虎吞龍鬥六代有人不　酒可飲
兵可用志難酬橫戈躍馬甚時了國恥君讎畫裏金山鐵甕夢裏雲

臺麟閣身世兩沈浮青青看不倦爭奈濕雙眸

念奴嬌　渡江雪霽

江天一派初日霽萬樹千山爭白銀甲霜戈渾認作縞素三軍橫列薪膽君臣釜舟將士灑盡傷時血中原何在問中流古今楫　回首北固金焦晴光如畫拱帶金陵業虎踞龍蟠都不信此日乾坤分裂席卷崤秦長驅幽薊試取中興烈妙高臺上他年浩歌一闋

水龍吟　廣陵夜泊

繁華自古揚州江流東去風流換蕪城草滿瓊臺花謝迷樓人散鼓角聲邊旌旗影外暮雲零亂歎興亡多少英雄束手傷心處從頭看　二十四橋隄畔傍垂楊孤舟短纜胸中湖海要起百尺元龍誰喚酣眼橫斜天南地北歸鴻嘆斷漫狂歌一陣斜風急雨漏沈燈暗

木蘭花慢　淮陰懷古

清淮天共水數往事幾雌雄想國士登壇王孫進食枉殺重瞳男兒爲知己死又何妨鳥盡便藏弓熱鬧神鴉社鼓蒼涼漢殿齊宮　霸才王佐逐飛蓬成敗總朦朧歎錄錄田橫匆匆士雅草草元龍荒臺是劉伶土好澆他杯酒對春風嘯斷孤城夜月夢回古寺晨鐘

金縷曲　戲馬臺

九曲黃河瀉似重瞳風流豪宕美人駿馬驀澗注坡三十萬蓋世喑嗚叱咤目斷處高邱浩野成敗難平廣武歎儘紛紛豎子王和霸君莫笑拔山者　卯金龍種堪無價下梢頭使君匕箸寄奴田舍玉帳茱萸歌吹滿舊楚樓船纛樹對寂寞山川圖畫鬭虎英雄爭鹿地付烏騅赤兔漁樵話藉草坐淚盈把

沁園春　病憶家園

四馬驅馳滿眼烽烟撲面塵埃歎日邊夸父鄧林餘恨海中精衛木

石空哀潘鬢添絲沈腰寬帶豈爲傷春病酒哉濺誰訴只孤琴對月
雄劍鳴雷　東湖瀟灑茅齋正水曲山橫傍淺涯憶短衣角射晴雲
落雁長箋門句午夜銜杯修竹千竿新松數尺小徑還應長綠苔悵
望我有多情猿鶴野老須來

賀新郎　寄懷史弱翁孫君昌趙少文吳扶九包驚幾

事業那堪說似當年隆中過從鄴中歌答高論興亡先後著從古兩
三豪傑轉盼裏山河橫裂獨向司州深夜舞要長驅直搗心如鐵勸
杜宇莫啼血　樹猶如此人悲切竟何年披榛灑掃漢家陵闕拋却
中原渾不問徵管其如被髮歎江左諸君英絕慘澹魚龍風雷怒算
神州到底難合誰隻手補天缺

春從天上來

有箇惺惺記雲鬟春鬢波翦秋晴哀彈麗曲嘹嚦流鶯筆走錦字蛇

驚憶挑燈丙夜翻青史評判豪英兩心期待功成拂袖梅墅尊汀驀然江湖風景悵柳拂章臺憔悴青青是耶非耶樓空人去夢語嗚咽悲凝縱成灰心事多情債浩刼魂縈恁飄零韋郎兩世杜牧三生

念奴嬌

蓬壺舊約歎滄溟塵起赤霄無際一墮人間迷歸路空灑神州血淚鐵馬嘶星彫戈枕露慘澹中流逝年華過眼笑人何限鄧禹　苦恨興廢匆匆黃金白髮短盡男兒氣半餉青瓷終古夢漫道可人強意江漢沈碑祁連起冢衰草斜陽裏千年老鶴唳斷點烟杯水

浪淘沙　臨刑絕命

落魄少年場說霸論王金鞭玉轡拂垂楊劍客屠沽連騎去喚取紅妝　歌笑酒罏旁筑擊高陽彎弓醉裏射天狼瞥眼神州何處在半枕黃粱

成敗判英雄史筆朦朧興吳霸越事匆匆畫墨凌烟能幾個人虎人龍　雙鬢酒杯中身世萍蓬半窗斜月透西風夢裏邯鄲還說夢驀地晨鐘

沈雄柳塘詞話明季惕庵西郊較射使讀其東湖雜感云深宮醉舞夜敵國臥薪時想見其有心斯世惕庵服上刑武林僧名敬然者乞遺骸于張撫軍葬棗園中爲位哭之歲時供以麥飯猶傳其浪淘沙絕命詞成敗論英雄史筆朦朧云云

沈自炳字君晦號闇華自徵弟恩貢生薦授中書舍人有丹棘堂集

去病案公與其兄君庸翟咸以詞翰著稱江左而倚聲尤擅勝場又與同邑舉人孫兆奎佐吳公起義汾湖一旅東南特若重鎮卒以師潰從彭咸之所居哀哉丹棘集世未之見茲就歷代詞選詞綜詞匯輯得數闋亦可喜也

南歌子

翠榭沾纖雨朱樓滿夕陽玉闌干繞曲池塘蓮葉小蜓飛貼水鴛鴦

清平調

夜隨鳳輦上林園珠翠風多笑語諠星映薔薇花影暗玉娥潛戲小

黃門

浣溪沙　秋閨

月照紅蕉翠檻清銀釭悄悄篆烟輕强拈繡帖（疑帕）耐深更　獨解鷩襦偎繡被寒蛩泣露一聲聲玉階和雨到天明

中興樂

芙蓉池上露初涼桐花月轉迴廊秋滿紋簾（詞匯作蓮籌）弧燈漏長　夢入紅樓（詞匯作花庭）畫牆見蕭娘覺來枕畔玉釵猶響無限思量

更漏子

憶情（詞匯作佳人）南浦去攜手何人低語眉樣淺翠衣輕鶯啼畫舫行

香閨掩珠帷歛春剩楊花千點愁不禁黯銷魂黃昏獨倚門

玉樓春　秋怨（歷代詞選作燕來）

吟盡（一作定）玉郎離別處空剩紫騮芳草路年年同嫁與東風只有小

樓紅杏樹　愁病懨懨魂欲去一霎芭蕉寒響聚空嗟薄命玉容人
値得數聲秋夜雨
虞美人　春景
竹籬陣陣飛花雨樓燕銜香語孤雲細草小溪晴攀梅拾豆打流鶯
短橋横　楊花一似郎情薄相見還飄泊空餘三月斷腸春萬重山
外楚江濱有行人

笠澤詞徵卷五

完

笠澤詞徵　百尺樓叢書

卷六　邑後學　陳去病輯錄

明

毛　瑩初名培徵字湛光一字休文晚號大休老人諸生有竹香齋詞去病案是卷所輯類皆明季遺賢與世家胤胄潔身高蹈有故國故都之感觀于毛氏更號大休略可覩矣前袁景輅氏悉取入清詩徵似欠審愼故茲特列之于明亦庶幾春秋表徵之旨云爾

念奴嬌　舟行

高情如舊但館娃殘夢不堪回首極目平湖三萬頃一片玻璃削就青雀舟輕白蘋風軟落日金波溜人家何處笛聲吹徹楊柳　看取遠樹晴嵐蕭疏幾筆寫出王維手擂得青州新從事不用重沽村酒盞面春深醉鄉天闊壘塊吾何有長年且住海鷗欲下知否

滿江紅　夏日

榴火燃紅又承露荷盤擎綠最喜是薰風徐拂午眠方足山色遠邀京兆畫湖光全現瀟湘幅看鴛鴦對舞白波翻珠千斛　柳影內人歸牧簾影內人初浴出龍團欲試中泠將熟重整冰弦彈水調新裁霧縠籠香玉忽松濤天半捲寒來肌先粟

浣溪沙　艷情

綺閣春深夜未央青衣十五髮初長博山爐熨慣司香　暗約芳心瞞小妹故拈閒語惱檀郎喚伊翻自背燈光

俞南史字無殊自號鹿牀山人諸生有鹿牀稿

望湘人　燕

怪溪梅瓣卸春社雨收柳汀沙岸飛徧試揀雕梁重營香壘銜到零紅幾片蝶舞將酣鶯喉漸老雙栖正暖卻翩然飛向深閨長與蕭娘爲伴　須把珠簾盡捲看分開翠尾往來如剪更對坐螺屏細認去

年人面西風幾日又催歸夢商略去程近遠爲我問秋雁來無萬一湘江逢見

顧　樵字樵水自號若邪居士

千秋歲　壽王丹麓

花濃春晝纔過淸明候新酒熟稱眉壽年華剛半百手植松篁茂風日暖綠陰院宇瑤琴奏　家是烏衣舊繞砌芝蘭秀蒼水使書曾授身依雲谷隱名譽中原走誰得似西湖騷雅君推首

湯豹處初名孫振字雨七諸生

玉春樓

人在鬱金堂上住簾幙影交連理樹玉盆薇露淨如空寶鼎蘭烟濃似霧　薄倖不來春欲暮情託子規聲裏訴個儂淸減似梨花香雪一枝嬌帶露

鄒　樞字貫衡自號酒城漁叟有十美詞紀楊凌霄云偶于拾字僧簏中檢得一帙雖紙頁破碎而字跡尚未模糊且甚娬媚中載小序一小傳十傳後各綴以詞題其首曰酒城漁叟箸復有鄒樞字貫衡及松陵鄒氏家藏印章則鄒生者固吾邑人也其末一頁爲琵琶婦朱增傳詞曰瀟湘夜雨巳汗漫破壞不可復讀姑缺之

春風嬝娜　巧蝴蝶

借梁園金谷培養瓊肌珠作唾玉爲啼道鬘堂女婢聰明侍鄭槐扉根葉窈窕名崔蝶譜時窺鳳毫輕點巧奪滕王孰與齊粉字吟梅和雪寫碧楠詠柳帶烟題　曾共湘簾吹絮倚簫選夢多少事說着眉低青幛隔紺園迷缸花夜笑往恨重提鵲渚遺鬢淚辭春閣鳳樓鑠珮影伴香溪鴻音澀紙待尋踪南浦橫塘待渡踏遍雲堤

內家嬌　如意

紗窗夢未醒簫聲斷遥憶玉嬋娟記美髮未齊嫩鴉初握步蓮堪印小鳳新彎銷魂處流波傳細語低翠掠烟鬟薛氏校書芙蓉養紙崔

家錄事芝髓封編　草蕙蘭佳句相鳴和巧樣卯色魚牋誰是多才
情種我見猶憐嘆輕鴻甫就銀屏生暖彩鸞旋去繡榻重寒多少愁
霜悲火頭上心前

永遇樂　陳圓

濃點啼眉低梳墜髻聲驟平康茗翠氍毹花紅錦毯趁拍舞霓裳雙
文遺譜風流誰解卿能巧遞温涼香犀挽生綃淡束幾疑不是當場
星回斗轉芳筵已散倦餘嬌凴牙牀玉版填詞瓊簫和曲粉脂尙
殢紗窗鈿車催去燕臺程遠鼓鼙進譟漁陽風塵老蠻烟遠隔信音
渺茫

綺羅香　卞賽

清剪冰華香團雪彩淡絕秋娘風度青粉牆頭門對白隄雲樹開曉
幕茉莉來時臨涼檻木瓜馨處展鵝牋輕掃叢蘭白甆斟茗篆烟午

堪憐江夢未杳曾草湘蘋麗句欣附芳譜擬結同心又值賦驪情苦空撇去萬卷霞綃覓西樓一塘春雨問何年重見風流小牕深夜語

解語花　沙才

相臺錄事韋曲司書仙藻纖纖手冷金牋剖兎毫嫩常伴翰林千首碧衫唾皺早看盡闌門楊柳賦小詞題徧鮫綃滿路飄香蔻　何意憐才贈玖寫廻文短幅春情先逗微波暗溜相憐處爲我客前辭酒傍奩未久又鼓棹石城渡口想到時懶唱桃根人似黃花瘦

惜餘春慢　梁昭

荳蔻衣香芙蓉笑譜小立春風門巷蜻蜓碧淺魚子紅深可體縠紋三兩戶外亂擁雕輪陪宴蘭臯繫舟湖上把瓊簫漫品錦箏微撥遏雲聲響　還自結顧曲周郞哀絲豪竹心力盡消歌唱誰知燕燕不

信鶯鶯烈骨竟藏鴛帳思守槀砧又因金谷摧殘墜樓悲壯女丈夫櫬在吳門堪與要離同葬

拜星月慢　李蓮

鴛樹凝愁珠樓墮影慘慘啼紅幽夢扇冷桃花把香車誰控掩坊曲常自瓊梳嬾掠粉椀梅鈿膠凍單離鸞語鵑此生休弄　憶芳筵曾受憐憐重扶衰體笑解春風鞓勉強撥阮槢箏苦霜颸吹送葬西施近在眞娘塚簫聲斷零落歌紈鳳問誰念小玉情眞賦招魂是宋

齊天樂　朱素

鮫宮一縷冰絲影亭亭幻成嬌倩梨夢方榮梅粧初洗迎入宜春歌院相逢未晚正茂苑新鶯白隄淸管羯鼓催樽竹林頹玉笑稽阮雙紅豪思誰比酒壇臨未久離袂旋判南內雲痕西河雨蹟暗把吳綃偸染零箏斷扇念飲伴無多璧沉珠掩欲賦閒愁未吟先意嬾

木蘭花慢　羅節

縱流溫傍玉評不到此眞眞看鳳曲鶯喉鳩驚燕舞態盡花茵步幄珊珊暗出似巫峰墜下一絲雲料想蜂狂蝶驟自應無處藏春　誰知歛恨與收欣却早乞閒身看仙杼梭霞芳屏畫草願事人情蘭棹五湖歸去迓慈幃猶念舊時恩鎖住花心栩性莫敎飄蕩風塵

去病案徐釚本事詩云吳姬舊有甲乙譜無錫錢星客復修之珠簾畫舫粉香載道一時諸名士各賦詩題贈名香奩社集詩僉無殊亦有沙才郎玄粱昭卞賽董曉蔣慶六首其詠沙才云晚寒強病出來遲微笑燈前影半欹祗爲愁多長獨坐翻嫌情重易相思瓊花不是人閒種桃葉遼從江上期若有好花須好月攜來酒畔總相宜粱昭云日晚煙香護紫冥迢迢忽覩下雲軿逢人每見敲棋局倦佛長思誦梵經醉裏歌聲濕扇緩座間眉色映人青酒闌歸歸消魂處明月臨空白滿汀卞賽云朝來曾不負芳辰晚坐花閒送月輪和曲自同王大令學書曾仿衛夫人每從南浦捐瑤珮長向西窗醉錦茵家在虎邱山畔住眞孃或恐是前身漁叟諸作疑亦類是而淒黯幽豔大有東京夢華之遺故並錄之

吳　鏘字聞瑋一字玉川尚書洪五世孫諸生有復復堂集袁景輅云

玉川爲人風流豪爽求友如不及工詩名播遠近凡名流至吳江必登復復堂堂前紫藤花百餘年物也虬根匝地綠陰滿架花時輿諸同人飲酒賦詩其下配麗蕙續性情詩品與玉川媲美江都宗元鼎作偕隱歌贈之

畫堂春

佳節姮娥不放閒只看燈影團圞更闌薄醉蹕雙鬟無限屏山　妬煞一天風雨玉簫錦瑟生寒清光咫尺在雲間倚遍闌干

徐釚詞苑叢談云壬子元宵吳荊西之紀沈龍門永令合樂玉樹堂名士勝流無不畢集花燈火樹稱爲極盛校書芳蓀雲間人色藝獨絕時微雨無月羣呼曰嫦娥何在耶吳玉川鏘笑曰咫尺雲間何云不見遂調畫堂春一闋云云席上有老樂工沈遂譜入管絃即爲歌唱極歡而罷其詞傳播揚州宗定九元鼎刻之花錮集中

鵲橋仙　冒巢民先生招同望江樓登高後復於望日作展重陽會次韻奉酬

白衣送酒紅萸插鬢秋意最宜尋玩清歌一曲倚樓聽早不覺宮移羽換　良辰易遇勝游堪續新譜不妨頻按青霜未下素娥臨展佳

會剛逢月半

去病案先生晚歲悼亡恆客江上遂卒于雉皋冒巢民所計其初病至于歸櫬所費悉出巢民經紀備至故葉學山舒穎弔之曰魂魄休悲落異鄉故人高誼鎮難忘此生不向如皋死何處還逢冒辟疆誠實錄也

沈永啟字方思號旋輪有遜友齋集

周廷諤云方思性穎敏詩文詞皆立就師事郡人金采采以事株累繫江寧獄他弟子皆避匿獨方思往詢候采被刑斂其遺骸復奉棺置所居吳家港家菴中人重其氣誼貌古樸喜禪理即之若惘幅者與之談詩文輒如懸河傾注不竭袁景輅云沈氏詩錄稱先生與一子二女皆工詞藻暇輒分題倡和子女有好句則回環歌咏以爲樂子即成廋女即叅符纖阿也謝庭咏絮千古詩爲韻事吾鄉前有午夢堂後有遜友齋嗚呼盛哉

虞美人　蓮涇阻雨

廉纖細雨蓮涇口　何處沽尊酒　天公也似太多情　拚得柳昏花暝滯人行　年來淚跡眞無謂　歷盡愁滋味　一燈蓬底聽模糊　知道小樓夢醒一般無

丁紹儀云末二語暗用少陵今夜鄜州月閨中只獨看意時値孤篷夜雨尤難爲懷

水龍吟　辛卯中秋僦居湖上憶舊

晚風驚散浮雲素娥玉宇開金鏡登樓王粲故園何處太湖千頃烏鵲南棲羈魂牢落室家萍梗歎潘絲欲染青山孤約忽醉裏愁重醒　遙想楓江露冷已苔封故人花徑臨觴鬬酒裁詩浣筆當年稱勝烟鎖蘋溪漏催蛩砌夜寒相迸問今宵何事低徊撚帶茂陵成病

沈永禋字克將一字醒公號漁莊諸生有選夢亭詩聆缶詞周安云醒公風流蘊藉儀度春容塵俗之談不露齒角紈袴之習屏滌殆盡其烏衣之俊流也少工舉子業有聲場屋以數奇不售遂淡於進取築室湖干嘯歌自尙以終　陳行之云漁莊所居在邑之南郊向稱柳堂別業中有綺雲齋翠娛堂藤花閣天績樓梅圖荷池小山諸勝即宏所中丞舊第也至今修廊曲檻猶映帶水雲竹樹間過之者想見往日林亭觴咏之盛輒徘徊不能去

南歌子

甲帳溫爐鴨心香熨枕鴛春風只在玉窗前却是小桃枝上占芳年　剔燭頻宵起停鍼向午眠流鶯啼覺詞雅作養娘相喚繡帷寒懊惱一牀

花夢又難圓

沈世瀟字茂宏一字耕道諸生有釣梭集周安云耕道風期雋雅日以琴書茗椀自娛年四十後築室湖濱有飄然塵外之想袁景輅云耕道嗜好殊俗遇希見之書與法書名畫不惜重價購之又嗜茶客至折松枝煮折足鐺相與品題賞鑑入其室者幾不知有塵世事也

減字木蘭花　秋夜夢爛溪別業

一枝曾寄七十二溪深處是秋夜迢迢重認當年舊板橋　西風瀟漫月落烟迷秋夢斷覺後依稀只見蘆花滿釣磯

笠澤詞徵卷六　完

卷七　　　　邑後學　陳去病輯錄

清

沈永令字聞人號一指順治戊子副貢生官高陵知縣有深柳堂集譔霞閣詞錢葆云聞人自號一指因手有枝指也齠年穎悟應縣試時知縣熊魚山奇其文謂他日必以風雅名世後果如其言詩詞書畫並入能品沈德潛云先生初知韓城縣時湯文正爲潼關道以循良重之

離亭燕　龍門

誰把飛流橫瀉秦晉一絲分界翠壁鑿痕千仞立萬里銀濤天掛隔岸倚危樓掩映琳宮紅樹　幾朶雪花輕灑百尺冰橋高跨隴樹洮雲何處是惟有蓮峯太華遙望夕陽關片片輕帆東下

浣溪沙　閨思

約素腰肢削玉身花邊笑語酒邊嗔乍看歡髻乍看顰　竹葉萬竿

都是个雁行千隊只書人个人心事向誰眞

酷相思

只隔疏欞牕一紙各半空鴛鴦被聽秋雨芭蕉心滴碎伊覺也難成寐儂覺也難成寐　一樣明朝衣上淚各自向心頭記暫借得行雲來夢裏儂夢也和伊會伊夢也和儂會

臨江仙

自別河梁成永訣十年夢繞遼西夢中牽袂數歸期刀環眞淚約何日照雙棲　驀地歸來眞是夢歸來日日分離不如依舊在天涯夢回鷄塞遠猶得到深閨

玉漏遲　除夕

不堪重記憶風塵碌碌浮生曾幾地北天南浪跡長驅萬里細雨青燈孤館更落日殘烟故壘遡不起秦關粵嶺楚山燕市　回首二十

年前轉眼舊游半生傀儡爲惜餘更不忍拋從夢裏爐火煨殘柏葉守不住流光如水拚醉倚遲明又隔年矣

董　衡字　順治甲午舉人

風中柳

綠水輕飆吹透黃金千縷怯微寒依依南浦殘煙冪歷玉笛和鶯語傍妝樓纖腰低舞　長是消魂情盡橋邊人去繫蘭舟暗添紅雨三眠乍起見栖鴉無數慣飄搖露隄霜渚

吳兆騫字漢槎順治丁酉舉人有秋笳集

徐釚本事詩漢槎驚才絕豔數奇淪落萬里投荒驅車北上時嘗託名金陵女子王倩孃題詩驛壁以自寓哀怨云憶昔雕窗鎖玉人盤龍明鏡畫眉新如今流落關山道紅粉空嬌塞上春氊帳沈沈夜氣寒滿庭霜月浸闌干明朝又向漁陽去白草黃雲馬上看情詞淒斷兩河三輔間多有和者故計改亭詩云最是倩孃題壁句吳郎絕塞不勝情其西曹雜詩自敘曰望慈幃于天際白髮雙悲憶少婦于樓頭紅顏獨倚婉轉悲涼如聽銀箏之鳴咽矣又云漢槎之徙塞外也書來言鮮使臣李節度雲龍以兵事至寧古屬製高麗王京賦遂草數

千言以應其國頗以漢槎詩文爲重又自云彷佛班揚其狂態如故無錫顧貞觀梁汾寄漢槎詩曰萬里誰能憶三部只自傷譽名箕子國詞賦夜郎王淚盡臨關月心摧拂鏡霜李家兄妹好倘復惜班揚

袁枚隨園詩話康熙初吳漢槎兆騫謫戍寧古塔其友顧貞觀華峯館於納蘭太傅家寄吳金縷曲云季子平安否便歸來平生萬事那堪回首行路悠悠誰慰藉母老家貧子幼記不起從前杯酒魑魅搏人應見慣料輸他覆雨翻雲手冰與雪周旋久淚痕莫滴牛衣透數天涯依然骨肉幾家能轂比似紅顏多薄命更不如今還有只絕塞苦寒難受廿載包胥承一諾盼烏頭馬角終相救置此札君懷袖我亦飄零久十年來深恩負盡死生師友宿昔齊名非忝竊試看杜陵消瘦曾不減夜郎僝僽薄命長辭知己別問人生到此淒涼否千萬恨爲君剖兄生辛未吾丁丑共些時冰霜摧折早衰蒲柳詞賦從今須少作留取心魂相守但願得河淸人壽歸日急翻行戍稾把空名料理傳身後言不盡觀頓首太傅之子成容若見之泣曰河梁生別之詩山陽死友之傳得此而三此事三千六百日中我當以身任之華峯曰人壽幾何公子乃以十載爲期耶太傅聞之竟爲道地而漢槎生入玉門關矣顧生名永者詠其事云金蘭倘使無良友關塞終當老健兒一說華峯之救吳季子也太傅方宴客手巨觥謂曰若飲滿爲救漢槎華峯素不飲至是一吸而盡太傅笑曰余直戲耳即不飲余豈不救漢槎耶雖然何其壯也嗚呼公子能文良朋愛友太傅憐才眞一時佳話

韓菼納蘭君神道碑吳江吳孝廉兆騫以雋才久戍絕塞君力贖以還而館之愛重如逸海之得幼安與根矩也

念奴嬌　家信至有感

牧羝沙磧待風鬟喚作雨工行雨不是垂虹亭子上休盼綠楊烟縷白葦燒殘黃榆吹落也算相思樹空題裂帛迢迢南北無據　消受水驛山程燈昏被冷夢裏偏（靈芬館詩話作夢中兒）叨絮兒女心腸英雄淚抵死偏縈離緒錦字閨中瓊枝海角（詩話作外）辛苦隨窮戍柴車冰雪七香金犢何處（譚獻云其氣不怯宜乎生還）

采香子　寄文柔妹

縞綦義烈人誰似淡月寒梅寂掩羅幃生受黃昏盼紫臺　遙知楓落吳江久白雁飛回錦字難裁一片紅冰熨不開

四明萬斯同曰吳兆騫吳人康熙某年流寧古塔後釋歸其守將安珠護謂之曰乙酉破楊州吾在軍親見史閣部死初城破求史公不得久之乃自出衆挾之見豫王王疑其僞史公曰我出明白死豈僞耶王令人識之果然勸之降不應乃殺之吾生平第聞忠臣不知何狀及見史公乃知世眞有忠臣但漢人不知或誣以爲遯去今聞朝廷修明史而徐立齋先生領史事子歸幸以吾言告

之

葉　燮原名世倌字星期又字已畦號橫山明虞部紹袁第六子

康熙庚戌進士嘉善籍官寶應知縣有已畦集袁景輅云先生之令寶應也以强項落職時嘉定令陸清獻公亦被參劾先生曰吾與廉吏同列白簡從於遷除矣既歸移家入橫山築小圃顏曰獨立蒼茫處著述其中商邱宋中丞聞其名減從往訪辭不見宋公曰獨立蒼茫處容一立否留二絕句而去先生不往報也晚年寓蕭寺有富豪家招之飲先生曰吾忍飢誦經豈不知屠沽兒有酒食耶其性剛直至老如此又曰先生風流宏獎所交皆當世人宗丙寅九日大會于二棄草堂冠帶之集幾偏江浙同用昌黎張祕書與人日城南登高韻賦詩紀事所刻用九集見者以不贈得與會爲恨

遐方怨　閨情

妝未了日高升菱花眉暈小蘭葉鬢雲橫簾通燒篆曉痕平寶釵斜膩墜無聲　春漸老帶圍輕簷鵲頻偸報應知門草贏晝長無事理銀箏困人疏雨小池亭

浣溪沙　秋林晚眺

簾捲回廊挂玉弓草根切切響吟蟲前林黃葉起西風　橘刺牽衣花架礙蔓絲織水畫橋通釣魚船尾小鐙紅

葉舒穎一作顒字學山明虞部紹袁姪孫順治丁酉副貢生有葉學山詩集十卷　周銘云學山風情月魄不讓古人其詞如春鶯初囀柳痕煙態皆足助其妍媚　袁景輅云汾湖葉氏自虞部與配宛君以詩名家一傳而雲期星期再傳而元禮學山門才之盛幾爲一邑冠學山性洒脫終日吚唔不事生產中年後家漸落淡如也　去病案先生少孤賴母夫人金撫之成立生平篤於倫紀母亡孺慕不衰視從兄姊伯叔如所親故世與橫山元禮並稱不知其非嫡也其配沈素嘉從姑蕙綢女於先生爲中表琴瑟尤叶中年悼亡竟不復娶嘗有夜歸句云那得歸來不斷魂蕭然四壁一燈昏牽衣稚子叨叨說今日侵晨便候門淒迷嗚咽豈殊奉倩神傷耶顧身雖老壽而歿後不再傳遂絕其所著述大半飄墜嘉慶朝平望殷東溪得其詩于里中程氏葉之宗人名鮮暘者復可得之其兄東耕墅年六十六矣兩目幾眊竟力任鈔寫遂得十卷藏諸家于是先生之詩世上始有二本而其他文詞卒弗獲也厥後又閱九十七年至宣統紀元巳酉正月人日余自東江櫂一舟過蘆區起居陸丈鷗安承以其稿見畀云即得之葉氏者噫一先生集也亦何顯

晦之不可測耶攷先生之生係有明崇禎四年辛未正月人日而余得此集亦在正月人日然則先生今而後庶幾可不朽歟

百字令　題朱太史竹垞圖

修篁夾徑似依然留賸半泉花石人在天光雲影裏占住樓高百尺叉手吟成等身書擁嘯傲煙波夕閒時載酒江湖曾作浮客　回憶翦燭寒宵菜根題扁邂逅文章伯爭艷探花遊上苑又早歸來岸幘曲水拖藍遥山疊翠渺渺神仙宅可容舴艋長蘆深處尋覓

洞庭春色　題徐虹亭楓江漁父圖

早脫朝衫東隨烟霧恰到鱸鄉有鷗鳥知心肯來翔舞鯛魚不餌誰換豚魴悠然下釣收綸處把渭水巖灘付兩忘堪流賞是碧連春渚丹映秋江　偶對漁樵伴侶懶回頭細話行藏任風雨唱歌蓑衣篛笠津亭打鼓錦纜牙檣只留世外清衙在勝帶著笭箵喚漫郎還尋取似濠梁游興重注蒙莊

徐釚詞苑叢談余舊屬謝彬畫楓江漁父圖南海屈大均題云夢裏一峯青依稀西洞庭平生愛林屋未得隱秋屏白鷺自高下梅花相杳冥君家在何處招手且虹亭蓋余號虹亭故云新城王阮亭先生云十載吳江狎釣絲筆牀茶具似天隨朝來宣賜蓬池鱠却憶鱸鄉亭畔時施愚山云秋雲漠漠水漫漫一色芙蓉十里寬不向長安飢索米那知回首憶漁竿彭羨門云手結夫須上釣舟霜黃初落潦初收灑誰翦取吳江水倂作楓林一派愁嚴蓀友云瑟瑟波中一櫂廻鳩雛相趁小驚猜等閒莫道持竿手消得珊瑚架筆來關中李劬菴云休沐歸來把芰荷絲綸聊復試清波得魚換酒灑酣臥不畏花磚日影過虞山歸孝儀云家住吳江笠澤邊短簑細雨綠楊煙從今預擬開來往看到溪山二十年益都馮相國云楓江一棹五湖灣秋月蘆花亦等閒誰使金門飢索米更牽魂夢到吳山皆能極道江湖之樂長白成容若爲余作漁父詞云收却綸竿落照紅秋風寧爲翦芙蓉人淡淡水濛濛吹入蘆花短笛中同人以爲可與張志和並傳浦濱葉蒼巖映榴因爲余題一絕於後云身隨鷗鷺狎煙波十里南湖一棹過月下樵青攜斗酒飲酣吹笛撰漁歌以志和善鼙鼓吹笛嘗撰漁歌也

葉舒崇字元禮號宗山明虞部紹袁長孫康熙丙辰進士平湖籍官中書舍人有宗山集謝齋詞葉紹袁年譜續纂云世侗生男名舒崇雖房序屬四實長孫也字之名寶掌昔魏晉間有寶掌和尚住世一千七十二年取其壽也自慶有孫又悲世俗無子哀悼何能遺䝐因名世俗女曰寶珠法

華經八歲龍女獻寶珠于文殊菩薩化爲男子今年歲在龍世俗身後止此一女是代爲男也合之則又掌珠之意焉　宋琬

云乙酉夏余避兵吳江葉仲韶先生家乳者抱三歲兒出先生授余抱置膝上即今文孫元禮也別十有六年元禮年弱冠巳

掉鞅詞壇望而知爲謝家玉樹矣　徐釚云元禮爲仲韶先生孫與星期進士並擅文譽有大小阮之目早歲飄零倦游京洛

嘗與僕讙痛飲燕市有青山埋骨黃罏邈紅豆關心綠鬢殘之句　朱彝尊云吳江葉元禮美丰姿少日隨其兄學山過流虹

橋有女子在樓上見而慕之問其母曰有與葉九秀才偕行者何人也母漫應之曰三郎也女積思成疾將終語母曰得三郎

一見死無恨矣氣方絕元禮適過其門母以女臨終之言告元禮入哭女目始瞑予爲作高陽臺記之一時交傳其事後至會

稽每入市窺簾者夾道時宋副使琬觀察越中曰是將看殺衞玠因招之入署讀書及歸余送以詩云明璫倚曲動梁塵姹女

新妝更絕倫齊向羊車看衞玠臨行愁殺洛陽人　王士禎古夫于亭雜錄葉元禮神清不減衞叔寶己未鴻詞之擧閣中諸

老頭薦之至京病卒去病案元禮爲漁洋門下士故集中有詩云阮家來臥酒罏旁苟令橋南惹恨長鶯脰湖邊逐春水化爲

七十二鴛鴦蓋即指流虹橋事也惟序稱平望酒家女非也

浣溪沙　孤山別墅有感

徐釚詞苑叢談云葉元禮舒崇客西泠過雲兒于宋觀察席上一見留情

時尚未破瓜也雲兒居孤山別墅密簡相邀訂終身焉別五年復至湖頭則如彩雲飛散不可蹤跡矣元禮撫今追昔情不自

禁援筆賦浣溪沙四闋云

彷彿清溪似若耶，底須惆悵怨天涯。青驄繫處是儂家。　生小畫眉分細繭，近來綰髻學靈蛇。妝成不耐合歡花。

柳暖花寒懊惱時，春情脈脈倩誰知。廉纖香雨正如絲。　團就鏡臺烏鰂墨，寄來江上鯉魚詞。此生有分是相思。

潛背紅牕解珮遲，銷魂爾許月明時。羅裙消息落花知。　蝶粉蜂黃拚付與，淺顰深笑總難知。教人何處懺情癡。

斗帳脂香夜半侵，幾番絮語夢難尋。清波一樣淚痕深。　南浦鶯花新別恨，西陵松柏舊同心。一番生受到而今。去病案：本事詩載元禮寄阿芸一律云：記得華堂始日成，珮環疑逐步虛聲。筵前鳳曲紅牙按，月底龍團素手烹。啼罷鵑魂傷錦瑟，夢回蝶影鬧春城。何時雙槳三生石，繡佛幢前再證盟。虹亭云：杭州人想即雲兒也。

望遠行　春暮蕪城偶作

平原綿邈紅霞抹惆悵春光幾暮幾番花謝一陣風狂做就隋宮綠樹無限興亡贏得竹西三月鼓吹年年如許最傷又值江天梅雨相語只有斜陽一片也曾見錦帆無數螺黛香消瓊簫夢斷行雨蕭娘何處試看蒼苔沒井白楊滿地怕讀鮑昭遺賦聽杜宇聲聲勸人歸去

玲瓏四犯　用延露詞舊韻　楊復吉夢闌瑣筆云元禮年少美姿容當世有叔寶安仁之目嘗游西子湖夢與湖山神遇歸而不能絕作詞以自警云

斗室香殘聽漏永銅壺人聲漸少欹枕朦朧身已在華胥道驀見大姿勝雪倩一片巫雲吹到問神女生涯何處可要韋郎同廟　繡幃斜倚湘裙展就人恣意回身抱翻懊惱兩情乍洽忽透靈犀竅黑甜豈是溫柔偏此際纏綿還要賴簷前鐵馬叮噹好把癡魂驚覺枕豈游仙却夜夜藍橋合驪不少絮語殷勤未怕人兒知道怪殺往

還無跡如有約五更便到指牆內紫荆一樹彷彿盤塘神廟　可憐
並體紗窗下剛半晌珠偎玉抱一樣有月明如水照破相思竅盡說
沈郎腰瘦觸手處那禁不要任多情同夢相甘暗損年華誰覺

俞　瑒字犀月

東風第一枝　偕友游峽山次宋人韻去病案峽山又名硤石同時周青士汪季青並有此詞意亦略同疑即犀月所偕游者

柔櫓衝煙晴波生縠輕風一路催煖曉容隱約雙鬟指點兩山黛淺
平蕪渺渺也都似錦茵鋪軟問踏青女伴誰家半彈鬢邊飛燕　逢
勝侶暫舒青眼更緩步輕携便面夾紗衫子新裁曾記杏花池苑春
光穠冶偏繫偏垂楊如線向酒闌檢點閒情早悔陌頭初見

邱　乘字御六有紉秋詞

點絳脣

春約愁來年年愁得人如此愁還有幾春又將歸矣　說是春歸愁更纏綿起何時已春頭春尾沒箇無愁地

笠澤詞徵卷七

完

卷八　　邑後學　陳去病輯錄

清

鈕　琇　原名泌　字書城一字玉樵康熙壬子拔貢生官高明知縣有臨野堂集

沈德潛云玉樵博雅多聞著觚賸一書能舉見聞異詞者折衷之可以補正史之缺詩亦變風之遺　陳行之云先生歷任邑宰所至有善政於項城則安集逋逃于沈邱則昭雪沈獄于蒲城高明則鋤强暴嚴守禦民賴以康卒于官旅櫬蕭然越數年乃得歸葬嗚呼先生固博物君子也其亦古之遺愛歟　袁景輅云明府考芥庵老叟家貧好客喜吟咏庭有海棠一枝花時與嚴溪吳沈諸子觴咏其下有句云詩憑鄭谷題初雨飲待徐佺醉曉風至今猶傳人口

踏莎行　燕

翦翦東風蕭蕭社雨一生何事長覊旅畫梁繡幕屬他人寄人廡下終當去　柳絮池塘梨花院宇春光半爲營巢誤舊時王謝已無家重來不視營巢處

御街行　鴛湖元夜

樓臺如夢夜如年涼露瀉銀蟾春宵未許千金換況有涼月初圓幾通畫鼓數聲響爆攙破五更寒　酒亭花市語聲喧風裊絳紗烟篝歌簇處星毬滿都在曲院勾欄綠窗半掩紅妝爭倚多少玉人看

一萼紅　燈花

伴寒閨正清輝的爍丹蘂發盈枝鳳翅分烟蘭心吐穗徐看刻玉痕移拚孤坐三更漏斷有人在紅閣夜敲碁隔雨簾疎護風屏小金粟垂垂　惹起舊愁無限想羅襦背解喜報芳蕤凝卜佳期誤占遠信孤負多少想思憐碎影依稀似語那堪向珠淚欲銷時好把香煤剪取待畫雙眉

夢橫塘　蝶塚

雲塘粘粉月檻棲香花間曾記幽遇金縷飄零誰喚起春來嬌舞相

逐釵頭乍迷裙底風流何處嘆紅牙按譜遺拍猶存靡蕪冷帷抔土素紈閒撲牆陰早纖魂一片驚斷遊女化玉初成空剩得舊叢如許好收瘞滕王畫卷謝子詩囊並千古栩栩燈前翩然入夢有西園芳路

水龍吟　白蓮

蟾宮素女三千誰教舞向瑤池裏卷綃霧薄弄珠烟細原名花蘂蔘襯微紅葭圍斷碧亭亭出水想西陵畫舸輕移雙槳難覓却鷗眠處

閒道生來玉井乍相逢銀塘十里最憐傾蓋不須汚粉清寒如許廬嶽禪心樊川賦筆幾囘延佇怪月明但有香來終夜闌干重倚

摸魚子　尊

過桃花水痕初漲吳天遙寫晴鏡生如釵股浮青出凫葉羃波常淨烟路迴更荇帶荷錢接疊還相映香寒色瑩喜犀筋凝脂磁甌泛玉

鹽豉點偏勝　紅塵事莫教秋來未醒當時鱸美誰並歸心一夕愁波起貯得幾絲清冷應猛省是到處西風堪動扁舟興鷗飛鷺暝想千里茫茫高人獨去翠剪半江影

齊天樂　蟬

微薰天氣濃於酒萬緑陰陰催晚槐目閒庭柳眉深巷幾樹夕陽聲滿炎情不染正潔飲常清高吟自遠贏得佳人薄匀雙鬢鏡中撚秋殘猶集古寺乍聞涼雨後不勝淒斷弔月蛩悲啼烟螢急曾是小窗幽伴孤眠客倦記珥重朝冠綃輕宮扇舊夢難尋暮雲迷翠館

慶清朝　贈陳內翰其年

瘦擁詩肩狂添酒胆絶倫誰得如髯畫溪歲月寄情多在香奩宛轉麗詞爭唱錦靴暗點雪兒尖何須如庾郎哀艷僅賦江南　一鶴飛書入隴看幾年珠淚消盡青衫雲烟落紙驚聞遙啓宮簾應有賜袍

初繡夢中花管色相兼休吟道舊山悔別微祿羞沾

瓊花慢　贈朱內翰竹垞

花撥垂鞭蒯緱携劍是舊時遊跡齊宮燕市記淋漓醉墨尚留紅壁
逢迎若箇笑宴宴少年裙屐但賦成換取黃金付酒旗歌席　偶然
天子呼來便芍藥欄前起弄吟箋玉堂月俸堪貰酒鈔給烏翎三百
宦塵如海曾不點山人衣白好夢在一枕松風仍繞故園泉石

驀山溪

冷光無際晚失行人路茅屋隱平田望遙村但留疎樹饑烏似墨幾
點散驚風荒渚外小橋橫孤廟僧扃戶　吟髭生凍撚短難成句馬
首獨衝寒正深入亂雲低處枯聲颭荻彷彿是河干依斷岸有漁舟
紅閃篷燈露

瑤花　河冰

長河載雪一夕西風把紋波吹結酒簾漁網家家岸零亂橫釵垂玦棲鴻難定但幾處汀蘆黃折想神妃步襪無塵閑往水晶宮闕　小窗靜鎖梅魂看瓶凍琉璃誰並芳潔故園何在奈此際正阻夜溪歸檝清寒相照算只有天涯孤月問當時一片心期人在洛陽能說

漁家傲　題大梁旅舍

一點秋來鴻背羽柳外輕雷碾出絲絲雨草色到城朱閣吐天欲暮行人衣染行塵古　屈指遊梁今已五醲酒爐頭酒伴誰高杜如笠小軒容獨步青滿戶數竿修竹牆隅補

柳梢青　宛丘登蘇氏園樓眺望

紅墜蓮秋孤城一片晴抱芳洲蘇老文章鄭家賓客往事雲浮　小山新結飛樓沙渚外堪橫遠眸泛不嫌風眠能戀月只有閒鷗

疎影　秋柳

靑疎隴首乍淒風幾陣吹到涼颸無力勝綿有恨垂絲困倚夕陽衰
堠曾經栗里門前路正相近菊開時候豈長條似昔依依尙忍向人
分手　猶憶隋隄繫舸伴蘆花月影搖曳江口怕聽啼烏懶試遊驄
但有酒帘依舊畫樓十二渾如夢映是處翠簾紅牖空歎伊金縷飄
零剩得舞腰俱瘦

百字令　過周邸遺址

殘山剩水有周遭古壁紅頹秋晚僧老未忘金粉地占作祇林亭館
千騎霓旌八公丹竈往事桐曾剪鐘聲花午似傳宮漏餘點　聞道
壞籬黃巾濁河驚走城不留三版雉堞已非當日舊何況尋常巢燕
賓硯珠沈姬符錦碎誰識王孫苑蕭蕭池柳弄風疎影零亂

滿江紅　旅庭紅蓼

秋老孤庭還又把秋光留綴苔階下莖搖鶴膝細紅我穗點點好風

扶不定紛紛纖月看如墜最憐伊霜冷欲飛時容偏媚　宜曉鏡湘鬟對宜晚渚睢毫繢是誰移種此落英籬背蘆葉三更鴻影斷蘋花兩岸蛩音碎想疎枝斜拂釣船頭漁翁醉

瀟瀟雨

秋晚羣山出見涼飆捲樹帶愁吹漸埋黃壓碧亂痕都散碎影相隨回首濃陰池閣惟倚醉霜枝似我飄零客一樣凄其　誰道宮溝易鎖把芳心流去上有題詩想催情綴色舊景繡牕時而今冷蛩聲外但孤燈村遠逗疎籬蕭蕭夜掃園茶竈佇吐烟絲

疎影　初夏閨倦

林花無賴將紛紛瘦影飄送簾外朱了櫻唇黃了梅心誰家尚有春在柔風當午催人懶綃不起縷金衣帶晝懵騰新夢來尋忘却綠鬟雲壞　一鏡遙山未鎖任萱留薺色奪取眉黛卸甲冰粒斂子文楸

凡事都非心耐幾囘獨往閒庭宇悵此日碧天如海聽雛梁學語呢喃知是燕雛兒大

五綵結同心　鴛鴦

共池頻顧分島爭飛靜占銀塘新水春瀫明於鏡閒數到七十成行都紫最憐是處雙棲穩鎮長並藕花香底俯江檻誰抛蓮子忽把夢兒驚起　有時雨翻珠細卻暗藏曲渚翠偎紅倚人在重簾下遙生妒一點相思輸與芳名顛倒將伊寫封兩字綠窗小几更語針娘繡他交頸須繡到白頭爲侶

好事近　秋夜舟行

十幅峭蒲帆卸下柳西新月隔岸螢光紅小與林燈明滅　客心凄斷在孤舟好似初零葉臥聽無邊蟲語把秋聲生咽

南歌子　重過大梁旅舍

簾水雙鈎揭屏山六扇闌舊痕苔逕未全非尚有似人黃菊淡相依愁攪吟思亂寒衝醉力微不堪雨色傍簷飛終日沈沈如夢送秋歸

鵲橋仙　七夕

瑤鈎墜影銀河息浪鵲報雙星渡了天家原不勝人間也只是離多會少　犢褌收曝龍梭停織秋到蕭齋偏早此生巧處盡成愁且莫願年年賜巧

惜秋華　晚眺

平野烟凝見牧歸兩兩隴頭人少雉堞粉痕遙映殘霞飄渺寒鴉幾點孤村外爭帶夕陽紅小又何處疎鐘漸起松關聲杳　遠近山如抱但無邊亂碧影隨峯倒乍變一天暝色素空雲掃微涼陡入西樓纖月向林端來早秋老愛初蟾冷垂銀好

翠樓吟　春雪

風信頻催雲陰忽定密雪霏霏飄墜萬家春樹冷早迷了灞橋歸騎高樓誰倚但曲檻留紅重帷藏翠人姝麗玉鑪香燼畫簾垂地　好餘鬭草工夫將瓊獅爭塑綵鈴雙繫晚來携燭照怕明日簷前朝霽輕沾斜綴任柳誤清眠杏銷殘醉門深閉問伊閒鶴今年寒未

永遇樂　祝家易庵夫子八十

菡萏門深篔簹蹊永爲小園地正則庚寅義熙甲子絕異人間世恍然回首江山故國幾見隙光奔驥向疎牕烏絲翠管夢華遺事曾記北林枕月南田巾雨未忍一竿辭渭點檢詩城平章麴部薄試閒經濟瘦笻相引何朝可杖只合倚吟扶醉儘從容文楸坐隱橘中客至

青玉案　徐内翰虹亭以所輯詞苑叢談見惠賦此志謝

蓬山夢斷蘋州雨歸去作鴟夷子拂黛研朱漁笛裏玉堂嘉話玉臺新詠多少銷魂事　金花當日曾宣賜早向華牋染佳句試問而今流播處三都傳寫九江分餉狼籍雲藍紙

賀新涼　中秋送鄭子源還醉里

小閣青山夜正中秋雲破遙天彩蟾光射芳桂飄花紛似粟燕子商量辭社問佳景向誰再借千里湖邊蒓夢斷染鬢愁素髮絲盈把綃衣冷露珠瀉　鷓鴣詞客來吳下喜他鄉開尊相對碧柑紅鮓明日扁舟離海國南浦高帆已挂還憶我楓江魚舍舊徑菊松無恙否羨君歸我亦謀歸也淵明賦手重寫

菩薩蠻　題香笑亭

溼雲如夢愁難醒曉來雙燕棲梁冷最怨是東風吹殘杏靨紅　玲瓏花影照亭小名香笑點地繡成衣看他春自歸

踏莎行　百花菴送春

芳草萋萋盈隄徧野天涯不繫王孫馬柳垂無奈別離何花飛還似飄零者　鳩婦成家燕兒知社萍踪堪寄惟蘭若三分春送酒杯中十年恨集寒燈下

月華清　蟋蟀

苔繡泥封藤鈎石罅是伊俟秋吟處靜耳聽來多在綠階青渡桐一葉曾記唐風燈四壁初成歐賦如訴但牀下相親清宵難曙　見設閒堂紅粉列小隊金盆門旗頻樹弔月當空尙有莎閒纖羽驚忽到倚杼深閨悲不了臥麟荒墓盈路任愁人多少淚沾遙戍

燕山亭　野人有餉李者用句曲外史詠楊梅調

廉井留甘仙蹊孕脆薑杏張梨堪亞古越荒郊幾樹斜陽曾入樵人閒話占得佳名每摘向綠陰朱夏盈把看冰盌初沈西園清夜　葉

心時墜風前疑暗落金丸覓流鶯打朶筆素箋醉草疎牕好與來禽同寫雲壑相貽又何用勞人重馬問甚處再覓伯陽舊舍

東風第一枝　觀韓孟一庭前海棠

風翦裁脂露珠綴碧重簾豔影初逗乍鬪閬苑飛仙喚作畫堂名友翩然舞醉好似酣紫霞天酒問輕盈若箇能扶付與一雙紅袖　冷曲徑溶梨月瘦迷古渡暈桃烟纈笑他麤俗漫山得入黃州夢否蒼鬟素靨算只有芳梅堪偶待明年春滿朱門報我禁烟時候

畫錦堂　慕公子寓齋

碧甃飛鴛銅觚駐斝重門靜掩淸晝浪影搖花是處風簾垂繡紗幙綠將筠黛借彫闌紅與榴衣門秋生後蟬雨送涼疎林夕陽微逗書囿髹几上有蓉粉藏箋薇香凝籥沈醉文仙不在舞裙歌袖占角戲爭燈下弈射鬮密發尊前覆新詞就笑看濡毫寶硯小童擎候

綺羅香　螢

墜地仍流飄苔忽定生小暗明相半巧弄輝輝添繞碧梧闌畔攜錦字映出疎囊趁玉砌撲來輕扇更臨波菰蔣成叢烟邨破屋夜深見當年應有遺恨化荒原腐草古今頻换留得餘光長是雨沈風散秋欲老駝陌悲涼客未歸鹿場零亂問幾點珠斛曾量冷飛舊隋苑

秋霽　柿

吟葉催肥擁一帶斜陽蔽盡秋屋烝棗烟疎摘棉雲小滿林硬黃初足晚陰臥犢暗巢未許來禽宿待照眼如火月明涼舸載千斛　須知蟹禁好擘寒膏笑聞蘭閨紅漬纖玉更炎窗輕霜落杵雙環小印成銀麴滿盌冰泉消暑酷看佇愁處依樣繡作詩囊蒂聯絲軟瓢分綃蹩

沈　雄字偶僧諸生著有柳塘詞古今詞話柳塘詞話　周銘云偶僧覃思著

述所輯詩餘箋體足爲詞學指南其自著綺語亦超邁不羣袁景輅云偶僧從虞山錢牧齋遊詩詞俱有宗法所輯詞話分詞話詞品詞辨三門簡而該約而精曹秋嶽侍郎盛稱之

浣溪沙　梨花

壓帽花開香雪痕一林輕素隔重門拋殘歌舞種愁根　遙夜微茫凝月影（凝蔣詞選作疑）渾身清淺剩梅魂溶溶院落共黄昏

前調

靜掩梨花深院門養成閒恨費重昏今宵又整昨宵魂　理夢天涯憑角枕卸頭時候覆深樽正添香處憶溫存

如夢令

黯淡孤燈絮語淒切寒螿愁緒伴我不曾眠同在桂堂深處羈旅羈旅聽足五更秋雨

一痕沙　對鏡

道是蟾光又近道是波光又定眉語總相瞞笑啼難　休羨孤燈影

悄生怕雙蛾春老悞我一生看膽兒寒

前調　撫枕

繡被和伊作伴玉腕替伊扶倦今夜夢魂賒故欹斜　好景黃盧閟

偏私語黃鷄催斷猶自占啼痕且溫存

、浣溪沙　午日

畫鷁齊驅水面凫玉人相傍在冰壺額黃宜稱入時無　杲日亭亭

遮蝶扇薰風面面顫釵符醉伊纖手碎菖蒲

遠注橫波看擲梟葵榴裝滿水晶壺綠窗女伴喚來無　繭白新繅

雙臂縷麥黃重擘小釵符水嬉閒處鬥樗蒲

前調　五更

嬾是矜持恨是嬌殘釭細炙倩誰挑好償磨折度長宵　殘夢斷來

渾未斷輕魂銷盡苦重銷剩將小暗足春朝

減字木蘭花　憶夢

夜遙談短行盡江南鶯不管睡熟屏開驀地風情月也猜　分身恰恰影是楊花魂是蝶別緒綿綿樓上春雲水底天

虞美人

紅襠亂卸嬌無主半晌行雲住眼期心諾被伊猜何待花陰月午約重來　横波曲徑金釵溜頓欲和羞走偶擡素腕挽濃雲又罵春風吹動石榴裙

南樓令　懷張耕烟進士南游

遠岫冠輕霞高城起暮笳亂楸枰一角飛斜懊恨年時殘局换拋餘子落天涯　北海儗浮槎南雲望建牙送春風燕入誰家杏館蘭舟留不住差辛苦費韶華

滿江紅　斜陽

渡頭烟浪遮不斷西崦殘日爭半壁江天張錦翻騰殊色天路歸雲紅欲暝山家晚炊青還直看欹斜人影隔溪家支笻立　流水外鳴蟬急落葉後昏鴉集便低徊返景一時蕭瑟銷盡斷紅林火沸催教片雨江楓出只吳王故壘落霞邊添悽惻

金明池　秣陵懷古

山上圍棋渡頭麈扇那怯寒潮夜雨重借問繁華六代又荒堞斷碑如許願官家世世生來莫應似衰草斜陽垂暮歎幕府頻移鑾輿潛幸一任晚風吹去　江左夷吾在何處便星散雲馳此身無主問滿目虎旅鴛行還講得舊時門戶最傷心烟柳臺城儘巷口烏衣興亡難訴但萬里長江未銷離恨一派濤聲猶怒

周　銘字勒山著有華胥（一作香）詞林下詞選松陵絕妙詞顧有孝云勒山

所著華香詞甲乙集似取裁於遺山放翁之間耆余雖不知詞讀其詞可以知其人矣　袁景輅云勒山工詩尤善塡詞所輯林下詞光豔可並玉臺松陵絕妙詞前輩之長篇短調有美悉登生平蹤跡幾半天下常往來于日本諸國有句云乘槎每弄扶桑日躍馬曾攀泰岱雲又在日本時撰竹枝詞數十首其國即播之管絃惜其詞不傳此與朝鮮使臣購徐虹亭蘋莊詞可並爲藝林佳話

風流子　寄憶

篝燈扶夢去沈沈雨路阻舊紅樓憶雛舌烟中蝶迷綠綺蝦鬚影裏人倦簦後誰能負情黏翡翠帳魂繫木蘭舟玉頰粉銷愁潮易湧星眸淚溢恨雨難收　無端成遠別怎禁得相思動便三秋欲寄雲中錦字怕疊離愁悵鳳鸞深誓尚羈眼下鴛鴦小牒時掛心頭合辦低情軟性來殉溫柔原註隋文帝爲蔡華作瀟湘綠綺牕

虞美人

春風入鬢眉添暈怯膽瞋人問頻呼底事不回頭不信幾番見後尚

含羞　防他鸚鵡搖纖手粉面丟人走消魂此際在秋波試想倘然
眞箇更如何

徐釚本事詩吳權小鳳曲爲勸山賦迎來雙槳蕩春潮細雨東風送小喬淚裹紅綃還阿母爲儂寄到鳳皇橋踏青仍與小姑偕故故回頭碧玉釵幾日春陰花落盡香泥先沁鳳頭鞋休唱南朝本事詩鳳箏錦瑟出簾遲曲成不用周郎顧自寫烏絲付雪兒比翼休同凡鳥猜梧桐滿院半新栽鳳鶵詎得供梟食定爲人間療妬來

吳　權字超士一字習隱明大司寇洪六世孫貢生秀水籍有觀成
堂稿

沁園春　馬

紫燕翻雲白鵠嘶春天馬再來甚犇霄躡電頻周日含晨覔銅雀盡
出龍媒宛種朝馳房精夜降腰裹騰驤櫪上材誰能顧便千金價重
欻起風雷　羣空牝牡休猜爭得似風流買駿臺更王郎耽癖薔薇
作供劉家尙武苜蓿新栽駿入僧憐嬌將妾換對舞登牀進酒盃長

嗚久看流珠歕玉千里初回
沈丹楙字鳳岐
浣溪沙　東家瘦吟
買賦何人問馬卿可憐消渴少金莖輸他瓦釜似雷鳴　眼底秋風
雙鬢白屋梁落月一燈青牛衣相對不勝情

笠澤詞徵卷八　完

笠澤詞徵　　百尺樓叢書

卷九　　邑後學　陳去病輯錄

清

徐釚字電發一字虹亭自號楓江漁父康熙己未博學鴻詞官

翰林院檢討有菊莊詞楓江漁父詞　葉舒璐菊莊詞紀事禮部定例每年寧古塔人應往

朝鮮國會寧地方交易一次本朝照例差六品通事一員七品通事一員帶領寧古防御一員驍騎校一員筆帖式一員赴會寧地方監看交易康熙十七年吳孝廉兆騫因丁酉科場事久戍寧古塔將菊莊詞及成容若側帽詞顧梁汾彈指詞三本與驍騎校帶至會寧有東國會寧都護府記官仇元吉前觀察判官徐良崎見之用金一餅購去仍各題一絕句於左其仇元吉題菊莊詞云中朝寄得菊莊詞讀罷煙霞照海湄北宋風流何處是一聲鐵笛起相思徐良崎題彈指側帽二詞云使車昨渡海東邊携得新詞二妙傳誰料曉風殘月後而今重見柳屯田以高麗紙書之仍與驍騎校帶回中國遂盛傳之今新城王侍郎阮亭有新傳春雪味蠻徵織弓衣之句今載漁洋續集中葉舒胤曰同里諸子工作小詞大率酬唱於菰蘆煙水中多慷慨之音獨菊莊頻年南北登臨贈答興酣落筆雖抱文章憎命之感而曠情逸致流播人間今讀其詞眞所謂一語之豔一字之

工令人色飛魂絕至於沈雄豪宕正復不讓長公稼軒一流葉舒崇曰往余同菊莊客燕臺一時同人若方虎人遠雪客古直楚鴻臚垂掌公季友永瞻鞏文酒流連殆無虛日剪燭分題必拈小詞紀勝每推菊莊獨步蓋菊莊詞綿麗幽深日耐人尋味而又能落筆斂妙宜其爲諸同人歎服也近復同游武林手一編示余對西子湖光誦花間佳句淡妝濃抹彷彿相宜恨不與諸故人同爲擊節耳展卷之餘因念古直蘭摧永瞻玉折回首昔游高歌幾曲似聽山陽鄰笛也　吳權曰菊莊雄深雅健似南宋一派

蝶戀花　客中感春

儂似浮萍漂泊裏不道留儂到便儂留住柳絮隨風花落處爲儂又惹閒情緒　紅淚抛殘無一語滾滾難描最是傷春句試問荼蘼開似許如何春又將歸去悔菴曰淡語自妙

鳳棲梧　春草

簾纖絲雨春陰重嫩草平鋪低把金鞍鞚綠遍天涯無半縫憐伊歲歲和愁種　飛絮落花都不動斗帳微寒自做池塘夢明日踏青誰

與共芳郊怕損鞋頭鳳悔菴曰夢月迷香自覺旖旎惹情之色此爲過之

畫屏秋色　重九登姑蘇城上作

鶴市登高日舒倦眼萬疊青山攢碧天外歸帆天際歸雲斷橋人寂花草記吳宮但野燒荒原堆積且放却登山屐聽城內哀笳城邊畫角無數通侯高第建牙棨戟　追昔可勝悽惻麋鹿散蒼茫無極闔閭基址淮張宮殿頓成遺跡欹帽戰西風憑欄淚濕窮途客短髮蕭絲棫棫諸事總飄零只有清秋過雁淒斷高樓顏色悔菴曰羽調淒涼

念奴嬌　題陳其年烏絲詞

彼髯何也吐烏絲小字公然滿幅細嚼高吟三百遍句句響過哀玉被冷香殘酒醒燈炧最怕霜毫禿而今絕妙依稀燕泥梁屋　却憶去歲春風吳門絕句數首江烟綠謂與高人元歎說許我香歛堪續去春其年過吳門作絕句十二首其贈僕云昨見高人顧元歎說君詩比玉溪生今朝果讀香歛作喜汝風流却老成吹裂銀

笔拓殘金戟一任歌徵逐何時斗酒與君汎愁千斛

滿江紅　廣陵旅感

十里蕪城風景異漫天飛雪嘆半載蹇驢皂帽空彈長鋏雁字不傳雲外信梅花正憶窗前月望鄉關咫尺路偏迷堪嗚咽　畫虎志終消歇雕蟲手遭摧折笑寒宵擁被鹿裘如鐵世態何須防面冷丈夫原不因人熱看熱腸清淚幾銷磨英雄血

浪淘沙　歲暮風雪客邗江

殘臘北風驕雪壓江潮愁多怕聽廣陵濤凍折梅花香夢冷且度寒宵　孤雁叫江皐歸路蕭條玉鈎斜畔影空遙記取廿橋明月夜幾處吹簫

菩薩蠻　渡江

六朝都被江潮打興亡閱盡今非也滾滾水東流難澆萬斛愁　風

恬魚浪簇帆影搖空綠往事恨難平降帆出石城悔庵曰感慨係之

風入松　旗亭小飲同檗子亦友方虎雪客古直法乳

青春游俠去江東六博塲中旗亭對酒花如雪當壚側爛醉吳儂指點綠楊蘸水贏他紫馬嘶風　偉長方虎文筆少瑜檗子工燕市相逢吹簫擊筑悲歌裏誰憐惜爨後枯桐只有石頭周顗雪客典衣埋骨堪從

詞苑叢談壬子季夏余客京師偶偕檗子方虎雪客旗亭小飲余賦風入松檗子和云滄煙濃樹月城東節過天中北窗高臥誰呼起醉鄉深深處宜儂幾點白鷗横渚一雙紫燕穿風西山螺翠晚來工雨後難逢南金滿坐連珠斗也包容棄蒯燒桐羡爾相當旗鼓百年鞭弭吾從方虎和云囊花飛滿坐牆東病裏愁中晚涼天氣催人出且當杯莫問誰儂酒浪花平翻柳浪裙風拖帶荷風掠波燕子晚來工故意迎逢看看日落銀塘暗鳥啼上金井梧桐歸去重申舊約狗屠劍俠吾從雪客和云酒帘飄颺畫橋東綠樹陰中一時佳客都相聚斜陽外倍覺愁儂岸柳猶含宿雨鄰花暗遞香風多情孝穆句偏工醉裏歡逢新詞一闋歌將歇似秋宵夜冷梧桐欲覓雙鬟何處且攜鐵板來從大宗伯芝麓龔公見而喜之亦遙和一闋云客心搖曳住西東柳絮空中爭傳紫陌青帘下倩雙鬟譜出歡儂一陣催花梅雨滿簾消夏松風五陵衣馬門誰工湖海相逢唾壺擊碎狂歌發勝淒清露滿新桐寄語酒樓高李論文

吾欲過從王西樵司勳覲宗伯寄語酒樓高李論文吾欲過從之句擊節曰庾公南樓興復不淺

賀新涼　旅況自遣用雪客秋水軒倡和詞韻

雙鬢蕭騷卷金臺側旅魂空颺病魔難遣隻立低徊形共影況是燭花垂泫提別緒春蠶蒙繭開篋鮫綃渾似錦裏相思珠淚成深淺離恨鎖眉難展　五陵少年都通顯嘆狂生胡琴擊碎唾壺敲扁昨夜邯鄲曾入夢驚斷寺門荒犬犢鼻褌何時其免飽殺侏儒臣餓死怪秦皇不盡燒墳典腸欲斷西風翦

夜行船　黃河岸野泊月下借宿商船舵樓

金盤堆起涼天碧撫澄鮮夜眠難得百頃黃蘆千條濁浪人在舵樓吹笛　月苦沙清露又白恍逢撾鼓驚濤立玉臂乍寒清輝獨冷應念天涯孤客

少年遊　過紅橋感舊用柳屯田韻

綠楊絲裏隱紅橋簾幙記曾挑狂似樊川情如白傅鬬煞小蠻腰
年來漂泊心情改猶自夢江臯萬點離愁一行清淚都上木蘭橈

減字木蘭花　客途

垂鞭欲暮踏遍天涯荒草路割面西風昨夜濃香是夢中　遠山幾點牽惹離愁渾欲斷衰柳鵶啼一片殘陽在客衣悔菴曰佳句草堂中不多得也

憶餘杭　歸途野泊寄憶

天是柴窰雨洗碧洗盡新愁眠不得客懷如夢夢如塵小泊滯迷津
天涯蕩子誰知道低卜金錢明日到夜深起坐剔銀缸生怕是成雙

卜算子　春恨

滿院碧桃花半爲東風瘦惱煞梁間燕子飛有箇人來否　簪柳過清明斜插憑纖手烟鎖樓頭翠鎖眉薄恨濃於酒

一剪梅　春夜

細雨簾纖自掩門生怕黃昏又到黃昏鴛鴦枕上拭啼痕多少青春斷送殘春　紅燭和愁一樣新剪得三分減得三分落花如夢不逢人未是消魂已覺消魂

惜分釵　別恨

心情別柔腸結幾回立盡梅梢月惜東流付東流郎做楊花儂逐泙浮悠悠　眉兒皺人兒瘦魂消最是黃昏候淚難收倚銀鉤拚着東風斷送離愁休休

滿江紅　吳越故宮弔武肅王用岳忠武韻

鐵馬霜戈馳江上怒濤始歇誇保障幷吞割據韓彭比烈寂寞幾堆羊虎石淒涼一片銅駝月憶白鹽擔裏是何人關情切　故宮內餘殘雪荒廟裏靈旗滅笑宋家南渡金甌也缺五國未曾生馬角五王

莫漫啼鵑血算原來天道好循環悲雙闕

詞苑叢談出湧金門沿湖爲錢王祠兎葵燕麥瓦礫荊榛瓣香嘗絕余過而感之題滿江紅一闋于壁上亦陳橋驛孤兒寡婦久假當還意也　又元時有傳按察者嘗作鴨頭綠一詞悼宋云靜中看記昔日淮山隱隱宛若虎踞龍蟠下樊襄指揮湘漢鞭雲騎圍繞三千勢不成三時當混一過唐之數不爲難陳橋驛孤兒寡婦久假當還挂征帆龍舟催發紫宸初轉朝班禁庭空土花暈壁蘚路消呵喝聲乾縱餘得西湖風景花柳亦凋殘去國三千游仙一夢依然天淡夕陽間咋宵也一輪明月還照臨安

憶秦娥　秋夜獨坐

聲淒切賓鴻夜叫霜前月霜前月年年離別不愁圓缺　紅蕤枕畔心情歇吳山頂上鐘初絕鐘初絕明朝又是重陽時節

點絳脣　雨窗不寐和冶湄大令

序曰時維九月序屬清秋放鶴亭邊寒花匝地射潮江上哀雁橫天冶湄先生偶抱微痾閒吟短句二毛生鬢強扶落帽之晨五斗折腰空負漉巾之興爰歌白苧未遂登高漫託烏

絲聊同勝賞余因擫管敬和新詞願寄同人不忘佳話云爾

時癸丑重陽後一日書

颯颯乾坤簾前暮雨西風透秋潮如溜鐵騎聲還驟　腹轉車輪綠
鬢原依舊君知否一分重九消得人兒瘦

羅敷媚　無題用香嚴齋詞韻

梵字闌干銀屈戍錦瑟歡逢彈破春風都在花香鬢影中　簾前鵲
腦烟初散惜別悤悤翩若驚鴻頓隔屏山路幾重

踏莎行　愁

着地尋來無端牽惹一生鎖住眉尖下如呆似夢復如癡憐伊倒被
心腸挂　脈脈紅樓萋萋綠野一江春水茫茫瀉好花明月總憐人
小窗彈破淒涼話

百字令　索汪蛟門舍人新詞

金門游戲向人間唾咳皆成珠玉司馬愁消方朔倦傳粉薰香鹿鹿
才子吟紅佳人拾翠辛柳眞臣僕新詞好寄與君齊被絲竹　憐余
如此飄零劈牋飛檄夜夜燃官燭腸斷西泠衰草暮何况荆高哀筑
驅駕花間頡頏蘭畹兩者先生足先生不棄貽余黃絹千幅

訴衷情　寒夜

霜華初墮溼紅樓悄坐擁香篝撩人薄寒天氣清冷怯凝眸　寶鴨
睡篆烟浮理衾裯幾聲街鼓萬種離愁都上心頭

摸魚兒　寒夜觀劇演韓蘄王夫人故事

舞氍毹霜天夜冷畫簾銀燭如晝一聲河滿腸千折只有青衫依舊
君見否西陵畔兩家錢趙惟衰柳霓裳休奏但紅粉英雄也曾相助
擂鼓長江口　空倥偬驗取衣冠優孟幾回燈下搔首猩羢繡襖芙
蓉頰値得當年消受擅短袖人未老功名莫漫同芻狗天移星斗灑

珠淚羅襟悲歌慷慨拚與銷殘漏

霜葉飛　冬閨用周清真韻

雁聲草草南樓過齊飛羣下江表蘭膏和淚咽　空房小膽添幽悄漸哀角霜林催曉殘星數點銀蟾小又尋到深閨把半枕孤眠滋味偏來相照　凄凄遠樹烟迷關山路黑縱有遊魂難到玉簫徹夜弄新聲輾轉傷懷抱寶瑟鈿蟬都棄了怕彈別鵠離鸞調拚得朝朝暮暮鴛枕香消淚痕多少

春衫淚　客懷

子規叫初歇正客懷撩亂無人猜着明月樓前碧桃花下記當日煙鬟霧薄凝如中酒也都想日斜妝閣　心情惡看翠袖重搵淚珠彈却斜壓香衾低垂羅帳幽夢後天涯原各且把斷腸提起拚做楊花向江南流落

醉春風　豔情

烟暝蘭膏墜花影簾篩碎耳聽魚鑰漏沉沉睡睡睡良夜如梭好天似水肯孤鸝被　界粉香腮膩半彈烏雲鬢眼睃鴛瓦月朦朦未未未瑞腦重薰文犀再掠且休厮覷

江城子　閨怨

芳容消瘦柳腰柔話離憂捲簾鈎猶記別時南蒲繫扁舟粉一作月簪香盟成底事千種意付一作與東流　從今羞整玉搔頭恨悠悠懶凝眸非是怕看花落一作落花時節怕登樓縱掃雙眉青似黛鎖不斷許多愁

滿江紅　羽檄交馳慨然有從軍之志感而賦此

寶劍裝成思燕頷當年投筆詎便少烏號赤兎流星霹靂箛吹横天營壁冷戈鋋匝地烽煙急問何爲猶自着青衫眞無策　射虎恨難消釋斬蛟志今須畢把茶經笛譜忙忙收拾生怕死埋白玉匱且教

醉拓黃金戟看馬前飛檄掃千軍呼殺賊

一痕沙　對鏡和勒山韻

愁畫遠山鏡裏難掩春波帳底含笑復含顰肯窺人　小立妝臺悄悄又被薄情偷照羞澀却難拚背郎看

離亭燕　偶憶

記得鴉鬟初剪嬌暈額黃低淺螢枕添香薰翠被曾把絞綃偷染悄悄怕防閑早被鸚哥聽見　桂子櫻桃呼徧誰鎖東風庭院憔悴章臺楊柳色此際綠陰濃滿懊惱是西陵牽惹離亭飛燕小玉傳注子櫻桃俱婢名

沁園春　寄曹顧庵詞苑叢談曹顧庵學士詩詞流播海內已三十年辛亥復游京國與同志唱酬意氣凌霄精力扛鼎新詞一出小胥競寫余嘗見其京華詞集觀女伶高陽臺一闋云鶯舌新調雅鬟猶嚲湘裙欲整還拖懶散心情朝來愁盡雙蛾風約繡簾搖樺燭對菱花倦眼生波儘嬌憨動人些子元不爭多魂銷一曲清歌却似曾相識無可如何影好難描容易勞石壘三螺燈前小立紅妝換笑還嗔喚弟稱哥暗相憐細腰無力又著蠻靴未知女伶何人知學

士猶有白傳情懷也余在西陵賦沁園春寄之云

金馬銅龍游戲當時犢車入燕看禁烟藏柳鶯啼舊樹玉河浸月雁訴遙天華轂朱門白衣蒼犬田竇紛紛絕可憐歸來好有陶家松菊謝傳林泉　舊游景物依然倩紈扇新詞記往年想漳水臺空梁園鄴下華清夢短杜曲樊川無數紅牙一擊腰鼓秋水春飆書畫船重來此聽黃鸝細囀坡老堤邊

漁家傲

艾虎釵符懸百結蘭橈重汎菖蒲節影漾湖心清又徹無休歇子規枝上聲聲血　瘞玉埋香魂斷絕銀濤江上空嗚咽莫把靈均閒話說春纖揑半灣邐迆沈檀屑

詞苑叢談乙卯五日泛舟午風酣暢畫舫笙歌湖山環繞冶湄使君載酒放鶴亭邊其弟中溪子偶尋小青墓不得微吟消魂一半是孤山之句余信口足成之云青青芳草瘞紅顏愁對雙峯似翠鬟多少西陵松柏路消魂一半是孤山相與拍浮叫絕酒痕墨瀋

幾汚衫袖，酒半小憇處士祠中，分韻賦漁家傲一闋。已而夕陽在山，人影散去，逋仙有靈，亦應呼梅妻鶴子，共伴香魂于暮煙衰草之際也。冶湄詞云：面面漣漪呈繡縠，晚蒲小荇分新綠，何處閒情聲陸續，人爭逐，畫橈龍笛吹寒玉。幾負芳辰空鹿鹿，五絲誰倩春縷束，寂寞香魂遺恨觸，尋芳躅，一阡荒草銷金屋。中溪詞云：湖面晴分錦帶繞，午風謖謖笙歌鳧，畫艇飛來聞語笑，恣遠眺，蒲樽儷動紅顏早。涼起孤山停晚棹，梅銷鶴去青苔老，一任閒雲籠翠篠，人懊惱，蛾眉碣蝕香魂杳。余詞云云。

浣溪沙　初夏

懊惱提壺喚客愁，小窗濃綠上簾鉤，淺紅深白一時休。　閒數落花鶯舌老，閒鉤飛絮燕泥柔，擡將倦眼倚高樓。

清平樂　春雨

梨花無語，斷送春如許。因恁斜陽留不住，變作一天絲雨。　簾前都滿苔痕，魂消不等黃昏。柳眼皆含珠淚，山頭錯認巫雲。

柳梢青　題畫

曲岸迴沙，遠汀孤嶼，衰柳風斜。淡寫青螺，輕描翠黛，怕染霜華。　酒

醒人遠天涯魂消處烟藏暮鴉彷彿倪迂依稀荆浩秋到誰家

蝶戀花　楊梅

紈扇生風人衣葛嘗罷櫻桃又過黃梅節青李來禽瓜果列生生嚙碎胭脂雪　冰椀盛來消暑渴爭似楊家一種瓊漿絶點破絳脣纔一撮輕羅色印春纖揑

燭影搖紅　除夕

隔歲東風預欺旅鬢添華髮屠蘇傳徧守蘭釭怎得消愁法料是紅閨早掩訴燈花向伊難說除非好夢歸去相尋不教閒殺　十萬笙歌繁華自趁江潮發椒盤歲歲憶團圞翦燭頻移榻那管今宵幔冷眞孤負爆聲喧熱定香橋下囑付雙魚替傳錦札

沈時棟字成廈一字城霞號焦音又號瘦吟詞客明隱君永啓子有瘦吟樓詞

尤侗艮齋倦藁吳江沈子成廈以瘦吟名其詞何居豈追隱侯之餘風耶遙遙華胄吾不論已若吳

江沈氏固詞人之淵藪也詞隱開疆鞠通繼之復有適軒著為度曲須知紘索辨訛並能分刌節度窮極幼妙而君庸君善君晦諸子相與鼓吹絲繡蔚然可觀乃至香閨彤管亦題黃絹幼婦何吳與之多才也後來出人又有成厦其長短句同人交口稱之

拂霓裳

悄菱銅春山迤逗十分慵剛貼翠畫眉人睨小簾櫳魂銷花月地情重雨雲峯碧闌東恰海棠新沐露華濃　幽歡莫憶怕他梨頰先紅憑櫻素紫簫雙品鳳樓中聯吟靈腕捷門茗慧心通紛香叢羨彩鴛穩護玉芙蓉

謁金門　詠愁

來無據黏著人兒如絮玉筯千行流不住兩眉頻鬥聚　已染鬢絲千縷又減腰圍如許兀自襟懷銷不去釀成腸斷句

徐　湄字方思諸生有玉峯倡和詞 徐遂源梨里志湄父鉞字右文與兄鏞同有聲黌序湄少

稟異資，年十六補諸生，旋食餼，倜儻自喜，不樂勢位，所爲詩皆放言極論，有天馬行空之致，惜隨時散失，今所存詩絕少。有玉峯倡和詞調爲百字令，與笠澤貢生葉舒璐往復之作，兩人各二十疊均。同里唐繼申敘，又云涓少負才名，詩文脫口即是，其叔虹亭太史鈍甚稱之，嘗作書令謁崑山健庵尚書，適有客，時正酷暑，涓脫帽解衣作枕，臥階上。會尚書送客，涓鼻聲大作，笑曰：此狂士也，姑辭之。閽人促之醒，告以故，涓飄然持衣去。

百字令　中秋玉峯寓館和葉景鴻來均

可怪蟾光偏不許詩人等閒消受反覆浮雲原易變看盡白衣蒼狗今夜牢愁七分無賴此外三分酒寒窗寂寂可堪人月都負　誰念桂苑飄零荷池冷落如此人僝僽一片鄉心并旅夢堆上雙眉懲皺月不常圓人尤易散卿亦關心否佳期難再消愁還約重九

又

名韁利鎖把無影樊籠鑽身領受臥虎伏龍反委棄但愛李猪張狗死且不辭官何足戀且罄樽中酒興來狂跳青萍從不人負　除却

吐鳳奇方描鸞絕技無計驅僝僽霜浸寒階秉燭起呵硯冰紋縠皺
百疊仙璈一聲鼉鼓差足相當否嘯歌不淺漫悲身世陽九

又

悔却平生只疏狂兩字輕輕擔受由寶吠籬何足齒公等從來如狗
數曲旗亭清歌畫滿賭勝雙鬟酒臺名避債詩逋畢竟難負　便是
七步能成八叉易就怎解人僝僽嘹唳天邊聲斷續雁字斜飛雲皺
淡月疏星哀笳急杵能得高眠否離騷繙遍怪伊篇只名九

又

瑣窗俏語問簾前花月儘君消受怪底吟髭撚屢斷神似喪家之狗
繭紙盈箱蠻牋滿篋可換鄰家酒錦囊何在明日還許僮負　今夜
釀熟新篘低鬟淺斟爲爾消僝僽三喚檀奴不一應羅袖遮燈紅皺
減字花前偸聲月下便算英雄否百年一夢笑他秦七黃九

吳景果字旭初一字勗初號半淞明太僕邦楨五世孫諸生官懷柔知縣有賜書堂集（去病案半淞少穎發其詩賦爲邑潘耒徐釚所稱康熙四十五年南巡召試取列第三遂入都分纂歷代詩餘及子史精華等書既官懷柔而于學未嘗稍輟云）

剔銀燈　與杜雲川同宿蓮灣作

燭吐蘭心半熖好共醉海棠花下閒擘烏絲笑拈紅豆繙遍筆談詞話待招羣雅重與訂吟蓮小社　引避久甘三舍美睡肯孤今夜我夢方酣君吟正苦陣陣風鳴窗罅欒欄紅亞怕又見一番飄謝

葉舒璐字鏡泓一字景鴻明虞部紹袁從孫大理卿紹顒孫歲貢生（震澤籍）有月珮詞分干詞鈔

南歌子　雛姬

鵝淺初勻額雲低乍壓鬟琴心（詞雅作思）漏出小眉灣手摘雙頭（又作分摘幾頭）蘭蕊暗生憐　語燕窺閒繡啼鶯怯小眠（又作花暈從孃醋潮痕怯婢湔）夜來私語

綺窗前因甚蟾輝三五未曾圓

鳳皇臺上憶吹簫 戲贈

斷頰霞飛膺綃雪聚額黃初覆毿毿正勻娥碧淺搗蝪紅纖報道春深近也遮莫是小膽生寒偏又慣無端吃吃長自憨憨　慵拈紅牙翠管怕周郎未顧蕙性先諳早花媒射覆猜破宜男受殺欹傾弄酒嬌波溜春暈微添誰憐郤秋風房老寫偏雲藍

唐維中字翰思號尊村諸生嘉興籍有磨閒集

沁園春

狂客悲歌擊筑敲壺淒其以清況銷魂蕉雨聲聲淅瀝攪愁簷鐵故故琮琤負羽徐陵辭家王粲千古牢騷總未平驚心處是錢江匹練界破郵程　無窮孤悶難傾但塊壘頻澆仗酒兵悵飄零倦客孤將游興蒼茫旅思釀就詩情推枕披衣吮毫擘紙幾度消磨長短更京

華路怪鴻音迢遞不到山城

周廷諤字美斯一字笠川明瑞安令大章裔孫諸生有笠澤近稿

滿庭芳　閏七夕用吳職方七月八日夜韻

靈鵲驚飛黃姑速駕一年兩度見犇波痴牛駛女驩極怨還多歲歲離多會少東西望淚眼模糊喜今夜金風微扇流月入高梧　飛梁重握手相逢如夢猶恐蹉跎嘆人間天上好事多磨再撫瑤琴錦瑟暫抛却機上金梭怕又是五更雞唱星散界明河

沈　栩字冬星有醉花詞

蝶戀花

春色方濃香氣暖愛向深叢勾引情絲亂宿粉褪時憨態軟舞衣更倩嬌紅染　密意騰那雙袖顫葉底低徊休把全身現惱煞踏青游女扇錯教撲下桃花片

笠澤詞徵卷九

完

卷十　　邑後學　陳去病輯錄

清

沈曰霖字驤展號紉芳府學生有紉芳詞粤游詞粤西瑣記楊復吉云先生工于詩餘入粤時曾有粤游詞二册鏗鏘幽渺蒼古悲涼直可衙官辛柳此外嘈嘈細響更當唾涕棄之矣文憎命達沈没巾箱劍氣珠光日就消歇又安得顧曲周郎登諸梨棗令詞壇另建一幟耶

祝英臺近　抵石門丁紹儀詞綜補作行經石門

產女亭語兒涇漸近石門矣別淚揩乾丁作方收努力做游子生平未出門行行非小可一作容易萬里路此纔喘矢從頭起料理詩紀郵籤萬山與千水丁作千水復千水休道離家已二百餘里須知他日歸來重經此處已喜煞鄉音在耳

師師令　遊龍頭山粤西瑣記山在陽朔縣治後唐祠部鄴未第時讀書於此山下有岩名讀書岩解繙

有詩云年深寺久無人住惟有石岩名讀書及余至而寺亦無有矣詞以寄慨

河山興廢尙滄桑改再荒巖祠部讀書臺消幾日風吹日曬解大紳來時已壞況復殊年代　空教筇屐蒙茸險向郁農閒話居然曉事指余迷津不管話頭錯對茅屋炊烟殘照內有讀書人在

鬢雲鬆　遊天鵝山　瑣記山頂小石長頸肥軀略具鵝形故以名山之陰巨石寬廣可容數百人予於己卯重陽前一日登之喜其有此佳處怪曾遊者不先我告也

路碕嶔山陰匝一片寬場坐可千人合不怪前遊虛我拉芒屐穿雲留待登高踏　木蕭蕭風颯颯咳響空山疑有行人答酒泛茱萸此地盍秋色濃酣不用攜金榼

風入松　遊棋盤巖　瑣記棋盤岩舊名豹隱山世傳爲夏相公宅基竅開三洞捫蘿而上洞有石似棊盤棋子可弈相傳仙翁對局之說殊未可信而所見弈具果不誣也

圍棋纔能訪林邱恰好弈巖遊石奩石罫當年蹟曾仙叟相對文楸

野鳥林間剝啄聲疑落子巖頭　昔僊果是弈中秋遺譜盡余留斜陽徙倚忘歸去空枰對几自凝眸強捉樵夫臂問爛柯人是伊不

洞僊歌　遊僊人峯 瑣記棋盤岩側有石人袍笏儼然名爲僊人峯

亂山堆裏問僊蹤何覓端笏拖紳似人石笑頑空無分金闕朝天荒徼外瘴雨蠻烟淪謫　石人微笑我爾罪伊何也作流離嶺南客歎艸露年華萍水生涯紅塵足空跰兩隻盡共我同僊此山中看幾局滄桑有如棊弈

齊天樂　古松 瑣記興安靈川二縣間古松夾道黛色參天清陰蔽地惟恐有人斬伐乃懸牌編號以記之約計萬餘株綿亘幾二十里肩輿其下兩耳喧濤令人作出世想

肩輿天㚖嚴關度行來最松深處黛色參天清陰蔽地樵子不曾斤斧問松不語算幾代風霜幾朝雨露青到而今托根尚是宋時土種松人去已遠勸君休只管低徊不去笠雪鞋花橋霜店月未暇科

頭箕踞由他前路讓人逐雲行我和鶴住人指松陰道斜陽已暮

張　棟字鴻勛號看雲貢生籍震澤有看雲吟稿

水龍吟

廣陵調古誰彈拂牀焦尾無人御空庭月落瑣牕人靜悄然無語目送飛鴻響隨流水淨蠲塵慮望玉仙攜手松風謖謖便心會天然處

休說成連音妙衆山中科頭箕踞神融意徹左司新興不由人助詎似泉明絃徽希設襟懷鶱翥却無心感歎當前景物落花飛絮

曹吳霞字象雷號翠亭有浪游草

鷓鴣天　自松陵啓行至山右時尚未冬

漫向離筵唱渭城眼前無復柳青青封姨滕六偏憐我送過今朝第一程　魂易斷恨難平有誰知我此時情吳船恰似迴腸轉柔櫓咿啞不絕聲

春從天上來　觀雨霖鈴

身世飄零嘆辰米遺墟客館凄淸故鄉何處七二峰青離別幾度曾經道吳霜不到還來客鬢星星更愁人是江南樂部曲唱零鈴　追思明皇昔日歷蜀道崎嶇夢繞銀屏七夕幽期三生密誓脈脈苦憶前情況天涯倦旅凄涼對燈火微熒睡常醒聽滴殘宵漏又度鐘聲

綺羅香　又

鼙鼓東來鑾輿西幸歷盡崎嶇危棧片雨時飛猶似血流坡畔想鈿盒已逐沙沉痛羅襪久經塵掩聽鈴聲切切凄凄分明如訴玉環怨誰將天寶舊事寫入新翻曲調助人悲感彷彿當年頭白宮人凄斷悵歌能寂寂簾攏待歸也深深庭院猛回首數點青峯曲終人不見

袁　棟字漫恬號書隱著有桃笙吟稿去病案先生爲湘湄從祖杜門著述號稱該博所撰

書隱叢說如干卷網羅放失殫見洽聞幾與玉樵舡𦨭並傳不朽而倚聲亦開一門風氣之先云

蘇幕遮　會飲聞歌

暮雲橫新綠繞金谷園中能有花多少會飲高堂風正峭急拍幺絃愁爲淸歌掃　古今來人易老惟有酣狂撲面塵難到宛轉更深餘韻裊燭炧香闌庭外星河渺

拂霓裳　新荷

暖寒天幾番花信各消殘堪賞處池塘點點小荷圓引風偏婀娜貼水更盤旋俯平川有垂楊掩映綠如烟　卷舒自便一派淺碧瑱玗翔錦翼瓊珠歷亂十分妍幽情承月露淸影亂雲山喜田田看波心漸次捧嬋娟

轆轤金井　柳

花風駘蕩有堤邊垂柳輕翻高浪白絮漫空做飄零愁況春花惝恍

共倂作十分惆悵金井桐珪玉池藕蓋清陰相傍　紅塵撲人面上喜維舟樹底釣絲漁唱野岸橫塘見消停新漲碧鷗無恙且莫向離亭祖帳午際微風黃昏淡月絲絲飄漾

楊復吉字列歐號慧樓乾隆壬辰進士震澤籍揀發知縣去病案先生博聞强識著述甚衆而其所續昭代叢書各帙尤能高掌遠蹠適出張氏之上厥後沈楙德氏又能繼踵刋布用成一朝之巨製則先生之爲功多矣余嘗賃居南郭聞故友吳燕蘭云渠家大司成第即先生故宅亂後祇一寡孫媳衰老無以自存故宅歸于吳然猶能指其後院爲先生著書之樓云

沁園春　贈吳枚庵翌鳳棄疾案詞見吳氏東齋脞語

我耳枚庵藉甚香名十有餘年悵寥寥居近問奇空願盈盈水隔御李無緣閒睨書城偶窺藝苑省識吳門有謫仙今何幸得假途剡棹雒誦瑤編　鱗鱗生紙雲煙更咳吐隨風落九天看七襄機組賀囊錦嘔十華夯合江管花鮮百一刪存千秋業在嘗鼎何殊見豹全披

吟久勉盥將薇露題向筠箋

清平樂　題珊珊夫人寫韻樓詩集

九天咳唾珠玉隨風墮引鳳簫吹錦瑟和領取綠窗清課　彩鸞寫韻家風閨房秀出江東何似南州都講西河一瓣香供

吳中奇字瘦夫

百字令　顧葇匡探梅鄧尉賦詞索和次韻奉酬

霜風如剪看裁成鄧尉梅花千樹斷澗流澌疏照影宛似凌波微步山店雲封茶寮雪霽屋角青旗露茫茫香海渾疑山盡無路　最是騷客騎驢奚奴挈榼獨撚吟鬚去看到寒深呼半臂不覺花光將暮妙思紛來與梅俱化豈減何郎句新詞重按幾番玉笛低度

汪鳴珂字綸宣號瑤圃官上思知州有春雨樓集　去病案瑤圃工繪事嘗客揚州爲時所重史赤厓在澹園席上亦贈以二律有云美爾才名勝彩筆如余蹤跡滯漁磯不逢佳士留青眼枉笑山人愛白衣

浣溪沙　小園坐月

雨歇梧桐夕景浮小園（丁詞綜補作闌）花韻漫淹留碧天如水院如秋　最怯涼風吹舊夢劇憐淡影照新愁個人想像倚高樓

朱剡光字敬明諸生

南歌子　狀元游街圖

仙闕登鰲喜天街走馬忙球簾十里捲紅妝爭羨宮花帽顫錦衣郎　縱果才無偶還因福寡雙披圖對鏡細端相已是輸他年少占春光

史善長字仲文一字誦芬號赤霞諸生有翡翠巢詞（去病案衡夢詞有金縷曲）

題史赤霞翡翠巢詞即用集中論宋詞詆戲馬臺邊柳送征人滿城風雨歸來重九除却新詞無長物贏得千金享帚問辛柳一錢直否尙有梅溪眞同調也十年空費屠龍手長只是征鞍驟間從九畹搴三秀度新腔倚聲入破嚴分細剖天與豔情無豔一幅那得笛牀歌袖但伴我秋燈如豆先向朋簽書左券到相逢一笑休開口歌一闋一杯酒則先生詞爲靈芬所激賞可知

矣惜原稿難覓僅於詞綜詞雅得此數闋眞瑰寶也又案先生歿在嘉慶十年前其所箸詩名秋樹讀書樓集同邑柳樹芳嘗爲雕板阮芸臺王惕甫姚春木諸老咸爲弁首姚敍略云吳江爲詩人淵藪而史君亦霞於乾嘉間尤以詩有名於時自其少時遭遇困頓而意氣岸然旣出游諸公愛其才爭辟之而畢尙書沅王侍郎昶姜尙書晟知之最深畢尤稱號召天下文士前後在幕府最久然未嘗一有干請尙書歿卒護送其孤喪以歸當是時王公已告歸君從之游久而不厭相與論列書史考證文字歌詠爲樂不久而王公及君相繼以歿悲夫初予識君於王公坐間最初在西湖瑪瑙寺王公大會江浙名士予輩皆得從游其後公年八十東南之士稱觴者彌衆君酒酣振歌驚其坐人迄今復將三十年而君之墓有宿草矣又何其偉序云亦霞爲吾師述庵先生高第弟子癸亥冬吾師八十生辰余往介壽始獲交君君年逾五旬方歸自楚中爲吾師佐校春融堂集湖海詩傳諸書席間譚秋帆尙書治敎匪事鬚髯戟張興豪甚頃刻浮十大白面顏不見酡時姚君子壽亦在座笑謂曰君落筆時其豪氣亦如是耶曰然然則何不見示曰詩文略有數卷我飮方酣無暇姑俟異日何如座客皆大笑

蝶戀花

湖外新晴湖上雨煙柳霏霏遮斷春城路姹紫嫣紅花事暮忍敎吹盡閒風絮　睡鴨爐熏沉蕙炷倦客孤舟好夢渾無據第四橋邊雙

燕語那人曾共吹簫處

茶瓶兒　得家書

塞上寒多遲雁信秋漸老南雲飛盡誰與傳方守茜紅斜壓玉手團香印　身在曾穿鵝鸛陣勞粉淚臨風偸搵歸計知難準小樓闌角綠損春光鬢

洞僊歌　西安送春

曉鶯恰恰任枝頭啼遍難向風前喚春轉又曲江江上一片飛花花笑我也怨天涯歸晚　倚樓人望遠幾許柔腸悄拍闌干有誰見綠到柳千絲錯怪東風誤好約玉驄嘶倦想書劍輕裝未應遲只負了將雛舊時巢燕

蝶戀花　珠街鎮舟夜有感寄逃庵先生滇南

淺卸吟篷烟際宿慣逐羣鷗不管溪南北岸外波搖新雨綠羅衾半

展燈垂粟　謝客閒情耽水竹問訊春風天末人如玉舊燕空來簾未軸啣泥只願巢君屋

金縷曲　調黃讓耘

奇事眞堪詫問悤悤小家碧玉汝南傖嫁怪底歸心如箭急棊局才彈又罷等不到夕陽西射恣折柔條看入手好春風恐惹黃鸝罵珠蚌合定無價　纏緜忍負千金夜想紅窗一燈剪後晚妝初卸道是新知原舊識絮絮避人呢話記當日鞵錢堂下我亦時曾窺半面訪君來切莫依簾罅煩玉指備觴炙

鵲橋仙　紙馬頭

削耳批風懸晴夾鏡可惜有頭無尾馱人却反倩人扶笑兩足騏驎行地　青絲絡付阿侯穩跨寸步莫教顛躓朝朝騎去復騎回問曾見使君來未

期天子　泥孩兒

羊車巧寫影耍裝出寧馨光景憐伊秀整就摩挲休猛　好愛護風飄兼雨打未著盧花肌自冷憑傅粉切莫近何家湯餅

定風波　假面

乍窺人暗裏回頭知伊是好是歹百色裝成千般學慣佳惡憑人揣笑呵呵怒偏快翻轉全非舊時態堪怪只換來換去金錢能買　年頭偶然戴但逢場眼底皆公輩任尋歡索惱低眉努目朝夕相看待我如今應耐卿等何然面皮改無奈掉下向人須教羞壞

桂枝香

穿珠巷口瞥見個珠娘眼波驚溜礙玉裝成影倚素綃光透斷紅纖鬢脂添瑩料柔肌滑難留手者般情味搓酥摘粉是誰消受　顛屋外蘿牽翠袖看如此手姿怎淹蓬牖寸步須那特地爲伊拖逗從來

國色由寒賤產西施苧蘿耶叟鴆媒難託而今贏得兩眉長鬬

金芝原字壽潛號瑶岡乾隆己亥恩科舉人内閣中書有願性齋詩集

惜分飛

相見依然人似舊比似年時較瘦笑問平安否不言空掩羅衫袖再入天台迷洞口僥倖重逢非偶往事空回首落花流水春歸後

顧我樂字正叔號竹嶠乾隆己酉舉人官崇明教諭有詥癡閣詞鈔二卷名竹籜香集袁棠云先生文璜夙習平時續學祇行雅不欲以詩名而詞更無論己然偶一倚聲亦能擺脱濁穢攄寫性靈藝林以此交推之近客山右去冬郵示平圃秋吟十數闋係一時興到之作風流宕往讀之齒頰都芬覺君家彈指一集不得專美于前矣

雙調望江南

江南好香草問吳宮鹿走胥臺春寂寞烏嗁茂苑夜朦朧劍去霸圖

空　白隄畔舊是綺羅叢覓醉金樽花市雨招涼畫舸柳陰風人影
惜悤悤
江南好歌吹屬揚州一闋瑤簫剛入破二分明月恰當樓小杜最風
流　雷塘路過客恣淹留螢火流殘家國恨燕泥落盡古今愁頭白
感重游
江南好京口是名邦鐵甕胥聲城角奏金山曉色寺鐘撞殘夢落春
江　中流渡擊楫氣難降十葉帆收瓜步雨千尋練接海門瀧白浪
打漁舡
江南好苕霅二谿幷抽筍山園春雨足焙茶土竈午風清美酒醉烏
程　生涯穩婢織與奴耕郵舍桑鳩催曉日湖田秧馬趁新晴蓑笠
更尋盟
江南好形勢據錢塘地擁八都爭勝負名高五代閱興亡霸業未全

荒　龍庭狩南渡事倉皇故國羹魚憐宋嫂新祠洮馬感崔郎風月恣徜徉

滿江紅　謁楊忠愍祠

古柏陰森見一片寒雅飛集借淨土香龕供奉貞魂毅魄（祠在京都宣武門外松雲禪院夫人張附祭）遠道賜環恩未報上方請劍情尤迫看繡衣白簡滿朝班空緘嘿　蚺蛇膽何須覓魑魅境寧教諂只甕頭三木都人嘖嘖揆席豈容林甫踞彈章更比邦衡激想臨危含笑對龍泉心猶赤

師師令　題姚棲霞女史翦愁吟遺藁

愁鄉女史苦埋愁無地舊愁翦斷又新愁直恁事纏緜到底飛絮撲簾人病起想綠窗閒倚　于今玉殞香銷矣歎暮烟空紫粉匳好句總成灰只白骨青山堪指（白骨青山千古恨女史詠落花句）重向雲藍尋細字正客愁如水

賣花聲　白下聽歌

六代儘繁華國色曾誇秦淮風景浪淘沙裏柳不堪重繫馬只噪寒雅　何處按紅牙水閣周遮教成度曲是生涯頓老云徂塲屋在誰弄琵琶

沁園春　盆梅

紙帳酣眠清夢回時陡聞暗香記仙子凴欄鬢拖曼綠宮人攬鏡額暈嬌黃分種銅阬托根磁盎位置湘簾棐几傍開時節有藥罏經卷伴爾徜徉　山中别却松篁好剪拂虬枝載野航正凍雪消殘難逢驛使晴煙鎖斷懶叩僧房礬石低排紅泥淺護添得園丁幾日忙待騷客向樽前細嚼座右平章

鷓鴣天　送春

靜掩重門客到稀綠陰庭院送春歸荼蘼色褪經朝雨鶗鴂聲悽戀

夕暉　情脈脈思依依懶將纖指弄金徽隔簾便是天涯路寄語楊
花莫浪飛

似娘兒

縮起綠雲稠掠牙篦燕尾雙勾盤龍斷書妝臺巧金釵未壓翠鈿未
貼已覺風流　側鏡細凝眸鬢鬆鬆時樣新儉低聲喚近檀郎覷這
番梳裹恁般香膩怎不回頭

瑣窗寒　寒食旅懷

岸柳舒眉江桃泛靨清明近了乍暖乍寒欲卸吳緜尚早被東風吹
動離情登樓極目平蕪杳正傷春人倦餳簫聽罷鶯聲又老　破曉
紗窗外宿霧濛濛輕烟裊裊重簾不卷一任蜨愁蜂鬧愛冶游拋却
秋千踏青何處多芳草試問他陌上金鞭恁般年少

過秦樓　春日同潘榕皋畏堂兩先生遊王氏廢園

境愛繁華遊躭豔冶恰是俗人心眼復園才憩又見鄰家古樹查牙葱蒨趁此點宕春光步訪淸門披榛捫蘚奈池荒鷗去石闌雲磴都無花片　想昔日司寇歸田營成別墅當作平泉游衍藥房筠塢閟過滄桑那禁飛霜零霰蘭雪堂空汎紅軒廢何來茜裙流眄只虧他壞壁頹垣能把塵氛隔斷

揚州慢　丙辰季冬自都回南冰阻毘陵城外偕婁東李衡塘王蓬壺游檥舟亭流覽竟日戊午三月北上經此重游不果悵然有作

喚得吳舠斷冰歸去消寒共貰香醪向蘭陵城外問傍水亭臺有蘇老南遷舊跡買田陽羨曾此沿洄聽鉤輈好鳥留人踏遍蒼苔　看花無分謝東華衣上塵埃奈漁磯輕別樓轙席帽襱襹重來只恐閒鷗笑我江帆掛風利頻催望模糊煙樹推篷聊覆行杯

水龍吟　渡江

乘潮穩坐紅船，風帆一霎中流渡。佛貍帳外，銀濤千尺，蛟螭噴霧。瓜步參差，海門浩蕩，低迷雲樹。悵南徐重鎮，英雄事業，有浴凫飛鷺。　形勢休誇天塹，閱興亡、幾番枹鼓。纔橫鐵鏁，旋漂木林，龍驤馳鶩。半壁江山，燕子斜陽，已成今古。問何人擊楫狂歌，身世未忘衰暮。

少年游　邗江夜泊

玉鉤斜畔夜如何，人影畫橋過。珠簾剛卷，瑤簫低咽，明月二分多。　宮雅散盡隋堤樹，江外浩煙波。南國香銷，後庭花落，惆悵此聞歌。

念奴嬌　宿羊流店感舊

落花飛絮，問連朝風信，春歸何所。豪竹哀絲行樂處，偏感中年情緒。絳蠟頻燒，青樽競勸，相對渾無語。夜闌人散，此身仍是羈旅。　擁衾幾度思量，旗亭往事，追憶添悽楚。唱到黃河千里曲，不見舊時朋侶。

弱水波深蓬山路遠有夢還愁阻披衣竊歎難禁搔首延佇

唐多令　淚

氣盡奈何天神傷鄴下仙灑西風似水如鉛往事不堪閒處想懊悔煞廿年前　和恨寫瑤箋將愁入綺紘一聲聲撥動幽泉移向秋簷隨雨滴抵不過枕函邊

水龍吟　落葉用碧山韻

暮砧催動商聲亭皋一夕霜飛早梧桐乍隕芭蕉又裂窗寒夜悄擔月樵歸眠雲僧起限穿林杪想孤篷載酒危厓拄杖重陽後幾人到腸斷榆關信杳憶三春翠圍紅繞征鴻已逝哀蟬未奏爨琴空抱枯樹吟成破扉留得斜陽多少怕山中路沒只應縛帚呼僮忙掃

眞珠簾　癸亥季冬自山右南歸仍寓尹湖感賦

丹楓落盡馳歸轡看茸裘破帽囊中有鬼寄江湖重訪魚蝦小市

到日微聞人歎息似杜老羌邨隣里應擬作蘇耽化鶴琴高乘鯉底事漁竿輕棄爲陌頭楊柳催人眠起嵇嬾七難堪頗病三遺矢須信去留都是恨算只有醉鄉差美休矣對西風搔首淚如鉛水

薄倖　畫眉橋感事

芳塘散步把橋畔妝樓徧數憶少日筆牀書簏也學絮飄萍聚借他家一樹垂楊和煙挽得扁舟住看山小于鬟波平似鏡領略鶯愁燕妒　到今日沈吟處已失卻兜娘繡戶被西風吹亂愁絲恨片漫空捲去歸塵土歡場休慕便玉京瑤島流年畢竟成虛度多情誤我莫遣牢騷再誤

滿江紅　題周山樓鶯湖泛月圖遺照

萍梗天涯久撇卻故鄉煙水想有客江湖寄跡扁舟行檥宗慤乘風奚足羨元眞泛宅差堪儗趁涼秋放櫂月明中歌聲起　烏兎走無

停軌年華逝如彈指只波光山色依稀猶是判袂人應憐聚散披圖我獨傷生死向蘆花深處一招魂情何已

青玉案　山塘酒家送春

柳絲絆客桐橋路是我輩銷愁處畫舫笙歌喧日暮青帘高揭紅闌低護渾欲留儂住　黃公壚畔空凝竚算只有鶯花如故九十韶光容易度桃栰泛罷櫂牀又注斷送春歸去

點絳脣　千人石

扇影衣香千人石是三生跡鶯花狼籍腸斷憑闌客　綠樹青山依舊柄金碧今猶昔風清月白度盡笙歌夕

綺羅香　蠟梅

磬口含嬌檀心孕馥名亞銅阬千樹縞袂難逢憑向曲闌無語看凍蓓綴處玲瓏似入道太眞眉嫵料樓東月淡燈昏畫屏塵滿影來去

春風渾未相識聊屈山礬作弟水仙爲侶一縷寒香斗觸少年情緒蜂蝶使夢裏頻通荳蔻釵鬟邊親覷問橫陳滋味何如笑曾經嚼取

解珮令　自題詞藁用竹垞韵

子雲聲悅君苗筆硯把少年才氣消磨盡老謝歡場且去倚新聲緘恨再蹉跎雪霜堆鬢　不爭多麗不貪薄倖試儉將祝英臺近寫上蠻牋也只當殘脂零粉付紅牙料非吾分

項　蓴字肺春震澤籍未載隻字去病案肺春生平不可知松陵詩徵亦獨顧正叔篠香集附見一詞因急存之

幷列正叔原倡于此讀之亦略悉其梗概矣問訊同岑友入春來眠餐奚似宿痾捐否白塔橋東唯亭路兩地寒氈共守只午夜夢隨左右里社題襟凡幾輩論交情如足還如手離恨積何時剖自傷坎壈飄身久逐浮名靑衫席帽流塵三斗挾策長安渾閒事歲月堂堂孤負況今日顛毛非舊金盡牀頭生計拙向濠梁重結觀魚偶君惠子余蒙叟

賀新涼　和顧正叔

君老非凡士乍操觚綵花生管煙雲落紙耿耿元精羅斗宿巨刃磨天儔耳更何論人間金紫幾度龍門遭點額陡淩波鼓盪鯨魚尾變九萬鵬摶起　棘闈官燭吾悲悔感秋風年年寂寞石頭城底儕輩青雲難騁遂蓮士襄裳就矣唪貝葉爇檀頂禮卅載窮交懷舊雨寄深情一幅桃花紙車笠誓全能幾

周　本字心涵諸生

壺中天　張幻花移居朱家角

湖山環映喜飛塵不到翠陰庭宇筆硯圖書看位置雅稱竹牕松戶冒雨移花銜炎徙石總是幽閒趣同心客至及時菘韭隨賁　遐想貞白高風層樓上下絕勝藏春塢幾片白雲聊自悅掃卻珠歌翠舞擇木珍禽知時異卉也愛風流主梧桐蔭滿鳳雛聲在深處

徐達源字岷江一字旡際號山民候選布政司理問改翰林院待

老于著述吳中文獻多賴保存所葺徐俟齋澗上草堂太常卿淩信祠其尤著也素愛晉接凡海內賢豪長德時相往來于禊湖之上一時風流文采照耀鄉閭所刻朋儕投贈名紫藤花館藏帖流傳日本藏之聖廟中藝林榮之年八十無疾卒子雙螺亦風雅士也同治間縣令黎庶昌遊古式閭禮遺人以粟帛餽之雙螺爲手植盆梅二株以報時兩多之

詒有新詠樓集去病案山民伉儷並列隨園門下工詩詞善畫梅簡老疎古得楊无咎法間作山水脫略畦徑

菩薩蠻

迴廊小坐無由並頰窩圓處遙相認花氣撩人香吹來一味涼　猩紅裙角好淺露驚鴻爪倚暖碧闌干渾忘翠袖單

清平樂　題許竹溪夢鷗閣圖

自慚白首尚把烟波負一閣多君傳萬口時有詩人中酒　羣鷗沙艸飛飛心閒泛月忘歸那得此間結屋拍浮同夢花溪

水龍吟　題王研農水災紀事圖

誰能畫法監門意筆底水隨風捲連天一白不分河港竟失全岸野

己無田街徧有泿犬隨人竄更慘聲四起漂棺重疊一回首心猶戰難忘吳淞泛宅（時寓居甫里）望江鄉迢迢天遠幾番結夢先人墓木將毋零亂隊隊飢鴻哀鳴不已催人腸斷看生綃幅幅王郎歌罷淚痕都染

周　霽字朗宇號愚谷諸生（震澤籍）有愚谷遺詩

長相思

意難禁夢難尋一穗秋燈暝色深孤眠魂易驚　漏沈沈雨聲聲不管愁人不要聽黃昏滴到明

周鶴立字仲和又字子野號石落一號石臺忠毅公宗建六世孫乾隆甲寅舉人官蒙城知縣改黃安有子野詩鈔匏葉龕詩餘

任廷暘云先生令楚中歷有惠政道光丁亥荊州隄潰江水橫溢漂沒無算先生請帑而後給賑則溝壑已多乃自捐廉俸及遍假同僚金得數萬計口給發民賴以全會方伯某行部請韡於先生先生佯不喻竟以韡獻方伯恚甚輒齮齕之因遂解

組未及歸卒於漢陽著有匏葉广詩存及雜組匏葉者先生去官後所自號也　去病案先生曾得忠毅玉印於粵徵題紀盛又繪石苔山莊圖史赤厓極稱譽之余初得燕山亭詞已付刋矣旋得其曾孫嘉麟函幷所著詩餘十五首因重爲輯錄如下

燕山亭　題梁谿賈素齋金門秋館圖

如許秋光落葉紛飛客裏愁懷難寫孤館明鐙抱膝長哦想見十分瀟灑剛到重陽又心憶九龍山下休訝只索徧琳瑯便馳歸馬　自歎人海蓬飄況蕭索西風送將行者攜杖尋詩剔蘚摹碑誰似浪仙風雅題能紅樓恐樓上有人牽惹歸也應重整碧山吟社

探春令　題張鹿樵中翰梅花小影

亭亭玉立問君仙骨幾生修到愛冰魂不怕寒威悄只索取巡簷笑曲江風度誇年少似水雙瞳照把春風豫向枝頭報又轉上瓊林鬧

小諸皋　敎弩臺懷古

白草茫茫黃雲黯黯一片夕陽平楚任英雄幷吞甕括闞如虓虎到得江山已改那有玉樓朱戶望駊娑駘盪都化塵土組練三千嬋娟十五早想到分香賣履不合自誇神武老瞞也何太苦　肥水城東蜀山泉右留者一壺如許問殘僧幾回搔首沈吟無語剩有空亭井冽此鑑曾經千古料當日非比銅雀深鎖屯馬成雲兵選操弩那知道壯心灰滅愁煞帳中歌舞撫遺跡聽梵鼓

踏莎行　楊花和金桐軒韻

屋角低飛廊腰細轉重重簾幙春陰晚二分明月一分烟都應採作香痕顇　鳳子魂銷鶯兒夢嬾東西漂逐游絲綰如今流向天涯紅牆便抵蓬山遠

屠拱垣原名揆字藻庭號荻莊又號心孩諸生有一粟齋稿去病案荻莊性嗜酒與酣好爲高論時觸人忌而不自知也嘗館黎里周賜福堂與沈翮徐逵源輩攬勝尋芳分題角韻相得無閒

滿庭芳　題陳芸圃學弟花間尋夢圖

蛤枕寒欺鵲爐香冷那堪夜永如年秦樓往事提起恨綿綿才得相逢夢裏又霎時驚破啼鵑行尋處碧苔蓮印約略記風前　仙蹤何處寄幾時重見一晌俄延奈青鸞信杳紫玉成烟春到梨花依舊看花人難共花憐凄涼甚無情圓月多事照孤眠

笠澤詞徵卷十　完

笠澤詞徵　　百尺樓叢書

卷十一　　邑後學　陳去病輯錄

清

袁棠字尙木一字甘林又字无咎號湘湄國學生嘉慶元年丙辰舉孝廉方正有洮瓊館詞濃睡樓詞郭麐云湘湄學詞後于余而其用力之久嗜之篤及成而且工也倍於余雅自矜貴非意所欲爲與爲之而不能出人輒棄去故所存不半余而卓然可傳所謂上之高唐洛神下亦子夜讀曲之遺者也舊藏宋帝賜周益公洮瓊研希世之寶也故以名其館及詞　去病案吾邑詩人向以唐代爲宗至葉橫山更倡忌熟宜生之說歸愚沈氏因之以撰歷朝別裁由是松陵詩派不特嬗衍吳中且及天下其弟子袁朴村景輅又本其旨成詩徵一書即湘湄父也師承家學源遠流長宜乎獨秀一時爲詞林宗匠惜後嗣零謝遺書並亡去歲殘臘又因失愼致詩徵等板盡付灰燼眞吾鄉文獻一浩刼也編纂既竟不禁擲筆三歎時甲寅三月

菩薩蠻

薄雲流過疏疏雨亂蛩堆裏尋秋去茅屋半依村夕陽紅到門　不

知嵐翠積只覺蕉衫澤如此好烟蘿昏雅寒奈何

清平樂

屋山如許合有秋心貯底事圍墻高過樹蝶夢也都闌住　禁伦幾陣東風杏華吹落生紅春在不分明處一天曉雨溟濛

鳳凰臺上憶吹簫　書青溪惆悵卷後

巷樹鉤衣陌花闌馬幾曾直得魂銷只石城艇子打槳堪邀猶是薄眉緩鬢疏簾底人畫南朝難忘處酒邊低唱暮雨蕭蕭　迢遙夢魂來也六百里關河少箇輕橈怕白門秋柳分瘦宮腰何况那時送別憐扶病骨比香桃重回首斜陽亂山一片寒潮

渡江雲　自燕磯放船至京口夜泊不寐憶戊申仲秋偕鐵門頻伽同舟聯句江月依然故人在遠余懷渺渺情見乎詞矣

津頭猶疊鼓舵樓晚飯落日一帆懸半川霞散綺著色山多金碧焌

蒸烟誰拈鐵笛向中流吹瞑魚天剛幾點松梢塔火京口照停船依然濤聲破睡篷背聽秋只盟漚人遠猶記得坐來鐺脚對聳詩肩舊題重省曾於夢覺而今老大堪憐江月底腸迴二十年前

偸聲木蘭花　彭城行館丁夜聞笛

霜華微糝苔痕皺露井月來秋樹瘦長夜漫漫鐙影蟲聲各自寒誰家玉笛高樓上不睡知佗愁底樣也怕淒清欲歇還吹一兩聲

河傳

春曉雨小陰陰院宇落紅多少聽他雙燕呢喃闌干東風寒不寒欠申微度吹蘭息香幃揭小玉低聲說略從容下簾攏休慵羅衣添一重

清平樂

月斜花暗（一作更短）尋到深深院水榭風廊（一作約略長廊）三四轉夢近不知人

遠 投懷一笑含情頰窩兩點分明底事朝來相見依然脈脈生生

巫山一段雲

吹淚和花落團愁作絮飛子規只傍畫樓西郎邊啼不啼 歲歲天涯蓬轉可奈越飄越遠歸期近在畏書來書來未擬回

賀聖朝 春水和青庵

漲痕潑綠連芳草載得落紅多少惜春（丁詞綜作花） 借問可迴流便廻流也小（丁作縱廻流春杳） 浮漚易散浮萍難合已如今了拚（丁作油花空卜魚書空寄望歸船到）不年年歲歲做清明（丁作波波生篋中詞波又作紋） 只湔裙人老（譚獻云觀河面皺之歎）

沁園春 柳

辛苦東風約綠回黃搓絲染條念腰身苦苦瘦圍禁捻眉痕淺淺好樣偸描羌笛一聲陽關三疊裙帶同心綰不牢慵開眼看車廻馬去亭子勞勞 河橋廻首迢迢更何待秋來魂黯銷只天涯孤夢春隨

絮遠門前流水人逐萍飄難忘湔裙那時解珮一線青拖小翠翹重經過怕折殘枝長還比樓高去病案此詞爲婢柳三多作初三多隨嫁來先生家及長歸母家其家居金陵先生雖欲留之而無如何也及後仍訪得之乃聘以還

貂裘換酒　爲頻伽題寒壚買醉圖

誰畫荒寒景但蒼蒼暮雲一片亂峯齊暝幾陣盤鴉催風急又作去江干霜信況遊子衣單誰省淒緊客懷無着處只山樓一角斜陽賸紅樹外酒旗影　題名重向壚頭認算青衫十年著破轉蓬無定莫更當杯歌慷慨擁髻淸愁未醒定說到漳濱人病舊雨不來前塵在也依稀鄰笛山陽聽題此卷誌我幸

春光好

山點黛水拖藍畫船閒九十韶光三月好又初三　撐過赤闌橋畔碧桃花未闌珊雨意濛濛風略略試春衫

唐多令　題家蘭村南園春夢圖

芳草別成叢夭桃作意紅奈梢頭啼鳩忽忽賸有護花旛一扇遮不住四來風　回首彩雲空含情賦惱公冷思量微雨溟濛元九腸迴枝拂面長自繞粉牆東

連理枝　寄蘭村札題後

不恨逢君晚不恨離君遠只恨萍踪江湖滿地別君飄轉便鯉魚六六解傳書寫新愁難徧　前夜朱方館昨夜長洲苑今夜扁舟載丸涼月鴛鴦湖畔料津亭郭店盡教知惹夢魂亂

卜算子　留宋于庭翔鳳

昨日望君來今日愁君去高帆一峭即天涯卜夜留君住　莫惜翦寒燈莫惜聽疎雨還勝清宵不夢君坐到紗窗曙

清平樂

畫樓閒倚人影丁簾底些子前塵如夢裏屈指一星終矣　露臺水榭空濛闌干一段猶紅聽得燕兒傳語飛花曾怨東風

浪淘沙

迷路得花看暫解雕鞍纅絲門巷雨漫漫借問小姑團扇上誰畫雙鸞一作可畫乘鸞　山果配蔬盤菰脆梅酸隔窗一作牆燈影夜闌干閒煞半牀青綺被各自宵寒

如夢令

墻角桐陰初轉裊盡鴨鑪香篆病起懶梳頭恰恰畫簾低卷人遠人遠風颭落花庭院

鳳凰臺上憶吹簫

鴒市斜街雞陂對岸望齊門在中間悵碧天如夢紫玉成煙還記樓臺臨水新楊柳一一絲牽凝眸認人家不是高樹依然　年年黃昏

客到手顫繡牀燈笑近窗前奈今宵泊處仍傍闌干賸有當時月子蛾眉樣來照孤眠凄涼聽城頭角聲吹曉霜天

沁園春　題纖纖夫人小楷與竹士聯句次和鐵門詩帖

十二層城青鳥飛來飄如墜雲喚碧天佳偶騃牛痴女紅繩恨事新婦參軍此舉出奇幾生修到璧合珠聯一對人平生幸縱青綾遲謁綠箇先分　唱酬枉自紛紜只一幅瑤牋妬煞君想潑茶懷裏賭徵故典挑絲機上同製回文寫韵殘毫畫眉剩墨扶病銀鉤瘦有神教纖手快翔鸞錦裹辟蠹香熏

南樓令　白門使院桐花下作

濃綠結陰涼疏花作穗長漏苔階點點斜陽隔院不知誰拜月飄一縷水沈香　團扇記追涼輕容玉色裳倚梧桐冷著思量一樣黃昏人立地多幾曲短廻廊

酷相思　春雪和陳竹士金纖纖聯句之作

一片癡雲樓上閣捲不去東風弱聽鸚鵡遙呼團扇撲粉蝶也無人捉柳絮也無人捉　睡起夾羅寒漠漠錦半臂猶嫌薄正六扇玻璃窗隔著只道是梅花落只道是梨花落

南鄉子　得頻伽徐州書

遠夢極河干淮雁傳書滯羽翰瞥見紅泥鈐印好平安未抵離愁一半寬　火急剔燈看山色雲龍寫寄難紙尾却題詩勸我加餐說道西風漸漸寒

摸魚兒　頻伽屬題盟漚圖即送其移家魏塘

算江鄉分湖最好金風亭長曾賦吳根越角迷離處浩蕩煙波如許誰畫取只一片鱗鱗雲影濛濛樹提鷗挈鷺記載酒人來持螯節近花外數聲艣　頭銜署三十六鷗盟去儆廬聊蔽風雨比隣鵝鴨偏

相惱負了水邊窗戶君且去歎我亦年來厭蹋閒塵土蜻蛉買否便稚子敲針山妻結網一櫂傍君住

木蘭花慢　爲吳子珮瓊仙夫人題天平攬勝圖并調山民

羨繡襦甲帳神仙壻比鶼鶼儘山補眉圖月修簫譜看錫花銜掀簾生衣初試畫隄長風軟燕呢喃家具兩頭恰坐曉寒半臂同添　迴沿略似米家船小泊浪花恬正柳拖濃翠萍鋪嫩碧雨盡江南厭厭連天芳艸似綠雲扶屐上峯尖好向蓮花趺坐有人合十來參蓮花峯爲天平最高處

南樓令　紀別

載月返梁溪看潮又浙西對殘紅絮語依依問了行裝問童僕還再四問歸期　落月畫檐低鄰鷄不住啼到臨分又勸添衣才出中門呼小住怕門外曉風淒

滿江紅

春到花朝恰九十平分一半風光好湔裙節近賣餳天暖曉雨乍晴新水健午煙低裊游絲軟待紅襟燕子覓巢來簾齊捲　可憐色眉梢淺堪恨事心頭滿揀小名應錄落紅零亂苦海易沈凡骨重遙山小謫華年短儘梧桐焦尾燭灰心天休管

凄涼犯　爲紫珊題瘞花圖

籜龍夜嘯苔茵襯斑斑滿徑難埽避風天遠埋憂地窄有人悽抱恰香重到賸闌角殷勤晚照悄羅裙泥金蛺蝶低向落英弔　不待鶯聲老一片才飛減春恁早深憐暗惱便舒衫受他多少葬玉深深更莫化紅心宿艸算韶光一百五日尚未了

疏影　梅花帳額

幽香四幕祗一枕羅浮蝶夢初即數幅輕綃圍住春風不知今夕何

夕九華七寶空華貴怎占斷江南春色愛醒來骨冷魂清櫺眼月痕斜入　映徹苔枝瘦影落花拂不去閒想宫額寫入横圖淡墨疏圈那怯江城吹笛還擬九九消寒譜較幾點燕脂紅浥待海棠聘取芳時莫遣睡鄉孤寂

踏莎行　秋晚偕蓉裳伯夔蘭村泛舟莫愁湖同賦一闋

蘋渚黄塗蓼汀脂印一篏瀲碧圓于鏡隔城山色遠浮眉黛痕略略秋來損　棲燕梁空銜蟾樓逈六朝何處停橈問只他湖水不通潮未應銷盡殘金粉

瑞鶴仙　歲莫得内子書感賦

夜長歸夢短件飢鼠窺燈殘蟾侵幔旅愁正難遣更墮地聲寒飛來清怨心隨雁遠算歷歷津亭郭店自扁舟北渡滄江回首亂山遮眼　縈念故鄉歲歉儲粟罌虚質錢書賤魚牋乍展驚病起筆踪輭空

函悔寄炊珠焚桂却仗持門婦健想貧家黃葉青苔爨煙盡斷

霜天曉角　夢內子箐卿

秋老天涯渡江歸夢賒僂指刀環誤後知幾度卜燈花　堆雅疊影斜隔窗疑是佗只是覺來閒想何不勸早還家

金縷曲　京口訪駱佩香夫人綺蘭乞書

盧駱才名舊隔青紗形神俱服幾人劉柳門外亂山低亦好合向妝樓俯首更下拾半江星斗一霎海風吹白雨雜仙心詩句利秋瘦燈影颭小於豆　昨年三度征帆驟望魚天雲窗霧閣還容到否塵土滿身仙分薄風引輕舟偏又正泊處沙寒潮溜定惜拒霜花落去向生綃小試留春手傳粉本短屏繡

夜行船　春人綰髻圖同頻伽作

滿院熏人花氣愁未醒恁懨懨地臨妝略略手盤鴉颭一縷墜雲慵

理　記得秋孃十三四學梳頭水精簾底如何已是沒心情便愛綰不聊生髻

任兆麟字文田號心齋國子生震澤籍嘉慶初元舉孝廉方正著有心齋詩稿有竹居集

鳳皇臺上憶吹簫　題散花女弟浣紗詞卷自度腔

碧牕人悄寶篆香微荳蔻心紅漫撚恨舊夢無憑新愁難翦亦知第一損人爭還奈風光無限劇可憐起自徘徊眠還輾轉　誰伴才子風流叠新詞錦字香生蘭畹這幽恨離情種種㩳人魂斷吟遍月樓風徑只恁處天涯人遠人遠也怕是綠新紅晚下半用元人吳元可塡本

柳棄疾云散花爲長洲沈纕一字蕙孫自號玉香仙子補門教論起鳳女諸生林衍潮室工詞賦及駢體文善吹洞簫著有翡翠樓詩文集簾譜其浣紗詞中有鳳皇臺上憶吹簫自度腔題簫譜後奉呈心齋先生幷柬吟榭諸姊妹云香沈宿雨簾捲秋陰偶譜宮商花底正人對靑峰幽思難寄幾處高閣春寒倂吹落玉簫聲裏憶當年縹緲秦樓依依如縷堪喜月夕花晨想草堂詞伯引商刻

徵訝寂寂梨花盈盈溪水一番別恨離情都寫入碧雲清吹且試得新譜閒裁闌干留倚自註寄清溪伯姊詩中有梨花溪水之句先生編入譜中又青玉案落梅和心齋先生作云何人吹徹江城笛便吹落瓊瑤屑曲徑開過春寂寂窗前影散階前香冷空照嬋娟月昨宵猶記開瑤席今夜相思誰共說楚些歌殘招未得翠苔深處紅茵鋪徧夢與冰魂接又長洲尤澹仙曉春閣詞有青玉案寄星心齋先生云新涼夜散梧桐樹高閣捲簾凝佇人隔蒹葭誰共語風前短笛柳梢殘月盡是牽愁處浮雲富貴何堪數轉瞬韶華不如故去去仙源尋舊路青衫雪鬢紅裙淚眼總被多情誤瀟仙字素蘭一字寄湘工詞賦及駢體文年十八名列吳中十子甘泉江珠青蘿閣詞有鳳皇臺上憶吹簫和心齋大兄題蕙孫妹浣紗詞卷作云雲母窗深水晶簾靜吟來好句難酬粲銀鈎小字巧語鶯偸為惜光風窣窣怎禁得如許閒愁腸斷也珊瑚敲折無地埋憂攢眉落紅陣陣遺遊絲斷絮爭上眉頭是書生不櫛獨擅風流贏得青衫溼透都付與檀板清謳頻回首簫聲縹緲何處秦樓珠字碧岑號小維摩監生潘妹諸生吾學海室工詞賦尤長駢體文通經史並善舞劍著有青蘿閣詩文集小維摩集

前調

夢裏談禪醉中學道幾曾堪著浮生詫丁詞綜補作訝難傾情海不下丁作破愁城又是春光如許鐙黯黯冷掩銀屏獨自向窗兒守着怎得天明

難平古來才子嘆紅粉青衫一例飄零教新聲翻出爭逗芳情丁作古今一例算青衫紅粉總合飄零倩新詞翻出幾許幽情妬殺五更風雨驚曉看紅墮簾旌憑闌也清明又近丁作清明近凭闌倦聽隔院簫聲昨過小寶晉齋散花出示寄懷詩中有爲報春光容易老聽殘紅雨到清明之句小維摩謂標致逼眞晚唐潘文衡榕臯先生亦咨賞不置有沈紅雨之目

青藜閣詞鳳皇臺上憶吹簫再和心齋云壘壘雲箋行行歛顆令人咄咄書空把新詞吟遍欲和難工剔盡殘鐙聽雨眞負却作達心胸一滴滴聲隨腸斷淚染綃紅朦朧模糊病眼看五色離迷頭腦多烘歎文章有道何補閨中博得一塲愁夢思量着誤學屠龍空自教年年紙穴辛苦雕蟲自註小寶晉齋以諸君子會課卷請余評定甲乙是宵閱盡

前調

客裏風光愁中歲月等閒春色三分是瑤華重贈錦字生新攪殺別魂離魄來世世切莫多情爲殷勤傳言玉女囑與東君　前因放懷却是且從今以後休要當眞趁花前月下莫負芳辰直把長江作酒教寫盡萬斛輕塵更吹徹玉簫聲裏字字冰清散花女史善簫請余製簫譜因即塡其所

作授之

靑藜閣詞鳳皇臺上憶吹簫三和心齋云午日穿簾桃枝弄影天風吹落瑤箋誤聽明兩字皆盡辛酸愴殺鶯啼燕語來惹起種種愁端難消遣悲來看劍病去逃禪蕭閒焚香默坐較詞賸詩腸總不如前嗤江花早謝無力爭妍造物豈眞忌汝也應是骨相單寒目偸占一園春色幾片雲山

上西樓　牡丹

蓬萊謫下瑤英殿殘春恰似低垂玉佩舞金裙　風乍暖晴初展正芳辰特地招尋知是惜花人

靑藜閣詞上西樓牡丹和心齋云東西吹雨絲絲洗妝遲憐殺愁紅一片弱難支金縷舉天香吐試晴時好博玉堂僊客贈新詞

百字令　偶書代柬寄碧岑

催春風雨霎時間都是飄香零玉無賴鶯啼人喚起好夢尋思難續千日中山百回屈賦祇是銷魂獨總然無計向維摩證因宿　曾記閒恨閒愁吹簫三疊不盡那心曲七尺鑄來空骯髒一樣悲歌痛哭

應想從今多生結習還懺西方竺回頭抛却許多人世蕉鹿青藜閣詞百字令代柬奉酬心齋云香薰石葉撈雲箋題遍江南風月檢點好言君道嵛更何處求生活換徵移宮翻新合古製譜眞奇絕清詞三疊試把玉簫吹出添取一院濃陰數聲啼鴂瞬眼春光易鎖日藥爐相伴作墨海微塵堆積結習無多詩魔酒障最是難銷滅談禪說法懺悔香閒功德 又如皋熊璉澹僊詞有鳳皇臺上憶吹簫題吳中女史自度腔譜 任心齋先生簫譜後云淚點成斑關情不少傳來字字生香任尊前拍手高唱何妨爲報西風可否將此意吹到吳江試看取夢回月榭人倚吟窻悠揚個中無賴怕鳳管聲聲吹斷人腸把新詩疊奏盡總宮商響徹碧雲天際問誰個正舞霓裳料應是驚鴻影夜月如霜其二云徵曲譜吳腔情傳紫竹知誰巧語鶯儉是佳人名士雅擅風流贏得青衫紅粉都併作一片清謳應有個雲間弄玉跨鳳來遊悠悠驂場何處憑萬種相思又上心頭縱參差色相難斷閒愁我亦天涯淪落消魂處無限悲秋遙想到玉簫聲裏簾卷高樓璉字商珍號澹仙亦號茹雪山人陳遁室

朱春生字韶伯號鐵門諸生有鐵簫庵集

貂裘換酒　題寒爐買醉圖

如此秋光好看西湖亂山深處楓林紅了十里沿溪彎環路不借一

雙能到且莫管亂雅殘照記取年時沈醉處揭青帘便索銀瓶倒煨
落葉煖清醥　舊愁新恨知多少似今番清游有幾暗傷懷抱自喫
天台胡麻飯乞食何曾一飽悔不作酒家傭保一樣飄零風絮影看
當鑪人也朱顏老休怪我鬢霜早

程邦憲字穆甫號竹盦嘉慶壬戌進士官翰林院編修鴻臚寺少
卿有遲雲吟館稿

眼兒媚　賀陳松崖燕喜

簟凉枕膩未寒時開鏡曉妝遲徐舒纖指輕拈彩筆巧畫雙眉　霏
紅沓翠氤氳處瓊想譜新詞芙蓉帳暖櫻桃情眷喜溢星期

邱　岡字昆奇號筆峯附監生有德芬堂詩餘

水龍吟　楊花用東坡韻

莫春三月江南傷心人向樓中墜和煙和霧如絲如縷全無春思刺

繡房櫳秋千院落綠窗長閉訝如此春光雪花堆鬢何曾是因風起
一片隋隄舊事儘天教輕風吹轉游絲繫住無端又被兒童捉碎
此去銷魂生涯漂泊儻歸萍水被魚兒唼取也應認得是相思淚

點絳脣　春閨

窄褏羅衫酒痕只爲傷春涴小詞誰和閒把鸚哥課　裊娜東風鬟
柳腰支惰紗窗坐繡絨輕唾一點含桃破

行香子　湖隄記遇

陌上飛花山脚殘霞趁春風走送香車佯羞卻立團扇輕遮小歌喉
小裝束小年華　才按紅牙又抱琵琶料伊汗溼透銀紗三三五五
借問誰家忽同行忽小住忽天涯

愁春未醒　辛丑十二月雷雨大作時立春前十日

紙香賦菊蠟薄舒梅訝蜂喧蝶鬧春光消息向冬回暖住同雲六出

飛花竟不開南軒病起圍爐未擁敗絮空堆　一霎時間雨鑽簾隙
風撼牆隈聽天邊阿香車轉借作花催抱膝閒吟澆愁且倒甕城醅
嬌兒高喚霜橙要剝香芋須煨

夢揚州　陳宣譔自維揚歸譚平山堂之勝

柳花飄趁曉晴京口開橈乍反故鄉便說江頭金焦有無山色憑空
見怪隔江江水迢迢私心幸曾聽得廣陵鐘打殘宵　攜著詩囊酒
瓢愛月下人過二十四橋畫閣繡簾試問誰來吹簫玉鉤斜畔樊川
夢惜昔年我也魂消輸伊處金箏偸擫銀燭高燒

滿江紅　題姚磬兒傳爲長洲詹湘亭作

春漲秦淮水閣外簾波漾碧好著个雲鬟螺髻柳腰梅額玉笛和殘
金縷曲采箋寫徧簪花格願郎君高奪錦標回金錢擲　向衆裏傾
身惜又獨自當心畫算逢場歌舞究非良策絮肯沾泥還較可蓮如

出火眞難得縱一年結个短因緣儂知直帆趁蘭橈願抛郤風姨月姊便萬一郎情不測有如江水寶瑟輕攜桃葉渡鈿車穩載金閶市忽橫雲遮斷白門秋心先死　言頻屬書頻寄懨懨病牢牢記自明璫解後日長門閉聚淚綃從前日到墜樓珠向今宵碎慧心人若不帶癡根能如是

霎並眞孃也算傍要離之墓傷心煞青山一片美人黃土拚擲千金收駿骨直輕千里來瓜步謝伊家踏浪白衣冠初開訃　空記得閒言語空留得新詞句怕花枝欲活又吹風雨那有眞人收鈿盒依然假冊空錢樹看折除豔福到青衫天公妒

趙　筠字竹君號靜香江西候補按察司知事有餅隱庵集

清平樂　題南湖柳隱圖柳棄疾云詞見柳隱叢譚

金風亭長欸乃傳漁唱今日風流誰嗣響料理露篷煙槳　似聞鴛

水詩盟依然集侶清聲商略雙柑斗酒綠楊深處聽鶯

朱世傳字繼武

百字令

兀然枯坐正排雲雁過咽風蛩響對此茫茫生百感偏把少年追想杯舉秦樓簫吹吳市人羨黃河唱龍門天半看來高只尋丈　詎料柳眼難青蘆頭易白老屋長教仰不死雄心時拭劍無用還同空掌紫岫凝霞清潭映月宋玉懷聊放一聲長嘯撲來簾外秋爽

袁　宬字仲容號山史棠次子有餅桃花館詞　去病案仲容爲鐵門愛婿有才無命鄉黨莫不惜之

浣溪紗

翦翦輕寒似暮秋絲絲細雨織春愁朝來生怕上簾鈎　又是去年時節近落花飛絮滿汀洲憑闌目斷小紅樓

清平樂

霜寒月苦秋夜長如許夢醒無聊更暗數殘點正敲第五　蕭蕭庭外風聲沈沈遠樹鐘鳴最是燈花如豆照人孤影偏明

唐多令　寒食紀游

宿雨潤輕紗新晴麗物華意行不覺夕陽斜澹沱春光隨處好且莫問路三叉　高柳盡藏鴉清溪似若耶陰陰門巷是誰家門外竹籬臨水短有一樹碧桃花

眼兒媚

丁丁銀箭夜初長對影獨淒涼寒砧萬戶秋風滿樹併入迴腸　去年記得逢今夕人在鬱金堂花街露溼迴廊月上笑捉迷藏

高陽臺　荷誕日飲鄭氏園亭

地僻留雲堂虛疑雨清涼真住冰壺水佩風裳狎鷗人在菰蘆傾杯

共上荷亭望藉苔茵軟勝氍毹恣酣呼賓主須忘禮法休拘方池不若摩訶好愛碧筒初折細走如珠身世評量躭閒只合江湖商飈已做新秋意算重來景更蕭疏興難孤三五良宵竹裏行廚

喝火令　泛舟龍山湖同子玉作

四面蘆芽短風聲更水聲扁舟搖曳有餘清恰又遠山對面分與一痕青　端覺煙波好浮家過此生安排蟹斷與魚罾只要松陵一集簪能成只要故人青眼時就白漚盟

邁陂塘

算韶光黃梅做了愔愔又近重午苔痕滿院經過少消盡亷纖細雨誰與語只兩部鳴蛙鎮日常相絮閒尋廢圃悵杞鞠新栽石榴初放一半委泥土　前游憶人竟隨春歸去沈郎腰瘦如許長隄幾樹垂楊柳映帶盈盈南浦猶記取奈新漲三篙沒了江心渚此情難賦任

密字旁行千絲萬縷愁似春蠶吐（一作繭絲吐）

金縷曲　呈顧青菴先生

天者蒼蒼叵問何爲才人運蹇千秋一軌半世坎軻猶未足疾病顛連如此況五十先生老矣絲竹東山陶寫慣奈中年更有傷心事搔短髮情無已　門衰祚薄嗟何恃最難堪安仁傷逝西河喪子窮巷寂寥誰慰藉賴有故人三四還載酒時來問字往往銜杯爭覓句隱眉間尚露飛揚氣眞不朽一編是

鳳凰臺上憶吹簫　題陳芸圃花間尋夢圖

花影霏微露華淒冷宵深景太淸幽況神傷奉倩何地埋憂曲徑長廊尋處夢也無蹤蒼涼甚舊時月色恰又南樓　添愁魂來彷彿悵翩若驚鴻一瞬難留更花間行跡歷歷心頭百轉回腸如水并州剪不斷長流須珍重安仁鬢毛一夕霜稠

金縷曲　錢塘蔣芝生爲余兄弟作小影名檢書圖裝池竟感懷亡兄因譜是解

誰寫鰥生怨倚危闌分題檢韻肩隨予季百尺高梧秋陰薄涼潤琴書棐几正百感茫茫對此當日田家三荆樹痛一株玉折蘭摧矣掩卷坐淚如水　而今歷歷猶能記十年來寒窗燈火同溫姜被又是對牀風雨夜顧影惟吾與爾更唧唧鳴蛩四起碧落黃泉無夢到讀遺詩聊當深談耳燈欲燼愁方始

菩薩蠻

輕陰薄霧清明節河橋柳又毿毿碧燕子舊巢來去年人不歸　背人情脈脈彈袖慵無力鎮日倚闌干東風生晚寒

袁　宸原名孚字叔達一字叔獻號石卿棠三子候選吏目

菩薩蠻　題陳芸圃花間尋夢圖

去年花落春歸驟今年又到鵑啼候舊夢且重溫胡香能返魂　珊珊剛見影又被花鈴警倚遍曲闌干月斜生曉寒

笠澤詞徵卷十一

完

卷十二

邑後學　陳去病輯錄

清

郭　麐字祥伯號頻伽附監生有蘅夢詞浮眉樓詞懺餘綺語爨餘詞

自序余少喜爲側豔之詞以花間爲宗然未暇工也中年以往憂患尠懽則益討沿詞家之源流藉以陶寫阨塞寄託淸微遂有會於南宋諸家之旨爲之稍多其於此事不可謂不涉其藩籬者已　去病案先生爲一代詞宗遺聞軼事莫不耳熟能詳故茲從略焉惟聞其遷魏塘後子姓日落當洪楊時値薪乏無以爲炊其家覓取其靈芬館集板析而焚之吁其慟已同光間仁和許邁孫獨心折先生至自署靈芬私淑弟子幷刊其詞入榆園叢書於是先生之名益顯今則詩集亦有翻雕者矣又記少居東江曾見先生手跡詩詞一卷蓋爲其表叔陳夢琴書者均係晚年未刊之作當即錄副藏之年來奔走南北是稿忽爾失去屢向陳氏借鈔迄未之許誠生平一憾事也

疏簾淡月　寒月

澄澄寒水漸浸入玉階冷清清地一個愁人獨自披衣夜起小窗瘦

影初斜矣怕難禁清寒如此梅花閣下蘆花簾外那人睡未　此際遺懷無計况殘碪隣笛一時俱至獨立閒庭惹起幾番心事孤鴻弔影霜天裏驀回頭月明千里今宵酒醒一聲霜角清愁而已

釵頭鳳　篙鐵

屏山曲春眠足丁冬驚起鴛鴦宿重簾靜重闌凭月明如水梨花無影認認認　珍珠箔秋千索琤琤攪碎簷前玉呼人問春來信鸚哥報道東風猶緊聽聽聽

好事近

深院斷無人拆徧秋千紅索一桁畫簾開處在曉涼池閣　澥行行過曲闌干往事正思著猶認墮釵聲響卻梧桐葉落

憶少年　寄徐汇庵

黃花開了兔花寒峭霜華滿地酒徒已星散况酒邊羅髻　燕去鴻

歸人病矣也無人會此時煮蘆花徧煙水作雪花飛起

卜算子

簾外雨如煙柳外花如雪已是懨懨薄病天又作清明節　昔日結如心今日心如結心裏重重疊疊愁愁裏山重疊

清平樂

水文廣簟傍墮雙釵燕花映枕函紅兩靨羞被小鬟看見　何人驚起蘅蕪起來手弄荷珠得伴片時香夢翻教人羨靑奴

蝶戀花　垂絲海棠

山桃落盡酴醾早積雨初晴紅入紗窗曉睡起美人潮暈小笑渠一樣鬟欹倒　病酒心情寒料峭醒眼看人醉眼看花好人不酩酊花定笑試然絳蠟花間照

鳳凰臺上憶吹簫　題姚棲霞女史翦愁吟同朱鐵門作

銀燭筵前鐵簫庵裏酒闌客正繇憂出一編相示絲格銀鈎眞是閒愁萬斛問恁地剪得卿愁分明是芳心灰盡紅淚還流　仙游一聲鶴唳恐玉字高寒露冷風秋悵不逢簫史空怨秦樓便是殘香賸粉人間世不合長留宵深也吹寒角聲又滿城頭棲霞游仙詩郤笑樓頭秦弄玉肯攜簫史共乘鸞臨終詩冷夢未成燈自滅疎鐘畫角一聲聲

蝶戀花　花宮小院得斷縑於壁月鬟風鬢髣髴未損上書愛月夜眠遲某月日清環寫字跡妍媚可念爰作詞以紀之

青豆房中花似露圖畫春風零落蝸涎蛀不是深閨留絹素調鉛肯把芳名注　相逢亦有前緣否花不知名也合殷勤護鵲尾金鑪香一炷夜深蘅夢樓深處

金縷曲　鴛鴦湖秋感

曉起西風冷挂輕帆孤兒橋下謝孃門徑落日鴛鴦湖上過衰柳條

條牽恨問何不當初折盡岸草汀蒲都不見但蘆花蕭瑟風淒緊橫一葉釣魚艇　春人只把春愁省誰管他荒荒落照疎疎雁影去是春初來秋九兩袖啼痕重印只湖水淸流如鏡鏡裏妝樓金翠換況樓中桂葉明蟬鬢除漚鷺沒人間

賣花聲

十二玉闌干六曲屏山留春不住送春還昨夜梨花今夜雨多分闌珊　春夢太無端到好先殘裌衣初換又添綿只是別來珍重意不爲春寒

高陽臺　過流虹橋感葉元禮事

兩岸緋桃一彎漾水斷橋猶說流虹舊事無端牽人舊恨重重多情只合相思死更何須眉語曾通太怱怱春盡飛花淚盡啼紅　高樓當日知何處想房櫳宛轉窗戶玲瓏天遠瑤姬彩雲去也無蹤人間

我亦傷心史似流鶯只哭春風小橋東新月天邊依舊如弓

祝英臺近　和龍劍庵韵

小屏山雙畫燭寂寞舊時事過盡春光尺素未曾寄試看樓外垂楊飛花飛絮憔悴甚樹猶如此　輕相棄惟有六扇樓窗曾同那人倚煙鎖重樓人更可知矣料應一點寒燈一鈎斜月今夜裏照伊無睡

蝶戀花　鹿城半蠏園有女郎以簪畫壁作一絶云月底纖纖扶婢來梨花如雪點蒼苔紅鸞辛苦愁絲盡誰把同功蠏擘開後書一眦字意欲題名而未及者作詞其後亦無使其無傳焉

青粉牆頭苔沒砌誰拔金釵畫破春痕細羅襪纖纖來月底有心人識相思字　天遠彩雲飛去矣卿自何來有個芳名未料得欲題還又止當時直恁懨懨地

喝火令　題許校書清露瑤臺圖

鵲背吹笙下橋頭步屧通雲鬟霧鬟太玲瓏只恐五銖衣薄曉起不禁風　好夢渾難覓重游未易逢鬱金堂北畫樓東記得樓頭一樹碧梧桐記得碧梧桐外兩度月如弓

滿江紅　呈座客用湘湄風雨對牀圖韵

雪白鐙紅當酒半忽跳而起不痛飲有如此酒有如此水留客酒難頻夜滿分湖水送離人幾算人生不合作同心同鄉里　浮蛆潑釭花喜朋與舊兄和弟便沉沉春酌不能已已病起尚存兒女態醉來稍有英雄氣得故人滿眼酒盈樽吾狂矣

月華清　詠丁香花

碎剪鮫綃輭含雞舌繁英枝綴如霰百結芳心慣向春風淩亂算江南花信更番誰似此香生色淺幽怨共芭蕉卷處一齊斜颭　可惜

雨香雲澹少月影半窗照伊清婉丁字簾前有個丁孃淒斷想春衫繡上重重怕寬了舊時腰襻簾卷又惺忪碎影小庭篩滿

十二時　同湘湄夜坐

疎窗四面秋霖一陣愁人兩個天涯已腸斷況離情無那　桐葉初肥蕉葉大說淒涼也無人和今宵尚相對怕來宵燈火

齊天樂　荻莊秋荷

翠匳一境平如拭數枝點綴秋意衣裾輕紅佩翻重碧又是一番梳洗涼蟾初起怕炤見盈盈玉壺清淚風急雲輕露華漸重瀉鉛水鬧紅舊事誰省有斜陽一舸雲葉雙髻螢火光寒蜻蜓翼斷催老鴛鴦身世煙波無際且凍釀頻傾曲闌峭倚寄語閒漚奈厭厭宿醉

賣花聲

秋水淡盈盈秋雨初晴月華洗出太分明照見舊時人立處曲曲闌

屏　風露浩無聲衣薄涼生與誰人説此時情簾幙幾重窻幾扇説也零星

摸魚兒　盪湖船

一篷兒花天酒地消磨風月如許吳娃生長吳船上只共鴛鴦爲侶船六柱從不識愁風愁水天涯路輕橈容與問兩寺東西半塘前後商略泊何處　江南好不在中流簫鼓牽人好夢無數十年水驛風燈夜負了畫船聽雨臨別語怕紙醉金迷忘却秋娘渡重來記取有澹澹窻紗疎疎簾影隱隱數聲艣

水龍吟　吳歌

摩訶池上歌殘一聲何處悠揚起將連忽斷似無還有月明風細月子彎彎花開緩緩一般情思算笛家不是漁家不是問莫是劉三妹子夜四時堪儗變新聲我儂歡喜扁舟夜泊人家兩岸聽風聽水

白葛單衣蒲葵小扇新涼天氣又前溪柔艣嘔啞說是釣船歸矣

臺城路　同嚴丈歷亭游舒氏園作

薄陰不散霜飛早園林深貯秋意水木淸蒼陂陁高下澹與暮雲無際紅泥亭子占一角孤城七分煙水最愛疎疎竹竿萬个滴寒翠年來儔侶都散便登山臨水只恁顦顇倦柳攀條淸流照鬢暗老悲秋身世荒寒如此又畫角聲中夕陽垂地樹樹西風暮鴉寒不起譚獻云雅令

翠樓吟　山行幽絕臨水數家門外木芙蓉正花爛漫無次殊愜幽情紀以此詞

濕翠露衣暗苔黏屐幽尋最愛淸曉峯回剛路轉恰對面數峯淸峭似儂曾到只三兩人家看來都好柴門小芙蓉無數一時紅了誰料隨意閒行有芳塘花鴨徐熙畫稿水邊同照影定見我風前側帽

也應含笑怕青鳥丁寧玉容易老尋芳早向人山色一眉新掃

柳色黃　西湖秋柳用穀人先生秋柳詞韻

西子湖頭歸路繫船暮色催聲疎疎漏出斜陽便做秋來詩意春人老去想見油壁車歸銷磨裙帶同心字有一陣西風添一分顦顇還擬東風舊院北苑新圖南朝蕭寺幾點昏雅小坐蒼煙叢裏荷花桂子分將一鏡新愁照他鬢影淸無底縱有浣紗人挽纖腰不起

摸魚兒　茨菇

買陂塘兩邊添種高荷大芋相似生成葉葉雙歧樣合傍溪流燕尾江上水記送別西灣話到年時事故人歸未正軟柄攲風低枝鬧雨一碧亂無次　江鄉好隨意蒓絲菰米食單多在水際雞頭菱角堆盤後草草田園風味渾不記合付與廚娘略下些鹽豉旗亭小市共山栗燔餘村醪熟後閒買夜來醉

水龍吟　蘋花

菱歌唱斷前溪青山影裏秋江老晚風乍起涼煙不散數花開早去鳥明邊閒鷗眠處采香人少便翠禽一點愁他難立除非是蜻蜓小有客溪頭垂釣又勾留一年過了楊花身世蘆花伴侶嫩寒清曉隨意停舟偶然照眼添枝紅蓼向水仙祠下登蘋搴藻共寒泉芼

疏影　花影吹笙圖

空庭潑水正玲瓏瀉月簾影垂地悵望銀河閒弄參差箇儂知是誰思橫枝清瘦疏花活漸篩滿薄羅衫子只枝頭翠羽雙栖閒見那時情事　難忘黃昏院落畫闌十二曲曲曲同倚半攏春纖半度脂香炙暖一行銀字年來白石風情減有自作新詞誰記但每逢花月嬋娟便想畫中雙髻

國香慢　媚蘭小影爲夢華題

眞色生香有小名試錄王詞綜作錄就雅稱孤芳幽居自憐空谷未嫁王昌定記宮牆留字聽鐘聲催月斜廊用明宮女媚蘭仙子詩無言佇凝睇一寸愁心多少思量　彩雲天遠想明眸秀靨霧閣雲窗玉梅花下誰念憔悴何郎尙有三生舊約怕錦瑟今似人長還應只如此楚楚眉痕澹澹明妝

南樓令　題春人綰髻圖

春夢暈潮霞春風褪臂紗綬春愁盤好雙雅溜了金釵伴不省問開否碧桃花　鏡檻者般斜新妝略似他只倚眉人在天涯尙著薄羅衫一件簾又卷太寒些

望湘人　用轂人先生韻

漸蕭蕭瑟瑟冷冷淸淸客懷如許淒戀衰柳翻鵶枯荷鬧雨子夜怨歌先變鏡裏霜寒燈前人瘦眉邊山遠儘哀絃一曲思歸飛起十三

箏雁　數盡更更點點把孤衾斷夢一宵尋徧只文鴛繡枕記得舊時曾薦酒痕濃澹淚痕重疊溼了小蠻鍼綫問何日纖手親攜笑勸芳尊須滿　譚獻云清深婉麗

江城梅花引

一重方空一重紗采蓮花采蔆花愛住吳船生小號吳娃牆內紅樓樓外水有明月照鴛鴦宿那家　那家那家在天涯雨又斜雲又遮聽也聽也聽不到一曲琵琶漸漸西風秋柳不藏雅欲倩西風吹夢去還只恐夢魂中太遠些

酷相思　苦雨

屋角鵓鴣催不去和簾外流鶯語問裏湖外湖曾到否朝來也瀟瀟雨晚來也瀟瀟雨　溼了清明寒食路把杏花期誤只孤負討春人此度春去也留難住人去也留難住

水龍吟　湖心亭夜泛追憶舊游俯仰身世渺渺兮余懷也

月痕都化涼煙雙堤沈在涼烟裏蒲華露溼菰根風戰瓜皮船纖一寸秋心三分是月七分是水看湖心點點山山不斷渾只露依微髻　忽憶去年此日伴故人敂舷同醉笑橫長笛倚歌小海有魚龍氣游倦成悲離多易老居然千里但回船夜半圓沙拍拍喚眠鷗起

邁陂塘　自題山陰歸櫂圖

問年年阻風中酒江湖人竟歸未居然一櫂衝風雪妝點蕭蕭行李圖畫裏有萬壑千巖送箇人雙髻剡谿休擬且霜破黃柑鐙桃紅粟晚飯柁樓底　移家好莫認鴟夷西子鏡湖他日須賜千絲細網三生石兩槳劃開春水歸去矣算泛宅浮家儘可稱鄉里櫂歌聲起試擁纖煩卿扣舷和汝此曲定能記

洞仙歌　寄素君

綺窗臨水挂一重簾子簾外垂楊畫船繫道春風正好催放輕橈全不管先把箇儂催起　嘔啞聲未遠轉箇灣頭眼底便居然千里不見一重簾簾外垂楊又何況隔簾雙髻算臨風別無言忒怱怱有曲曲溪流是伊淸淚

水龍吟　語兒道中萬綠如水澹日微陰時漏疎雨扁舟搖兀其間爲賦此調

是晴還是微陰濛濛好箇江南路桑陰兩岸竹梯橫閣最深深處去鳥孤明連山積翠夕陽界住正扁舟有客微吟淺醉譜腸斷方回句又是一年羈旅一年春又隨人去換他幾點漚邊鷺外疏疏殘雨圓鏡冰寒生綃紅潤也應凄楚待歸時細問香銷夢斷定思量否

紅情　題二娛鷗夢圓圖用玉田韵

生香活色有水天閒話憑肩語密除却鴛鴦只有眠鷗似相識三十

六陂舊夢明鏡裏低徊潛憶問微步一晌凌波羅襪可曾溼　小立髻鬟側想明月那時流水今日春風靈液滄瀛其間淚痕碧自恨采香太晚重到也紅衣非昔又況畫船艤處船中玉笛

齊天樂　北山旅館圖用穀人先生韻爲華秋槎司馬作

十年載酒江湖徧不歸如此湖水小艇鳴榔低檣結網穩住一家深翠畫圖寫意問選箇江鄉西湖有幾鴨脚黃邊幾人同此夕陽醉當歸故鄉應寄笑薛宣東閣眞欲相吏箇裏伊涼胸中雲夢暗老英雄身世壯心不已道種菜閉門漸諳斯味何況鱸鄉秋風斜日裏

高陽臺　隨園席上贈別疏香（篋中詞題作將返魏塘疏香女子亦以次日歸吳下置酒話別離懷惘惘）

暗水通潮癡雲（集作嵐）閣雨微陰不散重城留得枯荷奈他先作離聲清歌欲遏行雲住露春纖並坐調笙莫多情第一難忘席上輕盈（集作

輕輕　天涯我是飄零慣任飛花無定相送人行見說蘭舟明朝也泊長亭門前記取垂楊樹只藏他三兩秋鶯一程程愁水愁風不要人聽譚獻云中邊俱徵

買陂塘　信宿隨園頗極文燕之樂將歸之夕蘭村以秋夢樓圖索題黯然賦此

小紅樓居然百尺文窗了鳥深閉豈知中有悲秋客夢與碧雲無際湖海氣只打疊柔情不斷如春水偸聲減字問白石玉田金荃蘭畹多少可憐子　浮名好低唱淺斟何似爲誰此景輕棄六朝山色雙眉嫵換了青衫從事我醉矣想葛帔西華那有桃花米能謀酒未怕江上荻聲堦前蛩語漸漸有秋意時蘭村將入都謁選

祝英臺近　題梅卿女史倚竹圖

玉釵長金釧瘦濃綠翦雙袖刻偏琅玕又是一詩就問他翠羽三更

蘀龍半夜可窺見繡鞋冰透　算佳偶鳳觜天外尋難得似舊人否磨鏡劉楨平視也低首同君一樣西家牽蘿補屋定念我暮寒時候

貂裘換酒　十月一日偕鐵門倪米樓同遊冷泉亭至白衲盦下山經蕭九孃酒壚泥飲而歸屬湘湄作寒壚買醉卷子紀以此詞湘湄曾與余雪夜同宿酒樓持火入山題詩石壁上此圖亦不可詞也

雅鼻紅如此正千山萬山夕照不知幾里忽見青旗高樓外其上有翩翩字有隨分橙黃筍紫我是酒徒元無賴索銀餅莫笑麁豪氣鷫鸘解可容貰　四山積雪危闌倚話當時風懷酒膽故人老矣不向冷泉亭下醉負此松風兩耳況落葉紛紛而至寫作畫圖傳也得要壚頭貌个雙丫髻渠能記十年事

金縷曲　題米樓夢隱詞即用其集中紅豆詞韵

燭灺更闌矣怪今宵聲聲落葉都來窗裏細字蠶眠無多幅不信愁人至此看眼底詞流有幾偶作天風海濤曲又吹花嚼出紅霞蘂翩然跨琴高鯉　天涯別緒紛難理漫沈吟舊歡如夢流年如水說著江南斷腸句中有淚痕隱起只合付薛家車子張緒漂零尤袁遠謂淥卿娛二儘時人笑把周秦比莫寒了調箏指

夢芙蓉　蘭村寓大佛寺僧樓同人畢業湘湄爲作湖上雲萍圖紀以此詞

北風江上冷正湖天黯黮客懷淒緊凍雲幾葉流出片颿影故人期尚準楓林休負霜信佛屋蕭然有兩三倦侶吟到夜鐙暈　同調相逢一哂中酒悲秋已是三生病畫中眉嫵不似舊時靚雁飛渾未定夕陽猶戀寒陣如此江山又悤悤別去十日醉應肯

疎影　湘湄有所恨畫靑梅子一枝以寄意霜辛露酸別有寄

託非牧之詩意也以余有元白之好知拂面花故事屬倚聲
以紀

玉梅未落有枝頭點點酸意先著齒冷吳孃不管春寒臨風自弄霜角高樓也有人橫笛但樓外翠禽偸覺試問伊葉底清圓莫認綠陰成幄　記否年年此際鬭桃已結子蠶豆初熟山店燒春寒食時光陌上草痕新綠消他幾度沈沈雨已過了杏花餳粥又致人腸斷江南只恐方回難讀

金縷曲　山民出示國初諸公寄吳漢槎塞外尺牘輒題其後

幾幅叢殘紙是當年冰天雪窖眼穿而至萬里風沙寧古塔那有塞鴻接翅更緘寄鳥絲彈指二集名一代奇才千秋恨換故人和墨三升淚生還遂偶然耳　諸公哀哀京華裏只斯人投荒絕徼非生非死徐邈顧榮皆舊識立齋梁汾難得相門才子容若歎不僅憐才而已感慨何

須生同世看人間尙寶瑤華字只此道幾曾棄

邁陂塘　二月十四日坐江山船行諸暨道中山水淸妍雜花生樹傷春傷別情見乎詞

放輕船青山影裏欹斜帆葉低挂溶溶漾漾平堤水誰把越羅新砑花事乍已過了花朝春月圓今夜柁樓飯罷有新柳泥人閒鷗窺客愁重酒難把　當年事想見鴟夷妍雅扁舟容與其下一峯最遠眉痕澹絕似苧蘿初嫁誰共話算如此江山少箇人如畫先生歸也問春雨樓頭杏花賣未和淚寄羅帕

水龍吟　題陶堯鄉客舫填詞圖

欹斜幾扇烏篷消磨詞客江湖老阿誰畫出微茫煙樹翩翩沙鳥茗馨往來當時相見中仙風調儘船頭獨酌船舷獨敂除漚鷺無人曉欲放扁舟何處路彎環牽去絲風裊東禪寺畔相思樹底小紅猶

小我若相逢阻風中酒年年都好笑悤悤回首煙波已過却松陵道

臺城路　題徐縵雲今宵酒醒圖

阿誰抵死催人去樓頭五更鐙動玉筯痕垂銀荷灰燼消得幾番潛送如塵似夢有萬疊山低一篷愁重月曉風殘離情別恨此時種江郎賦情漸減送君南浦路若箇曾共白雁橫天秋河絡角江上夜潮初涌薄衾孤擁想隔著高城水精簾控吟到銷魂瘦肩山字聳

聲聲慢　西湖寒夜懷滌卿山左

酒波暖處鐙暈寒初客愁最苦消凝鏡裏年光誰念暮景飛騰西湖月荒沙白剩南山尙見高稜定笑我向危樓獨上曲檻孤憑　忽憶故人千里欲舉杯相屬喚恐難譍雁字回時須寄一幅吳綾齊州暮煙九點怕柔魂飛夢無憑待見也問今宵成夢未曾

臺城路　題米樓高山流水圖

世間無事無三昧惟愁會心人少半死桐枯七條絲細未識此中何好有人絕倒正水遠山長獨移孤棹寂寞千秋也應直得絕弦了知君一襟幽抱問愔愔琴趣幾箇同調夢裏庑荒蘆中士賤容易國工先老（君有蘆中秋瑟詞夢隱菴君所居也）波平風小聽門外琴音是儂尋到若訪成連刺船歸及早

疏影　黃葉邨圖

已秋未老正西風幾樹畫出斜照如此江南著箇扁舟看來煙水都好漲痕初落籬根露添屋角數峯清峭想前邨定有人尋樹下小門開了　自笑吾家同在半邨半郭裏歸計難料輸與谿翁三腳鐺邊滿地霜華新埽馬塍西去秋盦冷只近日竹林游少（謂小松）怕蕭蕭槭槭淒淒點點暮鴉寒早

綠意　嫏嬛仙館蕉花畫卷

新涼雨足正乍回曉夢天影都綠半拓吟窗忽見低垂重重芳意如
蹙煮茶煙澹秋痕瘦彈牆角一枝寒玉笑美人別逞妖妍小露紅情
猶俗　想爲著書人倦墨花棐几淨相伴幽獨史藁焚餘點筆圖成
仙掌露珠凝粟詩人愛寫蕭寒景恨未入雪中横幅更待他鳳實成
時留配故園修竹

賣花聲　飲泉自畫芳草以寄望廬之思爲賦此調

一片好莓苔綠了空階葳蕤深鎖舊池臺除却斜陽和燕子還有誰
來　風約畫簾開獨自徘徊春痕如夢滿天涯泥上韈羅泉下玉都
被伊埋

疏影　上元夜退庵招飲梅花下越日壽生自分湖來復會於
此用白石韻記之

玲瓏碎玉是舊時月色招我同宿隔歲相思第一回員休教便弄横

竹微雲澹澹疎鐙小只解照枝南枝北儘夜深閒與徘徊不管倚樓人獨　佳約逾期背踐夜潮放一舸來趁酒滌側帽吟寒也勝豪家爛醉雲屏金屋江城試譜傖聲句怕略犯龜茲新曲算不如留影文窗看取畫羅十平幅

水調歌頭　望湖樓

其上天如水其下水如天天容水色滌淨樓閣鏡中懸面面玲瓏窗戶更著疏疏簾子湖影澹于煙白雨忽吹散涼到白鷗邊　酌寒泉薦秋菊問坡仙問君何事一去七百有餘年又問瓊樓玉宇能否羽衣吹篴乘醉賦長篇一笑我狂矣且放總宜船

清平樂

酒醒人起竹影篩窗紙薄薄羅衾涼似水第一天涯滋味　柔魂不隔巖城曉妝見也分明欲續枕函殘夢奈他一陣鴉聲

疏影　夢

今生已矣又見來脈脈鐙背屏底道是相逢卻又無言愔愔自搵清淚茫茫昧昧怱怱極尙病裏猒猒情味算向時怨緒歡情歷歷只還如此　只是吳根越角一千二百里芳草無際澹月微茫萬瓦參差那認荒荒園子眞教不隔人天路也勝似一生顛頓說與伊休返蓬山洞戸悄然雙閉

高陽臺　題樂元淑煙夢詞

荷露圓珠蘭風回雪空留名字堪憐才刻茗華不知玉已如煙方塘無數田田葉問青泥何苦生蓮擘吟牋有客西江愁滿歸船　年來同抱司勳感算傷春刻意不似今年芳草西陵爲誰澆酒花前人間只有三分月恨二分多照重泉又淒然一个流鶯相伴啼鵑

卜算子

微雨濕苔痕階下秋花滿有箇階前顛頽人病起和伊看　又是一番秋只是無腸斷留得當年顛頽人也不恨天涯遠

臺城路　爲江子屏題蟬柳畫扇

世間何限秋風客哀吟爾偏淒緊灞岸魂銷齊宮夢斷點入輕羅小景纖纖瘦影照病葉殘枝抱來難定寂寞躊人半蕪千里故園冷乘鸞秦女底處網蟲從偏了空認雙鬟蛻後仙衣妝餘寶鈿一例漂零誰省嗁雅露井只落葉聲中獨欬孤枕欲訴琴心暗塵埋廢軫

浪淘沙

歸燕已差參何處疎礎天涯蕉萃旅人心開到芙蓉無限好只是秋深　推枕起沈吟小簟輕衾楓根可奈薄寒侵又是一宵檐外雨到曉沈沈

金縷曲　席上贈阿許

燭暈華筵半怪琵琶抱來不正聲聲淒怨座上飛瓊傳姓字曾識舊家仙眷量十斛珍珠偸換過眼穠華昏似夢賸流鶯老去嘯秋苑垂玉筯淚痕滿　天涯有客停杯歎算人間古來多少桃笙團扇失路才人孤憤客一例青衫淪賤只哀樂中年難遣試琢新詞能譜否怕一聲裂帛鵾弦斷將進酒莫辭勸

桂枝香　中秋有感

姮娥不嫁問終古淒涼可記長夜未必青天碧海便無情者一年十二回圓闕恁今宵淚痕盈把那堪還又歌闌人散夢殘鐙灺　想妝閣夜香燒罷看珠斗闌干檐角低挂有日雲鬟霧鬢照伊清話人間小別何須恨恨沈沈青楓根下步虛聲斷霓裳曲破此生休也

疏影　燭淚

珠啼玉泣向畫筵深夜相對愁絕今世紅紅宿世蟲蟲生平最惜離

別風簾露席隨升降判滴滿爛銀荷葉算芳心未是灰時肯怕界殘紅煩　便與籠紗護取也應護不到將炧時節苦憶高樓網戶曈曨照見粉痕明滅羅襦低解聞薌澤有誰問堦前堆積只淒然擁髻人人愁涴石榴裙褶　譚獻云深思密藻漸近張周

小樓連苑　簾波用蘭郁韻

後堂前閣空明最深深處溶溶地龜紋半蹙駝鉤不上一絲風細月地雲搖苔階潮轉欲垂還起怪驕猧睡醒雛鬟行到都驚道花枝碎

隔著樓頭廊底幾曾隔紛香脂膩只是陳王通辭難託湘雲湘水便有時開見伊窣地畫裙斜曳總生憐俊眼將流流不出相思字

買陂塘　十二月五日三衢道中

怪吳船看來葉小載人愁重如許阻風聽水年年慣不似者番淒楚臨別語約消夏筵開定不過闌著歸期屢誤又二九時光一千里客

未半到家路　閒情賦更惹新來怨緒故鄉鶯燕相遇遠山不作怨
忽別肯作鏡中眉嫵話更苦怕病蕊嬌花難待春風主亂帆無數誰
倩有中閒鳥篷一扇兩地夢來去

夜合花　鐙花寄湘霞

善恨蟲孃含情蠻女多生半是啼痕相思一寸灰心又長情根玉釵
冷玉荷溫囑雛鬟掩上重門只愁無睡對伊絮語銷盡癡魂　江湖
孤冷誰親多謝一尊酒淥相伴溫存殷勤低祝並頭開出蘭蓀有何
事報伊聞道歸人已近家村不知今後照他擁髻幾箇黃昏

疏影　惺泉浮香樓圖余舊爲作序并詩今相見吳門正梅花
時欲歸未得復爲倚聲作此不知有慨於中也

生香活色記舊曾相約短櫂游歷認是西谿千樹梅花無人管領煙
月故家臺榭知何處有野鶴暫歸能說見當時二老風流閒倚畫闌

清絕　同向江湖流浪欲歸那便肯如此蹤跡江北江南銅井銅阬過了試花時節人生但有三間屋便無地種梅也得問何時深閉柴門穩臥故山風雪譚獻云亦本色語運思窈曲便不覺其易盡

瑣窗寒　寓齋窗閒見金絲花架一股知爲閨中物先是此閒彩雲曾駐凝想芳澤雜以遐思邀楊浣薌同作

花落辭枝珠空賸匣是誰留取粉褪香銷轉更殢人淒楚想當時曉涼妝罷小鬟纖手穿無數有紅絨替約素馨分配鏡臺斜覰　人去彩雲駐向花戸油窗拾來愁緒金絲幾縷也還勝同心釵股得知他又側著髻兒明珠翠羽游何處鎮無憀細撚閒吟背鐙深夜語

月華清　靈芬館前晚桂一株已蕊未華夕露晨飆傾佇良久念將遠遊恐不能待詞以催之

簾卷涼天葉明月地當時試花曾賦偃蹇淹留略與小山爲主數年

來幾度中秋已半付天涯羈旅容與待寒金粟綴嫩黃蜂注 爲底銀屏深悄費似水尖風似珠涼露寂寞姮娥愁損葉兒眉嫵想夜來碧海青天定見我舊叢延佇知否便能簪鬢髮鏡霜如許

買陂塘 富陽道中見烏桕新霜青紅相間山水映發帆檣洄沿斷岸野屋皆入圖繪竟日賞玩不足詞以寫之

繞清江一重一掩高低總入明鏡青要小試嬋娟手點得疏林妝靚紅不定襯初日明霞斜日餘霞映風帆煙艇儘閒拓窗櫺斜欹巾幅相對醉顏冷 桐江道兩度沿緣能認者回剛及霜訊蕭閒鷗侶風標鷺笑我鬢絲飄影風一陣怕落葉漫空埋却尋幽徑歸來重省有萬木號風千山積雪物候更淒緊

憶舊游 嚴瀨道中偕壽生同坐船頭倚聲歌此幾欲令四山皆響也

正風開帆葉雲擁山根又泝奔瀧合沓羣峯出似千屯驥馬高步臨江江水彎環碧玉流影去淙淙算如此江山舊曾相識者箇吳艭船窗喜同眺問畸士東京遺老南邦突兀高臺外臙紅衣一樹楓臥空腔晞髮披裘都往斜日下漁矼但極目寒烟滄波白鳥飛一雙

憶秦娥　秋海棠

秋如水露涼風細添顦顇添顦顇何曾得似那時濃睡　一番薄病扶初起爲伊立向空階裏空階裏亂蛩殘月冷淸淸地

臺城路　和蔚堂題楊白花詩意卷子韻

不勝淒黯江南夢濛濛慣隨春去水驛波寒山亭風緊身世有誰爲主迷離如許記曾向長隄那邊呼渡一帶絲楊瀰裙不是舊時路　紗窗才拓幾扇只捲簾人起初見飛度燕子關心伯勞偷眼尙有流鶯相訴東風辛苦問吹皺池塘送伊何所打槳蘋洲和儂漁蓬譜

齊天樂　眞州見杏花盛開

江南何處無烟雨先生者回歸未淮浦颿收楊州夢破墮入紅雲隊裏烏篷搖曳早樸樹灣頭一旗酒貰卅里夭桃愁春未醒尚濃睡　江湖載酒無端笑梅花開過猶自留滯今日重三明朝百五又見老烏銜紙樹猶如此鎖燕燕鶯鶯幾番身世賣到樓前曉妝人定起

瑤華慢　小金山梅花欲殘香雪猶浮動山水間

烟痕乍禁禊事初脩尚薄寒時節雙槳掠波巳喜得橋外水光先活香南雪北臍一片冷雲明滅想妙高臺最高寒未有玉人橫笛　獨款烏帽來尋認月觀風亭步步幽絕淸遊較晚早滿磴落英如積斜陽澹處又鈎起二分新月任隔牆梵放催歸未許翠禽啼歇

夢橫塘　艬艘浣衣女郎婉頳可念感而賦之

文魚銜尾綵鷁排頭移來一痕波輭小小窗櫺正雨過筠簾齊捲越

紵裁前吳棉坼後停鍼人倦趁洗頭盆好蘸碧挼藍猶憐取餘香染知伊住近橫塘有機中素織石上紗漸髻綰拋家便一任絮萍漂轉算直北風埃撲鬢只恐羅衣暗中換弄瞑天光舵樓晚飯想心情都嬾

高陽臺　病酒

似夢還醒將眠又起今朝直恁無聊未展屏山帳紋時動冰綃數聲啼鳥驚人覺已懨懨紅日花梢喚茶甌眼倦微搓舌強須澆　天涯沒箇閒消遣況故人重見儔侶都招雪白花紅那禁物色相撩元龍豪氣隨年減算而今衹讀離騷計行程私視江風莫阻歸橈

菩薩蠻　題雙紅豆圖

東風左手籤苗活南園紅豆春來發接葉更交枝一雙兩小時　長真高閣好閣裏人雖老記曲喚紅紅芳名也愛重

邁陂塘　題改七香少年聽雨圖

最銷魂蕭蕭暮雨吳娘舊曲曾聽畫船欋轉花兜外六扇窗紗紅近眠未肯任窣地香羅垂下流蘇等九枝燈檠照人影幢幢屏風曲曲容易卸妝竟　歡場好只倚少年豪横花前醉倒休醒星星一點來頭上便與歌樓無分君也省要招此無家同住清涼境香鐙清磬儘蝙蝠拂簾芭蕉繞屋欹枕睡來穩（時有破山寺結夏之約）

滿庭芳　題呂卿香蘅館圖

蘿帶飄煙荔裳褰雨高館儘好吟秋楚詞課罷容易碎牢愁是處疏簾不捲邊瀟湘一片雲浮閒行徧芷畦蕙圃隨意小勾留　前修思屈宋美人香草寄託深幽便微詞多有也足風流好在桐花萬里肯同他顦顇江頭只憐我王孫游倦歸思滿芳洲

水龍吟　題曼生石門聽瀑圖

青天何處龍吟濛濛吹出漫空雪松濤萬壑冰絲千縷琴心三疊洞口雲荒山中鶴老何來此客想謝公去後石門深鎖留好景與誰說海上歸來時節儘雍容閒尋風月簫笳聲斷箏琶耳洗一時清絕木葉羣飛四山皆響蒼然寒色認跳珠濺玉銀河垂處有仙人謫

聲聲慢　和慈仲坐雨之作

蓬蓬尙遠淅淅將闌懵騰不辨朝昏汝南雞好虧他猶鬥蕭晨硯池一泓殘墨爲昨宵留住愁痕還題句要裁雲剪月逗一分春　差喜歸來相對正鐙花粲粲杯竹傳根才卸征衫又煩洗却征塵微吟淺醉休輕視勝他時遠道懷人判醉也便取次書徧練裙

買陂塘　稼庭以藕香來歸繪圖紀事余題種藕成蓮四字於首頁幷系以詞

買陂塘玻瓈十頃請看綠淨難唾東西南北皆蓮葉除是江南才可

開一朶認妙法華髮不受青泥浣移根帖妥儘曲檻低凭畫欄閒倚
月曉未愁墮　臺城路聞說莫愁曾過沈吟佳約能果鶯猜鷗妒更
番事直得銷魂眞箇浮一舸也勝似秦淮漆板紅船播修眉休鎖笑
栲栳波迴鴛鴦夢穩雙調唱還和

賣花聲　題李子木烟泉蘿壁看子

青玉削嵯峨秋影羅羅坐來寒翠濕衣多領取風泉歸一壑彈入雲
和　卜築傍岩阿老子婆娑郎君撰杖待行窩肯信有人空谷裏日
暮牽蘿

如此江山　西齋七十二賢峰草堂圖用琴隝韻

十年踢徧西湖路西溪獨遲搜討晚港尋烟秋華䃂雪可許蘆中人
到山阿窈窕似羅列成行曲眉齊掃者箇茆堂分明指點出林表
余懷天際渺渺風塵都倦矣陳跡還蹈兩鬢先絲一椽未卜慚媿白

鷗吾導眼中了了只東野詩工有山難抱遂譜蘋洲聽歌應絕倒

笠澤詞徵卷十二　　完

卷十三　邑後學　陳去病輯錄

清

趙函字艮甫號菊髯自號香嚴居士震澤諸生有飛鴻閣琴意二卷黄燮清曰艮甫與曹艮甫同以詞鳴江南一時有平艮仄艮之稱　去病案艮甫浪游南北得名頗早六合汪紫珊刊七家詞即集艮甫紫珊與袁湘湄蘭邨劉芙初楊伯夔顧兼塘作也六家皆已成獨艮甫以未深研律呂堅執不許而罷迨三十年始自定其稿得九十闋刊爲二卷蓋亦雅自矜重者已

長亭怨慢　秋柳

又微雨漢南吹暝蹴地蕭蕭不堪攀贈繫馬遊蹤等閒金埒向誰問舊時門逕梳一桁西風緊照水有長條替畫出蕭娘秋影　重認恁絲絲織就三十六灣離恨那人何在儘消受月荒煙冷便如今再到章臺惜零露凋伊青鬢只滿耳寒蟬猶說當年姿韻

洞仙歌

芙蓉一舸載可人江上隱向煙波打雙槳但攜將家具賃取樓居閒檢校卻月橫雲眉樣　淸宵看攤髻鈿尺親量製就紅羅合歡帳隔院炙銀笙一片宮商有多少玉淸惆悵趁燈火橫塘未闌時要問訊梅花尋春來往

曲遊春　閏花朝同孫平叔秦秋南賦

春事平分後遞靈辰兩度春色猶淺萬點芳情在枝頭搖曳被風吹散羯鼓催須緩休輕惹綠愁紅怨更繫春費盡宮絨重試瑣窗金翦晼晚好春過半要惜取春歸先把春屐蝶陣飛來向花陰再覓舊時紈扇莫使流光換又風雨一番悽斷遲了水上湔裙春遊欲倦每遇百花生日日未曾悽斷似今朝韓偓句

聲聲慢　夜櫂胥江有懷茗卿

艕枝戛水霜氣激空孤遊飛逐寒月路入楓橋萬點昏雅接翼鐘聲飄來百八帶離愁荒波嗚咽但耿耿抱淸影坐對一鐙搖兀　簾底昨宵惜別新來病零落也同黃葉悔不攜將同上木蘭雙楫占取石湖佳處理煙蓑天鏡空闊待後會把此情窗下絮說

江城梅花引　怡珊姊屬題小樓聽雨畫卷

深簾惻惻弄春寒醉無端醒無端怪煞江南情味不曾諳屋角鵓鳩啼乍歇有輕燕啄香泥上畫闌　畫闌畫闌環復環惜花殘問花殘問也問也問若箇紅淚偸彈化作燕支匀染薛濤牋寫出送春詞一幅又送別綠波亭楊柳灣

解連環　芙蓉湖上水嬉書所見

畫橋春暝送絲絲雨點綠波千頃正水嬉鷗躍魚飛訝綽約雙鬟桂橈移近杏子單衫旋換了夾羅玉瑩恁閒遊閒玩拾翠芳蹤被人偸

認　當年下簾鬬茗有天然秀靨一般嬌俊便算是桃葉重逢也難問清歌石城離恨隔舫燈明許半晌水窗同凭奈人間不駐飛瓊鏡花弄影

玉漏遲　綠肥書屋有贈

碧天風浩渺芙蓉出水佩環聲緩道罷勝常猶記隔年曾見一笑輕拈羅帶是梔子同心親綰憐弱腕漫磨濃墨乞書團扇　又攜手上扁舟泛幾折清谿四更秋點柳意深深欲別復來縈絆露冷沾伊雙鬢儘末麗花開如霰鸞鏡畔依然楚雲飛散

高陽臺　題汪湘屏西湖尋夢圖曩歲湘屏曾挈其婦汎舟西湖得句云此生願向西湖死化作鴛鴦一處飛無何遂抱騎省之戚湘屏之繪是圖蓋傷逝之情溢於楮墨矣

柳蛻春鬟波消曉靨斷腸人去西泠前度孤山又添三尺花銘鴛鴦

有恨知難化鎭徘徊斜日幽汀悵人間玉怨珠啼吹雨蓉城　雙隄畫槳同携手記浮香水暖拾翠沙明驚燕閒愁無端飛上瑤京鮑家詩句纏緜唱惹秋墳碧草叢生膩荒烟亂撲青衫暝對南屏

齊天樂　瑤想閣贈寶霞

臨流自捲眞珠箔嬋娟乍窺秋鏡秀靨消紅輕螺掃黛瘦了一分春影晨妝甫竟被催上歌筵錄腰紘緊驀地愁來畫樓歸去雨絲冷青溪留得金粉蓼花疎斷處曲欄同凭誤却星期邀來月夕還是沈吟不定休嫌薄倖倘一舸携將玉簫應肯露下秦淮夜涼香又燼

殢人嬌

月皎深簾燈昏別院容易教一番相見桃鬟翠薄梨渦紅淺渾不是當時靚妝華豔　瑞腦將殘羅襦未換閒抛却蕤紋珍簟傷春心事經秋望眼要數到銅壺夢中聲斷

婆羅門引

瑤清小別木蘭櫂發太悤悤背燈無限惺忪不許驪駒早唱重入小房櫳又垂簾泥飲坐到霜濃　山重水重復飄夢桂堂東欲認舊時羅帕淚點銷紅花陰微步待親折階下木芙蓉拚憔悴倚偏西風

高陽臺　玉華樓對雨與蒹塘各賦一解

與鶴爲隣招雲共宿閒蹤容易勾留手摘蘋絲單衣弄影中洲西泠柳色無人憶有疎蟬吟過殘秋繞雙隄櫂入荒寒不似前遊　湖干雨洗青鬟露任鴻飛天遠客去亭幽賸碧殘金那堪重問沙鷗一杯冷澹餘杭酒認衫痕都化清愁悵宵深隔水鐘飄夢覺斜樓

壺中天慢　淳安縣環山爲城余所居小方壺爲最高處夜聞新安江聲不能成寐攬衣翦燭賦此

人愁春去又爭知春亦催人如水客裏駸駸空好序寒食清明上巳

雉浦流雲魚峯閣雨冷落同秋寺飛花一陣送他多少紅紫　遐想
碧玉樓頭緘情訴恨定有雙魚寄莫是潮來無準候阻住江船沙尾
百尺高灘數聲啼鴂攪得離懷醉新安天上夢隨明月千里

南浦　青溪送曹春臺遊燕

簾外有啼鶯向芳叢欵欵把春留住芰尾一尊開花前客都是天涯
倦旅灘聲正苦那堪重賦江淹句芳草如雲雲更遠黯淡越溪溪路
連宵山館閒眠送君行也擬挂颿歸去欲去又還休江南夢常繞
叢蘆細雨離情萬縷眼中怕見青青樹行矣扁舟風色緊莫待綠波
飛絮

念奴嬌　夜泊邗江有懷甲子舊遊寄華惇園

紅橋春霽記浮香點綴半林殘雪料峭東風扶翠袖人與瓊花雙絕
碎玉鳴箏眞珠結佩荏苒花間別樊川俊賞十年心事難說　試問

隔水房櫳連坡竹樹底處尋消息一角蕪城凝望久冷落鷗邊秋笛脆葉驚飛荒鴉過盡賸有空江月月高無寐繞船寒浪歕咆

唐多令　白下贈蘇小卿

蛾影曲池東青楊一巷風認伊家油壁曾逢側檻秋花和淚種渾不減去年紅　小院小簾櫳閒眠細雨中恁新來酒病惺忪便不梳頭偏嫵媚鎖攜手聽初鴻

甘州　盧龍立秋日賦

聽邊風蕭槭墜庭梧彈指發商聲正悲秋人在令支故壘孤竹荒城射虎已成陳跡繞塞亂山青十載蹉跎意心與秋并　草色離離原上似鏡中華髮漸次零星任帶圍瘦減劍氣拂雲平待幾時倩他賓雁擘苔牋寄慰曝衣人憑渠說關河蒼茫斜日呼鷹

醉蓬萊　春明倦游南歸有日友人爲言管社山莊之勝殷殷

勸我卜鄰坡公所謂此心飄然已在太行之麓矣

過射湖西去積翠山阿是誰深隱玉展陂塘有潾鱗窺鏡怪石輪囷長松礌砢寂歷無人境此景難忘此遊須果山靈應肯　買斷林巒需錢幾萬抱我秋琴冷眠秋磴鷗若閒時來伴漁竿影屋似瀼西田如陽羨衣食粗相稱異日逢君閉門微雨夜厭厭飲

國香慢　題清微道人空山聽雨圖

閣住秋陰鎖翠屏幾疊窈窕雲心烟蘿乍霽冷雨潤逼瑤琴欲訪飛仙何處但天風吹佩泠泠重簾不須卷玉峽流泉無此蕭森　半空清梵記魚山入夢一穗燈青竹窗淅瀝相對又到而今自滌紅絲小研寫湘花滑墨疎馨芳華怕顦顇蓮漏如年也覺聲沈

曲遊春　將爲稽山鏡水之游鍾士奇餞別清尋閣閣畔海棠一株相對離筵益增悽眷

曲折梅邊屋鎖一簾春寂幽事堪紛鳥喚提壺有晴雲入盌暖風吹蕙玉立青衣婢算見慣不須回避任夜深翦燭藏鈎醉了又教重醉此際勾留無計惜雙燕分飛單舸難繫綽約紅妝灑燕支萬點替人吹淚月色沈瑤砌轉忘却別離情味更看閣外嬌花知他睡未

臺城路　西泠旅夜夢亡姬鮑李徽同游泠泉亭上譚笑若平生既覺則山月同然不復成寐悲從中來篝鐙紀此

玉京杳絕人間路傷心鴆書難寄綠綺秋薶青荷曉破漫許韋郎再世雲沈水逝悵蕊佩伶仃九天風細寂寞餘香一襟幽恨向誰理西泠乍來夢裏斷魂飛度處携手蕭寺伴我孤遊邀卿小坐寒月相隨千里休彈別淚恐後夜重逢越添顦顇鐙影涼移似聞黃葉墜

湘春夜月　月夜循孤山至蘇隄坐段橋上湖山曠寂清霜點空俯仰悲懷忽下唐衢之淚

喚冰魂瘦笻扶月孤行踏碎滿地霜華依舊過西泠不恨玉簫輕折恨段家橋畔不是蓉城記昨宵短夢風裳水佩直恁玲瓏　悲吟倚柱層波黯淡山氣環青候雁來時應倩問夜臺蹤跡何處飄零三生石在漫先教拚却今生但迤邐繞雙隄濕透芒鞋隱約鐘動南屏

法曲獻仙音　周香初雙雪脩桐畫幀

蟬咽涼柯蛩吟秋井落葉更無人掃露染空青月遮孤白冷然一磬花杪正手掐烏絲譜陽春倚琴調　古音嫋問周郎幾番回顧較擫笛蘆洲似添清峭便付與雙環只可惜徵歌人老莫唱清商被階下黃花暗惱抱枯桐自語又惹鴉啼霜曉

解連環　錢香陬蘐雲間女郎崔芸遺影於團扇扇即崔物也

屬題其背

可人如月奈瑤臺欲下未圓先缺歎幾許風絮因緣便久繫枝頭也

應愁絶三泖春空奈鏡裏韶華輕別數流年逝水錦瑟沈沈更無消息　花陰但聞啼鴂想魂返華陽洞天淸閟掩寶扇眞箇乘鸞任蛛網塵封粉消紈裂細認崔徽只約略當時嬌靨待秋墳一樽私酹野棠自泣

綺羅香　題馬棣原倚雲亭塡詞圖和楊芸士韻

豔雪晨融紅冰夜聚徵度瑣窻花氣晝漏闌干都是別離情味把芳思儘付淸謳但疎影不堪重倚任枝頭賸馥零脂被風吹墮一池水輕烟滯粉消歇尚有歌樓十四暗傾鉛淚羽換宮移紅豆舊情難記便泥人嬌靨如花只贏得十分沈醉待春波攜取瓊簫碧天呼月起

長亭怨慢　試燈日薄遊邗上與芙鄉言別彈指春將半矣

訴離恨朔瀾暮汐一鏡停空萬花無色記取春燈那回攜手繡簾隙

翠眉低語難管束閒蹤跡後夜月兒圓奈人去如何圓得　波急向蕪城西去黯惹柳絲如織玉人夢裏有羅帕爲春啼濕縱滅了別後芳姿定不減當時相憶看點點殘梅暖雨吹過江北

齊天樂　汪珊漁以新刊成容若全詞見寄並見懷齊天樂一解即和來韻答之

遙天盼斷征鴻影婁江尺書纔到雪屋爐紅梅窻夢白可似年時懷抱吟邊懊惱是阻我淸遊剡溪孤櫂試理湘絃要知絃外賞音少殘芸幾番檢點納蘭令再世編就叢稿寶瑟生塵雕弧倚月我亦淒涼同調花飛絮攪歎側帽風前玉簫聲杳一闋秋燕九峯青未了惠山貫華閣爲容若南來時與梁汾蓀友躋吟眺處

甘州　錢塘王蘅穀張松溪同舟往來江淮間倡酬甚樂繪篷窗燭景圖屬題時松溪自爰浦還杭余與士美亦先後有西

泠之行

對江天旅思鎖無聊同倚木蘭橈趁蘆碕風起荻灣月上冷和瓊簫一夢秋衾未醒小別咽寒潮抱影烏篷底蠻炬重燒　我亦江淮流浪慣鷗邊聽雨曲裏聞濤只幾番載酒短鬢惹霜毛恨春歸數聲過鴂要尋來新綠段家橋依然到冷泉佳處挂取詩瓢

洞仙歌

洞天春曉聽步虛聲裏玉澗冷然奏流水到厤崖路轉曲磴松迴塵世外別有樓臺空翠　樓中人窈窕素髻青蛾往日虛投漢皋佩若道不多情小別移時又頻問閒遊何在待閬苑音書鶴迢迢便孏上琴絃暗彈清淚

卜算子慢　雨汎石湖用張子野韵

平波掠燕雜樹藏鶯雨織水天將晚鏡閣春空幾箇冷鷗船尾迴盼

恨垂楊久注青青眼奈化作飛花又化浮萍撩亂吹散　綠鳳桐華館算幾日分擕便同天遠莫道閒游雙槳載愁常滿聽寂寞行春橋畔簫聲斷自白石老仙去後幷小紅不見

馮　珍字子耕一字玉如號秋穀監生候選按察司照磨有尊古齋集樊桐山館琴趣

滿江紅　春曉

昨夜梨雲驚卷得東風劃地早又是殘花飛盡陰陰新翠細雨一庭微有露曉寒幾陣涼於水卷珠簾風柳一絲絲飄來細　磨不盡年時意消不去愁中味只零星舊夢記還重記蘭燼燒殘銀鴨冷流鶯啼破文窗閉早朦朧聽徧賣花聲春人起

摸魚子　寄戴受茲

落殘紅一庭春瘦綺牕清露涼逼憮憮酒病人初醒徧數舊曾相識

愁欲絶算清迴南樓一棹刬浮隔闌干徧拍正蕉葉敲牕花枝掠檻雲影半簾活　朦朧處幾點吳山難覓一種烟霧濃碧去年曾記深宵語也算雪泥鴻跡燈更剔只似夢如塵此際難重憶胥江今夕有幾折涼波一痕風縠分付亂愁織

甘州　題花間尋夢圖

颺繡簾草色太凄凄庭院隔花幽是同遊春處聲聲記墮裙影曾留今夕重尋舊夢闌角不勝秋檢點蠻箋在小字蠅頭　細認踏紅蹤跡聽一聲杜宇啼過妝樓剩當時涼月依舊照簾鉤且收拾殘脂零粉即說與花聽也替愁更惆悵棠梨如雪此意悠悠

陳　燮字叔理號秋史候補刑部司獄有寒碧軒集

清平樂　芸圃姪屬題花間尋夢圖

月斜風冷獨自穿花徑一角闌干橫樹影莫是夜深人凭　依然一

架薔薇香紅淡白都非借問新來蛺蝶壞裙幾幅能飛

菩薩蠻

相逢未覺殷勤甚醉來潛替深杯飲暗記可能諧同心頭上釵　生憎簾外雨抵死催人去去後不成眠燈花紅可憐

陳子諒字易齋爕從弟

蝶戀花　爲芸圃姪題花間尋夢圖

孤負韶光知幾許惆悵東風又是春將暮圓月一輪花外度依稀似記曾遊路　惹得離愁紛若絮腸斷春宵夢也將愁去只是夢還無覓處對花欲問花無語

陳佐猷初名佐堯字又吾號攬洲爕兄子諸生有枝仁山館遺稿

拂霓裳　爲芸圃三弟題花間尋夢圖

月溶溶梨雲黯澹鎖簾櫳憔悴甚潘郎無語對東風三春心事懶一

縷夢魂通睡朦朧憶隔花瞥見舊時容　雪泥鴻爪轉眼仍是空空
愁不盡者番難得又相逢衣香經雨散匣鏡半塵封悵離蹤這相思
一刻萬千重

陳　對字鏡墀號二白佐猷弟廩生有桐竹齋草

剔銀燈　爲芸圃三弟題花間尋夢圖

潘鬢經年憔悴好夢零星堪記依約花前分明燈下訴盡別離滋味
霎時驚起惱恨殺疏鐘古寺　正是三更天氣但見月痕滿地愁緒
如絲懽情似水說與花神一二夜深花睡恐不管人間閒事

陳三陛字翊辰號補堂佐猷弟候選府經歷有評月樓遺稿

蝶戀花　題芸圃三兄花間尋夢圖

一霎香魂何處去覓遍花間惝恍渾無據檢點殘詩縈別緒回看明
月仍如故　惆悵落花春又暮簾捲東風望斷天涯路花下相逢能

幾度可憐空挽同心縷

陳蕊元字芸圃一字子曼燮從子

瑤花　自題花間尋夢圖 幷叙

春宵岑寂抛卷孤眠恍惚有人導入花叢見夢蘭內子輕妝小立彼此泫然問予近日作何狀且云死生有命莫過情傷出袖中二絕句相贈讀甫畢會侍婢驚覺淡月臨窗一鐙如豆非復夢中光景也所贈詩惜僅記勸君莫悵春歸去一架薔薇尚耐看之句於戲花間尋跡形影都無月下招魂啼痕難認欲寫癡情爰倩丹青妙手藉慰愁緒希投珠玉佳篇時癸亥上巳後也圖成調寄瑤花一闋

碧天如洗露溼花梢疑是廉纖雨畫簾繡幙齊捲起引出東風情緒埋香黃土縱萬紫千紅誰主倚闌干認徧啼痕腸斷聲聲杜宇　者

番庭院淒涼問壓架薔薇開向何處心頭歷歷擬化作蛺蝶翩翩飛舞殘詩重讀猶記得殷勤絮語想嫦娥替我銷魂故把一輪月吐

陳山壽 初名峙 字如南一字子玉燮長子有衆香盦詞稿

菩薩蠻 題芸圃三兄花間尋夢圖

吟聲隱隱穿花去分明只在花深處斜月照闌干粉墻人影寒 枝搖風不定飄若驚鴻影眼見玉成烟看春春可憐

菩薩蠻

吳綾一幅秋如水索郎畫取鴛鴦睡翠蓋要深藏遮他小夢長 紅絨衣上濺偏髻拖殘線無語又停針日長思殺人

清平樂 畫白荷花贈誦芬女僧

風斜雨細先做秋來意一隻鷺絲飛不起天水冥冥無際 蓼花的的新妝菱花點點芳塘要問菂甘薏苦蓮臺稽首空王

瑣窗寒　簾波

細織千絲低垂一桁小樓深處微風乍起吹皺縠紋縷縷還春光微茫可憐疊影圓痕能描否似盈盈一水飛花飛絮濺來無數　流去閒庭宇正月影中央冥濛隔住是誰剪出半幅吳淞如許聽聲聲迎風佩珊隱約淩波見微步瀉苔階一片空明不管吟蟲苦

掃花遊　苔縫

愔愔成片正繡徧庭心地衣凝翠沿堦沒砌乍鬖毿未滿一絲猶細吹陣尖風剪破春痕有幾涼無次認亂髮乍梳分半挑起　三寸羅襪底只鳳鞵鞵尖也應迴避行行且止怕忽忽踏損草芽花子細界條條直似烏絲闌紙秋來矣老吟蛩此中身世

水龍吟　重午坐雨寄懷頻伽先生西湖

歎離弔夢無聊何人能會沈湘意屐聲門巷簷聲簾戶最添愁思芳

草萋萋長天黯黯慣驚游子間西湖今日淒涼孤館誰同伴誰同醉舊侶高陽散矣歎飢驅漂零千里功名老大江闊蕭瑟一般風味湘湄舅氏客金陵爲生姑夫宦遊西江鷗鳥前盟雞豚後約而今寒未想新詞賦罷銅琵高唱吐英雄氣

陳山甫初名峻字穆如一字子仲號少眉夔次子候選從九品有眞意齋稿

憶蘿月　題芸圃三兒花間尋夢圖

花飛如雪小院吟聲絕堦下屐痕尋不得剛又薄雲籠月　記得人在高樓忍寒同倚簾鈎一種綠陰如水那時未是春愁

陳益壽字子仙

憶蘿月　題花間尋夢圖

深深庭院人立闌干畔舊夢難尋愁轉展花影一庭鋪滿　香魂飄

渺隨風隔花寒月玲瓏莫上舊時妝閣鏡奩經歲塵封

倪僴在字㖸亭

意難忘　題花間尋夢圖

夜色微茫怪梨雲一片遮斷銀墻綠窗寒漸透紅豆恨偏長瞻遺掛覓餘香誰共說凄凉想從前它生有約此願須償　朦朧引入花場奈侍兒驚醒依舊空床問花愁不語對月淡無光尋舊夢意徬徨獨立過昏黄好相期明宵漏下重叙衷腸

吳承錫字蓉齋

鳳臺凰上憶吹簫　題花間尋夢圖

花炧燈檠月移牕罅夢魂何處句留是鳳臺人杳重到秦樓依約眉痕慘淡描不盡萬斛閒愁闌干曲徹吟絮語並控簾鈎　悠悠者番夢醒依舊向妝臺欲說無由秪衍波箋上詩句堪搜無那離情縈繞

剩一半難上心頭知何日翩翩化蝶說與莊周

柳棄疾磨劍室隨筆花間尋夢圖殘冊十餘幅爲里人陳芸闇蕊元悼其婦李嬛而作今已遺佚祇存題詞若干闋恐亦非全璧矣余考徐達源梨里志列女傳載李嬛字子姍附貢生大有女少穎悟通韻語適中表陳蕊元僅四載卒年二十五蕊元輯其詩得成篇者六首曰夢闌遺詩禊湖詩拾選其所作兩首遲芸闡不至云最好清宵景闌干倚遍時腰因春去減人共月來遲花落三更夢燈殘一局棋東風猶料峭坐久力難支偶成云簾纖細雨不成絲一歲光陰去若馳庭有落花催婢拾詩無好句怕人知秋緣病久驚偏早眉爲愁多畫轉遲且聽簾前雙燕語呢喃也不比來時前一首亦見陸日愛松陵詩徵續編

笠澤詞徵卷十三

完

笠澤詞徵　百尺樓叢書

卷十四

邑後學　陳去病輯錄

清

鄭璜字元吉號瘦山嘉慶庚午舉人候補訓導有海紅華館詞鈔

自序余稍知詞語即好爲詞宋人中尤喜玉田白石兩家然有志未逮也舊有解珮詞一帙頻伽丈曾加點定前年亦燬于火收拾餘燼附以近作共得二卷一曰吳籠桐音一曰鱸鄉漁唱中年哀樂人事多舛老病侵尋筆墨日頹宿好在是時復犯綺語之戒從此焚香掃地以終餘年雖不作可也道光十五年閏六月種墨庵主人書

百字令　題陳丈秋史寒碧軒圖和竹垞翁韻

梨湖卅里記浮家泛宅三年漂泊賴有元龍樓百尺肯讓萬公樓託鳥喚提壺園開劚筍無此江鄉樂狂歌未了夕陽紅下籬落　曾見萬綠陰中香茆縛屋斷手勞斟酌不許催租人到此一任燕穿簾幙史詠袁安湘湄師易譚郭象頻伽丈屢過閒林壑笑尋詩去瘦筇時繞亭

角丈有亭角尋詩圖

金縷曲　題郭頻伽丈靈蜨冊子

變幻能如此。問誰來、書巢藝苑，箇中游戲。五色麻姑裙衩上，試問芸香熏未。且小屐、春風雙翅。慢笑景純非磊落，郤恩恩、未注蟲魚字。小爾雅，合添記。　書生結習蠅鑽紙。最淒涼、小窗開卷，流螢乾死。太息滕王描寫後，孰話羽陵舊事。算蒼狗、浮雲聊爾。脈望成仙元未必，只蘧蘧、略會蒙莊意。眞與假，費摩揣。

買陂塘　題嚴子容花底填詞圖

又東風、一番妍暖，濛濛絮影如許。衣裳慘綠人年少，況更登高能賦。花落去。早紅雨迷離，添了閒情緒。子容所著爲絮影樓詞，嘗賦浣溪沙云：落花別是一般紅，爲頻伽先生激賞。攤箋無語。算大白狂浮，小紅低唱，都付短長句。　蘋洲外，我亦曾修笛譜。換來兩鬢霜縷。酒旗歌扇銷魂地，只覺回頭多誤。且小住。

笑歲歲年年載酒江湖路倡予和汝恐側帽人歸故鄉春老寒到舊盟鷗

齊天樂　荻莊觀桃花用蘅夢詞荻莊秋荷韵

兩三竹外春猶嫩略作去聲幾分晴意着袂香新隔簾笑淺恰似個人妝洗東南風起恐紅雨濛濛滴成紅淚影亦堪憐湔裙綠縐一池水　多情司馬當日載舫船一棹碧玉雙鬟黃土凄涼青衫漂泊何況斜陽人世銷魂此際奈小杜遲來畫廊孤倚算只花枝見問吟薄醉往時嚴歷亭司馬屢招同湘湄鐵門頻伽諸老輩宴集于此詩版猶存

水龍吟　西風作寒池上芙蓉一枝已半落矣詞以憐之

舊時臺榭依然沈吟又到闌干地一分夕照二分淺水三分寒意照鏡顏低生塵襪瘦恁般顦顇算者番來也不如不見但惹得新愁起　滿眼枯荷折葦問徐熙丹青能未鴛鴦夢斷蘆花頭白荒荒烟水

影事重尋徵波難託可憐如此最相思池上人家一角小門深閉

鳳皇臺上憶吹簫　題姚棲霞女士翦愁吟

紫玉無年蘭香未嫁吟牋讀罷無聊想一燈偎影和淚輕挑自分新愁難翦借柔毫細把愁描傷心處慵拈梅子怕聽芭蕉　難招芳魂縹渺但埋玉深深草沒裙腰歎優曇命短不待花朝臘有零星斷句蠶眠字雪琢冰雕誰同調疏香閣中一樣垂髫疏香閣吾鄉葉小鸞集名小鸞沒時年亦

十七

無錫丁紹儀聽秋聲館詞話女士姚栖霞吳江人幼慧工詩時出新意年十七卒其父瘦吟岱取其燕翦翦愁愁不斷翩衡愁入小窗來句名所著爲翦愁吟越百年郭頻伽鄭瘦山諸君爲之刊行各倚鳳皇臺上憶吹簫闋賦詞悼之其詩遂顯袁樸村景輅松陵詩徵言其塡詞亦秀雅可誦並附牡丹滿庭芳斷句云但恐荼蘼開後風懷減誰共芳尊添愁恨紅妝淚洒無語暗消魂惜未錄全闋瘦吟亦工詩家極貧以筆耕餬口餖館于外清明有感一絕尤佳詩云林香漠漠艸萋萋水自東流日自西最是銷魂寒食節一庭花雨燕雙栖去病案詩徵所載斷句尚有問人閑富貴誰復如君九字又風懷減作風流褪與此徵異

綠意　西湖春日步至南屏尋黛鶩冢不得

模糊香土認斷腸一碧芳草春路埋玉深深抱玉沈沈柔魂知在何處憑誰喚醒楓根睡有蕭寺屖屖鐘語願祝他連理枝頭莫做妬花風雨　正是清明寒食紙灰斜照裏飄落無數松下同心橋下雙投癡絕古今兒女情生情死情何極又淚灑蹋青伴侶最悶人獨自歸來徐向馬塍西去何兆福高大姑俱西馬塍人

高陽臺　露筋祠

白鳥聲中白蓮香裏好風吹送秦郵一角靈旗叢祠燈火幽幽東廊欲認殘碑字早苔花蝕盡銀鉤可憐秋照水絲楊滿鏡眉愁　舒舒十里淮流記逐迎神簫鼓畫舫同遊留恨人間不將姓氏輕留小姑合向青溪住笑雙行癡女騃牛拜低頭約伴燒香見也應羞

前調　題李清照故宅漱玉井

碧甃生寒，銀瓶沈響，費人多少徘徊。燕子斜陽，難尋舊日樓臺。沈吟漱玉詞中句，想時時、立損蒼苔。正歸來、萬卷堂中，茶覆深杯。　而今重問前朝事，歎捲簾人去，小劫飛灰。剩水無波，見誰玉虎牽回。憑欄怕向清流照，照飄零、絲鬢先催。動愁懷、一片西風，黃菊還開。

金縷曲　桃花塢過六如居士故居有懷其人爰賦此解

落日閒吟弔，正無聊、闤闠城外，春風倚櫂。茆屋數間而已矣，著個狂生尤好。奈天與、江湖潦倒。第一風流三生案，牘叢殘、粉本零星稿。人去也，世爭寶。　旅羇容易梧枝老。念當時、蹋歌跳月，淋漓酣叫。待詔才名京兆筆，更有張郎年少。算身後、是非誰曉。聽說因緣琵琶女，只桃花、牆角如含笑。又綠偏，墓門草。

祝英臺近

鳳釵欹，蛾黛鎖，小病甚時可。手撥熏鑪，留得一星火。尋常丁字簾前

丁香花底只少箇丁孃同坐　最無那輸他雪色貍奴長傍繡墩臥有限春光獨自悶中過思量問訊紅襟替將消息說今日東風還大

疏影　鐙暈

雙枝一穗正團成夜色銅盤紅膩欲斷飜連乍缺還圓墮燼星星飛碎無端幻出迷離影似天際美人虹媚結愁圍疊疊重重中有玉蟲流淚　便把蘭煤手翦更爐香濃繞綰成心字暈碧裁紅轉綠迴黃只是殢人殘醉薄倩粉臉光明滅愛書裏耳珠添綴記脊闌同坐簾櫳一陣落花風遞

摸魚兒　自題鱸鄉秋色圖

歎生綃曾逃刦火秋風斜日如昔三高祠宇相鄰近誰更浮家汎宅花四壁好著個圓盦坐對烟波白分鷗一席正出水魚肥經霜蟹大楓葉夜來赤　江鄉景笑我年年拋擲舊游轉眼難覓垂虹亭下吹

簫處老卻江南詞客歸不得展畫裏青山相見多慚色光陰可惜問何日何時此中漁隱長與世情隔

高陽臺　九日同趙竹菴俞少甫朱條生登黑窑廠遠眺落木天涯頗饒鄉思

日澹花黃風高雁白儘成兩鬢星霜老去尋秋能消幾個重陽眼前大有登臨地恨遮來疏柳行行太微茫幾點寒雅一片宮牆　詞人當日行吟處有漁洋一老詩酒相羊銷歇風流更容我輩清狂支硎雪瀑楞伽塔記歸時簫管橫塘忽停觴絕好西山不是江鄉

滿江紅　題嚴澹生西域從軍圖

王粲從軍羨恰是終軍年紀數斥堠玉關西去萬三千里太古未消蔥嶺雪尋源直度昆侖水問飛而食肉者何人元如此　受降書羊皮紙草軍書烏皮几每沈沈深夜獨橫戈起駿粟早聞都尉號策勳

兼仗毛錐子况澆胸正有酒如泉葡萄紫

齊天樂　題嚴比玉宜園詞隱圖即送其入都

梧桐鄉裏詞人住湖山坐領逋峭春水干卿微雲誇壻難得少年才調柳陰把釣纖故態狂奴漁家堪傲買斷陂塘徵吟定側夕陽帽黃河送君遠上旗亭看畫壁雙擘娟妙司馬頭銜聞雞豪氣况半讀書袁豹開圖一笑笑減字偷聲卅年同好載酒江湖鬢霜容易老

月華清　題廖裴舟菖湖草堂圖

簪滑尊絲盤堆菱角五茸曾記停櫂如此園林但覺四時都好供詩人點筆闌干是一幅天然畫稿清峭數遙山九點黛痕新掃　底事頻年遠道負舊種梅花閒盟鷗鳥簾影窗光夜夜夢魂飛繞指平湖歷亂風帆有天際歸舟多少須早恐穿將望眼倚闌人老

摸魚兒　題王竹嶼黃河歸櫂圖

障狂瀾全憑隻手長河千里如鏡路從八激灘頭過水暖桃花春信乘畫艇聽搖艣船娘唱到風波定蓬窗小凭看餵入頳鱗醉邀紅友今夜夢魂穩　歸去好渾似折腰陶令未荒松菊三徑太行黛色遥相送不及六朝山影帆力正指一髮青中漸覺家鄉近烟波重認見兩板柴門半江蘆荻早有白鷗等

念奴嬌　龔子得方鏡於山陰古墓中墓甎有天康年字蓋南朝物也首賦此解余亦繼聲

西陵紅鬼問伊誰竊殉墓磚空認入手寒芒紛四射照盡曉妝春影眉憖螺丸鬢雙蟬翼多少菱花恨六朝如夢六朝猶剩金粉　當日衣捲秦宿鸞迴漢殿舊事堪重省魏晉齊梁斜照裏一例胭脂秋井埋玉千年摸金一昔難喚香魂醒摩挲試想髻圓何似苔暈

滿江紅　題吳漢槎故人塞外赤牘

幾幅蠻箋認細字半經磨滅蝕不盡模糊一片塞沙邊雪心事遠憑
蒼雁足悲歌痛飲黃虀血想平安手札故鄉來燈花結　供涕淚班
侯筆同臥起蘇卿節歎今人管鮑寄書輕絕題壁倩孃魂夢斷歸吳
季子關門入展風前彷彿聽秋笳聲嗚咽

西子妝　春盡日泛舟湖上

乳燕啼晴流鶯破夢十百畫船都到碧雲如畫湖如鏡納羣峯黛眉
新掃萬花含笑恰相映箇人娟妙覷東風護花枝人面休教吹老
催歸櫂掠眼怱怱過了花神廟總留春在不多時且流連酒尊同醻
歌翻水調又重問烟波紅闌譜新詞醉蹋斜陽側帽

掃花游　新正六日宴飲吳山道院時積雪初霽峭寒猶甚醉
後譜此以助豪情

吳山橫處趁浩浩長風跨來鸞背景光頓改早滕家試手翦冰相待

下地高天妙手空空難繪畫闌外訝眼底周遭四山何在　佳晨來已再算載酒高寒者番尤最欹冠落珮判手撥雲烟口吞江海試問羣公孰賦羣仙此會我負悔悔年年浪游塵壒

燕山亭　乙未春莫舟過松江憶與亡兒海山就醫來此已四十餘年矣老病頹唐情懷怫悸不自覺詞之淒楚也

著個扁舟春水綠波幾日濃於草零落小桃燕子飛來渾不管東風吹老獨坐長謳誰與共鎮脉茶罏晴曉早九朵烟鬟一齊梳了　回憶四十年前有話雨深宵唱喁句調霜點鬢絲淚滴鴒原重渡舊時圓泖記取前塵算只有白頭鷗鳥吟稿怕難認斷鴻雪爪

浪淘沙　題董松筠表姨母涵清閣詩稿

燈火伴孤吟小閣沈沈牽蘿補屋卅年心霜下寒碪雲外笛欠此哀音　滿紙淚痕侵書獄灰深苦回甘味有而今子舍又添孫幾箇梧

竹成陰

葉　鑛字芳春號蘭潭又號蘭墅嘉慶戊辰恩科舉人方略館謄錄候選知縣有香玉館詩詞鈔

金縷曲　題金瑤岡一百二十本梅花書屋圖

一片寒雲繞記當時眾香國裏拈髭微笑二十年來清夢遠憶遍長安春曉算總被軟紅塵擾人海風花看爛熟脫朝衫便理南歸棹青篷底秋正好　詞人風格松筠操指烟波重輪花甲乞身還早百二十株小別後眞个者回修到鋤月處又添詩料一箇枝頭花萬朵數花鬚借作仙籌校漫展卷認瑤島

往事層雲逗溯家聲金閨才子青箱能守年少花田懷古處吟到海南蘂曰君侍文簡公視學粵東時著有南漢宮詞數十首庾嶺下早圖清瘦一夢大羅人易老紫微花空襯宮袍舊南枝寄何曾有　而今不剪春明韭打回帆

丹楓江上重尋園叟料得新枝長過屋簇遍苔錢如繡種樹者關情茜否新署頭銜香雪裏嚼殘英嬾試和羹手且索笑巡簷走骨相饒風雅宰官身清臞相映依然儒者萬卷藏書手自校玉軸牙籤插架更癖到捫碑讀畫此去窗櫺須再拓補長春點綴梅花下三徑客結耆社　生平清福享無價撫鸞絃彈來鴻案箏聲低亞一鳳槐陰早振翮竹上諸雛啞啞羨隱德門楣吉迓屈指筵開金粟地沸笙歌疊進長生斝萊綵動御香惹

僕誼叨桑梓向京華閒雲無定飛來便止一卷芳蘭才盥手君出後簪花圖屬叙又被古香沁齒濃醺後清深若此五畝霜乾啼翠羽隔苔垣、我亦師雄是二分屋本連址余家荒圃與梅花書屋僅隔一牆鱸鄉亭外秋容膩東行裝烟霞供養從今伊始如此家山不歸去負却如花甲子便傳語衆花歡喜姑射仙人綠華女捧瑤觴久候琴書矣待君至行塵洗

沈　煥字章甫號星堂又號文伯道光五年乙酉舉人有絡雨齋

殘稿

金縷曲　寒繡

雪影支牀妥傍晶簾悄開紙帖鬢鴉低嚲底事年年營金線贏得錦墩溫坐翻冷了絲情纏裏翠袖雙扶嬋娟影刺風尖生怯年紗窗停片晌殘絨唾　熏爐息息埋餘火記昨宵新描格子並頭花朵剛欲度針蕈芽斂呵燬些兒纔可又瞥眼斜陽紅墮短晷工夫爭添減耐須臾嬌倦仍無那拌漏永爲伊作

翁　雒字穆仲號小海黃燮清云小海詞綺尤精於草蟲神致栩栩欲活爲世所珍詞則畫之餘也

南浦　秋水次張玉田春水韻

波靜淡煙澄浸遙空一鏡菱花常曉闌檻邊涼陰池塘柳慵照眉痕重掃伊人不見眼穿孤鶩天邊小新綠三篙曾送別又是荻苗如草

扁舟恍入香溪問南渠莫是芙蓉謝了（許渾詩何處芙蓉落南渠秋水香）還有沙江人圓渦動前日韈羅親到予懷渺渺所思尤復增憂悄雙鯉魚書風倘便還恐晚潮來少

袁廷珍字儒亨又字如亨號琴嶼道光十一年辛卯恩貢生有琴嶼山房詞稿

月中行　夏夜

一庭如水浸玲瓏暎暎月當中姮娥今夜現全容萬里掃雲羅　憑欄好把清光看看碧落又逗涼風笛聲何處問鳴蛩偏在我牆東

四和香　菱

翠婉紅嬌眞旖旎按譜還名芰唱徹歌聲湖濱遞何處待佳人矣　四角雙雙三角異渺渺平湖曳只怕秋風今夜起多半落沉江底

滿江紅　題帶菴叔秋窗讀書圖

點染玲瓏生花矣一枝彩筆叔工花鳥聊寓意圖中展卷輕綃重疊眞竹愛看文與可輞川欲問王摩詰好繪他瀟灑坐窗虛神飄逸　回首想廿年別憶舊語從頭說叔自庚申秋之廿後復至閩於今二十有一年矣今冬侍笛生從祖入都便道歸里羨阮林風韻謝庭初日索句西窗頻剪燭拈題東閣將延月悵吟懷前路促征帆音塵闊

袁廷瑞字敏成號芝菴又號字安廷珍弟諸生有翠珊軒詩餘

臨江仙　題范靜巖舅氏扁舟載書圖

碧水琉璃楊柳岸飄然一葉扁舟嫏嬛璘籍廣搜求三年帷下董半夜杖扶劉　無忌虛名慙自負校讎未歷書城披圖緗帙也縱橫一經綿手澤千軸繞吟聲

陳來泰字仲亨號訒庵諸生震澤籍　有壽松堂詩集附詞一卷屠倬云余因頻伽而識朱鐵門因鐵門而交訒庵訒庵爲鐵門高足弟子所爲詩思必深語必達前賢堂奧無所不窺而能自出機杼不

以規撫爲務卓然自立固不與時輩爭一日之長也仲湘云
訊庵嗜酒忤俗人目爲狂其詩獨見稱儕輩客授杭郡最久名
流多結納與居太守偉尤善居鄉往來者惟顧兆芝徐瀚姚鳳
賡楊羲楊炳春數子而已余因居楊氏兄弟交君入城輒共杯酒
庚寅三月君赴杭郡余同舟至平望縱譚上下古今至足樂也
最後遇君郡城則已頹然老矣　周之楨云先生系出湖州竹
墩沈氏吾邑沈春敷孝廉即其弟也國初徙居邑城
始冒陳姓下筆千言立就曾刻壽松堂詩話四卷

卜算子　西湖泛月

夜色畫孤篷秋水鳴柔艣惆悵姮娥懶對人雲幕深深護　鐘響報三更催客還歸去賴有漁鐙數點明指出微茫路

玉團兒　顏婆果

酒邊試倩柔荑擘休認做黃橙綠橘幾度摩挲團團玉貌脂暈微赤佳人北地眞難得況說是婆心欲結那不相思扶頭慵起人正消渴

八聲甘州　餞秋

憶西風淅瀝數番吹幾催暑成秋忽池荷盡卷隄楊全禿花漾蘆洲漸覺山慵水嬾媚景一齊收只有多情燕欲去還留　舊日鶯簧蝶板送東皇歸去了卻春愁又添來別恨蛩語數聲幽抱秋心最宜冷淡經幾番摧挫且歸休歸何處指斜陽外葉滿山頭

朱瑞增字嘉木號靄亭一號庵摩例貢生有菴摩遺集

齊天樂　辛巳孟春集留雲仙館蘭叔妹丈出示罨畫溪春泛圖屬題率填此解

片颿邊出頗黎影溪光如此清曉浪蹙魚鱗船浮鴨嘴著個兩三人少怎窮幽抱有袖底詩筒牕中茶銚半晌回頭紫藤兩岸吹殘了　髯蘇當時曾住記乞歸陽羨買田都好隝種梅花潭留玉女勝迹輸君尋到只憑畫槀要評泊東風休將惓悻生怕重來春陰和夢老

丁兆寬原名絰字君度號石香又號若癲府學增生有綠杉野屋草

賣花聲　三月十三日書所見

瞥眼小紅樓依約簾鉤春風無賴賺人愁縱使綠楊遮不住也只休休　眉史幾時修壓住眉頭果通眉語可含羞儻共浮眉山閣住鎖日凝眸

臺城路 有序　和姬卿憐吳門人也色藝俱絕年十五爲王撫軍亶望侍妾迨王被逮妻子俱發披甲人爲奴卿憐以位列小星不在遣例時大學士和珅威權正盛蔣戟門侍郎賜棨以多金購送卿憐入府朝歌暮舞寵擅專房己未正月和又被逮家資籍沒幸免妻孥姬乃返棹里門寂焉孤處回思往事愁緒紛來因成二十二絕句以寫逮事情狀余玩其詩怨而不怒眞而可哀悲其遇之窮也爲題此闋

侯門枉說深于海繁華此時何處十斛量珠千絲結網選得閒房如

許蜆裳翠羽曾綺閣嬌歌玳筵低舞一霎滄桑伯勞東去燕西去紅樓舊時伴侶總飄萍泊絮流烟散雨卌載沙摶兩番塵刦寫盡紛紛愁緒花灣閒坐歎頃刻人天宵長雨苦只有花鈴傍粧臺夜語

臺城路　題課子草

人生薤露眞如寄關頭死生游戲弱冠提戈小年舞勺舊事淒涼空記當時快意但飼鶴庭前栽蘭庭內十載晴窗算來此外總閒事而今但存空砌展蒲編一卷辛酸揮淚陸弟（龔珊庭）周郎（陳赤）二何甥（吳甥基）謝舅（任竹盧）吟侶飄零如駛依然此地奈人去堂空風光都異弱艸兩莖又玉階鬭麗

祝英臺近　題鄧尉集

橛頭船蘭葉槳巒榼且攜酒繫艇垂楊曳杖負吾手試登雪海花山分牋擘句早約得玉昆（西亭兄）金友（少泉姊壻）怎消受指點萬本梅花山

前更山後認取歸塗領略冷香久只合鐺脚煎茶船唇庋硯須學得當年黃九

臨江仙　題鷗泛集

倒海翻江吳已沼悲哉人竟如漚浮家泛宅託扁舟一枝何處借十里故鄉愁　往事不堪回首問他鄉半載淹留舊時賓榻舊時樓曾經題壁處還籠碧紗不

百字令　題鳴歸集

奚囊檢點賦歸與攜得兩家眷屬老屋三椽無恙在滿壁蝸涎猶縮庭內爐烟庭前樹影位置仍如昨一番小刦飢來驅我奔逐　從此偃息茅廬吟朋酒伴來往渾忘濁釀得村醪拚盡醉只合人生行樂紫筍烹泉青梅侑酒也算神仙福百首新詩留題今已滿幅

滿江紅　題白下吟

萬里長江正一片夕陽明沒瞰金山古寺焦山殘碣千古關河勞擘畫六朝歌管全銷歇卸征帆暮抵石頭城看江月　桃葉渡艤船窄秦淮榭珠簾揭只舊時丁字簾前蛾眉成列花雨臺空詩境淨淸涼山遠吟鞭折笑歸來一領舊靑衿何曾脫

王觀潮字湘筠諸生

沁園春　題心莊姪倚雲姪婦金海樓合稿

如海花光延入樓頭唱酬有情看琴囊畫譜淸才三絕纈襦甲帳豔福三生寫韵毫柔畫眉墨馥琢月雕雲一對人罡風到奈芳蘭陡折鏡破釵分　文簫跨虎先行怎拋却離鸞負舊盟想神仙眷屬難留下界海天樓閣重證前因埋玉草深聯珠編在傳遍詞壇冀賞音酸辛甚倘秋墳唱出定是雙聲

南樓令　題袁協銓秋鐙伴讀圖

秋雨隕瑤華秋燈冷碧紗這心情愁煞秦嘉幻入崔徽圖畫裏教認取舊兒家　人面去天涯重摩兩鬢鴉上新絃聲調俱佳底事故琴猶戀着邢尹妬要防些

惜分飛　題深院梨花燕獨歸圖

一桁梨花微著雨閒煞春光幾許燕子愁人緒傍樓故作呢喃語　記得年時無偶去尙帶紅絲細縷商略吟詩句拈毫小立雲深處

金作霖字邦榮又字子績號甘叔諸生震澤籍

賀新郎　張滄嶼沅吉席

畫出當筵喜看幢幢燭花開處也都並蔕小費檀郎吟管力商略埽眉樣子倘摹取君家舊史剛好窺簾纖月影又隔湖遙送雙峯翠儘供給描螺黛　憶曾豔說逢場戲恁深情釵頭指鳳芳名暗記遮莫天花春似海爭及藍橋仙儷試料理催妝吟思領略四聲新譜妙讓

金閨添個紅羅幟怕才調還師事

韓森寶一名生寶字頌伯號荼甫諸生震澤籍有荼甫詞存一卷

金縷曲　秋感

葉落梧桐矣鎮無聊一番疎雨文園病起風捲水晶簾半幅秋到白荷花裏憶舊日落花天氣兔走烏飛無百日忽容顏換得癯如此鏡中影可憐耳　筆牀茶竈天隨子署頭銜葦間漁父蘆中窮士熱不因人心自定休管臣門如市也莫問浮瓜沈李手執團圞明月扇聽鳴蟬高柳聲聲沸北窗下臥而已

闌干萬里心　簡周祖白

彎彎月挂柳稍頭曲曲溪划雙槳舟有客憑闌盟白鷗兩重樓一樣蕭疎各自愁

百字令　題屈笏堂大別豪吟圖

滔滔江漢想沈沙折戟戰爭多少今日山頭閒眺望且對青天長嘯夏口東瞻武昌西望只有風帆好賦詩橫槊阿瞞可有同調　歎息撾鼓狂生登樓詞客一例埋秋草漫把傷時才子淚付與（丁作灑向）亂峯斜照家住吳頭身遊楚尾千里關山道長歌當哭（丁作鄉將吟卷）有情天亦應老

王錫璵字雲潔

買陂塘　題徐北海蓴菜畫冊

最關心一番風雨籠山湖水無際枝枝葉葉飄零慣誰畫水鄉風味儂驩喜盪一箇船兒兩槳樺春水淩波捲袂便滑澾拈來清香無比佐我晚來醉　江湖興昔日知音能幾吾家花外曾記（王沂孫花外集有蓴菜詞）相思羅帶同心結芽捲小緘芳字憑誰寄且付與廚娘配合些鹽豉一平行作吏（時君方有彈冠之興）問烏背魚鮮馬蘭頭嫩俊味重思否（鯽魚以烏背者）

爲佳馬蘭頭菜名皆春時吳江鄉味也

陸日勳原名坤字元方號花村一號守瓶諸生震澤籍有辛夷花館稿

勸金船　題徐北海蓴菜畫册

五湖三泖瀰漫裏釵股叢叢翠蔓生馳躧參差漾似建康千里言采其茆恰値秋風已起憑弔當年張翰蒼茫烟水　松陵徐穉多情意倩畫師圖畫爲儂寫江南風味却問伊何事酷嗜蓴羹只爲淡而彌旨也算曾家羊棗屈家菱芰

邱曾詒字子謙府庠優附生議敘八品職銜

探春慢　花朝過勝溪艸堂留宿明日賦此和蒔庵

陌上晴開樓頭夢覺入聲昨宵詩債纔了蒔庵詩余于枕上和之村擁癡雲野含膏雨釀得春光未老紅紫新詞鬭比殷七花開更巧幾杯潤到枯腸心肝嘔出多少　作戲逢場也好任聚散萍蹤霎時曾曉汾酒澆殘

梨雲望斷題壁只留鴻爪最是多情處今夜裏月痕皎皎又訂明年武林唱和游艸與蒓庵約明春同作西湖之遊

高陽臺　用紫玖弟韵

邱錦紅殘江花豔落深慚壯不如人白首塡詞肯耽竹垞閒情東施枉自將顰效怎狂言無佛稱尊假和眞蝶競探芳鶯老比隣　光陰花甲怱怱度恁逃禪自懺未滌心塵人日題詩壁間墨瀋猶存揭來舊雨翻新調唱曉風柳七吟春春朝蒓庵有詞索和指明鐙那个知音那个迷津

徐錫第字雲楣號蘭叔國子生浙江候補府經歷去病案蘭叔爲朱鶴亭從妹壻其配箏增字沁香亦工詩惜不永年

剔銀鐙　題夢鷗閣圖

十里烟波浩蕩中有一樓高敞野蓼垂紅荒蘆飛白幾處歌聲漁榜

此非塵響合付與閒鷗清賞　記打分湖雙槳載酒屢經還往惱我無緣尋君有夢披卷如親幽幌秋高乘爽快登臨一層更上

郭　枏字少蓮諸生去病案少蓮爲頻伽之姪而丹叔之第三子也居嘉善故或稱嘉善人嘗題許銓夢鷗閣圖云余家昔日住分湖今日追思似畫圖試向湖中開客問可還記得舊盟無蓋其於故鄉固尚有未能忘情者在也詩詞亦具有家風惜不多見耳

臺城路　題南湖柳隱圖

東風吹得春潮長絲楊綠垂千縷嫩色藏雅輕煙鎖岸好景南湖深處主人此住正招隱裁詩閒居成賦世外交游漁兄漁弟共來去柴門如在畫裏羨書倉坐擁兼富佳箸挈鶯提鷗分題選韻長作騷壇盟主先生倘許願青眼同垂算爲吟侶更擬挈舟北窗來聽雨儂家舊向汾湖住湖中亦多佳景漁唱邀涼鶯啼送曉助我吟情詩興水窗偶凭見沙鳥依人野航泛影嫩柳垂絲晚風吹起落煙暝

移家今已卄載嘆萍蹤未定鷗夢多冷一片煙波三間老屋不省誰爲管領私心自忖欲拋去團瓢換來漁艇捕蟹撈蝦共君湖上隱

王與沂字英初號瘦梅更號賦梅道光十五年乙未歲貢生震澤籍咸豐庚申殉難去病案先生少游京國旋返鄉里一意教授多所造就曾建文星閣于梓潼觀東並精舍三楹爲靈瑩室講藝于中兵燹後其弟子吳曌雲祭酒費莪庵中允復修之並移三高祠于閣左建樓祀之即今西門外鱸鄉亭也

疏影　湯雨生都督囑題寫梅樓圖

綺窗小拓正簷前索笑香綻寒玉淡墨勻調矮紙暈裁摹出雪中橫幅修眉天與生花管羨此福幾生修足更莫須夢到羅浮重喚翠禽同宿　聞道孤山處士有巢居故址今又新築大好主持詞賦參軍烟月而今相屬合家仙眷安排了只少箇眠堦老鶴乞一枝割取吳綃伴我客窗幽獨

笠澤詞徵卷十四　完

卷十五　邑後學　陳去病輯錄

清

楊秉桂譜名慶麐字蕊周號辛甫道光戊戌歲貢生箸有潛吉堂詞錄一卷

綠意　寫墨蘭寄柳初

紅情已倦只鬢華瑟瑟綠又銷半月樣微黃重檢冰紈賸有墨痕悽惋芳蕤氣息吹來近尚一桁疏簾遮斷訝夢中偏是春潮何況素心人遠　影事於今記否袖羅翠倚竹籠碧庭院一樣東風自覺修修十二闌干春淺如何三月初三又但觸撥閒愁如箭更休提淨綠緋中婉娩一花初見

酹江月　前詞成後風來颯颯忽聞巖桂香閨人爲余言秋賦

金陵正第三場矣余聆此語意緒茫然復成是解

新詞吟就正霓裳天上琅琅三疊席帽麻衣尋舊影玉宇高寒無極下界蟲吟中年燕侶負此明明月奈他巖桂撥人愁思香發　還是夢墮流黃鬢銷慘綠辛苦當窗織元九夫妻無恙在貧賤何妨此日覆茗消閒搴蘿作計意緒工悽惻不應今夜露華先已涼怯

杏花天　題朱益菴紅杏填詞圖

朝陽晃眼層層暈怯東風餘寒猶賸牆東便觸天涯恨欹影一枝重認　想深巷賣花節近又新燕一襟紅俊撩人豔思渾無定尺幅蠻箋牽惹

金縷曲　題夢琴梅花屋圖

昨夜霜華白拓疏窗銀光紙樣又冰紋槅咯逗些些春意思春在枝南枝北正夢醒有人抱膝不隔羅浮香繞屋儘閉門句向花間覓無

已性習幽僻　分湖渺渺相思積能幾時溪橋喚艇來尋永夕同爾
花閒浮蟻綠吟到參橫月直只此福不曾修得巷冷天寒人阻凍更
思君住近袁安宅（謂改吟）休忘了爨煙絕
念奴嬌　坐獨輪車歷鹿一番至是喚船渡江意殊恬適打槳
過金山下波光照映雲日妍美用東坡韵扣舷而歌
一番羈旅聊償我滿眼山川雲物薄笨車中殊草草風冷旗亭書壁
此日能晴長江不浪鷺影明於雪蓬窗人倚一襟詩思雄傑　秋賦
時節悤悤迷離京口樹片帆催發挾策干時曾幾度那便壯懷磨滅
打槳重來翻然改計已是星星髮琵琶何處（時鄰舫有琵琶聲）舊時還念明
月
高陽臺　夢琴寓齋木香花盛開折枝分餉儕輩柳初有詞余
同其調

薄暖撩人，素懷泥酒，晝長簾幕愔愔。青粉牆高，幾枝低嚲瑤英。慵情此日迷濛，甚近斜陽，偏更氤氳恣濃。吹直是甜鄉夢淺難勝。　風酣陌上堆晴雪，有纖絲花放，同殿餘春。幽思誰諳，村娃閒一來尋。柔條牽引芳情遠，總憐伊、無力支撐。更休論、花縮銀絲，壓鬢娉婷。

齊天樂　柳初夢琴約爲湖舫餞春，風雨不果。夢琴時方悼亡，以尺素見貽，意殊不勝。余同柳初賦此解之

昨宵睡思朦朧極，醒來怨驚春去。燕子寒新，絲楊影重，一望冥濛何處。且寬別緒。看雨雨風風，或留春住。冷落蘭橈，但孤佳約已無據。　憐伊深院病起，撫闌干朶曲，獨自凝佇。斷夢空簾，哀絃別院，又是韶華一度。休過南浦。見逝水淒涼（謂琛崖）。更教吟苦。合抱孤懷，蠟花紅對語。

解珮令　吾鄉于立夏日權衡體之輕重，謂之稱人，所以驗消

長也閨閣中尤盛行賦此爲樂府補題

玉衡平按珠繩低轉還認是鞦韆庭院卸了綿衣喜夏首時光微暖愛輕盈尚嫌金釧　眼光愁短星華誤看笑檀郎稱量未慣好在模糊也休問玉肌增減下翩然袖羅重捲

賀新郎　客有陳鵠本雲郎小影髻簪寒玉臂約雙金白紵涼新風致宕往余屬竹賓對臨一幀意有所觸用迦陵韻題之鑪煙欲燼殘月到窗睡思冥濛歌疑入破矣

墨爲春愁釀直句來輕雲一縷風前蕩漾不信冰蟾窺影瘦月在玉梅花上何事把斷紈閒相燕子單棲憐未穩記棠陰對取紅襟暈塵流却舊羅帳　紅蕤枕上閒偎傍想恩恩喬妝未換鬢絲輕颺何福陳髯消受此忽聽賀新郎唱終孤了深情海樣一例人間春夢短夢醒來多事銀缸亮摹此本爲誰悵

疏影　夢琴同南一仲博山月三五之夜游玉峯半繭園徘徊玉梅花下眈茲夜靜悅其吟魂幾欲枕藉于此爲圖徵題倚此應之

嬋娟耐寂想夜深小佇涼沁羅韈更有何人來訪昏黃門掩敗垣愁絕橫斜瘦影闌干冷只逗漏玲瓏華月聽枝頭翠羽啁啾似訴芳心悱惻　偏是詞人忍俊便行行不遠多露邉惜淨洗塵襟合貯冰壺肺腑天然瑩潔新詩讀與梅花聽更擕取玉笙吹徹恐明朝晴昊園亭早有喧春蜂蝶

唐多令　題碧瑣窗前學草書圖

脂盝粉匳傍雛鬟浴硯忙趁新晴拓偏疏窗一晌微聞金釧響又風遞翠螺香　筠管象牙裝款斜墨瀋蒼遣無聊說甚鍾王偏是郞君拘正格道須學十三行

邁陂塘　盆荷翠蓋擎雨搖風翩翻自得而花蕊尚未出水姍姍來遲倚此爲水邊羯鼓

盼盈盈一泓新水青闌干外風輭蜻蜓幾個諄先到奈是弄珠人遠涼露泫訝淚灑鮫人也費相思串江皋目斷只新月微茫銀河飄渺減卻酒情半　芳期緩贏得銖衣歷亂和煙和雨斜掩縱教葉肯如花好未免紅情悽婉還自遣記佾見鴛鴦曾結花間伴花如人願定兜惹芳情踏頭開出珮解訴瑤怨

齊天樂　題張子祥玉臺畫圖

遠峯一角眉痕淺閒情早縈空際覆耐茶餘哦成絮後長晝偏嫌迢遞研螺正細又六六屏山撩人芳思唱甚搏泥你儂描入素紈膩垂垂柳眠起乍但扶疏綠影庭院深閉燕語微聞鸞箋試拓人在銀橈紗窗底商量妥未恐湖畔蘭有情難繫珍重斯時月來花影泥

摸漁子　寒月到窗耿然不寐攬衣起坐漫成二闋不自知其意緒也

恁窺檐一丸涼月盈盈來墮簾底銀鐙重上窗紗在只是瘱愁無地風又起想舊日鑪熏鄂被香銷未今宵夢裏任曲巷霜欺寒譙鐘警恍惚路能記　過橋去漫向紅闌徙倚碧桃仙犬空吠枇杷一樹還堪認只是闃寥門閉人不寐判醒眼紅莛一枕償清淚寒幬舊繫賸鉤影黃欹波紋綠皺光景但如此

耐清磬野塍華放撩人饒有芳思青青薺菜輕苞坼不數等閑紅紫還記起只一度靡蕪春去寥蕭矣紅襟燕子憑踏輭珊鉤栖躭珠箔一瞥眇無際　休重話變幻滄桑舊事烏衣門巷如水凄涼佛屋塵龕冷同證斷蓬身世春便至我已是霜華滿鬢成秋意如何料理但悄吐蠶絲暗銷蟲蠟譜入蔚藍紙譚獻云幽抑怨斷如讀晚唐人詩

陽臺夢　題倦繡美人畫幀

簟紋如水香篝潤褪紅花瓣苔衣襯晝長微倦不成眠待曚朧又醒窗紗纔半窗溼窗外斜陽弄影熟梅天氣最憑宛似郎心性

疏影　眉叔工填詞得姜張綿渺之意相見於鹿城半繭園其時巖花媚幽俗塵洗空茗話勾留味極清　旋以布帆催發匆促散去合離無端意殊惻惻倚此寄懷斯文契合不自知其情之一往深焉

朝陽似水記徘徊欲去杯茗相對一滴清泠較酒還濃離懷知已先醉遠山泥客殷勤甚莫孤負當空巖翠況古藤也解留人抓住去時衣袂　幾日前頭誰遣無人可共語孤寂難耐斗大山城鴉鵲聲中覺我一身如贅從今得認張三影又促迫蘭橈催載幾時同譜新詞賭唱雙疊一花外

周夢台字衡階一字叔斗號柳初又號初庵諸生有茶瓜軒集

秋霽　集停雲樓茗飲即事

滋味寥寥正示疾耽愁自課淸閒小夢松涼雋儕蘭馥檀欒坐圓時節淡然欲絕故園春事無人說還細啜樓外夕陰如水碧澄澈　相與側帽念舊臨風似聞人來烟語騷屑悤頻番花間竹裏甌香吹綠鬢邊雪笑問是誰猶內熱七盌嘗未儘自傍銚聽湯撥鑪挑火拾餘寒葉

沁園春　寒睡

乍解旋兜不坐須臾先溫被池漸鴨鑪香淺纖趺抵着貂茸枕膩散鬢頽時肩自能偎背還須擁一度橫陳低倩伊惺忪甚有禁他反側覺似風吹　凝思漏永誰知奈夢也同酣醒獨遲念淸霜瓦重頻添惡縮凍花缸暈直恁參差熨去都慵翻來自抱暖得悠悠蝴蜨癡堪

憐箇又沐窗彩旭欲起難支

琵琶仙　崑山歌妓朱秀姑工唱南詞諸小令聞者闃焉乙亥之春余偕漑翁玉林往聽數四彩雲一瞥流水三生已不知更在何所矣今年春余復來此俛仰之暇偶同靜緣辛甫訪之至則白屋青帬曠然布素絕非曩昔登場腔調因述往事有愴于懷不能無詞丁丑三月

黃篾扉開通斜巷碧玉人家猶小行處盡著春風吹來自迎笑看不是舊時標格換帬素蕩華波照漂泊鸞孤淒涼燕旅何處能好　算如此濟日疏簾問楊柳陰陰有誰到撇了四條弦子與琵琶同老還只有閒愁暗恨判鎮常零落多少更念憔悴青衫黯然傷抱

減字木蘭花　病夜聽雨

纔輕復重鐙背衾裯寒自擁雨自參差上了秋心點點齊　青天碧

海有意無情都是累自到人閒生性從來不善眠

祝英臺近

夜來初人去盡香夢逼幽諷冢懕鐙華無事坐來量算他只隔中門葳蕤不下應略有一些聲影　更思省生怕翠綱金疏風暗颭難穩準待移時悄地彈雙鬟看將月色羅裳烟行縞袂都畫上者時孤恨

減字木蘭花　題辛甫畫蘭團扇

露唬烟媚春綠銷沈明月底記得相逢小院無人但有風　而今幾撇寫出離情深似墨滿眼芳菲隔葉雙花各自欹

齊天樂　綠牕調瑟圖爲葉韶庭題韶庭爲贅婿于譚氏

春風吹綠閒庭院又從碧寥歛起錦似人長瑤尋天遠饒有華年情思一弦一指撫廿五鴛弦弦弦如水待得圖成稀依還是壻鄉美愔愔合配琴憓便調鸞撥鳳此曲應記皋廡餘音明堂待奏那數靈

妃仙袂畫工多事問何處描來者雙雲髻笑對青衫嫣然空自媚

綠意　辛甫畫蘭草便面見貽并題詞其上屬余繼聲爲同其調

素風歛喚向石叢深處玉意低轉時節芳菲落墨傾欹一襟自寫幽婉蘢葱幾朵清顏色已攏罷碧斂人遠鎮無言坐澹春光綠上畫屏微展　應是瀟湘一角小翹楚不見水次淩亂朵朵明瑤雜佩遺來也莫訴靈修怨自從芳訊遙難遞更誰問露梢烟斷算何如斜掩文紗待呪與坤靈扇

邁陂塘　題沈琛厓舜湖泛櫂圖

汎輕波溶溶漾漾總宜船好搖曳討春有願微茫極遙與碧天無際東風起渾不似天涯烟樴和愁理船頭船尾只挈鷺提鷗尋盟選夢三十六漚記　湖名好不數鑑湖嘉賜濛濛綠曉莊子人家水閣扶

闌外一段綺羅塵市斜照裏怕有箇高樓凝眄低雅髻此時歸未算白馬橋廻紅梨渡轉約略四三里

高陽臺　如臯葛翠琴校書小影楊辛甫屬題校書小名長兒

滿月呈㥦偏宜彈鬢回頭人似天長翠理琴絲離弦已迸鴛鴦旄邸細葛花開後又檀欒叢桂飄香鎖廻腸之字江流錦字書將　斜陽畫盡東臯綠有凄迷粉黛淡俏羅裳鸞鏡潮回自家臉暈神傷墜歡一段闌干底展生綃低著思量減容光寄與西風吹轉疏楊

柳梢青　題白描琵琶仕女

宛是當年四條玉冷雨滴珠嫣彈到無憀抱來不正畫出誰憐　蜻蜓一隻停偏但瑟瑟蘆華水鮮淡墨銷魂濃情堆髻素靄流煙

菩薩蠻　鳳仙

闌干亞字涼陰午一叢深淺花頭妥剗韈下階來閒庭姊妹開　玲

瓏仙手爪蘭夜猩猩搗明日袖羅風阿誰看最紅

清平樂　金魚題畫

春風拖逗吹得泮衣皺唼唼喁喁看不彀可憶倚闌時候　兒家池畔年年輕波小隊連翩不信畫渠羅袖一雙比是誰妍

點絳唇　秋海棠螳螂

恨粉愁紅斷腸自寫秋來意露華如洗認是人清淚　牆角苔陰分半淒涼地蟲兒媚一絲風起翠臂輕搖曳

虞美人　團扇畫抹麗珠蘭

玉意微微雪珠香瑟瑟風晚來攔衜畫闌東可是一規明月在當中　碧穗輕苞折清蘂小摘工有人挿鬢太瓏鬆憶得昨宵涼夢一重重

陳希恕字養吾號夢琴諸生有閑紅一舸詞去病案夢琴爲頻伽表叔而年較少且與

辛甫翟並爲紅梨社友故編列於此

金縷曲　題李辰山先生墓圖

野土隆孤塔嘆茫茫桂林天遠莽雲飛滅欲向當年求遺事颯颯涼柯飄葉共滬瀆潮迴聲咽便問黄冠羽衣輩也齋宮春靜無人答啼盡了杜鵑血　一坏半塌香貍穴有朏然長頭高誼重新封鬣士女清明東湖畔誰問蕪煙荒碣但藥草幽叢馨烈瓢笠平生亦何恨算畸零末路成奇節想泉下魂猶熱

邁陂塘　荇藻湖觀荷

碧愔愔刺船清曉搖搖搖入花裏紅衣翠佩都迎舞彷彿便多仙意風正起料一片香陰不是人間世漫看塵市縱酹酒波空朵芳人遠也足弄烟水　堪憐我火繖遮頭難避尋常觸熱無次飛來詩句千雙玉還更與花同氣情莫已要捉箇沙鷗白鷺相遊戲閒攜綠綺待

奏出商聲銷將俗慮散髮露華洗

蕙蘭芳引　集停雲樓茗飲即事

纔得散閒遲清侶小樓深曲共隱几傾襟重補陸經蔡錄晝簾捲了有秀語奪山蛾綠想箇人病起合領甘侯情沃　盎盎香餘蓬蓬春遠自露幽獨對如此秋光猶隔故園水竹心頭滋味候湯又熟輸與他蒼鶴避烟驚足

瑣窗寒　寒妝

紗幅彫冰脂匳凍雪曉闈凄緊伊人乍起半臂薄溫猶賸綃靈蛇年光又闌看來可是依前靚閒雛鬟一樹梅花試未玉簪閒等　難忍瓏鬆更正倚罷熏篝漸銷香爐纖纖籠袖不要施朱施粉殢豐貂低護雙椎小鈿孏也都未整鬅鬆他鏡裏郎偎暗裏眉偷並

買陂塘　題南湖柳隱圖

占湖千幾間茅屋先生門外栽柳萬紅塵軟飛難到清絶藥瓢茶臼煙雨後算緗綠惺忪催得詞成驟村醪熟否更菱角堆盤蝦虀煮釜風味莫孤負　名流盛直恁此邦明秀騷壇祇合低首人間多少金貂客輸與鷗盟依舊延訪久怕一抹濃陰無處尋溪口扁舟買就判繫纜橋邊攀條隄上攜取故人手

金縷曲　題計二田溪陽展墓圖

尺土森叢莽訝中間文章光燄騰凌萬丈畢竟才名埋未得生氣至今天壤只此地蒼凉誰訪私淑幾人同酹酒盼谿陽渺渺靈來倘濺一滴祓悲壯　我儕生幸同州郡讀遺書馬周王猛那禁遐想一第肯將千古換天亦待才非枉任麥飯已無人餉歲歲吟鞭來此踏便荒邱永作高山仰盟老樹十圍長

齊天樂　程序伯庭鷺屬題秋雨塡詞圖

秋霖不管詞人惱亂珠偏洒芳逕病葉棲紅驚條損綠砑紙替言幽恨靈檀几淨儘小令催成墨花姸潤沁入鄉心種蕉深悔畫簾近江湖自傷泛梗早孤蓬聽慣更斷人靜暈碧燈昏荒黃管秃芳譜紅衡難並衾單夢醒更響答寒螿暗蛩淒哽且把清尊醉餘渾不省

陂塘柳　漑翁屬題泊宅圖

又忩忩移家一舸詩瓢茶磨同去紅闌月冷鶯愁老管領春風有主廡賃與更湘竹梅花翁舊館額名租劵依然否翠禽休語那善哭唐衢誤伯工詩趙嘏靜蘧暖酒且招賭　吾鄉寂何處銅駝俊侶長鬈大腹偏伍思量學作陶貞白買个山貲誰助同住許約祭竈請平鄰一座儂須補水楊柳所便稗子敲鍼山妻結網偕隱此蓬戶

前調　夏首訪頻迦于靈芬館被酒留宿停鐙話舊悵悵于懷遂不成寐爲譜是調並示丹叔

別詞人蟾閶幾度遠愁雲共無際舺枝搖入蘆烟暝一塔當門能記落印碎認幾个吟儔先蹈斜陽至芝生壽生相逢懽喜有桑梓時光漚凫四五團坐不須次　凉宵好難得蘇家兄弟譚詩況泥殘醉年來此調家鄉絕一刻千金忍棄紅燭底乞滿紙春愁償我相思淚分襟容易怕三尺烏篷一條淮水流夢又千里

前調　樂飢圖爲楊聾石澥作

笑人間朱門粱肉先生孤守清餓埜航住傍虹橋穲水酌山瓢差可香滿座問荒了田疇杞菊餘籬左疏狂無那任醉舞花飛高歌月起不管冷烟銼　蘆簾下怕有妻孥愁坐攜尊我獨來賀侏儒飽死知多少臣朔能飢幾箇勤自課有貯古空腸江左聲名大君工詩善治石郭頻迦曾書聯語以贈分千樂我縱鵠或虧糧帖艱乞米且抱老梅臥

金縷曲　陸雨薌茂才焯以其令兄朗甫中丞攝篆山左時遺

札及詩合裝成卷乞工書展卷憶兄圖索詞爲塡此解

幾片叢殘紙是當年鄉心一掬雁傳而至遂落關山官任重難禁遙憐諸弟（遙憐諸弟幼卷中句也）看中有淚痕隱起切問齋頭燈几夜一回開一度添愁思況聽雨又孤被　迢迢奉詔星馳使播芳聲文章氣節如公能幾卽此零星家常話忠孝兩端而已對賸墨何堪回憶詩約池塘春草夢到更闌萬一尋來矣重重戶莫深閉

疏影　梅花帳額

玲瓏碎月遲倦吟人睡方印徵白帳彈雲梢鉤颭風尖半林小積香雪蒙頭零亂宵寒影有矮壁一鐙紅立轉憐伊不及幬搴粉甲染香難得　曾擁柴門萬樹（余留有梅花屋圖）書生寒骨相又寫高格酒醒狂歌也勝豪家七寶九華張夕疏疏暗暗濛濛裏料蜨夢無由飛入有誰人笑語簾櫳認是壽陽妝額

邁陂塘　春晚遇子湘于玉山行館酒次出咒紅豆庵詞相質聲情妍婉當與凫鄉陶太史相頡頏明珠在掌愛不忍釋遂借歸躭讀累月致損眠食嗣後寄書見索即賦此解璺其後鄭重還之

問何來一雙紅豆換他心字無數蠶眠密處餘香潤舊有淚痕微露如欲訴結風絮前緣與夢都無據調鉛留佇有丸髫年華咒桃仙伴同把小名注君子冬首將賦新昏　枯桐冷除我吏還誰撫相思不了紅樹余構一小閣顏曰紅樹懷人　微吟賴此能過日又被箇人催去添別緒聽嬌極嬰哥偏會偸傳語空歛愁貯際員月光陰落花時節私拾瓣香炷

史致充字石泉諸生去病案石泉爲赤霞之姪性孤介寒峭詩如其人居盛澤亦紅梨社友也

離別難　寒淚

曾記條條玉筯頻拋向離筵早西風吹滿闌干點霜華消滴盡紅斑

便揀了舊恨新愁含辛成苦欲墮先彈更倫垂被底一回悽絕如水潑重單　腸欲斷爲情牽問何時鏡影能乾奈珠痕帕上都滿袖深偎冰透也凝寒最難是夢裏溫存醒來酸楚零落無端待天明早已雙眸枯盡蠻蠟替潸潸

金鍾秀字升之號子韶候選從九品有寒玉廬詩詞雜著

羽仙歌　集停雲樓茗飲卽事

不聊如許又乾愁天氣冷坐閒眠太無計締幽盟只待三兩朋儕頻欵欵都在花間竹裏　輕烟縈翠縷活火新泉滿耳松聲夢猶記情話儘蟬嫣下了簾衣支短几冰甌頻遞愛潑水秋光耐流連更味釅香清靜參禪偈

月邊嬌　寒夢

重幔深闈訝獨自何來柔魂如縷悄然膚粟冥然股栗宛爾畫屏輕

度茫茫昧昧只舊日溫溫情緒梅花影底正月滿無人來去　忽驚夜色迷漫凍花燈蓋碧朱凝沉錦衾孤擁冰簾自觸恍有玉郎延佇從頭記憶抱煖意癡心重作西風底事又飄殘鐘杵

張　沅字滄嶼

露華　集停雲樓茗飲即事

水天景色有味淡風閒白嗜俱絕病起沈郎猶是酪奴情熱小樓幾陣清飆不辨竹梢松葉斜陽裏瓶笙沸來共破幽寂　翩然俊侶相集話顧渚蒙山同此寥沆薄憶碧蘿芳信采春時節便教舊夢都醒了了也還能說參一偈須他古梅花衲

疎影　寒影

昏黃煖閣訝彩雲一瞥牕綱紗拓乍上銀釭乍下冰簾別是亭亭嬌弱長宵獨自停刀尺怕倦眼認還時錯怪素娥耐冷窺人又到篆文

闋角　難忘春時院宇夕陽淡在地花底行樂此際無聊修竹陰邊翠袖何堪垂薄朝來試與團冰對只意態自憐猶昨憶夜深擁背和郎恰被畫屏偸學

張　濟字春水（去病案春水盛澤人性至孝遭父母喪廬墓三年並節客授貲葬其先世八棺人因是爭重之）

菩薩蠻

殘鐙明滅青猶在一宵猛雨驚花睡風力撼書樓攙愁上枕頭　潺潺聲到曉簾外春寒峭不管病相如孤衾中酒餘

孫靈琳字伯貢號九琳亦號九靈（去病案九靈居平望性剛直事有不可輒與人諍晉慕孫耕閒之爲人繪桑盤小隱圖一時知名之士莫不爲之題詠惜中年後以貧困終所箸亦散佚）

定風波　題岳忠武王玉印

篆刻魚龍白玉紫泥裹鎮水國兩字猶靈肯試教十客佩刀輕破間何如刺背文深模糊血和算只合忠孝侯章天錫堅貞配雙顆　毋

涴午夜開甕魍魎應逃彩雲繞座歎謚賜繆醜堂顔六檜墓牌空竪冷烟寒鎖重千秋肘後曾懸連城名播定吏尋文硯韓窓供養齋中佐

笠澤詞徵卷十五　完

卷十六　　邑後學　陳去病輯錄

清

唐壽萼字憲伯號子珊諸生有綠語樓倚聲初續集秀水于源云吾禾言倚聲之學者首數金風亭長君獨猶近之一篇脫手人爭錄去實心喜之也　去病案君少與鄭瘦山陳子玉交善二子皆好詞因以攡波鐙鼎屬和詞成大爲所賞初集未見續集二卷一曰松寮版茶爲下帷清眞道院時作一曰夢涼餘蘂則自悼亡後客鴛湖作也

玉漏遲　春陰沈滯盆中水仙二月始花風簾雨幌婉悴可念剪燈賦此夜寒彌益凄戾矣

怪春痕短短行雲何處半匳瑤碧乍見惺忪劃蠟香階無月不與素琴譜恨禁得過迢迢良夕清淚滴綠鬟低擁背鐙幽咽　可憐最小華年受何限春寒芳心如結舊約梅花怎遣翠禽傳說夜夜曲屏風

底拚訴盡肝腸冰雪休怨別重遺漢臯金玦

探春慢　上元節後春寒甚力澹日微陰時有雪意賦此遣懷

雲軿棲櫓雨輕絃砌東風如此淒緊金鴨香溫綠梅笑淺盼斷芳韶集作回首流年無影流水昏鴉外正寂寞谿山催暝剪刀初試封姨漫大斷一作亂絮零粉　又是春鐙落去想霧閣陰陰飄墜蘭燼翠鈿拋奩一作長拋繡衾擁背一作悄擁笑說江南春冷嬾與尋芳約任別院黃鸝三請悄一作靜掩重門夢痕搖盪烟艇

臺城路　寒夜過稀雲萬館林月晶瑩幽輝一室顧念身世江湖邈然賦此

江關搖落蘭成賦傷心樹猶如此淺水灣邊板橋斜畔有箇荒荒園子迴波鏡裏訝含睇巖阿女蘿山鬼慌惚三生翦燈同寄瓦棺寺

翩翩淮左書記憶桃花馬健杏子衫麗風遂飄鸞冰絃怨鶴回首夢

雲千里離襟淚洗又楓落吳江思歸無計多少英雄誤人花月底

摸魚兒　春莫有寄傚石帚體

柳毿毿無人門綠江風樓上吹暝夜寒未要重簾捲料理唬紅衾枕窗燭冷怕照見離魂風絮無定影判花雨猛又攪碎空廊淒涼鈴鐸梁燕亦驚醒　芳時事更有何人重省心期甚日憑準無情最是桃花水流盡一溪殘粉流不盡這一曲相思春去人病損積垣斷井歎如此華年怎生分付獨自理瑤軫

齊天樂　己丑維夏辛甫叔斗夢琴子湘諸君以湖舫餞春風雨不果之作寄示一倡三歎渺然余懷同調一闋

年年春去東風裏東風也應吹老碧海青天夢涼酒醒又聽蜀鵑啼早落紅未掃只鶴守空階幾叢瑤草那更幽尋沈沈雲戶洞天曉烟波畫船歸了賸零星金粉自寫殘照柳帶黃挼蘋衣綠皺別弄瀞

潑琴調蘭懷蕙抱怪燕子啣來斷腸詞稿說盡相思不如相見好

玲瓏四犯　雨夜無寐憶丙戌之歲同處棠山塘餞春聽雨晝船踏月山寺撫今感昔黯然傷懷倣白石翁體賦此

春水綠波夜船紅燭相思今夕何夕夢衾尋斷雨醒枕留殘月誰家水窗橫笛攪離愁寸腸堆積梁燕頻驚隣鷄再唱風露曉天闊　滄浪櫂歌徐發念五湖人遠襖靄空碧流年詩鬢改舊院繁華歇杜郎自是尋芳晚謾贏得啼痕狠藉休怨別拚相見此情難說

情久長　七夕同人集飲清眞觀新月當盃涼花媚坐余懷渺渺與雲水無極九靈縠庵邀余賦此均以爲感商氣也

秋河今夜分明鑑我傷秋句歎往日墜歡誰拾零落如雨那人還在否也莫問一碧高高玉宇笑塵世翠樽佳約鈿盒幽盟纔放手渾無據　幾簇涼華爛漫今如許尋不見簪花人影花底來去冰桃兼雪

藕酒徒散何況酒邊綺侶只賸箇拈鍼舊院露果荒臺費多少思量處

翠樓吟　綠荷花

荇帶輸藍蘋衣讓蒨亭亭玉清仙子翠匳空照影正十斛涼珠初賜高華無比訝瑟瑟江心愔愔秋思淩波未含情還妒石家姝麗　此際聞有扁舟擁烟簑雨笠念伊顛頓櫂歌人不見但搖盪碧陰三里流光如水話螺黛春痕鳳雛年紀西風裏斷魂誰弔一樽浮蟻

江城子　曉風殘月圖史石泉屬題

五更人起揭疏篷水浮空曉烟籠何處雞聲柳岸綠濛濛倦眼微搓殘酒醒人不見燭唬紅　數聲柔艣畫橋東玉玲瓏唱吳儂也勝年時匹馬亂山中鈴鐸郎當馱夢去寒刮面抗西風

臺城路　陸瑤圃元珪篷窗聽雨圖

翠樽紅燭昏羅幌重尋陳懽如雨牢落中年潺湲獨夜一櫂扁舟江渚垂楊萬縷怎綰住春人夢痕飛絮我更無聊僧廬假榻倦煨芋推篷水遠山遠只螺峯幾點依約眉嫵月細風尖燈涼酒醒別是天涯羈旅離情最苦更攙入秋聲畫樓砧杵誰解傷心蘋洲修遊譜

買陂塘　汪少倫元燦穆湖追著圖

趁斜陽鬧紅一舸雲衣水珮無限炎氛祓盡空明境隨意笛牀琴簟窗六扇正翠蓋欹風鷗鷺窺幽檻離情慿遣問送客年時桃花潭口何處水深淺　前游事曾侍瑤妃清宴畫圖今日重見恩恩夢覺琉璃枕皺了觀河人面杯瀲灩算此度懽悰也似蜻蜓點風漪細剪想白舫延秋碧筒勸飲佳約甚時踐

壺中天　中元節前一夕飲穀庵水閣

世間哀樂被清燐照徹年年今夜水檻雲廊三兩處曾與題詩羅帊

沼曲芙蓉牆陰薜荔翠燭因風灺重尋舊院淒涼空有閒話　誰念
月近圓時暈星一點頭上秋來也便酌十分花下醆無分綠嬌紅姹
螢火穿衣雞聲翦夢回首前塵怕鳧翁老去憑君料理鄉社

水龍吟　乙未重午鴛湖觀競渡彩旗雲卷畫鼓雨歇余懷渺
渺輒與烟水無盡囊未九靈各以所箸見示水聲鐙影恍然
搖盪襟袂間賦此和之

彩雲何處飛來盪將一鏡風漪縐水髮故事阿儂生長櫻桃湖口綠
葉陰多狂華夢短十年回首看打招過了鳧飛拍拍只此景還依舊
隣舫誰家歌袖似當年舵樓明秀香濃酒淺能禁幾箇追懽時候
明日烟波不堪照影頓成消瘦賸湖光留取羅裙顏色嫩如鶯脰

綠腰令　薰風代序梅雨不來白日清宵所思渺然賦此

綠陰清晝過了水嬉節烟波畫船何處縹渺夢雲碧那有舊時雙槳

弄箇湖心月湘纍幽咽翠屏風底一曲離絃再三絕　羅襪淩波去遠留此田田葉須待菡萏花開更喚疎篷揭笑問蘭期誰省暗與東風說素琴幾闋渺然身世又聽江湖夜吹篴

祝英臺近　辛甫爲余寫墨蘭便面上綴跋語云戲仿吳蘭雪姬人綠春者并索拙詞報之爰賦此解

鬢蟬低眉葉嫵人影小翹楚一闋離騷窈窕隔煙語相思水複山重此情誰寄算有箇横波儔侶　小名注纖纖幾筆銀鈎畫徧斷腸句苦憶臨窗坐盡夜深雨可憐嫁與春風鸞飄鳳泊只贏得蕭郎詞賦

行香子　題吳彥宣廷燮小梅華館詞

花月流年山水哀絃最消魂獨客江天吳歌暮雨楚些靈烟記秦孃橋桃葉渡鄂君船　歸斂紅舷佩擷金荃悵拏音渺矣成連援琴海上吹笛梅邊怕冷旗亭殘紅燭舊離筵

南樓令　客歲秦次游廷熛以夫人眉影樓所藏小青像屬題比余彙刻近詞適次游有定海軍營之聘稿不索得重拈是解並寄次游

春絲翦冰綃春紅寫鏡潮閉春人曲曲窗寮自是傷春同阿麗渾未肯夢雲飄　有箇人靈慧房中賦洞簫嫁微雲夫婿才高昨暮瑤璫緘札去正鐵馬雨瀟瀟

張寶鏳原名星字瑨甫更字羨甫號薇人闕里典籍有伊蘭室詞稿

花月壎詞館綺語　沈曰富撰墓志云君奉母能以孝養處昆弟間饒至性美須眉善飲酒氣宇豪邁然其居家甚謹飭諸子嚴憚不敢失尺寸　陸日愛云君生平無所好家政之暇卽手一編尤眈吟詠周君叔斗陳君夢琴輩結紅梨詩社君與焉文讌之樂一時稱盛所作抒寫胸臆不屑爲時世妝

醉春風　酒帘

踏遍紅塵地馱倦青絲騎思量何處潑新醅指指指楊柳旗亭杏花

村店一竿搖曳　風裏招人醉也似曹騰態題來小字認分明記記
記蕭九娘家紅塵一角夕陽如水

買陂塘　菱

碧迢迢曉光如夢一繩港口攔住水心鑄出花容瘦能照阿誰眉嫵
絲曳去有兩角隱紅葉底彎彎露涼風顫處似藕覆纖纖淩波不定
妬煞采香女　閒歌罷爽口幾回剝取尖尖刺手休誤嫩嘗剛好新
鮮采那比蓮房心苦船載與看翠釜安排和雨和烟煮悄聞低語怕
一夜風潮滿湖吹散忘却舊時路

前調　芡

吟斜陽涼花幾點釵莖軟立烟水露苞漸重擎難定褪了一層肥紫
波乍起甚綠綴團團萬葉痕如沸羅囊誰寄儘打槳漁娃量珠手段
搴破鏡奩翠　青青刺絕似箇儂心事愁根多少攢細擘開滑向甆

盤走迸作鮫人寒淚枚嚙未想乳滴餘酥定有胡麻味芳洲暮矣共
水栗花殘茨菇葉爛一碧亂無次

前調 丁丑 初春挈鍈弟讀書水楊池館春水方生蘆芽荻筍
彌望無際倚此攄懷

又東風玉梅吹落香魂闌角栖住春痕蕩漾鱗鱗水都向簾旌團聚
清似許看几席安排準作閑鷗侶凭闌四顧有弄槳漁娃皂羅鴉髻
短艇疾飛去　春纔破綠了垂楊幾縷鶯兒爭學新語料應惹煞長
眉妒清福被儂分取帷下處只聽水聽風漫聽僧廬雨鐙昏夜午漸
夢熟禪床咒殘佛號梳月一痕吐

前調 歸自吳門長風闌雨落紅滿院撫時感事愀然有作

問長天濃雲潑墨一春何便多雨花光恅愺渾如夢問煞那時庭宇
朝又暮恁綠慘紅愁容易年華去淋淋不住要丁屬鶻娘莫呼歸也

留者二分補　情無那多少香魂埋處憐伊都沒人主生成絕艷供飄泊一歲一開何苦寒幾度算命薄花花合受天工妒芳期竟誤儘罵殺東風返生無計難慰此酸楚

前調　春暮登弁山訪僊人洞見桃華萬樹妍媚泥人

者烟鬟塵飛不到小桃紅徧山路是身渾入天台矣片片打頭如雨惆悵語道似此花天沒箇人兒遇撥開香霧更梨白偎雲鵑紅嗁血多少可憐處　斜陽外指點林巒無數阿誰來鬥眉嫵笑人凡骨殊難換枉此佳游一度時易暮倘飯熟胡麻第一先分與渾忘歸去試尋个樵童叩伊僊境消受福如許

前調　題家春水瀋西湖雨泛圖

怪吟蓬衝烟犯雨一枝柔櫓搖緩吳儂可是眞無藉來把全湖分占情汗漫渾不似徵歌命酒嬉春伴段家橋畔問寶馬鈿車匆匆去了

誰飽看山眼　頻年夢夢到雙堤堤半啣伊花柳憐眷者番肯負登臨興成得充囊詩卷差勝算儘湖影山光收拾歸新絹計程不遠倘再約東風重尋西子此是俊游券

念奴嬌　平江舟次重展虎阜紀遊册有舊夢成塵新愁如水之感不能自已輒填此解

鶯嬌燕姹問癡人怎般凝情曆鍊記得些些花下事便費閒愁無算窄袖拖春雛鬟扶媚嬰武釵頭顫斜陽歸去柔魂拚爲伊斷　生怕一展輕綃臨風一度弱影都吹遠難保闌干无恙在何況桃花人面洗璦湔愁停鐙佇夢留个相思券重逢倘許休教又博微粲

賀新涼　八月十三夜招同翁穆仲雒徐淸華錫奎金銘錫三雲楣錫第仲蘭九湘家弟穆甫放舟木蘭洲觴月

似此秋光好道明明酒星天上幾宵閑了料理缺瓜船一隻埜思撩

人多少看鏡樣波痕新掃蓼影欲紅蘆漸白怕凌波羅襪都虛渺只涼月能尋到　烟襟露蓮皆年少坐團欒銀餅索隱玉山拚倒嬰武杯輕蟲蠟瘦欠箇小紅嬌小還勝似月殘風曉空闊水天閒話冷除眠沙鷗鷺誰同調歌一曲漁家傲

綠意　爲子湘題桐君小影册後

秋光似此只欠伊一桁陰綠如水曳斷殘蟬絮欲疏螢直恁冷清清地銀床好夢渾無影更誰識嫩涼滋味況者時寂寂南鄰著箇牢騷秋士　悶想前番光景那家院宇裡碧意無際靜夜闌干薄曉簾櫳幾度月明風細如何恰坐三生想田可似爨餘焦尾得箇儂寫上生綃也算此君知己

金縷曲　秋日偕家弟鏡新陳朵香同門于不中不值際晚艤舟湖上蟾影揭天漁歌媚夕風露沐首涼思浩然殊有觸于

秋抱矣

月上黃猶膩嫩涼天一鷗選夢就荷花底珠斗闌干河一尺悵望停雲無際莫冷得交情如水呼出蘆中人一箇問盟詩裏飯商量未風露外沈沈思　何當載酒南湖去有漁娃纖纖雅襪盤盤螺髻畫槳烟波涼意頗嫋娩舵樓斜倚怎禁得新秋滋味釆欲芙蓉歸去晚怕明朝瘦損花容易歌緩緩隔湖起

疏簾澹月　寒月

西風正緊看白上紙窗一絲光迸閃煞羊鐙花瘦篆篝香燼悄無人語三更後冷清清幾家團影流黃機上退紅樓外夜深休問　對此際玉容端正便千里關山刀環同證萬古清光如許幾人無恨傷心舊夢梨花杳況無聊今夜酒醒茫茫昧昧悵悵惜惜此情誰省

百宜嬌　有似扁螺而長者土人謂之女兒螺江北水產也煮

以佐酒甚佳暇日製此索薌吏繼聲

文蛤含波青螺上水又長幾番潮信阿嫂和羹索郎顧我風味者般尤俊餘腥去否便一晌溫湯須準認良宵鑾蠟紅邊笑伊魚婢堪媵生愛是蟲天仙品合倩玉纖纖一重重褪小字紅樓舊情碧水筵角春魂銷盡殘年餽食定分餉壻家偏稱甚過江絕少知名算餘徵恨女兒蟶出水即餒雖極寒不能帶至吾地

一叢花　白芍藥

名花骨相合仙鄉小謫豈尋常逢春難挽春同住但低頭无限思量十里珠簾二分明月玉夢可周防　者時花事易荒涼雨驟且風狂人開脂粉皆零落況禁它靚服明粧深掩窗綃香魂珍重也只算孤芳

綺羅香　自題歌樓聽雨圖

簾蠟影紅搖鮫綃翠掩正是昏黃時候滴斷春心相和迢迢玉漏珠
任一桁低垂只香夢者番殘又漸沈沈寒逼酒邊今宵何處醒依舊
年華應惜慘綠曾記簫樓冶思月明於晝一樣窗紗一樣箇床歌
袖怎禁它暮雨瀟瀟便直恁綺懷酸透一聲聲悽入東風曉鶯啼碧
柳

高陽臺　陳夢琴以木香花詞見示塡此遺之

楝子吹風荼蘼同夢春光欲去還留一桁重陰護伊翠蔓偏柔瓏瓏
壓架矜晴雪舞飛英近傍珠樓倚斜陽人倦東風花挽新愁　春魂
欲醒還重醉問誰家簾箔玉下雙鉤脈脈餘馨濃吹十二釵頭如絲
莫便輕簪鬢怕新來鬢影含羞任惺忪可似梨雲一夢清幽

念奴嬌　十一月十二日集欵冬花屋分賦寒閨詞得寒醉

氈帷初下恰酣酣欲睡燈闌時候絕愛殷勤郎手勸忘了半醺醺後

煖勝黃縣低呼綠茗白拗梅華覷繡床且倚怕伊窗罅風透　猶記花底扶頭枕邊墜珥夢也驀星舊因甚新來蕉葉暈減比從前還又額卸豐貂顏欺蠻蠟慵數丁丁漏不知簾外雪花飛正如手

張寶鍾原名鏌　字尺寶號昔冶又字芍叔號𦾔吏亦號香午諸生旌表孝子有瑁朗閣詞鈔梅邊吹篴譜餅說庵詞仲湘曰君賦性靜愨制行謹飭閉門自修不徵逐聲氣里社觴詠興至則赴雖酒酣無譁浪叫囂之習接後進莊而和人多敬愛之

秋霽　集停雲樓茗飲即事

如水樓臺正有箇秋人薄病初起渴忍愁懷瘦扶詩夢惜惜者般天氣怨聞鶴唳羽仙初約松風際蕭瀟意剛好素心都向碧闌倚　消受此段絕冷秋光碧陰澄澄鏡見甌底算平生冰襟雪抱祇應問領玉川味試聽琴濤聲又沸一銚安處更欲喚起坡翁夜看娥影十眉同比

瑤花　寒唾

梅英細嚼玉齒津津正華池芳引櫻桃小啓却忘了一點脂痕紅膩油窗紗戶恍吹上雪花螢凝任者回噓暵熏籌尙怕冰壺攜近　夜來貪看霜娥便芳欬微聞桃臉偎枕呵毫吟罷偏易惱帕上香螺痕印當風翠袖又禁得不華淒暈對茗甌綠憶春情葉葉撚成餘潤

買陂塘　曉發鱸江和仲子湘

碧條條柳絲垂處一蟬如夢低挂月痕臏印船牕白尺幅輕紗新砑開曉乍看着水涼烟還似濛濛夜漁娃妝罷又脫下青蓑鴨兒笑裏柔艣倩郎把　水荷小有箇蜻蜓閒疋幾回偸眼花下愁波隔了歌聲遠桃葉而今應嫁惆悵話道綠已成陰何況人如畫回腸斷也儘拍徧紅舷歌餘水調誰更索羅帕

高陽臺　流虹橋和子湘

病蝭偎花殘鶯哭雨高樓人度春深春去天涯垂楊容易成陰咒餘紅豆相思苦況私情那託飛禽悄難禁斷了絲魂冷了香衾　劉郎便許逢能再奈桃花命短玉隕烟沉人已重泉情波尚滿江潯書生薄倖尋常極耐黃昏酸透春心莫孤吟夢畔愁邊萬一來尋

大江東去　舟過八尺和子湘

篷兒欹側訝浪花和雨船脣噴濕萬兀千搖渾不定柔艣一枝無力水國陰晴艑郎身世到此應驚絕片雲不管催詩猶自低黑　遙望白雨漫漫荒波卷卷眼界何愁窄鐵板銅絃高唱起只有怒雷聲敵風水奔騰魚龍曼衍咄咄如相逼一鷗無恙前灘斜立窺客

賀新涼　平望夜泊和子湘

晚飯艅艎纔趁斜陽繫檥何處水楊柳下兩面窗紗風不隔些子秋光先借只團扇招涼還把指點湖樓紅壓水有雕闌曲曲紋回亞眉

樣月窺簾歸　參差閒弄珠喉瀉想剛是蘭湯浴後墨羅衫卸謾訴
當年蕭史事只算秦樓未嫁乍一點癡情兜惹知否箇儂涼太甚聽
聲聲漸近三更也扶香夢倘今夜

邁陂塘　花朝同蔣子延楊辛甫訪王椒畦丈於易書軒

一房山縈然如玉四窗風氣爭射此間政是山佳處小築詩仙池榭
人樸雅有一杖當花衣彩還如畫琳瑯滿架問老去王維畫禪誰證
茶熟共清話　山花放點綴闌干明冶好春終竟無價阿瑛仙去詞
壇冷賴有先生清暇山對寫道老筆縱橫蹊徑何須借畫叉閑挂政
懸夢圓成十年前曾乞畫弁山訪古圖　纖材紛至問字滿亭下

綠意　詩筒

涼雲一握忽墮來几上詩夢都綠莫是天風咳唾隨伊吹來盡化珠
玉不知誰是吟懷健但對爾平安相視笑者番束筍真看中有管花

盈掬　曾記玗玕刻翠美人此贈我吟思千斛日暮天寒水驛山程來往詩魂應熟翻新肘後奚囊樣相辛苦管城同築算便教咫尺分牋也要此君三肅

夢橫塘　薄暮抵合溪不得登涉偎臥篷底聞轟雷吼雪聲詢之榜人曰此雨後飛瀑也覺爾時魂夢在清淨世界同筠友兄製此

枕流種竹量石栽松此間風土清絕水夢山魂定幷入矮篷今夕調倚歌頭篷吹舵尾一漏窺客薦黃昏玉濺珠跳關心聽聲聲滴　那知身入溪山只空濤著枕清透詩骨滿耳潺潺笑人世箏琶何物算還是在山泉水清濁之間辨應得根觸春風黃塵兩鬢問何時能滌

埽花遊　冒雨遊巖山

東風招客看兩屐拖雲一笻扶雨山靈笑語莫迷陽易唱綠陰遮路

醜石嵌空翠絡朱藤花古拂煙霧蔫放出四山奇景無數　休問垂釣處任古蹟荒荒幽尋無據舊時仙侶賸病紅未掃杜蘭香去凡手何人能洗山眉楚楚準留住作斯閒萬梅花主（山多古梅珠藤邑志霍曉居其麓手自劚滌奇石盡出今爲余叔竹虛先生所買將築生壙幷營別墅焉）

買陂塘　積雨初晴同曹尺玉水部朱甘白翰林久庵筠友兄泛舟罨畫溪清妍之氣沁入肌膚胸次五斗塵一時都盡

碧泠泠琴音曲折此間風景妍雅水邊漫惜朱藤老尚有萬花低挂晴放乍聽一路清潺無數明珠瀉鷗邊鷺下算詩夢能儂塵襟略浣清氣政如畫　烟林好莫問舊時亭榭娟娟叢竹青亞湖蝦出網光如雪笑向漁娃論價春事能漸鴛侶嬉遊雙槳花陰打水天閒話趁茶熟山前酒沽上箬碧月佇今夜

前調　八月十三夜同人放舟木蘭洲觴月

買蜻蜓漏邊尋夢落然來去無定常儀未到團圞候早已玉容端正渾似省更耐露禁風涼在波心等挐舟搖近只清話寥寥紅舷叩叩親切被伊聽　秋將半玉宇瓊樓休問者番須各泥飲相逢不是扶頭醉負此少年青鬢心事緊況一客蘆中容易吹簫肯時蘭修將往吳江故云今宵酒醒怕殘蠟啼烟暗蟲絮月漸漸水天冷

楊廷棟字載安號東甫諸生秉桂從弟去病案東甫能弈善飲尤工畫蘭與辛甫各極其妙

詞凡兩帙臨歿悉付諸火故存者甚鮮亦可惜已

長亭怨慢　絮影

又驚喚東皇歸早蕩漾纖魂倩伊殘照認不分明慣隨風力共吹到去來如夢香徑裡紛難掃捉處訝都非但暗惹兒童諠擾　誰道有征鞍暫駐寫盡怨懷多少空痕萬點鎮攙入一隄芳草怕也是幻化匆匆更禁得萍蹤飄渺算著溷沾泥差免春人懊惱

南歌子

簾幙重寒鎖闌干月正中客愁剛是酒杯空何處一聲長笛倚東風

玲瓏玉　藕絲

圓玉擎來且横截付與銀刀纏綿不斷甚時早種心苗最愛蓮筒佐飲稱風前搔首詞鬢飄蕭涼招看當筵冰水共調　記取晶盤碎嚼任棼如難理瓊思偏饒遞到葱纖尙輕盈皓腕紛撩憐伊玲瓏心孔便眞箇癡蠶縛定那算堅牢莫成片是相思愁緒未消譚獻云體物賦心可通風興

施仁政字茜齋

瑤臺聚八仙　壽許母陸太夫人許銓竹溪之母

寶婺呈輝瑤臺畔正當三祝稱觴海籌增紀斑衣戲樂萱堂瑤席上賓欣親頌玉堦前桂馥蘭芳却擎來蟠桃初熟杯泛霞光　華堂長

明寶炬譜雲璈雅奏壽頌高陽芙蓉競秀相逢荷誕飄香齊來花神
月姊酒進是瓊漿曲羽裳遐齡祝翠柏蒼松似福有餘慶

笠澤詞徵卷十六

完

笠澤詞徵　　　　百尺樓叢書

卷十七

邑後學　陳去病輯錄

清

仲　湘字壬甫又字子湘號蘭修諸生有宜雅堂詞咒紅豆庵詞綠意庵詞　黄燮清云子湘詞婉轉幽媚堂名宜雅洵乎其不愧也　去病案壬甫居盛澤與沈南一陳子松輩以學行相切磋雖爲諸生而無意科名惟好詩詞嘗搜輯邑人詩爲留爪集人自爲卷得數十家刋之會粤亂起君亦侘傺卒矣

滿江紅　題岳忠武王玉印用述懷韵

百戰山河功垂就霎時收歇空贍此不磨名字至今烈烈儻何偶題江上寺小詞曾唱簾前月想書成押尾總須伊昆刀切　北盟恥誰背雪南渡弱且甘滅恨名刋燕石此生終缺紅漬星星餘熱淚碧凝寸寸唯寃血笑當年多事鑄金章頒天闕

露華　集停雲樓茗飲即事

長卿薄病對似水秋光正燥吟吻綺閣令暉商略賦成香茗故人小別相思也恁濁懷難忍苔扉叩斜陽一竿淡淡烟影　清談自見心性更小院瓶笙閒坐同聽不識籠頭紗帽是何流品漫將世味參伊一例膩甌腥鼎甘與苦茶星在天可證

點絳脣　汪又村屬題柳如是妝鏡柳未歸錢時居吾鄉歸家院見觚賸

影事分明那時常與嬋娟見一腔幽怨忍對尙書面　舊日妝樓回首應留戀歸家院蘼蕪青斷月牕閒宵半

戀香衾　寒起

怪底紗窗曆曆護護不住日影三竿曉夢零星未曾完但聽梅邊翠禽語便攤被無計重圓強喚侍兒扶引冷墮瑤簪　欲下頻番又遲戀怕剗韈立地先寒繡幌雙鉤一半才懸曉鴨宵長早香燼呵指煖

彈鬢粘盤怎禁得樓外碧瓦霜乾

邁陂塘　題南湖柳隱圖

傍垂楊更臨流水數椽廬舍誰築軟紅十丈飛難到門外週遭濃綠鄰早卜愛織葦搴蘿半是漁家屋耽幽厭俗便弄絮詞成攀條賦就未要世人讀　烟波隔笑我勞生魚鹿鷗邊曾未徵逐明年柳上春風動一舸定尋芳躅看尺幅算似此湖名只合騷人屬詩盟酒局莫驚起鴛鴦碧愔愔裏雙睡夢初熟

壺中天　春陰

隔簾風峭訝微茫浪影盪搖寒意嬾霧愁雲吹不散閣住冷清清地一鳥孤飛萬花同夢綠釀苔階膩曲闌干外夕陽微動如水　遙想窄巷孤村餳簫聲咽酒旆輕搖曳一角紅樓人悄悄有甚心情閒倚命屐行遲呼鐙上早領略愁滋味翻開花歷試猜明日晴未

綠意　夏首春餘萬綠如水雨後意行默有棖觸

垂楊巷陌是一條別路春去無迹滃暈濛濛不管傷心直到天涯凝碧高樓容易窗紗暗漫指點茫茫林隙念那人婉婉芳年有此鬢邊顏色　祇歎清狂小杜十年已爽約閒恨空積認取青袍點點痕痕淚比落花紅滴雨餘長了無情草合棄置尋春雙屐到爾時回首東風賸聽子規嗁徹

月華清　八月十三夜同人放舟木蘭洲觴月歌此侑酒

弱槳煙扶疎篷星瞰酒人詞客分坐水月微茫淡得秋心無那似垂虹一舸春寒只照蟹幾鐙幽火涼頗看冰輪吹上夜風旋大　拚與醉殘歌破任荻響騷騷蛩吟瑣瑣如此良宵不合等閒過正人天萬籟都清肯心地一塵還涴聽我有高寒水調扣舷誰和

揚州慢　題徐雪廬丈紅橋感舊詩冊

早倦風懷旋催星鬢鬢歡直恁迢迢只尋春舊蹟尙宛轉紅橋話丁作憶當日歌頭酒尾幾番題扇幾度聽簫算二分明月凄迷曾照魂銷
十年再過贌橋邊紅藥花嬌奈酒客漂零詞人惝慞同賦無聊莫問杜郎游賞青樓外樹已蕭騷況樓中人影何堪重認香綃

拜星月慢　郡城延秋一集沈西雝丈招集淸陰禪房分詠秋花得牽牛花

脆蔓縈愁圓花承淚點綴新涼庭院乍曉天光正青藍濃翦伴遙夜獨自消磨幾許風露只怕星期還遠一度開時算一平回相見　較秋孃螺黛誰深淺晨妝理翠鈿都零亂怎奈淡日微熏便芳心微捲況柔枝不繫香車綴紅牆隔依舊銀河轉贌籬隙絡緯聲聲共機絲凄斷

解語花　延秋二集陳雲伯丈招集鷗隱園觀荷限賦是調

香清撲扇影豔窺簾開到花無罅嫩涼池榭垂楊外早許一絲秋借搴芳去年聞隱約纖歌散罷禁幾番無賴西風吹老鴛鴦也　祇有鷗鳧最暇挈朋儔三五來補銷夏綺懷兜惹沈沈醉肯負玉容嬌姹商量冷話還只恐珮裳輕卸知甚時葉背跳珠涼雨空中灑時望雨頗切

高陽臺　抱珠水榭有贈

寶髻雲頹芳姿月滿羞他時世梳妝小語零星一般似說家常衆中也只無情對但秋波暗遞偏長分去相當黯黯青衫淡淡紅裳　當前怎便狂言發況難求玉杵易得珠量桃葉桃根空教妒殺王郎水中曲曲雕闌影替詞人折盡柔腸更淒涼丁字簾前一段斜陽

剔銀鐙　題俞少蘭蘭中江惜別圖即用元韵

底事淚痕如雨惆悵那人歸去寒色欺花斜陽眷柳賸箇紅樓誰主送伊南浦賺離恨心頭閣住　說甚飄茵着土只算前生定數第一

銷魂初三佳約煞費眼酬眉許情難忘處尙夜夜鐙屛如語

買陂塘　同張香史贄曉發鱸江一舟逆風衆緑如水篷牕閒話并紀所見用郭十三麐諸暨道中韵

喚瓜皮柳眼未醒一絲殘月猶挂曉光欲白先攙水掌樣波紋誰砑迎暑乍問如此朝涼莫是新秋夜敂舷歌罷有荷葉摇風篛篷障日團扇不須把　江鄉好只羨沙鷗閒雅夢隨軟漲高下小家臨岸門都閉惆悵浣紗人嫁休浪話看澹澹山眉還似張郎畫漁舡來也更婉娩柁樓荷薌梳髻尖褭兜羅帕

高陽臺　過流虹橋感葉元禮事用竹垞太史韵

樓影銷紅橋痕斷碧愁波一段深深人面初逢門前緑未成陰此身不恨緣情死妒枝頭共命雙禽悄難禁淚透單衫夢透孤衾　從前見也怱怱甚恁羊車去杳魚訊消沈一瞥東風桃花零落烟潯可堪

泉路微茫極喚卿卿來訴傷心漫沈吟寸寸相思斷到難尋

大江東去　舟至八尺水雲成陣風雨間作搖兀野岸蕭寥無人偶歌此調恍惚魚龍出聽也

矮篷艙底驀催詩頭上片雲如墨怒聽雷聲訇陣陣陡覺前程漆黑萬馬掀波一龍挂雨七尺孤舟立公無渡也收飆試看風色　漫道膽弱書生愁風愁水似此禁搖兀破浪雄心先小試引得狂奴狂絕喚箇黃頭看余赤手一弄屠鯨鐵以詩投水舵樓危倚吹篴

賀新涼　雨後抵平望停船米市河月色在水涼風泥人隔岸樓牕洞開簫聲清絕

笑語涼于水正惺忪黃昏雨過碧天如洗絡角銀河斜清淺更着眉痕月子恰照見紅樓雙髻一桁棗花簾不捲有清聲飛出欄干底橫玉管袖羅倚　風懷酒膽濃如此但沈沈宵深露冷應添半臂聽到

珠喉微澀處約略分瓜年紀莫忘斷腸滋味笑問三生狂杜牧倘相逢值得銷魂未今夜夢月能記

月華清　八月十三夜同人放舟至木蘭洲觴月歌此侑酒

弱葉烟扶疏篷星瞰酒人詞客團坐水月微茫澹得秋心無那算常儀後夜團欒怎刻意者番梳裹涼頗莫風邊露際衫欹袖嚲　拚與醉殘歌破任荻撲騷騷蛩吟瑣瑣能幾黃昏忍便等閒閒過只安心一點輸人奈窄量三蕉慳我還可有高寒水調拍舷催和

念奴嬌　中秋夜過紅萬庵兒女冠桂孫禮月

瓊思瑤想問姮娥孤另甚時才嫁青豆房櫳如水靜人在露邊風下珠數牟尼花拈迦葉心字香燒罷人間天上迢迢如此良夜　深悔大士皈依小名喚取秋怨年年惹一點芳心渾欲語況復玉簪開乍耐盡黃昏依他素影了却今生也者情除佛落然還向誰話

沈曰壽字延之一字笠君有綠意盦藁去病案笠君居盛澤昆季三人俱尚風雅周叔斗嘗主其家因共創爲紅梨之社一時名士爭相唱和蓋猶有承平之象焉

茶瓶兒　集停雲樓茗飲即事

碧陰蕭蕭深院宇問滋味何人嘗取商略延清侶竹爐濤沸一陣松間雨　肺病年時消未去涼露滴花瓷收貯無事還親煑阿青不來見惆悵秋風暮

沈曰富字沃之號南一曰壽弟道光己亥舉人有受恒受漸齋集去病案南一與陳子松俱爲姚春木入室弟子蓋以桐城派古文著稱于時者詞特其餘事耳

眉嫵　寒語

政偎貓呼罷凍雀喧餘燈影向窗滿取次停刀尺無聊賴喁喁忘了宵半悄聽自遠兒一重添護細幔最難得瑣屑家常事儘他也腸斷曾否三春庭院記比花更解和絮同輭容易年光盡閒愁重眉頭

多事還展比肩較㷭耐幾番籬局都換待留與來朝餘緒尙懷欵欵

買陂塘　白蓮花

忒微茫溶溶月色美人家在湖（譚作前）浦紅情綠意都消歇（譚作堪持贈）冷抱一重幽素天欲暮似織龍機絲吹化凉烟去爲伊小住只倚玉無痕偎香有夢自恨不如鷺　田田外一段相思最苦夜深多少風露鉛華洗盡天姿見相對何須解語愁幾許着一片秋陰似穀還如霧持杯問取縱雪貌難酡風裳耐冷獨立甚情緒（譚獻云高逸）

滿江紅　吳愚甫丈冬烘先生圖

禿樹低垣正晴旭暖融牕紙朔風遞書聲淸澈如缾瀉水五十不官成學究六經能讀稱名士有熱腸一副比爐溫未灰死　硯田入供甘旨一絲溢妻孥恥儒衣茸帽一寒至此酒熟頻邀隣曲叟詩成自笑村夫子任豪家錦帳㷭如春冰山耳

金縷曲　重午日飲松風亭疊均

自古賢遺野有三閭大夫懷石汨羅江下閶闔九天高莫極鴆鳥不媒何嫁枉問徧神祠壁畫處處龍舟沉角黍但諠闐士女紛車馬千載恨孰陶寫　焉能鬱鬱居鄉社又忽忽一年時節三分二也長與戶齊誰氏子人往空留堂榭取劍鋏朝彈至夜美酒肥魚酬令節任明朝囊底空空者容我醉荷亭夏

前調　雨久獨坐陳梁叔以黃研北丈新詞見示訂署中集飲次均奉答

衆綠生（一作盈）郊野政家家（一作敲難堪）黃梅時節雨浪浪下已是兼旬門不出閑黃宛如新嫁但坐看漏痕成畫涼句飛來雙鳳玉羨揮毫疾似追風馬清響答我心（集作瓦溝）寫　年閒酒戒開蓮社不愁仙炎官火繖從公遊也（一作但相逢布衣野老醉扶歸也）幾度松風亭外望認得仙人樓榭愛

高柳蟬聲近夜航兩三人溝丈八怕天公又（一作阿香來）作催詩者雲黑處正（一作雷）鳴夏

前調　叢桂堂酒後偕二陳聞笛悼俞桐伯疊均

瘦島寒東野話當年賦高軒客愴然淚下玉樣清霜冰樣月青女素娥同嫁問絕代嬋娟誰耆是鬼是仙渾不辨吐長虹壓住金環馬思舊賦笛中寫　穠桃郁李成羣社遠遙遙廿年中事最難忘也青鬢與人猶日遠何況嘯臺吟榭有炯炯心光未夜長共樵兄漁弟老博才高一世何爲者且閉戶過炎夏

水調歌頭　前詞成梁叔和以此調倚而答之

何處笛聲起吹落酒尊前不須從爾陶寫哀樂慣中年樂莫樂兮相識哀莫哀兮相別何況隔人天天上亦何好幾度葬神仙　難忘處風雪夜共無眠世間多少俊物无爾意纏綿人道文章驚世又道風

流好事此意更誰傳揮盡故人淚應不到重泉

摸魚兒　餞春用稼軒春晚均

鶯開簾落紅如雨紛紛蜂蝶飛去餞春曾記杯盤盛歷歷舊游人數留不住悵半入泉臺半向天涯路了无佳語對瑟瑟輕寒書長人倦獨自擁衾絮　晨鐘動勝事豈容再誤吳霜斑鬢猶妒少年宛似青陽候淚擲又將誰訴聊起舞渾不信文章爛賤如泥土梅酸酒苦且與論英豪鳥啼日暮寂寞在何處

浪淘沙　癸丑除夕和魯子容飲仲壬甫丈宅紀事均

挑盡書叉錢册煞坡仙椒盤留客續前緣我是道人姜白石除夜歸船　何物可忘天痛飲年年今宵一錢已頹然債主催行君且去我醉須眠

水調歌頭　甲寅閏中元前一夕白洋泛月

明月不長好行樂及良時不愁今夜陰晦但恨我來遲且復移樽喚渡容易提鷗挈鷺蕩漾水之湄頃刻清光滿晴展爲伊誰　酌佳釀然巨燭唱新詞那知許事江水東去日西馳可歎周郎赤壁更憶髯翁坐客幽咽洞簫吹水月無窮在一笑盡餘巵

摸魚兒　蘆雨庵小集同王四篁貳尹調

最難忘莫愁湖水一泓雲物無際此間亦有紅闌影惜少數峯青耳聊復爾待買得好溪山住何年事徵吟薄醉便藕未花開碧蘆葉葉已足暑塵洗　詞客健老去一行作吏松間公事餘幾隱囊紗帽相從樂玉屑霏霏塵尾呼月起更招手閒鷗蕩漾空明裏清歡未已怕露溼吟篷蛩鳴野岸興盡我歸矣

沈曰康字安之

品令　集停雲樓茗飲即事

竹簾陰裏受日影娟娟細小樓低亞良朋欵曲素瓷烏几不是文園病渴也多閒味　一聲聲沸說夢處安禪地但餘空馥幷無遙籟沉寥天氣七盌底須嘗罷已清風起

柳清源一名烜字鄂生號松琴晚號覺翁諸生有焦桐吟館詞三卷

殷譽彭云松琴家素封無華腴之習壬辰冬室廬燬于火焚煬殆盡獨詩稿及所輯家珍集以索序得全

攤破浣溪紗　題寒松閣詞

一卷新詞豔翠茗南湖烟雨澤吟毫合喚雙鬟花底立替吹簫　春水綠波涵別恨秋風紅豆簇愁苗惹得江南頭白叟也魂銷

柳梢青　送春仿竹垞體

春欲行耶亂紅吹盡興也闌耶杜宇聲中曉鐘敲後肯暫留耶　東風魂斷誰耶銜別恨鶯耶燕耶芳草連天落花滿地何處歸耶

鳳皇臺上憶吹簫　觀劇

秀麥風輕收茶雨歇刦還天氣清和正柳絲千縷低醮鱗波裝點昇平景象芳郊外鮮樹峨峨句春住十叢紛綺一片笙歌　無何看場散也剩啼鳥留人學喚哥哥笑夕陽紅處孤影婆娑不惜杖頭錢盡沽綠螘還佐香螺扁舟返吟朋兩三儘㪍消磨

殷壽彭字雉斟號述齋道光庚子傳臚官詹事府詹事有春雨樓詞稿去病霥述齋先世居歙上里殷村七世祖士喬明季避水患始還居邑之長田及君乃以績學成道光八年優貢旋入詞林掌文衡而君弟壽臻姪兆鏞亦相繼擢巍科致通顯蓋君實開其先路云平生尤精八法酷嗜碑版辨別眞贋殊得神解收藏甚富均自爲題跋考核極精兆鏞父東溪先生增亦嘗病袁景輅所輯松陵詩徵限於近代不及往古乃溯自晉張季鷹以來迄于明季諸遺民成松陵詩徵前編十二卷尤爲一邑文獻所關云

金縷曲　李石巢招飲

羅幌春寒淺正思量墜懽拾起閒書花片剛好玉臺新體製一尺瑤華先遺快短幅雲藍牋展盥了薔薇添了炷算擅場前輩吳生遠兼

下酒鳥歌勸　長安枉想看花徧歎年年依人活計說還顏覥朝又抱書宵抱影空把深情繾綣且去逐東門黃犬也勝帷車羞閉置長賣文作畫書驢券高歌罷望青眼

菩薩蠻　集竹垞詞

花源豈是重來誤游絲不繫羊車住鏡約總難諧催歸嬾下階　紅樓思此際再見渾無計舊事費廻腸封書遠寄將

賣花聲　集竹垞詞

箏語燭花偏小院疎簾斷腸春色又今年雜體江淹三十首百福香奩　惟有影相憐坐裏吟邊蘭期空約月初弦賦就閒情添口業研粉長牋

蝶戀花　集竹垞詞

胡蝶團欒花底住喚取深杯夜月修簫譜流水高山多樂府魂銷事

去無尋處　總是人間斷腸句減字偸聲悶把芳時度只有琴心難寄與鍾情怕到相思路

金貂換酒　爲蔡嶺香題買巢民墨蹟册

多少滄桑恨劇淒涼空花人世竟無憑準五十年前如夢去回首都成電影歎零落知交略盡鉛水銅盤盈把淚泣春風珠履華堂冷提往事只休論　黨魁名字爭廚俊先生與商邱侯方域桐城方以智貴池吳應箕宜興陳貞慧時號五公子到殘年豪華轉眼黃金虛牝剩有百錢閒挂杖一笑皤然雙鬢也莫問梅花高詠但奉畫禪香瓣在晉和唐默向淵源證留墨寶照豪穎

桂枝香　題徐竹君遺像

披圖重認歎磬欬依然年華泡影游跡秦淮幾度追隨鞭鐙十年隔得春風面聽山陽笛聲淒緊海珊誰網荆璆獨抱況留遺恨　喜風

雨彭城人近把鄭堂箸錄文園稿本收拾零珠付與藏山刊定只今
我亦傷心者劇酸辛詩夢孤冷寒蟪蛩語寥天雁叫寸心常耿

黃增祿字子芾又字伯穀號穀卿道光庚子舉人有拜石詞　周之楨云

孝廉居恆閉戶自精閒作詩及畫俱名雋工細楷宗法錢松壺
去病案穀卿世居垂虹釣雪閒其老屋即鱸鄉亭故址也嘗
有題蓴榮畫冊詩云西湖未必勝東湖浪說長衡一幅圖我
本鱸鄉舊亭長年年風味飽蓴鱸其風流逸致可想見矣

百字令　憶西湖舊游

迷離煙雨指湖山暢好故鄉無此別後鶯花黃詞綜續編作匆匆誰管領贏得
相思難已黃作滋味塔影欹紅柳絲漾碧約略圖中記星星春色落花丁作
英飛墜懷裏　遙想葛嶺亭臺南園泉石黃作東晉頹垣南朝故壁都付滄桑矣
桂馥荷香猶似舊畫舫於今有幾黃作剩水殘山猶似舊笑殺英人有幾且任清游重
期後約莫負吳儂意丁作莫道銷金易澹妝濃抹祇應常比西子

金縷曲

春到隄邊柳正東風絲絲煙影綠波吹皺如此湖山怱怱去那禁相思歸後借摩詰詩情畫手背地描摹神逼似算明妝西子還低首常出入君懷袖　年年閑置如新婦弄扁舟煙鬟水宿者番消受落拓清游誰省識笑問巖頭靈鷲更幾度花新月舊雪滿孤山梅萼破可重來夢與胎禽就操此劵歲寒守

疏影　題疏香閣主遺象

一聲碎玉渺瓊樓僊去前世緣宿十里汾干六曲湘闌當年曾倚修竹冷香透出疏林外便問訊江南江北想寒簧月夜歸來依舊詠花人獨　猶記侍書月府緣塵偶小謫慵鬟梳綠閒愛唫詩悟徹繁華打疊梅花繞屋祗今翠羽空啼夢生怕聽玉龍哀曲倩龍眠背地描摹認取生綃橫幅

暗香

空濛月色忍清寒如許江城孤蓬喚起玉仙遙夜香燈引扶摘懺斷重重孽障只灰囊悔留詞筆訝則甚疎閣昏黃難認舊瑤席　香國鬘寂寂歎鶴守冷清者回愁積瓊瑰易泣悵望緱山迴相憶何處珊珊重步但畫裏一椽撐碧笑煮夢夢熟也幾生修得

浪淘沙　題天寒倚竹畫册

慵唱女兒箱秋老瀟湘一番徙倚一思量偎玉誰教添半臂怕冷殘陽　獨自轉回腸閒立昏黃莫輕彈淚溼衣裳製作扇兒裁作笛還耍淒涼

仲孫樊字補侯號博山道光甲辰進士浙江中防同知加知府銜

有鏡甲集

水龍吟　題夢鷗閣圖

樓頭橫枕湖光吟魂飛入湖烟裏婆兒何處打魚慵無蓼花扶起落

寞機忘蕭疏影曠無情有意儘秋風吹也秋波涼也寒不到玆盟誓便欲淩波浩宕訪鄰翁海天遊戲麻姑一笑桑田中事浮沈如此栩栩圓時蘧蘧歸候吾廬遙指有一分楊柳二分明月七分流水

計光炘字曦伯號二田著有守甓齋詞 于源云曦伯于畫師石田南田近復製爲長短句似樂笑翁又瓣香玉田矣去射襄城二三里爲雁湖橋上有亭曰冠鷺一名野水又有僧舍曰小滄浪曦伯嘗消夏于此風帆沙鳥烟波渺然此畫境亦詞境余年來作輒倚聲第不能工他日當挐扁舟擲短笛與君賡唱于蘋洲柳屋間倘相許否 去病案二田爲改亭後裔居玉江涇介吳越間故或稱秀水人

憶少年

蕭寥棋局頹唐酒盞荒寒詩格銷磨遽如此況人非磨墨 去日如雲何處積杳無蹤那堪尋覓還君鏡中見一絲絲添白

蝶戀花 懷錐庵吳中

記別君時春未暮客裏春歸君自歸期誤落盡荼蘼飛盡絮榴花早

又紅無數　畫舫蘭橈無覓處今年吳門无競渡　烟艸淒淒綠遍橫塘路合唱方回腸斷句黃梅時節蘇州住

西子妝　丙午四月十四夜醉後偕桐伯子宣泛舟雁湖登冠鷲亭人影寂寥酒懷悵觸相與徘徊久之不自知感之何从也

碧宇銷雲金波緺月一棹空明搖蕩蕭條渾不似春餘聽菰蒲早驚秋響絲楊繫榜問一角荒亭無恙更誰來剩隄邊鷗鷺依依三兩烟波曠比似西湖也算無多讓生憐睡起苧蘿人未梳鬟鏡臺羞傍休攜畫舫付漁艇餐風眠浪又殘宵酒醒還添悵惘

百字令　立秋前二日風雨閒作新涼洒然雲陰覆簷黯如欲暝

蕭蕭何處是篩空疎雨欺荷驚篠準待迎秋秋未至秋信因風先到

黛冷脂蔫，烟濃墨淡，寫幅淒涼稿。碧梧應識，一聲聽得知了。　剛愛簾薄通颸，牕深貯暝，殘暑渾如掃。當日詞仙，遊倦後只說虛堂眠好。病酒年光，悲歌身世，倚枕愁偏攪。輸他鷗夢，艸閒長定幽悄。

沁園春　題宋甥惺甫拜石齋遺照

歎息吾甥，玉雪清才，乃不永年。記髫齡學語，詩情楚楚；閒窗點筆，書格翩翩。縫月裁雲，偷聲減字，自爇心香白石仙。人何在，便圖中片石，精衛難填。　早孤身世堪憐，忍重話淒涼廿載前。況無兒伯道，更拋白髮；呼嬃長吉，齎恨黃泉。瓊樹猶新，玉樓遽召，此段因由欲問天。天難問，且商量剩墨，料理遺篇。

高陽臺　題唐蕉庵帆影催詩圖，圖爲亡友闕織亭繪

烟水空濛，林塘晻靄，一樓分占鷗沙。樓外征帆，隨風整整斜斜。分明一片雲頭黑，聽瀟瀟、雨脚如麻。又誰知，畫舫衝波，響出蒹葭。　遙峰

九點青描黛妒殘陽明滅瞥見還遮縹緲詩心憑闌目斷飛霞寂寥欲賦懷人句黯離魂吹向天涯更何堪感舊吟成掩卷生嗟

憶前游　題丁石香遺照册册中圖四曰橫江擊檝策蹇遊山隔溪懷舊曲巷尋春繪者翁君小海今亦歿矣

悵前塵易杳舊夢難尋話也零星是處江山好記吟秋策蹇酹月揚舲故人早悲黃土休問碧紗籠況哀樂中年誰能遺此付與丹青傷情展圖處見灑落風姿彷彿平生最憶年時事共紋詩觴酒多少鷗盟轉眼又殘春夢鄰笛不堪聽算爪印長留秋空望斷鴻杳冥

宋恭敬字勝吉號惺甫有拜石齋詞一卷

子源鐙窗瑣話云盛澤宋惺甫恭敬原籍桐鄉開川計曦伯光炘從甥也甫晬而孤迨入塾師金甘叔茂才作霖工書惺甫自幼即悟其筆法十餘歲能作擘窠大字即似其師喜吟詠尤嗜塡詞白石集皆能背誦故所居名拜石齋又工畫梅初無師承意在冬心叔美間向曦伯貽余畫扇其一面爲惺甫書甚愛之去年見曦伯所攜扇又其所作小詞亦頗有清空綿邈之致日昨曦伯書來知于梅花笛裏已賦游仙爲之悽

絕

菩薩蠻

層層遠樹青如薺殘縠天際紅於綺一餉好斜陽樓頭人斷腸　無言空有淚樓下長流水過盡錦鱗魚曾無尺素書

減字木蘭花

梨庭過雨簾影愔愔愁獨語半榻茶烟夢到瑤臺阿母邊　草香花暖六曲瓊闌緣砌轉玉兎初弦正照文窗了鳥間

高陽臺　秋日小步慶壽庵卜孟碩先生讀書處

斷渚橫舟連畦植杖依依幾室村農古柳疎籬茅庵曲徑微通蓬門半掩無人到但欹牆露蕚凝紅渺前蹤野鶴孤飛幾樹吟笻　摩挲不盡低徊意悵文牎蛛網篆碣苔封三百年來蕭然誰繼清風商量琴硯從安頓有白雲遍戶留儂儘從容楚些悲歌好和疎鐘

摸魚兒　題李五丈蘆雪菰烟老釣師圖

寄幽情苔磯片席烟波鷗與分占筆牀茶竈無多具鼓枻悠然忘遠
眞嬾散向日出烟消看盡巖雲展頭銜乍换比白石佳名轉庵好句
一例任稱唤　蕭疎處淡倪迂幾點摩挲幾度生羨一竿静把原非
釣自與蜻蜓風颭綸漫卷便廣設三千也作尋常看休嗟晼晩正晴
絮零秋凉飆戰雨詩料好裁翦

笠澤詞徵卷十七

完

卷十八　邑後學　陳去病輯錄

清

陳壽熊一名蘨字獻青號子松府學生咸豐十年殉難有靜遠堂詩餘去病案譚獻撰篋中詞書合子松辛甫南一爲吳江三家以爲學行敦茂文辭爾雅寓興長短句是爲緒餘是爲正軌云云足見其詞之有定評矣

邁陂塘　題徐虹亭檢討楓江漁父小印爲仲壬甫作

爲蓴鱸拋將華綬揭來灘畔垂釣頭銜不逐詞臣署添箇篆文紅小鴻印爪儘粉壁雲箋寫徧松陵道回頭一笑把崔氏遺詩元眞舊曲幷作散人號　摩挲了想見昇平才藻玉堂人物多少湖山潑黛煙波如鏡還得一竿投老留畫稿有白髮詩僧石墨裝池好檢討楓江漁父圖吾里徐山民丈曾爲劖石　芝泥香繞算家世徵文鄉閭攷獻先後共懷抱

乳燕飛　和春木先生用辛稼軒韻

雲氣浮平野出衡門長空孤鳥茫茫天下東郭先生吾未識處子依然不嫁看細柳眉痕新畫禿盡枯楊無一葉分韶華與我（集作爾）風牛馬底哀樂可陶寫　夕陽簫鼓枌榆社縱江鄉無（一作有）田可種我猶歸也早是春風留得住花發城西臺榭但有酒臣能卜夜倚醉狂歌公不怒惜悠悠今（集作無）古無來者好（集作急）擕屐趁（集作及）初夏

前調　疊韻寄張詩舲方伯甘肅

春草生邊野又盤盤大雲含潤絳霄飛下五嶽游蹤旌節底不著向禽婚嫁愛苜蓿榴花如畫風月江山揮灑徧更蒼茫西向歌天馬清角起壯懷寫　塞垣自作雞豚社看紛然東南財賦公眞樂也燕寢香凝賓客醉應是家山亭榭料椽燭花開深夜善政紀詩詩寄遠有一牋分寄漁樵者屬而和秦聲夏

前調　疊韻題葉桐君廣文梛源

漲綠溪環野娲長條煙鬟臨鏡高高下下經卷藥罏方丈室却有楊枝未嫁爭不放緋桃入畫生恐斷霞隨水去喚孄雲遮斷尋芳馬武陵事更誰寫　蘭成枉賦枯桑社宅邊春依依如昨先生歸也密處藏鶯蹤映驚不索曲廊廻榭且莫問曉風殘夜六月荷隄眞好睡訶黃塵揮汗何爲者此間樂可消夏

前調　和黃研北刺史仁疊前韻招飲之作

投老歸林野有家傳涪翁（集作皤）秀句無虚名下絕妙機絲間組織猶似天孫初嫁待看取鶯鶯儵畫豪宕蘇辛無處使向蟻封若箇能盤馬那復索翠箋寫（集作那消得紅箋寫）　祗應來附香山社賦閒居年過三十鬢蕭蕭也冷醉不愁當火令況有篁中風榭雲巘灩月圓良夜莫道此中誰（集作惟）可飲算此中不飲胡爲者饗天樂鮮（集作無）冬夏

水調歌頭　題陳怡雲際青兪桐伯畫册同沃之梁叔叢桂堂酒後聞笛作

一掬故人淚，茹吐已頻年。飛鴻偶然留影，淒絶復鐙前。遮莫寄愁天上，更欲埋憂地下，難遣是人間。霞氣鬱修夜，玉樹揜重泉。　紅梨渡，雁湖側，玉峯巔。當時酒懷茶話，今夕助無眠。人道孝章憂死，又道伯輿情死，已矣復何言。自寫斷腸句，不待笛聲傳。

八寶妝　倭奩　奩得之故家，綈裹髹質，通體堆垛螺貝之屬，縹碧璀粲，殆數十種。其蓋了不見關鍵，啓之鏡也。前人多有爲倚聲者，壬甫以此解屬和，即同其韵

珊網餘珍，貝箱遺錦，百衲爲誰所製。龍女臨妝開寶月，有此十分瑰麗。如何拋了翠鈿，留却脂痕，空空只合盛鮫淚。休問遠山螺黛，當時情思。　且看蟾鎖藏機，螭房比密，等閒人巧難例。算細甚闓　襘髡物

歷多少滄溟迢遞待售取倭刀相儷醉歌豪洗春紅膩也省學香奩豔賤苦費眞珠字

金縷曲　題辛柳論詞圖

便作詞人了儘消磨才思尚有花穠月皎喚渡紅梨往來近雅謔清談都好且未恨春風易老老友江湖窮橐筆更燼餘自訂叢殘稿憐晚景也同調　儉聲減字工夫到問誰誇屯田清婉稼軒排奡酒社吟朋昔年事末坐追陪多少還看取圖中玉貌耆舊風流休復數只吾曹鬢亦星星早歌一闋愁難掃

孤鸞　綠曉莊卜孟碩故居

荒庵蕭冷任門外愔愔嬾雲遲醒殘夜虛樓容得一仙棲瞑葥摻水楊野竹想前時苧衫紅影休怪得來奇句在絕無人境　襯菰煙涼月墮圓鏡便望鬼幽情如此孤耿欲酹清觴并少危欄堪凭飛來碧

霞淺住盼塵中祇應徵哂何處泥無小欵問比鄰爭省

垂楊　河東君故居去病案柳如是初號楊應憐居盛澤歸家院詞蓋指此

靈香已往只蘼蕪長徧舊時橋巷鏡杳妝臺曉風來也徒窺幌討春誰更虞山上料一例蝶衣空颭算芳蹤多分銷沈沒箇艤煙舫　脈脈教人暗愴有老柳陰中溪痕消長綠到枯株幾枝猶掃眉山樣尚書甲第維持伎妥官舍瓣香遺像昭文縣署即牧齋故第河東君妝樓小影尚在偏餘水榭蘋花閒自放

鳳皇臺上憶吹簫　題品詞圖　楊辛甫仲壬甫兩丈嘗屬改君七薌爲是圖已燬於火此爲張某摹本

霜蕊淩寒冰丸皎夕飛來石帚詞豪問誰能點筆傳此清寥當日玉壺手蹟圖中樹亦已香銷更休問故人老去木拱秋皋　蕭蕭疏林一角還我舊游時人影溪橋賴風流張璪重寫生綃珍重前塵影事

揮淸淚尙有朋交好留與燈殘酒醒悵觸中宵

長亭怨慢　校宋斗山維庚遺稿即用其題黃壚感舊圖韵

已瑤樹身埋黃土只賸殘編可能千古一粟滄溟姓名傳世了無據爲君三歎且葉葉重翻取又感觸萍蹤見隔歲樽前酹句謂丙辰春集午生家分韵詩休顧看落花逝水怎得挽將春住良朋永訣草午宿衫痕還汗料存日賞爾淸才定追逐芙蓉城去斗山之歿後南一不半年襲時南一嘗贈以詩有尙有詩人宋斗山之句只我來游怕問湖干鷗鷺

邁陂塘　題楊利叔燕山匹馬圖

倚征鞍漫漫風雪仰看一雁飛度男兒墮地無南北眼底家山何處吟短句有慷慨嘉州特擅一作著幽幷語肇滓絹素一作華年易誤顧鏡裏髭鬚一作鬚髮閒中髀肉也待提鞭去　班生筆幾費傭書朝莫憐君意氣如許吳根越角游蹤險便凝風塵馳驚休自苦看戎馬書生若箇堪

千古糟邱萬戶歛摩盾才華射雕身手痛飲對歌舞

董兆熊字敦臨號夢蘭諸生咸豐元年辛亥舉孝廉方正有味無味齋集去病案夢蘭父玉少贅于董因從其姓母即松筠節婦也一門賢孝爲桑梓重生平弘覽博物與南一子松齋名工駢體文尤勤纂輯成書甚富惜後嗣零落未之刊布至光緒朝遂并其所藏悉歸江氏靈鶼閣及江氏衰又歸毗陵盛宣懷矣

水龍吟　題夢鷗閣圖

菰蒲深處涼多灣頭小閣幽人住崚崎歷落巉疏潦倒杯盤起舞星渚撈蝦烟汀射鴨滿衣風露更松江一櫂盟鷗卅六倣學箇張平甫我亦忘機已久樂江湖紅塵夢破扁舟散髮張帆跋浪兜鍪犯雨蓼岸蘆碕招邀逸客搜尋逋句待酒酣引興凫鷖前導邏君南浦

金春渠字懋成號芝生諸生金祖澤云先祖積學工詩文名重嘉道間與同里董夢蘭兆熊陳仙序宗舉等齊名兵燹後存稿散佚殆盡左詞兩闋係從里中故家搜得者吉光片羽僅此而已

滿江紅　題王第花茂才元榜授經圖

道子叢金誰似這青燈有味更喜得飛來雛鳳天生聰慧萬竅玲瓏壺映月千言汎灩餅翻水答牕前涼雨灑芭蕉聲聲脆　槐堂上含飴愛蘭陔下趨庭對羡一門三世靈椿丹桂責子陶潛詩不作傳經劉向圖重繪便玄亭問字許侯芭我猶媿

壽星明　題蓮溪張太君桂子蘭孫圖

芝瑞堂名額開一朵靈萱壽且康強數青春操作釵荆帬布白頭偕老玉佩金璫梁案眉齊萊衣膝繞和氣真能致百羊春暉永指南山爲證齊祝如岡　溪蓮花老秋塘趁作日園林晉一觴喜叢叢秀挺堦蘭四照森森玉立庭桂聯芳慧業三生心田一點百八牟尼手自將披圖處儼神仙丰度菩薩心腸

金文淵字小覺浙江淳安知縣有笑吟軒詞一卷

生查子

深坐下疏簾簾外芭蕉雨一滴一聲秋不管離人苦　底用怨殘更歸夢無尋處蟋蟀未知愁絮絮空階語

袁廷琥字繡和號少雲自號綠天居士諸生有書隱樓詞稿

點絳唇　秋海棠

倚徧闌干撩人朵朵增嬌態紅顏憔悴妝罷羞相對　慣惹離思攪得愁心碎花如睡雨微微灑暗滴悲秋淚

如夢令　題鄭性蓮深林獨坐圖

如水月明庭院竹影橫斜初轉露冷濕冰紋爇盡博山香篆人遠人遠除卻嫦娥誰伴

滿徑綠雲深窈待到冰輪來照蓮漏滴遲遲聽報三更過了風悄風悄只有琴聲繚繞

玉蝴蝶

長笛一聲秋到月明如晝夜色清寥愁緒無端惹起暗鎖眉梢寄幽思七條絃弄吟短句一盞燈挑聽蕭蕭風鳴窗竹露滴芭蕉　今宵無眠起坐羅衣單薄冷透疏寮美景良辰此生都爲病魔拋怕新涼懨懨骨瘦尋舊夢黯黯魂消漫相嘲儂如蒲柳兩鬢先凋

虞美人　題仙女採芝之圖

花飛滿地無人跡芝草巖前碧一溪流水小橋橫隔着層巒鶴唳一聲聲　羅衣單薄仙風冷曲徑松陰靜歸來洞口白雲深背荷花鋤步月發長吟

點絳唇　病況

拋鏡休看新教恨事添多少吟魂孤悄雙鬢如秋草　似水年華日月催人老傷懷抱殘紅未掃轉眼春歸了

菩薩蠻　秋夜風雨

踈林攪得儂心碎淒涼易洒離人淚眞箇可憐宵憑誰話寂寥　蕭蕭還切切和漏聲聲滴一滴一聲秋蕉牕何限愁

袁汝英字協銓號愛廬廷珍嗣子諸生有懷夢草

惜分釵　悼亡

銀缸碧紗窗黑合歡牀上人兒隻到更深怕寒侵曉夢迷時宛轉羅衾尋尋　幽明隔空追憶會須鴛塚營春陌慢沉吟迸哀音舊日情悰驀地而今心心心

南柯子

薄命桃花片離情楊柳梢何况雨蕭蕭一場春夢短可憐宵

如夢令

誰遣這些愁緒一似迷天飛絮孤聽佩珊珊可有芳魂來去無據無

擄隱約洞房深處

望江梅

山枕上猶帶舊啼痕脫下青衫還未褪別來捱過幾黃昏自掩一重門

豆葉黃

開箱生怕檢羅衣認取身材是舊時那更教人不想伊硬分離催得潘郎兩鬢絲

滿江紅　遺影

試展丹青怎禁得臨風嗚咽好箇是綠楊庭院傷懷初別七寶欄邊幽夢繞三生石上芳魂怯最無端紅雨半天飛春光歇　眼前景增淒切心頭事空凝結剩鏡中花影水中明月脂冷粉寒奩怕啟燭灰香燼幃虛設便今朝唱遍斷腸詞利誰說

唐多令　題鄭性蓮深林獨坐圖

對月理絲桐晴雲斂碧空萬琅玕篩影重重願與嫦娥閒作伴應不倩蠟燈紅　竊聽却無蹤蒼苔冷露濃捧琴人深鎖簾籠莫道吏無清響答有竹外夜來風

金　華字樸夫諸生周之楨云樸夫風流跌宕儀度翩翩工於詞翰費吉甫孝廉芸舫中允皆其高第弟子也兵燹後嘗館盛澤王氏時與楨偕尋紅梨綠葭之勝意甚暢適

永遇樂　壽陸母沈太恭人陸□愛之母

一盞遙飛一花遙供仁者之壽截髮留賓和丸教子佳話從來有孤雛幾許嚶嚶唧唧誰作衆人之母賴眞誠婆心一片寒冰鳥翼同覆恩同再造歡聲如此定有延齡吉咒是佛都慈是仙總俠恥學錢奴守九峯三泖烟霞風月况吏壺中靈數定邀來飛瓊下拜智瓊進酒

葉乃溱字戴甫明虞部紹袁七世姪孫去病案戴甫爲邑先輩吳鍾僑外孫嘗手葺其一家
言曰林塘詩稿爲鍾僑父至愼所著曰川滇行程記曰荔香詩
草均鍾僑自箸曰蜀旋日記則僑弟鍾儁筆也凡四種名之曰
巖六堂勝墨均親爲之跋繕成一帙頗見精妙初存陸丈鷗
安所己酉人日起居鷗丈乃以付予今仍寶之如瓊瑰也

金縷曲　題眉子硯

鸜眼窺塵刼乍開奩娟娟新月一彎凝碧小字蠶眠題句在重認疎香遺跡疑櫻雨霏霏猶溼製仿宣和渾不省悵飛鸞歸去人天隔餘片硯憑收拾　從今湘素都增色護靈芬三吳僊吏北平詞客購自袁江垂十載徵詠已盈箱篋恰管領松陵秋色訪古湖壖摹畫象弔詩墳鄭重書苕碣留韵事爭傳說

周乾元字厚夫諸生震澤籍　有抒情集王樹人云厚夫少孤母教甚嚴年十四入家塾十六游庠
祖父母具慶髮賊至祖殉難君亦落魄以歿　去病案厚夫嘗
有破愁歌兀嵒憤慨涌現行間惜有才無命卒年僅三十有二
耳

少年游　秦淮

秦淮波影碧於油最好漾輕舟數徧紅欄檢殘花譜何處媚香樓
一條丁字簾前水認得板橋頭蓼岸紅疎柳隄青滅畫出六朝秋

吳文通字次江號穎仙諸生青浦籍　去病案穎仙平望人侍國藩總督兩江凡四方名流有才藝者開館延之君亦與焉

摸魚兒　張嘯峯司訓以舊繪藕花香裏塡詞圖索題感倚是解

泖當年詞場角逐風流首數三影旗亭樂府都傳徧不減蘋洲雅韻峯泖近趁一棹尊鱸載酒時擸艇迴波唱暝正水調歌成銀塘清淺秋在藕花頂　君今老我亦飄蕭雙鬢滄桑舊夢誰省西風吹徹蘋絲冰何處鷗倣堪隱哀感并縱樂讌中興怕向尊前聽披圖欲問儻歸去扁舟烟波無恙笙譜好重訂

吳　樟字章木

滿江紅　用岳忠武韻弔湯貞愍公殉難江寧

緩帶輕裘記江左風流未歇痛（一作堪）此際石頭城陷捐軀何烈（一作傑人忠烈）千載長流湘沅水一心耿照秦淮月歎蒼黃鶴唳與風聲傷懷切瘡痍憤何時雪欃槍焰何時滅賸詩吟絕命唾壺敲缺孝女節堅貞抱石文孫創巨腥飛血憑數奇三代錄褒忠來金闕

吳霞佐字友霞

大江東去　哭湯雨生都督

甕城潮打響江水不轉臣心如石十二金湯籌弗用僉有條侯奇策奕世傳忠滿腔積憤孰肯頭顱擲衣冠遙拜此身還付君國　曾見羊祜風流翩翩儒將也羣推三絕畢命詞吟聲淚下生死關尤能決古井無波銀瓶同日殉慨慷巾幗大旗星隕一池千載寒碧

吳雲紀一名汝恆字冠宸號星甫府學生去病案星市爲全孝翁十二世孫家平望年二十八悼亡以有子誓不再娶同治四年竟獲義夫之旌亦詞林佳話也

最高樓 題夢鷗閣圖

如舟屋，空谷足音稀。晴晝掩雙扉。風帆烟樹憑欄見，紫蟹紅螺入饌肥。羨鳧翁，朝與夕，脫塵羈。　記秋月春花儂是客。記酒醉詩狂君是伯。彈指頃，別依依。鶯湖不作投竿計，分湖不悔賃春非。試重盟，鷗夢穩，我忘機。

黃楚湘字子全號曉槎諸生震澤籍同治十年旌表孝子有稻香草堂詩詞鈔黃元蕊曰先大父少歲銳意科名秋闈屢薦不售後周廬仙明府聘往袁江徧覽江山之勝歸與六舟僧結金石緣繪圖徵題晚益肆力于詩詩鈔外著有言志集鄉黨增輯

滿江紅 題岳忠武王玉印見寶印集

六百年來，剩南渡、精忠姓氏。想方寸、丹心難化，千秋剖示。鏤鐵羞成奸相骨瑱玕幸刻忠肝字是英雄未死報仇心餘虹氣　曾封去迎鑾計不押向和戎議奈兵符頓解金牌十二五國愁城空盼望十年戰血常摩厲歎不能磨滅是堅貞英風毅

玉　禮字秋言字蝸寄生又號秋道人　周之楨云師始畫人物後專寫花鳥宗解弢館落筆超逸避兵滬上爲蘋花社中首推名遂大噪近時東南畫家奚方二壺後能獨樹一幟者字學山谷每幅必長題數語中具見逸趣橫生詩喜東坡題書諸作以奇峭出之

荷葉杯　題畫

窗外風搖秋竹鏘玉涼夜睡初遲一燈如豆費尋思難覓畫中詩靜聽砌蟲吟清絕繁響似流泉無端幽恨助揮翰滿腹是瑱玕

任鼇瓚字萊峯諸生

南鄉子　題鄭性蓮深林獨坐圖

月上竹梢頭奏罷清商一徑幽人籟寂時天籟起飀飀風弄修篁響

正稱　坐久露華浮畫裏能添半臂不爲道夜深羅袖冷休休莫負新涼一味秋

黃寶書字森甫

浪淘沙　題夢鷗閣圖

眺遠豁雙眸分水長流荻花開遍古今秋有夢不隨蝴蝶去爲恁句留　晚唱聽漁舟詩酒悠悠鞭鸞笞鳳合休休擬作忘機江上客管領羣鷗

陸焜字子恬

醉太平　題夢鷗閣圖

湖干水清濛濛綠陰夢鷗人正初醒有梅花帳深　箇儂月明紅欄繞吟直須瀟灑如君過平安一生

笠澤詞徵卷十八

完

笠澤詞徵

下

珍本南社舊著叢刊·第一輯

陳去病 輯録

張夷 主編

上海大学出版社

卷十九　邑後學　陳去病輯錄

清

柳兆薰字詠南號時安又號蒔庵晚號悟因生同治丁卯副榜內閣中書銜試用訓導署丹徒學教諭有勝溪釣隱詞鈔嘉定章樹福曰蒔庵詞近蜺巖不喜作綺語故也　仁和湯嘉樹曰蒔庵長短句英氣勃勃入坡仙之室　長洲諸福坤曰蒔庵丈詞品在蘇柳之間介人一讀一擊節

邁陂塘　立夏村外散步晚歸小酌小云填念奴嬌紀事余亦繼聲

步芳郊夏頭春尾殘紅零落將盡陰晴不定渾如畫襯得遠山雲潤風陣陣好拉伴閒游一笑眉梢暈汗融兩鬢惹鳥勸提壺衣穿蛺蝶妝點儘風韵　歌佳句不少南唐才俊一時偏露豪興酒腸芒角森

森竪亂擊唾壺鐙爐書作去作枕稱薄醉清狂文字吾曹飲鐘聲喚醒任梅子心酸香丁茶苦佳趣者番領

滿江紅　讀湯貞愍公雨生先生琴隱園詞殘稿

烽紫烟紅料叢稿六丁攫去誰解道忠魂烈魄尙留殘句琴劍銷沈獅窟隱（先生有獅窟幽居圖壬子秋奉訪曾屬題句）風雲叱咤江濤怒（癸丑春二月十二日子時先生賦絕命詞兩章投水死）認斑斑血淚灑英雄秦淮渡　囊織錦縑驅蠹珍片羽神呵護慘青山白下城狐窟兔兵火未灰文字劫將軍那被才名誤祝千秋杯酒奠騷壇心香炷（詞共六頁甲寅夏禾中付梓）

貂裘換酒　和松琴從兄老樹韻

嘑血鵑紅染算年來劫逢丁厄風愁雲慘暫喜鷦鷯栖托穩怒目蒼鷹爭瞰餘肅殺萌芽抽漸閱歷千秋存傲骨到如今不藉春裝點枝逆上鮎魚䲢　婆娑老屋焦桐占學坡公聽風聽雨夜床悽感努力

拚將榛棘斬待月團圞何憾寄錦句瑜無瑕掩吟胆裂時豪氣吐比
龍鱗一任冰霜撼花晚着豔非忝

摸魚兒　和子屏從姪銀魚

駭腥氛鯨鯢跋浪江天雲物淒緊分湖一角明如練猶做太平風景
呼短艇擬泛宅烟波漁具零星整斜陽帆影看漆點雙睛銀花二寸
絲網一時引　桃源路再訪雲迷仙境鑑湖儂向誰請鱸鄉略有三
間屋風味年年飽餧拚釣隱嘆雪影東風漸漸吹雙鬢蘆灘夢醒笑
賣得青蚨換將綠螘呼作老漁背

一痕沙　和小云白荷花

如見芳心幽悄雅稱荷亭淸曉香沁捲珠簾玉纖纖　脂粉鉛華淨
掃品格白描姣好只許鷺鷗眠葉田田

賀新涼　旱魃爲災兼旬肆虐雨師降澤三日成霖比戶臚驩

豐年有兆調寄賀新涼以酬之時丙辰七月七夕前一日大雨後書

赤地驚千里想癡龍嬾眠天上不隨雲起火繖高張炎暑酷那得荷喧池水詫吳諺算乖甲子忽滴梧桐疏雨點漸成霖三日酣村市初五日徵雨初六日大沛甘霖鳩婦喚老農喜　來朝七夕羅瓜李賀新涼紅板橋頭白雲鄉裏兒女豆棚閒話坐軋軋桔槔聲止澤下尺良苗興矣琴筑欣然攜杖聽祝豐年釀酒叨田水甘澍降甲兵洗

陂塘柳　題許竹溪夢漚閣圖

訪幽人蘆中小築數間茅屋如昔三高亭子遙相望渾似浮家泛宅花四壁儘飲啄忘機坐對湖波白分鷗一席有倚棹漁翁宿汀鷺友歌詠伴晨夕　江南北烽火何時能戢欲栖林壑難覓誰歟一夢蘧蘧穩丁卯橋頭詞客非易得展尺幅鵝谿仿彿仙源入含毫歎息問

何日從君水邨高臥長與世氛隔

探春慢　花朝外舅子謙先生枉過艸堂作壽花之會調此助興

柳綠舒眉杏紅點額二分春色初到晴晝愔愔香風盎盎惹起鶯歌蜂鬧幾曲欄干處都準備奚囊詩料尋芳也欲銷魂東君曾否年少

踐約今朝一笑正報道先生巡簷欹帽略具杯盤那須簫管知己二三吟嘯不作去金錢會祝生日壽花花好醉月飛觴艸堂紅燭高照

摸魚子　玉峯重晤章清甫先生

記前遊玉山佳處詞僊青眼相顧別來迢遞魚書寄珍重行間珠露客冬蒙賜書兼題拙圖神遠溯羨布韈樸鞋竹塢深深住眠鷗伴鷺想泉石生涯烟雲供養志續古黃渡　吳淞水一葉蜻蜓迷路訪君時恨修阻

槐花驀地黃如此（時挈兒姪初應院試）喜與先生重晤陪杖履儗位置行囊先整遊山具沽春絮語又錦帶橋邊龍洲墓下商略短長句

洞仙歌　題子屏姪酒醒何處圖

一聲羌笛把離愁催起殘月蒼茫墮還未正吾宗小阮手按紅牙詞句好畫出冷清清地　屯田家學在醉寫新聲慘綠衣裳歲華綺襲裏笑醯雞壘塊須澆看世上紛紛如蟻待倚馬明年上長安祝如願歸來一杯酬你（姪明歲擬北闈應舉）

暗香疎影　題婁縣張筱峯學博鴻卓花影吹笙圖用元張夢庵自度腔韵

庭陰玉潔浸欄干一角豔痕如雪誰炙鶯簧春透小樓寒尚怯莫認瓶笙沸也風送響徵敲仙玦正靜夜花底香團簾底孕圓月　猶憶酒闌鐙炧紅牙徐按罷餘韻徐歇忽作鸞吟來伴張仙未許雙成言

別拂時羅袖冰紋碎忍負卻一分佳節儘黃昏林下亭亭好把碧天
吹徹

齊天樂　季春下浣至舜湖訪仲丈子湘用丈題小圖韵奉贈

玉山攜杖歸來久囊錦句添多少白髮春青白洋波綠惹得幽人憑眺閒鷗渺渺許踏浪飛來伴吟聯嘯話舊挑鐙燭光紅炧幾昏曉　那堪愁緒結塞昔年觴詠地難問殘照弄笛傷懷當鑪歎逝南一南董夢蘭墓邊同弔詞仙未老只鴻爪流傳拾遺搜帙懊惱休歌賞些花月好時丈方刊陳丈訒庵詩入留爪集

陂塘柳　題凌蔭周其楨萍遊詞

洗塵氛筆花香韻新詞工叶蘆白美人蘭沚離騷淚得句不嫌僝僽姑酌酒問豪竹哀絲愁緒遺懷否苗郎覩瘦祝珍重而今襟開情障夢婕步莊叟　聽刀斗厄運偏丁陽九忽忽星夜出走重逢不作寒

酸語吳下阿蒙非舊儂負負嘆霜鬢星星筆硯焚來久啞鐘誤扣且梅社叨倍竹林互唱咸籍共攜手

陶　然字芭孫號藜青同治初補行辛酉拔貢生長洲籍著有十願窩詞

邁陂塘　莊兼伯過訪里門即事賦贈並懷淩磬生滬上

驀相逢故人無恙相思已一年了江村寥落兵塵外那竟扁舟尋到渾未料只昨夜燈花消息曾先報臨風一笑且掃榻弦詩開尊賭酒餘事更休道　滄桑後太息烽烟四繞知音睽隔多少天涯遊子今何似寄語不如歸好寒漸峭想客路風霜定比鄉關早離懷渺渺倘海上成連攜琴可訪和汝理雙棹

邁陂塘　題背立美人圖和磬生調

不容人春風省識亭亭空對紅袖莫因怕被丹青誤無意轉顔相就

裙褶皺似見含羞袅地翻身走銷魂已彀只淺笑輕嚬佯嗔暗喜
難與細分剖　傳神處料想當時畫手未曾迎面邂逅匆匆目送驚
鴻去聊與端詳背後何所有有珠衱玲瓏穩稱腰身瘦杜詩背後何所有珠壓腰衱穩稱身
安排灰酒試當作眞眞向他低叫萬一肯回首

憶桃源慢　題沈夢粟蘆厂憶月圖

漁唱聲中一奩涼月映出蘆花瘦好天良夜多少詞仙攜手可惜滄
桑隨刼換裙屐飄零已久幾痕秋色幾番秋思前塵如夢空回首要
重尋雁湖吟趣贏有丹青依舊　試看畫裏詩情影迷離數行衰柳
展圖深悔悔未當時載酒輸與東陽才絕妙清景慣曾消受冷溶溶
處滿身風露闌干倚遍黄昏後待他年蒓鄉歸去泥爪還堪認否

百字謠　季春望日子屏芸舫同舟過訪六兄沚邨招飲儀一
堂分韻得父字

綠陰流處叩柴扉喜得羊求同顧負了前番修禊約特地今朝來補酒國重開吟壇別建芳草池塘路鶯花未老况逢明月三五　所恨金粉灰飛江南萬里腸斷蘭成賦滿地兵戈身世窄且作鱸鄉漁父舊雨纏綿春風跌宕一笑狂猶故酣然醉矣爲君奮袂而舞

一枝春　詠白桃花

悄倚東風笑吟吟別有一枝嬌倩幾痕清露喜得鉛華淨洗巧翻新樣把寸寸冰綃碎翦只怕他玉蝶雙雙飛入花叢難辨　何時更逢人面奈年來崔護鬢絲已變仙源可訪那復軟紅塵戀經春愁雨慣粉淚無言偸濺倘不有籬外銀蟾芳心誰見

前調　余賦白桃花詞同人和者甚衆意有未盡輒倚前調復成四章

別樣風流定知他不是尋常根葉三千歲後仙骨居然換得移從天

上訝珠露滿身還濕莫廣寒借取霓裳來赴西池瑤席，天台十分
清絕問而今誰復豔緣能結人間何世但見塵飛紫陌用元都觀詩意餐霞
也好究未若咀含冰雪便放教劉阮重逢恐難認識
玉立亭亭問前身可是息夫人否春風拂檻幾點粉香斜逗悄無言
語聽銀箭暗催清漏渾不道小小芳姿早解色空參透　韶華未堪
回首謾傷心姊妹朱顏非舊月明三五政好于歸時候蛾眉淡掃等
鵠舫迎來渡口還只怕擊楫王郎怪伊消瘦
之子依然怎無端換了一身縞素似憐薄命未肯豔妝招妬天生笑
靨正不必鉛調粉傳問去年此日門中可是者般丰度　尋芳莫愁
遲暮倚瓊欄儘許恨銷今古忍教無主細逐楊花滿路防人偷翦要
喚取雪衣分付吏晚來放下晶簾替遮風露
綬紫緋紅任繁華那似布衣品貴刪除綺麗越顯天然丰采敢矜高

雅只羞向俗中求媚最好是西塞山前仙鷺斜飛對對　雖非武陵源內恁園林也覺清幽可愛眠雲慣矣不羨九重春醉素心遙託問何處故人家在要知我一片深情有如此水

摸魚兒　題卓菊芳明府雲帆滄海圖即送其之官楚中

駕扁舟飄然而去一帆天末輕颺使君意氣豪如許要趁長風破浪滄海上喜幾處桑田風景還無恙此遊何壯便博望乘槎豫州擊楫未肯古人讓　春明路萍水居然傾賞驪歌却又旋唱來宵酒醒人何處畫裏雲山蒼莽行慨慷只明月長安未免回頭望展圖神往問他日成連琴絃三疊可許刺船訪

金縷曲　出都留別諸知己

悔向長安走沒來由緇塵染遍青衫依舊蝸角功名區區耳無命却難消受歎駿骨只宜枯朽臺上黃金無定價便麒麟也自甘牛後天

不語謾搔首　他鄉蹤跡飄零久問而今狂奴故態些兒減否知己
窮途相慰藉日日評花賭酒奈秋色已黃殘柳千里夢魂何處是聽
孤鴻驀地鄉心逗歸去矣一揮手

如此江山　壬子秋應試金陵道出梁溪同人邀登惠山飲於
寶珠菴今十二年矣重續舊遊滄桑滿目俯仰前塵恍如夢
寐歌也有思感慨係之矣

茫茫何處尋泥爪回頭一星終矣絲管樓臺綺羅士女衰草白楊而
已山靈却喜喜粉膩脂濃豔痕淨洗不見當年數峯墮入輭紅裏
繁華總隨水逝飛灰談刧燼昔夢誰記斷塔全焦荒池半涸只此也
饒畫意臨風欲溯悵洞口依然雲迷仙子未忍空回井泉仍一試

春雲怨　爲徐誠庵大令題玉峯尋夢圖誠庵名立本浙江德
淸人與陰夫師同補博士弟子員前署南匯縣著有荔園詞

巫雲四繞記玉山佳處游仙曾到道是武陵源在流水杳然重鼓棹

爪艷秋鴻魂癡春蝶幾許相思種芳草認取遙峯和烟和雨依舊翠

眉掃　多情却被無情惱賸三分畫意三分詩料覓覓尋尋總虛渺

譙鼓聲中消受蓬窗一燈紅悄笑我揚州十年前事連着夢都忘了

沈景修字蒙叔號歐齋又號蒙廬別號寒柯辛酉拔貢生秀水籍有

井華詞譚獻云飄井華詞若游佳山水一邱一壑咫尺而萬里若聆古琴瑟變宮變徵出風而入雅往往相視而笑莫逆于心者也又曰四方之交亦有一意雅詞者沈子論之曰文采斐然惜少拙致此言索解人不易請舉以讀井華詞心知其意者許增云蒙廬詞人游藝兼長倚聲亦全力所注不以餘事曼衍故矜愼婉約韵態雙絕鄭文焯云井華詞紬繹一過置諸碧山詞中殆不能辨去病案蒙叔家盛澤與費莪庵柳韜廬李匏齋齊年有異姓兄弟之雅

一萼紅　題家祥赤瑞濤蘿龕憶月圖

倚牆根有藤蘿集作陰窣地幽綠鎖閒門互竹編籬通泉引沼鑪篆輕

漾簾紋最難忘涼宵似水呼月上留客倒芳尊悴葉驚秋疏花媚夕

容易黃昏 惆悵滄桑集作紅羊浩劫葬家山焦土無計逃秦草沒頹垣苔封荒甃蟲集作蛩語空弔斜曛歎多少分飛旅燕認香泥猶戀舊巢痕擬汎清谿罨畫載酒尋君吳興有罨畫溪兩岸多朱藤吾鄉同姓皆出休文公裔 譚獻云探喉而出

祝英臺近 秋蝶

晷紋移鑪篆冷午睡北窗醒手擘蠻箋几席集作簟 喜清瑩最憐小蝶情癡背人偸墮卻誤認畫屏花景 棲乍定趁伊栩栩游仙替寫彩衣靚倚翠偎紅舊夢忍重省怎禁粉褪涼煙殘英尙抱早瘦怯一絲風勁譚獻云託意幽邃合悽古澹

湘月

盆荷翠蓋泫露搖風而花蕊猶未出水余方有桐江之行想盛放之時尙有羈旅寫以白石老仙念奴嬌鬲指聲爲鬧紅舸鼓之催

舞衣弄碧甚淩波盼斷芳意還孕水面萍開照見我慘綠鬢痕銷凝

璧月微茫銀河清淺悵望紅情冷蜻蜓飛上笑伊塵夢偏醒　誰與酹酒花前聲催羯鼓咒開時頭並露墜蓮房怕暗裏容易西風吹勁芰角堆盤蒓絲滑箸鷺約輕拋肯横塘秋好柳陰早繫歸艇

一萼紅　題姚子祁中翰景夔寒鐙憶夢圖

最無聊是黄昏庭院落葉響飄蕭螺筆拈愁犀株鎮怯酒醒怎奈今宵試重問前時月色隔湘簾眉子影空描錦瑟年華玉臺詩句都付魂銷　惆悵蘭香去後便銀河清淺信斷迴潮潘鬢絲添沈腰玉瘦鉛淚還漬鮫綃悵環珮魂歸何處但霖鈴秋雨泣紅簫灰盡相思一寸蠟炬心焦

沁園春　嗽

渴似相如怪底經秋文園病纏正寒侵繡被吻愁金燥爇熏華蓋欬響珠連怯嚥飛稴疑聞破竹客上虚堂故意傳闌干拍訝歌聲清婉

忽斷當筵　泥他半臂新添怕重疊傷風更可憐記酒含防歒頻遮衫袖茶烹待熟特避鑪煙頓作彎腰偶然帶噎花底迷藏覺最先仙莖露教潤伊嬌藏杏酪餳煎

卜算子　燕

雙燕入簾櫳掠碎花梢影幾度飛回相畫梁輭語商量定　辛苦覓芹泥壘就棲香穩瞥眼西風是去時明歲重來認

疏影　題王鯱仙長拋玉軫圖

涼宵似水聽綺琴奏雅朱樓雙倚鈿約釵盟忽忽三年春婆一場醒矣歡情怨緒都無據但暗數衫邊鉛淚到夜深澹月迴廊做就冷清清地　思待鸞膠再續此生奈命薄弦小防脆繡閣香溫嚼徵含商忍把螺徽重理果能不隔人天路願誓結來生知己怎禁他慘碧蘭釭照得痿愁無計

踏莎行　題宗載之大令得幅陌上尋鈿圖

草長紅心桐垂碧乳香車塵碾湖邊路平波飄瞥見驚鴻春山依約通眉語　翠羽音沈錦衾夢阻今宵酒醒人何處重來崔護已銷魂杜鵑啼過西泠去（譚獻云絕似小晏）

浪淘沙　邁孫屬題背立美人紈扇

生小忒嬌柔半晌佯羞背人無語替人愁深怕紅顏塵涴了不肯回頭　粉黛總難留幻影浮漚妍媸題品任悠悠豈是避從邢尹妬一面無由

一枝春　上巳前一日風雨

一夜風欺怕明朝委地殘紅無數（集作主）枝頭杜宇商略送春歸去西湖爛漫偏閒卻畫船簫鼓強自把病酒心情覓到翠鬟深處　徘徊石闌題句又新詞掩抑撩人愁緒梨雲夢淺肯與暫時留住水邨山

郭儘消受冷煙疏雨孤嫩約明日芳辰踏青儂誤譚獻云纏綿而曲如往而復惟其情至乃爾韻長

滿庭芳 楊花

作絮輕黏隨風低舞送春人在江城芳心無主飄蕩入簾旌桃葉幾曾共載雙槳側綠漲初生天涯夢朝茵暮溷何苦訴流鶯 多情誰繾綣蛛絲罥住魚沫吹行傍游子青衫點上須驚早是觀河面皺任池水遮滿浮萍高樓外迷濛望眼落日短長亭

買陂塘 訪木瀆錢氏端園偕許公若觀復施擁伯紹書

憶兒時名園選勝香谿短櫂曾艤夢尋五十年前影花下板輿隨侍行樂地歎故我重來亭榭叢荒翳吟筇同倚認蟠樹藤蒼臥波橋聳陳迹略能記 滄桑變俯仰百年身世一池吹皺春水靈巖山色青還在依舊撲人衣袂樓未圮眺萬頃鱗塍油碧濃無際樓名眺農錢景亭師所題

苔荒煙砕只牆角夭桃臨風綽約含笑弄嬌憨

高陽臺　題劉光珊照炳留雲借月盦塡詞圖

似卷還舒纔圓又缺人生離合堪憐擘絮團冰漫將心事箋天華鬘幻境三千界問吳剛停斧何年儘留連雲影徘徊月影嬋娟　畫圖清景憑烘託看水窮坐石夜醉開筵散綺流輝招他同護花眠瓊思渺渺靈脩怨悵蘭悰如雨如煙賸無端一縷吟魂飛上夢牋

長亭怨慢　題李子遠道悠盦舊雨圖

記水榭曲欄閒憑一抹遙山翠眉浮鏡瑟瑟蘆叢夜潮聲起滿清聽酒杯涼逗怨吹得吟魂醒片席占鷗波恰髣髴西湖明靚　重認但寒煙衰草付與嘯蛩哀迸墜歡似夢數零落晨星猶賸悵夕陽閱盡滄桑早白了詞人雙鬢對寂寞荒灣依舊荻花搖暝

南浦　春水用山中白雲詞韻

波暖鴨先知碧溶溶一鏡匳開清曉花落漲痕肥東風急紅裙枝頭如掃輕紋漾縠萬千鍼刺魚兒小休怪昨宵膏沐雨離色翠連隄草　年年佳節湔裙正河豚欲上荻芽抽了蹴地舞垂楊歌金縷定有攀條人到餘情縹緲臨流照影吟魂悄何處漁舟長笛弄邊得古愁多少

月下笛　涼宵感懷歌以當哭用山中白雲詞韻

獨立蒼茫天空地闊擣愁無處星郵露驛猶識當時夢中路浮雲莫上高樓望又滴盡西窗暗雨聽蛩聲淒切秋風院落悄尋煙語　無緒嗟衰暮況知己寥寥斷鴻零鶩人生寄旅此心誰諒荼苦可憐一掬新亭淚問酒祓清愁果否儻遯窟營成定補寒梅萬樹

徵招　月夜夢榆園

五年不飲西湖水無端夢魂飛到有僕候柴門訝收帆何早秋墳悲

宿草最難忘元龍同調士（謂譌）影冷人琴聲淒鄰笛黯然懷抱　吟悄步迴廊苔岑契定遇詩家丁卯雲外雁行稀咽西風寒峭半天明月好料今夜兩邊分照看揭來鏡裏朱顏被絮蛩催老

齊天樂　訪胡匊鄰（鑊）北莊

曉來幾陣闌朝雨聲聲打篷如鼓捲絮湖雲挂鉦林旭天氣陰晴無據長繩界渚辨烟語微茫兩三菱女水佩風裳向人弄影尙娟楚攜琴試尋舊侶遇船頻問訊北莊深處老樹當門修篁繞屋人畫居然蒼古塵勞太苦願結箇茅庵與君同住故我重來白鷗應導路

莊人寶字秉伯一字堅白同治甲子舉人（震澤籍去病案秉伯父子澤藹先生慶椿以名布衣工詩文詞當洪楊時避難蜆江與陶戴諸老前輩相唱和頗爲人所引重而秉伯隨侍其後亦嶄露頭角子藹嘗爲其死友與士女之殉難者賦詩與悼秉伯輒和以詞因綜合爲鵑碧集時並稱之惟竟無刊本今遍求之不可得矣惜哉）

陌上花　題沚邨圖

陶家居處，宅邊五柳碧痕回繞門設常關柳外更停舟小溪流一帶生新漲輕漾亂紅多少儻夜深人靜素絃彈罷海天長嘯　歎年年浪蹟洞庭湖畔負却故鄉遊釣旅倦西風枝上杜鵑啼老甚思歸買名山隱難得煙明浪悄待隨君料理綠蓑漁具聽秋去好自注客夏四月薄遊貞豐里得識沚邨兄丈幷以圖相屬歸後即爲題詞卷中後在隴西郡齋夜因不戒於火圖並燼焉今秋復詣訪君深以所託不終自呼負負君顧不余憾堅索所題舊詞從記憶中得陌上花一闋以塞責云

摸魚子　題沚邨第二圖

瓦魚天疏篷冶月當年記訪弘景香茅結就幽棲屋占斷碧雲千頃涼夜靜展尺五生綃丐我題詞贈吟情未冷驚劫幻紅羊灰飛黑蜨鷗夢被催醒　滄桑感遼海兵塵未靖名山何處堪隱羨君別有仙源在重展畫圖教認君且聽儻一蓬橫秋須唱風波定芳懷自省待買箇蜻蜓扣舷拍斗來共酒盟證陶惟坻云此圖遭火劫後先叔詒孫府君重繪一圖並錄前題諸公

詩詞又乞陸侶松陶錐庵俞少甫先生繪二三四圖徧徵題詠共數十家又云隴西郡齋即李家港李觀如翁家時適有佃農之禍翁竟被焚死

淩泗字斷仲號磬生自號莘廬同治癸酉副貢生內閣中書有莘廬詩餘

行香子　孤山

湖綠如揩隄白於街第三橋跨過山隈二十年前訪古癡懷問梁朝柏唐朝竹宋朝梅　桑海飛灰刦盡春回轉華嚴新樣安排似聞女伴試踏青鞋說蔣公祠左公廟劉公臺

金縷曲　柳溪春泛圖爲曹馴甫司馬良畯作溪在嘉善思賢鄉君先世海昌公隨宋南渡居此

髣髴桃源路自汴梁相隨到此建炎南渡七百年來清淺海又見揚塵幾度只溪水源流如故不種桃花多種柳碧陰陰遮斷秦人處先

世避此中住　思賢鄉裏重沿溯正東風鱗鱗吹緗撲烟飛絮青著遠山紅着廟點綴一雙白鷺都閒着綠楊分布笑煞曉風殘月裏按瓊簫生怕侍兒妬泚祖德爲君賦

三姝媚　湘妃竹扇骨吳姍姍夫人物也邱嫂遠香姚姬俠莅分畫便面擁百屬歐齋題詞余亦繼聲

兜螢星點顫記浮眉詞人爲伊題扇郭復翁有爲姍姍夫人題扇詞注云月黑移來星一點夫人詠螢句也豔說徐陵正玉臺聯詠聚頭仙眷幾度秋風渾不解班姬幽怨自落滄桑蜕骨猶撐換桃花面　先後三英成綮有舜水邱香溪姚甞齊雙管搯疊重裝看洗鉛華淨署簪花欵寫韵樓荒騎虎去音沉黃絹贏得湘妃淚漬斑紋不浣

浪淘沙　鶯湖扣舷圖爲吳竹洲題

一笛度漁歌側笠低哦樵青韵比小紅多曲罷元眞仙去也冷落烟

波　憑吊扣舷歌重唱陽阿八慵園裏記婆娑昨夢掠舟西向鶴問訊東坡前至平望數訪梅隱翁於八慵園翁自號眠鶴子今化去矣題文孫此圖思翁不置

買陂塘　范君嘯成吳君竹洲泛舟長浜觀荷登平波臺以詩紀事顧君樂之爲繪平波消夏圖余以寓公因事旋里未與斯遊爲填此闋并爲修復古蹟左劵

正炎官漫天張繖人間無計逃暑我從阮火經新刼移傍鶯湖家住逢勝侶約買箇瓜皮盪入荷香處鷺鷥傳語怎白水初盟紅塵未了又被事牽去　新詩好有石湖翁遺緒延陵唱和相與碧筒盃泛紅霞酒沈醉登臺懷古臺蔓土慨何處望仙況英雄兒女湯節愍公琴隱圖非原石吳姍姍夫人詩石已燬快哉樓補便祠祀元眞水仙配食迎送唱漁父

壽星明　柳潤之廣文七十

南極遙瞻柳宿光中星明老人自九龍攬勝孝廉棹泊三鱸入夢苜

稽盤陳樂譜韶音碑摹禮器安定分齋饋士貧捐置佾舞祭器優恤寒士錫金兩學中爲生位以寄去思功成退正懸車合例鄉味思蒓一官歸也榮親恰七十歡承九十齡笑廣文官冷板輿自暖老萊事古戲綵翻新太夫人八九十康健春秋佳日觀劇看燈晝錦韓堂玉蘭謝樹愛日醲蒸四代春熙朝瑞更十年賜坊孺慕終身

柳以蕃字价人號子屏自號弢廬諸生有食古齋詩餘去病案子屏年二十許工塡詞咸豐戊午正月將入都應京兆試因以所作謁沈先生曰富先生評其後曰情深似海心細于髮蘊茲靈襟吐爲妙文石帚玉田將有嗣響蓉洲浮慶豈得專美然一此弗懈則百事俱廢與其在阿堵傳神何如向大處落墨以故人爭津津僕獨落落正由愛之實摯未免論之轉苛耳於是子屏悚然竟不復爲論者無不歎其服善之誠與進德之勇也

喝火令

繡戶簾衣薄歌樓鏡檻斜東風留住小楊花輸與紅襟燕子香夢鎖伊家　愁翠低眉岫嬌朱暈臉霞春三豆蔻好年華可奈芳蹤漂泊

已天涯可奈滿腔幽恨只自寄琵琶

菩薩蠻　茉莉

晚風吹淨庭陰暑一簾珠影跳疏雨通體雪肌膚嫩涼禁受無　芳心開當怯已被春纖掐情味浥昏黃露華雙鬢香

前調　楊梅

紫囊豔帶霞紋蹙玉肌醉暈皴紅粟風味試評量何如十八孃　堆盤珠顆顆一捻猩痕破生怕觸冰綃淚花凝不銷

前調　石榴

錦囊乍破湘紋裂一窠紅露團珠骨著齒耐冰寒蕭孃正嗜酸　春風花醋醋顔色猩裙妒回首換時光離離子滿房

前調　水紅菱

一繩界破煙痕瘦吳娃蕩槳來溪口愁煞鏡奩花秋風又奈他　誰

家簾卷處雪盌供消暑纖手褪紅裳風情話嫩涼

前調　蓮子

紅衣褪盡西風老綠房漸見珍珠飽采采近涼天一雙人可憐　相蓮相憶處誰解同心苦但得解同心何嫌味苦深

金縷曲　春莫

誰作春光莫漸懵懵搖晴弄暝滿湖香絮癡絕梁間雙雙燕猶在碧紗窗語似埋怨東風何苦吹散繁英仍不管趁夕陽紅到銷魂處斷送也向何所　倚闌幾徧渾無緒又聲聲子規啼老十分淒楚便倩游絲齊着力難挽一宵春住問何不將愁共去殘墨半泓箋百番教斷腸刻盡新詩句雙鬢影瘦如許

前調　題陶芑生十願窩詞藁

脂粉天然洗裊迴腸瓊思一縷蟠天際地縮盡古今風月根斷送中

年去矣情至者大都如此十載旗亭傳雅唱畫銀釵尚有雙鬟記齊擊節喚才子　人間我亦傷心史慣纏綿紅箋寫恨錦絃彈淚天與豔情無豔福暗老絮萍身世更莫問知音牋幾黃韻珊宋浣花飄零張蘋衫李叔重遠悵瓊簫誰共花間倚只此筆尚如綺

沁園春　指

誰削蔥根羅袖揎來玲瓏露尖笑鏤金彄約情緣不解連環結綰愁緒慵拈調紛勻妝抽豪寫黛鏡裏分明見玉纖支頤好有香痕一捻紅印顋添　握來眞個摻摻似乍放楊枝輭不嫌記新聲細拍智將綽板遙情待寄封上泥鈐背數星期暗彈珠淚心共螺紋屈曲緘紗窗底愛錦鴛雙繡喋住春巖

前調　腰

一捻纖纖疑是束成伶俜者般向恁時緊也玉環未解幾分瘦了珠

襻潛寬戀睡微伸因嬌或嚲無力支持頗自難含情處想新來歡喜偏向人瞞　步時搖珮珊珊約百蝶仙裙態更妍記掌中迴舞輕身比燕孱前捉搦小字呼蠻輭欲欹花柔疑攏柳抱月飄烟想像閒風姿悄助全身婹嫋不數肥環

前調　蠟淚

眼淚無端想是平生最憐別離向晝筵長遞暗愁天曙銀屏斜背驚替人垂滅跡先拚灰心未肯也爲柔情一味癡多應是帶蟲孃舊恨來試紅唬　高樓人正相思慣照見黃昏攤髻時想粉妝啼破一般明滅榴裙滏透無限淒迷點點行行重重疊疊相向心心心上知臨將熜怕風前猥藉紗急籠伊

摸魚子　銀魚

正東風楊花吹斷碧濛濛入溪漲櫛頭幾葉船撐出寸寸雪鱗迎浪

榔乍響襯細雨零花淩亂黏絲網蘆汀荻港趁村店新篘舵樓晚飯鮮價賣應長　幽棲好十里鷗波無恙年年夢熟吳欒烟邊雨後閒滋味時有釣絲分餉充箸想付摻手廚孃一撒晶鹽晃酒人三兩待菽乳同烹芹芽細和相約醉春醲

前調　詠蕈邀同錐庵夢粟子方葵卿集蘆雨厂酒酣賦此即贈厂主楊利叔

問何人風簾水檻吟廬小築三四此來可惜秋容晚溪上荻花殘矣窗洞啓只一角紅闌占斷全湖勢塵襟盡洗有繞榻嵐光浮杯帆影留我座中醉　烟波好隨分蒓絲菰米爲誰鄉夢輕棄黃皮簃褶從軍樂何似綠蓑閒理君倦未算蟹斷魚牀儘可成歸計扁舟待檥便酒榼三升詩瓢一笠分領畫中意

柳梢青

雨淨溪沙扁舟晚繫淺水蘆花瀉瀉風燈疏疏驛樹人語誰家　客程鄉夢偏賒酒醒處殘陽亂雅半枕疏星一蓬落月如此天涯

水龍吟　古劍

老龍何處飛來虛堂一匣眠秋水寒芒血黯腥花雪繡斑斕如此大俠風塵老仙海湖故交都死想生平恩怨許多未了時猶泣明珠淚慚媿尊前拂拭鬱書生壯心未試爨桐室裏薜荔壁上十年磨礪霜月橫空星鷄動野暮愁無際問何時攜向天涯塞北逞男兒志

淩其楨字蔭周泗從姪同治十年辛未府學歲貢生有泮游詞

柳梢青　黄梅節裏風雨連緜翦燭譜此

一粟鐙昏風絲雨片好夢難溫語影零星廻腸轉轂儘轂銷魂　夜深清悄柴門只添得相思淚痕有酒偏愁未秋先冷消瘦詩人

疏影　秋草

離懷如織向天涯縱目多少淒碧腸斷蘭皋夢冷池塘獨客又添淒寂最憐一片斜陽地和愁雨做成愁色問年年誰種愁根常向烟痕留得　猶記踏青佳節弓鞋正軟襯無限憐惜曾幾何時慘綠王孫換了西風消息蘼蕪一翦埋香土埋不盡寒烟落日冷清清廢苑荒涼只有怨蛩啼夕

祝英臺近　秋螢

夜雲微涼露濕輕颸暗無力幾點秋星和月上簾額認來忒煞微茫些些涼燄慣冷伴紅閨幽寂　試尋覓悄攜小扇輕羅黃昏玉階立趁着西風何事忽飄瞥最憐冷落秋墳熒熒燐火卻一樣照來淒碧

一萼紅　秋蝶

忒惺忪看繁華一夢轉眼已成空青粉牆腰秋棠幾朵可憐不是芳叢還飛入楓林深處認模糊點點小桃紅何處尋香零花瘦草冷月

淒風　猶記羅浮仙境認蘧蘧栩栩消受春濃底事今番玉腰憔悴偏教換了愁容且休把香羅重繡爲憐伊消瘦與人同怕省滕王新稿都爲秋慵

摸魚子　題秋夜看劍圖

悄黃昏鏡邊鷄舞摩挲時露英氣短衣匹馬男兒事飛出一條秋水君且起君不見匣中血染芙蓉紫狂歌斫地且問夜如何霜戈手挽助我報知己　登玉壘怒目百回瞪視雄心休自灰死孤鐙慘澹陰雲黑三尺寒芒千里須自記見說道古來俠客都如此張雷去矣歎憔悴而今干將冷落空自寄塵世

念奴嬌　櫓聲

窮途日暮只一聲欸乃可勝淒楚多少飄蓬孤客怨愁水愁風聆汝水竹敲牕疏花破暝棹入西泠雨扣舷長嘯暮潮誰共今古　聽來

多半淒迷半和菱女半訴離人苦幾縷輕烟搖欲破驚起一雙雪鷺紅蓼灘前白蘋洲畔宛在中流語棹歌爭發浩然明月歸去

南浦　砧聲

雁背暮雲高盼關山夜夜夢魂飛到一杵一聲愁刀尺平裏不許離人不老催殘木葉孤燈瘦影黃昏悄賸有哀蛩啼不住可也替儂懊惱　最憐素手纖纖冷清清和著月痕愁擣不信妾思君征衫上認取淚痕多少霜天曉角一般吹出相思調訴與天涯羈旅客千萬歸期須早

大江東去　秦淮憶月圖爲柳蒔安丈題

臨風憑弔歎江山如此亂愁幷疊只有團欒天上鏡留照東南半壁金粉樓臺紅牙簫管一霎繁華歇冰輪懸處千秋萬古清絕　苦念鐵鎖銷沈青溪嗚咽流盡英雄血安得祖生鞭共著萬里渡江擊楫

鷗夢仍圓蘭橈再放爛醉歌桃葉莫愁湖畔閒情還付明月

高陽臺　水仙

雲葉葱尖檀心蠟暈世間無此娉婷楚楚衣裳淡妝畫出烟汀相逢曾解相思佩悄無言畢竟多情最難忘風月前身鷗鷺前盟　冰絃彈徹江妃怨對銅盤一寸鉛淚盈盈瘦怯春風纖纖羅韈塵生癡情便欲凌波去向花閒爲弔湘靈有誰憐翠袖單寒紅粉飄零

疏影　飛絮影

尋尋覓覓訝飛來何處穿入簾隙可是花耶還是烟耶莫辨眼前亂白謝娘便有傷春句描不盡蕭疏詞筆最堪憐無蒂無根漫道燕鶯啣得　獨倚紅樓凝望模糊醉眼裏愁思偏織撲向誰家整整斜斜低襯夕陽一色者番掩映離亭外約略共酒帘飄出莽天涯多少羈人同是飄零無跡

清平樂

落紅無數總是銷魂處春似去年留不住添了三分愁雨　腰憐柳帶常寬心同梅子還酸不道牡丹開後小樓猶有餘寒

楊壽煜字耀南號埜生秉桂從子浙江按察使司照磨有聽松館詩芋紋硯齋詞

搗練子

新月皎早秋凉病態懨懨漏翦長書卷拋殘燈已灺欲眠偏自鬧蟲蠰

如夢令

新酒乍開瑤甕乳燕雙棲畫棟閒事最關情滿地落紅香凍如夢如夢愁與春寒俱重

金縷曲　伯唐約游西湖

彈指華年過掩重關春寒料峭擁裘閒坐富貴功名如夢幻却笑依然故我歎浩刧頻番摧挫三竺六橋無限好恨緇塵空把青衫涴湖上約幾時果　勞人草草情無那學填詞移宮換羽推敲難妥月滿窗前凴眺久冷豔盈盈欲墮更料理筆牀茶磨佳客不來清興減負良辰嬾放烟波舸山枕畔且高臥

摸魚兒　題休寧吳少畹實樹柳陰觀釣圖小景

喚奚奴一竿攜到坐來池曲清淨春波蕩漾魚兒出卻好風漪微定雕檻凭喜酒滿杯中消受幽閒境鞭絲帽影看點點楊花娟娟疏竹俯弄水光暝　柳陰處更好聽鶯啜茗何殊濠濮清興豈因得失關愁喜別有妙機能領心本靜羨瀟灑風流怎及圖中景怡情養性笑俗子紛紛名韁利鎖何事苦爭競

笠澤詞徵卷十九

完

卷二十　　邑後學　陳去病輯錄

清

袁汝龍字起潛號東籬又字瘦倩號怡孫別號老椤廷琥子附貢生有復齋詩月舫詞及南北曲去病案先生爲亡友成洛之祖少承家學詩詞書畫靡不精妙尤工仕女晚乃壹意山水每一紙成輒集前人名句題之所居復齋別墅花木清開敻絕塵境一聞多半出自親構時成洛讀書月舫余每過之喜其幽倩輒便忘歸聞與角藝爲先生所見亦頗不以恆流相待乃不數年間祖孫二人相繼逝世老成凋謝玉樹長埋可勝悲慨頃成洛之弟文田以余有詞徵之輯始盡出其家遺箸見畀而月舫詞亦赫然在焉因急錄之以爲詞壇後勁同里之袁本皆陶姓而先生兄弟別字俱取義柴桑殆亦君子務本之意歟

滿江紅　題濯足萬里流圖

無地容身算惟有扶桑能濯早蕩了濕東宮殿蛟龍驚愕海闊天空舒我足從今拔起紅塵脚不管他河水幾時清滄浪濁　磻溪釣空

擔閣清泠洗眞奇卓看人間寄跡無非齷齪奔走不嫌城市穢趦趄擬向侯門託且把這萬里的狂瀾流其惡

醉春風

淡月黃昏院繡閣留香件分明鬟影隔紗窗遠遠照壁孤燈乍明還暗夢魂繚亂　棠睡春宵短早起梳妝倦潛身擬欲向羅幃看看看人去樓空空樓深掩麝薰猶暖

如夢令

挑着蒲團一箇來去有誰問我流水與行雲早把紅塵看破看破看破行脚何如打坐

行香子

鎭日凝眸事事休休悄魂兒何處勾留遊絲牽惹引入溫柔在那邊廂那邊院那邊樓　到得黃昏一刻三秋漫和衣繡被香兜聽殘夜

雨數遍更籌只燈和影影和夢夢和愁

雪梅香　詠雪

玉塵起人閒淨掃却紅塵把銀河冰剪彌漫糝遍乾坤瑶草琪花月宮裏落梅飛絮玉壺春問誰是鶴氅仙風驢背吟身　休論喚童子且把貂裘換酒盈尊一望蒼茫寒江獨釣何人古木烏鴉守山逕隔籬黄犬吠荒村人都道袁安未起猶閉柴門

百字令　題曉風楊柳圖

當年三變十七八兒女櫻唇歌溜剩粉遺香分碎錦爭道曉風楊柳餞别樓前酒醒篷底一箇青衫舊吟肩高聳露濃烟淡寒透　常是旅況凄涼孤舟泊處各夢經消受聊借紅牙輕按句一幅鵝溪寫就紅蓼花中白蘋香裏平緑波微縐疎星斜月一船行色秋瘦

浣溪沙　羅星洲泛舟

堤上飄殘數點梅春風瞥眼又將歸如何催說小舟回　初逗蘆芽齊額髮乍舒楊柳捧心眉一湖春色鏡中窺

百字令　病況

三分秋病借半分酒病一分心病纏箇懨懨無了日看看重陽光景桂嶺雲香蓉塘露豔沒見些兒影又聞人道菊花黃遍籬逕　三次兩次催人催人不起空掩書齋靜容易扶頭纔較可滿擬花間小訂恰是前宵月明如水洗得雲烟淨偏生今日一窻風雨秋冷

滿江紅　題鷄鳴度關

一領狐裘暫絆住虎狼攫搏還愁煞迷離狡兎窟無從鑿安得同歸和氏璧且來共載子胥橐向重巒叠嶂亂盤旋迷藏捉　戍樓鼓嚴城柝馬數騎鷄三喔頓輪蹄絡繹賺開金鑰淹久渾如巢幕燕高飛方作逃籠鶴定喘息回首望函關魂應落

漁家傲　題漁家樂

賣却魚兒隨換酒移舟同泊垂楊柳搊戰歡呼拚大斗何無有明朝再發濠梁笱　泛宅浮家常聚首鄰舟新舊江湖友醉後狂言齊拍手君知否子陵笑煞磻溪叟

袁汝夔字履祥號西疇廷琥次子有鐵如意齋詞

清平樂　辛酉長至日復齋小飲

蕤賓應管時節陰陽判梅雨蒲風新景換又是一年將半　故人相約頻來蓬門始爲君開解識人生行樂歡呼且泛瓊杯

眼兒媚　墨晶眼鏡

精瑩炯炯映雙眸兩個墨晶球迷漫額角朦朧眼底黯淡眉頭　天昏地黑路悠悠人豈目中留紅塵隔絕烏雲滿護赤日全收

百字令　六月廿二日恭祝家慈五十壽誕

滿堂歡頌計親年半百光陰如許只恨靈椿難並茂堂北時將萱譜寒夜縫衣宵燈課讀常得春暉煦今朝酬報舊時多少辛苦　不羨外至榮華天倫樂事膝下霞觴舉更喜外家王母健高壽眞同仙姥琴瑟調和壎篪交奏骨肉欣團聚癡頑如我綵衣能效萊舞

荷葉杯　荷誕

今日風光饒滿荷誕花葉現眞身香城水國悟前因替爾作生辰翠謔紅傾微動歡頌並蒂莫分開蓮房多子喜含胎飲我碧筒杯

多麗　老少年

繪淸秋斑爛幾種凝眸正長空南飛雁至帶來猩血輕柔碧梧凋吳宮翠減繁英吐漢苑紅稠悵望西風徘徊夜月當初牆角獨勾留到今日年華閱盡丰韻勝前不教那桃腮暈退杏靨痕收　愛鮮妍膩脂一抹任他雨打風揉弄芳姿自憐晚景爭媚態儘惹閒愁顏可還

丹唇疑點絳秋娘愈老愈嬌羞怎寫首多情詩句拋向御溝流因堪笑春光難駐白了人頭

滿江紅　戊子春日同社題復齋雅集圖

逝水光陰休孤負春秋佳日因約得兩三知己素心晨夕瀹茗鐺支中散竈譜松琴挂陶潛室任濺他利鎖與名韁都逃出　形骸放皆坦率笑談縱眞超絕合詩魔酒債與酣情劇大塊文章不用棊天然圖畫無須筆君試看雅會記蘭亭空陳迹

任芠生原名世珍字幼蓮又字友濂號半聾諸生震澤籍有曼陀羅花館集金祖澤云幼丈書法精妙尤工詩詞卒後其子孫輩均留學於外遺稿散佚不可究詰存者殆不及百之一二焉　去病案先生風流瀟灑絕似晉宋間人往嘗延余退思草堂課其羣從暇輒一過齋頭譚讌甚樂不數壺天之客錢重鼎也壬寅春將作杭遊余爲塡一詞贈行先生亦依韻答和因同步樂闌忽中風欲倒余大驚甚急呼童扶之歸雖一時獲愈然未幾竟以淪謝悲夫

金人捧露盤　題俞魯青僧衣小照

猛思量驚斷雁悵離鸞更難忍雙折階蘭柳胥回首君舊居在吳江城外柳胥圩荒烟蔓艸路漫漫廿年飄泊跡無定幾度鶯遷　莽星霜催人老眉半白鬢全殘效東坡晚歲逃禪豈眞拋棄書香舊脈有孫傳掀髯一笑着袈裟去覓林巒

千秋歲引　題竹杖壽殷小譜翰林夫人五秩

香氣成烟神光照室豈藉青筇伴晨夕分曹觀政欣聯璧合飴擲果常依膝更玲瓏掌上珠歡無極　爲問年華剛五十鱗脯麻姑初獻食薄酬辛苦歐陽荻戲魚閒向溪邊點騎龍不羨坡中擲倦游時一枝竹聊休息

滿江紅　祝朱善丹六十初度

氣吐長虹甘心與屠沽跡斂最難得卅年交誼屢傾肝膽此老崛強

猶似昔是翁矍鑠何曾減顚千觴醉倒甕頭春供饞饜　花如幄凝
香豔室如磬甘清淡愛湖山名勝舊游堪念琴澗撫松雲露重洞庭
載石風波險到而今往事已成塵增秋感

調笑令　醉月

癡了癡了滿地花陰怎掃回頭一白無邊可笑眼花顛倒顛倒顛倒
錯認山山天曉

浪淘沙　題凌蔭周瑣牕秋夢圖

脂粉剩殘紅鸞鏡塵封除非夢裏得相逢依舊畫眉牕畔坐絮語喁
喁　鐙影颭西風一枕惺忪秋聲悽斷碧簾櫳悵望玉人何處也疏
雨梧桐

百字令　周翌廷太守青谿放釣圖

是何爲者把封侯心冷先生休矣借問當年誰得似青笠綠簑漁子

夾岸雲峯半溪烟水夢繞蘆花裏人生消受豈能眞箇如此　還向射虎山前譚兵帳下讀書顏開喜拚入江波深處去仍恐雄心不死活水煎茶鮮魚沽酒此事談何易乘風轉眼莫教閑臥篷背

浪淘沙　題友人松下授經圖

梓樹下郵名人家耕讀生涯門臨流水幾灣斜樽酒追陪姻婭舊閒話桑麻　松老碧虬遮玉砌交加庭蘭羅列盼春芽留得一經牢守着門第清華

李我泉字懷川晚號葉湖釣叟光緒壬午恩貢生候選州判有夢蘇龕詞燼餘生吟稿

摸魚子　題滬上沈旣堂西泠放棹圖

望西湖湖光如練山光相映明秀蘇隄十里籠烟霧飄颺絲絲垂柳牽客袖看划箇瓜皮縠細波紋皺豪歌縱酒托兩浙林巒六橋花雨

都付郭熙手　湖山勝我亦曾經消受十年前事雖又滄桑小刼成今昔鴻爪應還依舊君省否記怡綠莊邊泛月攜紅友何堪回首怕放鶴亭空啼鶯樹老不似那時候

摸魚子　題陶仲平茂才怡雲圖

上書樓倚欄憑眺暮山繚繞烟樹關心複嶺層嵐外時起閒雲一縷風約住覺到眼迷離也助神飛舞幽懷爾許把繡幕高搴紗窗半啓領略靜中趣　清閒甚邀箇吟詩伴侶一甌佳茗新賚郭熙點綴工平遠人在畫圖濃處君記取君不見前程便是沖霄路流光易度看萬里鵬摶九天鳳噦異日破空去

千秋歲　題麗小雅梅花士女帳顏

春光有信小院黃昏近銀蒜底孤憑闘風侵羅袖薄露濕蓮鉤印明月下姍姍獨具幽閒韻　斗帳眠難穩壺漏消磨盡心上事憑誰問

眉攢青黛淺臉泛紅潮暈休恨也自家先占東風分

憶少年　客牕秋感

蟬聲如怨蛩聲如泣雁聲如訴淒涼暮雲下一聲聲煩絮　無限秋情攖客緒好時光總嫌悤遽憑欄正愁絕又催愁蕉雨

施紹書字擁百號孚龕諸生去病案擁百少列馮林一陳子松兩先生之門稱高等第子工篆隸並善米書與吳縣謝綏之同邑費葆廉凌磬生任幼蓮諸老交尤莫逆

高陽臺有序　敝居屋梁營有燕巢卵翼羣雛羽豐沖舉聽呢喃學語懷我好音逾忽變聲喙鳴若詈勢將搏擊咄哉小禽嗟嗟綢繆牖戶拮据卒瘏斯時斜睇處空得毋肝腸裂與悵觸寡驩用拈是解

乳燕分飛瑚梁別住故巢轂破春深話到將雛漂搖風雨嘵音青青一樣簾前艸茁同根花綰同心奈相離只管西東不管晴陰　憑闌

幾聽檐牙噪訝喉翻脆竹距奮纖鍼何事參商烏衣門巷堪尋鶯兒慣弄調簧舌到鵾鵊毀室誰禁漫輕忘李代桃僵若此園林

范鍾傑字舫漁有秋海棠花館詞鈔

搗練子

風乍捲雨初沈珠箔銀屏小院深記得枕邊成小別落花時節到如今

柳梢青

鎮日房櫳碧蕉擺雨翠竹搖風簷溜頻催柳煙細裊花霧輕籠　水晶簾外朦朧聽幾點伊家莫鐘篆冷香銷蜂黃蝶瘦院靜庭空

調笑令

庭院庭院收取清涼一片夜深花影纖纖低喚雅鬟捲簾簾捲簾捲一望月華如洗

踏莎行

無限狂風還來驟雨枕邊一夜愁如許芙蓉帳底不成眠流鶯啼亂花飛處　寂寂簾櫳沈沈院宇飄將一葉消殘暑釵橫鬢墮淚痕侵芳心繚亂渾無語

木蘭花慢　郁居

正沈沈酷暑晝簾下掩荊扉但鎮日酣眠得閒枯坐覓句吟詩斜欹趁涼一餉聽前邨幾處晚鷄啼恰又蘭湯初試可人衫子相宜　窗西日落翠陰低寶鴨篆烟微有何塵俗態一生瀟灑家住東溪依稀半邨半郭趁扁舟垂釣鱖魚肥只怕陰晴未定瀟瀟風雨歸時

念奴嬌　白秋海棠

一從春去已怱怱過了朱明時候銀燭燒殘深夜靜那復紅妝厮守漫染燕支休簪雲鬢懶共芳菲鬥玉闌干側祇將秋意消受　苦恨

雨滴庭蕉風敲牕竹唧唧蛩吟透獨倚銀牀閒自況比似黃花還瘦
露浥啼痕月明素影寂寞參橫後斷腸人去可憐魂魄依舊

淩寶楓字拱辰號密之自號尙左生泗次子諸生有小茗柯館詞槀

柳以蕃曰君與邑子沈君詠韶善讀書其家江曲書莊尤留心輿地鎮洋畢尙書沅采集太康三年地記王隱晉書地道記君病其疏漏爲補輯各一卷後附刋誤會長沙王祭酒先謙督學政江南下車之始命諸生撰獻吳疆域圖說又欲爲酈氏水經註疏吳江分得淸水淇水君之從事吳疆域也據春秋內外傳吳越春秋史記爲世表年表一卷據杜氏集解釋例譜以兩漢晉志爲地名攷一卷開方爲圖墨識今府廳州縣而以朱綴古地名旣皆釐舉獨所爲水道記及攷訂淸水淇水沿革至唐宋而止從事過銳心氣暴損業未卒而奄及于死可哀也已

滿江紅 寅伯已仲以手評紅樓夢詩詞見示漫塡此解用辛幼安韵

十二金釵尋頑石一拳孤立誰喚醒春婆一夢晨鐘催急羅綺已如雲過眼旗亭空有詩題壁是何人綺語學冬郎憑誰識 江筆寫彩

毫濕湘竹淚紅壺滴問一瞬繁華秋山空碧月旦未知瑜與瑕（予謬加評騭）風流安在歌還泣賸一編情史弔千秋傷心客

釵頭鳳　前題

瀟湘竹淚盈掬一瓻借得珍如玉長談夜種蕉舍（予與君種蕉館雅敘屈指已半載矣）光陰一瞬倏交秋夏乍乍乍　斷腸曲埋愁錄閒來無事且閒讀芰荷榭薔薇架睡餘酒醒一開眼界謝謝謝

丁桂琪字子勤光寬孫諸生

瑞鷓鴣　春陰

烟雲靄靄望迷離簾幙飄搖欲捲遲香霧如塵籠一徑半酥春色綠楊枝　東風無力鶯啼懶細雨多情蝶夢癡旅客魂銷沽酒店江南二月杏花時

山花子　春歸

開到荼蘼春事殘離腸千折碧闌干祇有杜鵑啼別淚不堪看　綠陰成後天涯隔紅雨飄殘客夢闌幾日東風同過客暫盤桓

憶王孫　秋閨

秋風勾起玉關情檢點寒衣寄遠征素手纖纖熨貼平正三更刀尺依微擲有聲

定風波　冬閨

凜凜西風日送寒長空一片雁聲酸衰草斜陽無限意離思蕭然獨自倚闌干　閒擁金爐微覺暖腸斷無窮幽恨上眉端窗外梅花開又謝堪訝有誰信道不曾看

山花子　春雨

漠漠陰雲罨樹顛江南愁絕杏花天何限春情歸寂寞雨連綿　紅暈桃膚逾覺豔碧沾柳眼更生妍只有深閨驚好夢未成眠

臺城路　七夕寄懷周禹臣慕僑昆季

多情常似遊絲捲關心况逢靈夕銀浦孤流纖雲一抹回首晚山千疊淒涼欲絕料知己今宵桐陰閒立闌角徘徊遙看秋燕已如客知否此際凝望在疏柳長隄青楓古陌星影分光鈴聲待漏搖醒一痕秋魄鵲橋無迹祇剩有吟魂臨風嗚咽闊別傷心寸腸千百結

沈成章字達卿諸生秀水籍　有陸湖老漁行吟艸

小梁州　壬午春日小別諸丈元簡

小樓春半杏花天悵望神僊顏開梅蕊舌生蓮風流擅修得幾生前阿香昨夜隆隆起恐潛虬驀作飛鳶酒載賒字問偏暫歸期促三斗俗塵緣

漁家傲　庚寅春日題殷植庭平波垂釣圖

一舸鴟夷湖是宅老驚賸與元眞得棹破波光千載碧留僊迹斜風

細雨今猶昔　雲水閒情生小識風流公子華年客便欲抽身分隱
席塵澼窄把竿去去儂心亦
俞煥章字文伯號鈍庵有味書齋詞
桃源憶故人　桃葉渡
綠楊千縷隄邊舞流水泠泠如故鸞鳳雙飛何處煙影迷南浦　護
花人去花無主零落秋風秋雨祇有綺羅兒女點綴秦淮渡
驀山溪　思親集梅邨句
客情憔悴倦尋芳私語牽衣淚醉春風枉自苦凝眸浪淘沙更風波滿江紅欲
前還止念奴嬌江頭尺鯉減蘭落日數歸鴻木蘭花慢漫支頤風入松儘行樂滿江
紅蠟鳳階前戲千秋歲窮途游子沁園春敢告吾勞矣千秋歲住處覓桃
源滿江紅待他年同上幅巾歸里水龍吟懷清築起沁園春願與畫樓人生查子
謝風塵滿江紅供甘旨千秋歲進酒春風裏同上

蝶戀花　用歐陽文忠公韵

婀娜春光烟柳畔日射簾波影彈雙釵釧天上飛瓊初識面新詩應和關雎亂　不恨此生相見晚只恨從今難作同心拾檢翠休嫌仙洞遠時時走馬平蕪岸

忽地桃花隨水去人面難窺只怨來遲莫彳亍蘇臺香草路空敎種得相思樹　無緒無情鸚鵡語雁杳魚沈可許重逢否撥盡飄蓬和墮絮知他油碧停何處

釋達塵字月樵梅堰顯忠寺僧主長慶寺講席有一指窩詩餘

少年游　鶯湖泛棹圖

芳草如煙綠波如縠迤邐水雲鄉輕槳雙划平湖萬頃宛在小瀟湘　先生自署鶯湖長簑笠任行藏樹裏鐘聲沙邊鷗夢塵事淡相忘

笠澤詞徵卷二十　完

卷二十一　閨媛　邑後學　陳去病輯錄

宋

胡與可號惠齋尚書黃由妻平江人

周密齊東野語黃子由尚書夫人胡氏與可元功尚書之女也後敏強記經史諸書畧能成誦善筆札時作詩文亦可觀於琴弈寫竹等藝尤精自號惠齋居士時人比之李易安云　董史皇宋書錄外篇狀元黃由妻平江胡氏號惠齋給事胡公女也胡氏能草書今西山玉隆宮有題詩一首世又有草書禊序四幅字雖未合法然大書橫放亦婦人所難　張世南游宦紀聞劉過字改之能詩詞流落江湖酒酣耳熱出語豪縱自謂晉宋間人物其詩篇警策者已載江湖集尤好作沁園春上稼軒詞已見岳倅郎珂桯史最爲辛所喜今又得數篇其一黃尙書子由帥蜀中閤乃胡給事晉臣之女過雪堂行書赤壁賦於壁間改之從後題一闋其詞云按轡徐驅兒童聚觀神仙畫圖正芹塘雨過泥香路軟金蓮自拆小小藍輿傍柳題詩穿花覓句嗅蕊攀條得自如經行處有蒼松夾道不用傳呼清泉怪石盤紆信風景江淮各異殊想東坡賦就紗籠素壁西山句好簾捲晴珠白玉堂深黃金印大無此文君載後車揮毫處看淋漓雪壁眞草行書後黃知爲劉所作厚有餽貺　錢塘黃溪志別錄夫人善詩文工筆札琴棋寫竹等藝皆精溪墅中區額如木

蘭榭瑤華閣皆手書也

百字令

小齋幽僻久無人到此滿地狼籍几案塵生多少憾把玉指親傳蹤跡畫出南枝正開側面花蕋遽端的可憐風韻故人難寄消息　非共雪月交光這般造化豈費東君力只欠清香來撲鼻亦有天然標格不上寒牕不隨流水應不鈿宮額不愁三弄只愁羅袖輕拂

畫史書錄夫人有文章兼通書畫吳人多相傳其嘗因几上凝塵戲畫梅一枝仍題百字令其上云

滿江紅　燈花

暝靄黃昏燈檠上熒熒初炙銀焰裊孤光分夜寸心凝碧留照嬌顏歡笑偶上元慶賞嬉游夕笑聚螢積雪與偸光寒儒憶　蝶眷戀成河得花傳喜知何日聽隣家昨夜扣闇誰覓焰短始知新月上搖紅孤館因風急恨那人別後不成眠時時剔

明

沈宜修字宛君山東副使琉女主事葉紹袁室有鸝吹集

憶王孫

雲屏寂寂鎖殘春錦瑟年華已半塵芳草留香燕語新繡茵金鈿瓊簫總殢人

如夢令　夜月

月暈天邊常有心緒渾如中酒酒醒是何時樓外鳥啼楊柳依舊依舊贏得梅花消瘦

前調

蕭瑟西風初動又是一番涼送燈蕊小牕斜往事不堪新夢愁重愁重綆短銀屏水凍

點絳脣　春閨

啼鳥嬌春細風吹向愁邊近斷腸難問嫩籜含新粉　夢繞天涯總是無憑準黃昏信落紅成陣買盡東風恨

前調　代人寫恨

寶鏡空圓薄情猶憶當初否指環在手對面成拖逗　自悔無端信得虛名驟重陽後安排消瘦愁病長相守

浣溪紗　莫春感別

芳草連天不耐芟柳絲無力繫征帆垂條空折手纖纖　人去河梁生寂寞燕歸簾榭自呢喃可堪對酒溼青衫

前調

淡薄輕盈拾翠天細腰愁似柳飛綿吹簫閒向畫屏前　詩句半緣芳草斷鳥啼多為杏花殘夜寒紅露溼秋千

前調　侍女隨春破瓜時善作嬌憨之態諸女詠之余亦戲作

袖惹飛烟綠鬢輕（鬢一作雨）翠裙拖出粉雲屛飄殘柳絮未（一作晴）知情

千喚嬾回佯看蝶（一作拋繡蹴）半含嬌語恰如鶯（一作微吐澀新鶯）嗔人無奈惱

秦箏（一作無賴憂風箏）

菩薩蠻

紫騮嘶遍垂楊曉綠窗人正腰肢小紅袖拂瓊簫含情注小桃　春

歸人去遠春去人歸晚莫把杏花吹夜深啼子規

前調　送仲韶北上迴文

柳疏垂映長亭酒酒亭長映垂疏柳人去促飛塵塵飛促去人　雁

征愁信遠遠信愁征雁彈淚染綃紈紈綃染淚彈

前調　莫秋夜雨時在金陵

閒庭滴瀝秋宵雨紗窗燈影愁無語明月幾時來芙蓉何處開　小

樓應寂寞一夜江楓落雁唳碧天長殘更敲斷腸

前調　對雪憶亡女

疏梅香吐西欄曲娟娟一片瀟湘綠白雪繞庭飛彤雲接樹低　謝孃何處去孤負因風句莫把舊詩看空憐花正寒

憶秦娥　寒夜不寐憶亡女

西風冽竹聲敲雨淒寒切淒寒切寸心百折迴腸千結　瑤華早逗梨花雪疏香人遠愁難說愁難說舊時歡笑而今淚血

清平樂

柔情如結着意憑誰說春去風翻簾外鐵幾度天涯明月　無端故故思量綠窗夢遠瀟湘啼鳥不知人恨數聲喚落斜陽

三字令

花落盡柳陰低雨絲霏香霧濕彩雲迷帶愁飛飛去也武陵西　新夢短漏依依剩相思殘月冷曉煙淒蝶香濃鶯語碎斷腸時

烏夜啼　秋思　井梧未墜如悲宋玉之秋堤柳猶垂已動繁欽之思幽花弄影散麗藻以參差璧月飛輝蕩青蘋而瀟灑於時星河凝碧耀流火於階前露氣霏微溼芳枝於簷畔北書之來雁無聞南苑之啼鶯正暖桂香半冷欲傳搗練之情松韵偏清可訴寒蛩之怨有愁難遣聊爾云焉

黛埽何如修桂腸銷渾似嬌棠新愁偏染羅巾淚涼月墜瓊璫　脉脉籠殘斜日微微薰罷餘香繡窗花落瀟湘雨憔悴立西廊

柳梢青　初夏

綠暗薇屏紅飄荇鏡春付浮萍束素寒消薄羅香細數盡歸程　新篁翠徑初成微雨後荷珠濺傾玉管聲沈桐花影外一段閒情

瑤池燕　和君晦弟韻

輕寒陣陣欺花困半嫋垂楊乍籠餘恨藏微暈羅巾愁濕妝前認

傍簾櫳花影堆悶香消損東風幾負春信憑誰訊平波正遠憐雙鬢

望江南　冬景八闋錄一

河畔草一望盡凄迷金勒不嘶新寂寞青袍難覓舊葳蕤野燒又風吹　蝴蝶去何處問歸期一架鞦韆寒月老滿庭鶗鴂故園非空自怨萋萋

虞美人　瓶中臘梅

生香素面檀融暈懶傅何郎粉膽瓶折取貯仙葩試看漸將春色逗些些　纖枝不鬥東風巧耐雪衝寒早鏡前新寫漢宮妝却把玉顏淡淡拂輕黃

前調　立春

東風已上堤邊柳雪意還依舊畫羅綵勝學裁新不道閑愁又送一番（集作許多）春　年華只是侵雲（集作邊）鬢花信何由（集作須）問待看雙燕幾

時來猶憶杏花長對月徘徊

踏莎行　君庸屢約歸期無定忽爾夢歸覺後不勝悲感賦此

寄情

粉籜初成薔薇欲褪斷腸池草年年恨東風忽把夢吹來醒時添得千重悶　驛路迢迢離情寸寸雙魚幾度無眞信不如休想再相逢此生拚却愁消盡

前調

夢斷心灰詩成淚滴欲尋再夢難重覓雲山歷歷望中迷無窮烟樹連天碧　客舍雲深仙鄉路隔難教夜夜長相識天涯只爲夢無憑參橫月落茫茫黑

前調　和凝云春思翻教阿母疑余以破瓜年亦何須疑直當信耳作問疑詞戲示瓊章

芳草青歸梨花白潤春風又入昭陽鬢繡牕日靜綺羅閒金鈿二八人如蕣　碧字題眉紅香寫暈青鸞玉綫裙榴襯若教阿母不須疑妝臺試向飛瓊問

前調　寒食悼女

梅萼驚風梨花謝雨疏香點點猶如故鶯啼燕語一番新無言桃李朝還暮　春色三分二分已過算來總是愁難數迴腸催盡淚空流芳魂渺渺知何處

滿庭芳

簾月光微屏山畫寂斷魂長遶離亭小窗人靜無語正傷情獨對殘燈明滅空憔悴難問寒英熏籠倚香銷鏤枕愁極不聞更　淸淸聽塞雁天邊嘹嚦往事頻驚歎薇花夢杳翠黛凝橫漫說流黃錦字何處寄天上瑤京多少恨憑風吹去飛遶鳳皇城

前調　端午

團扇裁冰宮盤射粉畫簾不上銀鈎繡符艾虎雙繞玉搔頭皓腕輕籠綵縷蒲英泛蟻綠金甌雕闌外桐花低映紅袖賞扶留　香浮風澹澹迴廊轉午人倚重樓問當年菰黍誰爲飄流楊柳斜陽歸晚人去後曲散梁州空餘下莫雲淒靄長遶楚江秋

前調

玉樹香浮金波彩泛細風輕送雲行橋邊烏鵲千古說多情何事歡娛易散空悵望玉鏡銀屏堪憐處年年芳草青黛鎖秋橫　盈盈增悵望更更漏點處處雞聲看疎星漸曉珠露飛英腸斷鮫綃帊上休回首枉自魂驚還須問長河渺渺流向幾時平

前調　感懷

秋色將分莫雲初合四壁蛩韻悲繆薄紅黴雨幾度自清宵多少西

風蕭瑟吹不盡楚夢秦簫疏楊外芙蕖映水清露鏡中凋　聊聊無語處酒凝杯冷爐緩香飄又驚愁蝶倦花草烟消且把殘鐙重剔尋舊句看取紅綃從今後憑他風月莫莫與朝朝

玉蝴蝶　思張倩倩表妹

驀地流光驚換畫闌一帶烟柳初齊乍暖輕寒庭院盡日簾垂送愁來數聲啼鳥牽夢去幾樹游絲憶當年情含寶帳未解春思　堪悲盈盈極目幾多江水隔若天涯恨結丁香也應還自怪香綦漫思量花前舊約空惆悵虛負芳期又誰知夜窗魂斷曉鏡低眉

念奴嬌　重午悼女秉感懷

傷心時候又端陽景色依然目暗柳藏鶯千百囀聲繞畫簾風竹舊恨吟花新愁泣夢細雨凝蒲綠淚殘芳草斷魂何處難續　休說簫鼓年年龍舟競渡玉盌傾醽醁今古興衰多少事不盡沅湘萬曲明

月山空青松露寂烟水長飛鷺落霞影裏怎如數椽茆屋

絳都春　上元夜

輕煙逗雨把陣陣柔風低縈庭樹草色乍芳梅影初斜消幾許春光早暗驚驚時序上元也無端來去鴨香薰翠鵲聲弄喜畫闌私語漸近飛花引燕簾前舞又惹人添離句鐵鏁星殘玉膽瓶欹銀屏晚松梢月冷浮清露淺寒澹碧雲橫暮知見紅綠爭妍總壞愁處

水龍吟　丁卯余隨宦冶城諸兄弟應秋試俱得相晤後仲韶北赴燕京余幽居忽忽怳焉三載賦此志慨

砧聲敲動千門渡頭斜日疏烟逗蓮歌又罷黄房將呆愁凝翠袖巫峽波平蘅皐木脫粉雲凉透歎無端心緒臺城柳色難禁許多消瘦古道長安漫說小庭閒晝應憐否紅綃雨細碧闌天杳三更銀漏雁寒無書清燈空爇但餘綠酒想當年自傳青衫還倩淚留雙袖

前調　六月二十四日和仲韶

碧天清暑涼生流鶯啼徹閒庭院又逢佳景誰家游冶芰裳蘭釧曲岸扶疏遙山晻映鉛華月遍看盈盈無數簾鈎畫舫烟渚落霞千片一望臙脂簇錦恍當年館娃遺鈿朱顏既醉妝窺水鏡珠翻團扇露溼雲凝六郎無似比將花面還羨取十里香風皓月素波長見

前調　悼女

綠陰慘結閒庭捲簾不耐看風雨竹深烟徑柳鋪雲影淡然秋浦小閣淒涼畫屏寂寞恨知何許口杜鵑啼罷落紅吹散祇剩得愁如縷一自楚些賦後又嬋娟幾番三五琴書畫永衣香猶在綺窗無語雪絮吟殘梨花夢杳傷心千古倚闌干只有芊緜芳草碧絲難數淡煙浮翠枝頭熟梅時候偏憐雨蕉翻恨綠梔含怨粉何堪勝數紫燕低飛黃鸝巧囀漸驚徂暑向風前搔首彩雲易散不盡淚痕千縷

寂寂繡床深鎖芸牋錦字成遺堵月殘香冷紅消碧碎熱腸相許欲覓仙蹤難尋方士海天路阻漫思量總有南山雲竹怎書愁譜

前調　庚午秋日余作水龍吟兩闋兒輩俱屬和書之扇頭今又經三載偶檢篋中扇上之詞宛然二女已物是人非矣可勝腸斷不禁淚沾衫袖因續舊韵賦此

空明擊碎流光廻腸一霎難尋舊芳華消盡涼蟾何意半垂疎柳飛葉恨驚凝雲愁結重重還又愴秋宵寥廓夜蟲悽楚傷心幾回低首盼望音容永絕斷腸祇剩文如繡橫烟拂漢征鴻將度月寒花皺斜日啣江圍山欹陌昔年時候痛而今淚與江流總向西風同奏

石城潮打千秋消磨不盡還相逗閒雲無定野水長縈繽紛繞岫古古今今朝朝暮暮如何參透歎依然風景茫茫交集但憑得秋容瘦看取嬋娟秋色西風搖落應憐否碧天空闊寒烟無數怨砧淒漏

把盃邀月醉濃愁極拚他中酒問廣寒丹桂集作情同苦酒悵幽山叢桂從林下詞選飄殘何處斷香盈袖

霜葉飛　題君善祝髮圖

悶懷難表西風弄愁人踪跡顛倒笑拚華髮付淒涼露泣芙蓉老夢破柳烟蝴蝶曉沈吟擲鏡寒雲掃世事總休休但倩取幽牕月影夜半留照　憔悴動處非狂愁時非醉畫裏人應知道遶崖黃葉正紛紛好共哀猿嘯落蘺楚江君莫惱芳洲處處悲秋草自有閒雲飛伴松月山空桂叢烟渺

沈靜專字曼君光祿璟季女歸吳氏有適適草周銘林下詞選曼君吳江人宛君之妹即詞隱先生幼女也先生嘗稱其才類眉山長公而坎壈困阨亦頗似之故其詩詞多激烈之音適與適之所著名適適草小詞附其後別撰頌古一卷於宗門會弟一義知其得于頓悟者深矣自號上慰道人爲三峯法嗣云

長相思

春未盈蝶睡輕柳外東風吹蛝生日長花氣清　瘦魂驚一聲鶯鸝
住愁魔不放行遙山翠半醒

菩薩蠻　春曉廻文

曉花留露春風小小風春露留花曉輕燕掠波平平波掠燕輕　綠
陰簾控玉玉控簾陰綠驚夢奈深情情深奈夢驚

前調　寒夜

梅花幾樹瀟湘曲依微影射林閒屋風急莫江寒孤舟客思殘　素
屏憐小夢空賦霜華重明月冷山巔三更啼杜鵑

畫堂春　春感

疏烟捲翠靜林邊嫩雲不礙晴天綠蕪影裏燕飛旋山起眉鮮　曾
見侵簾仄月回傷別塢啼鵑當時猶怨別離船忍隔重泉

蝶戀花　蛺蝶花

舞向低檐依嫩綠翠泠天涯影斷吹愁續幻就雲衣飛態足粉煙浥露枝頭浴　風動猶疑翻紫玉引得佳人誤入花陰撲靜斂香鬟還自宿蜂媒覓伴仍相促

前調

遠樹披煙翻翠縷繡粉生香寒月棃花露柳蕩雲輕春半暮殘陽流影低花塢　枝上嬌鶯猶解怨草綠簾陰生啓愁歸路擣就芳華天可悟悲歌又把年光度

鳳皇臺上憶吹簫　冬閨

天外霜飛江干風緊瓊閨夢冷芙蓉耐衾鴛紅薄雙袖單籠侍女漫施鸞鏡任敎他翠鬢雲鬆幽窗畔一枝淸逼玉映香叢　隆冬誰家嬌寵倚春華芳暖鮮語溶溶歎文心一縷有句拈慵生分曉山眉醒也應知做弄微衷綠莎際帆銜淡日猶度孤鴻

張倩倩字無爲暗待詔基曾孫女上舍沈自徵室周銘林下詞選塡詞集豔云倩倩豔色清才年三十四而歿遺香僅存一二

浣溪紗　春情

幾日輕陰冷翠綃起來慵把柳眉描春情無奈困人嬌　簾外錦鳩啼恨絮天邊征林下詞作帛雁寄書勞小窗閒撥篆雲林下作烟燒

憶秦娥　春怨

風雨咽鵓鴣啼破清明節清明節杏花零落悶懷千疊　情悰依舊和誰說眉山淺詞苑叢談作斷鎖空愁絕空愁絕雨聲和淚問誰淒切

蝶戀花　丙寅寒夜與宛君話君庸作

漠漠輕陰籠竹院細雨無情淚濕霜詞綜作桃花面落葉西風吹不斷長溝流盡殘紅片一作試問寸腸何様斷殘紅碎綠西風片　千遍相思才夜半又聽樓前叫過傷心雁不恨天涯人去遠三生緣薄吹簫伴

李玉照會稽人上舍沈自徵繼室江蘇詩徵王迺徵云玉照年二十五夫亡撫孤守節三十八年而卒

漁謌子

愁思縈懷嬾賦詩黃昏深院月來遲人靜處漏殘時一片幽情只自知

憶王孫

幽閨深閉日如年臨鏡無心整翠鈿羸得愁腸兩處牽思淹淹裙帶閒拈花柳邊

如夢令 夜坐

夢入愁鄉初醒猶有殘燈相映鐵馬寂無聲金鴨沈烟已燼清冷清冷誰念繡衾孤另

醉公子 憶夢中美人

無意拈花片有恨拋鍼綫細想夢中人芳姿記未真　默坐還相憶

珠淚和香滴月色到牕紗尋思暗抵牙

周蘭秀字淑英應懿女平湖孫愚公室　檇李詩繫弱英春日寫竹寄姊沈夫人云新籜初舒雨後枝碧含香破淡相宜爲君寫出疏闌影一片寒光點墨池

減字木蘭花　夏日

晨妝草草綰髻慵梳新樣巧捲起簾櫳遠見荷開滿沼紅　輕搖團扇薰風陣陣輕吹面隄柳條條帶雨拖烟拂板橋

踏莎行　秋懷

葉落平沙雲迷遠樹山色模糊人喚渡芙蓉笑摘上蘭橈輕鷗驚入波心去　衰柳含烟涼蟬咽露年年重覓王孫路可憐人靜玉樓空滿庭芳草家何處

如夢令　雨夜

梅雨夜窗春動早，又新荷香送吹入畫樓來，一段幽懷誰共誰共誰共漫擲燈前清夢

浣溪紗　初夏

雨過池塘萬綠生微風吹滿繡簾輕遠山一角夕陽明　靜裏荷香來扇底夢餘蕉影倚窗橫闌情何處玉簫聲（去病案此詞有兩本林下詞選歷代詞選均作雨過梧桐萬綠平模糊山色逐雲行飄飄鶯羽傍風迎茉莉小庭香落袂夢餘蕉影倚窗橫隔樓何處度簫聲其意較遜今從詞綜錄之）

滿路花　秋日閒居和朱希眞韻

溪林晚雨乾一片山雲破荷池蘆汀畔吹魚火疏簾高閣澹澹輕煙裹闌干方靜悄鳥弄花聲倚屏最惜殘臥　半松半竹綠陰茶寮左調琴與滌硯柴門鎖閒抽鄴架快讀新詩過埜蘭開傍我初月纔生雙鬟輕喚人呵（周銘云前段悄字失韻）

周慧貞字挹芬文亨女秀水黃鳳藻室

風入松　述懷

幾回惆悵厭臨鸞，扶病倚闌干。逢人懶整雲鬟亂，眉兒淡、留待郎看。消瘦不禁搖扇，遣情聊把琴彈。　冰絃理罷展琅玕，描寫恨千端。雙雙飛落簷前燕，啣泥轉、故故成歡。何事此來輕去，夜深不得團圞。

顧蘭佩學憲大典曾孫女，適王峯何瀘

清平樂　春柳　次庶其叔父原韵（去病案：庶其原唱今已佚，不可考）

春光縹緲，煙鎖何時了。贏得離亭人去杳，淚落隨他多少。　從教蕩漾風前，纖腰欲折可憐。羨殺謝庭詠絮，休言張緒當年。

顧道喜（一作善）字靜簾，進士自植女，歸諸生許季通元方，有松影庵詞（周銘林下詞選：元方性癖書，博雅名通，順治戊戌進士竹隱虬其次子也，一門風雅，咸出淵源）

如夢令

高柳蟬聲哽咽，四壁蟲吟悲切。丹桂發天香，疑是廣寒宮闕。八月八

月又是中秋佳節周銘云李通和詞有無復夢游金闕之句靜攏一笑遂借隱課子云

蝶戀花　閨情

日射紗牕花影透滿鏡春山雲面妝成候立遍蒼苔尋草鬬鸞鍼鳳綫抛殘繡　拜佛朝持般若咒脈脈含情徙倚消長晝聞道知愁還未久去年學得吹簫後

滿江紅　移居嚴莊有感

禾黍斜陽村阜外紅霞飛滅回首處依稀風景繁華銷歇沼冷鴛鴦荷泣雨臺荒麋鹿松搖詞選作篩月忽送來野寺斷鐘聲詞選作忽一聲野寺斷鐘過疎籬缺　淸曉怨簾鉤揭王孫夢鵑啼血詞選作竭問天涯何處銅仙金闕猿鶴三秋淹短草風雲萬里悲高碣料明朝好鏡不相瞞霜侵鬓

周銘林下詞選云許定需字碩園靜攏之女陸素絲室自幼受詩於母氏如夢令壬子秋留別兄竹隱攜手階前吟月同調琴聲清絕上下古今編夜半燈殘茶熟凄切凄切風景依然人別鷓鴣天雪曉羅幃重重寒氣侵曉光先透紫絲衾半空飛下梅華瓣一夜

半添玉樹林焚獸炭酒徐閑安排新調入瑤京行人莫起江南恨驢背奚囊興不禁 又許心榛字阿秦一字山有許竹隱長女竹隱宦黔寄以絕句云憑他道韞詠風絮爭似儂家有阿秦阿秦一和再和有妝臺秋暮挑鐙事閒檢殘編到漢秦之句可以想其風期矣與妹阿尊阿蘇阿芬唱和為樂又與母妗張采于稱閨中詩友菩薩蠻舟中感舊數聲漁笛斜陽裏離愁亦傍塞風起烟樹幾人家冬殘猶放花昔時歡笑處各自東西去恰見斷鴻飛孤帆獨櫂歸浪淘沙層樓觀雪六出繞庭中野外雲同斜斜整整舞長空笑指青山頭白了似雨非風歸鶴失行蹤縞袂相逢梁園授簡奪天工誰共梅花瀟索也人在樓東釵頭鳳題漁郎再訪桃源峯峯亂村村斷一瀉流水桃花岸春時雀秦時樂垂髻黃髮別來忘卻昨昨昨漁舟舊漁郎瘦丁寧仍向人前漏山川錯仙凡各緣谿再訪烟橫雲薄莫莫莫 又許心碧字阿尊手錄唐絕句娛玩興到偶一作詞浣溪沙送秦姊送別江亞江水清歸帆漠漠帶愁征鶺鴒原上曉霜明木落千山鄉夢繞香橫半舫曉妝盈搖搖心事各懸旌許心檀字阿蘇明慧好學其韻語多出天然兼工於書憶秦娥燕來簾櫳卷穿來穿去雙雙燕雙雙燕烏衣新翦天涯游倦銜花杏苑臙脂片翩翻掠雨深深見深深見離梁春永呢喃自遺眼兒媚庭荷太華峯頭玉井蓮移種曲闌前綠衣笑擁紅妝新豔兩面堪憐珠實蜂鬟照水鮮宛宛洛波仙含情勿怨曉風披露夜月籠烟許心澹字阿芬時年十二喜弄柔翰寄托詠吟玉蝴蝶詠梅忽憶羅浮驚夢半朧花霧香入虛無一任朱樓斜掩黃鳥頻呼月陰轉深藏丰韻霜痕澹越顯肌膚對他愁輕妝受凍疏影難扶清癯東君傳信百花根動草知平蕪管領芳菲水邊先把一枝圖笛

聲橫落英自掃隨書斷新釀誰沽爲調羹衡寒先發春滿皇都去病案諸詞均清絕可誦惟不稔許氏籍貫故附錄于此

董如蘭字畹仙華亭人御史孫志儒繼室有秋園集林下詞選畹仙詞意悲壯閨閣中之有俠氣者雜之稼軒集中正復難辨去病案夫人晚居山塘與其子以製眼鏡爲業能精製各鏡約得百種云

浣溪沙 溪花

小立崖前支曉風宜人偏在露華濃盈盈臨水自矜容 翠鳥啄餘青蕊子游鱗疑狎粉香叢蓬鬆撩亂畫圖中

大江東去 燕臺歸思

羈人情緒似禽魚誤入樊籠難出極目鄉關何處是雲樹蒼烟遙隔不敢哀號恐驚腸斷默默空悽惻自家兒女怎教他箇憐惜 應歎兩字功名半生勞頓堪笑還堪咄離別傷心夢中相聚後醒來悲泣悞我歸期欺他歸約各度如年日君平頻問故園何日歸得憂深如病萬千愁欲說傷心還歇是歲三春挨過了怎使重挨夏月

將近初秋歸鞭未整酷日同心熱啼痕新舊積來猶勝鵑血　千里有限關河無窮荆棘魚雁難飛越異日相逢須記取今後再休輕別魂夢堪憐朝朝暮暮不解辭登涉他時歸去定教眞個歡悅

前調　午日和韵

端陽重遇可應是輾轉天高難越炫日葵榴疑是泪觸景偏增嗚咽三載離鄉兩經兵火孤負芳時節五絲續命寸腸應被千結　休問鼓吹誰家龍標何處風鶴成驚怯魂夢飛揚旁人須訝道鬢斑形劣漁父忘言汨羅留恨醉醒憑人說伶仃兒女有誰爲我疼熱

搗練子　四時詞春冬選二

花寂寂豔陰陰枕上朦朧聽曉禽病裏不知春又半連天草色雨中深

初肥兎照寒牕窺探離愁眉鎖雙燈火連宵金穗重從今不信謊銀

釭

憶王孫

庭前新水色如藍穀雨初旬共浴蠶山家少婦指纖纖各攜籃日照柔桑露葉含

如夢令

雲外迴輪璧月偏照人間離別音信動經年幾度風霜雨雪愁切愁切想見征衫千結

長相思

心迢迢路迢迢萬木經霜色漸凋秋容如畫描　卯時潮酉時潮不見歸帆傍小橋愁魂銷未銷

浣溪沙　庭梅

牆角枝頭雨雪晴寒葩展靨若含顰蟾蜍今夜十分明　細細暗香

和夢嗅椿椿懷抱費思評心頭有箇未歸人

鷓鴣天　雪霄

旅雁摩霄樓外聞窮途有淚怕留痕風高雪片摶成陣月暗梅花合斷魂　書滿架件空樽牀頭燈火半黄昏推牕粉飾江山改愛惜瑶華只閉門

笠澤詞徵卷二十一

完

卷二十二　　邑後學　陳去病輯錄

明

葉紈紈字昭齊虞部紹袁長女適袁氏有愁言集

浣溪紗　春恨

窗外梅花落素英隔簾啼鳥弄春晴斷腸芳草又青青　獨倚青鸞愁日莫半籠金鴨怯寒生閒思心事暗傷情

幾日輕寒嬾上樓重簾低控小銀鉤東風深鎖一窗幽　晝永半（詞綜作香）消春寂寂夢殘獨語（詞綜作燭跋）思悠悠近來長自只知愁

風雨閒庭鎖寂寥又看春色一分消翠屏斜倚思無憀（集作聊）　夢覺情蹤（集作踪）無處問悶來心緒最難描殢人殘病恨（林下詞選作是）今朝

憔悴東風鬢影輕年年春色苦關情消魂無奈酒初醒　啼鳥數聲

人睡起催花一霎雨還晴斷腸時節正清明

芳草依依道路斜白雲何處是儂家空餘遠碧暮天賒　紅淚滴殘清夜月夢魂長繞淡梨花幾番臨鏡暗傷嗟

昨夜輕寒逗（集作透）薄羅曉來微雨忽相過紅英一半已看無　好句漫成嫌未切那知總爲恨難摹（集作模）日長雙黛奈顰何

燕子初來壘故巢曉鶯啼恨更添嬌一春都是等閒抛　不怨滿庭風雨惡只教終日夢魂消東風空鎖綠楊腰

一段春慵曉鏡中怕聞花氣入簾櫳夜來思遍舊情踪　粉蝶迷殘煙草綠晚風落盡海棠紅凭闌千里暮雲重

前調　同兩妹戲贈母婢隨春

翠黛新描桂葉輕柳枝婀娜倚蓮屏風前閒立不勝情　細語嬌諵嗔亂蝶清矑淚粉怨殘鶯日長深院惱秦箏（去病案集本兩首今從明詞綜）

前調　新竹

百尺高抽出畫墻娟娟含粉秀冰霜靜臨深院日初長　翠靄朦空籠曙色淸陰搖月照宵涼南薫池館占風光

三字令　詠香撲

疑是鏡又如蟾最嬋娟紅袖裏綠窻前嫵人憐羞錦帶妬花鈿　蘭浴罷襯春纖撲還拈添粉豔玉肌妍馡氤氳香馥郁逗（集作透）湘縑

玉樓春　立秋

微雲日莫庭花紫一葉飄輕澹羅綺扇輕長信泣佳人山冷蒼梧悲帝子　樓前莫問相思字深院螢飛照砧杵西風燕去幾時歸秋夢芙蓉江上水

踏莎行　暮春

粉絮吹綿紅英飄綺又看一度春歸矣子規啼破夢初醒凭欄目斷

傷千里　塵世堪嗟流光難倚浮生冉冉知何似舊游回首總休題
斷腸只有愁如此

前調　秋海棠

媚暈輕妝芳姿映砌檀心一點清香細對人無語似凝羞嫣然風韻
多流麗　酒意將酣柔情欲繫盈盈泣向西風閑只愁人夢月寒時
斷腸無那燈前睇

蝶戀花　秋懷

盡日重簾垂不捲庭院蕭條已是秋光半一片閒愁難自遣空憐鏡
裏容（詞綜作年）華換　寂寞香殘屏（詞綜作門）半掩脉脉無端往事思量遍止
是銷魂腸欲斷數聲新雁南樓晚

繫裙腰　倣錙叔儗

腮兒半掩簟兒清庭兒靜袖兒輕春兒老去傷情景兒明愁嬾把步

兒行　黛兒蹙蹙鬢兒傾欄兒倚悶盈盈萋萋綠草兒迷斷歸程歎聲聲只嬴得病(林下詞選作夢)兒成

滿江紅

秋色澄清煙靄(一作光)淨碧天寥廓正此際荒涼滿眼(集作悲涼滿目)歲華搖落鏡裏流光私自惜天邊斷雁(集作孤雁無路)愁難託奈新來雙(集作秋)鬢不勝秋(集作悲)渾蕭索　問何處堪棲泊想蕙帳悲猿鶴更疎籬叢菊草堂風擭無奈(一作那)都成虛負了塵勞客夢何時却怕(集作被)西風消息暗驚心偸垂幙(集作空思著)

鎖窗寒　憶妹

蕭瑟西風啼蛩滿院轆轤聲歇流螢暗照歸思頓添悽切更那堪近來信稀盈盈一水如迢迭想當初相聚而今難再愁腸空結　從別數更節念契闊情悰驚心歲月舊遊夢斷此恨憑誰堪說漸江天香

老蘋洲征鴻不向愁時缺待聽殘暮雨梧桐一夜啼紅血

玉蝴蝶　感春

景色穠芳清晝游絲無力嫋嫋輕柔欲挽春光同住堪笑難留林下詞作肯爲誰留碧烟侵舊時羅袖紅香淡獨自妝樓繡簾幽弄晴啼鳥喚雨鳴鳩　悠悠集作多憂凭高一望江南春色千古揚州回首繁華斷腸都付水東流黯魂銷一番懷古空目斷萬縷新愁幾時休綠楊芳草春夢如秋

牕外曉鶯初囀柳陰陰處集作柳條上黃聲透集作過西樓好夢驚回深院簾捲銀鉤集作蝦鉤霧濛濛杏花無語人寂寂芳草如羞恨綢繆幾多心事盡屬眉頭集作謝娘慵撫斜倚箜篌　凝眸集作熏篝新妝鏡裏東風無計吹破春愁粉褪香消長門花月半沉浮問年年惱人紅綠林下詞作濃綠看日日伴我幃幬林下詞作孤幬倚香篝黃昏雨後數徧更籌集作鎖眉頭黃昏疏雨勝似悲秋

前調　詠柳

拂地含顰寫黛無端贈折綠遍郵亭縱有風流萬種都是離情恨攀枝渭城客淚空送別灞岸歌聲舞腰傾年年弱力無限銷凝　春晴樓前憑望東風老去不耐柔縈澹碧輕黃酒旗村舍半橋橫向園中但傷鬱鬱看陌上莫怨盈盈黯心驚千絲萬縷總是愁生

前調　秋思

惆悵別來歲換清秋風月幾度悲傷極目蒹葭烟水一片微茫黯魂飛閒愁空斷還悵望孤悶偏長對池塘紅消殘碧綠怨初黃　淒涼蛩吟小院露寒金井月繞迴廊詩酒蕭疏舊游新恨總難忘掩重門臥殘清晝理瑤瑟燒盡爐香數流光秋燈閃淡無限徬徨

水龍吟　早秋感舊次母韵

蕭蕭風雨江天淒涼一片秋聲逗香消菡萏綠催蘭芷烟迷遠岫淚

隔星橋雲遮碧漢薄羅涼透蛩無端拈起一簾愁緒都作鏡中消瘦
寂寞文園秋色這情懷問天知否簷鈴敲鐵琅玕折玉聽殘更漏
淡月疏櫺小庭曲檻暫消杯酒便小槽引盡珍珠只怕淚紅沾袖

葉小紈字蕙綢主事紹袁次女諸生沈永禎室有存餘草

浣溪沙　爲侍女隨春作

髻薄金釵半嚲輕佯羞微笑隱湘屏嫩紅染面太多情　長怨曲闌
看鬬鴨慣嗔南陌聽啼鶯月明簾下理瑤箏

前調　新月

纖影黃昏到小樓弱雲扶住柳梢頭捲簾依約見銀鈎　妝鏡慵開
纔出匣（林下詞作試開微露匣）蛾眉學畫半含愁清光先自映波流

前調　春日憶家

翦翦春寒逼絳綃幾番風雨送花朝黃昏時節轉無聊　夢裏家鄉

和夢遠愁中尺素與愁消夢魂書信兩難招

菩薩蠻　暮春迴文

柳絲迷碧凝烟瘦瘦烟凝碧迷絲柳春莫屬愁人人愁屬莫春　雨
晴飛舞絮絮舞飛晴雨腸斷欲昏黃黃昏欲斷腸

踏莎行　過芳雪軒憶昭齊先姊

芳草雨乾垂楊烟結鵑聲又過清明節空梁燕子不歸來梨花零落
如殘雪　春事闌珊春愁重叠篆烟一縷銷金鴨憑闌寂寂對東風
十年離恨和天說

前調　暮春感舊

萱草緣階桐花垂戶陰陰綠映清涼宇輕風搖曳繡簾斜畫屏難掩
愁來路　世事浮雲人情飛絮懨懨愁緒絲千縷無聊常自鎖窗紗
嬌鶯百囀知何處

水龍吟　秋思和母韵

西風一夜涼生小庭秋色還依舊井梧聲碎驚回殘夢鴉啼衰柳竹粉全消荷香初散韶光難又看堦前細草凝愁凝怨無語懨懨低首　幽徑湖山徙倚雨方收苔痕如繡萍蕪飄盡曲池清淺照人眉皺野寺疏鐘長江殘月去年時候謾追思付與中流聽取夕陽蟬奏

葉小鸞字瓊章一字瑤期自號煑夢子紹袁幼女有返生香集

葉紹袁續窈聞云吳門泐菴大師陳隋宿德也受天台智者大師止觀之教隨神趣中現女人身以佛法行實事余家設香花蟠幢敦延大師問以亡女瓊章師曰瓊娘向係月府侍書女也因游戲人間故來君家今仍歸緱山仙府隨爲遣使招之少頃即至題句云韓風琴嬰女歸來萬福尊前且節哀二語即止似哽咽不能成者又作詩呈泐有從今別却芙蓉主永侍猊牀沐下風之句云願從大師授記不往仙府矣師云皈依必須受戒受戒必須審戒我今一一審汝師云曾犯殺否女云曾犯曾呼小玉除花蝨也遣輕紈壞蝶衣曾犯盜否云曾犯不知新綠誰家樹怪底清簫何處聲曾犯淫否云曾犯晚鏡偷窺眉曲曲春裙親繡鳥雙雙又審四口惡業曾妄言否云曾犯自謂前生歡喜地詭云今坐辨才天曾綺語否云曾犯團香製就夫人字鏤

雪裝成幼婦詞曾兩否否云曾犯對月意添愁喜句拈花許出短長謠曾惡口否云曾犯生怕簾開識燕子爲憐花謝駡東風又審意三惡業曾犯貪否云曾犯經營細帙成千軸辛苦鶯花滿一庭曾犯嗔否云曾犯怪他道蘊敲枯硯薄彼崔徽撲玉釵曾犯癡否云曾犯勉棄珠環收漢玉戲捐粉合葬花魂師曰子因一綺語罪耳遂予之戒名曰智斷字絕除今泐師無棄堂中稱絕禪師者即瓊章也

如夢令　辛未除夕

風雨簾前初動早又黃昏催送明日總然來一歲空憐如夢如夢如夢惟有一宵相共

生查子　送春

風飄萬點紅零落臙脂色柳絮入簾櫳似問人愁寂　憑欄望遠山芳草連天碧深院鎖春光去盡無尋覓

點絳脣　戲爲一閨人代作春怨

新柳垂條困人天氣簾慵捲瘦寬金釧珠淚流妝面　凝佇憑欄忽

覩雙飛燕閑愁倦黛眉淺淡誰畫青山遠

又　暮景

薄捲紅綃斷霞西角斜陽遠晝長無伴閒去題花扇　獨倚闌干看盡歸鴉遍輕雲亂涼風吹散新月中天見

又　夏日雨景

竹徑深深流雲曉度羅幃靜雨絲幾陣滿地桐花冷　濕翠侵眉纖暈蒼苔影看無盡綺屏人映一片瀟湘景

浣溪沙　春思

紅袖香濃日上初幾番無力倚風扶綠牕時掩閣妝梳　一向多慵嫌刺繡近來聊喜學臨書鳥啼春困落花疎

又　春閨

幾日東風倚畫樓碧天清靄半空浮韶光多半杏梢頭　垂柳有情

留夕照飛花無計卻春愁但憑天氣困人休

又　春暮

春色三分付水流風風雨雨送花休韶光原自不能留　夢裏有山堪遯世醒來無酒可澆愁獨憐閒處最難求

曲曲闌干遶樹遮半庭花影帶簾斜又看暝色入窗紗　樓外遠山橫寶髻天邊明月伴菱花空教芳草怨年華

又　春閨

曲榭鶯啼翠影重紅妝春惱淡芳容疎香滿院閉簾櫳　流水畫橋愁落日飛花飄絮怨東風不禁憔悴一春中

又　初夏

香到荼蘼送晚涼荇風輕約薄羅裳曲欄憑遍思偏長　自是幽情慵捲幌不關春色惱人腸誤他雙燕未歸梁

又　同兩姊戲贈母婢隨春

欲比飛花態更輕低回紅頰背銀屏半嬌斜倚似含情　嗔帶淡霞籠白雪語偸新燕怯黄鶯不勝力弱懶調箏

菩薩蠻　春日

輕煙一抹連天碧簾前規月和煙白翠竹落梅疎相憐雪霽初　博山香欲燼風透紗牕冷四望寂寥寥閑階花影搖

又　初秋

池塘碧浸芙蓉面蓮房怨粉驚團扇何處一聲聲隔溪歌採菱　輕雲流影急秋入平蕪色塞雁幾曾還一江烟水寒

減字木蘭花　秋思

暮蟲凄切獨倚疎簾清夜月悵望瑤臺不見飛瓊步月來　秋光如練江上芙蓉開欲遍流水殘霞斷送西風入鬢華

又　秋思

睡花蝴蝶枕上夢魂輕似葉幾許秋聲惱亂琴心病茂陵　雲橫霧靄天外青山何處在蕉雨瀟瀟不管人愁只亂敲

卜算子　秋思

天淡水雲平風嫋花枝動羅幙涼生翠袖輕柳外飛煙共　獨坐思悠揚簫管慵拈弄帳冷西牕一夜香寂寞添幽夢

謁金門　秋晚憶兩姊

情脈脈簾捲西風爭入漫倚危樓窺遠色晚山留落日　芳樹重重凝碧影浸澄波欲濕人向暮煙深處憶繡裙愁獨立

上陽春　詠柳

無數灞陵橋畔離人淚染一生空自管消魂只贏得腰肢軟　陌上樓頭長見翠絲分線和煙幾度蕩斜暉誤紫燕歸來晚

又　柳絮

點點離魂，如雨輕狂隨處。天涯不識舊章臺，更阻斷遊人路。　驀地送將春去，燕慵鶯懶。飄飄閃閃去還來，拾取問渾無語。

阮郎歸　秋思

紅綃秋鎖小樓西，綠鬟鸞鏡低。曉妝初罷思依依，徘徊花影移。　沉水爇，綺櫳垂，閑愁不上眉。鴛鴦新繡裌羅衣，初寒半暖時。

南歌子　秋夜

門掩瑤琴靜，窗消畫卷閑。半庭香霧遶闌干，一帶淡煙紅樹隔樓看。　雲散青天瘦，風來翠袖寒。嫦娥眉又小檀彎，照得滿階花影只難攀。

浪淘沙　春閨

終日掩重門，鶯燕紛紛。晝眠微醒覓殘魂。強起亭亭臨鏡看，重整雙

雲　倦倚碧羅裙又早黃昏侵階草長舊愁痕惟有垂楊千尺線縮住餘曛

又

薄暮峭寒分羅簟香焚粉牆留影弄微曛一縷茶煙和夢裊卻又黃昏　曲曲畫湘文靜掩巫雲花開花落負東君賺取花開花又落都是東君

杏花天　春暮

翠煙無意撩書幌帶芳草侵雲漸長晚風初作落花聲九十將闌未賞　南園路風光暗想聽喚雨鳴鳩兩兩小池水皺萍漪綠泛得紅香惝惘

河傳　秋景

雲散風淡疎陰涼淺碧漢悠悠玉鈎柳邊掛斜西畫樓初秋井梧先

自愁　小幔輕雲澄練綺清光美好把鏡奩比倚闌干彈鬢鬟遠山秋煙點黛彎

又　七夕

橋畔鸞扇星鈿霞釧暫撇殘機步移思量去年今夕時淒其未期先慘離　借得嫦娥初月鏡窺瘦影拂拭翠眉整駕雲蜺河漢西淒迷只愁鷄暗啼

臨江仙　端午

團扇新裁明月影珠簾半上瓊鈎榴花紅到玉釵頭綵絲宜續命綠砌遶忘憂　酒泛菖蒲香玉碎嫩紅雙槳橫秋畫船盡日（集作何處）鬧芳洲（集作歌樓）蕭蕭煙雨外還鎖楚江愁

虞美人　殘燈

深深一點紅光小薄縷微微裊錦屏斜背漢宮中曾照阿嬌金屋淚

痕濃　朦朧穗落輕烟散顧影渾無伴愴然一夜漫凝思恰似去年
秋夜雨牕時

小重山　曉起

春夢朦朧睡起濃綠鬟浮膩滑落香紅妝臺人倦思難窮斜簪玉低
照鏡鸞中　徐步出房櫳閒將羅袖倚立東風日高烟靜碧綃空春
如畫一片杏花叢

踏莎行　早春即事

檜畔梅殘堤邊柳細暖風先送游人意流鶯猶未弄歌聲海棠欲點
臙脂醉　鳥踏風低烟橫雲倚湘簾常把春寒閉無端昨夜夢春闌
絲絲小雨花爲淚

又　閨情

意怯花箋心慵繡譜送春總是無情緒多情芳草帶愁來無情燕子

啣春去　倚遍闌干斜陽幾許望殘山水濛濛處青山隔斷碧天低
依稀想得春歸路

又　秋景

悴葉零愁清香入繡小山叢桂集作王孫桂小塗黃就畫樓集作簾日影上簾集作銀鈎松風一枕消清晝　片雨涼生小風波皺踈踈翠玉琅玕逗
斷雲飛盡碧天長數枝烟梛斜陽瘦

唐多令　秋夜

燈暈伴殘更蕭蕭落葉輕訴窮愁草際蟲聲欄外芭蕉新嫩綠仍做
出舊秋聲　羅被夜涼清凄然夢亦驚透紗窗月影縱橫幾遍鷄聲
啼又曉空蹙損兩山青

蝶戀花　春愁

驀地東風池上路綠怨紅消竟是誰分付不斷行雲迷楚樹閑門寒

食梨花雨　雨後斜陽芳草處閒把情懷付與東君主便向西園飄
柳絮不能飄散愁千縷

又　秋海棠

淺綠嫣紅開幾許誰料西風也解傾城嫵酒暈盈盈嬌欲半佇心檀
吐輕含雨　剪向屏山深處貯似笑如愁旖旎憐還憮低鞞對人渾
不語斷腸應恐人無緒

千秋歲　即用秦少游韻

草邊花外春意思將退新夢斷閒愁碎慵嫌金葉釧瘦減香羅帶庭
院悄只和鏡裏人相對　過了鞦韆會荷葉將成蓋春不語難留在
幾番花雨候一霎東風改腸斷也年年賺取愁如海

玉蝴蝶　春愁

夢破曉風庭院粉牆花影睡起懨懨幾日雙蛾愁損鏡春裏尖看盡

他鶯梭柳線都織就霧錦雲縑最難忺催花小雨依舊廉纖　堪憐韶光淑景芊芊芳草寂寂鈎簾燕子歸來花香都向緑琴添散悶愁流紅泛去消酒困濕翠飛粘怯春衫香烘裊裊袖護摻摻

疎簾淡月　秋夜

紗窗欲暮漸暝色朦朧暗迷平楚斷雁凄哀點點遠天無數蒼烟染遍西風路剪江楓飄紅荻浦畫欄東角疎簾底畔徘徊閒佇　漫贏得長宵如許又錦屏香冷繡幃寒擄滿耳秋聲長向樹梢來去蕭蕭竹響還疑雨悄窺人嫦娥寒兔壁搖燈影空階露結怨蛩相語

水龍吟　秋思次毋憶舊之作時父在都門

井梧幾樹涼飄滿庭景色仍如舊啼鴉數點斜陽一縷掛殘疎柳有恨林花無情衰草風吹重又看輕陰帶雨天涯萬里樓高漫頻搔首記泊石城烟渚落紅孤鶩常如繡輕舟畫舫布帆蘭棹暮雲天皺

水靜初澄蓼紅將醉早秋時候對庭前蕭索西風惟有寒蟬高奏芭蕉細雨瀟瀟雨聲斷續砧聲逗凭欄極目平林如畫雲低晚岫漸老金風乍零玉露薄寒輕透想江頭木葉紛紛落盡只餘得青山瘦日間沉寥秋氣當年宋玉應知否半簾香霧一庭煙月幾聲殘漏四壁吟蛩數行征雁漫消杯酒待東籬綻滿黃花摘取暗香盈袖

周銘林下詞選昔黃山谷稱晏小山詞爲高唐洛神之流其下者亦桃葉團扇今讀返生香諸詞則全是高唐洛神非復桃葉團扇可髣髴也

顔繡琴字淸音吳縣人適分湖葉氏

謁金門

愁脈脈幽恨滿懷誰識芳信經春還又隔晚風花陣急　紫燕雙雙飛入簾外一天雲碧可奈妝臺人寂寂繙書和淚蹟

長相思　憶葉昭齊表妹

思漫漫恨漫漫春色芳菲取次看閒庭花影寒　繞闌干倚闌干夢見雖多相見難紅香泣夜殘

沈憲英字蕙思一字蘭支中書自炳長女葉世傛室林下詞選憲英適葉虞部仲韶第三子世傛與沈宛君又嫡姑姪也所著甚富饒有家風王豫江蘇詩徵王屋云憲英年十七適威期威期宛君三子也越二年威期卒以節聞

點絳唇　憶瓊章姊

簾外輕寒謝娘風絮無人見桃花如面腸斷春歸燕　人去瑤臺祇覺東風賤花成霞詞綜作湘簾捲夕陽千線煙鎖深深院

水龍吟　胥江競渡

薰風池館新篁片紅飛盡驚梅雨紈扇初裁羅衣乍試又逢重午萬戶千門游人爭出俱懸艾虎看碧蒲縈恨朱榴沾醉似續離騷舊譜

惆悵韶華易換最關心畫船簫鼓當年沉水今朝寒食依然荆楚

抉目城邊捧心臺畔恨垂千古霎時間惟見清江一曲綠簑漁父

前調 哭少君姑母 徐釚云葉天寥治史云沈智瑤內人季妹也鸝吹五君咏珠輝映月流玉彩迎花度可以想見風格矣有詩刻彤奩續些年三十餘以怨恨自沈于水而死傛嫦蘭支其內姪女也有詞哭之調寄水龍吟云

水晶深處瓊樓湘君詞苑叢談作湘風半捲鮫綃軟桂旗翠陌平沙碧草瑤天烟㶿寶柱哀弦曲終人杳晚江清淺奈芳菲極目雲霞未賞都倩靈妃游伴　寂寞楚山高遠夜半猿聲淚痕滿鏡消菱月釵沈蘭霧霎時分散恨逐波香愁隨浪影一天幽戀歎銷魂正是白蘋黃葉暮鴻悽斷

點絳脣 早春

簾幕輕寒斷腸漸入東風片游絲千縷難挽離愁半　小立迴廊剗損雕闌面春誰見梅花開遍烟鎖深深院

虞美人 留別蘭餘妹

白雲掩映青山老鬢入霜華早今宵且醉畫屏前明日還移小艇綠楊烟　黃昏細雨重門鎖挑盡孤燈火斷腸無處問天公夢逐陌頭芳草付殘紅

滿庭芳　中秋坐月和素嘉甥女

螢火流光蛩吟向夕冰輪碾破瑤天香飄雲外桂子靜娟娟對月幾人無恙多半隔遠樹蒼烟難逢是一庭聯袂把盞看重圓　無限淒涼況含毫欲寫累紙盈箋任金風拂面玉露侵肩還惜良宵促無繩繫皓魄長懸應飛去廣寒宮裏清影共愁眠

吳　芳字若英銓部昌時女貢生祖錫妹適秀水徐然周銘林下詞選然字撫辰素以詩文名世　去病案若英伯父昌期居嘉興富而無子以祖錫為嗣故銓部遂移家焉稱鴛湖主人

丁香結　為未婚顧烈女作

蘭拂清芳菊垂素影那容蝶蜂輕逗待粧臺擘折繡簾永伴任淒清

相守不堪人去也花容杳鏡鸞虛負含芳斂豔更教甚日重撚玉手
難又看嫋嫋嬌枝休儗綵絲牽袖棚架沽風牆花笑路從教甘受
誰識香心有主怎許憐清瘦拚宵來顛頟敢惜塵埋罌缶

阮郎歸 寄遠

東風吹就雨廉纖慵將鍼綫拈暗愁多半上眉尖殘燈和淚添 羅
帳冷髻鬟偏無言且獨眠欲憑清夢到君邊誰知夢也慳

龐蕙纕字紉芳一字小畹進士彩妹諸生吳鏘室有唾香閣集 詞苑叢談吳玉川夫人龐小畹蕙纕詩詞書法擅絕當世片紙隻字竟不珍惜有青蓮女伎小青者色藝皆精嘗演戲後堂持扇叩唾香一闋乞書夫人即調桂枝香一闋有浪萍飛絮前生果別是傷心一小青之句一時傳誦青亦憮然自失遂有意脫籍 林下詞選小畹工臨池筆法遒勁能書扁額詩久著名歸吳君鏘字聞瑋偕隱泉石賦詩自娛麗有句云常同詩仿帖凌晨起每作敲詩午夜眠一唱一隨之樂可想見矣江蘇詩徵王采薇云小畹清性穎敏讀書一二遍終身不忘能通經義尤長於詩骨秀氣清如花中蘭蕙迥殊凡豔予聞小畹奩有漢玉書鎮值數百金爲人竊去後鏘見於戚友家歸語其配將詰之小畹曰安知其非

得於他所詰之將使人得不美名失德不如失玉也其寬厚如此女啓湘亦工詩許字潘耒未嫁卒

點絳唇　次沈素嘉韻

十載芳鄰，自憐一別還如雨。看雲愁緒，隔箇江天樹。　佳句曾題，小楷紅箋處。頻看取，相思難據南洲詞話作何限松陵詩徵作無數，一瞬情千縷。

塞垣春　代明妃悲

塞馬嘶平野，四正處、悲風卸。天南極望，亂雲滿目，珠淚偸瀉。正黯然、鄉思滿懷也，更羌管、鳴秋夜。想娥眉、漢宮欲妒，沙場巧相嫁。　無計問君王，可猶把、嬋娟縈掛。縱漢使頻廻，奈長恨難寫。嘆何時、故園重見，待安排、歸夢清宵下。怨寄琵琶裏，單于應淚灑。

鷓鴣天　病中聞家慈同元姨爲予誦經誌感詞苑叢談隨春一名紅于葉小鸞侍妾也鸞歿後歸麗氏別字元元

終歲懨懨怯往還，盈盈兩袖淚痕潸。一心解織愁千縷，雙鬢慵梳月

半彎　駕被冷瑣窗寒謎經畫閣懺紅顏枕函稽首殷勤意不盡箋

題寄小鬟

滿江紅　書嘉禾李孝貞女事

地老天荒重翻過鴛湖春色記當日白衣來夢前身西極事見本傳千古男兒忙不了一時閨閣輕收得羨緹縈緩急請從行貢堪激　曹娥恨江猶黑陶嬰志環空碧想呼蒼哀籲藥鐺朱實女父病願以身代有鳥銜朱實墮鐺中服之即愈淚浣楓根終有痛魂棲廟樹知何日聽城南夜夜杜鵑啼催明月

沁園春　仲春爲二姒三十初度

曉鏡初開喜傍妝臺日上花梢看梅痕雖淡尚飄積雪柳絲未吐遍拂長條風送紅香烟凝翠黛春到簾櫳淑景饒風光好止筵前燕喜牕外鶯嬌　蘭芳玉映堪描許謝女班姬第一標任荆臺歌舞低頭

織錦秦樓夜月並坐吹簫甲子平分花朝前後寶慧瑤琴逸韻調閨中近羨霞觴引滿人在雲霄

如夢令　春閨

春到韶光堪戀妬殺畫梁雙燕妝罷捲珠簾避日和風吹面人倦人倦無數落花庭院

浣溪沙　夏日

綠映亭臺薄暮天薰風寂靜小庭前暗香浮動一池蓮　柳絮紛紛飄畫檻桐花點點墮湘簾紗牕雨過掛慵眠

少年游　重午娶婦偶成

鳳冠初卸龍舟正渡佳節恰新婚羹遣姑嘗拜隨堂上紅燭昨宵停葵榴艾虎曉妝纔竟深淺畫眉痕願來年此日兒生鎖懸客滿孟嘗門

柳是一名隱本姓楊名愛字影憐一作應憐號如是或作儒士一字蘼蕪自號我聞居士又號河東君常熟錢謙益繼室林下詞選柳隱字如是歸虞山錢宗伯牧齋所箸有戊寅草雲間陳大樽爲之序　陳其年婦人集人曰河東君風流放誕是永豐坊底物冒褒注河東君錢尙書姬人尙書築我聞室以居之嘗於鴛湖舟中作百韻以贈柳中有何人云河東論氏族天上問星躔漢殿三眠貴吳宮萬縷連珠光朝孕碧玉氣又生玄又云纖腰宜蹴踘弱骨稱鞦韆天爲投壺笑人從爭博顚又云凝眸嗔亦好溶漾坐生憐薄病如中酒輕寒未拆緜清愁長約略微笑與還延君之風神才藝概可見矣　陳文述西泠閨詠如是名是亦名隱又名因本姓楊名愛字影憐一字蘼蕪晚歸虞山錢宗伯稱河東君宗伯與爲西湖之游刻東山倡和集顧苓撰河東君傳徐芳撰柳夫人小傳陳其年婦人集徐釚本事詩三岡識略觚賸蓮坡詩話柳南隨筆皆載之甲申以後嘗勸宗伯殉國難晚殉宗伯家難世多賢之墓在虞山耦耕堂故址迷失久矣余宰琴河訪得修之且樹碣焉桃花得氣美人中如是西湖句也

滿庭芳　留別無瑕詞史

紫燕翻風青梅帶雨共尋芳草啼痕明知此會不得久殷勤約略別離時候綠楊外多少消魂重提起淚盈紅袖未說兩三分　紛紛從

去後瘦慴玉鏡寬損羅裙念飄零何處烟水相聞欲夢故人憔悴依稀只隔楚山雲無非是怨花傷柳一樣怕黄昏

夢江南　懷人

人去也人去鷺鷥洲菡萏結爲翡翠恨柳絲飛上鈿箏愁羅幕早驚秋

人去也人去夢偏多憶昔見時多不語而今偸悔更生疎夢裏自歡娱

人何在人在木蘭舟總見客時常獨語更無知處在梳頭碧麗怨風流

人何在人在晝眉簾鸚鵡夢回青獺尾篆烟輕壓綠螺尖紅玉自纖纖

踏莎行　寄書

花痕月片愁頭恨尾臨書已是無多淚寫成怨被巧風次風吹碎人兒意　半簾燈焰還如夢水銷魂照箇人來矣開時須索十分思緣他小夢難尋眎

金明池　寒柳

有恨寒潮無情殘照正是蕭蕭南浦更吹起霜條孤影還記得舊時飛絮況晚來烟浪迷離見行客特地瘦腰如舞總一種悽涼十分憔悴尚有燕臺佳句　春日釀成秋日雨念疇昔風流暗傷如許縱饒有繞堤畫舫冷落盡水雲猶故念從前一點春風幾隔着重簾眉兒愁苦待約箇梅魂黃昏月淡與伊深憐低語

趙芬濾月軒詞金明池云震澤王硯農藏河東君書鎮青田石高寸餘刻山水亭榭款云仿白石翁筆小篆五字面鐫崇禎辛已暢月柳蘼蕪製十字研農方搜輯河東君詩札為蘼蕪集將以付梓適得此于骨董肆云新出土者自謂冥冥中所以酬其晨鈔暝寫之勞也余見其拓本因題此闋即用蘼蕪集中詠寒柳韵片玉飛來脂香粉豔解佩疑臨蘭浦誰拾得絳雲殘燼歎細帙早成風絮

臙芳名巧琢茗華揮小艸依約芝田鶴舞伴十樣濤牋摩挲纖手記否我開聯句　玉樹南朝號淚雨共紅豆春蠶飄零何許渚幾縷綠珠恨血只書裏山川如故二百年洗出苔痕感詞客多情燃膏辛苦想蘇小鄉親三生許認試聽深篁幽語

周瓊字羽步一字飛卿有借紅亭詞 衆香詞羽步少警悟工詩詞佇為某大老側室繼又適士人士人為一縉紳所惡陷囹圄自度不能脫乃介羽步往江北避其鋒託所知棲一大姓者廡下經年橐中金蕩盡所居陋甚破牕殘壁幾不蔽風雨然羽步意致翛然略無怨尤意喜縱觀古史書愛吹彈時作數弄以遣興郡中人士有以詩寄贈者羽步即依韵和答詩俱慷慨英俊無閨幃脂粉態如文人薄命非因妬俠女狂歌更種情兩過積泥侵骸齒風來寒色滿山樓往事易悲休記省壯心難遂且忘機錦字怕隨江雁斷詩魂還逐曉鶯流暖日不須來燕子春風爭背送桃花每憐俠骨慚紅粉背學蛾眉理鹽壯皆警句也送張又琴校書之廣陵一律雉皋冒巢民夫子亟稱之詩曰桂檝送風輕繫綠楊恐增離恨暫相忘琵琶漫撥思鄉調綉領垂燒心字香雲碧夢迷新楚岫月明人憶舊斜陽石榴花下分明認不信劉郎勝阮郎後依舊東吳梅村祭酒　婦人集羽步詩才清俊作人蕭散不以世務經懷傀俄有名士態生平尤長七言絕句居如皋冒先生深翠山房八閱月吟詠頗多贈范洛仙云黯淡消魂猶倚樓登山臨水又逢秋檐前垂柳絲千尺只繫柔腸不繫舟贈蘇貞仙云一架薔薇滿袖香同行誰羨紅妝平生最愛清幽事肯惜淩波遠曲廊又寄懷洛仙云蕭騷越客獨淹留汗漫西風柳岸秋安

得秋風解我意好吹此恨到揚州此等詩極似唐人截句也冒襄注又羽步贈吳湘逸詩云絮語花陰夜未央細聆清韵轉悠揚君今幸作吹簫侶儻願期爲雙鳳皇意蓋有爲也 蓮坡詩話西泠女子周瓊有詠冒巢民匿峯廬詩後出家爲性道人名媛詩話羽步詩雄宕秀拔足救刻翠翦紅之習贈吳蕊仙句云樽前紅袖夜談兵答人句云每憐俠骨慚紅粉肯學蛾眉理鉛妝皆有英傑氣

謁金門

風屑屑吹冷一簾新月深院薔薇和影折兜裙紅刺密　昨夜露濃苔滑早又殘花濃葉間倚紅牕尋綠蜨掀簾銀蒜揭

昭君怨　詠鏡

一片靑銅如月照出妾顏如雪雪月兩堪誇勝如花　背地檀郎情願恰似兜央兩個含笑倚郎肩月中仙

浣溪沙　纖手

嫩玉纖纖整素紘慣彈別鵠最堪憐幾回私語把衣牽　愛插鮮花

時掠鬢怕沾飛絮故掀簾漫籠雙袖倚欄干

葉　文字素南仁和張貢孫副室衆香詞素南善寫蘭竹工詩詞初適嚴某困于貧落魄吳門偶識雲間許太史往來甚久常有寄詩曰荒齋蕭瑟簾櫳靜好夢雲間許翰林之句後歸武陵張繡虎出游塞外而沒

憑闌人

渺渺春風憶瘦腰空見垂楊踠地飄憑闌魂欲消長條復短條

減字木蘭花　遠眺

長安陌路來往征車寧計數底事關心遠隔天涯沒信音　剛纔捲幔偏惹楊花爭撲面那得人歸只見黃鶯作對飛

沈靜筠字玉霞檢討沈位曾孫女浙江石門縣呂律室林下詞選玉霞爲山人呂元洲室沒後常降乩作詩詞與呂酬答語意超曠殆飄飄欲仙矣松陵詩徵前編崇禎時吳中士大夫家盛設乩壇一日有女仙降壇自稱玉霞內史尋復有稱呂山人律者與女仙唱和考沈氏家譜檢討位曾孫女適石門縣呂律夫婦同仙允是一段佳話

鷓鴣天

一片春光遍九霄這回風月也全消重來繡閣吟殘句不數緱山弄玉簫　身外事等閒拋萬層雲路碧迢迢香南雪北何由見直比人間午夢遙周銘云玉霞又有詞云平波瀲蕩烟無跡碧落清虛月有痕二語固非仙不能

去病案沈氏自詞隱先生後徵特羣從子姓精擘律呂即閨房之秀亦並擅倚聲惜載更兵火遺箸飄零茲編所輯十不逮一他如沈幽馨蕙端詞隱從孫女也適嘉興諸生顧必泰亦工詩詞尤精曲律然詞已難得曲則以輓昭齊瓊章得名文長不錄別錄其他作如下針綫箱暮春曉起觀雨云爲昨宵峭寒無寐聽風雨三更驟起到朝來見幾樹紅芳墜一帶麗華俱廢烟籠池館清波溢霧鎖溪橋弱柳低名園裏探幽香峽蝶空自爭飛其二恰纔問海棠開未又忽早薔薇淡矣却教人驀地驚心碎時序未經春季飄零花事隨流逝寂寞鶯期差浪啼闌閨裏啓紗牕愁對烟景淒其金絡索夏日閨中云炎蒸氣漸衝弱體生煩冗惱殺啼蟬觸處齊喧哄偏將午夢驚思无窮輕步乘涼水閣中榴花紅噴千枝火荷蕊香翻十里風歌聲送採蓮人棹畫橋東韵悠揚飛入簾櫳忽逗起閑情重

笠澤詞徵卷二十二

完

笠澤詞徵　　百尺樓叢書

卷二十三　　邑後學　陳去病輯錄

清

吳貞閨字首良曹村諸生金昄室林下詞選首良善書鼓琴柬牘有晉人風致蘇臺名媛集云其詩詞學體芳爲不減李夫人珊珊來遲時也蘇州府志首良工詩善書尤精琴理年二十五昄卒有孳子生甫兩月寄乳在外首良親撫育之至授室復夭嗣孤半歲復撫之守節垂四十年首去病案首良與金昉妻邵俱爲太僕寺少卿金之鑌子婦且俱以節稱故取冠篇首亦見曹村靈秀之氣其鍾於婦人爲獨厚也彼人臣之懷二心者對此能毋抱愧耶

臨江仙　春閨

曉颸怯怯羅衣薄擬打鵝哥豆落呼鬟欲剪雨中花爲甚淚含來花人情自各　晦起情絲關不住織在眉峯一處非愁非病爲誰來癡倚玉樓前忘却收鍼刺

吳靜閨字珮典貞閨妹適汝南周氏林下詞選名媛集稱其詩有因風飄去帶月浮來之況

紅蕉集珮典幼摹黃庭經得其筆法與姊氏並工詩春蘭秋菊各極森秀

謁金門　春思

春心老懶向花銜去考工夫一半愁中了睡情殊草草　鳥泣春歸啁早春去如何去討啼音說與鏡中人打起相思稿

虞美人　蘭

湘簾水簟秋初捲人在西風宛暗香何處拂衣來行過畫欄深處蝶徘徊　竹溪寒玉曾同倚雪塢清無暑一枝和露碧垂垂恰似楚江寒雨夜來時

顧　氏雪灘釣叟有孝女兒也適蓬萊令沈自南

錦纏道　墨繡

數尺光綾色相莊嚴無有看濃抹淡妝渾黝一絲如掃煙霞帚豎眼低眉只在纖纖剖　凝擱向天孫從何措手問女紅更能知否歎金

針英度頑蒙仗慈悲洪力頂禮勤稽首徐釚云標格如許何減謝家道韞耶

沈少君諸生永禎姊林下詞選少君吳江人中丞沈宏所孫女太學沈君張女幼工詩詞米字而殀遺稿有繡香閣集惜與劫火同燼不傳於世蓋亦香奩之恨事也今於伊弟醒公處覓得謝池春一闋并梨花柳枝兩絕句其梨花云冰肌玉骨是天成不向穠華鬥色新最是嬌香無着處夢隨蝴蝶墜中庭其柳枝云青粉牆高弱柳低柳烟拖碧幙雙鸝叮嚀似與行人說臘取藏身幾箇枝

謝池春　曉起梨花將謝感賦

細雨輕寒院落重門深閉爲花愁平添幾許寳釵慵整獨把闌干倚怪春工忒恩恩矣　明朝只恐狼籍粉痕歸砌早難支一襟憔悴雪肌素面相對空凝睇快須呼玉樓人起

吳文柔字昭質兆騫女弟吳縣楊忠文先生廷樞子焯婦有桐聽

詞

謁金門　寄漢槎兄塞外

情惻惻誰遣雁行南北慘淡雲迷關塞黑那知春草色　細雨花飛纖阡又是去年寒食啼斷子規無氣力欲歸歸未得

長相思

關山秋故山秋葉落宮槐起暮愁新涼作意收　蓼花洲荻花洲分付蛩吟且暫休斷腸人倚樓

沈樹榮字素嘉諸生沈永楨女母葉小紈也副榜葉舒胤室有月波詞希謝稿周銘林下詞選樹榮適同邑諸生葉舒穎即仲韶先生從孫其所覯家庭酬倡居多可想見渭陽之韻事矣江蘇詩徵王豫云素嘉葉蕙綢女也承母數工詩詞與麗小畹善多贈答唱和之作爲時所稱

如夢令　秋日

小院西風初透一霎涼生雙袖幾日怕關情猶道芳菲時候是否是否添得鏡中消瘦

點絳唇　寄吳夫人小畹

隔個牆頭幾番同聽黃昏（一作牆頭）雨別來情（一作無）緒向北看春樹（一作蛺蝶能來去）一院藤花底是臨書（一作池）處還分取（詩徵作記取）綠窗朱戶裊裊

茶煙縷

臨江僊　病起

草草粧臺梳裹了捲簾猶怯憑樓年光荏苒又深秋一番風似剪兩度月如鉤　病裏高堂頻囑道而今莫更多愁當時檢點也應休重新來眼底依舊上眉頭

滿庭芳　中秋夜同諸妗坐月

宿雨全收晚涼乍爽微雲點綴長天廣寒宮敞素面露嬋娟影浸閒庭如水看浮動竹霧梧煙（林下詞作梧竹和烟）相依處團欒共話人月恰雙圓

記闌干十二桂花叢下分擘紅牋許詩成險（一作次）韻學步隨肩一向秋光隔斷清輝好兩地空懸今夜永參橫斗轉幽賞不成（一作歇）眠

水龍吟　初夏避兵惠思三姈母樓鳳館有感追和外祖母憶舊原韻

誰知到處徘徊，謝庭風景多（一作都）非舊。畫堂塵掩，蓬生三徑，門垂疏柳。白髻初長，清風自至，流年空又。看多情燕子，飛來還去，真個不堪回首。　昔日嬌隨阿母，學拈鍼、臨窗挑繡。斜陽樓外，熨殘銅斗，線紋舒（一作渾）纖。蠶欲三眠，鶯還百囀，落花時候。問重來應否銷魂，試聽江城笳奏。

沈灌紉，字蕙貞，龍門知縣永令次女，諸生吳梅室（江蘇詩徵王適敏云：蕙貞矢志柏舟，臨歿謂其弟浣桐曰：頃得詩二句："病多未得專醫肺，瘦盡何須更論腰。"圍可悲也。去病案：蕙貞詞絕不見，惟丁氏詞綜補載一首，又與沈素嘉作從同，不知何據，今姑兩存之）

臨江仙

草草妝臺梳裹了，曲闌干外凝眸。年光荏苒又深秋。一番風似剪，兩

度月如鉤　病裏高堂頻囑付而乃莫更多愁當時檢點也應休從新來眼底依舊上眉頭

喻　撚字惟綺指妹侯鼎臣室有蕙芳集周銘林下詞選惟綺才情豔逸閨中秀林下風殆兼之矣　去病案惟綺原籍吉水其兄非指隱居梅里爲西郊高士之一故特錄之

踏莎行　偕嫂游湖浦

畫閣粧餘東風正早且開刀尺聽啼鳥湖鄉十里趁花開淩波莫惜鞵頭小　樹裏人家隄邊芳草遠山無數横天表頻年苦憶故園春今年始覺江南好

搗練子　春日偶占

香欲冷雨初殘春事無多怕繞闌侍女不知愁絕處卻持花片向人看

浣溪紗　示蓮女

曉日當窗理繡絲莫調金粉莫拈詩倦餘聊倚碧梧枝　道蘊才華妨靜女少君風範是良師耽書休似阿娘癡

吳森札字文照號瀟湘居士孝廉溢女有瀟湘集（林下詞選文照賦性喜讀書坐禪）

望江南　別情

人去也晚霽送行舟欲倩遠山留落日待登高閣怯新秋滿目是離愁

菩薩蠻　晚沐和韵

晚風乍引新涼入捲簾慵向粧臺立日影下西厢小池菡萏香　解鬟輕貼地蘭沐香縈臂莫便棄殘膏還將潤玉搔

綺羅香　賦得願在衣而爲領

一幅鮫綃幾回忖量拈刲繡刀裁剪穩貼雙肩記把芙蓉扣掩綴珠

翠顰影沉吟臨鏡面瘦痕羞斂漫尋春蝶眷蜂憐芳心猶恐舊香淺繡罷重封奩篋怕新來寬褪瓊酥銷減倦壓鴛衾闌辟休教再染愁春去怨雨啼雲惜花殘香柔紅軟解羅衫閒疊熏籠甚心情更展

菩薩蠻　願在髮而爲澤

羅幃夢覺孤衾冷綠雲斜擁珊瑚枕强起翠鬟偏梅花點額前　堆鴉香澤溜雙燕釵頭鬥影破海棠枝蜂窺蝶又知

鳳皇臺上憶吹簫　閨情代作

颭淡烟濃困人天氣被池香燒貪眠惱曉鶯啼破春夢闌珊强起悄登粧閣無限恨都上眉尖漫贏得鏡中人對着意相憐　懨懨愁成病也任雲鬢蓬鬆懶整花鈿把鳳釵輕擲日日虛占無奈青鸞信杳憑欄望泪眼幾穿春郊外馬嘶芳草常認歸鞭

沈欄欄字宮音上舍自繼女烏程王琙室詞苑叢談楊卯君字雲和沈君善之側室工於

繡佛名流多題詠之作君善鍼針史行世其女關關字宮曾尤能出新意所繡山水人物無不精絕嘗墨繡顧茂倫濯足圖尤悔庵題漁家傲一闋其詞云我夢吳江煙水皺綸竿擬挂垂虹口不道遣翁濯足久枕且漱滄浪一曲天如斗深院玉人閑讀繡粉香妙寫溪山友苑轉綵綠盤素手林下秀小名獨占毛詩首

臨江仙

春睡懨懨如中酒小庭閒步徘徊雨餘新綠徧蒼苔落花驚鳥去飛絮捲愁來　纔覺春來春又暮枝頭纍纍青梅年光一瞬總堪哀浮雲隨水逝殘照上樓臺　去病案此闋別見詞雅謂是葉小紈作題稱經東園故居句亦微異如首句作舊日園林殘夢裏小作空餘作乾捲作滾至過片處作探得春回春已暮總作最水逝作逝水均不知何據今仍從林下詞選以周與沈同鄉同時較可信也

沈友琴字參若隱君永啟女諸生周鉽室有靜閑居詞　林下詞選參若雅工文墨與其妹蘊阿稱一時聯璧歌詞往往有傳誦于人新

浪淘沙　月下桃花

淸露釀花煙皓魄無邊數枝低亞笑嫣然一自天台迷路後辜負年

年　蟾影罩霞鮮似共流連茅齋相對恍疑仙賺得東風今日好莫

爲愁牽

臨江仙　爲烈女顧季蘩賦

彤管徒傳綵鎖怨採蘭又釀新愁此身已許便相酬一朝巾幗志千

古丈夫儔　慷慨捐生猶易事從容就義難求樓空人去冷香篝雲

寒朝欲暮月淡夜何修

沈御月字纖阿參苻妹皇甫鍔室有空翠軒詞

虞美人影　送春和韵

送春春去添煩惱惝悶何時得了試看落紅多少點破階前草　流

鶯樹上啼聲悄驚破羅幃夢杳斷送鏡中人老都爲春歸早

唐　榛字玉亭夔州人邑令甄女宜興周書占室　去病案玉亭父以官爲家謝政

後即移老子邑故特錄之

浣溪沙

深掩重門白晝清東風午院落花輕碧紗牕外雨新晴　烟鎖垂楊愁欲結夢迴香閣恨初生枝頭黄鳥一聲聲

清平樂

江南三月好雨知時節一夜小樓聽不歇桃花李花俱發　重樓山外青山春光多在珠灣試問清風明月何曾拘管人閒

浪淘沙

把盞餞東君綠皺紅顰爲春憔悴不惜春嬌鳥避風翻葉底猿藉花茵　細雨溼香塵柳魄梅魂今年花伴去年人只有心愁如織錦別樣翻新

吳瓊仙字子珮一字珊珊翰林院待詔徐達源室有寫韻樓集洪亮

吉更生齋集瓊仙嘯吟咏兼工繪事暇即發揮烟雲摩寫花鳥

黃金縷　題葛秀英澹香樓詩鈔

烏飛兔走何時了秋月春花背地催人老塵土何如仙闕好青元一夢醒偏早　新樣冰綃花印小妙手靈心事事堪傾倒半縷梅魂驚乍杳遺香剩得蘅蕪草

梧桐影　邀外子不至

漏未殘香猶馥明日天工晴不晴玉蟲燒向燈前卜

南鄉子　題廖織雲女士畫

煙鎖雲平依稀此境昔曾經雞犬人家都不管山花亂屋角斜陽紅一段

菩薩蠻　酬外子正月十二日吳江風阻寄懷之作

一番風信春來矣如何寂寞孤篷底鈴語聽無聊三更第四橋　凝

情誰解得網與殘燈說燈不受人愁花開偏並頭

唐多令　題竹陰美人畫扇

對窗却書倉燈煙繞洞房望妝臺只隔紅牆半露腰身剛一搦便料得小蠻鬟　底事費回腸推敲一字忙碎秋心記起還忘最好幾重寒玉影千个字正當牕

清平樂　題馮甥月夜聽簫圖

碧桃開了春事江南早刻翠裁紅詩思好花信番番吟到（甥有二十四番花信詞）阿誰紅豆親拈碧簫偸擫檐前贏得玉人雙笑秦樓月正纖纖

汪玉軫字宜秋陳昌言室有宜秋小院詞鈔（名媛詩話宜秋工詩善畫所適不偶乃賣文以自活偶吟云風飄柳絮雨飄花多少新愁上碧紗借問過牆雙蛺蝶春光今在阿誰家其境困厄於此可見）

菩薩蠻　題郭頻伽擘盟鷗圖

雨晴雲澹江村暮輕舟短棹葦間渡秋晚水風涼白蘋花暗香　野

鷗三十六溪上閒相逐招隱有前盟烟波深復深

幾聲漁笛滄江晚一痕疎雨汀沙軟夢穩櫂頭船與鷗相對眠　夜來霜月苦聽得征鴻雨辛苦度關河天寒風雪多

醉花陰

春雪連朝晴未久細雨今宵又窗外有梅花難護難遮知道飄零否　薰籠火冷三更後料峭西風透獨坐暗銷魂月色昏昏花影和人瘦

長相思

夜寒生夢魂驚半燼蘭膏暗壁燈床頭飢鼠行　數長更起離情倚枕塡詞句未成推敲直到明

偷聲木蘭花

綠牕盡日垂簾幙底事輕寒來隱約節近黃梅庭院濃陰不放開

翻書聊遣閒愁悶無那晝長人意困衣覆薰籠灰冷重添獸炭紅

風光好

掩花關啓花關看遍春光春又殘動愁端　空庭雨過苔痕碧天寥寂短短回廊曲曲欄且盤桓

誤佳期

雪後晚雲消盡檐際冰釵光映兔華如晝正元宵庭院添幽景　獨立小廻廊深夜衣裳冷下階步月又徘徊滿地梅花影

酷相思

漸漸春歸何處覓早過了清明節聽簾外瀟瀟還淅淅風聲也催愁集雨聲也催愁集　一桁紗窗侵綠色庭院添寥寂歎有限青春誰解惜花下也多時立月下也多時立

菩薩蠻

愁中得句渾難續無眠夜半燒燈燭風送露微茫逼人秋氣凉　熏爐添獸炭香篆微微散何物助吟情一蟲階下鳴

西風庭院人淒絕梧桐幾片殘秋葉敲著紙窗櫺孤衾和夢聽　長更和短角催得燈花落觸目總銷魂低頭見淚痕

慵添沈水看香燼和愁坐擁薰籠冷薄病怯衣單宵深不耐寒　殘缸紅燄小寂寂蘭閨悄明月滿窗前欲眠猶未眠

海棠春

無端一夜東風驟便吹得杏花消瘦待等小桃紅是晚春時候　惜花心事花知否看鏡裏雙眉長皺花信一番番只芳年難又

清平樂

小樓連苑叢桂天香滿一桁湘簾侵曉捲極目平蕪近遠　蕭蕭淅淅西風嘹嘹嚦嚦征鴻一種秋聲難寫斷腸付與絲桐

搗練子

簷不寐漏難終淅淅燈花落盡紅明月似憐人寂寞移花扶柳上簾櫳

范　玉字素君山陰人上舍郭麐側室

闌干萬里心　題浮眉樓圖依夫子韻

春山平遠不宜秋新月彎環只似鉤說與蕭郎莫浪游怕登樓一曲闌干一曲愁

陸　惠字璞卿一字又瑩張瀞室有得珠樓箏語玉瓊集歸佩珊云此卷雖所著不多要皆丁當清逸悱惻芬芳緣情綺靡不傷乎雅婉孌多姿之外仍有幽閒貞靜之風

如夢令　寄外子客館

正苦花深霧重密字銜來青鳳一字一明珠照徹心心俱痛如夢如夢夢裏將愁細種

菩薩蠻　和外子韻

清暉兩地明如此將人置入相思裏形影不能雙淒然獨掩牕　愁
思腸角繞香篆心頭裊瘦筆一枝擕新詞和淚題

浣溪沙　十月十九夜寒甚寄外子客中

檐鐸郎當雁語孤霜風走葉柝聲粗可憐情味倩誰摹　一點寒鐙
挑不起兩行清淚滴將枯問君此境似儂無

憶舊游　題五湖漁莊圖

指湖光一抹巒翠雙螺縹緲堪尋天末迷離影賸濃雲攤絮隔斷烟
岑卜居水竹何處遐想碧波深便畫出巢痕訪來詩境煞費仙心
沈吟故鄉路歎樹杪斜陽誤了歸禽驀向圖中見有鷗眠遠渚鷺立
寒潯漁莊似此清劇未許點塵侵試卷上疏簾西山爽氣涼到襟

小重山　題岳忠武王玉印用集中韻

展卷如聞匣劍鳴孱朝擢大將歎螟吏獨留一印尚孤行傳姓氏紙上眼分明　點畫著忠名蟲沙經浩劫路千程有人能寶爨餘琴金陀史播作楚些聽

姚　汭字琮娥潘御雲室有香奩稿

南鄉子　送春

寂寞鎖羅幃愁看雕梁燕子飛九十韶光今已盡春歸一望庭前花影稀　皓魄自生輝萬籟無聲烟霧迷乍見楊花飄紫陌輕微忽有薰風吹我衣

丁　湘字花濃諸生兆寬姊

女青蓮　題蘭馨女史折桂圖　去病案此詞附見丁兆寬集而佚其調徧攷羣籍亦不可得姑節詞內女青蓮字標首以俟知者

展芳圖錯認天仙笑態嫣然是女青蓮桂籍前身風鬟小影月姊齊

肩　閒住世蓬壺眷屬暫移家兒女因緣是年避水禊湖以次女許字婺恬次子心事
遙傳共祝花神夫壻明年
王　淑字畹蘭號長生仁和周光緯室有竹韻樓琴趣丁源鐙牕瑣話畹蘭斷句詠蟬云秋心先蟋蟀琴意誤螳螂病起云靜對名花如友閒吟詩句當醫方皆清新可誦尤工倚聲足以纖響斷腸盆
采桑子　閨中四時曲
流鶯喚起紗窗夢烘日晴融花氣迷濛粉蝶尋香寫落紅　訴愁燕子梁間語寂寂簾櫳淡月煙籠瘦盡梨花昨夜風
田田翠蓋銀塘靜細細荷香雨過新涼數點流螢葉底藏　月明潛上闌干角小立迴廊薄試羅裳新茗頻斟倚書牀
桐陰滿院西風峭翠壓雕闌月映疏簾今夜新涼半臂添　寒蛩砌畔吟聲咽露濕幽蘭篆裊輕煙拖得秋心未忍眠
長天如水霜華凍靜掩重門容易黃昏鐙穗凝寒冷不勝　玉梅窗

外香初放黯澹冰魂瘦影瓏玲移上瑤階月一痕

金縷曲　秋暮抵里舟泊垂虹有感

舟泊垂虹作正秋深丹楓落盡寒螿泣露到得家鄉翻有恨回望白雲何處暮烟裏月痕徐吐極目關山江水闊淚模糊難覓來時路腸斷也共誰語　一聲哀雁鳴江渚更那堪殘鴉疏柳夕陽古渡多少才人存没地祗剩江淹恨賦正渺渺余懷如許舊恨新愁渾不定仗西風吹夢隨潮去孤帆捲碧天暮

蘇幕遮　春陰

畫閣幽深院靜風颺簾波簾外春雲暝半雨半晴天未準何事東君慣做愁人景　步蒼苔穿曲徑垂柳絲絲瘦到銷魂影淚滴香桃紅正冷不爲傷春是與花添恨

生查子　送春同楊蕋雲姊作

杜宇一聲中怪衡花無語宛轉告愁魂且自隨春去　樓外映垂楊
翠滴絲絲雨芍藥喚將離怎肯留春住

百字令　闌干

曲廊廻繞更玲瓏卍字纏綿低亞料峭春寒纖雨過十二珠簾齊挂
芍藥香濃海棠紅暈點綴文窗下叢叢花影倩他明月描畫　曾記
中酒心情沈香亭北幾度春歸也萬里懷人將拍徧珠淚無端偷灑
點筆重來尋詩漫撫還把烏絲研晝長容悄倦時斜倚聊且

柳腰輕　柳影

朦朧貼地柔枝軟闌干外和煙瀰倚風憔悴市池婀娜簸弄煙痕深
淺似描畫張緒神淸待裁量小蠻腰減　已是離愁攪亂又絲絲數
番吹斷灞橋驢跨驛亭蟬曳颺出諸般淒怨盪波鏡千縷愁眉纖斜
陽萬條恨線

珍珠簾　簾波

蝦鬚浮碧魚雲暝六曲闌干低浸銀蒜押連環涼意瀟湘沁窣地靴紋憐百折漫兇得爐香烟冷風定有疎絲密縷織成幽恨　殘夜欲起還平瀉虛庭半角銀河斜耿薄露灑珍珠點滴浮泡影潑上罘罳流月去飈迴廊鸚哥涼醒難省認花外瓊鈎都牽藻荇

燭影搖紅　鐙暈

掩映紗屏細風搖影光如豆愔愔酣酒病佮深背坐銀釭後照我幾回僝懨不分明疏花暗溜看朱成碧轉綠回黃團圞時候　倦眼縻茶錯疑月姊初華就無聊情緒怕黃昏罩住眉間皺頂上圓光熱透驗陰晴者番應否夢回羅帳鳳膛低垂一腔紅瘦

掃花游　苔縫

乍過小雨早嫩碧庭階晚風徐動細紋錯綜要榆錢十萬替伊塡空

約伴行來蹴損鞋尖繡鳳笑春冗記手劃粉牆題句曾共　冰砌融淺凍更碧瓦參差綠痕分送半弓漫弄愛香泥暗鎖一花涼涌底事纏綿剪出愁苗亂種露華重溜圓珠滴殘蛩夢

蝶戀花　觀繩伎

紅粉牆邊停畫艇綠樹陰陰半露驚鴻影裙颺留仙風不定彩絲約住雙鈎穩　小立迴身香汗映薄薄斜陽照上秋蟬鬢舞瘦垂楊花酩酊鶯鶯燕燕差堪並

洞仙歌　題孫夫人梅花小影

朱闌宛轉愛横斜疏影好伴瓊仙晚妝靚待鋤將明月劚向空山低迴久鶴唳碧天雲淨　無言凝望處鏤雪裁冰打疊春愁與花證玉笛莫輕吹凍雀聲中最怕是夜寒香暝羡林下丰姿展新圖似灑落天風散花仙境

沁園春　愁用吳穀人祭酒韵

最怕春殘細雨紗窗流鶯亂啼問東風料峭何能吹去柳枝牽惹驀地來時芳草煙輕斜陽影淡帀地簾垂睡起遲無聊賴把曲闌倚徧暗數歸期　尋思惜別傷離奈接舊添新只自知悵郵筒欲寄貯將萬斛錦機纔理織出千絲燕語梁間花飛池畔兜裏閒情半晌癡難排遣任心田堆積沒計埋伊

又　夢

惻惻輕寒悄悄簾櫳爐香半溫正溟濛月色迎來倩影迷離花氣扶住芳魂行過屏山兜回曲徑漫整鸞釵掠鬢根弓鞋怯奈喘絲無力斜倚重門　低巡來去何因任風捲楊花壓枕痕憶言愁鷓鴣咏殘紅豆棲香蝴蝶約徧黃昏玉漏聲催蘭釭花炧一霎游仙寄此身闕情處有旅愁鄉思繞向孤村

鳳凰臺上憶吹簫　遲李紉蘭姊信不至

雲洗遙山煙凝晚岫西風庭院秋深正翠凋疏柳紅足寒林贏得閒愁如許清宵永蛩語苔陰窺愁鬢溶溶夜月蕩地難禁　關心雁兒過也憑徧玉闌干錦字書沉望吳山渺渺越樹森森追憶當年小別猶牽恨何況而今空惆悵韶華老去只賸悲吟

生查子　題晚香樓圖

月冷小紅樓薄命悲今古香草美人空燕子渾無語　悲業種愁根留得傷春句零亂碧桃花可有魂來去

許　珠字孟淵號蕊仙諸生簡女震澤吳煥室有蘊宦吟稿

醉花陰　雪晴和子纖

檐際玲瓏飛玉溜日影簾帷透雲散北風寒庭角疎梅一縷香初逗　頻將芸葉添金獸覓句消清晝懊惱侍兒催今日晴窗妝罷堪描

繡

前調　感舊懷韵珊夫人

北舫南船弦管奏燈月明如晝江畔度元宵有個人人同醉黄昏候分襟那得重相守往事空回首莫道不思量百轉千迴羸得龐兒瘦

柳含煙　和子纖作

凝愁黛舞纖腰最是一年春好處鬧梅遮杏不勝嬌近花朝　惆悵短長亭畔路常繫香車小駐離情別緒倩誰描黯魂銷

臨江僊　愁

心小能容萬斛眉纖可疊千重來時無據去無蹤催人青鬢改伴我客囊空　飄蕩夕陽影裏勾留羌笛聲中城堅難借酒兵攻消磨閒歲月裝點病形容

袁希謝字寄塵棟玄孫女王雲帆室有素言集去病案寄塵早寡與顧佩芬董松筠號吳江三節婦

鵲橋仙 七夕

銀河耿耿鵲橋塡否試想彩雲堆裏雙雙曾未訴離愁聽壺漏三更近矣 月光斜照良辰易過促織聲催不已年年此夕了相思纔了却相思又起

阮郎歸 八夕戲贈織女

今宵腸斷各東西不堪新別離無聊且去理殘機相思意緒迷 河畔望景依稀餘情繞石磯早知會後更淒其何如未會時

臨江仙 照影

悄地行來池畔立風吹兩袖飄飄瞥然見影欲相招翠蛾愁鎖處不語恨偏饒 看去可憐身怯怯伶仃着水難描依依相對黯魂銷卿

如憐我瘦我淚向卿拋

雨中花　落花

一夜驚心風雨驟歎幾種嬌花怎受碎玉飄愁殘枝惹恨黯黯離魂候　滿地落紅如綴繡聽燕語春風依舊辦惹蛛絲香鬭蝶夢寂寞簾垂晝

點絳唇　感懷

鏡怨琴悲生涯如許員堪歎病中愁咋只覺年華賤　滿目凄凉脉脉同誰見難消遣肝腸寸剪血淚拋花片

妝罷蕭條傷心嬾拂菱花照蛾眉不掃兩鬢如秋草　輾轉無聊影與形相弔愁難告夢魂知道去路瓊臺杳

于曉霞字綺如金壇人于尚齡女母馮蘭貞也金文淵室有小瓊華仙館詞

菩薩蠻

雨纖風輭春將半春愁空逐游絲亂孤負踏青期游蹤因病稀　畫梁雙燕懶落花閒庭晚金鴨篆煙殘羅衣怯

水調歌頭

山色澹何處都在渺茫中白雲千縷萬縷忽現又還封如此風光休誤只合焚香煮茗相對撫絲桐古寺隱林杪依約度疏鐘　倚危欄舒遠目意無窮亂鴉陣陣歸也鳥道暗相通嶺畔丹楓落去陌上綠楊凋盡晚節羨蒼松撫景一長嘯幽思付冥鴻

江城梅花引　冬夜寄故園諸姊妹

朔風陣陣透紗窗思微茫又昏黃欲撫瑤琴金鴨懶添香竹影參差簾幕靜對寒月意悠悠念故鄉　故鄉故鄉道路長隔餘杭又吳江望也望也望不見烟樹蒼蒼猶記聯吟詠絮共評量惆悵而今千里

別逢好景怕登臨空斷腸

壺中天慢　秋夜悼蘊輝姊用漱玉詞韵

閒庭人靜聽寒砧一片綠窗深閉雨滴芭蕉風撼竹作出暮秋天氣橘綠橙黃鱸肥蟹滿遙憶江鄉味故人何在天涯有淚難寄　回首聯袂西風踏青門草曲闌干同倚杜宇聲聲驚客夢往事驀教喚起玉笛慵吹瑤琴罷撫總是思君意寸心千結問君曾否知未

華婉若字花卿無錫人任艾生繼室有課花樓詞草

菩薩蠻

憑欄極目江天闊暮雲遠與炊烟接有客赴西泠西泠到未曾　陌頭千萬樹遮斷行人路屈指算歸期羅衣換葛衣

珍珠令

蕉牕書罷黃庭帖斜陽沒正寂寂流鶯啼歇深樹碧無情障雲霞一

抹　驀地思量人小別儘多少別愁休說休說看夜月樓頭時圓時缺

訴衷情　端午

試羅天氣又憎涼欲著待商量且擘綵絲幾縷笑繫臂雙雙　揎繡袂試瓊漿爇爐香偶逢佳節更休惜醉須盡壺觴

河傳　雪霽

花積寒逼濃雲洗墨空堦浮白玉欄小倚疑是水晶宮掩梅梢香尚勒　聳肩兀坐吟聲咽酸風冽縷縷穿櫺隙雪纔明月又明轉憎沿窗一點燈

漁家傲

別時曾說歸來早流光一霎秋將老綠酒黃花孤負了西風峭孤鴻帶月聲聲叫　客路崎嶇天縹緲荒烟衰艸愁歸棹怎奈夢兒飛不

到添煩惱此情更向何人道

柳梢青

風撼簾旌燭殘紅蠟香爐金猊清漏沈沈淒涼無限欲說憑誰　年來每負心期怎佳節又逢別離瘦怯窺匲寒愁倚枕併鎖雙眉

雨中花　梅花紙帳

薄霧輕籠香細淡月暗催春遞莫道芳心寒不怕也愛風霜蔽　竹屋蘆簾宜點綴正留著四圍雲膩恰好是六橋殘雪夜夢到孤山未

錢靜娟字韵蕉錢錫庚女任艾生子傅棨室有韵蕉樓詩艸

昭君怨　別弟

不暇丁寧種種但說一聲珍重如夢境迷離夕陽時　恨煞半江雲樹遮斷鄉關何處孤影雁飛來忒心哀

笠澤詞徵卷二十三　完

笠澤詞徵

百尺樓叢書

卷二十四　寓賢

邑後學　陳去病輯錄

唐

張志和（原名龜齡）字子同金華人擢明經肅宗命待詔翰林坐貶不復仕自稱烟波釣徒又號玄眞子嘗往來鶯脰湖中相傳一旦登仙去

漁歌子

西塞山前白鷺飛桃花流水鱖魚肥青篛笠綠簑衣斜風細雨不須歸（黃魯直云有遠韵）

松江蟹舍主人歡菰飯蓴羹亦共餐楓葉落荻花乾醉宿漁舟不覺寒

宋

張　先字子野烏程人天聖八年進士知吳江縣仕至都官郎中

有安陸詞　王明清玉照新志本朝有兩張先皆字子野一則樞密副使遜之孫與歐陽文忠同在洛陽幕府其後文忠爲作墓志銘稱其志守端方臨事敢决者一與東坡先生游東坡推爲前輩詩中所謂詩人老去鶯鶯在公子歸來燕燕忙能爲樂府號張三影者　中吳紀聞張子野宰吳江日嘗賦詩云春後銀魚霜下鱸遠人曾到合思吳欲圖江色不上筆靜覓鳥聲深在蘆落日未昏聞市散青天都淨見山孤橋南水漲虹垂影清夜燈光合太湖爲當時之絕唱

定風波令　次子瞻韻送元素内翰

浴殿詞臣亦議兵禁中頗牧党羌平詔卷促歸難自緩溪館綵花千數酒泉清　春草未青秋葉暮歸去一家行色萬家情可恨黃鶯相識晚望斷湖邊亭上不聞聲

又　再次韻送子瞻

談辨纔疎堂上兵畫船齊岸暗潮平萬乘靴袍曾好問須信文章傳口齒牙清　三百寺應游未遍重算湖山風月豈無情不獨渠邱歌

叔度行路吳謠終日有餘聲

又　霅溪席上同會者六人楊元素侍讀劉孝叔吏部子瞻公擇二學士陳令舉賢良

西閣名臣奉詔行南牀吏部錦衣榮中有瀛仙賓與主相遇平津選首吏神清　溪上玉樓同宴喜歡醉繞隄紅葉惜秋英盡道賢人聚吳分試問也應旁（一作中）有老人星（蘇軾東坡居士集定風波詞小引曰吾昔自杭移高密與楊元素同舟而陳令舉張子野皆從吾過李公擇于湖遂與劉孝叔俱至松江夜半月出置酒垂虹亭上子野年八十五以歌詞聞于天下作定風波令其略云見說賢人聚吳分試問也應旁有老人星坐客歡甚有醉倒者此樂未嘗忘也今七年爾子野孝叔令舉皆爲異物而松江橋亭今歲七月九日海風駕潮平地丈餘蕩盡無復孑遺矣追思曩時眞一夢也元豐四年十月二十日黃州臨皋書）

天仙子　時爲嘉禾小倅以病眠不赴府會

水調數聲持酒聽午醉（一作睡）醒來愁未醒送春春去幾時回臨晚鏡傷流景往事悠悠（一作後期）空記省　沙上並（一作水）禽池上暝雲破月來

花弄影重重翠（吳興藝文補作簾）幕密遮燈風不定人初靜明日落紅應滿徑（陳正敏遯齋閒覽張子野郎中以樂章擅名一時宋子京尚書奇其才先往見之遣將命者謂曰尚書欲見雲破月來花弄影郎中子野屏後呼曰得非紅杏枝頭春意鬧尚書耶遂出置酒盡歡蓋二人所舉皆其警策也　古今詩話子野嘗作天仙子詞云雲破月來花弄影士大夫多稱之張初謁見歐公迎謂曰好雲破月來花弄影恨相見之晚也）

青門引

乍煖還輕冷風雨晚來方定庭軒寂寞近清明殘花中酒又是去年病　樓頭畫角風吹醒人夜重門靜那堪更被明月隔牆送過秋千影

歸朝歡

聲轉轆轤聞露井曉引（一作汲）銀缾牽素綆西園人語夜來風叢英飄墮紅成徑寶猊烟未冷蓮臺香蠟殘痕凝等身金誰能得意買此好風（草堂詩餘作光景）　粉落輕妝紅（藝文補作溫）　玉瑩月枕橫釵墜雲鬟有情無

物不雙棲文禽只合常交頸晝長（草堂作夜茲從藝文補）歡豈定爭如翻作春宵永日曈曨嬌柔嬾起簾壓（后山詩話作幕藝文補作押）捲花影（胡仔漁隱叢話高齋詩話云子野嘗有詩云浮萍斷處見山影又長短句云雲破月來花弄影又云隔牆送過秋千影並膾炙人口世謂張三影后山詩話云尚書郎張先善著詞有云雲破月來花弄影簾幕捲花影墮輕絮無影世稱誦之號張三影介甫謂雲破月來花弄影不如李冠朦朧淡月雲來去也古今詩話云有客謂子野曰人皆謂公張三中即心中事眼中淚意中人也公曰何不目之爲張三影客不曉公曰雲破月來花弄影嬌柔嬾起簾壓捲花影柳逕無人墮飛絮無影此余生平所得意也苕溪漁隱曰細味三花說當以后山古今二詩話所載三影爲勝去病案墮輕絮無影係翦牡丹詞句題爲舟中聞雙琵琶而萬樹詞律謂其多訛字故不錄　又案諸書所引三影句多不同如凌稚哲萬姓統譜又作無數楊花過無影要之所押影字均甚雋也）

木蘭花　乙卯吳興寒食

龍頭舴艋吳兒競筍柱鞦韆游女並芳洲拾翠暮忘歸秀野踏青來不定　行雲去後遙山暝已放笙歌池院靜中庭月色正清明無數楊花過無影

一叢花

傷高（一作春）懷遠幾時窮無物似情濃離愁（一作心）正恁牽（一作引千）絲亂更南陌飛絮濛濛（一作濛茸）嘶騎（一作歸騎）漸遙征塵不斷何處認郎蹤　雙鴛池沼水溶溶南北小橈（一作橋）通梯橫畫閣黃昏後又還是斜月簾櫳（一作新月濛濛）沈恨細思（一作思量）不如桃杏還解嫁春風（范公稱過庭錄曰張先子野郎中一叢花詞云沈恨細思不如桃杏猶解嫁東風一時盛傳歐陽永叔尤愛之恨未識其人子野家南地以故至都謁永叔閽者以通永叔倒屣迎之曰此乃桃李嫁東風郎中去病案此說與今詞字句微有不同）

蘇　軾字子瞻自號東坡居士眉山人有東坡詞

定風波　送元素

千古風流阮步兵平生遊宦愛東平千里遠來還不住歸去空留風韻照人清　紅粉尊前深懊惱知道怎生留得許多情記得明年花絮亂須看泛西湖是斷腸聲

晁補之字无咎鉅野人有鷄肋詞六卷

水龍吟　別吳興至松江作

水晶宮繞千家卞山倒影雙溪裏白蘋洲渚詩成春曉當年此地行遍瑤臺弄英攜手月嬋娟際算多情小杜風流未覩空腸斷枝間子一似君恩賜與賀家湖千峯凝翠黃粱未熟行旌已遠南柯舊事常恐重來夜闌相對也疑非是問松陵回首平蕪盡處在青山外

葉夢得字少蘊吳縣人紹聖四年進士高宗南渡除戶部尚書移知福州兼福建安撫使卒贈檢校少保有石林詞一卷關注石林詞序味其詞婉麗綽有溫李之風晚歲落其華而實之能於簡淡中時出雄傑合處不減靖節東坡之妙豈近世樂府之流哉毛晉跋云石林居士晚居弁山下嘯詠自娛所撰詩文甚富詞與蘇柳並傳綽有林下風不作柔語殢人眞詞家逸品也　去病案夢得爲松陵葉氏所自出乍夢堂一門風雅蓋早已自公開之矣

永遇樂　寄懷張敏叔程致道

蘋芷芳洲故人回首雲海何處五畝荒田殷勤問我歸計眞成否洞庭波冷秋風嫋嫋木葉亂隨風舞記扁舟橫斜戴月目極暮濤烟渚倚聲試問垂虹千頃蘭櫂有誰重駐雪濺雷翻潮頭過後帆影欹前浦此中高興何人解道天也未應輕付且留取千鍾痛飲與君共賦

念奴嬌　中秋宴客有懷壬午歲吳江長橋

洞庭波冷望冰輪初轉滄海沈沈萬頃孤光雲陣捲長笛吹破層陰洶湧三江銀濤無際遙帶五湖深酒闌歌罷至今鼉怒龍吟　回首江海平生漂流容易散佳會（樂府雅詞作期）難尋縹緲高城風露爽獨倚危檻重臨醉倒清樽姮（雅詞作常）娥應笑猶有向來心廣寒宮殿爲予聊借瓊林

應天長　自潁上縣欲還吳作

松陵秋已老正柳岸田家酒醅初熟鱸膾蓴羹萬里水天相續扁舟凌浩渺寄一葉暮濤吞沃青箬笠西塞山前自翻新曲　來往未應足便細雨斜風有誰拘束陶寫中年何待更須絲竹鴟夷千古意算入手比來尤速最好處千點雲峯半篙澄綠

千秋歲　小雨達旦東齋獨宿不能寐有懷松江舊游

雨聲蕭瑟初到梧桐響人不寐秋聲爽低檐鐙暗淡晝幕風來往誰共賞依稀記得船篷上　拍岸浮輕浪水闊菰蒲長向別浦收橫網綠蓑衝暝色艇子搖雙槳君莫忘此情猶是當時唱

吳雲公自號中興野人有香天雪海集城北遺民徐大焯燼餘錄吳雲公雅善詩詞居城東之臨頓里著有香天雪海集傳誦一時靖康國難後披髮佯狂更號中興野人厭棄城市時往來於吳江李山民家李卽忠愍公諱若水之姪避寇來吳就館于吳江與雲公爲僚壻且同爲歲寒社詩友也山民嘗題洞仙歌于吳江橋亭雲公和以念奴嬌云云雨詞並刊集中詩話類編建炎時有自稱中興野人和東坡念奴嬌詞題吳江長橋者高宗巡師江表過而覩之詔物

（色其人則不復見矣）

念奴嬌　和李山民題吳江長橋

炎精中否，歎人材委靡，都無英物。賊（詞綜作鐵）騎長驅三犯闕，誰作長城堅壁。萬國（朱作里）奔騰，兩宮幽陷，此恨何時雪。草廬三顧，豈無高臥賢（朱作英）傑。　天心眷我中興（朱作天意建我中興，燼餘錄中興作神州），吾皇（朱作吾君，錄作我皇）神武，踵（朱作卜）曾孫周發。河岳英靈俱效順，狂虜會須灰滅（朱作海岳封豨俱效職塓火會看消滅）。翠羽南巡，叩閽無語（朱作路），徒有衝冠髮。孤忠耿耿，劍鋒冷浸秋月。

顧淡雲別號夢粱詞人，有夢粱集（燼餘錄：淡雲居靈芝坊，亦歲寒社友。與明之中興紀聞：建炎庚戌兩浙被虜禍，有題水調歌頭于吳江者，不知其姓氏，意極悲壯。曾敏行獨醒雜志：後其詞傳入禁中，上命詢訪其人甚力。秦丞相乃請降黃牓招之，其人竟不至。或曰隱者也，自謂銀戈非吾事，可見其泥塗軒冕之意。秦丞相請招以黃牓，非自求之，乃拒之也）

水調歌頭　和李山民題吳江橋亭

平生太湖上，短棹（一作來往）幾經過。如今重到，何事愁與水雲多。擬把匣中長劍，換取扁舟一葉，歸去老漁蓑。銀艾非吾事，丘壑已（一作漫）蹉跎。　膾新鱸，斟美酒，起悲歌。太平生長，豈（一作不）謂今日識兵戈。欲瀉三江雪浪，淨洗胡塵千里，不用挽天河。回首望霄漢，雙淚墮清波。

袁去華，字宣卿，江西奉新人。有宣卿詞一卷。（王鵬運曰：據皕宋樓藏書志，宣卿紹興乙丑進士，改官知石首縣而卒。善爲歌詞，嘗賦定王臺，見稱於張安國。著有適齋類藁八卷，書錄解題著錄其詞，四庫未收。朱竹垞輯詞綜，搜羅甚富，而云雙字未見，則流傳之罕可知矣。）

柳梢青　長橋

天接滄浪，晴虹垂飲，千步修梁。萬頃玻璃，洞庭之外，純浸斜陽。　西風勸我持觴，況高棟層軒自涼。飲罷不知，此身歸處，獨詠蒼茫。

姚述堯，字進道，紹興二十四年進士（錢塘籍），乾道四年知樂清縣，華

亭人有籟臺公餘詞一卷

青玉案　和賀方回韵

三年枕上吳中路遣黃耳隨君去若過吳江呼小渡莫驚鷗鷺四橋都一作盡是老子經行處　輞川圖上看春莫長憶一作記高人右丞句作個歸期天未一作已許春衫猶是小蠻針線曾溼西湖雨

葛郯字謙問歸安人紹興二十四年甲戌張孝祥榜進士有信齋詞一卷清波雜志先人任江東漕幕與葛公謙問爲代文康公孫也魁然重厚古君子它情世故皆應以無心文采外深契禪悅

水調歌頭　送唯齋之官回舟松江賦

年來慣行役楚尾又吳頭餐霞吸露何事佳處輒遲留雲聽漁舟夜唱花落牧童橫笛占盡五湖秋胡牀興不淺人在庾公樓　繡簾捲曲欄暝翠鬟愁森羅萬象與渠詩裏一時收天設四橋風月地會三

州山水邀我伴浮鷗明朝起歸夢一枕過蘋洲

前調　舟回平望久之過烏戍值雨稍憩向晚復晴再用前韻

帆腹飽天際樹凝渺雲頭翠光千頃爲誰來去爲誰留疑是吳宮西子淡掃修眉一抹妝罷玉奩秋中流送行客卻立望層樓　風色變隄草亂浪花愁跳珠翻墨轟雷掣電幾時收應是陽侯薄相催我胸中錦繡清唱和鳴鷗殘霞似相貸一縷媚汀洲

青銅昏水面烏帽裹山頭風濤如此天公作意巧相留常記垂虹晚渡臥看菰蒲烟雨屈指十三秋恍若華胥夢無語下西樓　翠翻空寒入座不禁愁五絃彈盡隱隱天末暮虹收欲伴漁翁釣艇欸乃一聲江上寒碧點輕鷗無人阻歸興直欲邁長洲

·丘　崈字宗卿江陰軍人隆興元年進士累官資政殿學士拜同知樞密院事謚文定有詞一卷

水調歌頭　戊戌迓客回程至松江作

小隊擁龍節，三度過鱸鄉。烟波萬頃縠紋輕縐瀅斜陽何處漁舟唱晚最是蘆花風斷欸乃一聲長矯首望空闊逸興墮微茫　笑塵纓何日許濯滄浪天隨甫里相尋無處一淒涼會把水光山色收入烟簑短艇勝世作清狂舉酒屬公子富貴未渠央

姜　夔字堯章，鄱陽人，寓居武康，與白石洞天爲隣，自號白石道人，又號石帚，有詞五卷。黃叔暘云：白石詞極精妙，不減清真，其高處有美成所不能及。沈義父云：姜白石清勁知音，未免有生硬處。張炎云：詞要清空，不要質實。清空則古雅峭拔，質實則凝澀晦昧。白石詞如野雲孤飛，去留無跡。

點絳唇　丁未冬過吳江作

燕雁無心太湖西畔隨雲去數峯清苦商略黃昏雨　第四橋邊擬共天隨住今何許凭闌懷古殘柳參差舞吳郡志云：松江在郡南四十五里，禹貢三江之一也。

南與太湖接吳江縣在江濱垂虹跨其上天下絕景也

玉梅令 高平調　石湖家自製此聲未有語實之命予作石湖宅南隔河有圃曰范邨梅開雪落竹院深靜而石湖畏寒不出故戲及之

踈踈雪片散入溪南苑春寒鎖舊家亭館有玉梅幾樹背立怨東風高花未吐暗香已遠　公來領客梅花能勸花長好願公更健便揉春爲酒翦雪作新詩拚一日繞花千轉

石湖仙 越調　壽石湖居士

松江煙浦是千古三高游衍佳處須信石湖仙似鴟夷翩然引去浮雲安在我自愛綠香紅舞容與看世間幾度今古　盧溝舊曾駐馬爲黃花閒吟秀句見說胡兒也學綸巾欹雨玉友金蕉玉人金縷緩移箏柱聞好語明年定在槐府

暗香 仲呂宮 辛亥之冬予載雪詣石湖止既月授簡索句且徵新聲作此兩曲石湖把玩不已使工妓肄習之音節諧婉乃命之曰暗香疎影

舊時月色算幾番照我梅邊吹笛喚起玉人不管清寒與攀摘何遜而今漸老都忘卻春風詞筆但怪得竹外疎花香冷入瑤席 江國正寂寂歎寄與路遙夜雪初積翠樽易泣紅萼無言耿相憶長記曾攜手處千樹壓西湖寒碧又片片吹盡也幾時見得 硯北雜志小紅范成大青衣也有色藝成大請老姜夔詣之一日授簡徵新聲夔製暗香疎影兩曲成大使二妓肄習之音節清婉成大尋以小紅贈之其夕大雪過垂虹賦詩曰自喜新詞韻最嬌小紅低唱我吹簫曲終盡松陵路回首烟波十四橋 去病案十四當作第四

疏影 仲呂宮

苔枝綴玉有翠禽小小枝上同宿客裏相逢籬角黃昏無言自倚修竹昭君不慣胡沙遠但暗憶江南江北想珮環月下歸來化作此花

幽獨　猶記深宮舊事那人正睡裏飛近蛾綠莫似春風不管盈盈蚤與安排金屋還教一片隨波去又卻怨玉龍哀曲等恁時重覓幽香已入小牕横幅張炎云白石暗香疏影二曲前無古人後無來者自立新意眞爲絶唱疏影前段用少陵詩後段用壽陽事此皆用事不爲事使

訴衷情　端午宿合路

石榴一樹浸溪紅零落小橋東五日淒涼心事山雨打船篷　諳世味楚人弓莫沖沖白頭行客不采蘋花孤負薰風

浣溪沙　丙辰歲不盡五日吳松作

雁怯重雲不肯啼畫船愁過石塘西打頭風浪惡禁持　春浦漸生迎棹綠小梅應長亞門枝一年燈火要人歸

慶宮春　紹熙辛亥除夕余別石湖歸吳興雪後夜過垂紅嘗賦詩云笠澤茫茫雁影微玉峯重疊護雲衣長橋寂寞春寒

夜只有詩人一舸歸後五年冬復與俞商卿張平甫銛朴翁自封禺同載詣梁溪道經吳松山寒天迥雲浪四合中夕相呼步垂虹星斗下垂錯雜漁火朔風凜凜卮酒不能支朴翁以衾自纏猶相與行吟因賦此闋蓋過旬塗稿乃定朴翁咎余無益然意所耽不能自已也平甫商卿朴翁皆工於詩所出奇詭予亦強追逐之此行既歸各得五十餘解

雙槳蓴波一簑松雨暮愁漸滿空闊呼我盟鷗翩翩欲下背人還過木末那回歸去蕩雲雪孤舟夜發傷心重見依約眉山黛痕低壓采香徑裏春寒老子婆娑自歌誰答垂虹西望飄然引去此興平生難遏酒醒波遠政凝想明璫素襪如今安在唯有闌干伴人一霎

盧祖皋字申之號蒲江永嘉人慶元中登進士第爲軍器少監嘉定十四年權直學士院有蒲江詞一卷花庵詞選浙江樓攻媿先生之甥趙紫芝翁靈

符諸賢之詩友樂章甚工字字可入律呂浙人皆唱之有浦江詞稿行于世 東嘉姓譜盧申之嘉定中以軍器少監直北門屬時慶澤孔般綸言沓布皋抒思泉湧號爲稱職俄卒於官工樂府江浙間多歌之

賀新涼 彭傳師于吳江三高堂之前作釣雪亭蓋擬漁人之窟宅以供詩境也趙子野約予賦之

挽住風前柳問鴟夷當日扁舟近曾來否月落潮生無限事零亂茶烟未久謾留得蓴鱸依舊可是從來功名一作功名從來誤撫荒祠誰繼風流後今古恨一搔首 江涵雁影梅花瘦四無塵雪飛風起夜窗如晝萬里乾坤清絕處付與漁翁釣叟又恰是題詩時候猛拍闌干呼鷗鷺道他年我亦垂綸手飛過我共樽酒

岳珂桯史云彭傳師名法以恩科得官依錢東巖之門得府辟欲舉以使金不克遣終老于選調云 中吳紀聞云越上將軍范蠡江東步兵張翰贈右補闕陸龜蒙各有畫像在吳江鱸鄉亭旁東坡嘗有吳江三賢畫像詩後易其名曰三高且更爲塑像闢庵主人王文孺獻其地雪灘因遷之今在長橋之北與垂虹亭相望石湖居士爲之記 范成大吳郡志云三高祠在吳江縣垂虹橋北即王氏臞庵之雪灘也昔堂在垂虹南地極偏仄乾

道三年縣令趙伯虞徙之雪灘嘉靖吳江縣志釣雪亭在雪灘宋嘉泰二年縣尉彭法建華亭林至記

馮去非字可遷號深居南康都昌人淳祐元年進士幹辦淮東轉運司遷宗學諭

八聲甘州　過松江

買扁舟載月過長橋回首夢耶非問往日三高淸風萬古繼者伊誰惟有茶極輕颸零露濕蒓絲西子知何處鴻怨蛩悲　遙想家山好在正倚天靑壁石瘦雲肥甚拋奇鬭秀猿鶴互猜疑歸去好散人相國迴升沈畢竟總塵泥須還我松間舊隱竹上新詩

張　輯字宗瑞鄱陽人花庵詞選輯有詞二卷名東澤綺語債朱湛盧爲序稱其得詩法于姜堯章世所傳欸乃集皆以爲采石月下謫仙復作不知其又能詞也其詞皆以篇末之語而立新名云

一絲風寓訴衷情　泊松江作

臥虹千尺界湖光冷浸月茫茫當日三高何處漁唱入淒涼　人世

事縱軒冕夢黃粱有誰簑笠一鈎絲風吹盡荷香

劉仙倫一名儗字叔儗自號招山廬陵人花庵詞選招山有詩集行於世樂章尤爲人所膾炙吉州刊本多遺落今以家藏善本選集

賀新郎　題吳江

重喚松江渡歎垂虹亭下銷磨幾番今古依舊四橋風景在爲問坡仙甚處但遺愛沙邊鷗鷺天水相連蒼茫外更碧雲去盡山無數潮正落日還暮　十年到此長凝竚恨無人與共秋風鱠絲蓴縷小轉朱絃彈九奏擬與湘妃伴侶俄皓月飛來烟渚恍若乘槎河漢上怕客星犯斗蛟龍怒歌欸乃過江去

李彭老字商隱號篔房湻祐中沿江制置司屬官

摸魚兒　蓴

過垂虹四橋飛雨沙痕初漲春水腥波十里吳歈遠綠蔓半縈船尾

漣復碎愛滑卷青綃香裊冰絲細山人雋味笑杜老無情香羹碧澗空祇賦芹美　歸期早誰似季鷹高致鱸魚相伴菰米紅塵如海邱園夢一葉又秋風起湘湖外看采擷芳條際曉隨魚市舊游謾記但望裏江南秦鬟賀鏡渺渺隔烟水

笠澤詞徵卷二十四

完

卷二十五　　邑後學　陳去病輯錄

宋

吳文英字君特號夢窗又號覺翁四明人有甲乙丙丁四藁尹煥云求詞於吾宋前有清眞後有夢牕此非煥之言天下之公言也沈義甫云夢牕深得清眞之妙其失在用事下語太晦處人不可曉

滿江紅夷則宮俗名仙呂宮　澱山湖

雲氣樓臺分一派滄浪翠蓬開小景玉盆寒浸巧石盤松風送流花時過岸浪摇晴練欲飛空算鮫宮祇隔一紅塵無路通　神女駕淩曉風明月佩響丁東對兩蛾猶鎖怨綠烟中秋色未教飛盡雁夕陽長是墜疏鐘又一聲欸乃過前巖移釣篷

隔浦蓮近黃鐘商　泊長橋過重午

榴花依舊照眼愁褪紅絲腕夢繞烟江路汀菰綠薰風晚年少驚送遠吳蠶老恨緒縈抽繭　旅情孏扁舟繫處青帘濁酒須換一番重午旋買香蒲浮琖新月湖光蕩素練人散紅衣香在南岸

霜花腴　無射商　重陽前一日汎石湖

翠微路窄醉晚風憑誰爲整欹冠霜飽花腴燭消人瘦秋光做也都難病懷強寬恨雁聲偏落歌前記年時舊宿淒涼暮烟秋雨野橋寒妝鬟鬢英爭豔度淸商一曲暗墜金蟬芳節多陰蘭情稀會晴暉稱拂吟牋更移畫船引佩環邀下嬋娟算明朝未了重陽紫萸應耐看　王鵬運云按蘋洲漁笛譜有玉漏遲題吳夢窗霜花腴詞集山中白雲詞有聲聲慢題夢窗自度曲霜花腴卷後意當時此曲盛傳遂以標其詞卷也

江南好　友人還中吳密閫坐客杯深情浹不覺沾醉越翼日吾儕載酒問奇字時齋示江南好詞紀前夕之事輒次韵

行錦歸來畫眉添嫵暗塵重拂雕櫳穩餅泉煐花溢鬬春容圍密籠香晻靄煩纖手親點團龍溫柔處垂楊韓皆□王鵬運云丁稿慶春宮有豆花寒落愁鐙句疑脫鐙字暗豆花紅　行藏多是客驚邊話別橘下相逢算江湖幽夢頻繞殘鐙好結梅兄礬弟莫輕似西燕南鴻偏宜醉寒欺酒力簾外凍雲重沈義父樂府指迷自敘云余自幼好詩壬寅秋始識靜翁於澤濱癸卯識夢窗暇日相與倡酬率多填詞因講論作詞之法然後知詞之作難於詩

永遇樂　探梅次時齋韻

閣雪雲低捲沙風急驚雁失序戶掩寒宵屏閉冷夢鐙颭脣似語堪憐窗景都閒刺繡但續舊愁一縷鄰歌散羅襟印粉袖溼蒨桃紅露西湖舊日留連清夜愛酒幾將花誤遺襪塵消題裙墨黯天遠吹笙路吳臺直下緗梅無限未放野橋香度重謀醉揉香弄影水清淺處

惜黃花慢　次吳江小泊夜飲僧窗惜別邦乂趙簿携小妓侑尊連歌數闋皆清真詞酒酣已四鼓賦此詞餞尹梅津去病案梅津名煥字惟曉山陰人嘉定進士除右司郎官

送客吳皋正試霜夜冷楓落長橋望天不盡背城漸杳離亭黯黯恨水迢迢翠香零落紅衣老暮愁鎖殘柳眉梢念瘦腰沈郎舊日曾繫蘭橈　仙人鳳咽瓊簫悵斷魂送遠九辯難招醉鬟留盼小牕剪燭歌雲載恨飛上銀霄素秋不解隨船去敗紅趁一葉寒濤夢翠翹怨鴻料過南譙

十二郎　垂虹橋上有垂虹亭屬吳江

素天際水浪拍碎凍雲不凝記曉葉題霜秋鐙吟雨曾繫長橋過艇又是賓鴻重來後猛賦得歸期纔定嗟繡鴨解言香鱸堪釣尚廬人境　幽興爭如共載越娥妝鏡念倦客依前貂裘茸帽重向淞江照

影酹酒蒼茫倚歌平遠亭上玉虹腰冷迎醉面暮雪飛花幾點黛愁山暝

木蘭花慢　重泊垂虹

酹清杯問水慣曾見幾逢迎自越棹輕飛秋蓴歸後杞菊荒荊孤鳴舞鷗慣下又漁歌忽斷晚烟生雪浪閒消釣石冷楓頻落江汀　長亭春恨何窮目易盡酒微醒悵斷魂西子凌波去杳環珮無聲陰晴最無定處被浮雲多翳鏡華明□曉東風霽色綠楊樓外山青

聲聲慢　餞魏繡使泊吳江爲友人賦

旋移輕鷁淺傍垂虹還因送客遲留淚雨橫波遙山眉上新愁行人倚闌心事問誰知只有沙鷗念聚散幾楓丹霜渚蓴綠春洲　漸近香菰炊黍想紅絲織字未遠青樓寂寞漁鄉爭如連醉溫柔西窗夜深翦燭夢頻生不放雲收共悵望認孤烟起處是舟一作州

喜遷鶯　甲辰冬至寓越兒輩尙留瓜涇蕭寺

冬分人別渡倦客晚潮傷頭俱雪雁影秋空蝶情春蕩幾處路窮車絕把酒共溫寒夜倚繡添慵時節又底事對愁雲江國離心還折吳越重會面檢點舊吟同看鐙花結兒女相思年華輕送鄰戶斷簫聲噎待移杖藜雪後猶怯蓬萊寒闊晨起懶任鴉林催曉梅牕沈月

蘇州府志瓜涇港在吳江縣北九里分太湖支流東北出夾浦會吳松江

玉漏遲　瓜涇度中秋夕賦

雁邊風訊小飛瓊望杳碧雲先晚露冷闌干定怯藕絲冰腕淨洗浮空片玉勝花影春鐙相亂秦鏡滿素娥未肯分秋一半　每圓處即良宵甚此夕偏饒對歌臨怨萬里嬋娟幾許霧屏雲幔孤兔淒涼照水曉風起銀河西轉摩淚眼瑤臺夢回人遠

聲聲慢　和沈時齋八日登高韻

憑高入夢搖落關情寒香吹盡空巖墜葉消紅欲題秋訊誰緘重陽
正隔殘照趁西風不響雲尖乘半暝看殘山灑翠膩水開匳　暗省
長安年少幾傳杯弔甫把菊招潛身老江湖心隨飛雁天南烏紗倩
誰重整映風林鈎玉纖纖漏聲起亂星河入影畫檐

喜遷鶯　賦王臞庵與閒堂

烟空（一作江）白鷺乍飛下似呼行人相語細縠春波微痕秋月曾認片
帆來去萬頃素雲遮斷十二紅簾鈎處黯愁遠向虹腰時送斜陽凝
竚輕許孤夢到海上璣宮玉冷深臆戸遙指人間隔江鐙火漠漠
水蘋（一作漢）搖暮看葺斷磯殘釣替卻珠歌雪舞吟未了去怱怱清曉
一闌烟雨（吳郡志臞庵在松江之濱邑人王份有超俗趣營此以居圍江湖以入園故多柳塘花嶼景物秀野名聞一時名流喜游之皆爲題詩圖中有與閒平遠種德及烟雨觀橫秋閣凌風臺鬱峨城釣雪灘琉璃沼臞翁澗竹廳艇巢雲關繡林楓林等處而浮天閣爲第一總謂之臞庵份字文孺以特恩補官嘗爲大冶令歸老焉）

李　演字廣翁號秋堂有盟鷗集

摸魚兒　太湖

又西風四橋疏柳驚蟬相對秋語瓊荷萬笠花雲重嫋嫋紅衣如舞鴻北去渺岸芷汀芳幾點斜陽宇吳亭舊樹又繫我扁舟漁鄉釣里秋色淡歸鷺　長干路草莽疏烟斷壁高歌如寫羈旅丹溪翠岫登臨事苔屐尚黏蒼土鷗且住怕月冷吟魂婉冉空江暮明燈暗浦更短笛銜風長雲弄晚天際畫秋句

黃公紹字在軒譙郡人咸淳進士

鶯嗁序　吳江長橋

銀雲捲晴縹緲臥長龍一帶柳絲蘸幾簇柔煙雨市連棟如畫芳草岸灣環半玉鱗鱗曲港雙流會看碧天連水翻成箭樣風快　白鷺橫江一葦萬頃問靈槎何在空翠溼衣不勝寒日華金掌沆瀣瓊花

平綠紋襯步瓊田湧出神仙界黛眉修依約霧鬟在秋波外闍噓青蜃檣啄彩虹飛蓋蹴鼇背燈火莫相輪倒景險睇別浦片片歸帆舞蛟幽鑿栖雅古木有人剪取江水憶細鱗巨口魚堪膾波涵笠澤時見靜影浮光靠陰萬貌千態　兼葭深處應有閒鷗寄語休見猜洗却香紅塵面買箇扁舟身世飄萍名利徽芥闌干拍遍除東曹掾與天隨子是我輩儘胸中著得乾坤大亭前無限驚濤總把遙岑月明滿載去病案此詞得之楊慎詞林萬選但稱黃在軒作旋于詞綜二十三卷見黃公紹青玉案詞與萬選所載悉符乃知其爲一人惟彼又遺去其字不亦異歟青玉案云落日解鞍芳草岸花無人戴酒無人勸醉也無人管徐虹亭以爲語淡而情濃事淺而言深眞得詞家三昧非俚鄙朴陋者可到洵確論也

蔣　捷字勝欲義興人德祐進士宋亡隱居不仕有竹山詞一卷

一翦梅　舟過吳江

一片春愁待一作帶酒澆江上舟搖樓上帘招秋娘容與泰娘嬌風又

飄飄雨又蕭蕭　何日歸家洗客袍（一作何日雲帆卸浦橋）銀字笙調心字香燒流光容易把人拋紅了櫻桃綠了芭蕉

賀新郎　吳江

浪湧孤亭起是當年蓬萊頂上海風飄墜帝遣江神長守護八柱蛟龍纏尾鬬吐出寒煙寒雨昨夜鯨翻坤軸動卷雕翬擲向虚空裏但留得絳虹住　五湖有客扁舟艤怕羣仙重游到此翠旌難駐手拍闌干呼白鷺為我殷勤寄語奈鷺也驚飛沙渚星月一天雲萬頃覽茫茫宇宙知何處鼓雙楫浩歌去

陳允平字君衡號西麓句章人有日湖漁唱一卷補遺一卷續補遺一卷　秦恩復云汲古閣所輯六十家詞獨四明陳允平詞不在甄錄之內學者憾焉又云西麓詞清麗芊緜小令尤為擅長其和周清真韵者甚多知其胎息於前人者深也

唐多令　吳江道上寄鄭可大

何處是秋風月明霜露中算淒涼未到梧桐曾向垂虹橋上看有幾樹水邊楓　客路怕相逢酒濃愁更濃數歸期猶是初冬欲寄相思無好句聊折贈雁來紅

汪元量字大有號水雲錢塘人以善琴事謝后王昭儀宋亡隨三宮留燕後爲黃冠師南歸有湖山類藁多紀國亡北徙事

滿江紅　吳江秋夜

一箇蘭舟雙桂槳順流東去但滿目銀光萬頃淒其風露漁火已歸鴻雁汊櫂歌更在鴛鴦浦漸夜深蘆葉冷颼颼臨平路　吹鐵笛鳴金鼓絲玉鱠傾香醑且浩歌痛飲藕花深處秋水長天迷遠望曉風殘月空凝佇問人間今夕是何年清如許

唐多令　吳江中秋

莎艸被長洲吳江拍岸流憶故家西北高樓十載客懷憔悴損搔短

鬢獨悲秋　人在塞邊頭斷鴻書寄不記當年一片閑愁舞罷羽衣塵滿面誰件我廣寒遊

周　密字公謹晚號弁陽老人吳興人有蘋洲漁笛譜二卷戴表元云公謹盛年藏書萬卷居饒館榭游足僚友其所居弁陽在吳興山水清峭遇好風佳時載酒肴浮扁舟窮旦夕賦詠於其間就使失祿不仕浮沈明時但如蘇子美沈睿達輩亦有足樂者

拜星月慢　癸亥春沿檄荆溪朱墨日賓送忽忽不知芳事落鵑聲草色閒郡僚閒載酒相慰薦長歌清醑正爾供愁客夢栩栩已飛度回橋烟水外矣醉餘短弄歸日將大書之垂虹

膩葉陰清孤花香冷迤邐芳洲春換薄酒孤吟悵相如游倦想人在絮幕香簾凝望誤認幾許烟檣風幔芳草天涯負華堂雙燕　記簫聲淡月梨花院砑牋紅漫寫東風怨一夜落月啼鵑喚四橋吟纜蕩歸心已過江南岸清宵夢遠逐飛花亂幾千萬縷垂楊翦春愁不斷

玉漏遲　題吳夢牕霜花腴詞集

老來憔悴少錦鯨仙去紫簫聲杳怕展金奩依舊故人懷抱猶想烏絲醉墨驚俊語香紅圍繞閒自笑與君共是承平年少　雨窗短夢難憑是幾口宮商幾番吟嘯淚眼東風回首四橋烟草載酒倦游處已換却花間啼鳥春恨悄天涯暮雲殘照

張　炎字叔夏號玉田又號樂笑翁西秦人有詞源二卷山中白雲詞八卷　鄭思肖云識張玉田先輩喜其三十年汗漫南北數千里一片空狂懷抱日日化雨爲醉自仰扳姜堯章史邦卿盧蒲江吳夢牕諸名流互相鼓吹春聲于繁華世界能令後三十年西湖錦繡山水猶生清響　仇遠云山中白雲詞意度超元律呂協洽當與白石老仙相鼓吹　舒閬風云玉田詩有姜堯章深婉之風詞有周清真雅麗之思畫有趙子固瀟灑之意

壺中天　陸性齋築葫蘆庵結茅于上植桃于外扁曰小蓬壺

去病案江陰陸文圭牆東類藁有贈分湖陸提舉性齋詩二首儀徵江昱山中白雲疏證謂性齋名行直非也攷陸家譜

行直父大猷字雅叔號翠巖仕宋爲江浙儒學提舉買似道擅權國事日非遂拂衣歸寄跡吳中咸淳間營別墅于分湖濱構桃園開三徑繞廬桃杏中植棠梨名卉修竹亭館相通不減顧瑛玉山草堂也又云一時海內名士皆與之游每當三春花發飛觴醉月泛艇沈霞盤桓于亭臺巖洞間如入武陵桃源也因號武陵主人懿性齋係大猷別字

海山縹緲算人間自有移來蓬島一粒粟中生倒景日月光融丹竈玉洞分春雪巢不夜心寂凝虛照鶴溪游處肯將琴劍同調　休問挂樹瓢空窗前清意贏得不除草只恐漁郎曾誤入翻被桃花一笑潤色茶經評量山水如此間方好神仙陸地長房應未知道

清平樂　爲陸輔之家妓卿卿賦

候蟲集作蛩悽斷人語西風岸月落沙平流水漫集作江似練驚見集作望盡又作猶自蘆花來集作無雁　可憐瘦損集作暗教愁損蘭成多情應爲卿卿集作可憐夜夜關情又作都緣夜夜閨情只有一枝或作株梧葉或作桐樹不知多少秋聲

臺城路　爲湖天賦去病案輔之自號湖天居士亦號壺天

扁舟忽過蘆花浦，閒情便隨鷗去。水國吹簫，虹橋問月，西子如今何許。危闌漫撫，正獨立蒼茫，半空飛露。倒影虛明，洞庭波映廣寒府。

魚龍吹浪自舞，渺然凌萬頃，如聽風雨。夜氣浮山，晴暉落日，一色無尋秋處。驚鳧自語，尚記得當時散（一作故）人來否。勝景平分，此心游太古。

祝英臺近　題陸壺天水墨蘭石（別本壺天作湖山，去病案：湖山係湖天之譌，詳見上闋注）

帶飄飄，衣楚楚，空谷飲甘露。一轉（一作不信）花風，蕭艾遽（一作氣自）清如許。細看息影雲根，淡然詩思，曾□被、生香輕誤（一作寄一點生香何處）。此中趣，能消幾筆幽奇，羞掩衆（一作羣）芳譜。薛老苔荒，山鬼竟無語。夢游忘了江南，故人何處（一作但愁騷客凄涼行吟澤畔），聽一片、瀟湘夜（一作風）雨。

聲聲慢　重過垂虹

□聲短棹，柳色長條，無花但覺風香。萬境天開，逸興縱我清狂。白鷗更間似我趁下燕飛過斜陽重歎息却如何不□夢裏黃粱　一自三高非舊把詩囊酒具千古淒涼近日烟波樂事謾逐漁忙山橫洞庭夜月似瀟湘不似瀟湘蹤未得數淸游多在水鄉

瑤臺聚八仙　爲野舟賦

帶雨春潮人不渡沙外曉色迢遙自橫深靜誰見隔柳停橈知我知魚未是樂轉蓬閒趁白鷗招任風飄夜來酒醒何處江皋　泛宅浮家更好度菰蒲影裏濯足吹簫坐閱千帆空競萬里波濤他年五湖訪隱第一是吳淞第四橋玄眞子共游煙水人月俱高

元

張天雨字伯雨錢唐人有貞居詞

八聲甘州　舟次垂虹寄元州許道民

柳未水未浣奈春寒似風引歸槎渺雲岑天末煙江雨外猶認漁家

獨酌瓦甌篷底誰與飯胡麻疑聽松風響水宿蒹葭　天上春愁鶴髮許一菴閒地懷衲雙甕笑清狂無賴痼疾是煙霞念葛洪移居辛苦甚左郎容易問丹砂憑傳語空山流水深護桃花

湯彌昌字師言瑞安州判官有碧山類稿

虞美人　題水村圖卷趙文敏爲錢德鈞圖

翰林妙寫溪村趣荷屋知何處溪翁想像住溪灣一笑如今家在畫圖間　西風門掩蘆花溆聊與漁樵伍人間不信有張翰翦取吳淞空向卷中看

祝英臺近　前題

染秋雲圖澤國野趣入游戲能事何須五日畫一水重重楊柳陂塘茅茨村落蘆鄉外西風漁計　晚煙霽有客乘扁舟延緣度疏葦欲訪幽居宛在碧溪尾浩然目送飛鴻醉歌欸乃溪光裏亂山橫翠

東從周合肥人去病案山中白雲詞有一萼紅題東季博園池在平江文廟前疑卽其人

小重山　題依綠軒

楊柳絲絲兩岸風前村溪路遠小橋通人家依約水西東舟一葉移過葦花叢　清景逈涵空好山青未了莫雲重是誰驚起幾征鴻天然趣都在畫圖中

張可久字伯遠號小山慶元人以路吏轉首領有小山樂府二卷

人月圓　客吳江

三高祠下天如鏡山色浸空濛蓴羹張翰漁舟范蠡茶竈龜蒙　故人何在前程莫問心事誰同黃花庭院青燈夜雨白髮秋風

趙由儁字仲時吳興人孟頫姪客於甫里陸行直之門去病案陸家譜行直弟三兄行簡官水西宣使爲孟頫妹壻故其家往來甚相親也

清平調　題陸季道碧梧蒼石圖

楚雲迷斷桃葉江南岸春去秋來情漫漫愁絕一行新鴈　錦書欲寄雙成殷勤爲謝芳卿明日碧梧涼夜有誰知度簫聲

王國器字德璉號筠庵吳興人趙孟頫壻

踏莎行　賦謝氏巫峽雲濤石屏

雪練横空箭波崩岫女媧不補蒼冥漏何年鑿破白雲根銀河倒瀉驚雷吼　羅帶分香瓊籤擎酒消魂桃葉煙江口當時樓上倚闌人如今恰似青山瘦

明

倪　瓚字元鎮號雲林無錫人有清閟閣詞一卷

人月圓

驚迴一枕當年夢漁唱起南津畫屏雲嶂池塘春草無限消魂　舊家應在梧桐覆井楊柳藏門閒身空老孤篷聽雨燈火江村

小桃紅

一江秋水淡寒煙水影明如練眼底離愁數行鴈雪晴天　綠蘋紅蓼參差見吳歌蕩槳一聲哀怨驚起白鷗眠

江神子　九日

滿城風雨近重陽滲秋光暗橫塘蕭瑟汀蒲岸柳送淒涼親舊登高前日夢松菊逕也應荒　堪將何物比愁長綠泱泱遶秋江流到天涯盤曲九廻腸烟外青巔飛白鳥歸路阻思微茫

吳　寬字原博長洲人官至尚書謚文定

醉蓬萊　答趙栗夫

歎平生事業禿筆成堆殘書盈架九載心勞儗陽城書下氣力無多頭顱如許向老來誰怕瞻望西山經營東圃頻年無暇　匹馬何來白雲司裏語妙非詩意濃如畫世俗相過笑稱觴持帕豈待楓落吳

江一何爲鄉閭增價兎管停毫鳳篴留尾試題除夜沈際飛云文定公有東園又云公生日在除夕

文璧字徵明又字徵仲長洲人有甫田集

風入松　石湖夜泛

輕風驟雨展新荷湖上晚涼多行春橋外山如畫緣山去十里松蘿滿眼綠陰芳草無邊白鳥滄波　夕陽遥聽竹枝歌天遠奈愁何漁舟隱映垂楊渡都無繫來往如梭爲問玉堂金馬何如短棹輕蓑

文彭字壽承長洲人璧子官國子監博士

漁父詞　余有別業在笠澤之上常課耕於此偶閱黃太史漁父詞喜而繼作

吳淞江上是儂家每到秋來愛荻花眠未足日先斜妻笑船頭看落霞

夜深結網一燈紅吹笛鄰舟攪睡濃雲夜月雨晴風都在漁家爛醉中

夏完淳一名復字存古華亭人

柳梢青 江泊懷漱廣

玉人天際最堪憐月色上花枝暝宿吳江風燈零亂一餉相思天涯何日歸期想攜手清光舊時立盡黃昏亂雅啼處此恨誰知柳棄疾云內史詞甚佳惜無關于我邑者此闋以有吳江字姑錄之漱廣乃嘉善錢熙內史婦翁職方司主事錢旃子也

笠澤詞徵卷二十五

完

笠澤詞徵

百尺樓叢書

卷二十六

邑後學　陳去病輯錄

清

朱彝尊字錫鬯號竹垞秀水人有江湖載酒集

高陽臺 并序　吳江葉元禮少日過流虹橋有女子在樓上見而慕之竟至病死氣方絶適元禮復過其門女之母以女臨終之言告葉葉入哭女目始瞑友人爲作傳余記以詞

橋影流紅湖光映雪翠簾不卷春深一寸橫波斷腸人在樓陰游絲不繫羊車住倩何人傳語青禽最難禁倚徧雕闌夢徧羅衾　重來已是朝雲散悵明珠珮冷紫玉烟沈前度桃花依然開滿江潯鍾情怕到相思路盼長隄草盡紅心動愁吟碧落黃泉兩處誰尋

更漏子　吳江秋泛

檝頭船菱葉港十里冷楓門巷江八測柳千條赤闌第四橋　煮鱸香聽鴨語莫恨舟師催去空翠淡夕陽孤飛帆度石湖

洞仙歌　吳江曉發

澄湖瀹月響漁榔無數一霎通波撥柔櫓過垂虹亭畔語鴨橋邊籬根縱點點牽牛花吐　紅樓思此際謝女檀郎幾處殘燈在窗戶隨分且欹眠枕上吳歌聲未了夢輕重作也儘勝鞭絲亂山中聽風鐸郎當馬頭衝霧

有有令　許甫草索贈吳儂時來

尊前須記記取小名兒時來方見你年便周三五看豬鬃依然媚是天生付與騷人苦吟不足添他憔悴　南北相携萬里且緩作五湖歸計鎮日牋裁藤角洗硯收龍尾鈔詩更會人意問伊故里可有个延年女弟

滿江紅　贈吳佩遠

無沒田園都不戀五湖鰕菜長只是簫吹市上劍歌天外千里曾經
龍戰地頻年偶住雞鳴埭正昭王臺畔酒人稀逢君在　窮巷隔無
車蓋當暑靜弛巾帶向招提偶坐儘還瀟灑作賦最須憐趙壹鼓刀
應許同朱亥問白頭如雪幾時歸銜杯再

沁園春　送葉元禮之眞州

游子何之迤邐雷塘二十四橋正梅花如雪煙籠寒水垂楊拂地雨
漲春條江左文章竹西歌吹麗句爭傳勝六朝褰簾處報玉驄到也
紅袖齊招　當年瓜步停橈有桃葉桃根送晚潮悵荆雲隔浦難邀
夢雨秦樓按曲曾聽吹簫舊事堪尋長牋得寄便欲從君訪翠翹沈
吟久怕重來不見見又魂銷

水調歌頭　送鈕玉樵宰項城

吾最愛姜史君亦厭辛劉經過燕市多暇歌酒互相酬自向金門索米君亦牽絲作吏臨別始添愁檀板按新曲此事尙能不　雷封好項子國古陳留江南風景宛似煙月北揚州也有疏簾清簟也許樽前家宴隨意發清謳三十六頳鯉莫忘寄輕郵

邁陂塘　題顧茂倫雪灘濯足圖圖爲松陵女子沈關關所繡

更無須調鉛吮粉神鍼繡出天巧江村自是科頭慣不用雨巾風帽木葉少向獨樹疏陰添个漁童小三高絕倒笑淺菊莎邊閒鷗磯畔千載有同調　蓬門在深徑客來頻掃東籬頗厭枯槁香山詩卷牛腰重六十平頭未老貧也好那似我黃塵六月長安道秋風舉櫂問斜日鱸香卜鄰定許歸計已先料

又　題徐電發楓江漁父圖

怪煙波釣徒鄉里吾師如許青鬢浮家尙載閒書卷那得身名全隱

看一瞬把文賦詩篇樂府都經進披圖暗哂怕白水撈蝦紅闌門鴨與爾便無分　扁舟在簑笠綸竿未損攙人此日方寸清江幾曲楓林下多少鱸魚荻筍歸夢準挂十幅蒲帆第四橋能認缾中宿醞算八測塘邊三高祠下讓我醉眠穩

陳維崧字其年宜興人舉博學鴻詞官檢討著有烏絲詞迦陵詞

過秦樓　過陳香閣址乃才媛葉瓊章讀書處

鳥啄雙環蝶黏交網此是阿誰門第墊巾繞柱背手循廊直恁冷清清地想爲草沒空閨總到春歸也無人至只櫻桃一樹有時和雨暗垂紅淚　料昔日人在小樓牕兒簾子定比今番不似眼殘屋角立盡街心何處玉簫聲膩惟有門前遠山還學當年眉峯空翠懷香詞倘在吟向東風斜倚

虞美人　泊舟垂虹橋不及過晤舍妹同緯雲弟悵然賦此

碧鱸紅稻江村市森森重經此夜深水調起鄰船記得不曾聽已十多年　北風漸釀蓬牕雪心事和誰說匆匆忘發大雷書望裏汀花沙鳥暗南湖

小重山　泊舟松陵城外未及一晤舍妹賦此寫懷

颿如陣馬驟晴空一條鍛鍊吼走虬龍回頭烟樹失吳宮靈岩寺塔影尙蘢葱　槲葉滿湖紅檣燈和估笛點空濛夕陽船已過垂虹無由泊心事一杯中

念奴嬌　雪灘釣叟爲松陵顧茂倫賦

翁家何在在三高祠下景尤奇絕一派漁莊連蟹舍百里水雲明滅最怕閑鷗生憎埜鴨占了涼波闊釣竿斜漾珊瑚樹上輕拂　昨夜凍合江天糅綵舞絮冷把龍宮掣惱殺渭濱垂白叟悞了蘋風柳月菰米家鄉清虛世界萬事何須說夜寒催火推篷起掃殘雪

前調　送徐松之還松陵兼訊弘人九臨聞瑋電發諸子松之亦名崧

生平慕藺笑人間竟有兩相如者解唱春城寒食句却是此韓翃也廿以年前記曾與汝爛醉皐橋下我髯君黑路旁紅粉輕罵　今日髯已成絲黔還似昔重會荆南樹篋裏雲山詩卷在只被雨淋風打撫笛旗亭聽鐘禪院總是淒涼話垂虹橋畔飄零多少同社

燕歸慢　松陵道上追感計甫艸趙山子兩孝廉用湘瑟詞韻

醉欲騎篷憶當年吾汝意氣淩虹交情千里外心事一杯中情人墓上雨濛濛又水調吹波夜起風吳江落楓葉只餘我舊鵝籠　洛水戲山陽笛淮陰釣未央鐘徐劉應阮俱凋謝算此恨古今同倦遊蹤跡類臨邛且度曲吹簫倚小紅來朝過鶯脰好撥棹破晴空

賀新郎　月夜泊舟平望

撥剌疎罾鱍正江鄉蟹黃斫鱠洴香抑鮓風弄檣燈千萬點點點隨波漂射光直透水晶宮下寥亮空潭飄水調客船孤燭冷聽來怕月又向前村挂　噌吰鞺鞳銀濤瀧恰鄰舟亂旗雜火軍裝如畫下瀨戈船身手健使得帆如使馬惡浪裏攤錢白打歸矣吾家陽羨里學當年射虎南山者任鄉里苦無藉

摸魚兒　題徐電發楓江漁父圖

問何人生綃滑笏皴來寂歷如許孤篷幾扇西風底滴盡五湖疎雨垂弱縷儘水蔓江蘋信意牽他住寄聲魴鱮總來固欣然去還可喜知我是鷗鷺　行藏事不是如今纔悟浮名休再相悞人間多少金貂客輸却綠蓑漁父誰喚渡早萬木酣霜紅到銷魂處林林楓樹又遙襯蘆花搖晴織暝鬧了半汀絮

毛奇齡字大可蕭山人有西河全集

惜分飛　答吳江徐菊莊見憶原均

楓葉吳江長橋畔別去年華又換聞在湖南岸蓮花幕下閒庭院

幾欲從君秋過半寄到新詞讀遍何處尋還雁暮潮但見平如練

小重山　題吳江女士沈關關爲顧茂倫精繡抱甕丈人灌足圖

欲繡平原幾度思園蛾初作繭絡成絲前溪水滿雪消時波紋起綠似小桃枝　投足散漣漪夜來開繡譜度鍼遲一痕青影暮烟微啣絲細不用洗臙脂

湯思孝字次曾宜興人

翦湘雲　吳江夜泊

四野寒蛩一篷小雨正碧水蒼葭寄宿烟浦憶昔箇人曾恨別別恨無人更苦破荒天曉角宛當初只心情誰語　祇覺夢淡飄雲愁濃

沾霧似失侶哀鴻逐伴飛去故國他鄉差底異淚跡都無歸處但吟哦楓冷落吳江又重添離緒

沈季友字南疑號客子平湖人貢生著有迴紅詞

石湖仙　泛石湖

消魂誰箇見一片藍光都是烟鎖香夢不堪重作聲聲玉龍吹破范家詞譜儘冷落間人來和無那任蘼花荻絮吹墮　可憐敗紅衰翠算繁華蕙爐殘火魚板聲中只許釣翁高臥愛殺間游疎狂如我緩移秋舸峯數朵闌邊一一青過

厲鶚字太鴻號樊榭錢塘人康熙五十九年舉人著有秋林琴雅

好事近　吳江月夜

夾岸響青蘆瑟瑟吳波搖碧天借一帆風勢看垂虹秋色　滿船明

月照無眠今夕是何夕應被素娥笑我太疎狂蹤跡

小桃紅　吳江道中

一篷風色一棹雲詩有江湖分第四泉邊綠陰襯夏寒新憑誰寄箇
松陵信楊花絕褪楝花飛近金鴨煖梅魂

摸魚兒　己亥初春過太湖次李秋堂韵

倘悤悤垂虹春早殘蘆風裏如語愁陰不散烟汀闊一葉輕波翔舞
扶枕去望練繞吳城幾點青旗字鱸鄉社樹想霧鬢風鬟也憐寒峭
淺翠照眠鷺　千年事零落荒臺別墅乾坤元是孤旅漫臨匳鑑驚
淸影客子何堪塵土須小住看重疊雲衣裏就湖天暮低眠舊浦積
漁具因緣茶人滋味休寫斷腸句

陸　培字翼風號南香平湖人雍正二年進士官知縣有白蕉詞

憶少年　吳江道中

一枝柔櫓幾聲叫雁千林疎碧飛帆趁斜照泊垂虹橋側　近水誰家吹短笛攪鄉心夢輕難覓初程已無那況迢迢烟驛

龍鐸字震升號雨樵宛平人乾隆二十四年舉人官吳江知縣

減字木蘭花　贈小伶鳳珠

彩雲幺夢何處飛來紅玉鳳笑倩人扶一曲梁州一斛珠　眉歡目安教人坐立如何可偏解相思學語鸚鷟小意兒　去病案公詞絕少故特錄之

吳錫麒字聖徵號穀人錢塘人乾隆四十年進士國子監祭酒有有正味齋詞　梨里續志錫麒與徐待詔逢源友善時過南谿老屋

高陽臺　送徐山民重居南溪老屋

護住苔鞭薙除草腳置身仍傍書窩料理溪堂添教蘇蘇圓波請鄰祭竈渾閑事鬧鶻聲送喜烟蘿料朝來艸堂貲寄舊雨情多　朱藤開處移高格已敲碑聲歇斜日微趖家具今年休貪禊帖臨摹楓江

有約招漁父最難忘畫裏吟簑趁新廚魚苗煮雪對酒當歌

彭兆蓀字湘涵號甘亭鎮洋人監生有小謨觴館集

金貂換酒　澗上高風册爲山民題

繙盡遺民表問空山茫茫甲子過來多少完却平生臣子事臨去遺言艸艸想擲筆凌雲一笑賸有金仙盈把淚認西風鉛水雙瞳皎還勝似拜朱鳥　艸堂秋蹋靈巖道有高懷南州徐穉替扶家廟吳苑鶯花渾無限誰問荒烟斯老共杜宇斜陽相弔小雅離騷情爾爾算風人心事歸忠孝零粉墨萬年寶

洪亮吉字君直一字稚存號北江又號更生陽湖人乾隆五十五年進士翰林院編修有機聲鐙影樓詞　蔡丙圻梨里續志亮吉與徐達源交嘗主其家飲酒賦詩愜經月不去

羅敷媚　題子佩夫人寫韻樓遺詩

人間豔福都曾占，郞是蘭成，妾是雙成，讀畫敲詩歲屢更。　三生慧業終難昧，寫韵前生，用韵今生，尚剩靈根付再生。

當時分調吟花柳，花也精神，柳也精神，共向樓頭羨璧人。　如今七夕中秋節，星也含嗔，月也含嗔，判得黃昏靜掩門。

唐仲冕字陶山，善化人，乾隆五十八年進士，官吳江知縣，仕至布政使。

瑣窗寒　慰嚴小秋悼亡

鏡剖雙鸞，釵分小鳳，綠窗人去。情田玉瘦，忍對紫烟飄度。淚相傳，香能返魂，珮環未是來時路。想空房舊挂，孤檠伴影，幾番酸楚。　延佇，清商譜。悔華年錦瑟，別離輕賦。前身化蝶，證到翠奩題句（小秋夫人陳瀹秋有「化蝶尋君恨路生」句）。記手攜、魚尾竹竿，並無白頭吟作妒。更丁寧、早種宜男，莫把春風誤。（去病案：陶山詞世不多見，因破例錄存一闋于此。）

王昶字德甫號蘭泉青浦人有春融堂集

更漏子　章練塘鄒氏東樓雪夜同邵微仙邵玉蕖作

玉爐寒銀燭冷已是黃昏風景傾桂酒簇椒花春盤薦韭華　風蕭瑟三更雪偏覺吟情難歇村柝急寺鐘鳴南窗月半明

渡江雲　過汾湖訪午夢堂疎香閣故址尚存

垂虹橋外路丹楓葉葉村落遠模糊小堂名午夢并有疎香妝閣對烟蕪掃眉未了記三生已誤仙姝聞說正紅絲將結便化彩雲徂飆車桂宮不返焚笺香燈與慈雲同住只傳得零章斷句玉冷花孤郵亭洛浦應相等恁難逢翠羽明珠招魂去淩波倚下清都

萬年歡　追題葉元禮山塘尋春册

竟體芳蘭是七葉名家風調相繼慘緑年華合作荷衣遊戲況值春陰新霽便喚取吳船沙尾才半篙行過桐橋小紅闌下斜攏　紋窗

六扇未啓涼不教鸚鵡喚醒香睡待捲珠簾試看粉融脂膩好倩靑禽作使恐重說紫薇情事還怕是倩女離魂單衫再滴淸淚

蓦山溪　題史誦芬秋樹讀書樓圖

三高祠外誰在層樓住畫裏小簾櫳趁淸秋吟湘賦楚支頤跂脚欸竹更無人擁筠牀開錦韉俯仰懷今古　須得閒身占取閑亭墅如此好溪山恁年年征衫塵土吳淞鷗鳥一樣舊盟寒問何時擸短榴共聽垂虹雨

龍光斗字劍庵大興人　蠡芬館詩話龍劍庵光斗爲樵先生令嗣也先生宰吳江時余與劍庵定交升堂拜母有如家人昆弟余以他事遠遊劍庵以時存問老母代具甘旨其氣誼如此倜儻揮霍覷鄙儒小拘蔑如也然工爲詞多勁心迴腸之音花天酒地唱和不下數十首惜皆不記省劍庵亦隨手散佚不自存稿惟記淸平樂一闋

淸平樂

鶯嬌燕綺絮語東風裏一桁珠簾纔卷起　詩話作手卷珍珠搯玉臂　滿院新紅鋪

地　憑誰留住韶華停鍼倦倚窗紗只有多情明月夜闌還映梨花

李　福字備五號子仙吳縣人嘉慶十五年舉人有拜玉詞花嶼讀書堂詞鈔梨里續志福嘗客里中主徐逵源及蔡淇家

八歸　辛未八月從武林歸過梨花里訪蔡竺溪同年于媚學齋適趙子鶴同年亦至留飲旬日瀕行填此留別

載秋一葉尋詩千里歸向禊湖檥泊梨雲半塢多情甚況是戶臨烟水家具林巒小小桃源聞客到又天外飛來孤鶴爭共說許放船還要待燈落梨里八月十四試燈十六收燈　回首春風艸艸曾同看廿四橋邊紅藥欄曲近底簫聲人影那日吟情如昨感流光彈指爽氣迎來最高閣拚教趁良辰美景爛醉狂歌大家尋快樂

清平樂　張叔夏候蛩淒斷一闋贈姑蘇陸行直家妓卿卿作也後二十一年叔夏卿卿俱下世行直寫碧梧蒼石圖書張

詞于卷端同時和作者不下數十家事載汪珂玉珊瑚網嘉慶元年秋八月于顧南雅齋頭得見是圖展玩久之欣然追步

豔歌唱斷烟水芙蓉岸一片閒情增浩漫付與數行飛雁　誰將舊恨填成卷中不見卿卿六百年來梧樹處當猶作秋聲

楊芳燦字蓉裳無錫人有芙蓉山館詞

蝶戀花　吳江道中

秋水一灣雙槳舉又送行人過却吳江浦回首津亭天欲暮碧雲如畫含殘雨　獨倚危舷愁不語無限吟情付與崔郎句夾岸丹楓無別樹夕陽紅到銷魂處

顧翰字兼塘無錫人舉人有拜石山房詞鈔譚獻云先生倚聲名家自成聲逸朋輩中頗迴伯變莫能相揜

慶清朝　題葉小鸞疏香閣眉子研拓本

翠帔風吹銖衣月冷碧城人去迢迢小研微凹幾絲猶涴松膠句取煙䰟一片向綠窗展玩似寒蕉銀鉤字芳名宛在茗玉曾瑚　爲念嬋娟多病料生來慧業即是愁苗暫謫塵寰肯同寫韵文簫只恐秋蛾蹙損燕蝶分影舊痕銷傷情處櫻桃花落疏雨瀟瀟研刻開匳一研櫻桃雨潤到清翠第幾絃之句

百字令　爲郭頻伽題春山瘞玉圖

西泠橋畔記銀蠶曉送左家嬌妹腸斷荒山瘞玉地碧影淺分蛾黛雛竹痕斑小桃骨瘦流斷涓涓水春墳依舊蘼蕪吹上幽翠　是誰生色圖成冥冥煙雨著意添蕉萃香冷冬青寒食飽沒箇傷心人拜一片殘碑幾行題字扶起斜陽外虢鵑何恨爲渠染徧紅淚

憶舊游　過蘆區

趁湖荒淺瀨雪換涼漪來賃江船自挂孤帆去聽浪花堆裏打槳聲間一路叢蘆蕭瑟秋夢渺無邊有幾縷魚雲幾絲漚雨閣住遙天飄零舊詞賦悵殢醉閒吟孤負華年莫話淒涼意似病蟬無力猶唱離筵贏得鬢邊衰綠歸染六橋煙只同我銷魂後湖官柳疏可憐

壺中天　過鶯脰湖

曉雲橫浦寫江天數筆都成秋意渺渺空波浮去櫂十里明漪吹起淺水生蒲疏煙畫柳小艇秋陰裏涼潮一尺柁痕拖過沙尾　何時去學天隨蓴鱸鰕菜料理閒生計青約門前飄酒字好典綠蓑重貰水鶴孤眠雪漚獨立欸我扁舟艤奩開玉鏡吳山大好煙髻

鵲踏枝　吳江舟次

竟日移舟晉影外蟹舍魚莊江景偏瀟灑浪說秋風歸計遂蒓鱸上市無錢買　柳絮飄零終不悔化作浮萍萍又隨流水只有圓荷珠

露墜分明畫出青衫淚

買陂塘　題唐湘帆茂才松陵譜曲圖照

溯流光扁舟笠澤溪山不數林屋青螺合向銀盤貯難得箇人如玉蟬鬢薄有嵐翠飛來添染秋蛾綠龍吟試學笑慣唱瀟瀟吳孃莫雨篷低聽嘗熟　閶中認上有石梁懸瀑豈非窈窕空谷倩誰喚起天邊月照我船頭吹竹松謖謖恐響遏行雲驚醒雙棲鶴盟溫卅六待網得西施煙波一櫂相訪鑑湖曲

項鴻祚原名繼章又名廷紀字蓮生錢唐人道光十二年舉人有憶雲詞甲乙丙丁稿四卷

木蘭花慢　夜過吳江

櫓聲搖澹月正人在洞庭船望笠澤茫茫長隄暗柳曾住詞仙當年俊游記否喚銀簫吹綠一江煙賸我詩愁萬頃片颿直上壺天　流

連玉界瓊田清露下水紋圓怕酒醒波遠醉魂空戀第四橋邊淒然五湖舊約歎鱸鄉信美尙無緣風外魚鐙幾點夜深涼照漚眠

臺城路　大雪過太湖

冷吟漸入梅花夢悽悽雁聲催曉涇重帆遲波凝岸寂碎瀉銀河多少天涯縹緲正沙尾風回花牙雲繞賸得瓊簫豔詞難付小紅了長橋舊游在否兩三株斷柳曾倚孤櫂病枕支愁征衣澣淚誰信如今懷抱江湖歲杪羨畫裏閒身一簑歸早隱約遙山睡眉休更掃

孫鼎烜字耀乾休甯人有耔香堂詞

二郎神　次韵和夢窗垂虹橋

凍雲紺合風乍歇水平　如凝正客鬢逢秋鄰鐘催暮幾汎香鱸釣艇況值春情闌珊後怕玉瘦花腴無定看縷縷蝶波迢迢雅陣暗嗟塵境　歸興湖光瀲灔青山滿鏡更竹樹新晴舊虹猶在獨向汀洲弄

影塞雁無憑江潮有信隄上綠楊清冷遙望處時見流螢數點未教花暝譚獻云耀乾詞雅健有夢窗草窗遺意

夏寶晉字詞仲又字慈仲號玉延高郵人舉人有笛椽詞譚獻云玉延爲郭頻伽之甥所謂山抹微雲女壻也高秀之致欲度冰淸去病案絲仲爲頻伽贅壻居靈芬館甚久惜其詞不可得茲姑從篋中詞錄數首如下

高陽臺　江上愁心夜不成眠高槐叢竹一片秋聲

月引昏黃鐙銷暗綠羈人忍奈秋何那處秋來閒來閒到煙蘿疏槐野竹知誰種助荒江一夜涼波最關情雁杳星沙書滯關河　苦吟自是吾家事又江城能詠小海停歌自別鄉關負他兩度嫦娥故林夢去蕭蕭柳儘銷魂別淚無多盼庭前幾樹吟風千葉辭柯

湘春夜月

可憐春是誰排定陰晴料他一樹垂楊還記得清明莫管閒紅閒事

但花開如夢花落纔醒便金鈴悄繫游絲細綰空自零星　秋蓬書客閒窗瘦骨寒谷餘生春窄愁寬偏又是故鄉芳草綠與煙平蒼茫何處伴斜陽留戀高城想此際天涯無數樓臺歷歷史有誰登譚獻云少游神味

徵招

淒歲會得東風怨還憐酒邊人遠雨檥落花深是誰家庭院題巾情未斷倩珍重一年春半揆袖何心舒衫猶嬾獨吟無伴　江北憶江南虹橋外珠箔飄鐙歸晚花又雨中看只啼痕猶泫殘紅留數點奈芳草不將愁換寄相思誰與傳言有春池雙燕

張景祁字韵梅仁和人有新蘅詞

八歸　泊舟平望追憶舊游感賦用白石韵

煙寒鷺漵鐙昏魚寨闌夜戍鼓未歇朱樓已隔蓬山遠休問琴尊銷

黯玉笙淒切尚憶垂虹秋色好倚畫檻鑪香同撥頓忘却客裏行舟不住喚鷓鴣　誰念江鄉歲晚淹留無計一笛離亭催別赤闌橋畔那時來路落盡蘆花楓葉縱凌波賦就何處芳塵夢羅韈君知否片帆相送惟有天邊朦朧無恙月　譚獻云石帚遂有替人

諸福坤字元吉又字元簡學者稱杏廬先生長洲人諸生有杏廬詩文詞鈔　去病案先師品端學粹有經師人師之目其於小子尤垂青眼所箸詩文詞均能拔戟自成一隊文鈔已由去病刊行詩詞稿均藏于家

青玉案　牡丹

東皇花國憑伊禪便沈醉瑤華殿晴旭麗霞還與絢五更雨驟一番風換拾得殷紅片　悠悠春夢沈沈院生怕醒時無端見拚與東風休識面畫闌蟾魄翠亭鵑血無奈將愁鍊

南浦　花英

丹轉說昌容妙薢華不道先春擢陡葉底又枝尖同心侶總被峭風驅走送君南浦斷紅知有歸根否散仙援手閒自掃一段春愁縈帶

無聊最是天涯紀棹嫌漁郎觴飛詩叟飄蕩入朱樓簾櫳裏紅迸淚珠盈斗風流盡矣奈何天老人顏醜可堪回首滋味好秋來晚香還有

前調　花蒂

根汝細開花一刹那枝間還汝蕉萃緣締況由天分飛去也伴絮泥埋地半珠擎雨芳菲因果爲誰譬割紅留翠棠絲裊凝欲留春爲質

伊人飄泊無家正拾取殘英思量重綴天上又人間判離恨萬點碧零珠淚情根自固此番蹤跡非留滯清陰來替君記取相思子紅還寄

前調　花心

憑仗孕奇芬細吐絨風雨不磨丹藎宛轉向春暉無言處空抱惺忪
孤韻紅情綠意癡蜂狂蝶勞探訊別藏幽恨分明在底須抽葹旎信
默含造化清機悵柯葉旋摧芳華轉瞬一寸未成灰殷勤鍊肯逐
亂紅狂陣拚八採授三生不昧癯仙分冰霜休問幾透露乾坤一時
相印

御街行　送春

春愁欲寄憑誰可挽不住啼珠墮深深庭院好韶光又被綠陰閒鎖
東風無緒晴絲搖曳只是空撩我　仙源振轉中流舵奈何處楊花
皴亂紅如雨鷓鴣啼無計安排能妥嬌癡婪尾雕欄酣倚一寸心灰
裏

瑣窗寒　春懷

驀地閒愁平生幽懷可堪重寫商量冷暖須勸住韶華也任狂蜂花

天蕩魂。割芳釀蜜終成假。怨東風不管闌珊佳節。流鶯聲啞。休耍娛懷處。正飛絮漫空。遊絲横野。翩翩紫乙。睇遍雕梁華厦。却啣泥最小茅茨。禁他雨横安身。且感春暉深護。陔蘭寸艸心盈把。

憶江南　題劉子和薈芳曦燕語

春夢醒。相對語斜陽。漫道平疇芳已歇。地丁黃襯紫荷囊。猶是好風光。

浪淘沙　題劉子和畫野薔雀啄

風景换春韶。香簇叢篠。山村水郭酒旗飄。姊妹好花禽巧婦。知是誰嬌。　怕聽絮干謠。銜慾無聊。枝頭銛刺漫相撩。何似翩飛榆柳蔭。夢也清寥。

多麗　題改七薌仕女長卷　清任蔡君松陵後起駿才也客

春勝溪。相見叩其衷。浩渺沈博。當平視一世。比以尺素見貽殷拳獨至幷郵其家藏七薌居士繅繪士女長卷欵誌嘉慶丙辰距今百四年矣七薌與頻伽郭氏往還贈以畫頻伽亦爲之題詠乾嘉老輩風致可思書中稱向有題跋數家爲人割去欲以蘇黃引重見推殊爲過當憶先友柳䅘廬好塡詞沈沃之先生規之曰阿堵傳神不如大處落墨䅘翁韙之然廻腸盪氣難抑湓隮輙見予小詞喜之其從叔蒔庵廣文亦嘗以手箋東坡詞帙乞題一門雅癖何損屯田家風君爲廣文孫壻予主廣文家時尙未掃東牀也發我淸狂正復黯悲昔夢爲塡多麗一闋希大雅顧誤無怨

藹層霄薰風迭送瓊環是誰家朱欄碧榭人天無此蕭閒灑松烟槐陰寫韻卻紈素蓮粉輸顏雲膩肩斜鬟紅面正聽明遊戲石無頑相關處銀簧飛度隱約曉風閒何如彼沈酣一夢流水高山　强分明

金釵十二嬌凝紛侍花鬘湧温磨玉壺畫史（七鄉亦號玉壺山人）韜治豔香案
清班蕭冀謀工蔡經宅古欲將縹緲付才慳沈吟久鬢絲禪榻甘忍
背鞭瓊心丹煉諸天莫補噓作仙寰

笠澤詞徵卷二十六

完

卷二十七補人　　邑後學　陳去病輯錄

明

沈自繼字君善號寶威別號磯影居士平湖籍諸生明亡隱居平邱有平邱集四種沈家譜云居士工詩文尤善集唐性耿介不喜俗時佚誕似晉人手懸小牌上鐫不語戒三字曾有貴人訪之曲致殷勤公瞠目直視出牌視之不交一語貴人去適周安期顧茂倫及其弟留侯來相與傾倒雄辨四出或譏其太過公指其口曰天生我口不解與俗父語若見快人不與語又安用我口耶初公嘗從愁所公謁高僧紫柏蓮池悅之欲棄家學佛年三十即爲祝髮圖以見志後竟作浮屠以紫柏蓮池皆姓沈鐫一私印曰江東沈姓第三僧

西江月　贈楊長倩

心事數莖白髮顧況一生判却歸休柳宗元秣陵凋敝不勝秋李嘉佑京口情人別久張繼瓜步寒潮送客劉長卿何如高臥東窗王維好風維屬往來商杜牧北固山邊波浪劉禹錫

臨江仙　哭僚壻張原張

蜀魄啼來春寂寞來鵬年華近過清明韓翃水流花謝兩無情崔塗槐煙乘曉散李嶠淩露觸蘭英元稹何處更求廻日馭李商隱有風有雨人行王建寒空此夜落文星方干可憐江浦望宋之問波淚送銘旌孟郊萬戶千門成野草劉禹錫天邊樹繞誰家皇甫冉九原松柏似煙霞李山甫芝焚空歎息王勃滄海有雲查杜甫楡莢散來星斗轉李商隱芙蓉園裏看花王建定知仙骨變黃芽戴叔倫塗芻隨晝哭權德輿清淚落悲笳柳宗元

清

沈自南字留侯號恒齋順治乙未進士知蓬萊縣沈家譜云先生素性簡亢嘗謁大吏大吏雅聞公名以所作詩文示之公覽畢盛稱其居官美政大吏曰以詩文示子子稱某居官何也公曰知公勤於政事那有閒心檢點及此由是失大吏意竟被劾而罷無何卒於官邸邑紳沙尙書澄爲文以弔有清官可爲不可爲蒼天可問不可問之句公爲人風流瀟洒詞令韶秀有晉人風度雖捷南宮而淡於宦情兀坐著書不與世務每當良朋聚會飲酒賦詩[illegible]

言娓娓徹夜不倦所著有藝林彙考二百餘卷實爲經籍之禁
臠文章之圃田以卷帙浩繁先梓三十八卷行世又有歷代紀
事攷異樂府
箋題等書

鷓鴣天 茗戰

濟賭蘭闈甘露涼香浮雀舌勝于槍玉壺傾倒非關渴冰椀淋漓太
覺狂 陽羨紫霍山黃可人風味奈何郎憑伊善啜如王肅定爾投
戈月豔孃

黃 始字口口 小檀欒室閨秀詞鈔引宋既庭和武進黃雲孫悼聘妻周姍姍添字昭君怨云花墜金鈿難住玉碎緗鈎誰駐斷魂千里夢還時哭西施燕子春來歡會楊柳風前憔悴王孫昨日看花人恨花神吳江黃始和作云云

添字昭君怨

愁到風愁不住愁到雨愁難駐風風雨雨五更時葬西施 夢冷巫
雲曾會淚暖湘波猶悴妒花花訴惜花人怨花神

費 鴻字雲鴻號羽吉

減字木蘭花　雁字

橫空潑墨一抹遙天知幾筆鐵畫銀鈎何必眞從腕下求　江南江北不換山陰鵝一隻揮灑停勻枉殺當年王右軍　斜斜整漏痕釵脚玉版霜毫安用著咄咄書空夭矯雲烟墨似龍　斜斜整整散漫行間渾未定不藉工夫米蔡蘇黃恣意塗

滿江紅　詠百舌

買盡東風銜烟霧五更聒噪逞利口瀾翻不定漫爭工巧戲水錦鴛眠未穩宿花翠蝶驚高調任冰絃銀燭響黃昏無其妙　也不管金閨悄也不惜芸窗老鎮喃喃絮語如啼欲笑叫破碧天紅日朗喚歸白月蒼山杳莫識他絲管是南蠻誰能效

沈廷揚字天將號柯亭一號對圃費開岐云柯亭天分勝人幼即嗜學年未弱冠蜚聲於吳門與郡中諸名士往來唱和擊鉢豪吟而於家鄉稍爲疎落其爲詩存者實鮮沈氏詩錄云詩多警拔塡詞更工知非阿私所好

念奴嬌　對影

遮遮掩掩猛思量底事依依難舍燭悄窗虛儂與汝此外更無人也儂歎闔寬汝愁帶減那辨眞和假凄清如許空餘雙淚盈把　試問傀儡場中炎趨冷避誰是忘情者偏戀寒氈同起臥不放燈殘月亞兩兩相看似雙原隻默默終成啞無端怪爾唾壺爲甚幫打

費元衡字思任

水調歌頭　贈禾郡王廣文

吾道在何處絳帳邁高賢先生自此升矣魚集遇三鱣九坂途中驅馭四子筵開講德著姓孰爭先載得嚴陵水流潤灌芝田　琴三弄酒百斛腹便便雪深尺許驚報游酢立簷前會看鴛湖桃李盡被龍門雨露到處產香荃聞道詩中畫摩詰筆如椽

沈　霆字威音

浣溪沙　疊原韻酬焦音　　香豔直堪

羽徵聲高下里低而今無復有鍾期不須惆悵和音稀

追白石雌黃寧肯讓苕溪瘦吟樓上等身詞

潘　謙字敬亭有緯蕭詞自序予盛湖菱渡之野人也學慙孤陋本不知詞而却嗜于詞嘗于暇日展閱古人名作無不見獵心喜一日偶讀莊子列禦寇篇內有河上翁家貧恃緯蕭而食者云云因自喜而名其詞曰緯蕭

釵頭鳳　閨怨康熙三十九年庚辰起予方二十歲

琴慵撫花當午尋香蛺蝶風前舞春光逼愁懷密標梅應賦已三其

實七七七　詞休譜言難吐頻年待字偏多阻期無必時何及鄰閨

諸女盡皆成匹一一一

採蓮子　本意倣花間集皇甫松體併和原韻四十年辛巳

翠蓋紅衣映碧流舉棹蘭橈雪腕蕩輕舟年少延緣誰解儂心喜舉棹不採

孤花採並頭年少

纔折香蓮一兩枝棹舉絲牽未斷故遲遲少年同行拍手促歸去棹舉笑執軍持不自持少年

菩薩蠻 春日郁居每句限用一美人名

綠楊陰裏低飛燕漢成帝之寵妃落花風急飄紅線薛嵩侍婢能通劍術引動小兒漢平陽侯之侍女即霍去病之母也譁拾來鬭麗華光武帝之后也莫愁洛陽女也詳梁武帝河中歌春漸老塵外尚書張楊妻風光好不上木蘭唐時俠女居於商邱曾代父戍邊舟因余楚國春申之妾也嬾出遊

前調 四季閨情

東風掃入閒庭院落花亂舞臙脂片獨自倚粧樓情牽脈脈留　愁懷思習靜鶯舌偏多佞不顧惱紅閨聲聲只管嘸

垂陽嘩嘩蟬聲鬧炎蒸池閣應難到繡榻玉肌香風生枕簟涼　湘簾垂景寂悄試蘭湯浴浴罷啟牕紗憑欄看藕花

颸颸落葉隨風捲，寒衣欲製金剪。晝短易消磨，更長奈爾何。　樓前楓影赤，洲上蘆花白。雁字寫晴空，郎書沒一封。

紅

連朝滕六繽紛下，冰釵幾股簷牙挂。纖指怯寒芒，無心理繡牀。　爐時偎傍煖，入銷金帳。獨坐泛流霞，終難及黨家。使陶穀事

沈　彤字冠雲，號果堂。去病案：先生覃精經術，爲世鴻儒，而亦兼工倚聲，洵自有宋時齋以來一人而已。亦見詞隱先生遺澤之長，而承平閒暇，得從容講藝也，可勝歎蓀歟。後南一又以儒生工於填詞，誠松陵沈氏佳話也。

月中行　夜雨不寐

芭蕉可奈雨聲何，鴛夢攪風波。怪他點滴向心窩，怎睡也麼哥。　須知轉側愁難遣，偏合却半枕南柯。睡濃猶未得逢他，何況醒時多。

潘　眉字壽生，自號青棠館主，有小遂初堂集。去病案：壽生盧虛人，與頻伽交契，晚歲移家魏塘，亦緣郭氏昆季有夙昔之雅耳。

菩薩蠻　陳少眉載春圖

春山雙髻春人麗春波一道春愁膩雨棠過紅橋春風送燕梢 錦帆歸去早載得春多少春去最堪憐楊華飛滿天

鳳皇臺上憶吹簫 陳子玉鄧尉尋春圖

平崦雲流疎林雪霽東風巳弄晴妍怪妖紅豔紫未放春顛不分枝南枝北早喚起翠羽清圓春來未虎山橋下水巳如烟 嬋娟舊時澹月曾照我鄉園吹遂年年笑銅坑舊約雙屐猶懸不及清游年少早晝就風帽披肩還能否三枝兩枝分供窗前

嚴湘帆字衡九號曉山有宜夢樓詞 去病案曉山同里人名不甚著友人沈大椿嘗得其殘稿兩帙一曰蕉雨山房稿係少作一曰宜夢樓詩集中附小詞然僅弟十卷耳它均不可問矣細攷集中有與郜復翁鄭瘦山倡和之作而編年至丁丑止蓋嘉慶二十二年也

唐多令 客中歲暮

征雁嘹長空清霜滿地濃倚闌干愁絕西風記得出門春尙早曾幾

日又殘冬　往事歎無窮浮生一夢中二十年身世萍蓬擬向君平
重卜兆問衰運幾時通

前調　春遊

野外倚孤松溪花偎岸紅愛江村好景無窮黃鳥引人啼不住楊柳
岸板橋通　蕭寺一聲鐘遊人萬慮空望天邊嵐翠重重茅店酒旗
招客醉長搖曳夕陽中

西江月　夢遊浣香樓

燕子樓頭一別須臾十四春秋夢中重上玉人樓往事不堪回首
玄髮已成華鬢對花應自含羞貞孃芳冢漸成邱唯有江山依舊

臨江仙　宮怨

宮院沉沉聽曉漏漏聲偏惹愁濃低垂小袖倚薰籠淚拋紅豆落眉
鎖遠山重　日夜思君君不見誰憐憔悴花容長門贏得首飛蓬玉

堦春草綠宮殿落花紅

王棠字臺叔去病案臺叔為研農徵君之弟有詞一卷余求之久不可得陶君亦園出示此圖幸得一闋眞吉光片羽也

百字令　題顧菊薌蒹葭秋水圖

秋光老去聽西風湖上夜潮橫捲葭菼蕭蕭沿岸曲遙間柳條長短亂葉欹烟涼花點雪獨立斜陽晚平沙雁語艣聲依約淒斷　凝想三月芳時河魨乍上紫筒添新饌一自繁霜初落後又見冷雲吹滿客舫寒依漁磯低傍秋士多清感月華昭夢伊人悵望天遠

葉蘭生字楚香

慶宮春　題顧菊薌蒹葭秋水圖

片片西風帶雲斜去蒼然天水相永呼我閒漚翩然欲遠背人搖弄虛暝釣徒何處蕩寒雪斜陽中影對人欲笑兩兩浮眉淡妝初竟

依稀越尾吳頭好夢圖成浮家情景繁華怕到蘆中人老白頭堆上明鏡絮因飄泊儘牽惹絲菱縴荇秋心留得如此盈盈舊盟還認

費卿榮字綬堂

千秋歲

城囂睥睨愛傍湖山際古稀壽太平世懸弧榴吐豔絲恰長生繫開華筵定逢南極星臨第　鳩杖賓筵曳桂馥蘭芬繼壺公心夙契追步阿咸輩稱觴宜一例願此後年年添籌計

計　棠字慰楓號埜逋沈大椿云埜逋道光時人工詞曲善丹青家貧課蒙爲生博通經史著有雨窗戰鶯語錄兩集年四十餘卒書未行世

滿庭芳　水仙

切玉無情剖珠傷雅生成別樣身裁淩波舒笑佳種費人猜也是河陽縣裏何緣在碧水塵埋端相久塵埃洗盡幽韻脫凡胎　低頭如

欲訴生平辛苦運蹇時乖被霜欺雪壓冷淡磨揩憔悴江皋石畔有誰問來歷根荄清魂凝結聊伴小書齋

任廷昶字彥卿

滿江紅　題計慰楓書劍飄零圖

借大乾坤何處著狂生面目須信道學書學劍儒冠桎梏一霎春光歸去也西風遑恤悲秋玉笑兒曹還說甚功名蠻和觸　句引起愁眉蹙勃跳起雄心蟲問龍門何處窮途一哭青眼論交知已少酒酣合把離騷讀歎生平慷慨兩心同腸迴轂

于清字問樵

明月棹孤舟　題葉漁莊承桂五湖漁莊圖

隨意數椽依曲渚映螺峯四圍雲護瑟瑟青蒲絲絲碧柳搖碎一莊烟雨　中有著書人閉戶伴蕭閒留師漁父風月佳時林巒勝處欲

訪君幽墅

張益齡字子謙諸生著有巽峯閣詞一卷

蝶戀花　題陶譜琴幽篁獨坐圖

萬个篔簹青染鬢莽莽紅塵獨闢清涼境露滴無聲風乍定相招煙雨詩人影　廣廈經營精力盡雛鳳書聲懶倚墻頭聽逸趣雅宜空際領不須留客饒清興

葉錦棻字友蓮同治己巳府學歲貢生有小疎香閣詞

賀新郎　賀范少臺新婚

少伯稱英傑況金閨有人如玉早盟鴛牒身處繁華休戀戀正是瑟琴情熱應醲遍桃花和雪一舸載疑天上坐致纏綿枉說心如鐵連番話調百舌　同遊禊水生涯拙且放眼紅樓美人環列只看得平平淡淡心地光明皎潔笑世上風流競說今日言旋歌燕喜慕梁鴻

長綰同心結海棠睡一雙蝶

更漏子　贈别

好春光時更早路不嫌他遼遶且告别下回來蓬門爲我開　歸去矣卅餘里風順恰隨流水舷一舸到梨花梨花正落霞

惜分釵　慰范璧卿悼亡

年四十琴歌杳淚洒重泉知多少面翻青心似冰不須絃續永守釵分慇慇　人去也情難捨栽培子女計深遠玉一枝佳孩兒榮封紫誥晏領瑤池奇奇

玉樹後庭花　賀范望溪表兄令郎周晬

天錫麒麟徵瑞異牽衣嬉戲培養蘭堦成大器兩全名利　蔦蘿高附多遺累蒙君相愛姻亞重聯如不棄還要嘉賴

東風第一枝　贈范菊人表兄

雞黍筵開鶯花節屆琴瑟雙雙均愛席前餅餌滿盤夜裏喧呶一醉新郎驚起應冷笑阿兄慙愧酒乍醒自覺赧顏于今依然故態惜君身繁瑣相累爲他人衣裳作嫁餘閒還守硯田翰墨時時有事麟兒一見面團團早知國器毛翁乃父是封翁他日出人頭地

沈春榮字子均優廩生有葭南外史詩詞稿

風入松　七月十四荐新哭大父

凄凄風雨黯愁雲腸斷未歸魂泣殘數點麻衣血向江干手擷蘩蘋蠟炬淚垂也盡紙錢灰化無因　生成不作亂離人明月本前身拋家忍自驂鸞去十分愁雁叫黃昏莫說故園花木子孫流落風塵

浪淘沙　題西子浣紗圖

碧水浣紗津砧石磷磷一雙軟屧步逡巡芳艸垂楊斜日裏愁起眉顰　絕色採薪人眞箇傾城賸香殘粉一溪春魂斷苧蘿山不遠宛

立江濱

百字令　題靜坐延年圖

秋風莫笑一年年短竹籬笆手結走徧天涯酸兩腿還與黃花賭色帶雨凝神經霜鍊骨品格同高潔南山隱約杖藜看倚斑石　却道世外怡情此間靜坐一日當兩日跌宕煙霞餐艸木頗有長生妙術有藥壺寬有松徑古留得林陶跡樽中好酒消受醉翁紅頰

點絳脣　題梅花美人圖

南國仙姿一般裝點一般秀雙眉低約又是春來候　人倚闌干簾捲風吹袖香雲覆三生修就人比梅花瘦

浣溪沙　題桐影美人圖

紅豆天涯難夢尋碧雲涼院動秋音遲人小坐且沈吟　喚婢添香還待月羅裙捲膝倚橫琴圖中置琴于膝而不彈此時情況此時心

沈　纕字蕙孫自號散花女史有浣紗詞任兆麟云近世名媛海寓業推松陵沈宛君夫人母女輩午夢一集藝林埒的媛系故出松陵豈扶輿秀淑之氣有特鍾歟抑其濡染家學有由也往余先執果堂徵君審彙粹吳江沈氏詩錄是集允堪嗣媺前徽且令人有後來之歎

蝶戀花　春莫

百五韶光餘幾許輕暖輕寒漸覺芳時暮落盡桃花飛盡絮闌干凭到無聊處　試聽梁間雙燕子豈解傷春却作傷春語打叠愁腸千萬縷夜來郍更風和雨

清平樂　題素琴畫蘭贈清溪夫人并啟

蓋聞北渚芳蘭寫三閭大夫之怨東籬幽菊寄五柳先生之情結佩可以致醒盈把可以忘醉則茲二者適相當也值三月三日之候慨一詠一觴之虛言念伊人繫情彼美俄有一婢至言素琴內史使持一幅蘭一幅菊見贈余受而讀之不覺見蘭如見靜女之

芳見菊如見幽人之致古人覩物興懷良有以也于是綴以俚曲附寄尺書望勿貽笑爲幸獨是落英難食寧同一束之遺不過枝葉難紉聊結三秋之想云爾

香生九畹一幅生綃展淨几明窻供雅玩仿彿幽人作件　無言空谷含芳縱然不采何妨贏得靈均清夢常縈畫裏瀟湘

酷相思　春歸同清溪作

獨上粧樓斜倚立但目斷天南北剗恨煞東風有底急梨花也吹如雪楊花也吹如雪　鎮日閒愁誰共說只暗把闌干拍歎旖旎韶光留不得鵑啼也紅如血人啼也紅如血

玉樓春　送春和素窗姊作

一宵睡過春三月蝴蝶夢中寒尙怯曉來驚醒落花風惆悵芳菲容易歇　東皐又作銷魂別香徑閒尋濃翠結杜鵑無語立枝頭應悔

催歸聲太切

珍珠簾　白燕

蹁躚羅袂裁無縫喜歸來掩映文梁雕棟香絮慣粘泥補舊時來空舞能華胥剛一覺却與那梨花同夢堪慟念孀樓關盼縞衣誰共還聽絮語呢喃似素心商略春情種種顧影在池塘訝綴來霜重莫向烏衣思舊族已迷入白雲鄉洞輕聳看掠入珠簾珠簾微動

高陽臺　代家大人贈廣陵九校書作

月傍層霄露滋香晩蓮燈照到花關一片湘雲教人疑煞仙山廻腸脈脈誰相似黃河水幾曲銀灣笑無端轉盡爐頭熟熟靈丹　明珠穿破風流蟻更起來爲我妙解連環謝女機絲鴛鴦繡偏雙翰黃花插到西風鬢記重陽會上追歡且盤桓紅袖圍爐共爾消寒

貂裘換酒　重贈

廿四橋頭步聽簫聲等閒吹過良宵十五倫向十三樓上望漫掩四闔朱戶吹好夢十年一度數偏巫山峯二六第一峯留作行雲路雙星照七襄渡　三三徑裏三生譜傍花前闌干六曲三弦同訴彈到綠腰花十八半晌魂銷色舞添八字一痕眉嫵卅六鴛鴦分四角早二分明月三更鼓且莫把四愁賦前闋隱九字此闋亦仿玉局翁體玉香仙子自記

宋

趙汝淳以下寓賢

青玉案　釣雪亭去病案此詞與下無名氏首均見明邑人麗澂吳江集

三高祠下無人到古木森森水環抱誰築幽亭臨縹緲白年遺意一屏詩句簷外乾坤小　扁舟歲晚娥眉老到處風高鱸膾少茶竈筆牀歸來了歲華零亂雁聲嘹唳獨有寒江釣

三高亭下無塵到一曲清江水迴抱隔浦菱歌聲縹緲闌干倚處□

口雪浪出沒青山小　烟波嘯傲身今老風月從來價多少欲斷營營何日了鷗邊雁外可能容我習隱釣綸釣

無名氏

滿江紅　釣雪亭

三適松江又添得一亭清絕剛占斷水光多處巧依林樾漠漠雲烟春晝雨寥寥天地秋宵月更冰壺玉鑑暑宜風寒宜雪　朧庵右山依缺垂虹左波橫截正三高堂畔舊觀今別何但漁翁垂釣好謾將柳子新唫揭信登臨佳興屬彭宣能揮發

國朝

鄒　銓字亞雲青浦人有流霞書屋詩餘一卷柳棄疾曰君性誠摯縝密爲人謀無不忠詩文清麗如其人去病案亞雲吳江之章練塘人也其地在邑東隅逵遠縣絕陡入嘉善青浦元和三縣間不與本邑屬君每以爲病因具狀郵寄蘇州地方自治籌備處竟得決議將章練塘一帶所有元和吳江兩縣地悉劃隸青浦以清界畫

並令江蘇境內凡類於是者一律糾正于是吾吳區域爲之一整吏治糾蕩爲之一清論者咸推君一請效至鉅焉

湘月　酒樓寫贈柳大　棄疾

吳儂來矣正鶯花三月春光如綺別緒離情千萬斛試問從何說起吟斷飛鴻拋殘紅豆嘗盡愁滋味狂歌起舞幾回道是夢裏　却笑醉後題詩吟邊記曲往事堪重記幾度河陽花滿縣怪道流光如水司馬青衫灞橋綠柳還染離時淚豪情何許明朝付與西子

臨江仙　巢南不良於行欲借予游湖上候輿夫不至作

游屐眞成雙不借相宜也少輕航欲隨飛絮過橫塘日斜花影亂孤負好春光　遙想湖隄添旖旎東風一桁垂楊香車寶馬等閒忙鞭絲利帽影掩映水雲鄉　去病案此詞與前後諸作皆予在泉唐時見君所撰當時同游甚快孰知已成夢幻耶

漁家傲　傷春

慵倚闌干聽杜宇春歸那得留春住滿院芳菲誰作主無情緒一杯

濁酒澆黃土　流水落花何處去問人爭說渾無據惹我閒愁知幾許銷魂處綠楊影裏飛紅雨

望海潮　陪巢南鈍劍登六和塔和鈍公韻

金甌已缺南朝半壁令人灑涕難收千刼興亡兩宮遺恨滔滔付與江流此憾幾時休願乘風破浪捲盡貅貔王氣銷沈中原如此忍淹留　行行幾度回頭看雨迷春樹雲黯神州千仞銀濤片帆烟雨者番略算豪游故壘認千秋慨婆留安在誰射潮流公又登高作賦添我一重愁

點絳脣　步鈍劍韻

簾幙東風落花不待春歸去任他飛絮零落清明雨　春到誰家渾道無憑據思量處鶯飛草長烟柳江南路

笠澤詞徵卷二十七　完

卷二十八 補詞　邑後學　陳去病輯錄

宋

范成大 見卷一

念奴嬌

十年舊事醉京花蜀酒萬葩千萼一棹歸來吳下看俯仰心情今昨强倚雕闌羞簪雪鬢老恐花枝覺揩摩愁眼霧中相對依約 問道家讌團圞光風轉夜月倚西樓落打徹梁州春自遠不飲何時歡樂沾惹天香留連國豔莫散燈前酌韈塵生處爲君重賦河洛

滿江紅

竹裏行厨來問訊諸侯賓老春滿座彈絲未遍揮毫先了雲避仁風收雨脚日隨和氣薰林表向罇前來訪白髯翁衰何早 志千里功

名兆光萬丈文章耀洗冰壺胸次月秋霜曉應念一堂塵網暗故將百和香雲繞算賞心情話古來多如今少

千秋歲　重到桃花塢

北城南埭玉水方流隱青樾裏紅塵外萬桃春不老雙竹寒相對回首處滿城明月曾同載　分散西園蓋消滅東陽帶人事改花源在神仙雖可學功行無過醉新酒好就船況有魚堪買

浣溪沙　燭下海棠

催下珠簾護綺叢花枝紅裏燭枝紅燭光花影夜葱蘢　錦地繡天香霧裏珠星璧月綠雲中人間別有幾春風

又　新安驛席上留別

送盡殘春更出游風前蹤跡似沙鷗淺斟低唱小淹留　月見西樓清夜醉雨添南浦綠波愁有人無計戀行舟

歙浦錢塘一水通閒雲如幕碧重重吳山應在碧雲東　無力海棠風淡蕩半眠宮柳日葱蘢眼前春色爲誰濃

又

白玉堂前綠綺疎燭殘歌罷困相扶問人春思肯濃無　夢裏粉香浮枕簟覺來烟月滿琴書箇儂情分更何如

朝中措　丙午立春大雪是歲十二月九日五時立春

東風半夜度關山和雪到闌干怪見梅梢未暖情知柳眼猶寒　青絲菜甲銀泥餅餌隨分杯盤已把宜春縷勝更將長命題旛

又

身閒身健是生涯何況好年華看了十分秋月重陽更插黃花　消磨景物瓦盆社醸石鼎山茶飽喫紅蓮香飯儂家便是仙家

又

繫船沽酒碧帘坊酒滿勝鵝黃醉後西園入夢東風柳色花香　水浮天處夕陽如錦恰似鱸鄉中有憶人雙淚幾時流到橫塘

海棠如雪殿春餘禽弄晚晴初倦客長慚杜宇佳辰且醉提壺　逍遙放浪還他漁子輸與樵夫一棹何時歸去扁舟終要江湖

又

天容雲意寫秋光木葉半青黃珍重西風袪暑輕衫早怯秋涼　故人情分留連病客孤負清觴陌上千愁易散尊前一笑難忘

南柯子　七夕

銀渚盈盈渡金風緩緩吹晚香浮動五雲飛月姊妒人顰畫一彎眉　短夜難留處斜河欲淡時半愁半喜是佳期一度相逢添得兩相思

水調歌頭

細數十年事十處過中秋今年新夢忽到黃鶴舊山頭老子箇中不淺此會天教重見今古一南樓星漢淡無色玉鏡獨空浮　歛秦煙收楚霧熨江流關河離合南北依舊照清愁想見姮娥冷眼應笑歸來霜鬢空敝黑貂裘釃酒向蟾兔肯去伴滄洲

又　燕山九日作

萬里漢家使雙節照清秋舊京行遍中夜呼禹濟黃流寥落桑榆西北無限太行紫翠相伴過蘆溝歲晚客多病風露冷貂裘　對重九須爛醉莫牽愁黃花爲我一笑不管鬢霜羞袖裏天書咫尺眼底關河百二歌罷此生浮惟有平安信隨雁到南州

鵲橋仙　七夕

雙星良夜耕慵織懶應被羣仙相妒娟娟月姊滿眉顰更無奈風姨吹雨　相逢草草爭如休見重攬別離心緒新歡不抵舊愁多倒添

了旅愁歸去

宜男草

籬菊灘蘆被霜後裊長風萬重高柳天爲誰展盡湖光渺渺應爲我扁舟入手　橘中曾醉洞庭酒輾雲濤挂帆南斗追舊遊不減商山杳杳猶有人能相記否

舍北烟霏舍南浪雲傾籬雨荒微漲問小橋別後誰過惟有迷鳥羈雌來往　重尋山水間無恙掃柴荆土花塵網留小桃先試光風從此芝草琅玕日長

夢玉人引

送行人去猶追路再相覓天末交情長是合堂同席從此尊前便頓然少箇江南羈客不忍忽忽少駐船梅驛　酒斟雖滿尙少如別淚萬千滴欲語吞聲結心相對嗚咽燈火淒清笙歌無顏色從別後儘

相忘算也難忘今夕

菩薩蠻

小軒今日開窗了揉藍染碧緣堦草簷佩可憐風杏梢烟雨紅　飄零歡事少鬢點吳霜早天色不愁人眼前無限春

又

黃梅時節春蕭索越羅香潤吳紗薄絲雨日朧明柳梢紅未晴　多愁多病後不識曾中酒愁病送春歸恰如中酒時

臨江仙

羽扇綸巾風嫋嫋東廂月到薔薇新聲誰喚出羅幃龍鬚將笛繞雁字入箏飛　陶寫中年須箇裏留連月扇雲衣周郎去後賞音稀爲君持酒聽那肯帶春歸

減字木蘭花

玉烟浮動銀闕三山連海凍翠袖闌干不怕樓高酒力寒　雙松凍折忽憶衰翁容易別想見鷗邊壓損年時小釣船

又

折殘金菊椵子香時新酒熟誰伴芳尊先問梅花借小春　道人破戒染酒題詞金鳳帶愁病相關不似年時酒量寬

又

波嬌鬢裊中隱堂前人意好不奈春何拚却輕寒透薄羅　剪梅新曲欲斷還聯三叠促圍坐風流饒我尊前第一籌

又

枕書睡熟珍重月明相伴宿寶鴨金寒香滿圍屏宛轉山　雞人聲杳瑶井玉人相對曉黯淡窗紗却下風簾護燭花

又

臘前三白春到西園還見雪紅紫花遲借作東風萬玉枝　歸田計
決麥飯熟時應快活身在高樓心在山陰一葉舟

鷓鴣天

休舞銀貂小契丹滿堂賓客盡關山從今裊裊盈盈處誰復端端正
正看　模淚易寫愁難瀟湘江上竹枝斑碧雲日暮無書寄寥落煙
中一雁寒

又

蕩漾西湖采綠蘋揚鞭南埭袞紅塵桃花暖日茸茸笑楊柳風光淺
淺顰　章貢水鬱孤雲多情爭似桂江春崔徽卷袖瑤姬夢縱有一作
自相逢不是真

又

嫩綠重重看得一作漸成曲闌幽檻小紅英酴醿架上蜂兒鬧楊柳行

問燕子輕　春婉晚客飄零殘花淺酒片時清一盃且買明朝事送了斜陽月又生

又　雪梅

壓蘂拈鬚粉作團疎香辛苦顫朝寒須知風月尋常見不似層層帶雪看　春鬐亸曉眉彎一枝斜並縷金旛酒紅不解東風凍驚怪釵頭玉燕乾

好事近

雲幙暗千山腸斷玉樓金闕應是高唐小婦妒姮娥清絕　夜涼不放酒杯寒醉眼漸生纈何待桂華相照有人人如月

又

昨夜報春來的皪嶺梅開雪攜手玉人同賞比看誰奇絕　闌干倚遍憶多情怕角聲嗚咽與折一枝斜戴襯鬟雲梳月

卜算子

涼夜竹堂虛小睡匆匆醒銀漏無聲月上堦滿地闌干影　何處最知秋風在梧桐井不惜驂鸞弄玉簫露溼衣裳冷

又

雲壓小橋深月到重門靜冷蘂疎枝半不禁更著橫窗影　回首故園春往事難重省半夜清香入夢來從此煙爐冷

虞美人　寄人覓梅

霜餘好探梅消息日日溪橋側不如君有似梅人歌裏工顰妍笑兩眉春　疎枝冷蘂風情少卻稱衰翁老從教來作靜中鄰冷淡無言無笑也無顰

又

落梅時節冰輪滿何似中秋看瓊樓玉宇一般明只爲姮娥添了萬

枝燈　錦江城下盃殘後還照鄞江酒天東相見說天西除却蓑翁和月更誰知

又

玉簫驚報同雲重仍怪金瓶凍清明將近雪花翻不道海棠消瘦柳絲寒　王孫沉醉絨氈幕誰怕羅衣薄燭燈香霧雨厭厭鬢鬅有人愁損上眉尖

又　紅木犀

誰將擊碎珊瑚玉裝上交枝粟恰如嬌小萬瓊妃塗罷額黃嫌怕汗燕支　日深未覺清香絕風露溶溶月滿身花影弄淒涼無限月和風露一齊香（日深疑夜深）

醉落元　魂夕

春城勝絕暮林風舞催花發垂雲捲盡添空闊吹上新年美滿十分

月　紅蕖影下句絲抹老來牽强隨時節無人知道心情別惟有蛾兒驚見鬢邊雪

明

史鑑

見卷三　去病案西村家嘗遭火患時適在吳江先生於夜中第見東南偶有紅光亘天心甚愕然及旦家報至則長物蕩然矣余錄此詞亦值東江寓廬被焚之後先生全集以精鈔孤本攜在行篋得免於厄豈冥冥閒殆有數存焉者耶

醉桃源　寄劉邦彥

北新橋下雨催詩春歸人也歸多君重約再來期春來人未知　花掃地笋翻泥還家時節移青山南望渺天涯美人相見稀

青玉案　武夷

武夷春色年年早花滿洞天清曉玉女峰頭雲縹緲幔亭張列羣仙來下環珮知多少　天生九曲清溪遶有幾處流來棹歌好晉韻悠揚風嫋嫋舟橫絕壑巖留仙掌知是何人巧

風入松　會稽

會稽山水盡知名人在鏡中行彩雲暖護雲門寺東風過吹散還生賀監湖頭草綠謝公宿處猿鳴　采蓮越女照人明花下只聞聲剡溪流水依然在何人再雪夜尋盟許我他年來否月明何處吹笙

金人捧露盤　金陵

大江南繁華地帝王州嘆六朝往事悠悠山圍故國秦淮萬古水東流廢臺春草幾回綠鳳去誰遊　自皇朝來都此普天下共尊周信東南王氣常浮龍蟠虎踞凌雲聳紫殿彤樓舊時王謝燕栖處又屬公侯

滿江紅　贈歌者

畫舸浮空蚤移入錦雲鄉裏羨年少點翠勻紅妬花爭美葉底鴛鴦初不見歌聲慚近纔驚起向晚來猶自愛新粧臨秋水　闌干曲頻

徙倚長袖舉朱唇啓覷舞妖歌豔不勝羅綺逗雨驚鴻飛不定囀春黃鳥嬌無比最苦是一霎便分離人千里

水調歌頭　沈經衡賞杜鵑花

今日復何日把酒對花吟杜鵑何事啼血望帝托春心幻出赭羅巾子無限穠華佳麗都在淺和深斷送莫春去粧點夏初臨　鶴林寺重九日爛如春花陰二女遊戲妖冶稱花神可惜繁華廢盡一夕移歸閬苑轉限迹成陳豈若順天造歲歲一番新

孤鸞　賞牡丹

天然佳麗有傾國姿容絕倫嬌媚萬紫千紅盡在下風廻避君家去年勝賞翠帷低粉勻朱膩蝶使蜂媒似織總爲餘香至　喜今年重見舊風味想倚怯春寒開也還閑無限穠華最是露珠凝綴只疑太眞浴罷把霓裳羽衣新試輭玉香肌紅透倚東風酣睡

玉蝴蝶　贈歌妓解愁兒

天與多嬌，好似初春楊柳，雨洗風揉。披拂鬧花深處，綠怨紅羞。遠山橫、修眉螺翠，江水淨、嬌眼凝秋。儘風流。新翻料峭，斜抱箜篌。　休論石城佳麗，盧家女子，往事悠悠。倩將愁解，多應解後轉添愁。向空江、肯捐珠珮，思遠道、欲采芳洲。倚危樓。雲中江樹，天際歸舟。

渡江雲　閏月燈夕觀戲

別來驚許久，相逢何夕，燈月再團圓。爲嫌春色淺，特地調朱弄粉鬭嬋娟。風流蘊藉，人都道、勝似當年。搬古人、悲歡離合，恩怨譜成妍。　偏憐。香烟霏霧，醉眼生花，把闌干倚徧。消受他、歌喉宛轉，舞袖蹁躚。更沉漏斷人歸後，再秉燭、猶自忘眠。怕聽鳥啼金井闌邊。

百字令　贈妓有序名玉蘭妓

玉蘭，奇花也。予嘗於浙藩之紫薇樓前見之，或者名之，豈將取標

韻耶而賦詠者皆岐而爲二表而證之

紫薇樓下記持觴醉把名花相酹愛爾玉蘭名字好況乃色香幽媚娟淨無瑕清芬離俗臨去猶凝睇時移事換夢中頻見佳麗　誰道買笑吳門美人攜手儼與花相似氣味風標無兩樣疑是花神遊戲嬌囀歌喉明珠一串散落金盤脆曲終凝望碧雲猶在天際

又　詠妓名妓枝桂

天然風韻想前身曾在廣寒宮闕密恨幽情千萬種知道直須明月霧鬢輕盈霓裳旖旎自與人間別夜涼人靜天風吹下金屑　何幸年少吳郎尋芳較早把高枝先折風露滿身花影下醉把同心雙結兩袖天香一枝秋色金榜名高揭看花上苑休將恩意輕絕

喈遍　端午日飲都玄敬於豫章堂

梅雨弄晴梧葉生陰深苑榴花吐見釵頭齊綴赤靈符恰又經一番

重午君聽取斜陽竹西歌吹分明不是揚州路信彼此無殊古今不異逢場自足歡娛但未能免俗與人俱也試舉芳樽泛菖蒲艾虎懸門綵絲纏臂尙傳荆楚　吁滿地江湖龍舟競渡曉喧譁相習成故事騷魂此日知夫覷水馬爭馳錦標平揷浪華捲雪轟旗鼓幸得雋歸來拈華弄酒向人誇笑矜舞有誰解屈子懷沙故睠宗國難忘心獨苦想曾懷瓊粻椒糈浮遊蟬蛻應笑世俗沉菰黍是非非是都休評論聊且長歌弔古閬風縣圃渺蒼梧望夫君弭節何所

吳易 見卷五

一剪梅　秋湖

紅染青楓白露霏江上鴻棲城上烏棲扁舟野客倒金巵霜下花稀月下星稀　舊事興亡總弈棋覊也西施笑也西施英雄心事總成癡傻殺鴟夷惱殺鴟夷

漁家傲 漁父

鸚鵡洲頭天映水鳳皇池上山橫翠短艇輕綸隨處艤秋似洗玉醅金蕊銀絲膾　澤畔三閭醒與醉蘆漪伍子歌和淚苦恨英豪成底事煙月裏笛聲吹徹鱸魚睡

滿江紅　姑蘇懷古

斗大江山經幾度興亡事業瞥眼處稱王說霸戰爭不息（一作本）香水錦帆歌舞罷虎邱鶴市精靈歇漫簡殘吳越舊春秋傷心切　伍胥恥荊城雪申胥恨秦庭咽更比肩種蠡一時英傑花月煙橫西子黛魚龍水噴鴟夷血到而今薪膽向誰論銜（一作冲）冠髮

前調　彭城懷古

霸業銷沈還留下連山亘浪想當日金戈鐵騎風驅雷盪戲馬臺平神駿去斬蛇溝冷蛟龍蟄算古今形勝說彭城空悲壯　荒原草虞

歌唱新春燕高樓傍更蕭疏野老閒庭鶴放黃石遺祠臨古岸東坡斷碣懸青幛歎成名豎子共英雄乾坤愴

沈自炳 見卷五

蘭陵王　秋日書懷

夏猶昨忽把秋來迎著似晴欲雨太無聊乍熱還寒做蕭索夢魂何處託烟斷楚江難泊撫孤枕倦極偏醒曉月蒼涼衾力薄　譙樓吹畫角漸雲淡天高萬星搖落祖劉劍氣空磅礴悵中原沸鼎澄清無術七尺男兒徒悶縛奈時序銷鑠　齷齪世皆濁任鱸膾堪思蠅頭難卻憑誰借箸籌時略捫舌在閒向蒼天空嚼蛩吟荒草礙秋聲悶伊悲樂

沈永啟 見卷六

憶秦娥　酒闌對月

今宵月淒清萬里情難滅情難滅醉鄉潦倒怎飛瑤闕　半生孤負鶯花節唾餘淚有人吟絕人吟絕天涯夢冷戍樓聲咽

玉樓春　仲秋晦夜效溫飛卿體

廣寒宮閉陰風裂長夜營營如萬劫當時宋玉楚江秋留在人間化成血　姑蘇臺冷啼烏歇鬼火生光漁火滅摩空海日透遙天紙帳離魂剛夢別

前調　漫言

原來晝盡還須夜懵懂天公勞殺也千古精靈何處歸浮生贏得滄波瀉　山河大地如傳舍只此芸芸相代謝雙鬢消磨濁酒中憑高一望皆蒿野

臨江仙　獨坐偶成

一片夕陽無著處却來對我商量寸心迢遞向何方殘燈催短夢細

雨弄昏黃　爲問白年能幾許忍教刮盡愁腸從今擲碎蠹魚蟲漫勞虛歲月猶自暗行藏

天仙子　孤燈獨坐

如夢如癡不自曉却笑此身愁内老暗雲殘雨度長宵魂渺渺風悄悄慘淡生涯何處好　懶逐塵途爭熱鬧靜裏無端閒著惱支離對影向誰憐情不了三生報細語燈花憔悴到

滿江紅　文將叔歸隱南莊

障眼風塵忍虛談志盟泉石但此際狐狼奮臂羽毛應惜落月驚殘千里夢孤帆弔盡三江客且歸來蓬戶課桑麻淵明宅　酒百盞乾坤窄情一點山川白悵英雄何處空歌黍麥牀畔青萍徒夜吼傷時可奈同雞肋問天公甚日靖烽烟籌前席

雨中花慢　哭醒公弟

衞玠丰標錦爛詞壇風馳電閃無存憶溪頭語笑別緒猶新怪叩蒼穹咄咄恨催白髮頻頻看夕陽飛燕畫梁無主對訴花茵　苔封竹徑人琴俱杳漁莊陡過含辛吟聆缶悲來塡臆月淡黃昏此去儂寧是我再來爾更何人縱饒化鶴令威誰識不算招魂

木蘭花慢　將歸平坵留別孫商聲道兄

太湖三萬頃能吐納是孫郎想彩筆橫飛銀濤洶湧搖蕩波光多情自古多恨怪天公付恁不尋常客裏秋風難駐臨歧却惜離觴　松楸夢裏洵吾鄉兩地礪回腸念換羽移宮挑燈拍案好句休藏江干若還艤棹望披榛覓路到寒莊顧影喃喃自語書空咄咄誰償

前調　秋杪將返平坵留別吳友陳再王兩表弟

烏衣王謝第惟古木尙當年憶負笈垂髫師承舅氏走筆花前斜陽暗催鬢改看人琴寥落淚潸然一卷縹緗未斷二難猶肯爭先　移

家經歲漫遷延心事付哀蟬奈貧病交攻荒庭白日破甑寒烟簞瓢
且虞郭外甚黃鷄紫蟹足梁園無酒沈沈若醉衰翁對坐逃禪

前調　慰陳天游甥倩悼亡

秦樓鸞夢斷荀奉倩奈神傷記坦腹牽絲畫眉卻扇鸞影飛雙芹香
篝燈佐讀羨虀鹽歲月共相莊撫就掌珠凝彩栽成庭玉爭芳　何
當瑤島促雲裳含淚掩殘妝歎半生慈孝萬端涼燠一旦分張悲涼
太丘羔雁縱他年紫綬負糟糠可惜連枝誼重廉泉不獲親嘗謂親文甥

水龍吟　遣懷

夢回四野蛙聲曙光隱隱愁彌極猛追身計如何狼狽流光駒隙說
甚男兒酸虀甕裏淚珠偷滴向天涯一望沈迷半餉惹動雨風蕭瑟
天若垂情念我願從今心頑如石也知勘破塵勞世網把閒愁斥
畢竟無端絲絲牽著依然難釋算除非陡志逃生醉夢暫舒晨夕

前調　辛卯中秋僦居湖上憶舊

晚風驚散浮雲，素娥玉宇開金鏡。登樓王粲，故園何處，太湖千頃。烏鵲南棲（韻）魂牢落室家萍梗歎潘絲欲染青山孤約忽醉裏愁重醒　遙想楓江露冷已苔封故人花徑臨觴門酒裁詩浣筆當年稱勝烟鎖蘋溪漏催蛩砌夜寒相迸問今宵何事低徊撚帶茂陵成病

尉遲盃　書悶

常私哂羲娥逐轉到何時盡漫催傀儡乾坤陡若江濤亂滾烟霞堪蹈恐走遍青山難覓隱問劉伶僵臥糟丘可銷鑠胸中憤　咄哉奚必沈吟溷誰把濁醪痛澆方寸任雨暗風狂相鬨且報道醉鄉頹因沒來歷靈均獨醒便吟煞江皋著甚緊但更防醉後無聊還頻將袖兒揾

惜餘春慢　重閱葉蕙綢表姊遺藁

鏤管冰生臨牋翠起從古名姝不到魂銷夜月淚染春花滿幅睡痕殘照乍展還尋豔句覽至中篇頓成猿嘯遍江山覓不出知音侶請君休道　慚愧我天付愁腸朗吟再四驀地低徊痛倒溫柔骨性慷慨襟期品行誰人分曉常自忘懷奮袂笑破乾坤踏平蓬島漫回頭鸞影妝梳竟在鳳樓空老

沁園春　子才姪從余肄業三載庚寅春將負笈于舅氏葉雲期余己丑冬暮解館書此爲別

點檢芸編殘冬無幾別在新春念三年講習吾無隱爾一生進退汝勉成人手澤難求熊丸是望肄業還傷家力貧從今去願賢甥似舅卓邁羣倫　臨歧囑語須珍把學問塵情兩路分看榮枯有命從伊冷暖詩書無恙勵爾晨昏凍蕊江頭斷鴻天際漠漠寒烟斜日曛他時望過卿家擬叔樽酒論文

沁園春　庚寅秋日館中得内子札書此答之

來歲歸歟假寒貂裘傍食山妻欲筆花濡禿如何總是情絲空掛畢竟還非書有千函田無一頃舉目人間百不宜休追古傷伯鸞非德眉案難齊　回頭汝試思維看十載炎涼我共伊念克勤克儉甘貧誰及能寬能猛調劑須知鐵硯重磨韋編再整榮祿何年報扊扅他時願向溪山卜築偕隱忘機

前調　輓許節婦金夫人

天道無知如此貞嫠乃不祿耶看三十星霜代夫事父百千炎冷立嗣承家兩世單傳一生九死拮据晨昏獨練麻心何託望螟蛉似續里閈相誇　回頭雙手頻叉歎玉樹無根類柳花念井臼維艱敢辭俯仰旱澇踵至甘委泥沙貧病交攻始終不變忽向泉臺化晚霞臨歧話尚痛翁垂暮菽水情賒

賀新郎　聶叔夏道兄劇談舊恨爲作送春詞以記之

去去春難買任殷勤千金一刻爲誰留在往事驚心如斷夢忍對花天月海笑老去愁腸未改蝴蝶不通孤枕恨縱知昔已負今生債情萬縷空耽待　淚痕敢向樽前灑怕難禁酒傾百斛醉魂無賴顛倒行藏齊寵辱牛馬隨呼何害羞重向鶯花結寨睡起玉簫聲漸遠看暮雲冉冉歸青黛雙袖懶風吹帶

前調　壬戌夏五張煥文道兄郵寄四愁全集冬莫余遄歸故里不獲一晤譜此代別

萬選青錢客倒詞源寶光千丈似歌還泣落拓行藏誰敢料羞向王門鼓瑟但暗惜流光空擲賦就長門司馬價問何年應召沈香北百解酒風生腋　憐才老叟偏鷄肋整歸橈識韓有待班荊未得莫歎四愁青鬢改指日鳴珂如昔算行樂浮生是實六國未平嬴姓改笑

斜陽照老江山碧還放釣五湖宅

前調　歸憩故園用南莊叔投贈原韵

照影清溪下似蝸牛遷延脫殼又歸來也十五年前容膝處斗室居然廣廈眞手澤離離嫻雅荒冢淒涼松菊地是當年花圃人中畫顛倒夢幾時暇　難追龐老闤闠話笑羈遲向平五嶽倩誰催駕木石同壇千岫隱怪底須彌不大枉受用花寒月亞剩有閒情翻曲調寄漁莊倡和斜陽掛還掐手浩歌罷

前調　秋日聞退密師抱恙都中譜此志懷

此去非君願果長安朱門九閉黃沙撲面拋却醍醐禪悅味馬矢塗羹相勸漸舊衲化衣塵滿人世蠅蝸成底事怪三千里外聽更箭疾陡作那能遣　涼秋定報沈痾散鼓歸橈長天破浪那時重見憶昨花朝同眷別抹眼星霜又變莫追感帝城冰炭自有驪珠衣內寶映

禪燈一盞維摩院陳七發也非晚

邁陂塘　來止兒鑿池既畢草廬落成屬詠

休提起射名馳利茫茫無限今古窮通壽夭何須算不是男兒進步朝又暮肯忘却三生石上來時路清閒自許有數畝泠池一椽茅屋便恁安身處　蒹葭裏鷄犬聲傳遠浦漁帆野岸低度日之夕矣牛羊下造化不勞人補東籬踞遙望兒鶉衣小弟廬荒墓狂吟對賦笑揑影蓬壺摶沙經史贏得英雄誤

浪淘沙慢　中秋月夜

迫人老涼飆欲醉月皎如別正是閒愁難決放清光忒恁徹開萬里瑤天何處絕空凝望斷雲搖曳閒道廣寒頻敲玉杵可醫得心熱誰說今古恨情難滅想芙蓉泣露秋江冷幽豔還空設乍蟋蟀吟寒聲愈淒裂豐城古鐵舞精靈斬碎瓊樓宮闕長夜埋光迷霧結幾消

盡晦明圓缺遍天下悶葫蘆空挈省得是照我牀頭驚坐起擁衾歎
息情虛切

沈永禋 見卷六

憶江南 南村詞

江柳好消夏納新涼蔴葉雨肥村舍綠楝花風軟水亭香閒坐桔槔
旁

眼兒媚 秋夜不寐

竹撼秋屏被未溫香滅舊時薰十年心事五更風雨一夜愁人 燈
花結盡無憑準楚夢等飛塵滿庭墜葉數聲征雁合造銷魂

鷓鴣天 閨怨

寶瑟淒清螺黛低一雙紅筋漬羅衣檐前花落蛛兒占樓上春寒燕
子知 傷獨自記分攜短檠消息夢參差天涯便擬成拋棄未忍輕

裁决絕詞

虞美人　春盡

欺寒傲暖閒庭院糝地殘英遍泥香趁得燕梢忙爲替長虹小白罵蜂狂　粉闌干外湘簾掛密事重重下也應無計可留春獨自冷拈愁字祭花魂

南鄉子　詠紫藤花

結陣錦香迷檀霧晴吹胥蝶衣裁得綵雲爲步障紛披百尺流蘇剪未齊　風裊珮環敧寶珞珠瓔委地垂幾度欲扶扶不起渾疑壓架葡萄萬顆低

踏莎行　春恨

薄命夭桃淺情飛絮繁華總是銷魂處無端二十四番催風風雨雨春歸去　楚客才華謝孃眉嫵算來多少成擔誤直須酹酒向花前

飄零一樣休相妬

滿江紅　秋感

搖落年華驚心處頻看青鏡借一段漁樵閒話解嘲鐘鼎志豈在乎溫共飽士之常耳貧非病料嵇狂阮哭總徒然無人省　登臨約成空訂闌干曲聊孤凭正愁來時也思量耿耿少不如人今過壯醉應難遣何堪醒把襟期飛落楚天遙隨鴻影

木蘭花慢　冬日諧賞園感舊

辟彊名勝地故老說舊曾游記曲榭平臺花時聯袂月夜藏鉤繁華事吾不見尚依稀人物晉風流滿目山陽遺恨空餘寒雀啾啾　斷垣烟影敗梧楸收拾古今愁歎一擲光陰幾多池館回首看休人生等閒如夢總銷沈華屋與荒邱落日西風淒緊憑闌無限遲留

望湘人　茉莉

漸黃昏近也淡月簾櫳香膏百斛無價寶合分酥瓊甌護粉不放等閒閒謝指印尖纖汗潮融溜薄紗廚下正寂寥簟展湘紋冷浸一簾冰蟾　堪掬清芬盈把想斜簪晚鬢玉釵光亞洗瘴雨蠻烟占斷嫩涼亭榭因記舊約題封巾帕多少剪燈低話但曉來枕畔端相莫忘昨宵嬌姹

金縷曲　感憶

鬢鬟晨梳了拂菱花水晶簾下玉蛾重掃荳蔻含香春未透薦地蜂勾蝶惱惹一點紅潮暈小曲角闌干窺倩影乍迴身碧玉情顛倒巫峽夢片雲杳　而今塵閣銷龍腦剩人間愁多騎省鬢斑形槁往事不堪重記憶空對落花殘照歎密意些時草草鈿盒銀環私誓在總今生難借他生表鮫帕展淚多少

笠澤詞徵卷二十八　完

笠澤詞徵　　　　百尺樓叢書

卷二十九　　　　邑後學　陳去病輯錄

清

葉舒胤 見卷七

壽星明　壽沈一指表叔

江左文章吳興人物郊居隱侯記花時竹馬童迎上洛桑陰雛雉椽說中牟兩袖風輕五湖春暖鄉夢先牽一葉舟歸來好等身書卷如意歌喉　須知天與風流向藝圃歡場恣冥搜看徐卿作畫半多沒骨周郎顧曲頻自回頭酒可三杯棋還幾局許我追隨百尺樓聽此會新聲雙奏畫錦千秋

前調　壽吳慷庵先生

錦里先生弱冠才華雁塔高題記含香粉署閒稱吏隱飲冰水部清

畏人知拄頰山青科頭眼白金馬浮沈此一時風流甚看從容退食伸紙臨池　嵬舟翠蓋齊飛是憲節乘春天上移恰論兵江漢輕揮白羽搴帷荆楚偶挾朱絲世路羊腸宦情雞肋萬事無過便拂衣歸來好且學參柏子休遣楊枝

葉舒崇見卷七

卜算子　荷珠

可向日南來乍寫圓還碎買得花容似六郎十斛休嫌貴　月曉墮紅衣粒粒須重綴寄語鮫人莫採歸留作相思淚

前調　榆錢

箇箇沈郎輕彷彿完輪廓可是天工也愛他枝上横堆著　拚得擲千緡買住春情薄不道隨風賭落花一夜都輸却

沁園春　美人齒

密結朱脣一夜生成可是含蘭慣盈盈寫字吮殘鼠管懨懨病酒嚼碎龍團好閉芳津頻啣素指誰把琅玕故故攢風流甚愛痕留歡臂輕印香檀　隔簾仔細偷看恰纖手輕揉病倚闌記紅牙度曲千呼乍啓青梅消渴一點先寒粉澤難施香醪屢嗽瓶頰多姿露未完天然好笑梁家新樣齲態多端

丘　乘見卷七

賀新郎　寄倪文來

又見西風發悵知音頓塘溪畔窮愁寥闊落寞雲亭誰載酒奇字零星狼籍歎自昔才高欲殺嚼徵噴宮花月地漫消磨幾斗男兒血更何日繫南越　入秋我亦愁千結料人生不逢狗監長楊何物吾道從來難媚俗甕底甯能穎脫休再問侯門鼓瑟金盡牀頭且莫歎看一錢眼底誰人直還共訂古今業

沈　雄見卷七

沁園春　感遇

弔古愁濃，懷人道遠，年又一年。擬碎琴市上，功名晚矣；挂書牛角，里塾蕭然。投轄無從，歌魚莫就，誰是逢人說項偏。應嗟我，吳霜茸帽，楚雨絲鞭。　人閒刺促堪憐。終自笑、原無二頃田。悵江干挾策，曾磨盾鼻；墟頭貰酒，也拔珠鈿。歸競巢枝，老甘伏櫪，休問英雄骨肉緣。茲休矣，依人白社，破我青氈。

賀新郎　紅橋感舊

往事俱沈陸。趁朝來、木蘭橈轉，藕花香簇。簾子紛華如夢裏，賸作名流殘福。楊柳岸、紅橋低束。勸酒徵歌誰得似，任空梁、難把香泥啄。翻揭調，趨時局。　芳郊一雨矜新沐。尚依稀、蜀岡餘黛，雷塘零玉。錦纜迷樓何處去，那有斷魂重續。千載恨、辦眠鶯宿。後不如今寧似昔，只

蕪城一賦尤難讀隨過隙爭相逐

虞美人　櫻桃

火珠纍纍名園種曾帶青絲籠葡萄滿架薦秋風不及春深一點口脂紅　何來挾彈驚相問莫是當年鄭嫌他別苑鳥銜殘只向珊瑚網底定睛看

周　銘見卷八

鶯啼序　自題林下詞選去病案林下詞十四卷所集皆歷代才媛之作珠聯璧合無美弗臻以朱晦菴有言我朝能文女子惟李易安魏夫人而已故茲集卽以二人弁首惟時相與討論商榷者若雪灘柳塘聞璋學山超士諸老多與其役而所觀祕本資以采擷者如葉天寥之塡詞集鹽沈鳳羽之初蓉集尤爲枕中鴻寶初余未見此書頗以爲憾嗣於徐積餘先生所假得之其裨吾詞徵良匪淺尠而此闋當尤爲先生得意作耳

緝柳編蒲消不盡平生心事頻回首舊恨千端廻腸九折而已兩字功名容易誤讀書萬卷徒爲耳甚英雄老大心情付與流水　醉臉

横春好花簪帽總是閒游戲笑從來酒聖詩豪空留斷簡殘紙羽觴醉殺謫仙人綵毫抹倒元才子到而今費盡雌黃畢竟誰是　幽悰幾許好似楊花無蒂一刻經千里便檢盡奚囊錦字成灰有愁難寄秦女吹簫羅敷彈瑟算來未是消魂候問何時禁得窮途淚霜天好夜熏鑪瑞腦頻添鄴架牙籤重理　行間脂印字裏香痕閒閣多才思留取松煤研露翠管調朱也難描出柔情密意換羽移宮偸聲減字畫眉樓上鍼停處想傷離怨別多相似儘他魂磊塡胸白雲何據我生已矣

賀新郎　友人促余入都悵然賦此

爲是棲棲者歎當時五陵游俠少年爭迓散盡黃金曾結客酹酒鳳皇城下試一曲陽春和寡慷慨悲歌驚四坐記醉歸還把唫鞭灑空回首成佳話　年來逃入雞豚社料吳儂廟廊無分甘心田舍偏是

故人情恁重勸學題橋司馬渾消減舊時風雅投卻懷中鸜鵒筆到于今也怪爾生馬愁便向征鞍跨

浪淘沙　松下疊石初成

身世等浮鷗忙把閒偷種松疊石任夷遊一壑一丘容我老也自風流　倚檻漫凝眸午睡初週野心合被白雲留峭立孤峯看不厭翠繞烟稠

行香子　擬豔

出水精神飛燕輕身小蠻腰穩貼湘裙相逢未嫁着意溫存愛眼如波眉如黛鬢如雲　一晌橫陳情重多嗔背銀燈私語殷勤道從今後來往須頻卻半含羞半含笑半含顰

虞美人　贈歌者

良宵綺席搖紅燭瞥見人如玉流蘇寶髻內家妝一曲新歌何處願

周郎　舞衣未解餘嬌暈姓氏羞頻問着人憐惜在生疎別語分明家住在鴛湖

菩薩蠻　記豔

衣香不怕蝦鬚隔粉香驀地句人魄不枉喚芙蓉鮮妍映日紅　秋水點點溜約略雙蛾瘦直恁會嗔人如何偸覷頻

柳梢青　願在眉而爲黛

曉捲湘簾雙蛾低偃欲語纖纖一段幽情幾分春思畫出毫尖　一丸螺墨輕拈纔點就偸藏鏡奩常在眉間可知心上留待重添

漁歌子　本意

晚嵐青新漲碧湖山一抹秋如滴補荷衣裁箬笠漫把絲綸收拾趁風吹隨浪泊釣船不似人間窄對冰壺橫鐵笛引起一行鷗白

沁園春　家廐雙駒

千里雙駒躡電追風並馳往來看驕嘶歕玉聲邀重價長驅顧影足絕輕埃樵牧常依雲霄夙負何處黃金更有臺春風裏且雙雙飛鞚鞭影休催　傾囊購得龍媒任牝牡驪黃莫浪猜問驚帆飛兔不輸騕褭霜蹄霧鬣未怕崔嵬碧草隄邊綠楊郊外人見渾驚匹練開難收駐待朝凌碣石夕刷蓬萊

前調　詠雁追和高季迪韻

已逐春歸還伴秋來相違半年慣叫回客夢征人帳底喚來離恨牽婦舟前月儹宵征風驅曉渡歷盡閒關落遠天滄江上看欲棲還起髣髴驚弦　一行低壓寒煙休認做黃雲紫塞邊向丹楓影下恰同魚夢白蘋叢裏穩伴鷗眠檢盡沙汀往來縹緲羅網空散在稻田知飛去有蘅臯深處飲啄悠然

沈時棟　見卷九

憶江南

姑蘇好，風景動人多。花噴吳王神劍血，月留西子鏡臺梳。陳跡豈模糊。

浣溪沙　東家威音

蘭譜追陪蘭砌低。吳興騷雅屬佺期。最憐才大識人稀。　雪冷江清高竹屋，柳昏花暝史梅溪。旗亭爭唱色絲詞。

菩薩蠻　山游歸詠

流光不管傷心客。歸舟一餉煙雲隔。悲樂互相侵。山川夢裏尋。　古今只如此。惆悵空勞矣。濺酒送花魂。花香人酒痕。

減字木蘭花　風前楊柳

依依淺碧。吹上眉痕描不得。芳草堤邊。搖曳春情拂翠鈿。　灞橋攀折。腸斷青青今古別。忍覩飄搖。惱亂長條更短條。

前調　題美人便面傍有梅花水月

暗香浮動玉女何來湘水弄徙倚風前花月爭迎水底天　人耶近遠彷彿羅浮曾半面雋筆堪誇淡掃偏能壓麗華

前調　題東樓壁

舊家姊妹綠鬟朱顏誰復在慚愧羊曇髻齔情親事孰諳　荆釵伴我自嫁黔婁生計左百不如人十載青燈掩淚痕

山花子　曉妝

綠綺晨光一線過小紅低喚熨輕羅悄傍妝臺臨寶月漫婆娑　黛酌淺深休太減粉商濃淡未宜多試向水晶簾下覷有人麼

柳梢青　願在眉而爲黛

低控珠簾菱花乍展柳葉微纖句得春愁描將幽恨多上眉尖　憑將玉筍親拈朝和晚常隨翠奩不是張郎鏡中深淺若箇能添

西江月　別怨

柳弱難勝鶯重花含尚怯蜂狂小桃偶爾逗春光可許尋春無恙料得重來杜牧追思前度劉郎斷雲何計返高唐從此陽臺不上

鷓鴣天　記憶

玉作精神雪作肌雨零雲斷費尋思窺簾月色愁明處拂簟花陰愛密時　眉淺淡鬢參差露寒香重怕分攜那知書幌孤眠夜聽煞簾前鐵馬嘶

春去也　本意疊冬呈原韵

恨匆匆一番花草怪雨盲風打疊三春好紅鵑村畔柳眉低爲惱春歸犂未了　約略脂香全杳彷彿翠鬟爭繞碧酣絳歛奈何春惜春人共東風老

踏莎行　鬥草得笑字

找去偏間尋來慣巧不防姊妹爭先效一回輸却柳眉嗔小姑花底偸含笑　選勝重來拈芳更較今番拚賭釵兒好薔薇刺抓鬢雲鬆歸時生怕閒猜料

蘇幕遮　綺牕私語聲

話留連情旖旎綠綺春寒訴盡綢繆意兩下喁喁音轉細料得多情說到情多處　乍低聲頻側耳却恐鸚哥領略眉間事慣是紅兒不做美躡步潛蹤靜聽芭蕉裏

前調　席上猜枚聲

飲瑤樽燃絳燭玉掌擎來虛實眞難卜恐被秋波斜溜速驀地呈拳贏却杯中醁　喚三三呼六六勝負循環不怕蓮籌促佯弄機關多反覆占盡聰明賺得人兒毒

隔簾聽　深閨聞百舌

喚起羞蛾頻簇春睡偏教醒如啼似訴還詳聽却懊惱東風落紅無定花短命伴妝臺斷魂零影秦簫應　神游仙嶺倚玉蒹葭並驚心殘夢紗牕冷春光何處欲留難倩聲何佞囑伊絮郎須罄桃爲短命花

最高樓　縹緲晴巒

憑高眺雲際結崆峒身在有無中衆流隱隱迷葦岸亂帆點點綴遙空悵來今悲往昔是吳宮　七十個遠峰盈一掌八百里太湖收一網勞宋玉唱雄風錦貂窄袖穿鴻雁艨艟戰槊督罷熊笑烟霞留不住黑頭公

洞仙歌　和東坡摩訶池夏夜原韵

清也皓月斂冰綃珠汗漏吸銅龍夜將滿指明河漫道此夜三星常對老誰計夔州理亂　錦城雖足樂銜璧來歸夾岸芙蓉泣江漢解甲愧男兒椒掖陳詩忍啼痕寸腸千轉問劍門玉壘近如何恐帝子

神游滄桑又換

江城梅花引　書齋坐月

蟾影多情荷香無賴夜深不放人眠水亭風細碧柳動如烟瑤臺畔一輪纔滿清池裏雙魄爭妍閒吟却坡公水調佳句恣留連　清輝長似水睇遙空萬頃光影無邊轉芸窗牙籤低映臨妝閣玉臂應寒腸斷也人逢離索月偏圓

意難忘　賦得千樹桃花萬年藥不知何事憶人間

豈戀紅塵怪重尋舊夢遽負仙眞玄霜空見搗丹樹枉長春穿故屐漫通秦猿鶴悔殷勤忍覩伊紫芝婀娜綠蕙氤氳　曩時幸締仙嬪誓芸香永伴寶瑟常新雲鬟搖黛影月佩照湘紋今何世此逡巡陡別太無因又那知鷄豚社裏老却曾孫

東風齊着力　願在竹而爲扇疊華胥詞原韵

疊絮風柔釀梅雨細偏弄陰晴翠稠綷淺惱殺隔牆鶯皓腕偸裁月魄齊紈軟鬥巧爭贏纖纖手傍花欲撲蝶夢難成　香汗玉肌盈眠未足海棠凝露含情英皇粉淚常恐倩魂驚莫遺恩情易斷炎光謝條報秋聲能憐舊朱明再握不算恩輕

滿江紅　慰友悼亡

寶瑟淒清忍輕聽聲聲別鶴頻觸眼睹紈斷墨神傷潘岳菱鏡難圓鸞影隻桂輪易缺蟾光弱忽重看一幅斷腸牋胸生惡　簾垂地情非昨燈乍燼衾逾薄奈坐香荀令愁縈衣削釵臂盟寒百歲誓返魂術負三生約待他年親捧五花封人如作

滿庭芳　遣興

隙地栽花寸陰窺簡沈郎心事如何兔園陳册些子困人多馬齒無聞將及空贏得酒病愁魔驚回首迎涼餞暑駒影疾于梭　知麽塵

世裏荆榛滿目何地堪過除摘蓴溪畔采藥山阿否即層沾堪涵淩雲志冰雪消磨荆高市吹竽擊筑傲睨恣狂歌

前調　斜陽疊聆缶詞原韵

倦鳥孤飛鳴蟬欲咽漁罾高掛前村烟横愁靄却怕近黄昏揮斷魯戈無力還自笑事事輸人憑闌久興亡滿目丘隴臥麒麟　清樽疑蟻夢淳于初醒竹葉留春歎年華駒隙山水空存觀破三生幻影齊修短心逐行雲誰知道古今無恙此刻最銷魂

水調歌頭　金庭探梅

聳目翠峯渺回首白雲低苔封睥睨蒼翠遠混碧天齊萬樹梅英初發百道泉聲欲咽古穴曉煙迷安得謝公屐助我躡霞梯　買山錢誰憐取此棲遲浮生急景易盡何事太情癡局外滄桑幾變忙裏乾坤一瞬日月兩爭馳預拂香亭石抱膝共忘機

前調　瀲水署中聞促織

喚起朦朧月宿酒未全醒多生與爾何隙驚夢不教成料是臣孤子孼定屬鰥魚寡鵠陡作不平鳴一唱更三歎沈鬱費人聽　似金笳如鐵笛沸三更家園此際風梭露杼最牽情續得終朝蟬奏助得終宵蛙鼓哀響薄秋冥萬籟倏岑寂起視月華清

鳳皇臺上憶吹簫　月中閒步影

玉宇秋高冰輪光吐碧闌仙桂重重正露濃風細花睡朦朧恰值晚妝纔罷移芳趾欵態庭中多情甚描來絕似望去仍空　溶溶清輝如水把芳痕深淺繪出偏工看盈盈羅襪小立墻東踏破瓊瑤一片回身處碾玉玲瓏形相抱不離咫尺偏恁從容

前調　鏡裏簪花影

玉筍斜侵雲鬢低擁廣寒催上姮娥覷丁香含蕊婀娜婆娑細把菱

花相較評邢尹漢殿爭多凝眸處春生兩鬢翠歛雙蛾　銷磨韶光暗謝計朱顏消長檢點無過看淺深桃頰宛轉秋波手執絳榴斜插新妝靚髻鬟偏荷晨梳罷短吁撚帶試問因何

八聲甘州　東柯亭弟

感昜綸堂上夜塡詞悽惋復淋漓記剔殘鳳脛吮將犀管染遍烏絲棣萼爭飛江彩此樂倩誰知怪底寒燈夢依約前期　惆悵知音寥落儘黃鐘瓦釜顛倒雄雌奈壯心難抑中夜猛歔欷狠乾坤荆榛滿目囑君家收拾有情癡憐才少繡平原也脫穎何時

前調　秋登靈巖追和吳夢窗原韻

踞層巔身在畫圖中羣峯似羅星只館娃宮廢朵香逕冷枉說傾城吳越春秋爍爛楓葉尙疑腥玉洞探香跡繞屧無聲　故國山川在眼甚夫差狂惑狂醉難醒拂琴臺片石縱覽吸遙靑流連池閣升輿

晚早蒼茫雲海欲迷汀催歸棹望巖頭穎已逐檣平館娃宮采香涇琴臺俱係古跡
玉洞即西施洞也繡屧吳王建廊虛其下令西施步屧繞之則
有聲池閣即指浣花池涵空閣也雲海上晴下照是山中第一
好景岩頭穎指文筆峯朱
詞有雙峯堵露書空穎句

前調　追和柳屯田韻

偏郊原黃葉攬長空景物入深秋記年時游冶玉鞭酒市寶瑟歌樓惝恍前歡若夢風月等閒休屈指旗亭會南國名流　回首高唐人杳恨楚雲中斷巫雨常收奈塵緣易誤勝事渺難留縱劉郎舊游能識怕桃花羞認武陵舟重興感拂烏絲處一字千愁

慶清朝慢　詠繡西施浣紗圖疊蓉渡詞原韻

素練波翻紫絨霞舉苧蘿尺幅追尋應是若耶溪畔人立苔陰柔荑持繒縷看臨波浣滌費徵吟最懊恨白蘋風緊水濺羅襟　念孤蹤成密約想舊愁新恨幾許相侵只恐玉人重遡迷却花深縱有千絲

萬線也應難繡此中心端的是唾絨窗底費盡金針

高陽臺　詠繡高唐神女圖疊延露詞原韵

一幅巫峯三秋好夢陽臺景色空蒼暮雨朝雲無端賺却襄王楚宮粉黛猶難足吟佳期月珮烟裳倩鍼神玉腕描來風格飄揚　綵絲牽惹情腸把靈蹤幻影繡出微茫試問芳魂別離曾否心傷料得鸞輿歸去後猶彷彿斷粉零香展冰綃細檢仙姿敢道荒唐

念奴嬌　秋懷

姮娥何處放秋光一片澄清無際自是多情人易老莫怨花天月地耐盡蛩吟看殘桐影恍惚心如寄靈均何在行吟枉採湘芷　吾欲結伴劉伶東籬浮白潦倒籃輿裏今古難窮誰爲我打破愁城旗幟蓬島烟深瑤臺月暗且穩鰲魚睡五陵裘馬任他自炫青紫

解語花　對瓶中花

話言誰共惟汝瓶花日伴予清晝予將前叩甚情重對我目成相候
滿懷僝僽凝覷處卿能知否紙窗燈火慘如秋誰向燈前瘦　奚不
去隨歌酒向月風場底把豔姿門云何遲逗來從我聽徹鬧蛙殘漏
感卿意厚無言熟視雙眉皺恰泠泠一縷風來只見花顛首

東風第一枝　月夜探梅用史梅溪春雪韻

素彩融香金波暈粉昏黃猶殢輕暖藥娥似共瓊姿較量顰深笑淺
冰光瑩徹襯十里玲瓏香軟問個人潛步花陰曾否繫將釵燕　臨
皓魄蕊珠迷眼披素萼露盤迎面只容鶴夢瑤窗那許蝶窺閬苑搓
酥弄粉蚤央及春光如線盼廣寒宮近羅浮依約玉眞初見

換巢鸞鳳　寄懷用梅溪詞韻

鶯囀春嬌記分襟南浦攜手河橋空留雲外信枉嘖月中簫遙憐憔
悴損蘭腰夢同花懶香和翠銷妝臺畔想只有桂輪分照　心悄烟

篆渺淅瀝秋聲忽忽驚儂抱金勒空歸鳳車輕別怨殺當時青草暗
惜朱顏鏡中摧可堪幾度秋光老別來心事除非夢魂能曉

月華清　白鷳同虹亭韻

玉粒頻喂筠籠密護是伊邇日羈處自被兔羅不向山林棲住只除
却金眼朱頤渾一片縞衣玄縷心怖覺顧影驚疑相憐惟汝　料是
性偏耿介盼雲海深沈甚時歸渡飲啄無心羞却如簧鶯語空鎖住
貢水嶔山枉消受客牕烟雨愁緒算茫茫天壤寄身何許時客灨水署中

前調　賦得寒氣逼人眠不得鐘聲催月下廻廊疊蓉渡詞原
韻本宮人題壁句

燈爐蘭釭香銷翠被花外銅龍聲遠捱不盡長門夜永夢寒難選怪
景陽幾下疎鐘又早向妾心頻喚空戀這水晶簾外素娥冉冉　漫
道海棠香汗怕廣寒宮近露寒花顫竹葉羊車盼殺題紅庭院弄悠

揚鐵馬分明似訴著孤踪無件幽怨恐千金一賦價廉難換

木蘭花慢　秋夜納涼

炎光猶未謝報涼信暗中驚正簟展鱗波扇搖蟾影月上疎欞盈盈玉繩低挂倩銀濤洗出晚峯青桐葉攙殘酷暑荷香老盡秋聲　水螢明滅往來輕天淡斗初横看竹韵悠揚花陰寂靜人境雙清無情滿庭秋色怪年光常向此中更一枕松風颼颼數聲殘澗冷泠

前調　送春

把春心萬種都付與子規聲念花暖花寒花晴花雨花醉花醒愁春病從花染待踏香春徑悄無情南陌金鞍試馬西園玉笛調箏　柳花如雪撲衣輕寂寂野香生有竹裏登樓花間覓路林外聞鶯烟空水澄何處憶花時天氣尚清明潰恨不堪重數焚香小閣孤燈

風流子　春豔叠韵

鍾情難再遇蒙窺宋欲報意先蘇想眉月雙鈎倚風無力鬢雲半嚲新雨初過抱恨處瑟琴膠玉柱烏兔織金梭莊蝶不來漫驚短夢錦鱗孤望應阻重波　文君諧今夕頻攜手知是瘦縮春羅眞個韻標寒雪香沁柔酥奈花影暗移流光不駐酒腸越窄鬼病誰扶却怪遺愁偏到伊道因何

疎影　芭蕉叠江湖載酒集原韻

無端怨汝攪秋聲萬斛耳根縈住淅淅淒音襲襲寒風驚斷羈魂何許迷離翠影罩空階慣消受淡烟疎雨傍朱闌最怕黃昏偏把客愁傾訴　欲比班姬紈扇倩生花蘸管泣題新句露冷幽窻月射疎欞空翠拂牆來去夜深蛩絮太分明似向恁個儂私語礙芳心一束千重恰又靈空無樹

沁園春　慰友

我愛虞卿買却窮愁偏能著書喚三山架筆掃除塊壘五湖滌硯搖蕩狂踈蘚卷情深寶釵恩重消得芸窗淚滿裾君休歎便腰圍紫綬豈換樵漁　心牽挂玉難儲却不羨馮驩出有車看青萍貯匣誰堪結伴白雲在戶我自非渠天地如漚古今若夢用舍行藏任卷舒須放眼縱蘭亭金谷一例丘墟

賀新郎　訊陳亦翁時年八十

二豎休侵者爲吾翁高歌魯頌壽而臧也祖述華巔躋八百十倍居諸堪借久了悟人生傳舍憑仗維摩消遣法有松風七椀書千架青白眼花中暇　甯甘混跡雞豚社蚤抽身塵緣事盡向平婚嫁酣戰耆英白傳句潑墨龍砲如瀉快意處聲同興霸洵具穎川風雅骨看棱鞋桐帽人如畫揮寶麈度長夏

邁陂塘　題張太史雪齋南轅圖叠新定毛鶴舫先生原韻

指鞭梢犢車南下襟懷冰雪交映緇塵已謝京華道除卻鱸鄉廱駲瓊林盛把水墨工夫妝點乾坤勝光搖萬頃想回首鷺坡驚心客夢豈望瀛川令　江南近何處吾廬三逕浩然驢背清詠迷離南北歌黃竹肯向蠅蝸爭競山陰興誰承望星馳千里膺王命嘉聆嘉政看小試經綸蒼生翹首如仰少華頂

多麗　賦得書幌誰憐夜獨吟

鬼燈青晚風斜透疎櫺正梅梢冰輪遙挂一簾瘦影分明展牙籤孤悰悒怏披玉簡離思縱横張子愁篇江郎別賦塗將鳳紙墨欹傾渾無賴閒敲漫詠推盡短長更縱饒卻斷腸新句吟向誰聽　料多情鍼停繡閣還應纖手調箏理殘妝雲鬟半嚲憐舊詠綺句頻賡翠管情深金鈿信杳文園病渴恍如醒空記得雞窗寒峭頻喚莫消停還追悔夜香臺畔捉月同盟

吳景果 見卷九

菩薩蠻　山中晚眺

行行一片山巖好春光猥籍誰能掃悵望半迷離低徊若有思　無聊姑緩步游冶非心素細雨促歸程絲絲多是情

葉舒璐 見卷九

山花子　曉妝

揉纈吹綿日乍長一簾紅雨潑春光爲惜餘菲慵更起恰如棠　鬢惹蝶迷雲六六腕句菱浸玉雙雙十樣宮眉誰教演泥檀郎

西江月

紺唾濃于香茜朱啼盈似春灑小腰無力軟風拖一線苔痕微破占喜難憑鵲腦織愁凝借鶯梭驀從鶼枕喚哥哥惹得鶼釵欲墮

洞庭春色　偶檢亡姪憬疏小詞愴焉有感

憶數年前惟吾與爾長共相羊正烏衣游徧香霏瓊塵紅楸賭罷佩解羅囊幾番蹋臂春風裏有桃李花開夜未央誰信道是苔封竹外草宿池旁　回首山河已邈忍重看斷墨零章歎叔眞癡絕猶耽品令兒偏佳甚也愛歌行曉風吹散屯田句怪鷓鴣仍呼舊七郎傷心也似一聲鄰笛喚起茫茫屯田小字七郎憬疏行七故云

滿庭芳　贈沈焦音表兄

竟體芳蘭雅度是荀何之匹揮寶麈清言娓亹冰壺玉尺靈腕裁詩雲散綺豪情讀史杯浮白笑樓頭八詠詎爭多君還益　雀弄曉曦穿隙魚代漏涼生肋羨草園書帶花搖木筆音自焦來偏競賞吟於瘦處渾成癖問希蹤詞隱復何人從今得令叔祖寧菴先生別號詞隱

踏莎行　蜂銜

準笑秦王腰憐楚女一時也做春風主衆香國裏放朝班花糧露酒

憑支取　妬盡鵝行驕殘蛙部樓臺日午鸞音聚懸知曾爲聘紅來故教管領氤氳簿

沁園春　友人劇談舊恨代此誌惋

往恨難忘幾度低徊腸斷朱絃記巫雲一片峯迷十二柳煙千縷月挂初三薌澤微聞金釵斜溜輕暖輕寒不曉天情深處在鷓鴣枕畔軟語留連　一從帆卸長干奈盼斷藍橋益惘然悵烏鰂盟虛枉函心坎錦鴛牒小慣鎖眉山僕本恨人卿須憐我珍重三生未了緣知何日有鸞膠能續花夢能圓

金縷曲　金陵懷古

六代興亡跡豁吟眸望仙何處寒烟堆碧猶記都官談笑裏天塹江流千尺鎖不住銅駝荊棘玉燭調成桑澥換幾些時鎔盡金甌液飛渡也眞無敵　枉教淚洒新亭客弄清狂瓊枝璧月彩箋齊擘一曲

無愁歌未竟多少神州輕擲況剩水零山誰惜細數官家南渡後縱
繁華已自乾坤畢俯仰下酸風翥

百字令　懷徐方思

細數平生嘆詞場知己唯君堪受餘子紛紛皆噲伍每笑虎形類狗
獨對黄花孤拈紅豆懶貰青旗酒盈盈迢隔枉教芳訊都負　懸揣
捫蝨雄譚呼盧豪氣所向無儔懋只我懷人情轉切側理吟牋擘皺
剗曲霜鋪楓江月冷此恨平分否不如意事那堪十得其九

笠澤詞徵卷二十九

完

卷三十　邑後學　陳去病輯錄

清

徐達源 見卷十

菩薩蠻　題陳秋史亭角尋詩圖

情深不放春光去闌干都着花圍住踏遍綠苔痕落紅飛滿身　苦吟纔半首蘭閣催詩久兒女笑耶癡冷風吹不知

箇中滋味誰知道尋來只索梅花笑梅也笑顏開待君尋得來　小樓窗四面亭角參差見約略句初成隔牆聞屐聲

郭麐 見卷十二

去病案諸詞得之友人沈大椿大椿得之嚴扇錢氏破書中已殘蝕不辨爲誰氏作余詳加玩味覺其風韻大類復翁因取靈芬全集檢之果得高陽臺賣花聲兩闋與此正同因益信其爲先生作也今除同者不錄錄其佚者七首俾與天下共賞之

清平樂　代贈

是誰驚起花影窺窗矣鴉髻初盤勻面未一枕潮痕猶膩　尊前聽說歸期深盃到手都遲不惜山香一曲要人知道花飛

玉樓春　贈女郎阿巧

蟲蟲生就腰身楚小小偏工眉黛語人前喚坐意猶嫌衆裏廻眸心已許　游絲落絮春無主雌蜨雄蜂自來去金風玉露會相逢定向天孫親乞與

如夢令

簾外廉纖微雨簾內金爐香炷睡起卷疎簾胡蜨一雙飛去無語無語人在落花深處

念奴嬌

朝來疎雨是天公幾點悲愁之淚淅淅瀟瀟還脈脈做出許多情思

碧落銀河青天碧海中有可憐子料應併作今年一處飄灑　可知有箇愁人謫來人世也無聊無賴銀海一泓能有幾洗面朝朝而已落葉空堦孤鐙小院人在窗兒裏梧桐何苦聲聲滴得心碎

前調　寄酬嚴丈歷亭時將赴金陵

疎疎涼雨看天公幾日做成秋矣免目花黃忙不了又是一番舉子掙揣書簏料量家具跋跋黃塵裏三年一度者回已是三次　可笑毷氉西風冬烘頭腦有甚閒情思十載青衫兩袖淚說也無從說起前輩關心文章憎命畢竟知誰是臨風一笑大江日夜流水

此人可念念書生有疾書生好色臨別微詞猶在耳此意有誰知得僕本恨人士爲知己那不傾心極吳門返棹眼中飄影如席　寄到一束朋箋似憐漂泊望我摶風翼人世科名何足重勉矣爲公努力將相神仙婦人醇酒二者終居一不然才子天教生此何益

滿江紅　湘瀟惠研

一片秋雲誰割向羚羊峽罅苑一似芭蕉雨過葉初抽者莫倚善題
鸜鵒賦先應配與珊瑚架算生平不是石交人如何捨　磨盾手終
假借磨鐵志徒悲詫況見兒文後不如焚也西域正開都護府書生
誰是鄒枚亞總不如得箇袖雲藍捧而謝

陳子諒字菽味　見卷十三

南浦　題恬園叔秋江垂釣圖

蘆荻冷沙汀水茫茫人對秋江晴曉魚唼浪花輕垂綸處贏得清光
多少簑衣篛笠扁舟穩任烟波渺漫謝珊瑚竿底拂却羨忘機鷗鳥
笑他結網心貪甚風斜雨細心忙不了樂意自陶然鈎兒直聊適
臨淵襟抱漁歌聲杳何妨絲立蜻蜓小此景幽閒誰領略都收拾詩
筒好

滿江紅　題邱海士集

海士先生論襟抱是奇男子若說與空同倚劍也非難事索米有誰憐曼倩求仙竟欲從徐市想壯游萬里故平生當如此　吾妻鏡翻奇字長崎島縈鄉思算風光都是吟情所寄一卷新詩傳寫偏也應貴到鷄林紙看聲聲飛立萬山頭天邊水

陳蕊元 見卷十三去病案蕊元有吟曉樓稿頃始得之因急錄于後

一剪梅　題李八愚聽鶯軒詩草

淋漓墨瀋灑蠻牋吟出風前讀罷鐙前裁雲鏤月鬥清妍不是青蓮却似青蓮　冀北滇南付一鞭鄉思雲邊詩思酒邊題橋叱馭趁青年不受人憐只乞天憐 時將補官西川

點絳唇　美人風箏

何限嬌癡乘風偏向雲霄住五銖金鏤生怕廉纖雨　環珮珊珊疑

學飛仙去香魂無據且結雙成侶

憶蘿月　題唐銀槎西窗話舊圖

春宵如許問對蕭騷雨難得談心來舊侶銷却幾分愁緒　鶯啼花落沈沈錦囊好句同尋莫說十年一別相思直到而今

蝶戀花

柳半垂條花半吐紅暈香腮未識誰家婦貼地弓鞋三寸許分明裙底勾春住　惆悵玉郎經歲去芳草斜陽儘是銷魂處欲仗東風傳別緒東風反被相思誤

醉太平

新荷送香熏鑪試香簾鈎聲叉郎當背銀鐙暗傷　相思話長穿針綫長憑他玉尺商量繡鴛鴦一雙

少年遊

㵄雲鎖住遠山頭六月做成秋寶鴨香沈羅衫風峭鎮日不勝愁　雲時簷際收殘溜暮景自清幽數點宵行一聲知了催月上簾鈎

清平樂

廻廊十里鐙火零星記親度玉簫明月裏忘却夜涼如水　相依雲母船窗膩人春色無雙尊上葡萄酒暖鬢邊茉莉花香

春風無主總被東風誤幾度欲留留不住一種癡情難訴　那時柔櫓咿啞箇人宛在天涯莫問去來蹤跡祇憑好夢尋他

菩薩蠻　題周夢塘小影

超然獨立塵埃外分明已入清涼界心眼一時寬白雲寒不寒　蒲團寧製艸趺坐唯參道鍊出自鑪中神仙行樂同

朱瑞增見卷十四

浪淘沙　題伯海峨松圖册

膚寸託靈根劚向峨岷娟姿纖影碧鱗鱗客有閒情移入畫更費清吟　文石護嶙峋几榻風塵虬髯細拂淨無塵一樣凌雲高格在相對忘情

菩薩蠻　題綠雲吟館詞

空山涼煞詩人夢綠雲一片遥相送新調譜廻文風流最憶君　高情無著處寄向東風去棹却酒船來寒梅花正開

金縷曲　題伯海小像

說與君休惱眼看他青衫一例終拚潦倒天忌能文終作祟古有其人不少只可惜勞踪艸艸與醒而狂寧獨醉問此中情緒何能曉云暫把窮愁掃　幾年抗走長安道怎昂藏酣歌擊劍市人驚笑畫裏頓教緇鬢改意氣看仍排奡獨相顧形骸忘了待約五湖三畝宅有綸竿在手堪同釣只可惜垂垂老

前調　寄葑溪徐子晉

積懷容分剖悵神交只憑魚素三年之久江國梅花春乍到記向者番攜手風雨際落帆時候珍重西園同剪燭話當筵幾度停杯酒拚醉倒愁何有　君才原合肯堂構又底須看人垂橐也同馳走賃廡思量謀畫易怎奈此情孤負縱說項我慚良友君善醫囑余于禊湖覓僦居停爲道文章聲價在薦凌雲好待遭逢偶却一日腸廻九

疎影　題陶鳧鄉先生梁紅豆樹館詞即用集中第一闋韻

楊枝不舞念吳閶小住客意如許縱使才人怨紅愁綠青豆間房何處一編小令屯田抵盡寫了譜中媚嫵嘆年華開到梅花可曳行囊歸去　爲問詞人紅豆拈來摩詰意名署休誤一段鴻泥分判仙毫故山歸話吟趣青衫潦倒情猶爾怕俊侶江湖云暮只相思寄與湘絃聽此愔愔琴語

金縷曲　題屈弢園爲章竹滬漁唱詞即用集中韻

琴意何清冷。愛蒔棠、占來竹滬，些些風景。徵逐詞場事初了，結個禪因都淨。數俊語、小山堪並。唱過蘆洲漁笛譜，膾烟波、說與閒鷗聽。勝多少，漂萍梗。　家鄉胡老疎狂甚（謂胡品口先生）。問當時、提鷗挈鷺，招邀小艇。人是騷經舊苗裔，淡到湘蘭無影。香草句、相思先勝。日晚鳴榔能和汝，儘月斜風細情消凝。憑按讀，君應省。

乳燕飛　題海昌蔣生沐明經篝燈教讀圖

暗搵孤兒淚。數淒涼、天風蘿屋，一燈搖穗。却戀孀親勤課讀，月喜檻書能記。那禁得、宵寒如水。斷續鳴機聲未輟，漸遙村、喔喔荒雞起。心一寸，何能巳。　丹鉛猶在叢殘紙。聽人稱、宣文講授，紗帷午敞。今日遐方名藉甚，可識傳經之始。肯牆角、短檠輕棄。太息林烏思反哺，邈儀形、追溯髫年事。算只有，此圖耳。

洞仙歌　題二十四橋圖

揚州舊夢怪勾留不去潦倒青衫擅詞賦便腰纏十萬騎鶴來時早又是長帅江南無數　相思誰喚起廿四橋頭尺八攜來兩頭譜如此大光明月落參橫驀記着少年情緒嘆秋士春人有同情訴幽怨離愁那時云暮

桂枝香　花朝後一日家伯暨同人探梅鄧尉玄墓諸山予枯坐齋頭未曾出遊拈此攄懷

二分春色却勾留舊夢西磧香雪此是羅浮早有翠禽啼徹石樓數遍枝南北更何人袖羅寒絕吟餘瘦句醒來薄酒那時孤立　試證取前身姑射與誰釣溪山同蠟游屐自笑疎慵清福不曾修得文窗乍向梅邊拓只膽瓶商量低折俊游無恙歸期近在剪燈重說

柳梢春　春雨

罨畫廉纖，樓臺深鎖柳淺花蔫中酒人情傷春滋味斷送年年　江南芳艸如烟愁濕了游驄錦韉燕子低迷鶯兒小坐一架秋千

臺城路　落梅

玉烟不鎖羅浮夢東風峭寒庭樹無著梨雲任黏苔蘚一縷冰魂剛化重簾低挂料短笛江城聲聲吹乍賸數橫枝芳華不是舊時也　相思鈴語空護悵飄從竹外翠袖兜惹小點平橋半埋古驛誰解描成圖畫多情閑謝道啼徹青禽流鶯都駡好望西泠綠陰窗半亞

黃賓書　見卷十八

滿江紅　題蒹葭秋水圖

烟水茫茫尺幅裏沙平波漲儘先生風晨月夕自家欣賞幾點蓼花霜有信一泓秋水葭無恙想扁舟搖蕩夕陽中心旌漾　聽幾曲漁歌唱見幾處炊烟上喜柴門不遠移家西向繞屋數株疎柳淨隔籬

一帶幽花放便前人寫盡水邨圖也須讓

莊人寶見卷十九

洞仙歌　題青浦王伯瀛炳華泛海圖

飄然去也仗片颿如駛蜚渡蓬萊幾千里正銀濤浩渺瑤島迷離雲散處花底一重門啓　塵緣曾未了玉宇瓊樓何幸霓裳聽仙子離合奈無端纔得相逢風縣引輕舟廻矣待舊約重尋路茫茫只碧海青天月明而已

黃元芝之字商齡一字蔚若號沅芝光緒乙亥舉人太倉州學正黃復云先大父從趙龍門柳子屏陳中甫諸先生游慨蒙歎賞迭署崇明溧陽丹陽教諭尤邃于醫有學古齋集秋蛩吟草匏庵隨筆醫學摭見錄霍亂求是編星命彙攷等書　去病案沅芷前輩詞應入補人因前卷剞劂已竣姑附於此

滿江紅　茂苑錢茗卿茂才以舒鐵雲瓶水齋詞屬題凡琴尾詞湘雪譜讀夢樂句畫禪秋影共四卷

莽莽乾坤曾歷盡塵煙刼雨且莫問楚德池亭簫材院宇先生別墅名也衰草垂楊成底事金尊玉局將誰主數當年風月付閒情今何處　焦桐韵看重譜鴻泥印留千古任世界滄桑自餘眉嫵鏡裏鬟雲春夢遠鐙前蠟淚秋心苦儘憑他一一衍波箋珠璣吐

明　閨秀

葉小紈見卷二十二

蝶戀花

楊柳迎風絲萬縷霧鎖煙橫遮斷春歸路最是遣人魂黯佇斜陽弄影紗窗暮　銷盡年華今又古一餉無情怪底愁難吐簾捲簾垂憑燕度偏他不把花時誤

清

沈友琴見卷二十三

減字木蘭花　風前楊柳

池塘樓外。漾盡眉峯多少翠。飄泊游絲。却似章臺繫馬時。　凝煙凝雨。留得鶯聲三月住。唱徹陽關。斷送離人不忍看。

沈御月見卷二十三

南歌子　畫扇贈女伴

螺淺凝眉翠，蓮輕印步塵。瑤池香案立前身。記得霓裳幾曲月中人。　隔面偏嫌遠，聞名恍若親。鷓鴣聲裏惜殘春。借取齊紈風送代文鱗。

陸蕙見卷二十三

憶舊游　題五湖漁莊圖

指湖光一抹，辨翠雙螺，縹緲堪尋。天末迷離影，臏濃雲擁絮，隔斷烟岑。卜居水行何處，遐想碧波深。便畫出巢痕，訪來詩境，煞費仙心。

沈吟故鄉路歎樹杪斜陽誤了歸禽驀向圖中見有鷗眠遠渚鷺立寒汀漁莊似此清劇未許點塵侵試卷上疏簾西山爽氣涼到襟

笠澤詞徵卷三十

完

樂府指迷

宋 沈義父伯時箸 邑後學 陳去病校訂

余自幼好吟詩壬寅秋始識靜翁於澤濱（絕妙好詞箋翁元龍字時可號處靜句章人浩然齋雅談時可與吳君特爲親伯仲詞各有所長世多知君特而知時可者甚少去病按靜翁當指時可因與夢窗爲昆弟故時齋藉以縞紵之雅耳）癸卯識夢窗（花菴中興以來絕妙詞選吳君特名文英自號夢窗四明人從吳履齋諸公游）暇日相與倡酬率多塡詞因講論作詞之法然後知詞之作難於詩蓋音律欲其協不協則成長短之詩下字欲其雅不雅則近乎纏令之體用字不可太露露則直突而無深長之味發意不可太高高則狂怪而失柔婉之意思此則知所以爲難子姪輩往往求其法於余姑以得之所聞條列下方觀於此則思過半矣

凡作詞當以清眞爲主（宋詞綜周邦彥字美成錢唐人歷官祕書監進徽猷閣待制提舉大晟府出知順昌府徙處州卒贈宣奉大夫有清眞集二卷後集一卷去病案今名片玉詞）蓋清眞最爲知音且無一點市井

氣下字運意皆有法度張叔夏云崇寧立大晟府命周美成諸人討論古音審定古調淪落之後少得存者由此八十四調之聲稍傳而美成諸人又復增演慢曲引近或移宮換羽爲三犯四犯之曲按月律爲之其曲遂繁美成負一代詞名所作之詞渾厚和雅善於融化詩句而於音譜且間有未諧可見其難矣作詞者多效其體製失之軟媚而無所取此惟美成爲然不能學也所可倣效之詞是一美成而已往往自唐宋諸賢詩句中來而不用經史中生硬字面此所以爲冠絕也張炎詞源美成詞只當看渾成處於軟媚中有氣魄採唐詩融化如自己者乃其所長惜乎意趣卻不高遠所以出奇之語以白石騷雅句法潤色之眞天機雲錦也學者看詞當以周詞集解爲冠去病案周詞集解今未見

康伯可柳耆卿音律甚協句法亦多有好處然未免有鄙俗語陳質齋云伯可詞鄙褻之甚黃叔暘云伯可以文詞待詔金馬門凡中興粉飾治具及慈寧歸養兩宮歡集必假伯可之歌詠故應制之詞爲多王性之云伯可樂章分妥叔原不得獨擅詞源康柳詞亦自批風抹月中來風月二字在我發揮二公則爲風月所使耳

姜白石清勁知音亦未免有生硬處黃叔暘云白石詞極精妙不減清眞其高處有美成所不能及詞源詞要清空不要質實姜白石如野雲孤飛去留無迹

夢窗深得清眞之妙其失在用事下語太晦處令人不可曉尹煥云求詞于吾宋前有清眞後有夢窗此非煥之言天下之公言也詞源吳夢窗如七寶樓臺眩人眼目拆碎下來不成片段

施梅川音律有源流故其聲無舛誤讀唐詩多故語雅澹間有些俗氣蓋亦漸染教坊之習故也亦有起句不緊切處絕妙好詞箋施岳字仲山號梅川武林舊事云施梅川吳人精于律呂其卒也楊守齋爲樹梅作亭薛梯飇爲誌其墓李篔房書周草窗題蓋葬於西湖虎頭岩下

孫花翁有好詞亦善運意但雅正中忽有一兩句市井句可惜直齋書錄解題花翁集一卷開封孫惟信季蕃撰在江湖中頗有標致多見前輩多聞舊事善雅談長短句尤工西湖遊覽志季蕃仕宋光宗時棄官隱西湖好藝花卉自號花翁家徒壁立無旦夕之儲彈琴讀書晏如也

大抵起句便見所詠之意不可汎入閑事方入主意詠物尤不可汎過處多是自敘若才高者方能發起別意然不可太野走了元意結句須要放開含有餘不盡之意以景結情最好如清眞之斷腸院落一簾風絮見本集瑞龍吟詞又掩重關徧城鐘鼓之類是也或以情結尾

亦好往往輕而露如清眞之天便教人霎時厮見何妨又云夢魂凝想鴛侶之類見本集尉遲杯詞便無意思亦是詞家病卻不可學也張叔夏云詞欲雅而正志之所之一爲情所役則失其雅正之音耆卿伯可不必論雖美成亦有所不免如爲伊淚落如最苦夢魂今宵不到伊行如天便教人霎時得見何妨如又恐伊尋消問息瘦損容光如許多煩惱只爲當時一晌留情所謂淳厚日變成澆風也

如詠物須時時提調覺不分曉須用一兩件事印證方可如清眞詠梨花水龍吟第三第四句引用樊川靈關事又深閉門及一枝帶雨事覺後段太寬又用玉容事方表得梨花若全篇只說花之白則是凡白花皆可用如何見得是梨花

要求字面當看溫飛卿李長吉李商隱及唐人諸家詩句中字面好而不俗者采摘用之即如花間集小詞亦多好句去病案花間集蜀人趙崇祚撰

鍊句下語最是緊要如說桃不可直說破桃須用紅雨劉郎等字如詠柳不可直說破柳須用章臺灞岸等字又詠書如曰銀鉤空滿便

是書字了不必更說書字玉筯雙垂便是淚了不必更說淚如綠雲繚繞隱然髻髮困便湘竹分明是簟正不必分曉如教初學小兒說破這是甚物事方見妙處往往淺學俗流多不曉此妙用指爲不分曉乃欲直捷說破卻是賺人與耍曲矣如說情不可太露

遇兩句可作對便須對短句須剪截齊整遇長句須放婉曲不可生硬

押韻不必盡有出處但不可杜撰若只用出處押韻卻恐窒塞

腔律豈必人人皆能按簫塡譜但看句中用去聲字最爲緊要然後更將古知音人曲一腔三兩隻參訂如都用去聲亦必用去聲其次如平聲卻用得入聲字替上聲字最不可用去聲字替不可以上去入盡道是側聲便用得更須調停參訂用之古曲亦有拗者蓋被句法中字面所拘牽今歌者亦以爲礙如尾犯之用金玉珠珍博金字

當用去聲字如絳園春之用遊人月下歸來遊人去病按絳園春園應作都又下游人之人當作字合用去聲字之類是也楊守齋作詞五要第四要隨律押韵謂如越調水龍吟商調二郎神皆合用平入聲韵古詞俱押去聲所以轉摺怪異成不詳之音

前輩好詞甚多往往不協律腔所以無人唱如秦樓楚館所歌之詞多是教坊樂工及市井做賺人所作只緣音律不差故多唱之求其下語用字全不可讀甚至詠月卻說雨詠春卻說秋如花心動一詞人目之爲一年景又一詞之中顛倒重複如曲遊春云臉薄難藏淚過云哭得渾無氣力結又云滿袖啼紅如此甚多乃大病也

作詞與詩不同縱是花卉之類亦須略用情意或要入閨房之意然多流淫豔之語當自斟酌如只直詠花卉而不著些豔語又不似詞家體例所以爲難又有直爲情賦曲者尤宜宛轉回互可也如怎字恁字奈字這字你字之類雖是詞家語亦不可多用亦宜斟酌不得

己而用之

腔子多有句上合用虛字如嗟字奈字况字更字又字料字想字正字甚字用之不妨如一詞中兩三次用之便不好謂之空頭字不若徑用一靜字頂上道下來句法又健然不可多用

近時詞人多不詳看古曲下句命意處但隨俗念過便了如柳詞木蘭花云拆桐花爛漫此正是第一句不用空頭字在上故用拆字言開了桐花爛漫也有人不曉此意乃云此花名爲拆桐于詞中云開到拆桐花開了又拆此何意也詞源云昔人詠節序不惟不多附之歌喉者類是率俗不過爲應時納祜之聲耳所謂淸明拆桐花爛漫端午梅霖初歇七夕炎光謝若律以詞家調度則皆未然豈如美成解語花賦元夕云云如此等妙詞頗多不獨措辭精粹又且見時序風物之盛人家宴樂之同

近世作詞者不曉音律乃故爲豪放不羈之語遂借東坡稼軒諸賢自諉諸賢之詞固豪放矣不放處未嘗不叶律也如東坡之哨遍楊

花水龍吟稼軒之摸魚兒之類則知諸賢非不能也

壽曲最難作切宜戒壽酒壽香老人星千春百歲之類須打破舊曲規模只形容當人事業才能隱然有祝頌之意方好

詞中用事使人姓名須委曲得不用出最好清眞詞多要兩人名對使亦不可學也如宴清都云庾信愁多江淹恨極西平樂云東陵晦迹彭澤歸來大酺云蘭成憔悴衛玠清羸過秦樓云才減江淹情傷荀倩之類是也

古曲譜多有異同至一腔有兩三字多少者或句法長短不等者蓋被教師改換亦有嘌唱一家多添了字吾輩只當以古雅爲主如有嘌唱之腔不必作且必以清眞及諸家目前好腔爲先可也

詞中多有句中韻人多不曉不惟讀之可聽而歌時最叶韻應拍不可以爲閑字而不押如木蘭花云傾城盡尋勝去城字是韻又如滿

庭芳過處年年如社燕年字是韻不可不察也其他皆可類曉清眞滿庭芳夏日漂水無想山作風老鶯雛雨肥梅子午陰嘉樹清圓地卑山近衣潤費鑪烟人靜烏鳶自樂小橋外新綠濺濺憑闌久黃蘆苦竹擬泛九江船年年如社燕飄流瀚海來寄修椽且莫思身外長近尊前憔悴江南倦客不堪聽急管繁絃歌筵畔先安簟枕容我醉時眠

又如西江月起頭押平聲韻第二第四就平聲切去押側聲韻如平聲押東字側聲須押董字凍字韻方可有人隨意押入他韻尤可笑

詞腔謂之均均即韻也

作大詞先須立間架將事與意分定了第一要起得好中間只鋪敘過處要清新最緊是末句須是有一好出場方妙作小詞只要些新意不可太高遠卻易得古人句同亦要鍊句

初賦詞且先將熟腔易唱者塡了卻逐一點勘替去生硬及平側不順之字久久自熟便覺拗者少全在推敲吟嚼之功也

詠物詞最忌說出題字如清眞梨花及柳何曾說出一箇梨柳字案清眞賦柳詞凡五首一蘭陵王柳陰直是餘爲蝶戀花柳眼星星等是除二柳字外三首均不見有柳字又水龍吟梨花素肌應怯餘寒艷陽占立靑蕪地樊川照日靈關遮路殘紅斂避傳火樓臺妬花風雨長門深閉亞簾櫳半溼一枝在手偏勾引黃昏淚別有風前月底布繁英滿園鼓吹朱鉛退盡潘妃卻酒昭君乍起雪浪翻空粉裳縞袂不成春意恨玉容不見瓊英謾好與何人比通篇誠不見一梨字梅川不免犯此戒如月上海棠詠月出兩箇月字便覺淺露他如周草窗諸人多有此病宜戒之絕妙好詞箋周密字公謹濟南人寓居吳興復居錢唐寶祐間爲義烏令自號草窗又號弁陽嘯翁又號蕭齋又號四水潛夫詩名蠟屐集詞名蘋洲漁笛譜

四庫全書提要

臣等謹案樂府指迷一卷宋沈義父撰義父字伯時履貫未詳前有自題稱壬寅秋始識靜翁于澤濱癸卯識夢窗暇日相與唱酬案壬寅癸卯爲淳祐二年三年則理宗時人也元人跋陸輔之詞旨嘗引此書然篇頁寥寥不能成帙故世無單行之本此本附刻

陳耀文花草粹編中凡二十八條其論詞以周邦彥爲宗持論多爲中理惟謂兩人名不可對使如庾信愁多江淹恨極之類頗失之拘又謂說桃須用紅雨劉郎等字說柳須用章臺灞岸等字說書須用銀鉤等字說淚須用玉筯等字說髮須用綠雲等字說簟須用湘竹等字不可直說破其意欲避鄙俗而不知轉成塗飾亦非確論至所謂去聲字最要緊及平聲字可用入聲字替上聲字不可用去聲字替一條則剖析微芒最爲精核萬樹詞律實祖其說又謂古曲譜多有異同至一腔有兩三字多少者或句法長短不等蓋被教師改換亦有嘌唱一家多添了字云云乃知宋詞亦不盡協律歌者不免增減萬樹詞律所謂曲有襯字詞無襯字之說尚爲未究其變也乾隆五十二年正月恭校上總纂官臣紀昀臣陸錫熊臣孫士毅總校官臣陸費墀詳校官主事臣錢豫章

舊跋

沈時齋先生我邑震澤人嘉熙元年以賦領鄉薦見宋吳郡鄉舉題名碑府縣志作嘉定十五年誤爲南康軍白鹿洞書院山長舉行朱子學規致仕歸建義塾立明教堂講學學者稱爲時齋先生箸時齋集遺世頌樂府指迷見江南通志及蘇州府志吳江縣志其時齋集遺世頌皆失傳是書箸錄四庫全書提要稱其論詞多爲中理而傳本甚尟倚聲家率多未見頃至杭州得瞻閱文瀾閣全書因傳寫是本校正付梓并箸其梗槩於後俾讀是書者知先生學有根柢非獨工塡詞也咸豐四年八月吳江翁大年謹識

先君生平勤于述箸尤喜搜羅郡邑中文獻曾裒蔣喆未傳藁本擬次第授梓爲晚翠樓叢書彙刊未竟旋遭兵亂凡已刊未刊者俱付刼灰此樂府指迷一帙實楹書之碩果矣久思重刊今王夢

徽大令又欣然力勸任勷其役爰付手民重事剞劂異日得覓舊藏各本絡續刊行冀得勉竟先君之志則此刻其始基之也光緒八年壬午陬月翁棨謹志

後序

吾鄉沈伯時先生義甫有宋趙氏遺民之一也生平篤學好古以程朱爲歸又嘗造三賢祠以祀王先生蘋陳先生長方楊先生邦弼爲鄉後學矜式故邑志列之儒林洵無愧焉惟宋代好詞風靡閭巷雖雄豪魁傑亦類以詞著則詞曲誠當時所不廢哉伯時先生雖號儒者而孰知又以詞學名家撰樂府指迷可以借矣自敘謂幼好吟詩厥後識靜翁夢窗乃更好爲詞而指迷之作夫固應子姪之求者也然則據是而先生之詩之詞其必積有成帙可知矣顧去病鄉人也搜羅鄉先生之詩文詞殆遍而獨不得先生之

作寧無憾歟惟此書累承朋好見遺爰重爲校理付之梓人其有
可佐證者幷附列云乙卯春日邑人陳去病

樂府指迷　完

詞旨敘

鄉賢陸輔之所撰詞旨一卷闕晦久矣光緒時有長沙人胡元儀者始爲之疏證析爲二卷名曰詞旨暢言暢其旨也書甚博雅余讀而善之惜其序援引猶多謬誤是不可以不辨考朱存理鐵網珊瑚汪砢玉珊瑚網多載輔之翰墨而陸家譜所稱尤詳大要輔之名行直字季道號壺天亦號壺中天或書壺中或稱湖天居士分湖第一世家子也祖元龍號怡庵嘉禾人有五子曰大聲大同大猷大用大章猷字雅叔號翠巖行直父也覃精經史明春秋大義能文章仕宋爲江浙儒學提舉值賈似道枋政遂拂衣去居吳中咸淳間始營別墅分湖濱構桃園植棠梨自號武陵主人有四子曰行中行坦行簡行直而行直承家學工詩文詞善書畫故名尤顯著然其生以德祐元年乙亥則南宋將不國矣故所交皆當日遺民節士若鄭所南張叔

夏錢德鈞趙彝齋兄弟其尤也年二十得鍾繇薦季直表眞跡甚珍視之又有家妓名卿卿者善歌叔夏爲撰清平樂贈之所謂多情應爲卿卿是也至大德中始由人才任湖北十學士遷翰林典籍皇慶間致仕歸年才四十耳會卿卿叔夏皆下世因作碧梧蒼石圖塡詞其上寄意又賦致仕還分湖問訊海棠詩云湖濱春水似桃源楊柳青青燕子喧晴日暖雲歌別樹錦天纈地醉金門流光冉冉常爲客清夢時時繞故園借問當年花下影紫簫吹斷幾黃昏亦爲卿卿作也明年爲延祐元年甲寅君四十一歲見松雪爲德鈞所繪水村圖因築水村居之其風流好事如此季直表中道散失經廿六年無可蹤跡及至正九年己丑六月一日忽重得之遂喜極親作跋以誌慶幸時年已七十五矣而嗜古好學猶復不衰洵乎其爲賢者已惜其淪逝歲月渺不可考而或者乃稱其於明洪武元年戊申舉任典籍

得毋慨歎詞旨之作蓋少年時事其序所稱命韶暫作詞旨韶暫二字殊不可解胡氏以爲韶即輔之舊名恐未能信其稱明刻本作陸友仁又引東維子集謂行直即友仁子敬者皆非也友仁作硯北雜志自别一人子敬則其第六子祖恭字也元季喪亂子敬嘗舉其家田宅財賄悉以畀萬三秀沈富而己獨更號采芝翁與其婦雲游而去終其身不返蓋知幾士也至引珊瑚綱及元詩癸集則殊信然季衡爲行直第九子祖廣别字卽癸集所稱天游生陸季宏者今顧氏既失于攷訂而胡氏仍之夫又奚足怪耶要之書經胡氏一發明曉然如覩白日不可謂非陸氏之功臣而詞林之韻事也因爲刊而傳之民國二年四月國會成立後一日去病記於上海

詞旨上　　百尺樓叢書

元陸行直輔之述　　長沙　胡元儀原釋

邑人　陳去病重訂

夫詞亦難言矣正取近雅而又不遠俗詞格卑於詩以其不遠俗也然雅正爲尚仍詩之支流不雅正不足言詞矣予從樂笑翁遊深得一作達奧旨製度之法因從其言命韶暫作詞旨語近而明法簡而要俾初學易於入室云陸輔之識

詞說七則

命意貴遠曲則遠也詞源云詞以意爲主不要蹈襲前人用字貴便生則不便也詞源云詞中用一生硬字不得

造語貴新纖巧非新能清而新方近雅也詞源云詞中句法要平妥精粹一曲之中安能句句高妙只要拍搭襯副得法耳

鍊字貴響詞源云字字敲打得響歌詞妥溜方爲本色如賀方回與夢窗皆善於鍊字字面多於溫庭筠李長吉詩中來字面亦詞中之起眼處不可不留意也

古人詩有翻案法詞亦然詞不用雕刻刻則傷氣務在自然周清眞

之典麗周邦彥字美成錢塘人自號清眞居士元豐中上汴都賦爲太學正徽宗朝仕至徽猷閣待制提舉大晟府出知順昌府晚居明州卒詞名一時有片玉詞又有美成長短句姜白石之騷雅姜夔字堯章鄱陽人自號石帚又曰白石道人精通音律慶元中上樂書請定雅樂有阻之者僅免解以布衣終老江湖文章詩歌播稱於時詞尤卓絕詞五卷曰白石歌曲史梅溪之句法史達祖字邦卿汴人自號梅溪韓太師爲中書省吏甚見倚重奉行文字擬帖擬旨下及柬札中平章皆出其手韓敗遂黥焉有梅溪詞一卷姜白石序其詞云音秀清逸有李長吉之韻蓋能融情景於一家會句意於兩得張功甫亦稱梅溪詞可分鑣清眞平睨方回吳夢窗之字面吳文英字君特號夢窗四明人有夢窗甲乙丙丁詞藁四卷取四家之所長去四家之所短此翁之要訣張炎字叔夏號玉田又號樂笑翁循王六世孫西秦人居杭州有山中白雲詞八卷詞源二卷○詞源云美成詞只當看他渾成處於軟媚之小有氣魄采唐詩融化如自己出者乃其所長惜乎意趣不高遠所以出奇之語以白石騷雅句法潤色之眞天機雲錦也○又云詞要清空不要質實清空則古雅峭拔質實則凝澀晦昧白石詞如野雲孤飛去留無迹夢窗詞如七寶樓臺炫人眼目碎折下來不成片段此清空質實之說也夢窗聲聲慢云檀欒金碧婀娜蓬萊遊雲不醮芳洲前八字恐亦太澀如唐多令云何處合成愁離人心上秋縱芭蕉不雨也颼颼都道晚涼天氣好有明月怕登樓前事夢中休花空煙水流燕辭歸客尙淹留垂柳不縈裙帶住漫長是繫行舟此詞疏快卻不質實如是者何集中尙有惜不多耳白石如疏影暗香揚

州謳一萼紅琵琶仙探春八歸淡黃柳等曲不惟清空亦且雅潔讀之令人神觀飛越○又云美成負一代詞名所作之詞渾厚和雅善於融化詩句而於音律且間有不諧可知其難也作詞者多效其體製失之軟媚而無所取此惟美成爲然他人不能也學也如秦少游高竹屋姜白石史梅溪吳夢窗此數家格調不侔句法挺異俱能特立清新之意刪除靡曼之辭自成一家各名於世能取諸家之所長去諸人之所短精加玩味象而爲之豈不能與美成爭雄長哉○案以上三則是樂笑翁論詞之旨輔之本之立說也）

學者所謂刻鵠不成尙類鶩者也不可與俗人言可與知者道

對句好可得（鍊句易爲工）起句好難得（謀篇難湊巧）收拾全藉出場（謀篇之妙必起結相成意遠句雋乃十全之品前人集中不能首首皆然而製法必至此乃貴不易也）

凡觀詞須先識古今體製雅俗脫出宿生塵腐氣然後知此語咀嚼有味（今生塵腐氣固宜脫必並宿生塵腐氣脫盡乃可至雅正清新之域也）

蘄王孫韓鑄字亦顏雅有才思嘗學詞於樂笑翁一日與周公謹父買舟西湖泊荷花而飲酒杯半（去病案無杯字）一公謹父舉似亦顏學詞之意翁指花云蓮子結成花自落（極形自然之妙）

詞源云（舊本皆脫源字按詞源云詞要清空輔之述以立說耳）清空二字亦一生受用不盡指迷之妙盡在是矣學者必在心傳耳傳以心會意當有悟入處然須跳出窠臼外時出新意自成一家若屋下架屋則爲人之賤僕矣

製詞須布置停勻血脈貫穿過片不可斷曲意如常山之蛇救首救尾（過片謂詞上下分段處也○詞源云作詞看是甚題目先擇曲名然後命意命意既了思量頭如何起尾如何結方始選韻而後述曲最是過片不要斷了曲意須要承上接下如姜白石詞云曲曲屏山夜涼獨自甚情緒於過片則云西窗又吹暗雨則曲意脈不斷矣○又云詞用事最難要體認著題融化不澀如東坡永遇樂云燕子樓空佳人何在空鎖樓中燕用張建封事又白石疏影云猶記深宮舊事那人正睡裏飛近蛾綠用壽陽事又昭君不慣胡沙遠但暗憶江南江北想環珮月夜歸來化作此花幽獨用少陵詩此皆用事不爲事所使○案用事亦鍊意命辭之要故特附詞源此則於此）

沈伯時樂府指迷多有好處中間一兩段亦非詞家之語（沈伯時名義父著樂府指迷亦論詞之法則其書今無完本明人刻詞源下卷合詞旨混雜刊之題曰樂府指迷非沈氏之書也惟明花草粹編刻沈伯時樂府指迷凡二十八則似亦非全本明人愛剛裂古書隨意刻之不足據也輔之所謂非詞家語者究不知其審也）

屬對凡三十八則

小雨分山斷雲籠日 田不伐探春 小雨分山斷雲籠日丹青難狀清曉柳眼寬晴梅妝迎暖林外幽禽啼早煙徑潤如酥正濃淡遙看堤草望中新景無窮最是一年春好驕馬黃金絡腦爭探得東風何處先到萬琖飛觴千金倚玉不肯輕寒年少桃李怯殘寒半吐芳心猶小護教蜂蝶多情未應知道趙閒禮陽春白雪詞選作斷雲縷日

煙橫山腹雁點秋容 吳叔聲聲慢 詞未見 吳叔未詳去病案吳履齋詞有與吳叔永季永兄弟唱和之作官至侍書當即其人

問竹平安點花番次 徐淵口口口口 詞未見 南宋時有徐似道字淵子黃巖人以詞名世著有竹隱集蓋即此人淵下疑脫子字

穲柳蘇晴故溪歇雨 周美成西平樂元豐初予以布衣西上過天長道中後四十餘年辛丑正月二十六日避賊復遊故地感歎歲月偶成此詞 穲柳蘇晴故溪歇雨川迴未覺春賒駝褐寒侵正憐初日輕陰抵死須遮歎事逐孤鴻去盡身與塘蒲共晚爭知向此征途區區佇

立塵沙追念朱顏翠髮曾到處故地使人嗟道連三楚天低四野喬木依前臨路欹斜重慕想東陵晦迹彭澤歸來左右琴書自樂松菊相依何況風流鬢未華多謝故人親馳鄭驛時倒融尊勸此淹留共過芳時翻介倦客思家

虛閣籠雲小簾通月 姜白石法曲獻仙音張彥功官舍

虛閣籠雲小簾通月暮色偏憐高處樹隔離宮水平馳道湖山盡入樽俎奈楚客淹留久砧聲帶愁去屢回顧過秋風未成歸計誰念我重見冷楓紅舞喚起淡妝人問逋仙今在何許象筆鸞牋甚如今不道秀句怕平生幽恨化作沙邊煙雨

蟬碧句花雁紅攢月 丁宏菴前調

詞未見

落葉霞飄敗窗風咽 吳夢窗前調和丁宏菴韻

落葉霞飄敗窗風咽暮色淒涼深院瘦不關秋淚緣生別情銷鬢霜千點恨翠冷搔頭燕那能語恩怨紫簫遠記桃枝倘隨春渡愁未洗鉛水又將恨染紛縞澀離箱忍重拈燈夜裁剪望極藍橋彩雲飛羅扇歌斷料鶯籠玉鎖夢裏隔花時見花菴詞選作落葉霞翻

風拍波驚露零秋冷 前人前調賦秋晚紅白蓮

風拍波驚露零秋冷斷綠衰紅江上豔拂瀉妝澹凝冰鑑別翻翠
池花浪過數點斜陽雨啼綃粉痕冷　宛相向指汀洲素雲飛過
清麝洗玉井曉霞佩響寸藕折長絲笑何郎心似春蕩半搠微涼
聽嬌蟬聲度菱唱伴鴛鴦秋夢酒醒月斜輕幌　去病案本集秋
冷作
秋覺

花匣么弦象奩雙陸 樓君亮法曲獻仙音

花匣么弦象奩雙陸舊日懽留情意　夢到銀屏恨裁蘭燭香篝夜
闌鴛被料燕子重來地桐陰鎖窗翠　倦梳洗暈芳鈿自羞鸞鏡
羅袖冷煙柳畫闌半倚淺雨壓荼蘼指東風芳事餘幾院
落黃昏怕春鶯驚笑憔悴倩柔紅約定喚取玉簫同醉

珠鼈花與翠翻蓮額 前人□□□□紫丁香

詞未見

汗粉難融袖香新窾 前人□□□

詞未見

種石生雲移花帶月 翁處靜齊天樂遊胡園書感

曲廊連苑吹笙道重來暗塵都滿種石生雲移花帶月猶欠藏春
庭院年年過眼便梅謝蘭銷舞沉歌斷露井寒蛩爲誰清夜訴幽

怨人生樂事最少有時得意處光陰偏短樹色凝紅山眉弄碧
不與朱顏相戀臨風念遠歎蝶夢難追鷺盟重換一片斜陽送人
歸騎
晚

斷浦沉雲空山挂雨 史邦卿前調

闌干只在鷗飛處年年怕吟秋興斷浦沉雲空山挂雨中有詩愁
千頃波聲未定望舟尾拖涼渡頭籠暝正好登臨有人歌罷翠簾
冷悠然魄斷故里奈閒情未了還被吹醒拜月爐薰聽蛩壞砌
誰復能憐嬌俊憂心耿耿寄桐葉芳題冷楓新詠莫遣秋聲樹頭
喧夜
永

畫裏移舟詩邊就夢 前人前調西湖即席分韻得羽字

鴛鴦拂破蘋花影低低趁夜涼去畫裏移舟詩邊就夢葉葉碧雲
分雨芳遊自許過柳影閒波水花平渚見說西風爲人吹恨上瑤
樹闌干斜照未滿杏牆應望斷春翠偷聚淺約挼香深盟擣月
誰是閒窗青羽孤箏幾柱問因甚參差暫成離阻夜色空庭待歸
聽俊
語

硯凍凝花香寒散霧 周艸窗前調

曲屏遮斷行雲路西樓怕聽疏雨硯凍凝花香寒散霧呵筆慵題
新句長安倦旅歎衣染愁痕鏡添秋縷過盡飛鴻錦牋誰與寄愁

去簫臺應是怨別曉寒梳洗嬾依舊眉嫵酒濁爐香花圍坐暖
間卻珠轉鈿柱芳心慢語恨柳外遊鸞繫情何許暗卜歸期細將
梅蕊
數

繫馬橋空移舟岸易 黃雙溪前調

十年漢上東風夢依然淡煙驚曉繫馬橋空移舟岸易誰識當年
蘇小簾花門艸任波浴斜陽鬟迷芳島笑底歌邊黛娥嬌聚怕歸
早京塵衣袂易染舊遊隨霧散新恨難表燕子朱扉梨花翠箔
留得春光多少情絲慢繞料帶角香銷扇陰詩杳細倚秋千片雲
天共
渺

疏綺籠寒淺雲棲月 丁宏庵□□□寒梅去病
案四印齋本有此二字從之

詞未見

竹深水遠臺高石出 施梅川□□□

詞未見

香茸沾袖粉甲留痕 前人□□□去姬復來

詞未見

就船換酒隨地攀花　前人□□□

詞未見

調雨爲酥催冰作水　王通叟慶清朝踏青

調雨爲酥催冰作水東風分付春還何人便將輕暖點破殘寒結
伴踏青去好平頭鞋子小雙鸞煙郊外望中秀色如有無間　晴
則箇陰則箇餖飣得天氣有許多般須教撩花撥柳爭要先看
不道吳綾繡襪香泥斜沁幾行斑東風巧盡收翠綠吹上眉山

做冷欺花將煙困柳　史邦卿綺羅香春雨

做冷欺花將煙困柳千里偷催春暮盡日冥迷愁裏欲飛還住驚
粉重蝶宿西園喜泥潤燕歸南浦最妨他佳約風流鈿車不到杜
陵路　沈沈江上望極還被春潮晚急難尋官渡隱約遙峯和淚
謝娘眉嫵臨斷岸新綠生時是落紅帶愁流去記當日門掩梨花
翦燈深
夜語

巧剪蘭心偷黏草甲　前人東風第一枝春雪

巧剪蘭心偷黏草甲東風欲障新暖漫疑碧瓦難留信知暮寒猶
淺行天入鏡做弄出輕鬆纖軟料故園不卷重簾誤了去來飛燕
　青未了柳回白眼紅欲斷杏開素面舊遊憶著山陰厚盟遂妨
上苑寒爐重暖且漫放春衫鍼線恐鳳鞋挑菜歸來萬一灞橋相

見陽春白雪詞
選作巧沁闌心

羅袖分香翠綃封淚 陳同甫水龍吟

鬧花深處層樓畫簾半卷東風軟春歸翠陌平莎茸嫩垂楊金淺
遲日催花淡雲閣雨輕寒輕暖恨芳菲世界遊人未賞都付與鶯
和燕 寂寞憑高念遠向南樓一聲歸雁金釵鬬艸青絲勒馬風
流雲散 羅袖分香翠綃封淚幾多幽怨正銷魂又是疏煙淡月子
規聲斷 絕妙好
詞選作羅綬分香

池面冰膠牆腰雪老 姜白石一萼紅人日登定王臺

古城陰有官梅幾許紅萼未宜簪池面冰膠牆腰雪老雲意還又
沈沈翠藤共閒穿竹徑漸笑語驚起臥沙禽野老林泉故王臺榭
呼喚登臨 南去北來何事蕩湘雲楚水極目傷心朱戶黏雞金
盤簇燕空歎 時序侵尋記曾共西樓雅集想垂楊還裊萬絲金待
得歸鞍到 時
只怕春深

枕簟邀涼琴書換日 前人惜紅衣吳興荷花

枕簟邀涼琴書換日睡餘無力細灑冰泉并刀破 甘碧牆頭喚酒
誰問訊城南詩客岑寂高柳晚蟬說西風消息 虹梁水陌魚浪
吹香紅衣半狼籍維舟試望故國渺天北可怕柳 邊
沙外不共美人遊歷問甚時同賦三十六陂秋色

薄袖禁寒輕妝媚晚 探花翁書錦堂

薄袖禁寒輕妝媚晚落梅庭院春妍映戶盈盈回情笑整花鈿柳裁雲剪腰支小鳳盤鴉鬢鬢偏東風裏香步翠搖藍橋那日因綠 嬋娟流慧盼渾當了恩恩密愛深憐夢過闌干猶認冷月秋千杏梢空闊相思眼燕翎難斷腸牋銀屏下爭信有人眞個病也 天天

倒葦沙開枯蘭漵冷 高竹屋齋天樂

碧雲缺處無多雨愁與去帆俱遠倒葦沙開枯蘭漵冷寥落寒江秋晚樓陰縱覽正魂怯淸冷病多依黯怕挹西風袖羅香自去年減風流江左久客舊遊得意處珠簾曾卷載酒春情吹簫夜約猶憶 玉嬌香怨塵棲故院歎壁月空簾夢雲飛觀送絕征鴻楚峯煙數點

綠芰擎霜黃花招雨 前人口口口口去病案鑿原作經

詞佚 今所傳竹屋擬語一卷計詞一百單八闋無此詞也

紫曲送香綠窗夢月 李篔房踏沙行題周帥窗十擬 去病案送一作迷

紫曲送香綠窗夢月芳心如對春風說蠻牋象管寫新聲縱番曾試瓊壺缺 庾信書愁江淹賦別桃花紅雨梨花雪周郎先自足

風流何須更擬秦笙咽

暗雨敲花柔風過柳 前人□□□

詞未見

霜杵敲寒風燈搖夢 吳夢窗

詞佚今所傳夢窗甲乙丙丁稿四卷計詞三百四十餘首無此一詞也

盤絲繫腕巧篆垂簪 前人滌蘭香淮安重午

盤絲繫腕巧篆垂簪玉隱紺紗睡覺銀瓶露井彩箑雲窗往事少年依約曾寫榴裙傷心紅綃退萼黍夢光陰漸老汀洲煙蒴莫唱江南古調怨抑難招楚江沈魄薰風燕乳暗雨黃梅午鏡澡蘭簾幕念秦樓也擬人歸應剪菖蒲自酌但悵望一縷新蟾隨人天一角

翠葉垂香玉容消酒 姜白石念奴嬌吳興荷花

鬧紅一舸記來時長與鴛鴦爲侶三十六陂人未到水佩風裳無數翠葉垂香玉容消酒更灑菰蒲雨嫣然搖動冷香飛上詩句日暮翠蓋亭亭情人不見爭忍凌波去只恐舞衣寒易落愁入西風南浦高柳垂陰老魚吹浪留我花閒住田田多少幾回沙際歸

路集本作翠葉招涼

金谷移春玉壺貯暖　張寄閒□□□茶花去病案他刻有此二字從之

詞未見

擁石池臺約花闌檻　前人□□□

詞未見

問月賒晴憑春買夜　丁湖南齊天樂庚戌元夕都下遇趙立之

倦雲休雨風還作交相醒花蘇柳字滿吟灰痕添坐席嬴得新愁瘦守歸期未有負小院移闌故園嘗韭讓道春來沈腰惟覺似秋瘦月燒燈時候是也楚津留野艇曾趁芳友問月賒晴憑春買夜明月添香解酒口知別久悵帝陌論心客塵侵首戲鼓聲中舊情猶在否知別久上缺一字

醉墨題香閒簫弄玉　周草窗長亭怨慢

記千竹萬荷深處綠淨池臺翠涼亭宇醉墨題香閒簫弄玉壺吟趣勝流星聚知幾許燕豪句零落碧雲空歎轉眼歲華如許凝佇望消消一水夢到隔華窗十年舊事儘消得庾郎愁賦燕樓鶴表半漂零算惟有盟鷗堪語漫倚偏河橋一片涼雲吹雨

樂笑翁奇對凡二十三則

隨花甃石就泉通沼 埽花遊高疏寮東墅園 去病案墅原作野非

煙霞萬壑記曲徑幽尋霽痕初曉綠窗窈窕看隨花甃石就泉通
沼幾日不來一片蒼雲未埽自長嘯悵喬木荒涼都是殘照碧
天秋浩渺聽虛籟泠泠飛下孤峭山空翠老步仙風怕有采
芝人到野色閒門芳艸不除更好境深悄比斜川又清多少

斷碧分山空簾剩月 瑣窗寒悼王碧山 去病案聽列本云王碧山
又號中仙越人也能文工詞琢語峭拔有白石
意度今絕響矣余悼之玉笛
山所謂長歌之哀過於痛哭

斷碧分山空簾剩月故人天外香留酒殢蝴蝶一生花裏想如今
醉魂未醒夜臺夢語秋聲碎自中仙去後詞牋賦筆便無清致
都是淒涼意悵玉笛埋雲錦袍歸水形容憔悴料應也孤吟山鬼
那知人彈折素弦黃金鑄出相思淚但柳枝門枯陰候蛩愁暗
葦山鬼句多一字疑應字衍
文去病案歷代詩餘無也字

沙淨艸枯水平天遠 解連環孤雁

楚江空晚悵離羣萬里怳然驚散自顧影欲下寒塘正沙淨艸枯
水平天遠寫不成書只寄得相思一點料因循誤了殘氈擁雪故
人心眼誰憐旅愁荏苒謾長門夜悄錦箏彈怨想伴侶猶宿蘆
花也曾念春前去程應轉暮雨相呼怕驀地玉關重見未羞他雙

燕歸來畫
簾半卷

接葉巢鶯平波捲絮　高陽臺　西湖春感

接葉巢鶯平波卷絮斷橋斜日歸船能幾番遊看花又是明年東
風且伴薔薇住到薔薇春已堪憐更淒然萬綠西泠一抹荒煙
當年燕子知何處但苔深韋曲艸暗斜川見說新愁如今也到啼
邊無心再續笙歌夢掩重門淺醉閒眠莫開簾怕見飛花怕聽鷗
鵑

晴光轉樹曉氣分嵐

聲聲謾西湖　去病案曉一本作晚又四印本
序云余與王碧山泛舟鑑曲王戡隱吹簫余倚
歌而和天湖秋高光景奇絕與
姜白石垂虹夜遊同一清致也

晴光轉樹曉氣分嵐何人野渡橫舟斷柳枯蟬涼意正滿西州怱
怱載花載酒便無情也自風流芳晝短奈不堪深夜秉燭來遊
誰識山中朝暮向白雲一笑今古無愁散髮吟商此興萬里悠悠
清狂未應似我倚高寒隔水呼鷗須待月許多清都付與秋　高
寒四印本
作南颸

鶴響天高水流花淨

壺中天養拙園夜飲　去病案絕妙好詞
作養拙夜飲客有彈箜篌者即事以賦

瘦筇訪隱正繁陰閒鎖一壺幽綠喬木蒼寒圖畫古窈窕行人韋
曲鶴響天高水流花淨笑語通華屋虛堂松外夜深涼氣吹燭

樂事楊柳樓心瑤臺月下有生香可掬誰理商聲簾外悄蕭瑟懸璫明玉一笑難逢四愁休賦任我雲邊宿倚闌歌罷露螢飛上秋竹

料理琴書夷猶今古 真珠簾近雅軒即事

雲深別有深庭宇小簾櫳占取芳菲多處花晴水房春潤幾番酥雨見說蘇堤晴未穩便孄趁踏青人去休去且料理琴書夷猶今古　誰見靜裏閒心縱荷衣未葺雪巢堪賦醉醒一乾坤任此情何許茂樹石脉同坐久又卻被清風留住欲住奈簾影妝樓剪燈人語

欵竹門深移花檻小 一萼紅周艸窗新居　去病案襲本題弁陽翁新居堂名志雅詞　名賮洲漁笛譜

埽苔尋徑撥葉通池 同上、去病案苔一本作花

裂荷衣傍山窗卜隱雅志可閒時款竹門深移花檻小動人芳意菲菲怕冷落賮洲夜月想時將漁笛靜中吹塵外柴桑燈前兒女笑語忘歸　分得煙霞數畝作埽苔尋徑撥葉通池放鶴幽情吟鶯歡事老去　卻顧春遲愛吾廬琴書自樂好襟懷初不要人知長日一簾芳草一卷新詩

亂雨敲春深煙帶晚 瑣窗寒旅窗孤寂雨意垂垂買舟西渡未能也賦此為錢塘故人韓竹閒問

亂雨敲春深煙帶晚水窗慵凭空簾謾卷數日更無花影怕依然舊時歸燕定應未識江南冷最憐他樹底嫣紅不語背人吹盡清潤通幽徑待移燈剪韭試香溫鼎分明醉裏過了幾番風信想竹間高閣半開小車未來猶自等傍新晴隔柳呼船待數潮信穩

開簾過雨隔水呼燈

憶舊遊吳山醉飲寄沈道克諸公　去病案雖本題新朋故侶詩酒遲留吳山蒼蒼渺渺兮余懷也寄沈堯道諸公

記開簾過雨隔水呼燈歎語梅邊未了清遊興又飄然獨去何處山川淡風暗收榆莢吹下沈郎錢歎客裏光陰消磨豔冶都在尋前留連羈人處是鏡曲鶯窺蘭皐圍泉醉拂珊瑚樹寫百年幽恨分付吟牋故鄉幾回飛夢江雨夜涼船縱忘卻歸期千山未必無杜鵑集本作開簾過酒隔水懸燈詞綜又作開簾送酒隔

浪卷天浮山邀雲去

壺中天渡黃河　去病案雖本題夜渡古黃河與沈堯道曾子敬同賦

揚舲萬里笑當年底事中分南北須信平生無夢到卻向而今游歷老柳官河斜陽古道風定波猶直野人驚問泛槎何處狂客迎面落葉蕭蕭水流沙遠極目無行迹衰草淒迷秋更綠惟有閒鷗獨立浪卷天浮山邀雲去銀浦橫空碧扣舷歌斷海蟾飛上孤白集本作浪挾天浮

岸角衝波籬根聚葉

湘月戊子冬晚遊山陰　去病案聚一作受又雖本題余載書往來山陰道中每以事奪不能

畫興戊子冬晚與徐平野王中仙曳舟溪上天空水寒古意蕭颯中仙有詞雅麗平野作晉雪圖亦清逸可觀余述此調葢白石念奴嬌鬲指聲也

行行且止把乾坤收入篷窗深裏星散白鷗三四點數筆橫塘秋意岸角衝波離根聚葉野徑通村市疏風迎面濕衣原是空翠堪歎敲雪門荒爭棋墅冷苦竹鳴山鬼縱使如今猶有晉無復清遊如此落日沙黃遠天雲淡弄影蘆花外幾時歸去剪取一半煙水 集本作岸嘴衝波離根受葉

波蕩蘭觴鄰分杏酪

慶宮春都下寒食遊人甚盛水邊花外多麗環集各以柳圈祓禊而去亦京洛舊事也

波蕩蘭觴鄰分杏酪晝輝冉冉烘晴罥索飛仙戲船移影薄游也自忺人短橋虛市聽隔柳誰家賣餳月題爭繫油壁相連笑語相迎池亭小隊秦箏就地圍香臨水湔裙冶態飄雲醉妝扶玉未應間了芳情旅懷無限忍不住低低問春梨花落盡一點新愁曾到西冷

雲映山輝柳分溪影

法曲獻仙音聽琵琶有感昔遊

雲映山輝柳分溪影未放妝臺簾卷籥密籠香鏡圓窺粉花深自然寒淺正人在銀屏底琵琶半遮面 語聲軟且休彈玉關愁怨怕喚起西湖那時春感楊柳古灣頭記小憐隔水竹見聽到無聲謾贏得情緒難剪把一襟心事散入落梅千點 集作雲隱山輝

荷衣消翠蕙帶餘香 聲聲慢送友還杭州　去病案 雙本題送琴友季靜軒還杭

荷衣消翠蕙帶餘香燈前共語生平苦竹黃蘆都是夢裏游情西
湖幾番夜雨怕如今冷卻鷗盟倩寄遠見故人說道杜老飄零
難挽清風飛佩有相思都在斷柳長汀此別何如一笑寫入瑤琴
天空水雲變色任愔愔山鬼愁聽興未已更何妨彈到廣陵

淺草猶霜融泥未燕 慶清朝韓亦顏隱居　去病案雙本題韓亦顏 歸隱兩水之濱殆未遂　王右丞茱萸沜予從之

游盤花旋竹散懷吟眺一任所
適太白去後三百年無此樂也

淺草猶霜融泥未燕晴梢潤葉初乾間扶短策鄰家小聚清歡錯
認離根是雪梅花過了一番寒風還峭較遲花信卻是春殘此
境此時此意待攜琴獨去石冷慵彈飄飄爽氣飛鳥相與俱還
醉裏不知何處好詩盡在夕陽山山深杳更無人到流水花間

香尋古字譜招新聲 甘州杭州晤趙文叔　去病案新一作歌又雙 本題趙文叔與余賦別　十年餘余方東游文叔

北歸況味俱寥落更十
年觀此曲又當何如耶

記當年紫曲戲分花簾影最深深惺忪語笑香尋古字譜招新聲
散盡黃金歌舞那處著春情夢醒方知夢夢豈無憑幾點別餘
清淚盡化作妝樓斷雨殘雲指梢頭舊恨豆蔻結愁心都休問北
來南去但依依同是可憐人還飄泊何時尊酒卻說如今

行歌趁月喚酒延秋 解語花吳子雲家妓愛菊有關盼之感

行歌趁月喚酒延秋多買鶯鶯笑蕊枝嬌小渾無奈一掬醉鄉懷抱壽花門草幾曾放好春閒了芳意闌可惜香心一夜酸風埽海上仙山縹渺問玉環何事苦無分曉舊愁空杳藍橋路深掩半庭斜照餘情暗惱都緣是那時年少驚夢回嬾說相思畢竟如今老

穿花省路傍柳尋鄰

聲聲謾己亥歲自台回杭雁旅數月忽起遠興余冉冉老矣誰能重寫舊游編否　去病案省一作覓

穿花省路傍柳尋鄰如何舊隱都荒問取隄邊因甚減卻垂楊消磨縱然未盡滿煙波添了斜陽空歎息又翻成無限杜老淒涼一舸清風何處把秦山晉水分貯詩囊鬢已飄飄休問歲晚空江松陵試招舊隱怕白鷗猶識清狂漸迴遠望幷州卻是故鄉　去病案襲本作傍竹尋鄰

門當竹徑鷺管臺磯

前調賦漁隱

門當竹徑鷺管臺磯煙波自有閒人棹入孤村落照正滿寒汀桃花遠送洞口想如今方信無秦醉夢醒向滄浪容與淨濯蘭纓款乃一聲歸去對筆牀茶竈寄傲幽情雨笠風蓑古意謾說玄眞知魚淡然自樂釣清名空在絲綸笑未已笑嚴陵還笑渭濱

鬢絲溼霧扇錦翻桃

前調和韓竹閒韻贈歌者關關在兩水居

鬢絲濕霧扇錦翻桃尊前乍識歐蘇賦筆吟牋光動萬顆驪珠英
英歲華未老怨歌長空擊銅壺細看取有飄然淸氣自與塵疏
雨水猶存三徑歎綠窗紆寃謾長新蒲茂苑扁舟底事夜雨江湖
當年柳枝放卻又不知樊素何如向醉裏暗傳香還記也無

因花整帽借柳維舟 前調吳中感舊去病案舟別 本作船又號本作中與感舊

因花整帽借柳維舟休登故苑荒臺去歲何年游處半入蒼苔白
鷗盟未冷但寒沙空與愁堆謾歎息問西門灑淚不忍徘徊
眼底江山猶在把冰絃彈斷苦憶顏回一點歸心分付布韈靑鞋
相尋已期到老那知人如此情懷悵望久海棠開依舊燕來
集
本作因風整帽借柳維船 去病案題本船正作舟

詞旨上

完

詞旨下　　百尺樓叢書

元陸行直輔之述

長沙　胡元儀原釋
邑人　陳去病重訂

警句凡九十二則

悶來彈鵲又攪碎一簾花影　徐幹臣二郎神春詞

雁足不來馬蹄難駐門掩一庭芳景　同上

悶來彈鵲又攪碎一簾花影試著春衫還思纖手熏徹金猊燼冷動是愁端如何向但怪得新來多病嗟舊日沈腰如今潘鬢怎堪臨鏡重省別時淚濕羅衣猶凝料爲我厭厭日高慵起長託春醒未醒雁足不來馬蹄難駐門掩一庭芳景空竚立晝闌干倚偏晝長人靜花庵詞選作去

盡吸西江細斟北斗萬象爲賓客扣舷獨嘯不知今夕何夕　張于湖念奴嬌

過洞庭

洞庭青草近中秋更無一點風色玉界瓊田三萬頃著我扁舟一葉素月分輝明河共影表裏俱澄澈悠然心會妙處難與君說

應念嶺表經年孤光自照肝膽皆冰雪短鬢蕭疏襟袖冷穩泛滄溟空闊盡吸西江細斟北斗萬象爲賓客叩舷獨嘯不知今夕何夕

寒光亭下水連天飛起沙鷗一片 前人西江月丹陽湖

問訊湖邊春色重來又是三年春風吹我過湖船楊柳絲絲拂面世路如今已慣此心到處悠然寒光亭下水連天飛起沙鷗一片

花影吹笙滿地淡黃月 石湖醉落魄

涼滿北窗休共軟紅說 同上

棲鳥飛絕絳河綠霧星明滅燒香曳簟眠清樾花影吹笙滿地淡黃月　好風碎竹聲如雪昭華三弄臨風咽鬢絲撩亂綸巾折涼滿北窗休共軟紅說

燈花結片時春夢江南天闊 前人憶秦娥

樓陰缺闌干影臥東廂月東廂月一天風露杏花如雪　隔煙催漏金虬咽羅幃暗淡燈花結燈花結片時春夢江南天闊

惟有兩行低雁知人倚畫樓月 前人霜天曉角

晚晴風歇一夜春威折脈脈花疏天淡雲來去數枝雪　勝絕愁亦絕此情誰共說惟有兩行低雁知人倚畫樓月

人在煖紅溫翠 趙解林傳言玉女上元

璧月珠星暉映小桃穠李化工容易與人開富貴東風巷陌人在煖紅溫翠人來人去笑歌聲裏　油壁青驄弟一番共宴喜舉頭天上有月如人意歌傳樂府猶是昇平風味明朝須判醉花底

波底夕陽紅濕 趙彥端謁金門

休相憶明日遠如今日樓外綠煙村冪冪花飛如許急　柳外晚來船集波底夕陽紅濕送盡去雲成獨立酒醒愁又入

應把花卜歸期纔簪又重數 辛稼軒祝英臺近

寶釵分桃葉渡煙柳暗南浦怕上層樓十日九風雨斷腸點點飛紅都無人管倩誰勸啼鶯聲住　鬢邊覷應把花卜歸期纔簪又重數羅帳燈昏哽咽夢中語是他春帶愁來春歸何處卻不解帶將愁去

是他春帶愁來春歸何處卻不解帶將愁去 同上

翠銷香煖雲屏更那時酒醒 劉龍洲四字令去病案此則胡刻脫去今并詞補

情高意眞眉長鬢青小樓明月調箏寫春風數聲　思君憶君魂牽夢縈翠銷香煖雲屏更那時酒醒

燕子不歸花有恨小院春寒 謝靜寄浪淘沙

黃道雨初乾霽靄空蟠東風楊柳碧毿毿燕子不歸花有恨小院春寒 倦客亦何堪塵滿征衫明朝野水幾重山歸夢已隨芳草綠先到江南

海棠影下子規聲裏立盡黃昏 洪平齋眼兒媚

平沙芳草渡頭村綠遍去年痕遊絲上下流鶯來往無限消魂綺窗深靜人歸晚金鴨水沉溫海棠花下子規聲裏立盡黃昏

相思無處說相思笑把畫羅小扇覓春詞 徐山民南歌子

簾影篩金線爐煙裊翠絲莼芽新出滿盆池喚取玉瓶添水養魚兒 意取釵重碧慵梳髻翅垂相思無處說相思笑把畫羅小扇覓春詞

妾心移得在君心方知人恨深 前人阮郎歸

綠楊庭戶靜沈沈楊花吹滿襟晚來閑向水邊尋驚飛雙浴禽分別後重登臨暮寒天氣陰妾心移得在君心方知人恨深

驚起半簾幽夢小窗淡月啼鴉 劉小山清平樂 去病案簾一作屏

淒淒芳草怨得王孫老瘦損腰圍羅帶小長是錦書來少 玉簫吹落梅花曉煙猶透輕紗驚起半簾幽夢小窗淡月啼鴉

波心蕩冷月無聲 白石揚州謾 一本與下對調

淮左名都，竹西佳處，解鞍少住初程。過春風十里，盡薺麥青青。自胡馬窺江去後，廢池喬木，猶厭言兵。漸黃昏，清角吹寒，都在空城。杜郎俊賞，算而今重到須驚。縱豆蔻詞工，青樓夢好，難賦深情。二十四橋仍在，波心蕩冷月無聲。念橋邊紅藥，年年知爲誰生。

千樹壓西湖寒碧 前人暗香賦梅

舊時月色，算幾番照我，梅邊吹笛。喚取玉人，不管清寒與攀摘。何遜而今漸老，都忘卻春風詞筆。但怪得竹外疏花，香冷入瑤席。江國，正寂寂，歎寄與路遙，夜雪初積。翠尊易泣，紅萼無言耿相憶。長記曾攜手處，千樹壓西湖寒碧。又片片吹盡也，幾時見得。

昭君不慣胡沙遠但暗憶江南江北 前人疏影賦梅

苔枝綴玉，有翠禽小小，枝上同宿。客裏相逢，籬角黃昏，無言自倚修竹。昭君不慣胡沙遠，但暗憶江南江北。想佩環月夜歸來，化作此花幽獨。猶記深宮舊事，那人正睡裏，飛近蛾綠。莫似春風，不管盈盈，早與安排金屋。還教一片隨波去，又卻怨玉龍哀曲。等恁時重覓幽香，已入小窗橫幅。

牆頭換酒誰問訊城南詩客岑寂高樹晚蟬說西風消息 前人惜紅衣吳興荷花

問甚時同賦三十六陂秋色 同上

詞見屬對

冷香飛上詩句 前人念奴嬌吳興荷花

詞見屬對

一般離緒兩消魂馬上黃昏樓上黃昏 劉招山一剪梅

唱到陽關第四聲香帶輕分羅帶輕分杏花時節雨紛紛山繞孤村水繞孤村　更沒心情共酒尊春衫香滿空有啼痕一般離緒兩消魂馬上黃昏樓上黃昏

絮飛春盡天遠書沉日長人瘦 孫花翁燭影搖紅詠牡丹

一朵鞓紅寶釵壓鬢東風溜年時也是牡丹時相見花邊酒初試夾紗半袖與花枝盈盈門秀對花臨景爲景牽情因花感舊題葉無憑曲溝流水空回首夢雲不到小山屏眞箇歎離偶別後知他安否軟紅街清明還又絮飛春盡天遠書沉日長人瘦

臨斷岸新綠生時是落紅帶愁流去記當日門掩梨花剪燈深夜語 史邦卿綺羅香春雨

詞見屬對

愁損玉人日日畫闌獨凭　前人雙雙燕

過春社了簾幙中間去年塵冷差參欲住試入舊巢相並還相雕梁藻井又軟語商量不定飄然快拂花梢翠尾分開紅影芳徑芹泥雨潤愛貼地爭飛競誇輕俊紅樓歸晚看足柳昏花暝應自棲香正穩便忘了天涯芳信愁損玉人日日畫闌獨凭

恐鳳鞋挑菜歸來萬一灞橋相見　前人東風第一枝春雪

詞見屬對

自憐詩酒瘦難應接許多春色　前人喜遷鶯元宵

月波凝滴望玉壺天近了無塵隔翠眼圍花冰絲織練黃道寶光相直自憐詩酒瘦難應接許多春色最無賴是隨香趁燭曾伴狂客蹤跡漫記憶老了杜郎忍聽東風笛柳院燈疏梅廳雪在誰與細傾春碧舊情拘未定猶自學當年遊歷怕萬一誤玉人夜寒窗際簾隙

新愁萬斛為春瘦卻怕春知　高竹屋金人捧露盤詠梅

念瑤姬翻瑤佩下瑤池冷香夢吹上南枝羅浮路杳憶曾清晚見仙姿天寒翠袖可憐是倚竹依依溪痕淺雲痕凍月痕淡粉痕

徵江樓怨一笛休吹芳香待寄玉堂煙
驛雨淒迷新愁萬斛爲春瘦卻怕春知

驚愁攪夢更不管庾郎心碎 前人祝英臺近

一窗寒孤燼冷獨自箇春睡繡被熏香不是舊風味靜聽滴滴瀟
聲驚愁攪夢不管庾郎心碎 念芳意一併十日春風梅花殺憔
悴嬾做新詞春在可憐裏幾時挑菜
踏青雲沈雨斷盡分付楚天之外

悠悠歲月天涯醉一分秋一分憔悴 張東澤疏簾淡月

落葉西風吹老幾番塵世 同上 去病案塵世一作醒醉

露侵雨宿疏簾淡月照人無寐 同上

梧桐雨細漸滴作秋聲被風驚碎潤逼衣篝線裊蕙爐沈水悠悠
歲月天涯醉一分秋一分憔悴紫簫吹斷素牋恨切夜寒鴻起
又何苦淒涼客裏負艸堂春綠竹溪空翠落葉西風吹老幾番塵
世從前諳盡江湖味聽商歌歸興千里露侵宿酒疏簾淡月照人
無寐

算只藕花知我意猶把紅芳留客 前人念奴嬌

嫩涼生曉怪得今朝湖上秋風無迹古寺桂香山色外腸斷幽叢
金碧驟雨俄來蒼煙不見苔徑孤吟屐繫船高柳晚蟬嘶破愁寂

紅且約攜酒高歌與鷗相好分坐漁磯石算只藕花知我意猶把芳留客樓閣空濛管絃清潤一水盈盈隔不如休去月懸良夜千尺

春在賣花聲裏 王貴英夜行船

曲水濺裙三月二馬如龍鈿車如水風颺游絲日烘晴晝人共海棠俱醉　客裏光陰難可意掃芳塵舊遊誰記午夢醒來不覺曉窗人靜春在賣花聲裏

試花霏雨溼春晴 韓蕭閒浪淘沙豐樂樓

裙色草初青鴨鴨波輕試花霏雨濕春晴三十六梯人不到獨換瑤箏　艇子憶逢迎依舊多情朱門只合鎖娉婷卻逐彩鸞歸去路香陌春城

貪與蕭郎眉語不知錯舞伊州 劉後村清平樂賦舞妓

宮腰束素只怕能輕舉好築避風臺護取莫遣驚鴻飛去　一團香玉溫柔笑顰俱有風流貪與蕭郎眉語不知錯舞伊州

何處消魂初三夜月第四橋春 羅澗谷柳梢青

夢綠華身小桃花扇安石榴裙子夜聞歌周郎顧曲曾惱夫君悠悠羈旅愁人似零落青天斷雲何處消魂初三夜月第四橋春

一硯梨花雨　周蕭齋點絳唇訪牟存叟南湖釣隱

午夢初回卷簾盡放春愁去晝長無語自對黃鸝語　絮影蘋香
春在無人處移舟去未成新句一硯梨花雨

薄倖東風薄情遊子薄命佳人　前人柳梢青楊花

似霧中花似風前雪似雨餘雲本自無情點萍成綠卻又多情
西湖南陌東城甚管定年年送春薄倖東風薄情遊子薄命佳人

怪別來胭脂慵傅被春風偷在杏梢　趙霞山戀繡衾

柳絲空有萬千條繫不住溪頭畫橈想今宵也對新月過輕寒何
處小橋玉簫臺榭春多少溜啼痕盈臉未消怪別來胭脂慵傅
被春風偷
在杏梢

對菱花與說相思看誰瘦損　陸雲西瑞鶴仙

濕雲黏雁影望征路愁迷離緒難整千金買光景但疏鐘催曉亂
鴉啼暝花悰暗省許多情相逢夢境便行雲都不歸來也合寄將
音信孤迴闌驚心在跨鶴程高後期無準情絲待剪翻惹得舊
時恨怕天教何處參差雙燕還染殘朱剩粉對菱花說與相思看
誰瘦
損

清絕影也別知心惟有月　蕭結山霜天曉角詠梅

千山萬雪受盡寒磨折賴是生來瘦硬渾不怕角吹徹　清絕影
也別知心惟有月元沒春風情性如何共海棠說

花開猶似十年前人不似十年前俊　鍾梅心步蟾宮

東風又送酴醾信早吹得愁成潘鬢花開猶似十年前人不似十
年前俊　水邊珠翠香成陣也消得燕窺鶯認歸來沈醉月朧
朧覺花氣滿襟猶潤

丁寧記取兒家碧雲隱約紅霞直下小橋流水門前一樹桃花　李肩吾清平樂

美人嬌小鏡裏容顏好秀色侵人春帳曉郎去幾時重到　丁寧
記取兒家碧雲隱約紅霞直下小橋流水門前一樹桃花

又是羊車過也月明花落黃昏　黃玉林清平樂宮詞

珠簾寂寂愁背銀釭泣記得少年初選入三十六宮第一　當時
掌上承恩而今冷落長門又是羊車過也月明花落黃昏

連呼酒上琴臺去秋與雲平　吳夢窗八聲甘州陪庾幕諸公秋登靈巖

渺空煙四遠是何年青天墜長星幻蒼崖雲樹名娃金屋殘霸宮
城箭勁酸風射眼膩水染花腥時靸雙鴛響廊葉秋聲　宮裏吳
王沈醉倩五湖倦客獨釣醒醒問蒼波無語華髮奈山青水涵
空闌凭高處送亂鴉斜日落漁汀連呼酒上琴臺去秋與雲平

簾半卷帶黃花人在小樓 前人聲聲慢閏重九飲郭園

檀欒金碧婀娜蓬萊遊雲不醮芳洲露柳霜蓮十分點綴殘秋新彎畫屏未穩以含羞低渡牆頭愁送遠駐西臺車馬共惜臨流知道池亭多宴掩庭花長是驚落秦謳膩粉闌干猶閒凭袖香留輸他翠漣拍甃瞰新妝時侵明眸簾半卷帶黃花人在小樓

南樓不恨吹橫笛恨曉風千里關山 前人高陽臺落梅

宮粉彫痕仙雲墮影無人野水荒灣古石埋香金沙鎖骨連環南樓不恨吹橫笛恨曉風千里關山半飄零庭院黃昏月冷闌干壽陽宮裏愁鸞鏡問誰調玉髓暗補香瘢細雨歸鴻孤山無限春寒離魂難倩招清些夢縞衣解佩谿邊最愁人啼鳥晴明葉底青圓 去病案此則胡本脫去今據他刻補

玉奴最晚嫁東風來結梨花幽夢 前人西江月梅枝上晚花

綠陰青子滿溪橋羞見東鄰嬌小 同上 去病案滿一作老

枝鳥一痕雪在葉藏幾豆春濃玉奴最晚嫁東風來結梨花幽夢香力添熏羅被瘦枝猶怯冰綃綠陰青子滿溪橋羞見東鄰嬌小

月落杯空無影 前人齊天樂飲白醪感少年事

芙蓉心上三更露茸香漱泉玉井自洗銀舟徐開素酌月落杯空無影庭陰未瞑度一曲新蟬韻秋堪聽瘦骨侵冰怕驚紋簟夜深冷

當時湖上載酒翠雲開處共雪面波鏡萬感瓊漿千莖鬢雪煙鎖藍橋花徑留連暮景但閒覓孤歡強寬秋興醉倚修篁晚風吹半醒

不約舟移楊柳繫有緣人映桃花見　前人倦尋芳花翁過舊妓李憐分韻同賦

漸老芙蓉猶自帶霜看　同上

墜瓶恨井塵鏡迷樓雲閑孤燕寄別崔徽清瘦畫圖春面不約舟移楊柳繫有緣人映桃花見紋分攜悔香瘢謾蒸綠鬢輕剪聽細雨琵琶幽怨客鬢蒼華衫袖溼遍漸老芙蓉猶自帶霜看一縷情深朱戶掩兩痕愁起青山遠被西風又驚吹夢雲分散

不成又是教人恨待倩楊花去問　江月湖杏花天

謝娘庭院通芳徑四無人花梢轉影幾番心事無憑準等得青春過盡

秋千下佳期又近算畢竟沈吟未穩不成又是教人恨待倩楊花去問

珠簾卷起還重下怕東風吹散歌聲　趙釣月風入松　去病案起一作上

麴塵風雨亂春晴花重寒輕珠簾卷起還重下怕春風吹散歌聲棋倦杯頻晝永粉香花豔清明

十分無處著閒情來覓娉婷薔

微誤宮尋春袖情柔夷爲補香痕苦恨啼鵑驚夢何時剪燭重盟

燕子未來東風無語又黃昏琴心不度春雲遠斷腸難託啼鵑夜深猶倚垂楊二十四闌 陳西麓絳都春

秋千倦倚正海棠半折不奈春寒殢雨弄晴飛梭庭院繡簾開梅妝欲試芳情嬾翠顰愁入眉彎霧蟬香冷霞綃淚搵恨襲湘蘭悄悄池塘步晚任紅醺杏靨碧沁苔痕燕子未來東風無語又黃昏琴心不度春雲遠斷腸難託啼鵑夜深猶倚垂楊二十四闌

寄相思偏仗柳枝待折向尊前唱奈東風吹作絮飛 前人戀繡衾

多情無語斂黛眉寄相思偏仗柳枝待折向尊前唱奈東風吹作絮飛 歸來醉抱琵琶睡正酒醒香盡漏移無奈是梨花夢破明月偏照翠帷

甚等閒半委東風半委小溪流水 張寄閒瑞鶴仙 去病案溪一作橋

待晴猶未 同上

粉蝶兒守住落花不去溼重尋香兩翅怎知人一點新愁寸心萬里 同上 去病案住一作定

卷簾人睡起放燕子歸來商量春事風光又能幾減芳菲都在賣
花聲裏吟邊眼底披嫩綠移紅換紫甚風等閒半委東風半委小溪
流水還是苔痕湔雨竹影留雲待晴猶未蘭舟靜艤西湖上多
少歌吹粉蝶兒守住落花不去濕重尋香兩翅怎知人一點新愁
寸心
萬里

雲引吟情閒遠 前八壺中天月夕登繪幅堂與賓房同賦

雁橫迥碧漸煙收極浦漁唱催晚臨水樓臺乘醉倚雲引吟情間
遠露腳飛涼山眉鎖暝玉宇冰奩滿平波不動桂華低印清淺
應是瓊斧修成鉛霜擣就舞霓裳曲遍窈窕西窗誰弄影紅冷芙
蓉深苑賦雪詞工留雲歌斷偏惹文簫怨人歸鶴喚翠簾十二空
卷去病案胡本低誤底苑誤怨
又脫去曲字今並據原集改正

斷雲過雨花前歌扇梅邊酒盞 莫子山水龍吟

但良宵空有亭亭霜月作相思伴 同上

鏡寒香歇江城路今度見春全嬾斷雲過雨花前歌扇梅邊酒盞
羅思相欺萬絲縈繞一襟銷黯但年光暗換人生易感西歸水南
飛雁也擬與愁排遣奈江山遮攔不斷嬌譌夢語濕熒啼袖迷
心眼纏縠華裀錦屏羅薦何時拘管但良宵空有亭亭霜月作相
思
伴

燕子銜來相思字道玉瘦不禁春病 楊西村二郎神用徐幹臣韻

瑣窗睡起閒佇立海棠花影記翠檝銀塘紅牙金縷杯泛梨花塵冷燕子銜來相思字道玉瘦不禁春病應蝶粉半消鴉雲斜墜暗侵鏡還省香痕唾碧春衫都凝悄一似荼蘼玉肌翠帔消得東風喚醒青杏單衣楊花小扇閒卻晚春風景最苦是蝴蝶盈盈弄晚一簾風靜

宿粉殘香隨夢冷落花流水利天遠 前人倦尋芳

餳簫吹暖蠟燭分煙春思無限風到楝花二十四番吹徧煙濕濃堆楊柳色晝長閒墜梨花片梢簾櫳聽幽禽對語分明如剪記舊日西湖行樂載酒尋春十里塵軟背後腰肢仿佛畫圖曾見宿粉殘香隨夢冷落花流水和天遠但如今病懨懨海棠池館

都將千里芳心十年幽夢分付與一聲啼鴂 前人祝英臺近

宿醒蘇春夢醒沈水冷金鴨落盡桃花無人掃紅雪漸催煑酒園林單衣庭院春又到斷腸時節恨離別長憶人立荼蘼珠簾捲香月幾度黃昏瓊枝爲誰折都將千里芳心十年幽夢分付與一聲啼鴂

不妨彩筆吟牋翠尊冰醽自管領一庭秋色 前人前調中秋

月如冰天似水冷浸畫闌濕桂樹風前醲香半狼籍此翁對此良宵別無可恨恨只恨古人頭白洞庭窄誰道臨水樓臺清光最

先得萬里乾坤元無片雲隔不妨彩
筆吟牋翠尊冰醴自管領一庭秋色

春在闌干咫尺　李賀房謁金門　去病案胡本作只咫非

吟望直春在闌干咫尺山插玉壺花倒立雪明天混碧　曉露絲
綠瓊滴虛揭一簾雲濕猶有殘梅黃半壁香隨流水急

明年今夜玉尊知在何處　前人壺中天登寄閒吟臺

青飇蕩碧喜雲飛寥廓清透涼宇倦鵲驚翻臺樹迴葉葉秋聲歸
樹珠斗斜河冰輪輾霧萬里青冥路香深屏翠桂邊滿袖風露
煙外冷逼玻璃漁郎歌杳聲容明歸去怨鶴知更蓮漏悄竹裏篩
金簾斥短髮吹寒閒情吟遠弄影花前舞明年今夜玉尊知在何
處　去病案
擊胡誤作繫

問簾深掩梨花雨誰問東陽瘦　前人探芳信湖上春繼周草窗韻

對芳晝甚怕冷添衣傷春疏酒正緋桃如火相看自依舊間簾深
掩梨花雨誰問東陽瘦幾多時漲綠鶯枝墮紅鷙毬　堤上寶鞍
驟記草色蘸晴波光搖岫蘇小門前題字尚存杳繫
華短夢隨流水空有詩千首更休言張緒風流似柳

幾番鶯外斜陽闌干倚偏恨楊柳遮愁不斷　前人祝英臺近

杏花初梅花過時節又春半簾影飛梭輕陰小庭院舊時月底秋
千吟香醉玉曾細聽歌珠一串　忽重見描金小字題情生綃合

歎扇老了劉郎天遠玉簫伴鬢香鶯外斜陽闌干倚徧恨楊柳遮愁不斷

歸醉夜堂歌舞月拚卻春眠 李萊老浪淘沙 去病案卻一作厭

榆火換新煙翠柳朱簷東風吹得落花顛簾影翠梭懸繡帶人倚秋千　猶憶十年前西子湖邊斜陽催入畫樓船歸醉夜堂歌舞月拚卻春眠

參差護晴窗戶 王可竹齊天樂客長安

心期暗數總寂寞當年酒籌花譜付與春愁小樓今夜雨 同上

宮煙曉散春如霧參差護晴窗戶柳色初分餳香未冷正是清明百五臨流笑語映十二闌干翠嚬紅妒短帽輕鞍倦遊曾遍斷橋路東風爲誰媚嫵歲華頻感慨雙環何許前度劉郎三生杜牧贏得征衫塵土心期暗數總寂寞當年酒籌花譜付與春愁小樓今夜雨

暗粉疏紅依舊爲誰勻注都負了燕約鶯期更閒卻柳烟花雨 張梅崖綺羅香漁浦有感

浦月窺簷松泉漱枕屏裊吳山何處暗粉疏紅依舊爲誰勻注都負了燕約鶯期更閒卻柳烟花雨縱十分春到郵亭賦懷應是斷

腸句　青青原上薺麥還被東風無賴翻成離阻望極天西惟有
隴雲江樹斜照帶一縷新愁盡分付暮潮歸去步閒階待卜心期
落花空
細數

夢魂欲渡蒼茫去怕夢輕還被愁遮　周草窗高陽臺寄越中諸友
去病案輕一作驚

小雨分江殘寒迷浦春容淺入蒹葭雪霽空城燕歸何處人家夢
魂欲渡蒼茫去怕夢輕還被愁遮感年華夜汐東還冷照西斜
淒淒望極王孫草認雲中楓樹鷗外春沙白髮青山可憐相對蒼
華歸鴻自趁潮回去笑倦遊猶是天涯問東風先到垂楊後到梅
花

休綴潘郎鬢影怕綠窗年少人驚　前人聲聲慢柳花

燕泥沾粉魚浪吹香芳堤十里新晴靜惹遊絲花邊裊裊扶春多
憐飄泊記章臺曾挽青青堪愛處是撲簾嬌嫩墮馬輕盈　長是
河橋三月做一番晴雪惱亂詩魂帶雨沾衣羅襟點點離痕
休綴潘郎鬢影怕綠窗年少人驚卷春去剪東風千縷翠雲

花深深處柳陰陰處一片笙歌　前人少年游宮詞

簾銷寶篆卷宮羅蜂蝶撲飛梭一樣東風燕梁鶯院那處春多
曉妝日日隨香輦多在牡丹坡花深深處柳陰陰處一片笙歌

一鉤春情斜月杏花屋　王碧山醉落魄

小窗銀燭輕鬟半擁釵橫玉數聲春調清圓曲拂拂珠簾殘影亂紅撲　垂楊學畫娥眉綠年年芳艸迷金谷如今休把佳期卜一翎春情斜月杏花屋

揉碎花心吟碎淡黃雪　前人醉落魄

翠簟一池秋水半牀露半牀月　前人霜天曉角

恰似斷魂江上柳越春深越瘦　前人謁金門

三詞俱佚　今所傳花外集僅詞六十五首此三則佚詞之僅存者

一室秋燈一庭秋雨更一聲秋雁　前人醉蓬萊歸故山

帶西風門徑黃葉凋零白雲蕭散柳換枯陰賦歸來何晚　爽氣霏霏翠娥眉嫵聊慰登臨眼故國如塵故人如夢登高還嬾　數點寒英為誰零落楚魄難招暮寒堪攬步屧荒籬誰念幽芳遠一室秋燈一庭秋雨更一聲秋雁試引芳尊不知消得幾多依黯

昨宵風雨涼到木樨屏　趙元甫相思引

水陌紗籠小院清晴塵不動地花平昨宵風雨涼到木樨屏　香月照妝秋粉薄水雲飛佩藕絲輕好天良夜閒理玉笙

重見冷楓紅舞　白石法曲獻仙音

黃簾綠幕蕭蕭夢燈前幾換秋風 吳夢窗塞翁吟贈丁宏庵

草色新宮綫還跨紫陌青驄好花是晚開紅冷菊敧香濃黃簾綠幕蕭蕭夢燈前幾換秋風敘往約桂花宮為別翦珍叢 雕欄行人去秦腰褪玉心事稱吳女暈濃向春夜閨情賦就想初寄上國書時唱入眉峯歸來共酒約窺紋窗蓮卸新蓬

雁風吹裂雲痕小樓一縷斜陽影 丁基仲水龍吟

雁風吹裂雲痕小樓一縷斜陽影殘蟬抱柳寒蛩入戶淒音忍聽愁不禁秋夢還驚客青燈孤枕未更深半是梧桐泣露那更度蘭宵永 容歎銀屏金井醉鄉醒溫柔鄉冷征塵搖撲開花謾舞何心管領蕙指冰弦蕙懷春錦楚梅風韻悵芙蓉城杳藍雲依黯鎖巫雲 暝

清陰一架顒顒蒲萄醉花碧 前人六么令

詞未見

畫船盡入西湖閒卻半湖春日 周草窗曲游春西湖 去病案胡本作前人而逸其調並云詞未見非也

玫蘋洲漁笛譜有此作雖字句微異而實係一詞特錄如下

禁苑東風外颺暖絲晴絮春思如織燕約鶯期惱芳情偏在翠深紅隙漠漠香塵隔沸十里亂絃叢笛看畫船盡入西泠閒卻半湖

春色柳陌新煙凝碧映簾底宮眉隄上遊勒輕暝籠寒怕梨雲夢冷杏香愁羃歌管愁寒食奈蝶怨良宵岑寂正滿湖碎月搖花怎生去得

樂笑翁警句凡十三則

和雲流出空山甚年年淨洗花香不了 南浦春水

波暖綠粼粼燕飛來好是蘇隄纔曉魚沒浪痕圓流紅去翻笑東風難掃荒橋斷浦柳陰撐出扁舟小回首池塘青欲遍絕似夢中芳艸和雲流出空山甚年年淨洗花香不了新綠乍生時孤村路猶憶那回曾到餘情渺渺茂林觴詠如今悄前度劉郎歸去後溪上碧桃多少

寫不成書只寄得相思一點 解連環孤雁

詞見樂笑翁奇對

纔放些晴意早瘦了梅花一半也知不做花看東風何事吹散 探春慢雪

銀浦流雲綠房迎曉一抹牆腰月淡暖玉生煙懸冰解凍碎滴瑤階如霰纔放些晴意早瘦了梅花一半也知不做花看東風何事霽去病案事一作處

吹散搖落似成秋苑甚釀得春來怕敎春見野渡舟回前村門掩應是不勝清怨次第尋芳去灞橋外蕙香波暖猶妬簷聲看燈人在深苑

見說新愁如今也到鷗邊 高陽臺西湖感春

莫開簾怕見飛花怕聽啼鵑 同上

詞見樂笑翁奇對

醒醉一乾坤 眞珠簾近雅軒即事

茂樹石牀同坐久又却被清風留住 同上去病案胡本脫却字今據本集補

詞見樂笑翁奇對

須待月許多清都付與秋 聲聲慢西湖去病案胡本脫附注五字

詞見樂笑翁奇對

幾日不來一片蒼雲未埽 埽花遊高疏寮東墅園

詞見樂笑翁奇對

春風不奈垂楊柳吹卻絮雲多少 臺城路杭友抵越適鑑湖漁舍會飲

春風不奈垂楊柳吹卻絮雲多少燕子入家夕陽巷陌行入野畦
深窈簾花闌草記小舫尋芳斷橋初曉那日心情幾人同向近來
老　銷憂何處最好夜遊頻秉燭猶是遲丁南浦歌闌東林社冷
贏得如今懷抱吟悰暗惱待醉也慵聽勸歸啼鳥怕攪離愁亂紅
休去埽　集本作
春風不暖垂楊樹

帶天香吹動一身秋 甘州趙文升索賦散樂妓桂卿

隔花窺半面帶天香吹動一身秋歎行雲流水寒枝夜鵲楊柳灣
頭浪打石城風急難繫木蘭舟未了笙歌夢倚檻西州　重省尋
春樂事奈如今老去鬢改花羞指斜陽巷陌都是舊曾遊遞寄
興采芳儔侶且不須容易說風流爭得似桃根桃葉明月妝樓

忍不住低低問春 慶宮春都下寒食

詞兒樂笑翁奇對

不知能聚愁多少 霜葉飛毗陵宅中聞老妓歌

繡屏開了驚詩夢嬌鶯啼破春愁穩將譜字轉清圓正杏梁聲繞
看帖帖蛾眉淺埽不知能聚愁多少歎客裏淒涼尚記得他年雅
音低唱還好　同是流落殊鄉相逢何晚坐對眞被花惱貞元朝
士已無多但暮煙芳草未忘得春風窈窕卻憐張緒如今老且慰

我留連意莫說西湖那時蘇小

詞眼凡二十六則

燕嬌鶯姹 潘元質倦尋芳

獸環半掩鴛甃燕壘庭院瀟灑樹色沈沈春盡燕嬌鶯姹夢艸池塘青漸滿海棠軒檻紅相亞聽簫聲記秦樓夜約彩鸞齊跨漸迤邐更催銀箭何處貪歡猶繫驄馬旋剪燈花兩點翠眉誰畫香滅羞回空帳裏月高猶在重簾下恨疏狂待歸來碎揉花打

綠肥紅瘦 李易安如夢令

昨夜雨疏風驟濃睡不消殘酒試問卷簾人卻道海棠依舊知否知否應是綠肥紅瘦

寵柳嬌花 前人壺中天

蕭條庭院又斜風細雨重門須閉寵柳嬌花寒食近種種惱人天氣險韻詩成扶頭酒醒別是閒滋味征鴻過盡萬千心事難寄樓上幾日春寒簾垂四面玉闌干慵倚被冷香消新夢覺不許愁人不起清露晨流新桐初引多少遊春意日高煙斂更看今日晴未去病案黃叔暘云前輩稱易安綠肥紅瘦爲佳句予謂寵柳嬌花語亦甚奇俊前此未有能道之者

籠燈燃月 周美成意難忘美人

衣染鵝黃愛停歌駐拍勸酒行觴低鬟蟬影動私語口脂香荷露滴竹風涼拚劇飲淋浪夜漸深籠燈燃月細與端相　知音見說無雙解移宮換羽未怕周郎長顧知有恨貪耍不成妝些箇事惱人腸待與說何妨又恐伊尋消問息瘦減容光

醉雲醒雨　吳夢窗解蹀躞別情

醉雲又兼醒雨楚夢時來往　倦蜂剛著梨花惹遊蕩還做一段相思冷波葉舞愁紅送人雙槳　暗凝想情共天涯秋黯朱橋鎖深巷　會稀投得輕分頓惆悵此去幽曲誰來可憐殘照西風半妝樓上　夢窗甲稿作醉雲又兼醒雨詞旨原本皆作醉雲醒月因上籠燈燃月而誤作雨是也下句云楚夢時來往則上句自以雲雨言矣

挑雲研雪　王碧山

詞佚

柳昏花暝　史梅溪雙雙燕

詞見警句

翠陰香遠　方千里過秦樓春思

柳洒鵝黃艸揉螺黛院落雨痕才斷蜂鬚霧濕燕嘴泥融陌上細風頻扇多少豔景關心長苦春光疾如飛箭對東風忍負西園清

賞翠深香遠，空暗憶醉走銅駝，閒敲金鐙，倦迹素衣塵染。因花瘦、覺爲酒情鍾，綠鬢幾番催變。何况向人眉黛，供愁嬌波回倩，料相思此際濃，似飛紅萬點。

玉嬌春怨 高竹屋齊天樂 去病案別本正作香怨

竹屋詞及各選本皆作玉嬌香怨

詞見屬對

蝶凄蜂慘 楊守齋八六子牡丹次白雲韻

怨殘紅夜來無賴雨催春去怱怱但暗水新流芳恨蝶凄蜂慘千秋嫩綠迷空那知國色還逢柔弱華清扶倦輕盈洛浦臨風細認得凝妝點脂勻粉露蟬聳翠蘂金團玉成叢幾許愁隨笑解一聲歌轉春融眼朦朧凭闌干半醒醉中

柳腴花瘦 楊西村甘州

摘青梅薦酒甚殘寒猶怯苧蘿衣正柳腴花瘦綠雲冉冉紅雪霏霏隔屋秦箏依約誰品春詞回首繁華夢流水斜暉寄隱孤山山下但一瓢飲水深掩苔扉羨青山有思白鶴忘機悵年華不禁搔首又天涯彈淚送春歸銷魂遠千山啼鴂十里荼蘼

縮燕吟鶯 前人口口口

詞未見

漁煙鷗雨　李秋崖青玉案題艸窗詞卷

燕昏鶯晚　同上　去病案晚一作曉

吟情老盡江南句幾千萬垂絲縷花冷絮飛寒食路漁煙鷗雨燕
昏鶯曉總入昭華譜　紅衣妝倩涼生渚環碧斜陽舊時樹拈葉
分題觴詠處荀香猶在
庾愁何許雲冷西湖賦

翠顰紅妬　王可竹齊天樂長安客賦

詞見警句

愁煙恨粉　□□□□□□　去病案烟一作胭

詞未見

月約星期　樓君亮玉漏遲　去病案陽春白雪爲趙聞禮作

絮花寒食路晴絲罥日綠陰吹霧客帽欺風愁滿畫船煙浦綵柱
秋千散後悵塵鎖鶯簾燕戶從閒阻夢雲無準鬢霜如許　夜永
繡閣藏嬌記掩扇傳歌翦燈留語月約星期細把花枝頻數彈指
一襟幽恨謾空趁啼鵑聲訴深苑宇黃昏杏花微雨　此詞亦見
吳夢窗稿然周草窗絕妙好詞選及詞旨皆以爲樓君亮作
周陸二公與君亮同時不應有誤蓋收夢窗稿者失檢點耳

雨今雲古　玉田長亭怨別陳行之

跨匹馬東瀛煙樹轉首十年旅愁無數此日重逢故人猶記舊遊
否雨今雲古更秉燭渾疑夢語衰衰登臺歎野老白頭如許　歸
去問當初鷗鷺幾度西湖霜露漂流最苦便一似斷蓬飛絮情
可恨獨棹扁舟浩歌向清風來處有多少相思都在一聲南浦

恨煙顰雨　張東澤祝英臺近

竹間棊池上字風日共清美誰　道春深湘綠漲沙嘴更添楊柳無
情恨煙顰雨卻不把扁舟偸繫　去千里明日知幾重山後朝幾
重水對酒相思爭似且留醉奈何琴
劍匆匆而今心事在月夜杜鵑聲裏

燕窺鶯認　鍾梅心步蟾宮

詞見警句

愁羅恨綺　翁處靜水龍吟雪霽登吳山

畫樓紅濕斜陽素妝褪出山眉翠街聲暮起塵侵鐙戶月來舞地
宮·柳招鶯水葒飄雁隔年春意黯梨雲散作人間好夢瓊簫在錦
屏底　樂事輕隨流水暗蘭消作花心計情絲萬軸因春織就愁
羅恨綺　昵枕迷香占簾看夜舊遊經醉任孤山剩雪殘梅漸嬾跨
東風
騎

移紅換紫 張寄閒瑞鶴仙

詞見警句

聯詩換酒 周草窗三犯渡江雲 去病案換集作喚

冰溪空歲晚蒼茫雁影淺水落寒沙那回乘夜興雲雪孤舟曾訪
故人家千林未綠芳信暖玉照霜華共凴高聯詩喚酒瞑色奪昏
雅 堪嗟漸鳴玉佩山護雲衣又扁舟東下想故園天寒倚竹袖
薄籠紗詩筒已是經年別早暖律春動香霞愁寄遠溪邊自折梅
花

選歌試舞 前人露華

暖消蕙雪漸水紋漾錦雲淡波溶岸香弄蕊新枝輕嫋條風次第
燕歸將近愛柳眉桃靨煙濃鶯徑小芳屏聚蝶翠渚飄鴻 六橋
舊情如夢記扇底宮眉花下游驄選歌試舞連宵戀醉珍叢
怕裏早鶯啼醒問杳鈿誰點愁紅心事悄春嬌又入翠客

舞句歌引 前人月邊嬌

酥雨烘晴早柳盼顰嬌蘭芽愁醒九街月淡千門夜暖十里寶光
花影塵凝步韈送豔笑爭誇輕俊笙簫迎曉翠幕捲天香宮粉
少年紫曲疏狂絮花縱迹夜蛾心性戲叢圍錦鐙簾轉玉折御舞
句歌引前歡漫省又黐路東風吹鬢醺醺倚醉任夜深春冷

三生春夢□□□□□□

詞未見去病案上四則胡氏均稱詞未見今除三生春夢不可考餘均從草窗詞補入

單字集虛凡三十三字

任看正待乍怕總問愛奈似但料

想更算況悵快早儘嗟憑歎方將

未已應若莫念甚

兩字集虛

文缺

三字集虛

文缺

詞源云詞與詩不同詞之語句有二字三字四字至八字者堆疊實字讀且不通況付之雪兒乎合用虛字呼喚單字如正但甚任之類兩字如莫是還又那堪之類三字如更能消最無端又卻是之類此等虛字卻要用之得其所若能盡用虛字語句自活必不是

賓實觀者無掩卷之誚案陸輔之本詞源之說列虛字近雅者以示人也明刻單行本僅存兩字集虛三字集虛之目其文全缺說郛本幷目缺之矣今依明本存其目缺其文焉不復補之以意逆志自能得之矣詞用虛字貴得所雅則得所耳當時俳體頗俗屯田最甚清眞不免時見白石玉田無不雅者也

詞旨暢舊序

詞旨一卷元陸輔之撰序云余從樂笑翁遊命詔暫作詞旨是輔之名詔也汪砢玉珊瑚網云汾湖居士陸行直輔之有家妓名卿卿者友人張叔夏賦清平樂贈之後二十一年行直官翰林典籍歸叔夏卿卿俱下世作碧梧蒼石圖書叔夏詞於卷端且和其韻則是輔之名行直矣明刻本詞旨又題陸友仁撰是輔之又名友仁也楊廉夫東維子集云元松陵陸子敬居汾湖北壘石爲山樹梅成林取姜白石詞語名其軒曰舊時月色則輔之又字子敬顧嗣立元詩選癸集云陸行直字季道一字德恭一作季衡吳人居於甫里自號天湖居

士翰林典籍致政歸善書有別墅在淞江之南分湖之東所謂韶及友仁二名與夫子敬輔之二字皆不及稱所書三字又自殊異今詳核之蓋本名韶故字德恭改名友仁故字輔之後名行直故字子敬其名屢更字因名立諸書記載隨舉不備不足怪也輔之生平足見涯略矣詞旨爲書皆述叔夏論詞之旨與叔夏詞源同條共貫計論詞七則言簡意明能撮其要采時流詞中偶句工鍊者名曰屬對凡三十八則而樂笑翁奇對二十三則次之名詞之意遠辭雋者名曰警句凡九十二則而樂笑翁警句十三則次之以著受學之源也又詞眼二十六則示人鍊字之法單字集虛三十三字教人用虛字須擇近雅者不可太俗也詞肇於唐盛於五代時皆小令北宋之時慢曲乃作字句較多行氣通脈全仗虛字時人又雜以俳體虛字流入鄙俗玉田言之於前輔之所由力爲防閑也共凡七類篇帙無多詞

之矩範不出此也流覽是編取詞源注之所列詞句取原詞綴於下俾前人精神輔之微意軒豁呈露閲者事半工倍矣所列詞有已佚者卷中詳之刊訛補脱寫定字增分爲二卷題曰暢旨言暢其旨也楊雄有言雕蟲小技壯夫不爲言賦也賦且然况詞乎然小道可觀必先利器雄不長辭賦必不能作是言舍法以求雖耄耋不能雕一蟲又烏可輕其技耶輔之具苦心於前不可任其沒滅爲此以益方來孟子曰大匠誨人必以規矩斯亦良工之苦心也夫光緒二十二年丙申三月胡元儀序

詞旨下　完

清　郭麐頻伽箸　　邑後學　陳去病校刊

余少耽倚聲爲之未暇工也中年憂患交迫廓落尠懽閒復以此陶寫入之稍深遂極翫百家博涉衆趣雖曰小道居然非麤鄙可了因弄墨餘閑仿表聖詩品爲之標舉風華發明逸態以其塗較隘止得表聖之半用以軒輊六義之後奮蜚四聲之餘亦猶賢乎博奕

幽秀

千巖巉巉一壑深美路轉峯迴忽見流水幽鳥不鳴白雲時起此去人間不知幾里時逢疎華娟若處子嫣然一笑目成而已

高超

行雲在空明月在中瀟瀟秋雨泠泠好風卽之愈遠尋之無蹤孤鶴

獨唳其聲清雄衆首俯視莫窮其通回顧藪澤翩哉蜚鴻

雄放

海潮東來氣吞江湖快馬斫陣登高一呼如波軒然蛟龍牙須如怒鶻起下盤浮圖千里萬里山奔雷驅元氣不死乃與之俱

委曲

芙蓉初花秋水一半欲往從之細石淩亂美人有言玉齒將粲徐拂寶瑟一唱三歎非無寸心繾綣自獻若往若還豈曰能見

清脆

美人滿堂金石絲簧忽擊玉磬遠聞清揚韻不在短亦不在長哀家一梨口爲芳香芭蕉灑雨芙蓉拒霜如氣之秋如冰之光

神韻

雜花欲放細柳初絲上有好鳥微風拂之明月未上美人來遲卻扇

一顧羣姸皆媸其秀在骨非鉛非脂眇眇若愁依依相思

感慨

人生一世能無感焉哀來樂往雲浮鳥逝銅駝巷陌金人歲年鉛水迸淚鵾雞裂弦如有萬古入其肺肝夫子何歎唯唯不然

奇麗

鮫人織綃海水不波珊瑚觸網蛟龍騰梭明月欲墮羣星皆趍淒然掩泣散爲明珠織女下眎雲霞交鋪如將卷舒貢之太虛

含蓄

好風東來幽鳥始哢陽春在中萬象皆動一花未開衆綠入夢口多微詞如怨如諷如聞玉管快作數弄望之邈然鶴背雲重

遒峭

清霜警秋微月白夜其上孤峯流水在下幽尋欲窮乃見圖畫愜心

動目喜極而怕跌宕容與以觀其翶翩然將飛倘復可跨

穠豔

雜組成錦萬花爲春五醞酒釀九華帳新異彩初結名香始熏莊嚴七寶其中天人飲芳食非摘星抉雲偶然咳唾明珠如塵

名雋

名士揮麈羽人禮壇微聞一語氣如幽蘭荷雨夜歇松風夏寒之子何處秋山槃槃萬籟俱寂惟鳴幽湍千漱百嚥奉君一丸

頻伽先生一代詞宗所爲浮眉蘅夢懺餘諸作業爲最錄而詞品十二名雋逋峭亦如其爲人因亟錄之庶與表聖詩品並爲騷壇韻事焉民國四年五月去病記

詞品　完

問花樓詞話

清　陸鎣藝香著　　邑後學　陳去病校判

自序

詞雖小道范文正歐陽文忠嘗樂爲之考亭大儒亦間有作蓋古人流連光景託物起興有宜詩者有宜詞者鎣早承庭訓未嫻聲律牿識徑途頃者長夏無事偶閱花間草堂諸刻追憶舊聞久遂成帙聊以備遺忘耗歲時耳道光戊申夏六月陸鎣

原始

王阮亭云唐無詞所歌皆詩也宋無曲所歌皆詞也余聞之先廣文曰梁武帝江南弄云衆花雜色滿上林舒芳耀采垂輕陰連手蹀躞舞春心舞春心臨歲腴中人望獨踟躕此眞絕妙好辭又曰陶隱居寒夜怨後世填詞梅花引格調似之簡文帝春情曲唐詞瑞鷓鴣格

調似之李太白應制清平樂詞呂鵬遏雲集載四首或以爲贋作非太白筆愚見詞雖小道濫觴樂府具體齊梁歷三唐五季至宋乃集其大成

命題

詞家命題多本古人詩句非臆譔也如蝶戀花則取梁元帝翻階蛺蝶戀花情點絳脣則取江文通明珠點絳脣青玉案則取張平子四愁詩何以報之青玉案西江月則取衞萬詩只今惟有西江月菩薩蠻西域婦髻蘇幕遮西域婦帽踏莎行則韓翃詩句粉蝶兒則毛澤民詞句六州歌頭則唐之西邊伊州梁州甘州石州渭州氐州也本歌吹曲宋代衍之爲詞大祀大卹皆用此調其他不及更僕數也兒時聞之先廣文今者老漸遺忘因備書之

寄調

調有定名即有定格如黃鐘仙呂諸宮與越調過曲小桃紅正宮過曲小桃紅之類是也其間字數多少音韻高下亦皆有一定之規古人曉暢聲律因題成調如李後主搗練子即詠搗練劉太保乾荷葉即詠荷葉後人依樣葫蘆借調命題如宋人賀新郎之詠石榴卜算子之詠孤鴻不一而足且同一調作者字數多寡句法參差各有不同詞學之蕪甚矣安得知音者起而正之

換頭

詞有換頭換頭者第二闋脫卸另起處也唐人小令只一首故無換頭南唐人張泌江城子二首其一碧闌干外小中庭雨初晴曉鶯聲飛絮落花時節近清明睡起捲簾無一事勻面了沒心情又一首起句云浣花溪上見卿卿眼波明結云和笑道莫多情黃叔暘云唐詞多無換頭先廣文曰黃氏誤矣此詞自是兩首兩情字兩明字不嫌

重押古詞人無重韻者換頭最喫緊高手於此殊費經營

小令

詩有絕句詞有小令二者視之若易爲之甚難絕句之工唐則供奉龍標爲冠雖杜陵不能兼美也小令之工詞家推唐莊宗李後主周晴川爲巨擘余往見先廣文手抄五代諸詞有唐莊宗如夢令云曾宴桃源深洞一曲舞鸞歌鳳長記別伊時和淚出門相送如夢如夢殘月落花烟重此莊宗自度曲歐史所謂莊宗知音能度曲汾晉往往能歌其聲謂之御製者也唐莊宗李後主皆亡國之君然莊宗大有偉略其詞淸麗乃爾坊刻誤爲呂洞賓詞非也晴川詞有片玉集

長調

詞有長調猶詩有歌行昔人狀歌行之妙云昂昂若千里之駒泛泛若水中之鳧是眞善言歌行之妙者矣余謂歌行以馳騁變化爲奇

若施之長調終非正格王元美云歌行如駿馬驀坡一往稱快長調如嬌女弄花百媚橫生二語眞詞家祕密藏

南北曲

天有兩戒以判南北而音韻殊焉白太傅詩云吳越聲邪無法曲莫教聲入管弦中髯蘇亦云好把鸞黃記宮樣莫教絃管作蠻聲南史五音本在中土東南土氣偏詖不能感動木石余竊怪近世北曲皆鄭衛之遺唐代梨園教坊之所傳習烏足以爲正聲耶善乎毛稚黃與沈去矜論塡詞書曰南曲將開塡詞先之北曲將開絃索調先之聲律之原關乎風氣今南北九宮音多聱鐸古人創制初無定書善學者何抑彼南轄同歸北轍哉解此可以息南北之爭

古今韻

韻書非古也漢魏以來韻無專書韻以通而甚寬宋元以下韻有成

例韻以繁而易舛楊升庵謂沈韻爲鴂舌之書誠有激乎其言之也沈韻未必盡合以李杜嘗用之故至今沿襲不改詞家自可變通如朋字與蒸同押打字與等同押卦畫與怪壞同押豈可爲法耶東坡一斛珠蔣捷女冠子呂聖求惜分釵高季迪石州慢諸詞用韻酌古準今以正沈韻之失學者所當隅反

蘇辛周柳

詞家言蘇辛周柳猶詩歌稱李杜駢體舉庾徐以爲標幟云爾無論三唐五季佳詞林立即論兩宋廬陵翠樹元獻清商秦少游山抹微雲張子野樓頭畫角竹屋之幽蒨花影之生新其見於草堂花間不下數百家雖藻采孤騫而源流攸別安得有綜博之士權輿三李斷代南渡爲唐宋詞派圖爰黜淫哇以崇雅制詞學其日昌矣乎

唐宋元明

人有恒言唐詩宋詞元曲三者就其極盛言之風氣所開遂成絕詣明以時文取士作者輩出詩學殊遜唐宋即如塡詞雖劉誠意之雄略夏少師之警悟坊間所傳二公開元樂浣溪沙諸闋猶恒人耳王元美藝苑巵言辨晰詞旨而所爲小令頗近彫琢長調亦多蕪雜尤可笑者小諸臯二闋信手塗抹眞是盲女彈詞醉漢罵街升庵論詞時有妙會摹寫處亦傷尖薄不獨花犯箇儂諸小令也先廣文謂有明無詞人信然信然

疊字

疊字之法最古義山尤喜用之然如菊詩暗暗淡淡紫融融冶冶黃轉成笑柄宋人中易安居士善用此法其聲聲慢一詞頓挫淒絕詞曰尋尋覓覓冷冷清清淒淒慘慘戚戚乍煖還寒時候最難將息又云梧桐更兼細雨到黃昏點點滴滴二闋共十餘箇疊字而氣機流

動前無古人後無來者可爲詞家疊字之法

錄要

段安節琵琶錄綠腰即錄要也樂工進曲上令錄其要者以進一名六幺香山楊柳枝詞六幺水調家家唱元微之管兒還爲彈綠腰綠腰依舊聲迢迢是唐人又以腰作幺也或云此曲拍不過六字故曰六幺今六幺行于世者四曰黃鍾羽曰夾鍾羽曰林鍾羽曰夷則羽又此曲共二十二拍中四花拍抑揚頓挫舞者亦隨之而舞歐陽公所謂貪看六幺花十八是也

詼嘲宜戒

文人輕薄動以文字爲戲其流也揭帖搆汚豔詞宣穢詞曲一道風雅掃地矣王彥齡元祐副樞之弟官太原作望江南十餘首狎侮同寮並及府帥帥怒將劾治之彥齡執手版頓首謝曰居下位只恐被

人譏昨日只吟青玉案幾時曾作望江南試問馬都監帥爲失笑衆亦絕倒後以醉罵婦翁與婦離婚彥齡名流貴介早擅才譽雖脫彈章卒棄嘉耦他如山谷綺語被呵于老僧元相夢遊含酸于末路大雅君子所當切鑒者矣

傳聞須慎

歐陽公宋代大儒詩文外喜爲長短調凡小詞多同時人作公手輯以存者與公無涉一時忌公者藉口以興大獄司馬溫公兒童走卒咸共尊仰輕薄子揑造豔詞以爲公作轉相傳誦小人之無忌憚如此至迺趙明誠妻易安居士黄尚書妻惠齋居士皆以才藻蒙汙易安文詞具在其全集中雅雨堂金石錄序曾爲之辨近世俞君理初就易安全集考證年月引據舊聞力爲昭雪易安獲謗之由始白於世惠齋居士胡氏始以尚書與趙師睪有隙繼以指摘碑文師睪守

臨安惠齋前卒遂坐罪其門客斥罷尙書先廣文云南渡風氣每借端闔閭陷人于罪流傳至今耳食者引爲故實可慨之尤甚者也

菉斐軒

菉斐軒詞韻見於厲太鴻論詞絕句云欲呼南渡諸公起韻本重雕菉斐軒芸臺先生家藏是本秦敦復爲刊行之跋曰此書舊題宋本然考其分韻無入聲疑爲北曲而設或元明時好事者僞作耳坊刻詞韻如林如沈謙曾之詞韻略吳烺之學宋齋詞韻鄭春波之綠漪軒詞韻皆其最著者然訛謬百端去取寡當漁洋謂毛氏曲韻與宋詞暗合可以據爲詞韻毛名先舒字稚黃著有塡詞圖譜行世

草堂本

詞之選本以蜀人趙崇祚花間集爲最古唐末佳詞賴以不沒者此也草堂本不著編者姓氏大抵宋慶元以前人輯耳其間去取雖遜

花間而詞家小令中調長調之分要皆權輿此書諸詞後各繫當時詞話亦今本所無也先廣文云曾見杭州顧氏家藏原本較今毛氏汲古閣本多七十餘調後來坊刻附以黃昇花庵詞選周密絕妙好辭草堂本已非舊制矣前明陳耀文合花間草堂二刻類爲一書國朝朱彝尊又附以金元諸家之詞采掇尤富今其書具在古書多是寫本借讀最難今者載籍大備學者未讀花間草堂輒姍笑蘇辛指斥秦柳騁其胸臆瞽說朋興噫塡詞特其一事耳

問花樓詩鈔一卷詩話三卷詞話一卷封大夫所著題曰問花樓者仍舊志也先方伯故第在蘇州吳江縣北門內之下塘街舊有樓十餘楹其下雜植楡柳桃李之屬春夏交繁英絢發先方伯婆娑其上而封大夫甫勝衣受經於先大父處也封大夫早承家學讀書務淹博不求聞譽有名庠序間嘗語迺曾曰吾家貧冀博祿

養久而無成古人有言早知窮達有命恨不十年讀書非虛譚也女其志之詩鈔本二卷詞鈔一卷兵火佚去今存詩鈔一卷詩話詞話則封大夫家居手定者同治辛未冬孟迺普敬跋

余刊詞徵亟覓友人陸仲英元鼎以其曾祖藝香先生問花樓詞話見貽余觀其敘述源流辨晰雅近卓然自具特識不覺稱善者再藝香詞既散佚不可復得則是書也甯可聽其湮沒耶因重錄之以廣其傳四年五月去病記

問花樓詞話　完

跋

巢南之刋笠澤詞徵也卷自爲政一編剞劂即脫手流傳初不俟全書之盡出已不脛遠走而前數卷刋成後寘東江寓廬復遘鬱攸之災燼餘益尠頻年以來有欲求一首尾完備之本而不可得者承學之士往往滋憾已顧巢南江湖奔走不遑寧厥居散亡朽蠹尤甚余既從乞取其殘缺者千餘冊挾之以歸思廢棄可惜爰發願補刋幷弁以目次俾成完璧復別印二百部取楮色古雅而篇幅較寬大聊備嗜古者藏弆云爾其校讎是正蓋同邑薛子公俠實尸厥成勤勞甚懋焉至于遺章墜簡爲茲選綱羅所未及則余方屬顧生旡咎別撰補編若干卷行將繼此問世先綴數言以當息壤中華民國十年雙十節後五日松陵勝谿柳棄疾安如甫識于梨花里之賃廡